COLLECTION FOLIO

Joseph Conrad

Fortune

Nouvelle traduction établie
par Roger Hibon

Gallimard

Joseph Conrad (Józef Konrad Korzeniowski) est né à Berditchev en Ukraine polonaise de parents polonais en 1857. Son père, propriétaire terrien, était un homme cultivé qui traduisait en polonais Shakespeare, Vigny *(Chatterton)*. Ayant pris part aux préliminaires de l'insurrection de 1863 contre la Russie il fut envoyé en résidence forcée dans la Russie du Nord.

Orphelin à dix ans, Joseph Conrad est recueilli par son oncle à Cracovie. Il fait ses études, au lycée. À dix-sept ans, attiré par la mer et l'aventure, il s'engage à Marseille dans la Marine marchande. Pendant trois ans, il navigue sur des bateaux français en Méditerranée et à deux reprises jusqu'en Amérique du Sud.

En 1878, il quitte la France et entre dans la Marine anglaise. Il se fait naturaliser anglais en 1886.

Il navigue beaucoup et commence à écrire. Une crise de rhumatismes aiguë le terrasse tandis qu'il commande un vapeur sur le Haut-Congo. Il interrompt ses voyages en 1894, s'installe en Angleterre et publie son premier roman en 1895 : *La Folie Almayer*. Son œuvre comporte treize romans, vingt-huit nouvelles et deux recueils de souvenirs de voyages. Considéré comme l'un des meilleurs romanciers du vingtième siècle, il meurt en 1924.

FORTUNE

Récit en deux parties

À Sir Hugh Clifford, K.C.M.G.,
dont la constante amitié
est responsable de l'existence
de ces pages.

Ceux qui estiment que toutes choses sont gouvernées par le hasard n'eussent point été dans l'erreur, s'ils s'en fussent tenus à cela.

SIR THOMAS BROWNE.

Les expressions entre astérisques sont en français dans le texte anglais.

NOTE DE L'AUTEUR

Fortune est l'un de mes romans qui, peu de temps après avoir été commencés, furent mis de côté pendant quelques mois. Démarrant impétueusement tel un rameur confiant qui part au petit matin, j'atteignis bientôt une bifurcation du cours d'eau et constatai qu'il fallait m'arrêter afin de réfléchir sérieusement au choix d'une direction. L'une et l'autre m'enchantaient également, du moins à un niveau superficiel, et c'est précisément pourquoi mon hésitation se prolongea longtemps. Je flottais sur l'eau calme des spéculations agréables, entre les courants divergents d'impulsions opposées, avec la conviction plaisante mais tout à fait irrationnelle que ni l'un ni l'autre ne me mènerait à ma perte. Mon cœur étant également partagé et les deux forces égales, il est tout à fait évident que seul le simple hasard influença ma décision finale. C'est une force puissante que celle du simple hasard; absolument irrésistible, elle se manifeste pourtant fréquemment sous des formes subtiles, telles, par exemple, que le charme véritable ou trompeur d'un être humain. Il est très difficile de toucher du doigt l'impondérable; pourtant, je puis me risquer à dire que c'est Flora De Barral qui est réellement responsable de ce roman, qui conte, en fait, l'histoire de sa vie.

Au moment crucial de mon indécision, Flora De Barral passa devant moi, mais si rapidement que je ne pus, d'abord, la saisir. Quoique répugnant à l'abandonner, je ne voyais pas clairement comment la poursuivre, et j'étais au bord du découragement, quand ma sympathie naturelle pour le capitaine Anthony vint à mon secours. Je me dis que, si cet homme-là était à ce point décidé à étreindre une « traînée de brume », ce que j'avais de mieux à faire était de l'accompagner dans cette aventure éminemment pratique et méritoire. Je suivis tout simplement le capitaine Anthony. Chacun de nous s'acharnait à capturer son propre rêve. Le lecteur pourra juger de notre succès.

La détermination du capitaine Anthony lui fit parcourir un chemin long et détourné et c'est pourquoi ce livre est un livre long. Que le chemin fut choisi par moi, je ne veux pas le nier. Un critique a fait observer que, si j'avais suivi une autre méthode de composition et pris un peu plus de peine, ce récit aurait pu tenir en deux cents pages environ. J'avoue ne pas voir clairement la portée de pareille critique, ni même l'utilité de pareille observation. Sans doute, en choisissant une certaine méthode et en prenant beaucoup de peine, aurais-je pu écrire toute cette histoire sur une feuille de papier à cigarette. Aussi bien pourrait-on écrire ainsi toute l'histoire de l'humanité, si on l'abordait avec assez de détachement. L'histoire des hommes sur cette terre depuis le commencement des siècles peut se résumer en une seule formule infiniment poignante : Ils naquirent, ils souffrirent, ils moururent... Pourtant, c'est un récit plein de grandeur! Mais dans les histoires suprêmement infimes concernant des hommes et des femmes que mon destin sur terre est de conter, je suis incapable d'un pareil détachement.

Ce qui rend ce livre mémorable pour moi, à part l'affection naturelle que l'on éprouve pour sa propre création, est la réaction qu'il provoqua. La réaction du grand public fut considérable, plus considérable peut-être qu'envers aucun autre de mes livres : le grand public réagit de la seule façon qui lui est possible, c'est-à-dire en achetant un certain nombre d'exemplaires. Cela me causa beaucoup de plaisir, car ce que j'ai toujours craint le plus fut de me laisser glisser inconsciemment jusqu'à la situation d'un auteur écrivant pour une petite coterie : situation qui m'eût été odieuse, car elle eût jeté le doute sur l'authenticité de ma foi en l'accord de toute l'humanité sur des idées simples et des émotions sincères. Considéré comme manifestation critique (car il serait scandaleux de refuser au grand public la possession d'un esprit critique), l'accueil fut très satisfaisant. Je vis que j'avais réussi à plaire à un certain nombre d'esprits occupés à leurs propres et très concrètes affaires. Il est agréable de penser que l'on est capable de plaire. Par les esprits dont la fonction est précisément de critiquer pareilles tentatives pour plaire, ce récit fut suffisamment discuté et soumis à une analyse assez fouillée non seulement pour satisfaire cette vanité personnelle que je partage avec le reste de l'humanité, mais pour toucher mes sentiments les plus profonds et éveiller en moi un intérêt flatté. La sympathie incontestée qui inspirait les différents jugements portés sur ce livre était, j'aime à le croire, une manière de reconnaître ma bonne foi dans l'exercice de mon art — l'art du romancier, dont un écrivain français distingué a dit, pour s'en plaindre, à la fin d'une carrière réussie, qu'il était « trop difficile »! Il est vrai qu'il est trop ardu en ce sens qu'invariablement l'effort doit tellement dépasser la réussite possible. Dans ce genre de tâche condamnée d'avance et, par nature, très solitaire aussi, la sympathie est chose précieuse. Elle peut faire que la critique la plus sévère soit bien accueillie. Apprendre que l'on attendait mieux de vous peut être apaisant puisque l'on attendait tellement mieux de soi-même dans cet art, qui, de nos jours, ne se justifie plus par l'idée d'y trouver quelque part, sous une forme quelconque, un propos didactique.

Mon intention n'est pas de laisser entendre que l'on m'ait jamais fait le tort (c'est bien le tort que je veux dire, et non l'injure) de porter contre une seule de mes pages l'accusation de propos didactiques. Mais, dans le domaine de l'intellect et de l'émotion, tout sujet possède forcément sa morale propre, s'il est traité tant soit peu sincèrement; et même le plus retors des écrivains se trahira (lui et sa morale) environ toutes les trois phrases. Les différentes nuances de signification morale découvertes dans mes écrits sont très nombreuses. Pourtant, aucune n'a provoqué de manifestation hostile. Il m'est peut-être arrivé de pécher parfois contre le bon goût, mais, apparemment, je n'ai jamais péché contre les sentiments fondamentaux et les convictions élémentaires qui rendent la vie possible à la masse des humains et, en fixant au jugement un critère, confèrent à leur idéalisme la liberté de rechercher des mœurs plus simples, des sentiments plus élevés, des fins plus profondes.

Je ne puis dire qu'une interprétation morale particulière ait été donnée de ce roman, mais je ne crois pas que personne y ait décelé une intention perverse. Et c'est seulement de leurs intentions que les hommes peuvent être tenus responsables. Les ultimes effets de leurs actions, quelles qu'elles soient, échappent largement à leur prise. En composant ce livre, mon intention était d'intéresser à ma vision de la réalité indissolublement liée au style dans lequel elle est exprimée. En d'autres termes, je voulais écrire un certain nombre de pages de prose, ce qui est, à proprement parler, ma véritable fonction. Je m'y suis attaché consciencieusement dans l'espoir de distraire mes lecteurs, ou, du moins, de ne pas les ennuyer mortellement. Je ne saurais assez insister sur cette vérité : lorsque je me mets à écrire, mes intentions sont toujours pures, quelque déplorable que puisse finalement se révéler l'effet de cette activité.

1920

J. C.

Première partie

LA DAMOISELLE

CHAPITRE PREMIER

LE JEUNE POWELL ET SA CHANCE

Je crois qu'il nous avait vus, par la fenêtre, arriver pour dîner dans le canot d'un yawl de quatorze tonneaux appartenant à Marlow, mon hôte et capitaine. Nous aidâmes le jeune mousse qui nous accompagnait à hisser le bateau sur le débarcadère avant d'aller à l'auberge située au bord du fleuve, où nous trouvâmes notre nouvelle connaissance dînant, digne et solitaire, au haut d'une longue table aussi blanche et inhospitalière qu'une congère.

La teinte rouge de son visage aux traits nets, aux favoris noirs, courts et bien taillés sous une calotte de cheveux bouclés gris-fer, donnait la seule note de chaleur à cette salle terne refroidie par la nappe morne. Nous le connaissions déjà de vue comme le propriétaire d'un petit cotre de cinq tonneaux qu'il manœuvrait apparemment seul, yachtman comme nous et membre de cette bande de fanatiques sans prétentions qui croisent à l'embouchure de la Tamise. Mais dès que, d'un ton sec, il appela le garçon « steward », nous reconnûmes aussitôt en lui non seulement un yachtman mais un marin.

Il eut bientôt l'occasion de sermonner ce même garçon pour la façon négligée dont le dîner était servi. Il le fit avec beaucoup d'énergie, puis se tourna vers nous.

« Si nous autres marins, déclara-t-il, faisions notre travail comme les terriens de tout poil font le leur, nous ne gagnerions jamais notre vie. Personne ne voudrait nous employer. Et, qui plus est, aucun navire conduit et manœuvré à la manière va-comme-je-te-pousse dont les gens mènent leurs affaires à terre n'arriverait jamais au port. »

Depuis qu'il avait cessé de naviguer, il s'était aperçu avec étonnement que les gens instruits ne valaient guère mieux que les autres. Personne ne semblait mettre de légitime fierté à bien faire son travail : depuis les plombiers qui n'étaient que des voleurs, disons, jusqu'aux journalistes (il semblait les considérer comme une classe particulièrement intellectuelle) qui jamais en aucun cas ne rendaient compte avec exactitude de l'affaire la plus simple. Cette incapacité universelle de ce qu'il appelait « la bande des terriens », il l'attribuait en général au manque de responsabilité et au sentiment de la sécurité.

« Ils voient bien, continua-t-il, que, quoi qu'ils fassent, cette petite île étanche ne chavirera pas avec eux, ni ne fera eau pour aller par le fond avec leurs femmes et leurs enfants. »

Dès lors, la conversation prit un tour particulier et porta exclusivement sur la vie maritime. Sur ce sujet, lui et Marlow, qui, en son temps, avait été marin, eurent vite fait de se rencontrer. Ils échangèrent avec entrain des souvenirs, tandis que j'écoutais. Ils convinrent que la période la plus heureuse de leur vie avait été celle de leur jeunesse passée sur de bons navires, sans autre souci au monde que de ne pas manquer un quart en bas quand ils étaient en mer et de ne pas perdre un instant pour aller à terre après les heures de travail quand ils étaient au port. Ils tombèrent également d'accord sur le moment où ils avaient éprouvé la plus grande fierté dans cette carrière qui n'est jamais embrassée pour des motifs rationnels et pratiques, à cause du prestige des évocations romantiques qu'elle suscite. C'était le moment où ils avaient réussi à leur premier examen et quitté l'examinateur de navigation avec le précieux petit bout de papier bleu à la main.

« Ce jour-là, je n'aurais pas appelé le roi mon cousin », déclara avec enthousiasme notre nouvelle connaissance.

À cette époque, les examens de la Direction de la marine marchande se passaient à St. Katherine's Dock House, à Tower Hill, et il nous déclara qu'il avait un faible particulier pour la vue de ce lieu historique, avec les jardins à gauche, la façade de la Monnaie à droite, les misérables petites maisons délabrées plus loin, une station de fiacres, des cireurs de bottes accroupis sur le bord du trottoir et deux gros policemen qui regardaient d'un air supérieur les portes du *Cheval noir*, café situé de l'autre côté de la rue. C'était, dit-il, le premier coin du monde que ses yeux avaient remarqué au plus beau jour de sa vie. Il était sorti par l'entrée principale de

St. Katherine's Dock House lieutenant pleinement qualifié, après avoir passé le plus mauvais moment de sa vie avec le capitaine R***, le plus redouté des trois examinateurs de navigation chargés à cette époque d'interroger les candidats officiers de la marine marchande qui se présentaient au port de Londres.

« Tous ceux d'entre nous qui se présentaient, dit-il, avaient la tremblote à l'idée de paraître devant lui. Il me retint une heure et demie dans la chambre de torture et me traita comme s'il me haïssait. Il s'abritait les yeux d'une main. Soudain, il l'abaissa en disant : " Ça va! " Avant que j'aie compris ce qu'il voulait dire, il repoussait le bout de papier bleu à travers la table. Je me levai d'un bond, comme si ma chaise avait pris feu.

« " Merci, monsieur, dis-je en empoignant le papier.

« — Au revoir, bonne chance ", me lança-t-il, bougon.

« Le vieux portier sortit avec empressement du vestiaire avec mon chapeau. C'est ce qu'ils font toujours. Mais lui me dévisagea avec insistance avant de se risquer à murmurer une question avec une sorte de timidité : " Vous vous en êtes bien tiré, monsieur? " Pour toute réponse, je laissai choir une demi-couronne dans sa large paume molle. " Ma foi, dit-il, la bouche soudain fendue d'une oreille à l'autre, je ne l'ai jamais vu retenir aucun de ces messieurs aussi longtemps que vous. Il a refusé deux lieutenants ce matin avant que votre tour arrive. Moins de vingt minutes chacun : c'est à peu près le temps qu'il lui faut d'habitude. "

« Je me trouvai en bas sans avoir senti les marches, comme si j'avais descendu l'escalier en flottant. Le plus beau jour de ma vie. Le jour où l'on obtient son premier commandement n'est rien auprès de celui-là. D'abord, on n'est plus aussi jeune, et puis, chez nous, voyez-vous, il n'y a pas grand-chose de plus à attendre. Oui, sans doute, le plus beau jour de votre vie, mais enfin ce n'est qu'un jour et rien de plus. Ce qui suit est peut-être la période la plus désagréable pour un jeune homme : essayer de se caser comme officier sans avoir grand-chose en main, à part un certificat flambant neuf. Il est surprenant de constater combien inutile semble cette peau d'âne pour laquelle on s'est mis dans tous ses états. Je n'avais pas compris à l'époque qu'un certificat du ministère du Commerce ne suffit pas à faire un officier — loin de là, très loin même. Mais les capitaines des navires que je harcelais de demandes d'emploi le savaient très bien. Je ne m'en étonne pas maintenant et je ne les blâme pas non plus. Mais ces tentatives pour " trouver un embarquement " sont tout de même bien pénibles pour un jeune homme. »

Puis il nous dit comment il avait été fatigué et découragé par cette leçon de désillusion qui suivit promptement le plus beau jour de sa vie. Il nous dit comment il avait fait le tour de tous les bureaux d'armateurs de la Cité, où quelque employé subalterne lui donnait des formulaires de demande imprimés qu'il rapportait chez lui pour les remplir le soir. Il sortait en courant juste avant minuit pour les jeter dans la boîte aux lettres la plus proche. Et c'est tout ce qu'il en advint jamais. Selon ses propres termes : il aurait tout aussi bien pu les jeter tous, convenablement adressés et timbrés, par la grille de l'égout.

Puis, un jour qu'il prenait le lassant chemin des docks, il avait rencontré devant la gare du chemin de fer de Fenchurch Street un ami un peu plus âgé que lui avec lequel il avait déjà navigué.

Il était affamé de sympathie, mais son ami venait de « trouver un embarquement » le matin même et se hâtait de rentrer chez lui, partagé entre les manifestations de joie et l'inquiétude intérieure — état ordinaire du marin qui, après de longs jours d'attente, trouve brusquement à se caser. Cet ami n'eut que le temps de partager brièvement sa peine. Il lui fallait faire vite. Puis, tout en s'éloignant en courant, il lança pour ainsi dire par-dessus son épaule : « Pourquoi ne vas-tu pas parler à M. Powell, au Bureau maritime? » Notre ami objecta qu'il ne connaissait M. Powell ni d'Ève ni d'Adam. Et l'autre, qui avait déjà presque tourné le coin de la rue, cria ce conseil : « Rends-toi à l'entrée interdite au public du Bureau maritime et va le trouver sans hésiter. Son bureau est près de la fenêtre. Vas-y carrément et dis que tu viens de ma part. »

Notre nouvelle connaissance, dont le regard allait de l'un à l'autre d'entre nous, déclara : « Ma parole, j'étais tellement réduit aux abois que j'aurais carrément abordé le diable en personne si l'on m'avait seulement laissé entendre qu'il avait un poste de lieutenant à donner. »

C'est à ce moment qu'interrompant le fil de son discours pour allumer sa pipe, mais sans cesser de nous tenir sous son regard, il demanda si nous avions connu Powell. Avec le léger sourire d'un homme qui se souvient, Marlow murmura qu'il « se le rappelait très bien ».

Puis il y eut un silence. Notre nouvelle connaissance avait

rencontré d'irritantes difficultés de la part de sa pipe, qui avait soudain trahi sa confiance et déçu l'attente du plaisir qu'il se promettait. Pour soutenir la conversation, je demandai à Marlow si ce Powell avait quoi que ce fût de remarquable.

« Il n'était pas précisément remarquable, répondit Marlow avec sa nonchalance habituelle. En règle générale, devenir remarquable est très difficile. Les gens ne veulent pas vous prêter assez d'attention, voyez-vous? Si je me souviens si bien de Powell c'est pour la simple raison qu'en sa qualité d'agent maritime au port de Londres, il m'envoya en mer pour plusieurs longues étapes de mon pèlerinage de marin. Il ressemblait à Socrate. Je veux dire qu'il lui ressemblait authentiquement, c'est-à-dire quant au visage. L'esprit philosophique n'est qu'un accident. Il était l'exacte réplique du buste familier de ce sage immortel, si vous voulez bien imaginer ce buste coiffé d'un grand haut-de-forme perché très en arrière sur la tête, et portant une veste noire sur les épaules. Comme je ne l'ai jamais vu que de l'autre côté du long comptoir officiel sur lequel étaient posés les cinq pupitres des cinq agents maritimes, M. Powell est demeuré pour moi un buste. »

Notre nouvelle connaissance quitta à ce moment le manteau de la cheminée avec sa pipe en état de marche.

« Ce qu'il y avait de plus remarquable chez Powell », déclara-t-il dogmatiquement, la tête dans un nuage de fumée, « est qu'il ait eu précisément ce nom-là. Voyez-vous, il se trouve que mon nom est également Powell. »

Il était clair que cette révélation ne nous était pas faite pour des raisons mondaines. Elle n'exigeait aucune marque de courtoisie. Nous continuâmes à le regarder d'un œil plein de curiosité.

Il s'adonna silencieusement une ou deux minutes avec vigueur aux délices de sa pipe. Puis, reprenant le fil de son récit, il nous dit qu'il était parti dare-dare pour Tower Hill. Il n'était pas allé par là depuis le jour de son examen — le plus beau jour de sa vie —, son jour d'orgueil présomptueux. Il en allait tout autrement maintenant. Il n'aurait toujours pas appelé le roi son cousin, mais, cette fois-ci, c'était à cause d'un sentiment de profonde déchéance. Il ne se jugeait pas digne d'être le parent de qui que ce fût. Il enviait les vieux cochers de la station avec leur trogne enluminée, les petits cireurs de bottes au bord du trottoir, les deux gros policemen qui marchaient lentement le long des grilles des jardins de la Tour, conscients de leur infaillible pouvoir, et les sentinelles d'un rouge éclatant qui allaient et venaient d'un pas vif devant la Monnaie. Il leur enviait leur place dans la répartition de la main-d'œuvre dans le monde. Et il enviait aussi les misérables qui traînaient, émaciés et blafards, clignant leurs yeux hideux et frottant leurs épaules graisseuses contre les chambranles du *Cheval Noir*, parce qu'ils étaient tombés trop bas pour sentir leur déchéance.

Je dois rendre à notre homme cette justice qu'il nous fit très bien éprouver son désespoir juvénile, surpris de ne pas trouver sa place au soleil ni voir reconnu son droit à la vie.

Il gravit le perron extérieur de St. Katherine's Dock House, ce perron même d'où, quelque six semaines auparavant, il avait embrassé d'un regard conquérant la station de fiacres, les bâtiments, les policemen, les cireurs, la peinture, la dorure et les glaces du *Cheval Noir*. Alors, il s'était étonné en son for intérieur que tout cela ne l'eût pas accueilli par des chants et de l'encens, mais maintenant (il ne s'en cacha pas), il fit furtivement son entrée, l'oreille basse, en passant devant la cage de verre du portier. « Je n'avais pas de demi-couronnes de trop à donner en pourboires », déclara-t-il sur un ton sardonique. Pourtant, l'homme avait couru après lui, en demandant : « Qu'est-ce que vous voulez ? », mais, après un regard reconnaissant au premier étage en souvenir de la salle d'examen du capitaine R*** (comme tout avait été facile et délicieux !), il avait descendu quatre à quatre un escalier menant au sous-sol et s'était trouvé en un lieu où régnaient l'obscurité, le mystère et l'abondance des portes. Il avait eu peur d'être arrêté par quelque règlement interdisant l'entrée. Pourtant, il n'avait pas été poursuivi.

Le sous-sol de St. Katherine's Dock House est vaste et son plan est déroutant. De pâles rayons de lumière tombent obliquement d'en haut dans l'obscurité de ses couloirs glacés. Powell y erra en tous sens, comme l'un des premiers chrétiens réfugiés dans les catacombes; mais le peu de foi qu'il avait dans le succès de son entreprise s'évaporait par le bout de ses doigts. À un tournant sombre, sous un bec de gaz dont la flamme était presque en veilleuse, sa confiance en soi l'abandonna complètement.

« Je restai là pour réfléchir un peu, dit-il. C'était stupide, parce que, naturellement, je pris peur. Que voulez-vous ? Qu'y a-t-il d'étonnant ? Il faut de l'aplomb pour aborder un inconnu afin de lui demander un service. J'aurais voulu que mon homonyme Powell fût le diable en personne. Il me semblait, en quelque sorte, que la tâche eût été plus facile. Vous comprenez, je n'ai jamais cru assez fort au diable pour en avoir peur; mais un homme peut se rendre très désagréable. Je regardai une foule de portes, toutes hermétiquement closes, de plus en plus convaincu que je n'aurais jamais le cran d'en ouvrir une seule. Réfléchir ne vaut rien pour l'aplomb. Je conclus que j'allais tout abandonner. Mais, en fin de compte, je n'abandonnai rien et je vais vous dire ce qui m'en empêcha. Ce fut le souvenir de ce maudit portier qui m'avait hélé. J'étais sûr que cet homme serait aux aguets en haut de l'escalier. S'il me demandait ce que j'étais venu faire, comme c'était son droit, je ne saurais que répondre sans passer à tout le moins pour un sot. Je m'énervai sérieusement. Il n'y avait aucune chance de me tirer en catimini de cette affaire.

« Sans savoir comment, j'avais perdu le nord dans ce sous-sol. Parmi les nombreuses portes de dimensions différentes qui se trouvaient à droite et à gauche, un assez grand nombre étaient surmontées de lumières placées derrière des vitrages; cependant, certaines devaient donner sur de simples cabinets de débarras ou quelque chose de ce genre, car, quand je me décidai à en pousser une ou deux, je constatai, déconcerté, qu'elles étaient fermées à clé. Je restai là, irrésolu, inquiet, comme un voleur désorienté. Ce maudit sous-sol était silencieux comme une tombe et je commençais à sentir battre mon cœur, impression très désagréable. Ça ne m'est jamais arrivé, ni avant ni après. À ma gauche, une porte plus grande munie d'une grosse poignée de cuivre semblait donner accès au Bureau maritime. J'essayai de l'ouvrir, en serrant les dents. " Allons-y! "

« Elle s'ouvrit très facilement. Et voilà que l'endroit où elle donnait n'était guère plus grand qu'un placard. En tout cas, il n'avait pas plus de dix pieds sur douze; et comme je m'attendais, plus ou moins, à voir le vaste espace enténébré, semblable à une cave, du Bureau maritime où j'étais allé une ou deux fois auparavant, je fus extrêmement surpris. Une applique à gaz pendait au milieu du plafond, au-dessus d'un bureau sombre, minable, couvert d'un fouillis de papiers jaunâtres et poussiéreux. Sous la flamme de l'unique brûleur, dont la lumière faisait flamboyer la pièce, un petit homme replet écrivait avec énergie, le nez tout près du bureau. Son crâne était complètement chauve et presque de la même couleur terne que les papiers. Il avait l'air bien poussiéreux lui aussi.

« Je ne remarquai pas s'il y avait des toiles d'araignée sur sa personne, mais cela ne m'étonnerait pas, car il avait l'air d'être emprisonné depuis des années dans ce petit trou. La façon dont il laissa tomber sa plume et cligna des yeux dans ma direction me bouleversa considérablement. Et il faisait chaud dans son cul-de-basse-fosse moisi, qui sentait le gaz et les champignons et paraissait être à quelque cent vingt pieds sous terre. De lourdes piles massives de papiers emplissaient tous les coins jusqu'à mi-hauteur du plafond. Et lorsque me vint en un éclair la pensée que c'étaient là les locaux de la Direction de la marine marchande et que cet homme devait avoir quelque lien avec les navires, les marins et la mer, l'étonnement me coupa le souffle. Il était impossible d'imaginer pourquoi la Direction de la marine marchande gardait cet être chauve et gras à travailler là comme un nègre. Pour quelque obscure raison, j'éprouvais du regret et de la honte de l'avoir déniché dans sa misérable captivité. Je demandai d'une voix douce et triste : " Le Bureau maritime, s'il vous plaît. "

« Il répondit d'une petite voix flûtée, criarde et méprisante, qui me fit sursauter : " Ce n'est pas ici. Prenez le couloir de l'autre côté. Du côté de la rue. Ici, c'est le côté du dock. Vous vous êtes égaré... "

« Il parlait d'un ton si méchant que je crus qu'il allait terminer sa phrase par " espèce d'imbécile... ", et peut-être en avait-il l'intention. Mais la formule par laquelle il la finit sèchement fut : " Fermez la porte sans bruit derrière vous. "

« Et je la fermai effectivement sans bruit — je vous le garantis. Vite et sans bruit. L'indomptable énergie de ce bonhomme-là m'impressionna. Je me demande parfois s'il a réussi, à force d'écrire, à conquérir enfin liberté et pension, ou s'il a dû quitter sa tombe éclairée au gaz pour passer tout droit dans les ténèbres de cette tombe noire où personne n'aurait envie de le déranger. Mon humanité se réjouit de découvrir qu'il lui restait tant de vigueur, mais je ne me sentis pas réconforté le moins du monde. L'idée me vint que, si M. Powell avait le même genre de caractère... Cependant, je ne me donnai pas le temps de réfléchir et franchis rapidement l'espace situé au pied de l'escalier pour pénétrer dans le couloir que l'on m'avait dit de prendre. Et je poussai aussitôt sans aucune hésitation la première porte que j'atteignis, car, résonnant fortement depuis le vestibule situé au-dessus, une voix stupéfaite et indignée demandait ce que je venais fabriquer là. “ Ne savez-vous pas que c’est une entrée interdite? ” rugissait-elle. Mais si elle en dit davantage, je l’empêchai d’atteindre mon ouïe en refermant une porte sur l’extérieur de laquelle figurait l’inscription *Entrée interdite*. Elle me donna accès à un espace large de six pieds entre un long comptoir et le mur, prélevé sur une vaste pièce voûtée pourvue d’une fenêtre grillagée et d’une porte vitrée qui en éclairait l’autre extrémité. Ce que je vis d’abord, juste en face de moi, fut trois hommes entre deux âges qui se livraient à une espèce de chahut autour d’un autre au cou maigre et long, aux épaules tombantes, debout à un pupitre, et qui écrivait sur une grande feuille de papier sans leur prêter attention — si ce n’est qu’il arborait à part lui un large et silencieux sourire. Ils firent grise mine dès qu’ils me virent. J’entendis l’un d’eux marmonner : “ Eh bien! Qu’est-ce qui nous arrive là?

« — Je désire voir M. Powell, s’il vous plaît ”, dis-je, très courtois mais ferme; je n’allais plus me laisser intimider par rien. C’était bien le Bureau maritime, sans aucun doute. Il était trois heures passées et ils semblaient avoir fini leur journée de travail. L’homme au long cou continuait à écrire, assidu. Je remarquai qu’il ne souriait plus. Les trois autres tournèrent brusquement la tête avec ensemble vers le fond de la salle, où un cinquième avait observé leurs ébats du haut d’un grand escabeau. Je l’abordai aussi hardiment que s’il avait été le diable en personne. Un pied levé et posé sur le barreau transversal de son siège, il ne cessait de balancer l’autre bien au-dessus du sol dallé. Il avait déboutonné le haut de son gilet et portait son haut-de-forme très en arrière sur la tête. Il avait le visage plein, sans rides, et des yeux si lumineux et clairs que sa barbe grise en paraissait tout à fait postiche, collée sur son visage pour le déguiser. Vous venez de dire qu’il ressemblait à Socrate, n’est-ce pas? Je n’en suis pas si sûr. Ce Socrate était un sage, je crois?

— Oui, acquiesça Marlow, et un véritable ami de la jeunesse. Il la catéchisait d’une façon particulièrement exaspérante. C’était sa façon de faire.

— Alors je préfère mille fois Powell », déclara vigoureusement notre nouvelle connaissance. « Il ne me catéchisa nullement. Non. Il répondit par un “ Bonjour! ” tout à fait bienveillant à ce que je marmonnai. Puis il dit en me dévisageant avec insistance : “ Je ne crois pas vous connaître, n’est-ce pas ?

« – Non, monsieur ”, dis-je, et voilà que mon cœur flancha, juste comme le moment était venu de faire appel à tout mon aplomb. Il n’y a rien de plus minable qu’une impudence qui fait long feu. Par crainte de paraître timide, je me lançai d’un air si dégagé que je faillis m’effrayer moi-même. Il m’écouta quelque temps tout en regardant mon visage avec surprise et curiosité, puis leva la main. J’étais tout heureux de me taire, je vous assure.

« “ Eh bien, vous ne manquez pas d’audace, dit-il. Ni votre ami non plus. Il est venu ici m’embêter tous les jours pendant une quinzaine, jusqu’à ce qu’un capitaine de ma connaissance eût la bonté de l’engager. Et, à peine casé, il vous envoie. Vous autres, les jeunes, ne semblez pas vous soucier de savoir à qui vous attirez des ennuis. ”

« Ce fut alors mon tour d’avoir l’œil dilaté par la surprise et la curiosité. Il n’avait pas parlé fort, mais il baissa encore la voix.

« “ Ne savez-vous pas que c’est illégal ? ”

« Je me demandais où il voulait en venir, jusqu’au moment où je me souvins que procurer un emploi à un marin est un délit puni par la loi. Ce règlement visait, naturellement, l’escroquerie des racoleurs opérant dans les pensions de famille. Je n’avais jamais pensé qu’il s’appliquait à tout le monde, quel que fût le mobile, car je croyais alors les terriens soigneux et prévoyants dans leur travail.

« Cette idée me confondit, mais M. Powell me montra bientôt qu’une loi n’a aucun sens par elle-même. Elle n’a que le sens qu’on lui prête : bien peu de chose, parfois. Il ne voyait aucun inconvénient à aider, de temps à autre, un jeune homme à trouver un embarquement, dit-il, mais si nous continuions à venir sans cesse, le bruit courrait bientôt qu’il le faisait pour de l’argent.

« “ Ce serait du joli : le premier officier d’embarquement du port de Londres traîné devant un tribunal de simple police et condamné à cinquante livres d’amende, dit-il. J’ai encore quatre années de service à faire pour obtenir ma pension. On pourrait faire passer ce délit pour très grave, ne vous y trompez pas ”, dit-il.

« Et pendant tout ce temps, un genou bien haut, il continuait à balancer l’autre jambe comme un gamin perché sur une barrière, et à me fixer de ses yeux brillants. J’étais confondu, vous dis-je. J'étais écœuré de l'entendre dire à mots couverts qu'on le dénoncerait.

« " Oh! demandai-je, scandalisé, qui penserait à un sale tour comme ça, monsieur? " J'étais à demi indigné contre lui pour en avoir eu seulement l'idée.

« " Qui? " dit-il d'une voix très basse. " N'importe qui. L'un des commissionnaires du bureau, peut-être. Je me suis élevé au rang de chef de ce service, et nous sommes tous très bons amis ici, mais ne croyez-vous pas que mon collègue, assis à côté de moi, aimerait accéder à ce bureau-ci, près de la fenêtre, quatre ans avant le temps réglementaire? Ou même un an, d'ailleurs. C'est humain. "

« Je ne pus m'empêcher de tourner la tête. Les trois hommes qui batifolaient quand j'étais entré conversaient maintenant très calmement, et l'individu au long cou continuait toujours à écrire. Il me parut le plus dangereux de tous. Je le voyais de profil et il avait les lèvres très pincées. Je n'avais jamais encore considéré l'humanité sous ce jour. Quand on est jeune, la nature humaine vous scandalise. Mais ce qui me saisit le plus fut de voir la porte par laquelle j'étais entré s'ouvrir lentement et livrer passage à une tête coiffée d'une casquette réglementaire portant l'insigne du ministère du Commerce. C'était ce maudit vieux portier venu du vestibule. Il m'avait dépisté et voulait maintenant me débusquer aussi. Il traversa le bureau avec un sourire affecté et retors, la casquette à la main.

« " Qu'y a-t-il, Symons? demanda M. Powell.

« — Je me demandais seulement où ce que c'monsieur était passé, monsieur. Il m'a brûlé la politesse en haut, monsieur. "

« J'étais extrêmement mal à l'aise.

« " Ne vous inquiétez pas, Symons. Je connais ce monsieur, dit M. Powell, sérieux comme un pape.

« — Très bien, monsieur. Bien sûr, monsieur. J'ai vu ce monsieur qui galopait tout seul ici, aussi je...

« — Ne vous inquiétez pas, vous dis-je ". M. Powell l'interrompit d'un geste de la main; et, comme le vieux faux jeton s'éloignait enfin, il leva les yeux vers moi. Je ne savais que faire : rester, filer, ou bien m'excuser.

« " Voyons, dit-il, comment m'avez-vous dit que vous vous appeliez? "

« Or, remarquez que je ne lui avais nullement dit mon nom, et sa question m'embarrassa quelque peu. Je ne sais pourquoi, il ne me semblait pas convenable de lui lancer son propre nom à la figure, pour ainsi dire. Aussi me contentai-je de tirer de ma poche mon certificat tout neuf et de le lui mettre en main tout ouvert, afin qu'il puisse lire " Charles Powell " très lisiblement écrit sur le parchemin.

« Il jeta les yeux dessus, et, au bout d'un moment, le posa tranquillement sur le bureau, à côté de lui. Je ne savais pas s'il avait l'intention de faire quelque observation sur cette coïncidence. Avant qu'il eût le temps de dire un mot, la porte vitrée s'ouvrit avec fracas et un homme grand et énergique fit irruption dans la salle à grandes enjambées. Son visage paraissait très rouge sous son haut-de-forme. On voyait immédiatement que c'était le capitaine d'un grand navire.

« M. Powell, après m'avoir dit à mi-voix d'attendre un peu, lui adressa amicalement la parole.

« " J'attendais d'un moment à l'autre que vous veniez chercher votre rôle d'équipage, capitaine. Le voici tout prêt à votre intention. " Et, se tournant vers une pile de contrats près de lui, il examina celui du dessus. De ma place, je lus le mot *" Ferndale "* tracé en grosse ronde sur la première page.

« " Non, monsieur Powell, pour comble de malheur, il n'est pas prêt, dit ce capitaine. Il faut que je vous demande de rayer mon lieutenant. " Il paraissait nerveux et ennuyé. Il expliqua que son lieutenant avait travaillé à bord toute la matinée. À une heure, il était parti manger un morceau et n'était pas revenu à deux heures, comme il l'aurait dû. À sa place, était arrivé de l'hôpital un messager porteur d'une lettre signée d'un médecin. Il s'était cassé un bras et une clavicule. Il s'était fait renverser par un camion à deux chevaux en traversant la rue qui longe la grille du dock, comme s'il n'avait ni yeux ni oreilles. Et le navire qui était prêt à appareiller à six heures le lendemain matin !

« M. Powell trempa sa plume dans l'encre et se mit à tourner les pages du contrat. " Il nous faut donc biffer son nom, dit-il, dans une sorte de chantonnement insouciant.

« — Que dois-je faire ? s'écria le capitaine. Votre bureau ferme à quatre heures. Je ne peux pas trouver un homme en une demi-heure.

« — Notre bureau ferme à quatre heures, répéta M. Powell, tout en parcourant les pages du regard et en retranchant une lettre par-ci par-là avec une parfaite indifférence.

« — Même si je réussissais à mettre la main dans le courant

de la journée sur un homme prêt à partir avec un préavis aussi court, je ne pourrais pas régulariser son embarquement, pas vrai? ”

« M. Powell rayait de sa plume les inscriptions concernant ce malheureux lieutenant et écrivait une note dans la marge.

« “ Vous pourriez lui faire signer vous-même son engagement à bord ”, dit-il sans lever les yeux. “ Mais je ne crois pas que vous trouverez facilement un officier pour embarquer comme ça à la sauvette. ”

« À ces mots, le beau capitaine donna des signes de détresse. Il ne fallait pas que le navire manque la marée du lendemain matin. Il devait charger quarante tonnes de dynamite et cent vingt tonnes de poudre à canon quelque part en aval de Londres avant de prendre la mer. Toutes les dispositions étaient prises pour le lendemain. Ça ferait des histoires et des complications sans fin si le navire n'arrivait pas à temps... Je ne pouvais m'empêcher d'entendre tout ceci, tout en souhaitant qu'il s'en allât, car je voulais savoir pourquoi M. Powell m'avait dit d'attendre. Après ce qu'il m'avait dit, il paraissait tout à fait inutile de rester dans les parages. Si j'avais eu mon certificat en poche, j'aurais essayé de m'éclipser discrètement; mais M. Powell s'était retourné pour reprendre la position dans laquelle je l'avais d'abord trouvé et s'était remis à balancer sa jambe. Mon certificat, ouvert sur le bureau, était sous son coude gauche et je ne pouvais guère aller l'en arracher.

« “ Je ne sais pas ”, dit-il négligemment en s'adressant au capitaine désemparé, mais en posant sur moi un regard fixe qui semblait ignorer ma présence. “ Je ne sais pas si j'ai le droit de vous dire que je connais un lieutenant disponible à portée de la main.

« — Voulez-vous dire que vous l'avez ici? ” s'écria l'autre, embrassant du regard toute la partie déserte du bureau ouverte au public, comme s'il était prêt à se jeter littéralement sur tout ce qui ressemblait à un lieutenant. Il était tellement obsédé par l'embarras où il se trouvait que je crois vraiment que pas un instant il n'avait remarqué ma présence. Ou peut-être, me voyant dans la pièce, m'avait-il pris pour quelque sous-fifre attaché au service. Mais, lorsque M. Powell me désigna d'un signe de tête, il ne pipa mot et me dévisagea longuement. Puis, il se pencha jusqu'à l'oreille de M. Powell — je suppose qu'il s'imaginait parler à voix basse, mais je l'entendis fort bien.

« “ Il a l’air très comme il faut.

« — Certainement ”, dit le premier officier d’embarquement, très calme, sans cesser un instant de me regarder fixement. “ Il s’appelle Powell.

« — Oh! Vous m’en direz tant! ” dit le capitaine, comme abasourdi. “ Mais est-il prêt à embarquer immédiatement? ”

« J’eus comme une vision de mon logement — dans le nord de Londres, qui plus est, au-delà de Dalston, au diable vauvert — et de toutes mes affaires éparpillées, et de mon coffre de marin vide, quelque part dans une remise que les braves gens chez qui j’habitais possédaient à l’extrémité de leur bout de jardin couvert de suie. J’entendis le premier officier d’embarquement dire le plus tranquillement du monde :

« “ Il couchera à votre bord cette nuit.

« — Ça vaudra mieux pour lui ”, dit le capitaine du *Ferndale*, très sérieux, comme si l’affaire était tout à fait conclue. Je ne saurais dire que j’étais muet de joie, comme vous le supposez peut-être. Ce n’était pas précisément le cas. J’avais plutôt, pour ainsi dire, le souffle coupé par la soudaineté de l’événement. Il ne semblait pas possible que cela m’arrivât à moi. Mais le capitaine, après avoir causé quelque temps avec M. Powell trop bas pour que je pusse entendre, devint visiblement perplexe.

« Je suppose qu’il avait appris que je venais de réussir à mon examen et que je n’avais aucune expérience du métier d’officier, car il se retourna et m’examina de la tête aux pieds comme un objet offert à la vente.

« “ Il est si jeune, marmonna-t-il. Il paraît vif, pourtant... Vous êtes vif et plein de bonne volonté (s’adressant à moi très brusquement et très fort) et tout ce qui s’ensuit, n’est-ce pas? ”

« Je ne réussis qu’à ouvrir et fermer la bouche, sans plus, car j’étais pris de court. Mais cela lui suffit. Il prit l’air d’un homme assourdi par des protestations affirmant ma vivacité et ma bonne volonté.

« “ Bien sûr, bien sûr. Parfait. ” Et puis, se tournant vers le premier officier d’embarquement, qui sur son siège balançait sa jambe, il dit qu’il ne pouvait certainement pas prendre la mer sans lieutenant. Je restais planté là, comme si toute cette aventure arrivait à quelqu’un d’autre à qui j’apportais mon aide. M. Powell me fixait de ses yeux brillants. Mais ce capitaine ennuyé s’en prend encore à moi, comme s’il voulait m’arracher la tête.

« “ Vous n'êtes pas un trop grand monsieur pour qu'on vous dise comment s'y prendre, hein? Vous avez encore beaucoup à apprendre, même si vous ne le croyez peut-être pas. ”

« J'avais presque envie de sauvegarder ma dignité en lui disant que, s'il faisait allusion à mes connaissances en navigation, je voulais qu'il comprenne qu'un homme trituré sur le gril pendant une heure et demie par le capitaine R*** sans y laisser sa peau pouvait satisfaire à tout ce que son vieux rafiot était susceptible d'exiger de sa compétence. Mais il ne me laissa aucune chance de me ridiculiser de la sorte, car, avant que je pusse ouvrir la bouche, il avait viré de bord et parlait cordialement à M. Powell, qui, tout en balançant sa jambe, ne me quittait pas des yeux.

« “ Je prendrai volontiers votre jeune ami, monsieur Powell. Si vous lui faites signer sur-le-champ son engagement comme lieutenant, je vais emporter le rôle dès maintenant. ”

« Tout à coup, l'idée se fit jour en moi que l'innocent capitaine du *Ferndale* avait pris pour avéré que j'étais un parent du premier officier d'embarquement! Je fus tout étonné de cette découverte, quoique à vrai dire l'erreur fût assez naturelle dans de telles circonstances. Ce que j'aurais dû admirer était la réticence grâce à laquelle ce malentendu avait été causé et exploité. Mais j'étais alors trop sot pour admirer quoi que ce fût. Je m'inquiétais seulement de le voir éclaircir. J'étais assez bête pour m'étonner excessivement que M. Powell n'eût pas remarqué la méprise. Je vis son visage se crisper légèrement et se détendre; mais, au lieu de corriger l'erreur, le premier officier d'embarquement pivota sur son escabeau et m'appela “ Charles ”. Parfaitement. Et je le surpris à jeter rapidement un coup d'œil oblique sur mon certificat juste avant, parce qu'évidemment il n'était pas sûr de mon prénom jusqu'à cette vérification. “ Allons, viens devant mon bureau, Charles ”, dit-il d'une voix forte.

« Charles! D'abord, je vous l'affirme, il ne me parut pas possible qu'il s'adressât à moi. Je cherchai même des yeux ce Charles, mais il n'y avait personne derrière moi, sauf l'individu au cou maigre toujours plongé dans ses écritures et les trois autres officiers d'embarquement, qui, changeant d'habit et tendant le bras pour prendre leur chapeau, se préparaient à rentrer chez eux. Ce fut l'homme industrieux au cou maigre qui, sans poser sa plume, souleva de la main gauche un panneau placé près de son pupitre et dit avec bienveillance : “ Passez par ici. ”

« Je passai derrière le comptoir, dans un état second, et fis face à M. Powell, qui m'apprit que notre première destination était Port Elizabeth, et signai sur le rôle du *Ferndale* un engagement de lieutenant — pour une traversée qui ne devait pas dépasser deux ans.

« “ Vous embarquerez sans faute, hein? ” dit le capitaine avec inquiétude. “ Sinon, ça causerait des tas d'ennuis et de dépenses. Vous avez six bonnes heures pour rassembler vos affaires, puis vous aurez le temps de faire un bout de somme à bord, avant que l'équipage embarque demain matin. ”

« Il lui était bien facile de parler de se préparer en six heures pour une traversée qui ne devait pas dépasser deux ans. Il n'avait pas à accomplir ce tour de force, lui, en ayant son coffre enfermé dans une remise dont je me rappelai que la clé était égarée depuis une semaine. Mais je n'étais pas non plus très inquiet. L'idée que je prenais bel et bien la mer le lendemain matin, à six heures, ne m'était pas encore bien entrée dans la tête. Tout s'était passé trop vite.

« M. Powell, glissant le rôle dans une longue enveloppe, éleva la voix en émettant une sorte de petit rire froid, sans nous regarder ni l'un ni l'autre.

« “ Attention à ne pas déshonorer notre nom, Charles. ”

« Et le capitaine de lui faire écho avec bienveillance :

« “ Il fera sûrement bien l'affaire. Je m'occuperai un peu de lui. ”

« Là-dessus, il empoigne le rôle, parle d'aller faire un saut pour voir une minute ce pauvre diable à l'hôpital, et le voilà parti de son pas lourd et vigoureux après m'avoir dit sévèrement : “ N'allez pas vous faire renverser par une charrette, comme ce pauvre garçon, comme si vous n'aviez ni yeux ni oreilles. ”

« “ Monsieur Powell ”, dis-je timidement (il ne restait plus alors avec nous dans le bureau que l'homme au cou maigre, et il se tenait déjà près de la porte, sur une jambe, pour retrousser le bas de son pantalon avant de partir). “ Monsieur Powell, dis-je, je crois que le capitaine du *Ferndale* m'a pris tout au long pour un parent à vous. ”

« Je m'inquiétais un peu de la correction du procédé, voyez-vous, mais il ne semblait nullement que ce fût le cas de M. Powell.

« “ Vraiment? dit-il, c'est curieux, car il me semble à moi

aussi que, ces derniers temps, j'ai été une sorte d'oncle gâteau pour plusieurs jeunes gaillards de votre espèce. Ne le croyez-vous pas vous-même? Mais si ça ne vous plaît pas, vous pourrez le détromper, quand vous serez en mer. " À ces mots, je me sentis un peu drôle. M. Powell m'avait rendu un très grand service, parce que c'est un fait que chez nous, dans la marine marchande, la première traversée comme officier est le véritable début dans la vie. Je ne lui devais pas moins. Je lui dis chaleureusement qu'il avait, ce jour-là, fait pour moi plus que tous mes parents réunis n'en avaient jamais fait.

« " Mais non, mais non, dit-il. Je crois que c'est cette cargaison d'explosifs en souffrance en aval de Londres qui a fait le plus pour vous. Quarante tonnes de dynamite ont été aujourd'hui vos meilleures amies, jeune homme. "

« Cela aussi était peut-être vrai. En tout cas, je vis bien que je n'étais pour rien dans ce qui m'arrivait. Mais, comme j'essayais de le remercier, il arrêta mes bégaiements.

« " Ne soyez pas trop pressé de me remercier, dit-il. La traversée n'est pas encore finie. " »

Notre nouvelle connaissance s'arrêta, puis ajouta, pensif :

« Curieux homme. Comme si ça changeait quoi que ce soit. Curieux homme.

— Il est certainement mal avisé d'accepter la moindre responsabilité de nos actes, dont nous ne pouvons jamais prévoir les conséquences, déclara Marlow en manière d'acquiescement.

— La conséquence de son acte fut que je trouvai un embarquement, dit l'autre. Ça ne pouvait pas faire grand mal », ajouta-t-il avec un rire qui indiquait un mépris probablement inconscient des idées générales.

Mais Marlow ne se laissa pas détourner de son propos. Il était patient et réfléchi. Il avait passé bien des années en mer, et je crois vraiment qu'il aimait la vie maritime parce qu'elle favorise, en somme, la réflexion. Je parle de la vie à bord des voiliers, qui a presque disparu aujourd'hui. À ceux que cette assertion surprendra peut-être, je ferai observer que cette vie assurait à l'esprit de celui qui l'embrassait les avantages inestimables de la solitude et du silence. Marlow avait une façon personnelle, mi-plaisante, mi-sérieuse, de poursuivre les idées générales.

« Oh, je ne voudrais pas prétendre, dit-il, que votre homonyme, M. Powell, le premier officier d'embarquement, vous avait fait grand mal. Ce n'était guère son intention. Et même si ç'avait été le cas, il n'en aurait pas eu le pouvoir. Ce n'était qu'un homme et l'incapacité de faire jamais un bien ou un mal caractérisé est inhérente à notre condition terrestre. La médiocrité est notre marque distinctive. Et peut-être est-ce aussi bien ainsi, puisque, la plupart du temps, nous ne pouvons être sûrs de l'effet de nos actes.

— Quant à l'effet, je n'en sais rien, fit l'autre, tenant crânement tête à Marlow. Quel effet attendiez-vous, en tout cas? Je vous dis qu'il me témoigna une rare bonté.

— Il fit ce qu'il pouvait, répliqua Marlow avec douceur, et, de son propre aveu, ce n'était pas énorme. Je ne puis m'empêcher de penser que la façon dont il saisit l'occasion de vous obliger n'allait pas sans quelque malice. Il réussit à vous mettre mal à l'aise. Vous vouliez naviguer, mais lui sauta sur l'occasion de satisfaire surabondamment votre désir. J'incline à penser que votre aplomb l'alarmait. Et c'était une occasion excellente de vous supprimer radicalement. Car, si vous acceptiez, il était débarrassé de vous en conservant toutes les apparences de l'humanité, et si vous souleviez des objections (après avoir sollicité son aide, notez-le), il lui était loisible de vous laisser choir comme une sorte d'imposteur. Il aurait pu se faire que vous fussiez dans l'obligation de refuser cet emploi pour quelque raison très valable. Par pure nécessité, peut-être. Le préavis était extraordinairement court. Mais, étant donné les circonstances, vous vous seriez couvert de honte. »

Notre nouvel ami fit tomber les cendres de sa pipe.

« Erreur complète, dit-il. Je ne suis pas du genre à refuser, bien que je reconnaisse que c'était, en quelque sorte, comme si vous disiez à un homme que vous aimeriez prendre un bain et que, par voie de conséquence, vous soyez aussitôt jeté pardessus bord tout habillé au risque de vous noyer. Pourtant, je n'eus pas d'abord l'impression d'avoir perdu pied. Je quittai tranquillement le bureau des embarquements et flânai quelque temps en suivant la rue sans plus m'inquiéter que si j'avais une semaine devant moi pour m'équiper. Mais, bientôt, je compris que le préavis était encore plus court qu'il ne semblait. L'après-midi était très avancé; il fallait me procurer certaines choses, m'occuper d'une foule de petits détails et voir une ou deux personnes. L'une d'elles était une tante, ma seule parente, qui s'était querellée avec mon pauvre père tant qu'il avait vécu au sujet de quelque ridicule affaire impossible à démêler. Elle me légua son argent à sa mort. Je me faisais toujours un devoir de lui rendre visite. J'avais tant à faire avant la nuit que je ne savais par où commencer. J'avais envie de m'asseoir sur le bord du trottoir et de me prendre la tête à deux mains. C'était comme si l'on avait fait démarrer un moteur sous mon crâne. Je finis par m'asseoir dans le premier fiacre qui vint à passer et il ne fut pas facile d'y rester assis, je vous assure, tandis que nous parcourions les rues en tous sens, nous arrêtant ici et là, que les paquets s'accumulaient autour de moi et que, dans ma tête, le moteur prenait chaque minute de la vitesse. Le calme des gens, sur les trottoirs, était provocant à l'extrême; quant aux gens qui se trouvaient dans les boutiques, ils étaient engourdis, plus qu'à demi gelés — imbéciles. C'est drôle comme un état d'esprit inusité vous affecte : tous ceux dont le comportement ne s'accorde pas avec votre agitation vous paraissent fichtrement hostiles. Et mon état d'esprit, à force de hâte, d'inquiétude et d'exultation grandissante, était tout à fait inusité. Ce moteur que j'avais dans la tête tourna à sa vitesse maximale heure après heure jusqu'au moment où, vers onze heures du soir, il me lâcha à l'entrée du dock, devant de grandes grilles de fer dans un mur aveugle. »

Ces grilles étaient fermées à clé. Le cocher, après avoir jeté du toit de sa voiture les bagages du jeune Powell dans ses bras, s'éloigna, le laissant seul avec son coffre, un sac de toile à voile et quelques paquets à ses pieds, sur le trottoir. « La rue était sombre et étroite », nous dit-il. En face, une rangée de maisons minables semblaient vides : là, il n'y avait pas la moindre lueur. L'éclair flamboyant d'un assommoir situé assez loin plongeait la partie intermédiaire de la rue dans une nuit d'encre. Quelques formes humaines, apparaissant mystérieusement comme si elles avaient surgi du sol sombre, évitaient la frange de lumière pâle projetée par les lampes placées à l'entrée du dock. Ces silhouettes se mouvaient prudemment, à pas tout à fait silencieux, telles des bêtes de proie rôdant autour d'un feu de camp. Powell rassembla ses affaires et ne les quitta pas, comme une poule fait de sa couvée. Une voix rude dit, insinuante :

« On va porter vos affaires à l'intérieur, si vous voulez, capitaine! J'ai mon copain qu'est là. »

C'était un grand chenapan osseux, au poil gris, à la mâchoire de bouledogue, vêtu d'une chemise de coton déchirée et d'un pantalon de velours. L'ombre de ses souliers ferrés était énorme et ressemblait à un cercueil. Son copain, qui ne lui venait guère au-dessus du coude, s'avança, révélant un visage pâle, un long nez tombant et une absence quasi totale de menton. On aurait dit qu'il venait de sortir d'une poubelle avec son béret écossais et sa capote de soldat dépenaillée beaucoup trop longue pour lui. Sa pâleur mortelle le faisait ressembler à un horrible et crasseux invalide portant une robe de chambre en haillons. La capote, ouverte, flottait par-devant et le reste de son vêtement se composait d'une seule bretelle croisée sur sa poitrine nue et osseuse, et d'un pantalon. Il cillait rapidement, comme ébloui par la faible lumière, tandis que son protecteur, le vieux bandit, regardait le jeune Powell de ses yeux menaçants enfouis sous de proéminents sourcils.

« Vous avez qu'un mot à dire, capitaine. Le flic nous laissera passer, y a pas d'histoires. Y nous connaît tous les deux. »

« Je ne lui répondis pas, continua M. Powell. J'écoutais des pas de l'autre côté de la grille, dont l'écho résonnait entre les murs des entrepôts comme dans une ville déserte faite de bâtiments très hauts, ténébreux du sous-sol jusqu'au toit. On n'aurait jamais pu deviner qu'à moins d'un jet de pierre se trouvaient un plan d'eau découvert et de grands navires à flot. Les rares becs de gaz, qui révélaient çà et là un pan de mur de brique, ressemblaient dans l'obscurité à des chandelles d'un sou dans une enfilade de caves — et les pas solitaires se rapprochaient : clac, clac. Un agent de la police des docks pénétra dans la zone éclairée, de l'autre côté de la grille, très sévère et large de poitrine.

« “ Eh bien ! Qu'est-ce qui se passe ici ? ”

« Il était vraiment étonné, mais, après avoir palabré quelque temps, il me fit entrer, accompagné des deux vagabonds qui portaient mes bagages. Mais il les salua d'un grognement et claqua violemment la grille à grand bruit. Je fus surpris de découvrir combien de rôdeurs nocturnes s'étaient rassemblés dans l'obscurité de la rue en si peu de temps et à mon insu. Dès que nous fûmes entrés, ils vinrent battre les barreaux en silence, comme une foule de spectres hideux. Mais brusquement, quelque part vers le bout de la rue, peut-être près du débit de boisson, un vacarme éclata, comme si les fous de Bedlam s'étaient échappés : des hurlements, des glapissements, un horrible cri strident — et, à ce bruit, toutes ces têtes s'éloignèrent des barreaux et s'évanouirent.

« “ Regardez-moi ça, dit le policeman, ébahi. Ça m’étonne qu’ils n’aient pas filé avec vos affaires pendant que vous attendiez.

« — Je ne me serais pas laissé faire ”, dis-je d’un air de défi. Mais le policeman n’en fut pas impressionné.

« “ Ça vous aurait bien avancé. Le sac file par un coin de rue noir ; le coffre par un autre. Auriez-vous couru des deux côtés à la fois ? Et d’ailleurs, on vous aurait fait un croc-en-jambe et sauté dessus à pieds joints avant que vous ayez fait trois mètres. Je vous dis que vous avez eu une chance tout à fait extraordinaire qu’y ait pas eu un des vrais durs cette nuit dans la grand’rue pour reluquer vot’ fiacre avec son chargement au passage. Ted, lui, est honnête... Tu fais dans le genre honnête, toi, pas vrai, Ted ?

« — D’puis toujours, m’sieu l’agent ”, fit le grand chenapan avec conviction. L’autre, l’être frêle, semblait muet et se contentait de sautiller de-ci de-là, le bas de sa capote de soldat touchant le sol.

« “ Oh oui, bien sûr, dit le policeman. Eh bien, en avant, marche... ” “ Il est comme ça pasqu’il n’a pas l’cran de faire autrement, me confia-t-il. Il a pas assez de culot. Mais je les aurai à l’œil, ces deux-là, jusqu’à ce qu’ils repassent la grille. Ce petit gars est un démon. Il a assez de culot pour faire n’importe quoi, mais c’est pas un gros bras. Bon ! Bon ! Vous avez eu de la chance d’entrer sans vous faire trouer la peau et avec toutes vos affaires. ”

« J’étais un peu incrédule. Il semblait impossible qu’après m’être préparé avec tant de hâte et de peine, j’eusse pu perdre ma chance de prendre un bon départ dans la vie pour une raison pareille. Je demandai :

« “ Est-ce que ce genre de chose arrive souvent si près des grilles du dock ?

« — Souvent, non ! Pas souvent, bien sûr, mais c’est pas souvent non plus qu’on arrive avec un plein fiacre de bagages pour embarquer à cette heure de la nuit. Voilà treize ans que je suis dans la police des docks et j’ai pas vu ça une seule fois. ”

« Pendant ce temps, nous suivions, le long d’une sorte de ruelle étroite profondément enfoncée entre deux grands entrepôts, mon coffre porté d’un côté par l’honnête Ted et de l’autre par son petit démon de copain contraint de trotter sans cesse pour suivre ses enjambées. Les pans de sa capote de soldat, qui flottaient derrière lui, balayaient presque le sol, si bien qu'il semblait se mouvoir sur des roulettes. Au coin de ce sombre couloir, un bout-dehors de beaupré gréé, avec un arc-boutant de martingale terminé en pointe de flèche surgit de la nuit tout près d'un bec de gaz en fonte. C'était le quai. Ils déposèrent leur fardeau dans la zone éclairée, et l'honnête Ted demanda d'une voix éraillée :

« “ Où est votre navire, patron? ”

« Je n'en savais rien. Mon ignorance intéressa l'agent.

« “ Vous ne savez pas où est votre navire? ” demanda-t-il avec curiosité. “ Et vous êtes le lieutenant! N'avez-vous pas travaillé à son bord? ”

« Je ne pouvais expliquer que le seul travail concernant ma nomination était celui du hasard. Je lui dis brièvement que je ne connaissais pas du tout mon navire. À ces mots, il déclara :

« “ C'est ce que je vois. Le voici, juste en face de vous. C'est lui. ”

« Aussitôt, le gréement d'avant, éclairé par le gaz, éveilla en moi intérêt et respect; les espars étaient gros, les chaînes et les câbles robustes, tout l'ensemble semblait puissant et inspirait confiance. À peine effleuré par la lumière, son avant se dressait confusément le long de l'étroite bande du quai; le reste était une tache noire dans les ténèbres. J'étais là, face à face avec mon début dans la vie. Notre groupe fit quelques pas sur un trottoir gras qui séparait le flanc du navire du mur élevé d'un entrepôt, et mes tibias heurtèrent douloureusement le bout de la passerelle. L'agent héla le navire d'une voix de basse, sans hausser le ton, “ Ohé du *Ferndale*! ” Un bruit faible et lugubre, qui tenait du gémissement et du bourdonnement, provenant de derrière les pavois, lui répondit.

« Je distinguai vaguement une boule irrégulière, peut-être de bois, posée sur la lisse. Elle ne bougeait absolument pas; mais, comme un nouveau bourdonnement de voix cassée, qui semblait l'écho encore affaibli du premier son lugubre, en provenait, j'en conclus que ce devait être la tête du gardien du navire. Le vigoureux agent lança d'un ton moqueur, singeant le style officiel :

« “ Le lieutenant arrive pour embarquer. Remuez-vous un peu. ”

« La vérité de cette affirmation m'atteignit au creux de l'estomac (vous savez que c'est l'endroit où l'émotion se fait sentir), car je fus convaincu que, pour cet agent, je n'étais bel et bien que le lieutenant d'un navire, tout à fait semblable à n'importe quel autre lieutenant. Je fus ému par ce témoignage tangible de ma nouvelle dignité. Seul son ton me blessa. Néanmoins, je lui donnai le pourboire qu'il recherchait. Sur quoi il perdit pour ma personne tout intérêt, humoristique ou autre, poussant rudement devant lui l'honnête Ted, qui s'en fut grommelant en aparté comme un ogre affamé, et son horrible petit copain muet en capote militaire, qui, du début à la fin, n'avait pas émis le moindre son.

« Il faisait très noir sur le gaillard d'arrière du *Ferndale*, entre les hauts pavois plongés dans l'ombre de la dunette, sous le regard sévère de la façade de l'entrepôt. Je m'effondrai sur mon coffre près de l'écoutille arrière, comme si l'on m'avait fauché les jambes. Je me sentis tout à coup très fatigué, très alangui. Le gardien, que je pouvais à peine distinguer, était penché sur le cabestan, en proie à un accès de toux faible, pitoyable. Il soufflait très bas, haletant, " Oh, mon Dieu! Oh mon Dieu! " et lutta si longtemps pour reprendre sa respiration que je me levai, alarmé et irrésolu.

« " Ça m'a pris comme ça y a eu un an à Noël. C'est rien. "

Il paraissait avoir au moins cent ans. Je ne l'ai jamais bien vu, car il était descendu à terre et avait disparu quand j'arrivai sur le pont le lendemain matin; mais il figura pour moi la créature la plus faible qui ait jamais vécu. Sa voix était ténue comme le bourdonnement d'un moustique. Comme il eût été cruel de requérir l'aide d'une épave aussi peu substantielle, je me mis seul à l'ouvrage et traînai mon coffre le long d'un couloir d'un noir d'encre, sous la dunette, tandis qu'il tournait autour de moi, soupirant et gémissant comme si mes efforts dépassaient ce que sa faiblesse pouvait supporter. Enfin, comme je heurtais assez violemment les cloisons, il me mit en garde, me conseillant, de son souffle asthmatique, épuisé et presque inaudible, de faire plus attention.

« " Qu'est-ce qui ne va pas? demandai-je assez rudement, ne goûtant pas les remontrances de ce spectre, de cette pitoyable ruine.

« — Rien! Rien, lieutenant ", fit-il en manière de protestation, avec tant de hâte qu'il en perdit de nouveau son pauvre souffle et que j'eus pitié de lui. " Seulement, le capitaine et sa dame dorment à bord. C'est une dame qu'il ne faut pas déranger. Ils sont arrivés vers huit heures et demie et nous avons été autorisés à avoir de la lumière dans la cabine jusqu'à dix heures, ce soir. "

« Cette nouvelle me parut de grande importance. Je n'avais jamais embarqué sur un navire dont le capitaine fût accompagné de sa femme. J'avais entendu des gens dire que les femmes de capitaine pouvaient causer des tas d'ennuis à bord, s'il advenait qu'elles prissent quelqu'un en grippe; surtout les nouvelles épouses, si elles étaient jeunes et jolies. Par ailleurs, les épouses d'âge et d'expérience s'imaginaient connaître le navire mieux que le capitaine lui-même et observaient d'un œil d'aigle ce qui se passait. Elles étaient comme un autre second particulièrement acerbe et impitoyable, qui faisait son rapport le soir. Les meilleures étaient assommantes. De l'avis général, un capitaine dont la femme était à bord était plus difficile à satisfaire; mais était-ce pour faire parade de son autorité devant une femme admirative, par un tendre souci de sa sécurité, ou simplement à cause de l'irritation causée par sa présence — je n'ai jamais entendu personne se prononcer là-dessus.

« Après avoir jeté mes affaires n'importe comment dans ma cabine, je frottai une allumette dont l'éclat m'en permit un aperçu; puis je lançai ma literie encore enroulée sur la couchette sans prendre la peine de l'étaler. Je n'avais pas sommeil, alors, et je n'étais pas fatigué. Et la pensée que j'en avais fini avec la terre pour bien des mois à venir faisait naître en moi un calme profond et comme le sentiment de me suffire à moi-même. Les marins me comprendront. »

Marlow fit un signe de tête affirmatif. « C'est un sentiment rigoureusement professionnel, expliqua-t-il. Mais les autres professions ou métiers l'ignorent complètement. Seule cette vocation, dont l'attrait réside essentiellement dans la promesse d'aventures incessantes, offre ce sentiment profond à ceux qui la suivent. Il est difficile à définir, j'en conviens.

— Je l'appellerais la paix de la mer », dit M. Charles Powell d'un ton grave, mais en nous regardant comme s'il s'attendait à un rire moqueur et était presque prêt à y faire chorus pour sauver sa réputation d'homme raisonnable. Mais nous ne rîmes ni l'un ni l'autre de M. Charles Powell, dont nous avions été invités à partager le début dans la vie. Il avait la chance d'avoir un bon auditoire.

« C'est très bien dit », fit Marlow en le regardant d'un air approbateur. « Le marin éprouve un profond sentiment de sécurité dans l'exercice de sa profession. L'exigeante vie en mer a cet avantage sur la vie à terre, que ses devoirs sont simples et ne peuvent être éludés.

— Vérité d'Évangile, acquiesça M. Powell. Non! Ils ne peuvent pas être éludés. »

Qu'une parfaite entente se fût instaurée entre mon vieil ami et notre nouvelle connaissance était bien remarquable. Car leurs personnalités s'opposaient rigoureusement — l'une s'étendant en longueur et l'autre en largeur, ce qui est déjà une raison suffisante d'irréconciliable mésentente. Marlow, qui était efflanqué, long, dégingandé, discrètement composé de nuances variées de brun, sans la moindre trace de vernis, avait un regard voilé filtrant entre des paupières mi-closes, le comportement neutre et la secrète irritabilité qui accompagnent une prédisposition à la congestion du foie. L'autre, trapu, large, aux membres robustes, semblait tout rempli d'organes sains, qui fonctionnaient toujours vigoureusement afin de maintenir l'éclat de son teint, l'ondulation légère de ses cheveux de jais et le lustre de ses yeux, qui s'affirmaient carrément dans un visage ouvert et viril. Entre deux constitutions comme celles-ci, on ne se serait pas attendu à trouver la moindre sympathie. Mais j'ai remarqué qu'entre les laïques qui vivent sur les navires comme entre les saints personnages réunis dans les monastères, apparaissent des traits d'une profonde ressemblance. La cause doit être que le service de la mer et celui d'un temple sont l'un et l'autre détachés des vanités et des erreurs d'un monde qui n'obéit à aucune règle stricte. Les gens de mer s'accordent très bien dans leurs opinions des choses de la terre, car la simplicité est bonne conseillère et l'isolement n'est pas un mauvais maître. Un tour d'esprit fait d'innocence et de scepticisme leur est commun à tous et il s'y ajoute une intuition inattendue des mobiles humains semblable à celle des spectateurs désintéressés d'un jeu. M. Powell me prit à part pour me dire :

« J'aime sa façon de parler.

— Vous vous comprenez fort bien, remarquai-je.

— Je connais ce genre d'homme », dit Powell en allant à la fenêtre pour regarder son cotre toujours évité à la marée. « C'est le genre d'hommes qui poursuivent toujours quelque idée qui leur tourne sans cesse dans la tête, juste pour s'amuser.

— Ça les maintient en bonne forme, dis-je.

— Très vifs, assurément, reconnut-il.

— Préféreriez-vous un homme qui laisserait ses idées dormir ?

— Non pas », répondit notre nouvelle connaissance. Visiblement, il n'était pas difficile à vivre. « Il me plaît fort bien, poursuivit-il, quoiqu'il ne soit pas facile à comprendre. Il paraît savoir pas mal de choses. Que fait-il ? »

Je lui dis que notre ami Marlow avait cessé de naviguer, un peu à contrecœur, depuis quelques années.

M. Powell répondit : « Il s'imaginait en avoir assez ?

— S'imaginait est le mot juste dans ce cas », déclarai-je, me rappelant le je-ne-sais-quoi de provisoire qu'avait le long séjour de Marlow parmi nous. D'année en année, il demeurait à terre, comme un oiseau posé sur une branche d'arbre, si tendu pour un envol soudain dans son véritable élément qu'il est impossible de comprendre pourquoi il reste immobile minute après minute. La mer est le véritable élément du marin, et Marlow, attardé sur le rivage, était pour moi l'objet d'une commisération incrédule, comme un oiseau qui aurait secrètement perdu sa foi dans la haute vertu du vol.

CHAPITRE II

LES FYNE ET LEUR JEUNE AMIE

Nous étions alors debout dans la salle, et Marlow, la peau hâlée et le pas mesuré, s'approcha de l'embrasure de fenêtre où M. Powell et moi-même nous étions retirés.

« Rappelez-moi donc le nom de votre chance », demanda-t-il.

M. Powell ouvrit un instant de grands yeux.

« Oh ! Le *Ferndale*. Un navire de Liverpool. Un navire de construction composite.

— Le *Ferndale*, répéta Marlow pensif. Le *Ferndale*.

— Vous le connaissez ?

— Notre ami, dis-je, connaît plus ou moins tous les navires. Il semble avoir promené sur les mers une intense curiosité. »

Marlow sourit.

« Je l'ai vu, une fois au moins.

— Le plus beau navire jamais lancé en mer, affirma M. Powell avec force. Sans exception !

— Il avait l'air solide et confortable, acquiesça Marlow. Extrêmement confortable. Pas très rapide, pourtant.

— Il était assez rapide pour satisfaire n'importe quel

homme raisonnable... quand j'étais à son bord, grommela M. Powell, qui nous tournait le dos.

— C'est le cas de n'importe quel navire... pour satisfaire un homme raisonnable, dit Marlow, exprimant cette généralisation d'un ton conciliant. Un marin n'est pas un globe-trotter.

— Non, marmonna M. Powell.

— Le temps ne compte pas pour lui, fit Marlow.

— Je ne crois pas qu'il compte beaucoup, dit M. Powell. Malgré tout, une traversée rapide est inscrite à votre crédit.

— C'est vrai, mais seul le capitaine bénéficie de ce crédit. Et, à propos, comment s'appelait-il ?

— Le capitaine du *Ferndale*? Anthony. Le capitaine Anthony.

— C'est bien cela. C'est tout à fait bien », acquiesça Marlow, pensif. Notre nouvelle connaissance lança un regard par-dessus son épaule.

« Que voulez-vous dire ? Pourquoi est-ce mieux que s'il s'était appelé Brown ?

— Il l'a probablement connu, expliquai-je. Notre ami Marlow semble avoir plus ou moins connu toutes les âmes qui ont jamais pris la mer dans un corps de marin. »

M. Powell semblait étonnamment sensible à la puissance du verbe, car, regardant encore une fois par la fenêtre, il marmonna : « C'était une bonne âme. »

Ces paroles se rapportaient évidemment au capitaine Anthony, du *Ferndale*. Marlow, s'adressant à moi, protesta.

« Je ne le connaissais pas. Vraiment pas. C'était une bonne âme. Cela n'a rien d'extraordinaire, n'est-ce pas ? Et je n'en savais même pas autant sur son compte. Tout ce que je savais de lui, c'était un accident nommé Fyne. »

Sur quoi, M. Powell, qui, lui aussi, pouvait manifestement se rebiffer, tourna carrément le dos à la fenêtre.

« Que diable entendez-vous par là ? demanda-t-il. Un — accident — nommé Fyne », répéta-t-il, détachant et scandant vigoureusement chaque mot.

Marlow ne se démonta pas.

« Je n'entends pas accident au sens de mésaventure. Pas le moins du monde. Fyne était un brave petit bonhomme de fonctionnaire. Par accident, j'entends ce qui survient à l'aveuglette, sans procéder d'une intention intelligente. C'est généralement ainsi qu'un beau-frère survient dans la vie d'un homme. »

Comme le ton de Marlow était celui de l'excuse et que notre nouvelle connaissance s'était retournée vers la fenêtre, je pris sur moi de dire :

« Vous avez raison. La plupart des mariages ne procèdent guère d'une intention intelligente, mais ils ne sont pas plus mauvais pour autant. L'intelligence égare parfois les gens autant que la passion. Je sais que vous n'êtes pas cynique. »

Marlow eut son sourire chargé de souvenirs, qui était bienveillant, comme s'il ne gardait pas rancune aux gens qu'il avait connus.

« Le mariage du petit Fyne fut tout à fait réussi. Il ne résulta nullement d'une intention préméditée. Il faut que vous sachiez que Fyne adorait marcher. Il passait ses congés à parcourir à pied, en tous sens, notre pays natal. Il avait des goûts simples. Il apportait à ses congés une conviction et une persévérance infinies. À la saison propice, on rencontrait, dans les champs, Fyne, petit homme au visage sérieux, à la poitrine large, un havresac minable sur le dos, qui se dirigeait vers le clocher de quelque église. Il avait horreur des routes. Il écrivit une fois un opuscule intitulé *L'Itinéraire du marcheur* et fut reconnu comme une autorité au sujet des sentiers d'Angleterre. C'est ainsi qu'une année, selon sa manière favorite d'aller à travers champs et d'arriver par-derrière, il entra dans un joli village du Surrey où il rencontra Mlle Anthony. Pur accident, comme vous voyez. Ils tombèrent d'accord par-dessus quelque échalier fort probablement. Le petit Fyne avait des idées très solennelles sur la destinée des femmes ici-bas, sur la nature de notre amour terrestre, sur les obligations de notre vie passagère, etc. Il les fit vraisemblablement connaître à sa future femme. Les idées de Mlle Anthony sur la vie étaient également très arrêtées, mais de façon différente. Je ne connais pas l'histoire de leurs amours. J'imagine qu'elles se déroulèrent de façon clandestine et, j'en suis sûr, avec une gravité solennelle, derrière des taillis et des haies...

— Pourquoi se déroulèrent-elles de façon clandestine? demandai-je.

— À cause du père de la demoiselle. C'était un sentimental farouche, qui avait ses propres idées — très arrêtées — sur ses prérogatives paternelles. Il était terrifiant; mais la seule marque d'imagination chez Fyne était la fierté qu'il tirait de l'ascendance de sa femme. Qui plus est, cette fierté stimulait son ingéniosité. Il est difficile — n'est-il pas vrai? — de placer le nom de jeune fille de sa femme dans une conversation ordinaire. Mais mon brave Fyne, dans sa simplicité, usait à cette fin du capitaine Anthony, sinon je n'aurais jamais entendu parler de lui. “ Le frère de ma femme, le marin ”, c'était là sa formule. Il exhibait le marin de frère dans une gamme assez étendue de sujets : les affaires indiennes, coloniales, les conversations sur les voyages, les vacances au bord de la mer, etc. Je me rappelle avoir entendu une fois mentionner “ Le frère de ma femme, le marin, le capitaine Anthony ”, à propos de quelque chose d'aussi banal qu'un coucher de soleil. Et le petit Fyne ne manquait jamais d'ajouter : “ Le fils de Carleon Anthony, le poète... vous savez ”. Il baissait la voix pour le dire, et les gens étaient impressionnés, ou feignaient de l'être. »

Feu Carleon Anthony, le poète, chanta, en son temps, les charmes de la vie familiale et de la vie publique de notre époque en vers des plus heureux, dans le but, selon sa propre expression, « de célébrer le résultat de six mille ans d'évolution tendant au raffinement de la pensée, des mœurs et des sentiments ». Pourquoi avait-il fixé ce terme de six mille ans? — je n'en sais rien. Ses poèmes faisaient au lecteur l'effet de romans sentimentaux contés en vers de qualité vraiment supérieure. On avait l'impression d'être emmené pour une délicieuse promenade à la campagne par une dame charmante dans une voiture tirée par un poney. Mais, dans sa vie familiale, ce même Carleon Anthony montrait les traces que l'homme primitif des cavernes avait laissées sur son tempérament. C'était un être massif, implacable, au beau visage, arbitraire et exigeant à l'égard de son entourage, mais d'une prodigieuse douceur dans son comportement à l'égard de ceux qui l'admiraient sans le connaître. Ces manifestations de caractère opposé devaient être particulièrement exaspérantes pour sa famille, dont la patience était soumise à rude épreuve. Après la mort de sa seconde femme, son fils, qu'il s'obstinait par pur caprice à faire instruire à la maison, fit une fugue du genre traditionnel, et, comme dégoûté des charmes de la civilisation, se jeta à la mer — pour parler au figuré. La fille (l'aînée des deux enfants), soit par compassion, soit parce que les femmes sont d'un naturel plus endurant, demeura l'esclave du poète pendant plusieurs années, jusqu'au moment où elle saisit à son tour l'occasion de s'échapper en se jetant dans les bras — les bras musclés — de Fyne, le marcheur. Ce fut l'effet d'un grand et heureux hasard ou d'une grande sagacité. Un fonctionnaire est, j'imagine, le dernier être humain au monde à conserver ces traits de l'homme des cavernes, qu'elle fuyait. Son père ne consentit jamais à la revoir après le mariage. Pareil impitoyable égoïsme est difficile à comprendre, sinon comme une espèce de raffinement pervers. Par ailleurs, l'équilibre mental de Carleon Anthony fut mis en doute longtemps avant sa mort.

La plupart des faits signalés ci-dessus, je les dois à Marlow, car je ne connaissais de Carleon Anthony que ses vers sages mais enchanteurs. Marlow m'assura que le mariage des Fyne fut tout à fait réussi, voire heureux, d'un bonheur sérieux, dépourvu d'enjouement, et qu'il fut en outre béni par la naissance de trois enfants sains, actifs, indépendants, tous des filles. Toutes étaient en outre férues de marche. La plus jeune elle-même s'en allait à des milles de distance si on la laissait faire. Mme Fyne avait un teint rendu rubicond par la vie au grand air et portait des blouses au plastron empesé comme une chemise d'homme, un col droit et des cravates longues. Marlow avait fait la connaissance de la famille un été, à la campagne, où les Fyne louaient une villa pendant les vacances...

À ce moment, nous fûmes interrompus par M. Powell, qui déclara qu'il devait nous quitter. La marée était étale, annonça-t-il en s'éloignant brusquement de la fenêtre. Il voulait être à bord de son cotre avant qu'il évitât, et, naturellement, il coucherait à bord. Il ne couchait jamais ailleurs que sur son cotre pendant une croisière. Au bout d'un instant, il avait disparu sans cérémonie mais sans impolitesse, nous laissant l'impression de le connaître depuis longtemps. La franchise avec laquelle il nous avait raconté son début dans la vie avait contribué à établir entre nous ce genre de relations. Je ne songeai pas un instant que je le reverrais. Marlow se déclara assuré de le rencontrer à nouveau avant longtemps.

« Il croise tout l'été aux abord de l'estuaire de la Tamise. Il sera facile de le trouver n'importe quel week-end », déclara-t-il en sonnant le garçon pour que nous réglions l'addition.

Plus tard, je demandai à Marlow pourquoi il souhaitait cultiver cette relation de hasard. Il avoua, comme en s'excusant, obéir à l'espèce la plus banale de curiosité. Je me flatte de comprendre toutes sortes de curiosités. La curiosité pour les faits, les choses, les hommes ordinaires. C'est la faculté la plus respectable de l'esprit humain – et même, je ne puis concevoir à quoi servirait un esprit dépourvu de curiosité. Ce serait comme une chambre perpétuellement fermée à clé. Mais, en l'espèce, M. Powell semblait nous avoir donné une vision complète de sa personnalité — dans la mesure où elle existait; personnalité capable de perception, sensible aux caprices du sort, mais, en elle-même, essentiellement simple.

Marlow en convint. Cependant, il expliqua que sa curiosité n'était pas éveillée par le seul M. Powell. Son origine remontait fort loin, jusqu'au moment où il avait fait, par hasard, la connaissance des Fyne à la campagne. Cette rencontre fortuite d'un homme qui avait navigué avec le capitaine Anthony l'avait réveillée. Elle l'avait réveillée assez efficacement, puisque c'est grâce à elle que la connaissance de l'origine et de la nature de cette curiosité me fut également révélée. Elle me fut révélée en plusieurs étapes séparées par des intervalles qui ne sont pas signalés ici. En cette première occasion, je fis observer à Marlow non sans quelque surprise : « Mais, si ma mémoire ne me trompe pas, vous avez dit que vous ne connaissiez pas le capitaine Anthony.

— Non. Je n'ai jamais vu cet homme. Il y a maintenant des années de cela, mais je crois entendre la voix grave du solennel petit Fyne annoncer la visite imminente du frère de sa femme, " le fils du poète, vous savez ". Il venait d'arriver à Londres après une longue traversée, et, dès que ses occupations le lui permettraient, il viendrait passer quelques semaines dans sa famille. Sans doute trouverions-nous bien des sujets de conversation en tête à tête touchant notre commun métier, ajouta pompeusement le petit Fyne de sa voix basse et grave, comme si la marine marchande était une société secrète.

« Il vous faut comprendre que je ne cultivais les Fyne qu'à la campagne, pendant leurs vacances. Nos relations duraient depuis trois ans. De leur existence en ville je ne savais rien de plus que ce que l'analogie permettait d'en supposer. Je jouais aux échecs avec Fyne en fin d'après-midi et j'arrivais parfois à la villa assez tôt pour prendre le thé avec la famille rassemblée autour d'une grande table ronde. Elle y formait un groupe hâlé par le soleil, sans un sourire et vraiment très silencieux. Les enfants eux-mêmes se taisaient, comme s'ils se méprisaient réciproquement et méprisaient aussi leurs aînés. Fyne marmonnait parfois d'une voix caverneuse quelques paroles insignifiantes. Mme Fyne souriait machinalement (elle avait des dents magnifiques) en distribuant le thé et le pain beurré.

Quelque chose qui n'était ni froideur ni indifférence mais une sorte d'étrange maîtrise de soi lui donnait l'air d'une excellente gouvernante très capable et digne de confiance, comme si Fyne était veuf et si les enfants n'étaient pas ceux de Mme Fyne, mais avaient seulement été confiés à sa garde sereine, efficace, imperturbable. On s'attendait à l'entendre donner à Fyne du " monsieur ". Lorsqu'elle l'appelait John, cela surprenait comme une familiarité choquante. L'atmosphère de ces vacances était — si je puis m'exprimer ainsi — d'une gaieté morne. Des visages sains, des teints frais, des yeux lumineux, et jamais un franc sourire dans toute la bande, sinon, peut-être, celui d'une jeune amie.

« Le problème des jeunes amies m'intriguait fort. Comment et où les Fyne trouvaient-ils toutes ces jolies filles qu'ils persuadaient de venir séjourner chez eux? Je ne puis l'imaginer. Je conçus d'abord le soupçon extravagant qu'on les recrutait pour divertir Fyne. Mais je m'aperçus bientôt qu'il pouvait à peine les distinguer l'une de l'autre, bien qu'il fût évident qu'il approuvait leur présence à sa manière pompeuse. En réalité, ces jeunes filles venaient pour Mme Fyne. Elles la traitaient avec une déférence admirative. Elle satisfaisait chez elles quelque besoin. Elles étaient comme des disciples assis aux pieds du maître. C'était très curieux. Elles ne prêtaient guère attention à Fyne. Quant à moi, on me faisait sentir que je n'existais pas.

« Après le thé, nous entamions une partie d'échecs, et la sempiternelle gravité de Fyne se teintait alors légèrement de la lueur affaiblie d'un sentiment intime qui ressemblait à une satisfaction sournoise. De cette divine frivolité — le rire — il n'était capable que penché sur un échiquier. Certaines positions des pièces l'égayaient — ce que rien d'autre sur terre ne pouvait faire...

— Il vous battait d'ordinaire, affirmai-je avec confiance.

— Oui, il me battait d'ordinaire », s'empressa d'avouer Marlow.

C'est ainsi qu'il faisait deux parties avec Fyne après le thé. Les enfants s'ébattaient ensemble dehors, gravement, sans gaieté, comme on pouvait s'y attendre de la part de petits Fyne et Mme Fyne s'en était allée au bout du jardin avec la jeune amie de la semaine. Elle partait toujours aussitôt après le thé, le bras autour de la taille de la jeune fille. Marlow dit qu'il n'avait jamais causé qu'avec une seule des jeunes amies. C'était arrivé de façon tout à fait imprévue, longtemps après qu'il eut abandonné tout espoir d'entrer en rapport avec ces jeunes amies réservées.

Un jour, il vit une femme côtoyer le bord d'une carrière élevée qui formait un à-pic d'au moins cent pieds; il la vit de la route en lacets escaladant la colline où cette carrière avait été creusée. D'en bas, où il passait par hasard, il lui lança un cri d'alarme. Elle courait vraiment un grand danger. Au son de sa voix, elle eut un vif mouvement de recul et disparut parmi de jeunes pins d'Écosse qui poussaient tout près du bord même du précipice.

« Je m'assis sur l'herbe d'un talus, poursuivit Marlow. Elle m'avait retourné les sangs. Le bord de sa jupe semblait flotter au-dessus de cet affreux escarpement tant elle était près du bord. C'était stupide. C'était une véritable folie — sans aucune raison qu'on pût imaginer. Je réfléchissais à la témérité de la jeune fille ordinaire et me rappelais d'autres exemples du même genre, lorsqu'elle apparut, descendant la pente raide et sinueuse de la route. Elle tenait la canne de Mme Fyne et était accompagnée du chien de la maison. Ce visage d'une pâleur mortelle me stupéfia au point que j'oubliai de lever mon chapeau. Je me contentai de rester assis, le regard fixe. Le chien, animal vif et aimable, qui, pour quelque raison impénétrable, avait accordé sa sympathie à mon indigne personne, bondit sur le talus avec des démonstrations d'amitié et se glissa sous mon bras.

« La jeune amie (c'en était une) me dépassa de quelques pas, comme si elle ne m'avait pas vu, puis s'arrêta et appela le chien à plusieurs reprises; mais il ne fit que se blottir plus étroitement contre moi, et, quand je tentai de le repousser, manifesta cette remarquable force d'inertie, grâce à laquelle un chien s'arrange pour être presque impossible à déloger autrement que par un coup de pied. Elle lança un regard pardessus son épaule et ses sourcils arqués se froncèrent audessus de son visage blême. Elle avait presque l'air renfrogné. Puis l'expression changea. Elle parut malheureuse. “ Ici! ” cria-t-elle à nouveau sur un ton à la fois irrité et affligé. Je me découvris enfin, mais le chien, la langue pendante, avec cet air de stupidité joyeuse que certains chiens savent si bien prendre quand cela leur convient, feignit d'être sourd.

« Elle cria de loin avec l'énergie du désespoir.

« “ Peut-être consentirez-vous alors à le ramener à la villa. Il m'est impossible d'attendre.

« — Je ne veux pas être responsable de ce chien ", protestai-je, descendant du talus et m'avançant vers elle. Elle semblait très vexée, apparemment parce que le chien l'avait abandonnée. " Mais, si vous me permettez de vous accompagner, il nous suivra sûrement ", proposai-je.

« Elle poursuivit sa marche sans me répondre. Le chien s'élança soudain en trombe dans la descente, s'éloignant de nous dans un petit nuage de poussière. Il disparut au loin, et, bientôt, nous le rejoignîmes couché sur l'herbe. Il haletait à l'ombre de la haie, les yeux brillants, mais feignit de ne pas nous voir. Nous n'avions pas encore échangé un seul mot. La jeune fille, qui marchait à mes côtés, lui lança au passage un regard méprisant.

« " C'est lui qui a voulu venir avec moi, déclara-t-elle avec amertume.

« — Et puis il vous a abandonnée ! fis-je, compréhensif. Voilà qui ne semble pas du tout chevaleresque. Mais ce n'est que par manque de tact. Je crois qu'il voulait protester contre votre témérité. Qu'est-ce qui vous a poussée à venir si près du bord de cette carrière ? Le sol aurait pu céder. N'avez-vous pas remarqué au fond un pin fracassé ? Il a dégringolé l'autre matin, après une nuit de pluie.

« — Je ne vois pas pourquoi je ne serais pas aussi téméraire qu'il me plaît. "

« Piqué par sa façon brusque de revendiquer sa folie, je lui dis que, dans ce cas, je ne le voyais pas non plus, sur un ton suggérant presque qu'elle pouvait bien se rompre le cou, car cela m'était bien égal. Mes paroles dépassaient de beaucoup ma pensée, mais je n'aime pas les filles impolies. Je ne lui avais été présenté que la veille — à la table à thé ronde — et elle avait à peine répondu à mon salut. Je n'avais pas saisi son nom, mais j'avais remarqué ses beaux sourcils arqués — signe de courage, selon la physiognomonie.

« J'observai tranquillement son aspect extérieur. Ses cheveux étaient presque noirs, ses yeux bleus, sur lesquels de longs cils sombres projetaient une ombre épaisse. Elle avait alors recouvré quelque couleur. Elle regardait droit devant elle ; le coin de sa bouche tourné vers moi tombait un peu ; son menton, un peu pointu, était beau. Puis, je dis qu'une certaine considération pour autrui devait nous empêcher de jouer avec le danger. Je fis valoir sur un ton enjoué que le désespoir des pauvres Fyne, en cas d'accident, était une raison suffisante. Je lui dis qu'elle ne connaissait pas l'esprit bucolique. Si elle avait fait l'objet de l'enquête d'un coroner, elle aurait abouti à un verdict de suicide probablement causé par un chagrin d'amour. Ces gens ne pourraient jamais comprendre qu'elle avait pris la peine d'escalader deux clôtures à barres transversales pour le seul plaisir de faire preuve de témérité. À vrai dire, au moment même où je parlais sur le ton de la raillerie, je fus moi-même vivement frappé par ce fait. Elle rétorqua qu'une fois mort, ce que les méchants pensaient de vous n'avait aucune importance. Cela fut dit avec un mépris infini; mais une sorte de tremblement contenu de sa voix me fit la regarder de nouveau. Je vis alors que ses cils épais étaient humides. Cette surprenante découverte me fit taire, comme vous pouvez l'imaginer. Elle avait l'air malheureuse. Et — je ne sais comment l'exprimer — eh bien, cela lui seyait. Ce front soucieux, cette bouche douloureuse, ce regard vague et fixe! Une victime. Et cet aspect caractéristique lui donnait de l'attrait, une note personnelle, voyez-vous.

« Le chien, poursuivant sa course, nous avait précédés, et posté maintenant près de la porte du jardin des Fyne, nous regardait, le corps tendu, agitant très, très lentement son bout de queue; son air exprimait l'attention concentrée. Avec une rapidité violente, la jeune amie des Fyne franchit la porte en question et s'engouffra dans la villa, me laissant sur la route, frappé de stupeur.

« Deux heures plus tard, je revins à la villa pour jouer aux échecs, comme d'habitude. Je ne vis alors ni la jeune fille ni Mme Fyne. Nous fîmes nos deux parties et, en prenant congé, je prévins Fyne qu'appelé en ville pour affaires, je serais peut-être absent quelque temps. Il exprima de vifs regrets. Son beau-frère devait arriver le lendemain, mais il ignorait s'il jouait aux échecs. Le capitaine Anthony (" le fils du poète, vous savez ") était d'un naturel réservé, timide avec les inconnus, dépourvu d'entregent et très épris de son métier, m'expliqua Fyne. Depuis le mariage de celui-ci, il ne s'était encore laissé persuader qu'une seule fois de venir passer quelques jours chez eux. Son enfance avait été assez malheureuse — ce qui l'avait rendu silencieux. Mais sans doute, conclut Fyne comme s'il traitait d'un mystère sur un ton pénétré, des marins comme nous trouveraient beaucoup à se dire.

« Cette question ne fut jamais élucidée. Je fus retenu en ville plusieurs semaines de suite, jusqu'au moment où il sembla qu'il ne valût guère la peine de retourner à la campagne. Mais, comme j'avais gardé mon logement à la ferme, je décidai d'aller y passer encore quelques jours.

« Il était tard; la nuit tombait, quand je descendis à notre petite gare rurale. Mon regard tomba sur le large dos facilement reconnaissable du petit Fyne et sur ses jambes musclées couvertes de bas de cycliste. Il longea rapidement les wagons et se dirigea vers l'arrière du train, qui s'éloigna bientôt, le laissant seul au bout du quai de la gare rurale. Quand il regagna l'endroit où j'attendais, je m'aperçus qu'il était fort troublé, si troublé qu'il en oublia de me saluer selon les formes habituelles. Il se contenta de pousser un " Oh! " en me reconnaissant et s'arrêta, indécis. Quand je lui demandai s'il attendait quelqu'un qui devait arriver par ce train, il parut incapable de répondre. Il balbutia de façon décousue. Je le regardai attentivement. Selon toute apparence, il n'était nullement ivre; en outre, soupçonner Fyne d'un manquement aux convenances, raffinées ou élémentaires, grandes ou petites, était absurde. C'était aussi un homme trop sérieux et réfléchi pour devenir subitement fou. Mais, comme il semblait avoir perdu sa langue, je décidai de le laisser à son mystère. Je fus surpris de le voir me suivre lorsque je quittai la gare, et se tenir à mes côtés, bien que je ne l'y encourageasse pas. Cependant, je ne repoussai pas les tentatives qu'il fit pour converser avec moi. Il ne m'attendait plus, dit-il. Il pensait que je ne reviendrais pas. Le temps s'était maintenu au beau fixe, etc. Je compris aussi que le fils du poète avait quelque peu abrégé son séjour et regagné son navire la veille.

« Cette nouvelle ne me toucha guère. Croyant modérément à l'hérédité, je savais bien que la vie en mer façonne l'extérieur d'un homme et marque son âme au sceau d'une certaine adaptation prosaïque aux circonstances — parce qu'un marin n'est pas un aventurier. Je n'exprimai nul regret d'avoir manqué le capitaine Anthony, et nous poursuivîmes notre route en silence, jusqu'au moment où, aux abords de la villa de vacances, Fyne le rompit de façon soudaine et inattendue en déclarant qu'il allait faire encore un bout de chemin avec moi.

« " Je vous accompagne jusqu'à votre porte ", marmonna-t-il, et il s'avança jusqu'à la petite barrière, où allait et venait la silhouette indécise de Mme Fyne, qui, visiblement aux aguets, attendait son retour. Elle était seule. Les enfants devaient déjà être au lit et je ne vis l'ombre d'aucune jeune amie présente près de sa forme vague mais facilement reconnaissable, à demi noyée dans l'obscurité du jardinet.

« J'entendis Fyne s'exclamer : " Rien ", puis la voix exercée, qui suggérait la responsabilité, prononça ces paroles : " Je l'avais bien dit ", avec un calme incisif. J'avais alors poursuivi ma route, en soulevant mon chapeau. Presque aussitôt, Fyne me rattrapa, ralentit pour régler son allure sur mon pas de flâneur, ce qui dut être infiniment agaçant pour un grand marcheur comme lui. Je suis sûr que toute sa personne musclée dut éprouver un ennui physique effroyable ; mais il n'essaya pas de le dissiper par le charme de la conversation. Il observa un silence morne et de mauvais augure. Soudain, je sentis la menace d'un ennui encore pis. Bien sûr ! Il gardait un pareil silence parce qu'il avait quelque chose à me dire.

« Je fus saisi d'une frayeur extrême. Mais l'homme, animal téméraire, est ainsi fait que, chez lui, la curiosité, la plus mesquine curiosité, l'emporte sur toutes les terreurs, sur tous les dégoûts et même sur le désespoir. À mon invitation laconique d'entrer prendre un verre, il répondit sur un ton grave et profond : " Oui, merci ", comme s'il s'était agi d'un répons à l'église. À la lumière de la lampe, son visage ne me révélait en rien la nature de ce qu'il allait dire ; il était d'ailleurs naturel qu'il ne le pût, car son expression ordinaire était déjà celle du plus grand sérieux possible. Il était parfaitement impassible ; et, à coup sûr, s'il avait eu quelque chose de prodigieusement drôle à me dire, il en eût été de même.

« Il me regarda avec sérieux et fit quelques graves observations sur le désir qu'avait Mme Fyne de conseiller, de guider en amie, sur le chemin de la vie, des jeunes filles de toutes sortes. C'était une mission bénévole. Il approuvait la conduite de sa femme et aussi ses idées et ses principes en général.

« Tout cela avec une mine solennelle et des accents profonds et mesurés. Pourtant, je ne sais pourquoi, la conviction irrésistible me vint qu'il avait quelque raison précise d'être exaspéré. Dans l'espoir inavouable de me divertir des infortunes d'un de mes semblables, je lui demandai à brûle-pourpoint ce qui n'allait pas.

« Ce qui n'allait pas, c'était qu'une jeune amie avait disparu. Elle avait disparu le matin même, à six heures exactement. La femme de ménage de la villa l'avait vue partir pour une promenade à cette heure-là. Ce que Fyne le marcheur entendait par promenade pouvait être considérable, mais la jeune fille n'était revenue ni pour le déjeuner, ni même pour le thé ou pour le dîner. Elle n'était revenue ni par le sentier, ni par la route, ni par le train. Il avait éprouvé de la répugnance à poser des questions, qui auraient fait jaser tout le village. Les Fyne s'étaient attendus à la voir reparaître à tout instant, jusqu'à ce que les ombres de la nuit et le silence du sommeil eussent petit à petit furtivement envahi le vaste et paisible paysage qu'on découvrait de la villa.

« Après m'avoir dit cela, Fyne demeura assis, impuissant, en proie aux affres de l'indécision. Aller se coucher était hors de question — il était également impossible de tenter une démarche à cette heure-là. Il ne savait à quel saint se vouer.

« Je lui demandai s'il s'agissait de la même jeune personne que j'avais vue un jour ou deux avant d'aller à Londres. Il ne s'en souvenait absolument pas. Était-ce une jeune fille aux cheveux noirs et aux yeux bleus? lui demandai-je ensuite. Il ne pouvait absolument pas me dire la couleur de ses yeux. Il manquait vraiment d'esprit d'observation, sauf s'il s'agissait des particularités des sentiers — domaine dans lequel il faisait autorité.

« Je songeai avec un étonnement nuancé d'admiration que, aux yeux de son solennel époux, les jeunes disciples de Mme Fyne n'étaient que des ombres fugitives. Cependant, avec seulement une légère hésitation, Fyne se risqua à m'affirmer que oui, les cheveux de la jeune fille étaient d'une teinte assez foncée.

« “ Nous nous sommes toujours beaucoup occupés de cette fille ”, expliqua-t-il solennellement; puis, se levant comme mû par un ressort, il saisit brusquement sa casquette posée sur la table. “ Elle est peut-être de retour à la villa ”, s'écria-t-il de sa voix de basse. Je sortis avec lui sur la route.

« C'était par une de ces nuits claires, étoilées, humides de rosée, qui nous accablent spirituellement, écrasent notre orgueil par le témoignage éclatant de l'effroyable solitude, de l'insignifiance obscure et sans espoir de notre globe perdu dans la révélation splendide d'un univers étincelant et privé d'âme. Je hais ces ciels-là. La lumière du jour est l'amie de l'homme qui peine sous un soleil qui lui réchauffe le cœur; et les nuits douces et nuageuses sont plus compatissantes à notre petitesse. Je faillis regagner au pas de course la clarté de mon petit salon; Fyne en costume à culottes bouffantes, se tracassant devant les légions célestes, sur une terre ombreuse, à propos d'une jeune fille fantomatique et passagère, semblait un compagnon par trop ridicule. Par ailleurs, cette absurdité même avait quelque chose de fascinant. Il fila de son plus vif pas de marcheur et je fus contraint de me livrer pendant un certain temps à un exercice pénible, à onze heures du soir.

« Au loin, par-delà les champs et les arbres qui tachaient et maculaient l'immensité des ténèbres, une seule fenêtre de la ville, dont le store était levé, semblait un phare dont on eût entretenu la vive lumière pour guider le voyageur égaré. À l'intérieur, à la table qui portait la lampe, nous voyions Mme Fyne, assise, les bras croisés, sans un seul cheveu en désordre. Elle ressemblait tout à fait à une gouvernante qui eût mis les enfants au lit; et son attitude à mon égard fut exactement l'attitude neutre d'une gouvernante. Il en fut d'ailleurs de même à l'égard de son mari.

« Fyne lui dit que j'étais parfaitement au courant. Pas un muscle de son beau visage lisse et haut en couleur ne bougea. Elle s'était formée à ce genre de comportement. Ayant vu successivement deux femmes du poète délicat poussées dans la tombe à force de tracas, elle avait adopté cette attitude froide et détachée pour se protéger des éclats de colère égoïste de son talentueux père. C'était maintenant devenu une seconde nature. J'imagine qu'elle était toujours ainsi, même à l'heure de sa fuite avec Fyne. Cet événement, quand on se le rappelait en sa présence, acquérait pour l'imagination quelque chose d'étrange et de merveilleux. Mais, en quelque sorte, sa maîtrise de soi s'accordait parfaitement avec l'immuable solennité du petit Fyne.

« J'avais un peu pitié de lui. Quel tracas il se faisait! Les affres de la solennité. En même temps, il m'amusait. Je ne prenais pas au tragique cette histoire de “ jeune fille disparue ”. Je ne sais pourquoi, cela m'était impossible. Mais je ne dis rien. Nul d'entre nous ne dit rien. Nous restâmes assis autour de cette grande table ronde comme si nous étions réunis pour une conférence, à nous regarder avec une sorte de consternation stupide. J'aurais fini par éclater de rire, si je n'avais été sauvé de cette inconvenance par l'absurdité à laquelle se livra le pauvre Fyne.

« Avec une gravité angoissée, il se mit à parler d'aller trouver la police le lendemain matin, de faire imprimer des affiches descriptives et draguer les étangs à des milles à la ronde. C'était tout à fait macabre. Je murmurai vaguement qu'il fallait se mettre en rapport avec la famille de la jeune fille. Cette idée me semblait très naturelle ; mais Fyne et sa femme échangèrent un regard tellement significatif que j'eus l'impression d'avoir manqué de tact.

« Mais je voulais vraiment aider le pauvre Fyne ; et, voyant qu'en homme qu'il était, il souffrait de l'impossibilité d'agir à ce moment-là, de cette attente passive, je dis : " Rien de cela ne peut être fait avant demain. Mais, comme vous m'avez laissé voir ce que vous pensez, je puis vous dire ce qui peut être fait immédiatement. Nous pouvons aller examiner le bas de l'ancienne carrière, qui se trouve au niveau de la route, à environ un mille d'ici. "

« À ces mots, ils ouvrirent tous les deux de grands yeux, et je leur parlai alors de ma rencontre avec la jeune fille. Cela vous surprendra peut-être, mais je vous assure que, jusqu'à ce moment précis, je n'en avais pas vu ce côté-là. Ce fut comme une révélation saisissante ; le passé jetait une lumière sinistre sur l'avenir. Fyne ouvrit gravement la bouche, et, tout aussi gravement, la referma. Ce fut tout. Mme Fyne dit : " Vous feriez bien mieux d'y aller ", d'un air qui donnait à penser que sa maîtrise de soi avait reçu un coup d'épingle en quelque endroit secret.

« Quant à moi — vous savez combien, parfois, je puis être stupide — je vis pour la première fois avec consternation qu'en flattant les imaginations morbides de Fyne, je m'étais condamné à une nouvelle dose d'exercice pénible. Et comme je regrettais d'avoir parlé ! Vous connaissez mon horreur de la marche — du moins sur la terre ferme de la campagne ; car je puis arpenter le pont d'un navire toute une nuit de brouillard, s'il le faut, sans m'en soucier autrement. Il y a aussi quelque agrément à jouer au vagabond dans les rues d'une grande ville jusqu'à l'heure où le ciel pâlit au-dessus de l'arête des toits. Je l'ai souvent fait par plaisir — si l'on peut dire. Mais cheminer dans les ténèbres à travers la campagne endormie est pour moi un pénible et ennuyeux cauchemar.

« Avec un détachement total, Mme Fyne me regarda sortir après son mari. Cette femme était faite de silex. »

« La nuit fraîche sentait l'humus, les mottes retournées comme celles d'une tombe — évocation particulièrement odieuse pour un marin par la claustration et l'étroitesse qu'elle suggère ; oui, même quand il abandonne l'espoir d'être immergé, ce qui est sans doute le dernier espoir qu'un marin abandonne consciemment, après avoir été, comme il arrive effectivement, attiré par quelque hasard dans les rets de la terre. Une forte bouffée d'odeur de tombe. Le fossé qui bordait la route devait avoir été récemment creusé devant la villa.

« Une fois sorti du jardin, Fyne prit de l'erre comme un cotre de course. Qu'était-ce qu'un mille – ou vingt milles – pour lui ? Vous pensez qu'il aurait pu accomplir pareille mission à contrecœur. Mais pas du tout. La puissance du génie de la marche l'inspirait, j'imagine. Je courais à côté de lui, plein d'ironie à l'égard de moi-même et d'une irritation sans bornes à l'égard de cette péronnelle. Car, morte ou vive, je la tenais pour une péronnelle... »

J'eus un sourire incrédule devant la férocité de Marlow; mais Marlow, s'arrêtant avec l'air de se pencher fantasquement sur son passé, ne broncha pas.

« Oui, oui, même morte. Et vous voilà maintenant scandalisé. Vous comprenez, vous êtes un mâle tellement chevaleresque. Mais ma nature est suffisamment féminine pour libérer mon jugement sur les femmes de toute réticence romantique. Et puis, pourquoi me faire du mauvais sang? Pour moi, une femme n'est pas forcément une poupée ou un ange. C'est un être humain qui me ressemble fort. Et j'ai rencontré trop d'âmes mortes gisant, pour ainsi dire, au pied de hauteurs inaccessibles pour que la simple possibilité de trouver un cadavre au bas d'une carrière frappe de mutisme ma sincérité.

« La paroi de la carrière, semblable à une falaise, impressionnait par son air sinistre. J'avoue volontiers que Fyne et moi-même hésitâmes un instant avant de quitter la route pour plonger dans les buissons qui couvraient une large surface au pied du mur de calcaire qui se dressait comme une tour. Ces buissons étaient chargés de rosée. Ils dissimulaient aussi des fondrières. Nous rampions, tombions, palpions le sol de nos mains tout en avançant. Nous fûmes trempés, écorchés, et nos pantalons furent couverts de fange. Fyne tomba soudain dans une étrange cavité – probablement un four à chaux désaffecté. Sa voix, qui s'éleva, chargée d'une profonde détresse, était plus pleine, plus solennelle, plus grave que de coutume. Ce fut l'intermède comique d'une situation à la fois dramatique et absurde. En le tirant de son trou, je me permis enfin d'éclater de rire. Fyne, naturellement, ne rit pas.

« Inutile de vous dire que nous ne trouvâmes rien, après

avoir fouillé très consciencieusement les lieux. Fyne se fraya même un chemin jusqu'à l'intérieur d'une baraque en ruines à demi enfouie sous une végétation trempée de rosée. Il frotta des allumettes — plusieurs même à la fois — comme pour s'assurer sans aucun doute que l'amie de sa femme, la jeune disparue, ne s'y cachait pas. Les courtes flammes illuminèrent son visage grave et impassible, tandis que je m'abandonnais complètement à de grands éclats de rire.

« Je lui demandai s'il croyait en toute sincérité qu'une fille saine d'esprit s'irait cacher dans cette baraque; et, si c'était le cas, pour quelle raison.

« Dédaignant ma gaieté, il se contenta de marmonner de sa voix de basse profonde combien il rendait grâces à Dieu que nous n'ayons trouvé la jeune fille nulle part dans ces parages. Devenu extrêmement sensible (par l'effet de l'irritation) à ce que j'appellerai les tonalités de cette affaire, je sentis que ces actions de grâce demeuraient imparfaites, réservées, qu'il avait encore présent à l'esprit ce que pouvaient recéler les divers étangs du voisinage. Et je me rappelle que j'adressai à ce pauvre Fyne un grognement, un véritable grognement de colère.

« Ce qui me crispait vraiment, c'était la vitesse de sa marche. Des désaccords sur la politique, la morale, ou même l'esthétique, ne suscitent pas forcément l'antagonisme et la colère. Nos opinions, nos goûts peuvent changer — et le font en effet. Notre conception même de la vertu est à la merci de quelque tentation appropriée, qui peut nous surprendre n'importe quand. Tout cela est perpétuellement en branle. Mais, comme le caractère est immuable, l'antagonisme des caractères engendre la haine. C'est pourquoi les luttes religieuses sont les plus acharnées de toutes. Mon caractère, pour ce qui touche à la terre ferme, se plaît à la nonchalance des mouvements, à la lenteur de la marche. Et voilà ce petit Fyne, qui allait martelant la route de la façon la plus désagréable; un homme voué aux bottes à lacets et à semelles épaisses, tandis que mon caractère exige des souliers minces de l'espèce la plus légère. Naturellement, il n'aurait jamais pu être question d'amitié entre nous; mais, devant la désagréable obligation de régler mon allure sur la sienne, je me mis à le détester activement. Je lui demandai d'un ton sarcastique s'il pouvait me dire si nous étions embarqués dans une farce ou dans une tragédie. Je voulais, lui dis-je, mettre de l'ordre dans mes sentiments, qui étaient dans une confusion malséante.

« Mais Fyne était aussi imperméable au sarcasme qu'une tortue de mer. Il poursuivit sa marche énergique et se contenta de lancer deux fois du fond de sa poitrine cette exclamation vague et dubitative :

« " J'ai peur... J'ai peur !... "

« C'était tragique. Seul le martèlement de ses bottes résonnait dans un univers enveloppé d'ombre. Je me maintenais à sa hauteur d'un pas relativement silencieux de fantôme. Par l'effet d'une étrange illusion, la route semblait monter à l'assaut d'une foule d'étoiles basses et peu éloignées, mais, à mesure que nous avancions, de nouveaux morceaux de ruban d'un brun blanchâtre semblaient surgir du sol noir. Je remarquai au passage la lampe qui brûlait toujours dans mon petit salon, à la ferme. Mais je ne quittai pas Fyne pour courir l'éteindre. Son élan d'excellent marcheur m'entraîna dans son sillage avant que je pusse prendre une décision.

« " Dites-moi, Fyne, criai-je, vous ne croyez pas que cette fille était folle, hein ? "

« Il ne répondit pas. Bientôt, la fenêtre de la villa, éclairée comme un phare, apparut. Alors Fyne lança solennellement : " Certainement pas ", avec une imperturbable assurance. Mais, aussitôt après, il ajouta : " C'est une jeune personne vraiment très nerveuse ", ce qui m'inquiéta de nouveau. S'agissait-il d'une tragédie ?

« " Personne ne s'est jamais levé à six heures du matin pour se suicider, dis-je d'un ton bourru. On n'a jamais entendu parler de ça ! C'est une farce. "

« En fait, ce n'était ni une farce ni une tragédie.

« En approchant de la villa, nous vîmes, à l'intérieur, Mme Fyne toujours assise dans la vive lumière, à la table ronde, les bras croisés. On eût dit qu'elle n'avait pas bougé, ne fût-ce que la tête, d'un pouce depuis notre départ. Elle étonnait d'une certaine façon dépourvue de subtilité ; elle étonnait crûment, pensai-je. Pourquoi crûment ? Je n'en sais rien. Peut-être parce que je la voyais alors sous une lumière crue. J'entends cela au sens concret — sous la lumière d'une lampe sans abat-jour. Nos conclusions intellectuelles dépendent tellement de sensations physiques passagères — n'est-ce pas ? Si la lampe avait été pourvue d'un abat-jour, je serais peut-être rentré chez moi après avoir poliment exprimé ma sympathie pour la situation difficile et désagréable des Fyne.

« Perdre une jeune amie de cette façon-là est désagréable. C'est également mystérieux. Si mystérieux qu'un certain mystère s'attache aux gens à qui pareille chose arrive. En outre, je n'avais jamais vraiment compris les Fyne ; lui avec sa solennité qui s'étendait jusqu'à la consommation du pain beurré ; elle avec cet air détaché et résolu qu'elle avait pour affronter le cours banal de leur vie monotone, où couper le pain et le beurre me semblait de loin le plus dangereux épisode. Parfois, je m'amusais à supposer qu'à leurs yeux notre monde devait paraître tout à fait accablant et que leurs têtes respectives enfermaient des pensées terriblement sérieuses et extrêmement désespérées — tout en essayant d'imaginer la vie passionnante qu'ils devaient connaître dans les abîmes impénétrables de leur être. Mes efforts leur avaient conféré une sorte de profondeur.

« Mais, lorsque Fyne rentra avec moi dans la pièce, alors, sous l'éclat scrutateur et familier de la lampe, hostile aux jeux de l'imagination, je les vis tous les deux dépouillés de tous les atours dont je m'étais amusé à les revêtir. Bizarres, ils l'étaient bien assez. Est-il un être humain qui ne le soit — plus ou moins secrètement ? Mais, quel que fût leur secret, il était évident pour moi qu'il n'était ni subtil ni profond. C'était un couple de braves gens bornés, sérieux, et fort ennuyés. Voilà ce qu'ils étaient — avec la crudité habituelle, sans fard, des gens ordinaires. Il n'y avait chez eux rien que la lumière de la lampe ne pût atteindre sans le moindre risque d'indiscrétion.

« Dès que nous fûmes entrés dans la pièce, Fyne annonça le résultat de nos recherches en disant : " Rien " du même ton qu'à la porte du jardin à son retour de la gare. Et, comme alors, Mme Fyne lança d'un ton incisif : " Je l'avais bien dit ", ce qui aurait pu être l'écho le plus fidèle des paroles qu'elle avait prononcées dans le jardin. Nous nous regardâmes tous les trois comme si nous étions au bord d'une révélation. Je ne sais si ma présence l'irritait. Elle ne méritait guère le nom d'indiscrétion, n'est-ce pas ? C'était le petit Fyne qui m'avait entraîné. Il avait bien fallu continuer. Nous nous tenions debout devant elle, couverts de la même fange (Fyne était beau à voir !), écorchés par les mêmes ronces, conscients d'avoir vécu la même expérience. Oui. Devant elle. Et elle nous regardait, les bras croisés, avec, dans sa façon d'assumer sa responsabilité, une extraordinaire plénitude. Je lui adressai la parole.

« " Vous ne croyez pas à un accident, madame Fyne, n'est-il pas vrai ? "

« Elle fit de la tête un geste sec de dénégation, tandis que, encroûté de boue et le visage empreint d'un sérieux inexprimable, Fyne semblait la soutenir de tout le poids de sa solennelle présence. On ne pouvait concevoir rien de plus absurde. C'était délicieux. Et je poursuivis d'un ton déférent : " Dois-je comprendre que vous vous arrêtez à l'idée du suicide? "

« Je ne me crois pas sujet à des accès de délire, mais, par une alarmante et soudaine aberration, je vis mentalement, en attendant sa réponse, trois chiens savants qui dansaient sur leurs pattes de derrière. Je ne sais pourquoi. Peut-être à cause de la solennité ambiante. Il n'est au monde rien de plus solennel qu'une danse de chiens savants.

« " Elle a décidé de disparaître. Voilà tout ".

« C'est en ces termes que Mme Fyne me répondit. L'agressivité du ton eut raison de ma patience. Instantanément, je me retrouvai hors de la danse, et, pour ainsi dire, sur mes quatre pattes, libre d'aboyer et de mordre.

« " Que diable! m'écriai-je. Elle a décidé de... comme ça, tout à coup, n'importe comment, sans se soucier de... j'ai eu l'avantage de faire la connaissance de cette brusque et téméraire jeune personne, et je dois dire qu'avec son air de victime irritée...

« — Précisément ", dit Mme Fyne d'une manière tout à fait inattendue comme le déclenchement d'un piège d'acier. Je la regardai fixement. Comme elle était irritante! Aussi repris-je pour terminer ma tirade : " Elle m'a fait au premier coup d'œil l'impression d'être la jeune fille la plus entêtée, la plus dépourvue de considération que j'aie jamais...

« — Pourquoi une jeune fille devrait-elle avoir plus de considération que quiconque? Qu'un homme, par exemple? " s'enquit Mme Fyne, dont le maintien affirma plus fortement encore son sentiment de responsabilité.

« Naturellement, devant cette attitude, je me récriai, sans beaucoup élever la voix, c'est vrai, mais vigoureusement. Fallait-il donc ne tenir aucun compte des sentiments des amis, des parents et même des étrangers? Je demandai à Mme Fyne si elle ne croyait pas qu'on avait en quelque sorte le devoir de faire montre d'un minimum de considération non seulement pour les sentiments naturels, mais même pour les préjugés de ses semblables.

« Sa réponse me renversa.

« " Pas si l'on est femme. "

« Rien que ça. J'avoue que je tombai de mon haut. Et tandis que je demeurais effondré, j'appris la véritable nature du féminisme de Mme Fyne. Il n'était ni politique ni social. C'était une doctrine du genre rouleau compresseur – une doctrine de l'individualisme pratique. Vous ne me sauriez aucun gré de vous l'exposer tout au long. Au vrai, je crois qu'elle ne m'en instruisit pas elle-même complètement. Elle devait contenir des choses impropres à des oreilles masculines. Mais en bref, et dans la mesure où mon désarroi me permit de saisir son atrocité naïve, c'était à peu près ceci : aucune considération, aucune délicatesse, aucune tendresse, aucun scrupule ne devaient empêcher une femme (victime prédestinée, du simple fait de son sexe, des conditions créées par les passions égoïstes des hommes, par leurs vices et leur abominable tyrannie) de prendre le chemin le plus court pour s'assurer l'existence la plus facile possible. Elle avait même le droit de quitter l'existence sans consulter les sentiments ou l'agrément de quiconque, puisque l'existence de certaines femmes était rendue impossible par la bassesse à courte vue des hommes.

« Je la regardai, assise devant la lampe à une heure du matin, son visage, dont les joues lisses et la forme masculine exprimaient la maturité, privé de sa fraîcheur par la fatigue; ses yeux ternis par cette veillée absurde. Je regardai Fyne aussi; la boue séchait sur lui; il était visiblement fatigué. C'était la lassitude de la solennité. Mais il conservait une imperturbable gravité pour exprimer son approbation. Il approuvait tout, comme il convenait à un bon mari convaincu.

« “ Oh ! Je vois, dis-je. Aucune considération... Eh bien, je vous en souhaite bien du plaisir. ”

« Ils m'amusaient plus que les créations les plus extravagantes dont mon imagination était capable. Passé le premier choc, comprenez-vous, je me ressaisis très vite. L'ordre du monde ne courait pas grand risque. Fyne était fonctionnaire et sa femme une bonne et fidèle épouse. Mais, quand on a affaire à des êtres humains, on peut vraiment s'attendre à tout. Aussi mon étonnement même ne dura-t-il pas très longtemps. Jusqu'où développait-elle et illustrait-elle cette doctrine austère et amorale pour la gouverne des jeunes amies, qui, aux yeux de son mari, n'étaient que des ombres fugitives, je ne saurais le dire. Jusqu'au bout, j'imagine. Et lui regardait, acquiesçait, approuvait, précisément pour cette raison-là — parce que ces jolies filles n'étaient pour lui que des ombres. Oh ! Très vertueux Fyne ! Il baissait les yeux. Il n'en tirait aucun plaisir. Mais je le lorgnais avec une secrète animosité, car il m'avait fait courir à sa suite sous des prétextes quelque peu fallacieux.

« Mme Fyne s'était contentée de m'adresser un sourire très expressif, très assuré. " Oh, je comprends bien que vous acceptez la responsabilité pleine et entière de vos actes, dis-je. Je suis le seul personnage ridicule dans — je ne sais comment dire — dans cette histoire. Cependant, je n'ai rien d'autre à faire ici, aussi vais-je vous dire bonne nuit — ou bonjour, car il doit être plus d'une heure. "

« Mais avant de partir, par simple savoir-vivre, je proposai de me charger de toutes les dépêches qu'ils pourraient rédiger. Mon logement était plus près du bureau de poste que la villa, et je les expédierais dès la première heure. Je supposais qu'ils souhaiteraient se mettre en rapport avec la famille de la jeune fille, ne fût-ce que pour disposer de ses bagages...

« Fyne, qui avait maintenant l'air assez abattu, me remercia et refusa.

« " À la vérité, il n'y a personne, dit-il, très grave.

« — Personne, m'écriai-je.

« — À peu près ", dit sèchement Mme Fyne.

« Et ma curiosité fut de nouveau éveillée.

« " Ah ! Je vois. C'est une orpheline. "

« Mme Fyne détourna les yeux, sombre et lasse, et Fyne lâcha impulsivement un " Oui " qu'il corrigea ensuite par cette singulière déclaration : " Jusqu'à un certain point. "

« J'éprouvai un embarras apathique causé par l'épuisement, m'inclinai devant Mme Fyne et quittai la villa pour me trouver, une fois passée la porte, devant la révélation cruelle de l'immense et scintillant univers. La nuit n'était pas assez avancée pour que les étoiles eussent pâli ; et la terre me semblait plus profondément endormie — peut-être parce que, maintenant, j'étais seul. Sans la compagnie de Fyne pour régler l'allure, je me laissai dériver plutôt que je ne marchai en direction de la ferme. La dérive est la seule espèce de mouvement reposant (demandez-le à n'importe quel navire) et, partant, compatible avec la méditation. Et je réfléchis à cette question : comment peut-on être orphelin " jusqu'à un certain point " ?

« Toute la solennité du monde ne pouvait atténuer la bizarrerie de pareille déclaration. Quelle étrange situation !

Très probablement un seul des deux parents était mort? Mais non, c'était impossible, puisque Fyne avait dit juste auparavant qu'" il n'y avait à la vérité personne " avec qui se mettre en rapport. Personne! Et puis, me rappelant le " À peu près ", cassant de Mme Fyne, mes pensées s'attachèrent à cette dame, sujet plus tangible de spéculation.

« Je me demandai – et la question éveilla le doute – si elle comprenait vraiment elle-même la théorie qu'elle m'avait exposée. On peut tout dire – et même on doit tout dire – pourvu qu'on sache comment le dire. Probablement ne le savait-elle pas. Elle n'était pas assez intelligente pour cela. Elle n'avait aucune connaissance du monde. Elle s'était emparée de mots comme un enfant pourrait s'emparer de pilules empoisonnées et jouer avec elles comme avec de " toutes petites billes bien jolies ". Non! La fille, l'esclave domestique de Carleon Anthony et le petit Fyne, du corps des fonctionnaires (cette fine fleur de la civilisation) n'étaient pas intelligents. Ils étaient banals, sérieux, sans sourires et sans malice. Mais lui avait sa solennité comme elle avait ses rêveries, ses rêveries sombres, sinistres, violentes, frustes. Et je songeais non sans tristesse que toutes ces révoltes, toutes ces indignations, toutes ces protestations, ces sautes d'humeur, ces tourments et ces rages pénibles ne faisaient que traduire le malaise d'êtres sensuels qui réclamaient leur part des joies que donnent les formes, les couleurs, les sensations – seules richesses de notre monde sensible. Il est possible qu'un poète soit un être simple, mais il est forcément divers, plein d'astuce, ingénieux et irritable. Je réfléchis à la variété des moyens que l'ingéniosité du défunt chantre de la civilisation avait été capable d'inventer pour tourmenter ses proches. Les poètes ayant en général la vue courte dans la vie pratique, nulle vision des conséquences ne le retenait. Oui. Les Fyne étaient de bien braves gens, mais ce n'était pas pour rien que Mme Fyne était la fille d'un tyran domestique. Sa révolte était sans bornes. Mais c'étaient de bien braves gens. Il était clair qu'ils avaient dû témoigner une extrême bonté à cette jeune fille, dont la situation dans le monde semblait assez difficile, cette fille avec son visage de victime, son absence évidente de résignation et sa condition bizarre d'orpheline " jusqu'à un certain point ".

« Telles étaient mes pensées, mais, en vérité, je cessai bientôt de m'inquiéter de tous ces gens. Je trouvai ma lampe éteinte, laissant derrière elle une affreuse odeur, que je fuis en grimpant l'escalier pour aller me coucher dans l'obscurité. Mon sommeil — je suppose que le seul avantage de la marche, ce satané exercice, est d'accroître notre insensibilité naturelle — mon sommeil fut profond, sans rêves, et reposant.

« Au petit déjeuner, mon appétit ne fut pas affecté par mon ignorance des faits, des mobiles, des événements et des conclusions. Je crois que tout comprendre ne vaut rien pour l'intellect. Bien meublée, l'intelligence affaiblit le goût de l'action. Surchargée, elle mène doucement à l'abrutissement. Mais le féminisme individualiste de Mme Fyne, sa naïve absence de scrupules, me traversèrent rapidement l'esprit. Quelle salade d'idées immorales elle fourrait dans la tête de ces jeunes amies! Brave créature innocente, digne épouse, excellente mère (du genre gouvernante rigide), elle était aussi ingénument insouciante des conséquences que le fut jamais philosophe déterministe.

« Quant à l'honneur, voyez-vous, c'est un très bel héritage médiéval, qui a toujours échappé aux femmes. Il n'était pas pour elles. Puisqu'on peut poser comme principe général que les femmes obtiennent toujours tout ce qu'elles veulent, nous devons supposer qu'elles n'en voulaient pas. En outre, elles ignorent le sens des convenances. Je veux dire le sens masculin des convenances. La prudence aussi leur est étrangère — la pesante et raisonnable prudence, qui fait notre gloire. Et, si elles en étaient douées, elles en feraient un objet de passion, si bien que sa propre mère — je veux dire celle de la prudence — ne la reconnaîtrait pas. Chez elles, la sagesse est affaire d'ivresse, comme toutes les autres inventions terrestres. " Sentir à tout prix " est leur devise secrète. Toutes les vertus ne leur suffisent pas; il leur faut aussi tous les crimes. Et pourquoi? Parce qu'en cette plénitude réside le pouvoir — genre d'ivresse qu'elles chérissent par-dessus tout...

— Pensez-vous me voir tomber d'accord avec tout cela? interrompis-je.

— Non, ce n'est pas nécessaire », dit Marlow, affecté par le coup d'arrêt infligé à son éloquence, mais faisant un grand effort pour être aimable. « Il n'est même pas nécessaire que vous compreniez. Je poursuis : avec pareille nature, ce qui empêche les femmes — pour employer la formule qu'un vieux maître d'équipage de ma connaissance utilisait pour décrire son capitaine — ce qui les empêche de " venir sur le pont et de flanquer la pagaille partout à bord " est ce trait précis et mystérieux qui est en elles, qui les retient et les inspire à la fois; bref, leur féminité, dont elles pensent pouvoir se débarrasser au prix de grands efforts qui sont et resteront toujours vains. Nous pouvons donc conclure que, malgré toutes leurs tentatives, le monde est et demeure assez sûr. Me sentant, en ma qualité d'amoureux de la paix, rasséréné par cette conclusion, je me préparai à jouir d'une belle journée.

« Et c'était une belle journée; une journée délicieuse, dont le magnifique dais bleu masquait l'horreur de l'infini; une journée d'une lumineuse innocence, comme un enfant au visage bien lavé, fraîche comme une innocente jeune fille, accueillant les hommages avec la suavité d'un — d'un prélat romain. J'adore ces journées-là. Elles sont parfaites pour rester chez soi. Et je jouissais de celle-là, assis dans un fauteuil, les pieds sur le rebord de la fenêtre ouverte, un livre entre les mains, et, au cœur, les murmures harmonieux du soleil et du vent, qui accompagnaient les rythmes de mon auteur. Puis, levant les yeux de la page, je vis au-dehors, sous le chaume embroussaillé de sourcils d'un blanc jaunâtre, deux yeux gris qui me regardaient solennellement par-dessus le bout de mes pantoufles. Il y avait un front grave, sillonné de rides au-dessus de ce regard lourd de sens et une casquette de tweed brun était posée très en arrière sur la tête en sueur.

« " Entrez donc ", criai-je aussi cordialement que le permettait ma consternation.

« Après une lutte brève mais violente avec son chien, devant la porte d'entrée, Fyne pénétra dans la pièce. Je le traitai sans cérémonie et me contentai de lui désigner une chaise de la main. Avant même de s'asseoir, il haleta :

« " Nous avons eu des nouvelles, au courrier de midi. "

« Il haleta! Le grave, l'imperturbable fonctionnaire Fyne haleta! C'en était assez, vous en conviendrez, pour me faire rapidement poser les pieds par terre. Ce garçon me contraignait toujours à des actes en subtil désaccord avec mon caractère méditatif. Rien d'étonnant à ce que je n'eusse pour lui qu'une sympathie mitigée. Je dis avec un simple soupçon de moquerie dans le ton :

« " Naturellement. Je vous ai dit la nuit dernière sur la route que c'était à une farce que nous étions mêlés. "

« Il fit résonner le petit salon jusqu'à ses fondations par sa voix de basse au ton irrité et véritablement sépulcral. " Il s'agit bien de farce! Elle a filé avec le frère de ma femme, le capitaine Anthony. " Après cet éclat, il se calma tout à fait. Il bredouilla lamentablement en ajoutant, poussé par la force de l'habitude : " Le fils du poète, vous savez. "

« Il y eut un silence. Les différentes expressions de Fyne étaient autant d'exemples d'unité dans la diversité. À présent, c'était la déconfiture de la solennité. Naturellement, mon intérêt fut réveillé.

« " Mais attendez, dis-je. Ils ne sont pas partis ensemble. S'agit-il d'un soupçon ou dit-elle effectivement que...

« — Elle est allée le rejoindre ", déclara Fyne d'un ton menaçant. " Ils en étaient convenus d'avance. Cela, elle l'avoue. "

« Il ajouta que c'était tout à fait scandaleux. Je lui demandai s'il eût préféré qu'ils partissent ensemble et sur quelle raison il fondait cette préférence. Je trouvais la chose du plus haut comique, car le mariage de Fyne avait également été une fuite à deux, dont la nouvelle avait même été publiée dans les journaux de l'époque, car le défunt poète, dans son indignation, avait manqué de discrétion et avait cherché à se venger publiquement de ce scandale de façon absurde devant un juge en perruque. Le geste découragé que fit de la main le petit Fyne désarma mon humeur moqueuse. Mais je ne pus m'empêcher de me dire surpris que Mme Fyne n'eût pas découvert immédiatement ce qui se tramait. Les femmes sont censées avoir un œil infaillible.

« Il me dit que sa femme avait été fort accaparée par une certaine besogne. Je m'étais toujours demandé comment elle occupait son temps. Elle le passait à écrire. Comme son mari, elle aussi publia un petit livre. Il n'avait rien à voir avec la marche à pied. C'était une sorte de manuel destiné aux femmes qui avaient des griefs (et toutes les femmes en avaient), une sorte de précis théorique et pratique de la libération morale de la femme. Sa transparente simplicité était risible. Mais cette activité littéraire ne me fut révélée que beaucoup plus tard. Naturellement, je ne demandai pas à Fyne quelle besogne occupait sa femme, mais je m'étonnai *in petto* de sa totale ignorance du monde, de son propre sexe et de l'autre espèce de pécheurs. Pourtant, où aurait-elle pu acquérir une expérience quelconque? Son père l'avait tenue rigoureusement cloîtrée. Son mariage avec Fyne était certainement un changement, mais seulement un changement de cloître. Vous me direz peut-être qu'un don ordinaire d'observation aurait dû suffire. Certes, oui! Mais aussi, comme elle s'était érigée en guide et professeur, je ne fus nullement surpris de découvrir son aveuglement. C'est tout à fait normal. C'était une personne profondément innocente; mais il n'eût pas été convenable de le dire à son mari. »

CHAPITRE III

L'ÉPARGNE... ET L'ENFANT

« Mais il n'était nullement inconvenant que je fisse observer à Fyne que, la nuit précédente, Mme Fyne semblait avoir quelque idée du lieu où cette jeune personne entreprenante s'était rendue. Fyne hocha la tête en signe de dénégation. Non, sa femme n'avait nullement été aussi sûre qu'elle avait affecté de l'être. Elle avait seulement ses raisons de croire, d'espérer que la jeune fille avait peut-être loué une chambre quelque part à Londres, s'était terrée en ville — pour se tenir prête pour le jour qui approchait, ou peut-être parce que ce jour lui faisait horreur...

« Il se tut et demeura immobile, solennel, abattu, méditatif. " Quel jour? " demandai-je enfin; mais, apparemment, il ne m'entendit pas. Il répandait dans l'atmosphère une tristesse tellement intense que je perdis patience.

« " Que diable trouvez-vous de si lugubre? " criai-je, sincèrement surpris et intrigué. " On croirait que cette jeune fille était un prisonnier d'État dont on vous avait confié la garde. "

« Et soudain je me sentis encore plus surpris de moimême, de la façon dont j'avais en quelque sorte admis comme allant de soi des choses qui, en fait, semblaient étranges quand on y réfléchissait.

« " Mais pourquoi ce mystère? Pourquoi cet enlèvement — si c'était un enlèvement? La jeune fille avait-elle peur de votre femme? Et votre beau-frère? Quelle idée l'a pris, que diable, de rendre le mariage clandestin? Avait-il peur de votre femme, lui aussi? "

« Fyne fit un effort pour se secouer.

« " Naturellement mon beau-frère, le capitaine Anthony, le fils du... " Il se contint, comme s'il tentait de rompre avec une mauvaise habitude.

« " Rien d'étonnant à ce qu'elle l'ait convaincu. Nous avons témoigné beaucoup d'amitié à cette jeune fille!

« — Elle m'a fait l'effet d'une petite sotte sans égards pour autrui. Mais pourquoi vous et votre femme prendriez-vous tellement à cœur un acte simplement inconsidéré — ou même un manque d'égards ?

« — C'est l'action la plus éhontée, déclara Fyne avec conviction — puis il soupira.

« — Je suppose qu'elle est pauvre, fis-je observer après un bref silence. Mais après tout...

« — Vous ignorez qui elle est. " Fyne avait recouvré sa solennité ordinaire.

« J'avouai ne pas avoir saisi son nom quand sa femme nous avait présentés. " Cela commençait par un *s*, n'est-ce pas ? " Et alors, avec l'aplomb le plus parfait, Fyne déclara que cela n'avait aucune importance. Ce nom n'était pas le vrai.

« " Voulez-vous dire que vous m'avez présenté une jeune fille sous un faux nom ? " demandai-je, amusé par le sentiment que l'époque des miracles et des présages n'était pas encore révolue. Que Fyne, cet homme éminemment sérieux, commît un acte aussi singulier était tout simplement renversant. Avec un débit plus rapide que d'ordinaire, Fyne dit qu'il était sûr que je n'exigerais aucune excuse pour cette incorrection si je connaissais le véritable nom de la jeune fille. Une sorte de chaleur imprégnait sa voix grave.

« " Nous avons fait tout ce que nous avons pu pour elle. C'est la fille et l'unique enfant de De Barral. "

« Il s'attendait évidemment à m'impressionner ; mais je me contentai de lui rendre le regard intense et avide qu'il avait posé sur moi. Pendant un certain temps, nous nous fixâmes ainsi des yeux. Me sentant d'une stupidité coupable, je fouillai les ténèbres de mon esprit : De Barral, De Barral — et tout à coup bruit et clarté m'envahirent, comme si, dans ma mémoire, une fenêtre donnant sur une rue de la Cité s'était brusquement ouverte. De Barral ! Mais était-il possible que ce fût la même personne ? Certainement pas !

« " Le financier ? hasardai-je, à demi incrédule.

« — Oui, dit Fyne " ; et, dans ce cas, la solennité naturelle de sa voix parut singulièrement appropriée. " Le forçat. " »

Marlow me regarda d'un air significatif et déclara sur le ton de l'explication :

« Je ne sais pourquoi, on ne pensait jamais que De Barral pût avoir des enfants ou d'autre foyer que les bureaux du *Globe* ; ou une existence, des relations ou des intérêts autres que financiers. Je vois que vous vous souvenez du Krach...

— J'étais loin, dans l'océan Indien, à l'époque, dis-je. Mais naturellement...

— Naturellement, interrompit Marlow. Le monde entier... Vous avez le droit de vous étonner de la lenteur avec laquelle je reconnus ce nom. Mais vous savez que ma mémoire n'est qu'un mausolée de noms propres. Dans le cas de De Barral, il s'était trouvé rangé dans son mausolée en compagnie de tant de noms créés par lui-même qu'il lui fallut vraiment repousser un monstrueux tas d'ossements avant de se dresser devant moi à l'appel du magicien Fyne. Cet homme avait le don d'inventer de jolis noms : la Banque de dépôt, le Globe, la Société d'assistance mutuelle le Sceptre, l'Association Épargne et Indépendance. Oui, du goût dans l'invention de très jolis noms; et rien d'autre — absolument rien — nulle autre qualité. Si, pourtant. Il avait un autre nom, — mais c'est là pure chance — son propre nom, De Barral, qu'il n'avait pas inventé. Je ne crois pas qu'un simple Jones ou Brown aurait pu pêcher dans les profondeurs de l'Incroyable aussi colossale manifestation de la sottise humaine que le fit cet homme. Mais peut-être sous-estimé-je l'ardeur que met la sottise humaine à mordre à l'appât. C'est probable. La voracité de ce monstre absurde est incalculable, insondable, inconcevable. La carrière de De Barral prouve qu'il est prêt à mordre à un hameçon nu. Ce n'est pas par des contes de fées que De Barral l'enjôla. Il n'avait pas assez d'imagination pour cela...

— Était-il étranger? demandai-je. C'est évidemment un nom français. Je suppose que c'était son vrai nom?

— Oh, il ne l'avait pas inventé. Il l'avait reçu de naissance, à Bethnal Green, comme le procès le révéla. Il avait coutume de faire allusion à ses attaches écossaises. Mais tous les grands hommes en ont fait autant. La mère, je crois, était effectivement écossaise. Le père, De Barral, quelle que fût son origine, était retraité du service de l'administration des douanes (je crois qu'il était dans le service du port) et s'était mis à prêter de l'argent sur une toute petite échelle, dans l'East End, à des gens des docks, arrimeurs, petits propriétaires de péniches, approvisionneurs de navires, pointeurs, toutes sortes de très menu fretin. Il gagnait sa vie comme ça. C'était, je crois, un très brave homme. Il avait le bras assez long pour placer son fils unique comme petit commis au service de la comptabilité d'une des compagnies des docks. " Maintenant, mon petit, lui avait-il dit, je t'ai mis le pied à l'étrier. " Mais

De Barral l'y laissa. Il ne bougea pas. Il donna entière satisfaction. Au bout de trois ans, il obtint une petite augmentation et sortit le soir pour courtiser une jeune fille. Il alla courtiser la fille d'un vieux capitaine de la marine, marguillier de sa paroisse, qui habitait une vieille maison assez délabrée, datant du XVIIIe siècle, pourvue d'un jardin : une de ces maisons bâties sur un petit bout de " parc ", que l'on découvre dans un labyrinthe de rues des plus sordides, toutes pareilles et composées de clapiers de six pièces.

« Certaines étaient les presbytères de paroisses pauvres. Le vieux marin en avait trouvé une à bon marché, et De Barral trouva sa fille — bonne affaire pour lui. Le vieux marin se montra très bon pour le jeune ménage et chérissait leur petite fille. Mme De Barral était à cette époque une femme d'humeur égale, modeste, avec un fonds de simple gaieté, et dépourvue d'ambition; mais, en femme qu'elle était, elle aspirait au changement, souhaitant qu'il se produisît de temps en temps quelque chose d'intéressant. C'est elle qui encouragea De Barral à accepter l'offre d'une situation dans la succursale du West End d'une grande banque. Il me semble qu'il hésita longtemps avant de se lancer dans une aussi grande aventure. Finalement, les arguments de sa femme l'emportèrent. Plus tard, elle disait souvent : " C'est la seule fois qu'il m'a écoutée; et je me demande maintenant s'il n'aurait pas mieux valu que je meure avant de le faire entrer dans cette banque. "

« Vous êtes peut-être surpris que je connaisse ces détails. Eh bien, je les tiens, en fin de compte, de Mme Fyne. Mme Fyne, qui était encore Mlle Anthony au temps de son esclavage, connaissait Mme De Barral au temps de son exil. Mme De Barral habitait alors une grande bâtisse de pierre aux fenêtres à meneaux située dans un grand parc humide appelé le Prieuré, jouxtant le village où le poète raffiné s'était fait bâtir une maison.

« C'était pour De Barral l'époque de la réussite. Il avait acheté la maison sans l'avoir vue et y avait aussitôt expédié sa femme et son enfant pour prendre possession des lieux. Il ne savait que faire d'elles à Londres. Il occupait pour sa part un appartement dans un hôtel. Il y donnait, le soir, des dîners suivis de parties de cartes. Il avait contracté la passion du jeu — ou bien tout simplement un goût immodéré pour les cartes — mais, en tout cas, il jouait gros jeu pour se délasser, entouré d'une foule d'individus douteux.

« Pendant ce temps, Mme De Barral, qui attendait chaque jour son arrivée, habitait le Prieuré, pourvue d'une voiture à deux chevaux, d'une gouvernante pour l'enfant et de nombreux domestiques. Les villageois la voyaient à travers les grilles errer sous les arbres avec sa petite fille, perdue dans un milieu nouveau pour elle. Jamais personne ne l'approchait. Et c'est là qu'elle mourut, comme meurent certains animaux fidèles et délicats – d'avoir été négligée, simplement d'avoir été négligée, elle mourut de façon assez subite et parfaitement discrète. Le village la regretta, car, quoique évidemment en proie à quelque souci, elle était bonne pour les pauvres et toujours prête à causer avec n'importe qui parmi les humbles. Naturellement, les villageois savaient qu'elle n'était pas une grande dame – pas ce qu'on appelle une vraie dame. Et même ses rapports avec Mlle Anthony n'étaient que des rapports entre voisins de campagne qui se rencontrent dans la rue du village. Carleon Anthony était un aristocrate fieffé (son père avait été un architecte " restaurateur ") et sa fille n'était autorisée à fréquenter que les jeunes filles appartenant à la haute société du comté. Néanmoins, au mépris du souci rageur qu'éprouvait le poète de préserver son raffinement de toute souillure, il y eut quelques allées et venues paisibles et mélancoliques dans la grande allée de châtaigniers qui menait à la grille du parc, pendant lesquelles Mme De Barral en vint à appeler Mlle Anthony " ma chère petite ", voire " ma pauvre petite ". Cette âme solitaire n'avait personne d'autre à qui parler que cette fille médiocrement heureuse. La gouvernante la méprisait. L'intendante se montrait distante. En outre, Mme De Barral n'était pas une commère stupide. Mais elle fit quelques confidences à Mlle Anthony. Se voir imposer pareille richesse était chose terrible, assurait-elle. Un jour, elle avoua même qu'elle se mourait d'anxiété. M. De Barral (c'est ainsi qu'elle l'appelait) avait été un excellent mari et un père exemplaire, mais " voyez-vous, ma petite, je le connais très bien. Je suis sûre qu'il ne saura que faire de tout cet argent dont on lui confie le placement. Il est très possible qu'il commette une imprudence. Quand il viendra ici, il faudra que j'aie avec lui une bonne conversation, longue et sérieuse, comme nous en avions souvent autrefois, à l'époque heureuse de notre vie ". Et puis, un jour un cri d'angoisse lui fut arraché : " Ma petite, il ne viendra jamais ici, jamais, jamais ! "

« Elle se trompait. Il vint pour l'enterrement, fut terriblement accablé, et, serrant fortement la main de l'enfant, pleura amèrement près de la tombe. Au prix de toute une semaine de ricanements et d'insultes de la part du poète, Mlle Anthony vit tout cela de ses propres yeux. De Barral s'accrochait à l'enfant comme un homme qui se noie. Il réussit malgré tout à prendre l'express de cinq heures et demie et rentra seul à Londres dans un compartiment réservé, tous stores baissés...

— En laissant l'enfant au Prieuré? demandai-je.

— Oui. En laissant... Il éluda la difficulté. C'était un trait inné chez lui. Il ne savait que faire d'elle, ni, à vrai dire, de rien ni de personne, y compris lui-même. Il décampa, regagna en toute hâte son appartement à l'hôtel. Il était le plus incapable... L'enfant aurait pu rester abandonnée au Prieuré jusqu'à la consommation des siècles, si la gouvernante distinguée n'avait pas menacé de demander son congé. Elle ne se souciait nullement de l'enfant, et le Prieuré solitaire et sombre lui portait sur les nerfs. Elle n'entendait pas souffrir pareille existence, et, comme elle venait de quitter une famille ducale, elle malmena De Barral avec beaucoup de hauteur. Pour l'apaiser, il loua pour elle et l'enfant une maison somptueusement meublée dans le quartier le plus chic de Brighton, où il filait de temps à autre passer un week-end avec une malle pleine de bonbons et les poches pleines d'argent. La gouvernante dépensait l'argent de sa part de façon plus que ducale. Elle avait près de quarante ans et dissimulait un faible pour la protection de jeunes gens d'une certaine espèce — ou plutôt d'une espèce incertaine de jeunes gens. Mais, naturellement, Mme Fyne ne s'en était pas alors rendu compte par elle-même; elle me dit pourtant que, même à l'époque du Prieuré, elle avait soupçonné cette femme d'avoir l'esprit vulgaire, de manquer de cœur et de naturel, et d'avoir un idéal des plus bas. Mais De Barral n'en savait rien. Il ne savait jamais littéralement rien...

— Mais, dites-moi, Marlow, interrompis-je, comment expliquez-vous cette opinion? Il devait avoir de la personnalité en un sens — certainement en un sens particulier. On ne fait pas les plus grands ravages financiers d'une décennie, pour le moins, dans le monde des affaires, sans avoir quelque chose dans le ventre. »

Marlow hocha la tête.

« Cet homme n'était qu'un signe, un signe révélateur. Il n'avait rien dans le ventre. C'est à peu près à cette époque-là que le mot Épargne connut la vogue. Vous n'ignorez pas la puissance des mots. Nous traversons des périodes dominées par tel ou tel mot — qui peut être la mise en valeur, la concurrence, l'enseignement, la pureté, l'efficacité ou même la sainteté. C'est le mot du jour. Eh bien, juste à ce moment-là, c'était le mot Épargne qui courait les rues, bras-dessus bras-dessous avec l'honnêteté, compagnon inséparable et garant de tous ces clichés répétés par toute la nation, et qui, pour ainsi dire, regardait tout le monde dans le blanc des yeux. Même les pauvres créatures qui font le trottoir n'échappaient pas à cette fascination... Enfin... Eh bien la majeure partie de la presse criait sur tous les tons comme une fichue bande de perroquets dressés par quelque diable farceur que le financier De Barral favorisait la grande évolution morale de notre caractère national vers la vertu récemment découverte de l'Épargne. Il la favorisait grâce à tous ses vastes établissements qui rendaient évidents les mérites moraux de l'Épargne aux cœurs les plus endurcis rien qu'en promettant dix pour cent d'intérêt sur tous les dépôts. Et il n'était point absolument besoin d'appartenir aux classes aisées pour participer aux avantages de la vertu. Si vous n'aviez au monde de disponible qu'une pièce de six pence et si vous alliez la donner à De Barral, c'était de l'Épargne ! Il est tout à fait probable qu'il le croyait lui-même. C'était inévitable. Il est inconcevable qu'il fût le seul à résister à l'engouement universel. Il n'était pas assez intelligent pour ça. Mais il était impossible de s'en apercevoir en le regardant...

— Vous l'avez donc vu ? dis-je non sans curiosité.

— Oui. C'est bizarre, n'est-ce pas ? Une seule fois, au temps de sa gloire, de sa splendeur. Non. Aucun de ces deux mots ne convient à son succès. Ce personnage n'eut jamais ni gloire ni splendeur. Eh bien, disons que ce fut au temps où, selon la majorité des quotidiens, il était une puissance financière travaillant à élever la moralité nationale. Je vais vous raconter comment c'est arrivé.

« En ce temps-là, je connaissais un petit homme adipeux, riche et chauve, qui avait des bureaux à l'Albany ; il était financier lui aussi, à sa façon, et faisait des affaires de caractère discret et dénué de moralité avec des jeunes gens bien nés et riches d'espérances — quoique, probablement, il ne refusât pas non plus ses bons offices aux plébéiens d'un certain âge. C'était un vrai démocrate ; il aurait traité (malhonnêtement) avec le diable en personne. Tout lui était mouche, qui tombait dans sa toile. Il recevait les quémandeurs avec une jovialité alerte tout à fait surprenante. Elle soulageait sans trop inspirer confiance, ce qui valait peut-être mieux. Il exerçait son négoce dans une pièce meublée comme un salon, aux murs de laquelle étaient accrochées plusieurs toiles sombres peintes à l'huile, aux cadres massifs. Je ne sais s'ils étaient beaux, mais ils étaient grands et leurs cadres compliqués à la dorure ternie leur donnaient une dignité mélancolique. Quant à cet homme, il était assis à un bureau marqueté qui ressemblait à une pièce rare provenant d'un musée. Son fauteuil avait un haut dossier ovale sculpté tendu de tapisseries fanées; et ces objets faisaient du havane noir et coûteux qu'il roulait sans cesse entre le milieu et le coin gauche de sa bouche un objet indiciblement minable et repoussant. Je fus obligé de le voir plusieurs fois pour obliger un pauvre diable assez malchanceux pour n'avoir pas même d'ami plus compétent que moi pour le représenter à un moment difficile de son existence.

« Je ne sais à quelle heure mon financier discret commençait sa journée, mais il avait coutume de fixer des rendez-vous à des heures extraordinaires : huit heures du matin, par exemple. En arrivant, on le trouvait au travail à ce merveilleux bureau, l'air très frais, exhalant une légère odeur de savon parfumé et le cigare déjà bien allumé. Vous croyez peut-être que j'abordai ma mission plein de sombres pressentiments; mais il y avait chez ce petit homme gras, admirablement lavé, un mépris si profond de l'humanité qu'il équivalait à une espèce de bienveillance qui, à la différence du lait de la véritable bonté, ne risquait jamais de s'aigrir. Donc, un jour, notre discussion d'affaire étant interrompue tandis que nous attendions l'arrivée d'une pièce qu'il avait envoyé chercher (peut-être à la cave?), je fis par hasard observer en jetant un coup d'œil circulaire autour du salon, que je n'avais jamais vu rassemblées autant de belles pièces provenant d'une collection. Fut-ce ou non de ma part diplomatie inconsciente, je ne saurais le dire — mais l'observation était très juste et lui fit un plaisir extrême.

« " C'est effectivement une collection, affirma-t-il vigoureusement. Seulement, je passe ma vie en plein milieu, ce que ne font pas la plupart des collectionneurs. Mais je vois que vous vous y connaissez. Ce n'est pas le cas de bien des gens qui viennent ici pour affaires. Ils s'entendent mieux aux accessoires d'écurie. "

« Je ne sais si mes éloges servirent les intérêts de mon ami, mais, en tout cas, ils facilitèrent nos rapports. Il me traita avec une nuance de familiarité, comme un initié.

« La dernière fois que j'allai le voir pour conclure notre affaire, nous fûmes interrompus par un personnage qui ressemblait assez à un croisement entre un bookmaker et un secrétaire particulier. Entrant par une porte qui n'était pas celle de l'antichambre, il alla se pencher sur lui pour murmurer à son oreille.

« " Hein ? Qui avez-vous dit ? "

« Le personnage indéfinissable se pencha de nouveau pour répéter son murmure, puis ajouta à voix plus haute : " Il dit qu'il vous retiendra à peine un instant. "

« Mon petit homme me jeta un coup d'œil et dit d'un ton hésitant : " Ah! Bien. " Je me levai et proposai de revenir plus tard. Il prit un air d'inquiétude fantasque. " Non, non. C'est assez ennuyeux de perdre mon argent, mais je ne veux pas perdre davantage de mon temps à cause de votre ami. Il faut que nous en finissions aujourd'hui. Allez donc jeter un coup d'œil là-bas, sur cette *garniture de cheminée*. Il y en a une autre assez semblable au château de Laeken, mais le dessin de la mienne est bien supérieur. "

« Je gagnai donc l'autre côté de cette vaste pièce. La *garniture* était très belle. Mais, tout en feignant de l'examiner, je regardai mon homme s'avancer pour accueillir un visiteur de haute taille, qui dit : " Je croyais que vous seriez libre à cette heure matinale. Je n'ai qu'un mot ou deux à vous dire ", — et, après une conversation à voix basse, je le vis le raccompagner jusqu'à la porte et lui serrer cérémonieusement la main. " Pas du tout, pas du tout. Très heureux de vous être utile. Mes renseignements sont absolument sûrs. — Oh merci, merci ; je suis simplement entré en passant. — Certainement, vous avez très bien fait. Chaque fois que... Au revoir. "

« Je regardai attentivement le visiteur pendant qu'ils échangeaient ces politesses. Il était vêtu de noir. Il portait un petit col rabattu et une cravate large et plate de satin noir dans laquelle était fichée une grande épingle ornée d'un camée. Ses cheveux soyeux et décolorés se recourbaient légèrement au-dessus des oreilles. Ses joues pleines et glabres semblaient molles. Il se tenait raide, marchait à petits pas et parlait d'une voix douce et contenue. Peut-être à cause du contraste avec l'éclat somptueux de la pièce et la tenue méticuleuse de son propriétaire, il me fit l'effet d'un indigent et d'un homme sinon précisément humble, du moins très abattu par l'adversité.

« Je m'étonnai fort de la courtoisie que mon petit financier replet témoignait à ce personnage équivoque, lorsqu'il me demanda, comme nous reprenions nos sièges respectifs, si je savais qui venait de sortir. Devant mon hochement de tête négatif, il eut un curieux sourire, dit : " De Barral " et s'amusa de ma surprise. Puis, prenant un air grave : " C'est un personnage secret, si vous voulez. Nous savons tous d'où il est parti et où il est arrivé; mais personne ne connaît ses intentions. " Il devint pensif un instant et ajouta, comme s'il se parlait à lui-même : " Je me demande quelle partie il joue. "

« Et, vous savez, il n'y avait pas de partie, pas de partie d'aucune sorte, d'aucun genre, d'aucune espèce. C'est ce qui se dégagea lors du procès. Comme je vous l'ai déjà dit, il était employé de banque, comme des milliers d'autres. Il avait obtenu cette situation, qui fut pour lui un second départ dans la vie, et une fois de plus il n'en bougea pas, donnant entière satisfaction. Puis, un beau jour, comme si une voix surnaturelle lui eût parlé à voix basse ou si quelque mouche invisible l'eût piqué, il mit son chapeau, sortit dans la rue et commença à publier des annonces. Ce fut tout, absolument tout. Il saisit dans la rue le mot de l'époque et l'attela à son char absurde.

« On se rappelle ses premières et modestes annonces, dont le titre était le mot magique Épargne, Épargne, Épargne, répété trois fois; elles promettaient dix pour cent sur tous les dépôts et donnaient l'adresse de l'Association pour l'aide à l'épargne et à l'indépendance, dans Vauxhall Bridge Road. Il n'en fallait apparemment pas plus. Il n'expliqua même pas ce qu'il comptait faire du flot d'argent qu'il demandait au public de lui verser dans les mains. Naturellement, il avait l'intention de le placer à des taux d'intérêt élevés. C'est ce qu'il fit, mais sans méthode, sans plan, sans prévoyance et sans jugement. Et à mesure qu'il éparpillait les sommes qu'il recevait à flots, il publiait des annonces pour en demander davantage – et il les obtenait. Pendant une période de prospérité économique générale, il fonda la Banque du Globe et le Crédit du Sceptre, uniquement, semble-t-il, pour se faire de la réclame. Ce n'étaient que des noms. Il était tout à fait incapable d'organiser quoi que ce fût, de développer aucune espèce d'entreprise, ne fût-ce que pour manipuler les actions. À cette époque, il lui aurait suffi d'un mot pour obtenir qu'un nombre quelconque de ducs, de généraux en retraite, de membres du Parlement en activité, d'anciens ambassadeurs, etc. consentissent à siéger aux conseils d'administration de ses plus extravagantes créations. Mais il n'essaya jamais. Il n'avait aucune véritable imagination. Tout ce qu'il savait faire, c'était publier toujours plus d'annonces et ouvrir toujours plus de succursales de l'Épargne et de l'Indépendance, du Globe, du Sceptre, pour recueillir des dépôts, d'abord dans une ville, puis dans une autre, au Nord et au Sud — partout où il pouvait trouver des locaux adéquats pour un loyer modéré. Car c'était la grande caractéristique de son administration. La modestie, la modération, la simplicité. Ni le Globe, ni le Sceptre, ni même la société mère, l'Épargne et l'Indépendance, ne s'étaient fait bâtir les palais habituels. Pour cette abstinence, elles furent félicitées dans des publications imbéciles, parce que leur administration illustrait le principe de l'Épargne pour lequel elles avaient été fondées. La vérité, c'est tout simplement que De Barral n'y pensa pas. Naturellement, il n'avait pas tardé à quitter Vauxhall Bridge Road. Il était assez avisé pour cela. Ce qu'il acquit ensuite fut une vieille maison de brique, énorme, infestée de rats, dans une petite rue qui donnait sur le Strand. Les nouveaux venus étaient menés devant le mur de brique plat le plus minable, crasseux, jaunâtre, que l'on puisse imaginer, où régnaient deux rangées superposées d'ouvertures sans ornement, et ils étaient exhortés à voix basse à contempler et admirer la simplicité du quartier général de la grande puissance financière du jour. Le mot ÉPARGNE perché tout en haut sur le toit en gigantesques lettres dorées, et deux énormes plaques de cuivre en forme de boucliers, dont la courbure épousait les angles des chambranles de chaque côté de l'entrée étaient seuls à resplendir dans les locaux de l'entreprise De Barral. Personne ne savait quelles opérations se faisaient à l'intérieur, sauf que, si vous entriez et tendiez votre argent pardessus le comptoir, quelqu'un le prenait calmement et vous donnait un reçu imprimé. C'était absolument tout. Il semble que savoir cela soit irrésistible. Les gens entraient et tendaient leur argent, qui, une fois retiré de leurs mains, était plus irrémédiablement perdu pour eux que s'ils l'avaient jeté à la mer. C'était cela, et rien d'autre, qui se passait là-dedans.

— Allons, Marlow, dis-je, vous exagérez certainement — ne serait-ce que par votre façon de présenter les choses. C'est trop stupéfiant.

— J'exagère! dit-il pour se défendre. Ma façon de présenter les choses! Mon cher, je n'ai fait que dépouiller mes propos des oripeaux du verbiage commercial et du jargon financier. Et vous êtes stupéfait! Je vous donne la vérité toute nue. Il est également vrai que rien ne prête mieux le flanc à l'accusation d'exagération que le langage de la vérité toute nue. Ce qui cause le choc de la surprise est difficile à admettre. Mais que direz-vous de la fin de sa carrière! Elle commença avec la Banque de Dépôt du Globe. Sous le nom de cette institution, De Barral, avec l'obstination forcenée d'un homme sans imagination, avait financé un prince indien qui avait intenté un procès au gouvernement pour lui réclamer des sommes énormes. Il s'agissait d'un nombre fantastique de centaines de roupies, misérables vestiges des trésors de ses ancêtres — ou de quelque chose comme ça. Et tout cela était bien authentique. Il y avait un vrai prince; et la réclamation, elle aussi, existait effectivement — mais, malheureusement, elle n'était pas recevable. Le prince perdit donc son procès en dernier appel et le commencement de la fin de De Barral fut révélé au public sous la forme d'une demi-feuille de papier à lettre fixée par quatre pains à cacheter sur la porte close des bureaux du Globe annonçant la suspension des paiements par cet établissement.

« Son frère, le Sceptre, s'effondra avant la fin de la semaine. Je ne dirai pas, selon l'expression américaine, que le fond de toutes les affaires de De Barral céda brusquement. Elles n'avaient jamais eu de fond. C'était comme le tonneau des Danaïdes, dans lequel le public avait bénévolement versé ses dépôts. Qu'ils eussent disparu, c'était clair; et la procédure de banqueroute qui s'ensuivit fut comme une farce sinistre, des rires fusant au milieu d'une angoisse muette — celle des déposants; il y en avait des centaines de mille. Le rire fut irrésistible; il accompagna l'interrogatoire public du banqueroutier.

« Je ne sais si c'était manque total de toute espèce d'imagination ou possession en proportion excessive de cette faculté, ou bien l'un et l'autre à la fois — les trois hypothèses sont possibles — mais on découvrit que cet homme que la crédulité publique avait élevé si haut était lui-même plus jobard qu'aucun de ses déposants. Il avait été la proie de toutes sortes d'escrocs, d'aventuriers, de visionnaires et même de fous. S'enveloppant d'un mystère profond et stupide, il s'était lancé dans les projets les plus extravagants :

un port et des docks sur la côte de Patagonie, des carrières au Labrador — des spéculations de ce genre. Du nombre étaient des pêcheries destinées à alimenter une conserverie sur les rives de l'Amazone, ainsi que l'achat d'une principauté à Madagascar. À mesure que les détails grotesques de ces opérations incroyables étaient révélés l'un après l'autre, le rire parcourait en vaguelettes de plus en plus fortes la salle d'audience bondée. L'auditoire finit bel et bien par être saisi de fou rire devant la boule de neige de ces absurdités. Le greffier riait, les avocats riaient, les journalistes riaient, les rangs serrés des malheureux déposants anxieusement attentifs à chaque parole riaient comme un seul homme. Ils riaient convulsivement — les pauvres diables — au bord des larmes.

« Il n'y avait qu'une seule personne qui restât impassible. C'était De Barral lui-même. Il conserva, me raconta-t-on (car je n'ai pas assisté personnellement à ces scènes) son expression sereine et douce, et promenait à l'entour sur les gens un regard empreint d'une calme suffisance, qui fut le premier indice que le monde reçut de l'outrecuidante, de l'incommensurable vanité que cet homme avait jusqu'alors dissimulée sous un comportement timide. Elle se voyait aussi dans son obstination à affirmer que, si on lui avait laissé assez de temps et beaucoup plus d'argent, tout se fût bien terminé. Et il se trouva des gens (oui, même parmi ses victimes en personne) pour le croire plus qu'à demi, même après la procédure criminelle qui s'ensuivit bientôt. Une fois au banc des accusés, il perdit son assurance, comme si quelque illusion qui le soutenait en son for intérieur se fût soudain effondrée. Son comportement et même son caractère changèrent du tout au tout, si bien qu'on s'aperçut que ses yeux neutres et lavés si bien assortis à ses cheveux décolorés pouvaient exprimer une sorte de haine sournoise. Il fut d'abord arrogant, puis insolent, puis, soudain effondré, fondit en larmes; mais c'était peut-être de rage. Puis il se calma, reprit sa manière douce de parler et ce maintien tranquille et modeste qui lui étaient habituels même à l'époque de sa plus grande réussite. Mais il semblait qu'au moment de ce changement il eût enfin compris quelle puissance il avait été; car il fit observer à l'un des avocats de la partie civile qui avait pris un ton moral élevé pour l'interroger — qu'en effet il avait joué — qu'il aimait les cartes, mais qu'un an seulement auparavant une foule de gens huppés auraient été trop heureux de faire une partie avec lui. Oui — poursuivit-il — certains de ceux-là même qui siégeaient au tribunal ; et, s'attaquant à l'avocat, il s'écria : " Vous-même compris. " Il aurait pu avoir la moitié de la ville dans son appartement pour le flagorner, s'il en avait eu le goût. " Tenez, maintenant que j'y pense, j'ai passé le plus clair de mon temps à tenir à distance précisément des gens de votre espèce ", conclut-il avec un mépris souriant et tout à fait discret, comme si cette idée se faisait jour en lui pour la première fois.

« Ce fut le moment, le seul moment, où il se rallia peut-être tout l'auditoire du tribunal plongé dans un même silence. Puis, les débats reprirent leur morne cours. Malgré l'agitation qui régnait à l'extérieur, ce fut le plus morne de tous les procès célèbres. La procédure de banqueroute avait épuisé toutes les possibilités de rire qu'il contenait. Seuls subsistaient le fait de la ruine d'une multitude et le ressentiment d'une foule de gens floués par des moyens trop simples pour protéger leur amour-propre d'une profonde blessure que l'habileté d'un fieffé coquin leur eût épargnée. Une stupeur honteuse s'attacha à ces débats où De Barral n'était pas le seul à être démasqué. Quant à lui, il se contenta de crier : " Du temps ! Du temps ! Le temps eût tout arrangé. " Avec le temps, certaines de ses spéculations auraient sûrement réussi. Parfois, me dit-on, il semblait en extase, ses yeux pâles et fixes paraissaient contempler la perspective des siècles futurs. Du temps — et, naturellement, encore de l'argent. " Ah ! Si seulement vous m'aviez laissé en paix deux années de plus ", s'écria-t-il un jour sur un ton de sincérité passionnée. " L'argent rentrait bel et bien. " Les dépôts, comprenez-vous, les économies de l'Épargne. Oh oui, ils étaient rentrés jusqu'au tout dernier instant. Et il les regrettait. Il en était arrivé à les regarder comme siens par une sorte de conviction mystique. Et pourtant, ce fut un cri parfaitement justifié qu'il lança une fois de plus à l'avocat, dont une question commençait par ces mots : " Vous avez reçu toutes ces sommes énormes... " et lui répliqua, indigné : " Quel bénéfice en ai-je tiré ? "

« C'était parfaitement exact. Il n'en avait rien tiré — aucun des biens prestigieux ou désirables de cette terre, que convoitent les natures prédatrices. Il n'avait satisfait aucun goût, ni connu un grand luxe ; il n'avait fait bâtir aucun palais somptueux, ni réuni de collection splendide avec ces " sommes énormes ". Il n'avait même pas de chez-soi. Il s'était installé dans cet appartement d'hôtel et n'en avait pas bougé pendant des années, donnant sans doute entière satisfaction à la direction. On avait par deux fois augmenté son loyer, pour montrer, je suppose, combien on appréciait sa clientèle distinguée. Avec toute la richesse qui lui coulait entre les doigts, il ne s'était payé ni adulation, ni amour, ni splendeur, ni bien-être. Il y avait dans la constance de sa médiocrité une sorte de perfection. Sa vanité même semblait éviter de se satisfaire, fût-ce de la simple apparence de la puissance. À l'époque où il était le plus en vue, l'inéluctable obscurité de son origine adhérait à lui comme un vêtement d'ombre. Il avait manié des millions sans jamais jouir d'aucun de ces biens qui passent pour précieux dans la communauté des hommes, parce qu'il n'avait ni la brutalité de caractère ni la distinction d'esprit nécessaires pour les lui faire désirer avec la force de volonté d'un aventurier dominateur...

— Vous semblez avoir étudié cet homme, fis-je observer.

— Étudié, répéta Marlow, pensif. Non! Je ne l'ai pas étudié. Je n'en ai jamais eu l'occasion. Vous savez que je ne l'ai vu qu'une fois, dans les circonstances dont je vous ai parlé. Mais peut-être un simple coup d'œil, sans plus, est-il le bon moyen de pénétrer une personnalité; et De Barral en était une, précisément à cause de ses manques, qui faisaient de lui un être tout à fait différent des idées préconçues qu'on avait sur lui. Je n'ai pas étudié De Barral, mais c'est ainsi que je le comprends, dans la mesure où l'on pouvait le comprendre parmi le fracas de la débâcle, les pleurs et les grincements de dents, le flamboiement furieux des affiches annonçant le contenu des journaux : " Les Fraudes de l'Épargne. Interrogatoire de l'accusé. Édition spéciale ", les appels charitables en faveur des victimes, le ton grave des quotidiens, dont les borborygmes de compassion semblaient provenir des entrailles de la nation. Tout cela dura pendant une semaine entière d'audiences laborieuses. Un journaliste de ma connaissance me dit : " Cet homme est un idiot ", et il avait peut-être raison. Auparavant, j'avais un jour entendu quelqu'un déclarer qu'il avait un faciès caractéristique de criminel, ce que je savais faux. Le jugement fut prononcé à la lumière des lampes, dans une atmosphère étouffante, empoisonnée. Le juge prononça solennellement des paroles édifiantes à propos du châtiment qui s'abattait sur le coupable " des escroqueries les plus impitoyables perpétrées sur une échelle sans précédent ". Je n'entends pas grand-chose à ces affaires, mais il semble qu'il avait jonglé avec les comptes, falsifié les bilans, accepté des dépôts plusieurs mois après le moment où il aurait dû se savoir irrémédiablement insolvable, et commis suffisamment d'autres méfaits hautement répréhensibles aux yeux de la loi, pour lui valoir sept ans de travaux forcés. Au moment où la sentence fut connue à l'extérieur du tribunal, elle fut bien accueillie. Un petit attroupement composé surtout de gens qui ne semblaient pas eux-mêmes particulièrement intelligents et scrupuleux, relevé, saupoudré, d'une pincée d'authentiques voleurs à la tire, s'amusa à pousser des vivats sous la bruine glacée la plus pénétrante, la plus odieuse dont je me souvienne. Je passais là par hasard, venant de l'East End où, pendant la journée, j'avais parcouru les docks avec un vieux copain qui s'occupait de l'armement d'un navire neuf. Je suis toujours curieux, quand on me le permet, de rendre visite à un bâtiment neuf. Ces navires m'intéressent comme de charmantes jeunes filles.

« Je me trouvai mêlé à cette foule rendue houleuse par une animosité aussi insensée que le sont toujours les événements de la rue, et c'est pendant que je me dégageais péniblement que le journaliste dont je vous ai parlé fut poussé contre moi. Il me rendit cette justice : il fut surpris. " Comment ! Vous, ici ! Vous êtes la dernière personne au monde... Si je l'avais su, j'aurais pu vous faire entrer. La place ne manquait pas. On ne s'intéresse plus à l'affaire depuis trois jours. Il a écopé sept ans. Eh bien, je suis content.

« — Pourquoi êtes-vous content ? Parce qu'il a écopé sept ans ? " demandai-je, considérablement gêné par la pression d'un grand gaillard qui disait à certains de ses amis non moins étouffants que ce " sale type aurait dû être abattu à coups de merlin ". J'ignore s'il avait jamais confié ses économies à De Barral, mais, si c'était le cas, elles devaient, à en juger par sa mine, être le fruit de quelque cambriolage réussi. Le journaliste qui se trouvait près de moi répondit : " Non " à ma question. Il était content que tout fût fini. Il avait souffert de la chaleur et de l'air vicié du tribunal. L'humidité visqueuse et glacée de la rue parut brusquement lui affecter le foie. Il devint méprisant et irritable et se mit à jouer méchamment des coudes pour nous frayer un passage.

« C'était une affaire ennuyeuse que celle-ci. Tous les procès de ce genre étaient ennuyeux. Pas de moments vraiment dramatiques. La révélation de la comptabilité du Globe et de toutes les autres entreprises était certainement cocasse, mais le public n'avait cure de révélations comme celle-là. Un raseur ce De Barral, grommela-t-il. Il ne put ou ne voulut prendre la peine de me décrire les caractéristiques extérieures de cet homme, qui était maintenant officiellement un criminel (nous avions traversé la rue pour aller prendre un verre), mais il me dit avec un ricanement aigrement ironique qu'après l'énoncé du verdict cet homme s'était cramponné à la barre assez longtemps pour lancer une manière de protestation : " Vous ne m'avez pas laissé le temps, j'aurais fini par être anobli, comme certains. " Et il s'était permis son tout premier et dernier geste de tout le procès : il avait levé au-dessus de sa tête un poing fortement serré.

« Le journaliste désapprouvait cette manifestation. La comprendre n'était pas son affaire. Est-ce jamais l'affaire d'un journaliste, quel qu'il soit, de comprendre quoi que ce soit? J'imagine que non. Cela l'éloignerait trop de l'actualité qui est le pain quotidien de la mentalité publique. Il pensait sans doute que cette mimique avait fort peu de valeur pittoresque; la voix faible, la personnalité falote aussi incapable de se camper qu'un châlit, la sottise même de ce poing serré, si vaine à ce moment-là, à cet endroit-là — non, ça ne valait pas grand-chose. Et puis, pour lui, qui possédait parfaitement son métier, penser était incontestablement " mauvais sur le plan professionnel ". Son rôle professionnel était d'écrire un compte rendu lisible. Mais moi, qui n'avais rien à écrire, je me permis de faire usage de mon esprit tandis que nous étions assis devant nos verres encore intacts. Et la découverte, qui, si souvent, récompense un instant de détachement des simples impressions visuelles, me communiqua un frémissement tout proche d'un frisson. Il me sembla comprendre que, sous le choc des tortures et des inquiétudes infligées par son procès, l'imagination de cet homme, — dont les humeurs, les idées, les mobiles, avaient souvent un air de mystère grotesque — que son imagination, donc, enfin réveillée, s'était mise à vivre. Et c'était effroyable. Essayez donc de partager les sentiments d'un homme dont l'imagination s'éveille au moment précis où il va pénétrer dans la tombe... »

« N'allez pas croire, poursuivit Marlow après un silence, que le matin où Fyne vint me voir, je passai mentalement, consciemment en revue tous ces... disons ces renseignements; non, mieux vaut dire ce fonds de savoir que je possédais, ou plutôt qui existait en moi au sujet de De Barral. Les renseignements, on va les chercher et on les range une fois trouvés comme on pourrait le faire d'un morceau de plomb : pesant, utile, inerte, terne. Tandis que le savoir, cette espèce de savoir, est acquise par hasard et conserve dans son immobilité une admirable résonance... Mais, comme ces distinctions touchent au transcendantal, je vous en ferai grâce. Ma cruauté a des limites. Non ! Je ne fis pas mentalement l'inventaire minutieux de tout ce que je viens de vous dire. Comment l'aurais-je pu, Fyne étant dans la pièce ? Il demeura assis, complètement immobile, statuesque avec simplicité, après avoir lâché sa saisissante formule d'acquiescement : " Oui. Le forçat ", et moi, loin de laisser ma mémoire s'offrir une excursion dans le passé, je restai suffisamment dans le présent pour méditer vaguement, distraitement, sur les proportions respectables et sur la forme avenante (tout compte fait) de ses mollets de marcheur, car il avait négligemment croisé les jambes pour masquer le trouble de son esprit sous un air dégagé. Mais tout de même, le savoir était en moi, dont je viens d'indiquer que la résonance avait été réveillée. Je dis, exprimant un étonnement assez illogique :

« " Ainsi, De Barral avait femme et enfant ! Cette jeune fille est sa fille. Et comment... "

« Fyne m'interrompit en déclarant de nouveau sérieusement, comme si la chose était difficile à croire, que sa femme et lui-même avaient essayé de faire tout leur possible, oui, tout leur possible pour aider cette fille ! Je ne mis pas un instant sa parole en doute, bien entendu, mais, devant sa réponse, je m'étonnai plus logiquement. À cette heure matinale, il ne faut pas l'oublier, je ne savais encore rien des contacts (ce n'était guère davantage) que Mme Fyne avait eus avec la femme et la fille de De Barral pendant leur exil au Prieuré, quand la célébrité de cet homme était à son apogée.

« Fyne qui, visiblement, n'était venu que dans le seul but de m'en parler, fit allusion pour la première fois à ces premiers rapports, qui se bornaient à des rencontres en plein air. " Cette jeune fille n'était alors qu'une enfant, poursuivit-il. Plus tard, on la plaça hors de portée de Mme Fyne en la confiant à une gouvernante — une personne des plus douteuses ", expliqua-t-il. Sa femme avait alors — hum ! fait connaissance avec lui ; et, lors de son mariage, elle perdit complètement l'enfant de vue. Mais après la naissance de Polly (Polly était la troisième fille des Fyne) elle ne se trouva pas en bonne santé et passa quelques mois à Brighton pour se rétablir – et là, un jour, dans la rue, l'enfant (elle portait encore les cheveux dans le dos) la reconnut devant une boutique et se jeta littéralement dans les bras de Mme Fyne. C'était assez touchant. Et aussi, sans tenir compte de la froide impertinence de cette... hum... gouvernante, sa femme, naturellement, répondit à cet élan.

« Il parlait solennellement, de façon hachée. Je l'interrompis pour lui faire observer que cela avait dû se passer avant la débâcle.

« Fyne hocha la tête en signe d'assentiment avec une gravité accrue, déclarant de sa voix de basse :

« " Juste avant ", et s'abandonna à un silence sérieux et solennel.

« De Barral, reprit-il brusquement, ne venait pas alors régulièrement passer le week-end à Brighton. Il devait déjà pressentir l'approche du désastre. Mme Fyne évitait de se trouver amenée à faire sa connaissance, ce qui convenait à la gouvernante, très jalouse de toute influence extérieure. Mais, de toute façon, ce n'aurait pas été chose facile. Ce personnage extraordinaire, raide, mince, tout en noir, attirait l'attention générale quand il se promenait en tenant la jeune fille par la main; il semblait timide, mais – et Fyne fut ici tout près de montrer quelque chose qui ressemblait à de l'intuition – il nourrissait probablement sous un comportement trompeur beaucoup de secrète arrogance. Mme Fyne s'apitoya sur le sort de Flora De Barral longtemps avant la catastrophe. Désastreuse influence. Déplorable milieu. Les gens reconnaissaient la jeune fille dans la rue, la dévisageaient dans les lieux publics comme si elle avait été une sorte de princesse, mais on l'empêchait avec une constance fort inquiétante de faire la connaissance de qui que ce fût – quoique, naturellement, bien des gens n'eussent sans doute pas mieux demandé que de – hum – se rendre agréables à Mlle De Barral. Mais cela contrariait les plans de la gouvernante, une intrigante, qui méditait un coup des plus sinistres, sous ses airs distants de snob du grand monde. Une solennelle horreur faisait sortir les yeux du brave petit Fyne de sa tête, tandis que, tout agité, il me révélait les soupçons, presque les certitudes, éprouvés à l'époque par sa femme au sujet de la conduite perfide de cette Mme... Mme... je ne sais qui. Elle semblait avoir en fait – affirmait Mme Fyne – déjà comploté de marier un jour son élève à un parent sans-le-sou – un jeune homme aux yeux fuyants et à l'allure assez impudente, que cette femme appelait son neveu et qu'elle invitait sans cesse à passer quelque temps avec elle.

« " Et peut-être n'était-ce pas son neveu. Peut-être ne lui était-il nullement apparenté. " — Fyne émit avec un effort convulsif ces paroles, qui exprimaient le plus affreux des soupçons dont Mme Fyne lui faisait part petit à petit lorsqu'il venait passer gravement ses week-ends avec elle et les enfants. Dans leur bienveillant intérêt pour la malheureuse enfant de l'homme occupé à brasser négligemment tant de millions, les Fyne passaient le temps de leurs réunions hebdomadaires à se demander sérieusement que faire pour déjouer la plus perverse des machinations et à tenter de trouver comment agir avec tact dans une aussi extraordinaire situation. Je les imaginais, simples et scrupuleux, se tourmentant honnêtement au sujet de cette grande jeune fille sans protection, tout en regardant leurs propres fillettes jouer sur la plage. Fyne m'assura que le repos de sa femme fut compromis par le grave problème que posait une intervention.

« " Mme Fyne s'est montrée très clairvoyante en découvrant une intrigue aussi savante ", dis-je, tout en me demandant *in petto* ce qu'était devenue maintenant sa clairvoyance pour qu'elle se fût laissé surprendre par une manœuvre tellement plus simple exécutée d'un bout à l'autre juste sous son nez. Mais aussi, à cette époque où son repos nocturne était troublé par la crainte du sort qui attendait la fille sans défense de De Barral, elle ne s'adonnait pas à la rédaction d'un petit manuel dense et impitoyable traitant de la théorie et de la pratique de la vie à l'usage des femmes à griefs. Elle pouvait encore, avant que la tâche de développer la philosophie de la rébellion eût émoussé son acuité intuitive, discerner des choses que je soupçonne d'avoir été assez évidentes. Car j'incline à croire que la femme à qui le hasard avait confié le destin de Flora De Barral ne s'était pas donné beaucoup de peine pour dissimuler subtilement son dessein. De Barral étant tombé une fois pour toutes sous sa coupe, elle se sentait complètement maîtresse de la situation. Elle avait pris toutes ses précautions pour que sa conduite ne fût pas observée de l'extérieur; et je ne pus m'empêcher de sourire en pensant à quel point elle avait dû considérer les sérieux, les innocents Fyne comme d'effroyables fâcheux. Comme elle avait dû être exaspérée par ce couple tombé à Brighton de façon aussi complètement imprévue — sinon aussi soudaine — qu'un coup de foudre d'un ciel serein! Comme elle avait dû les haïr!

« Mais je crois en fin de compte qu'elle aurait mené à bien le plan qu'elle avait ourdi, quel qu'il fût. Je puis imaginer De Barral accoutumé depuis des années à déférer à ses désirs et, par arrogance, par timidité ou simplement à cause de son manque stupide d'imagination, demeuré sans relations, ne connaissant personne d'autre que quelques compagnons de jeu; je puis me le représenter terrifié par la perspective d'avoir sur les bras la responsabilité d'une fille en âge de se marier qui le contraigne à changer complètement ses habitudes et lui impose un autre mode d'existence qu'il n'aurait même pas su de quelle façon aborder. Il me paraît évident que Mme Je-ne-sais-qui n'aurait pas eu grand mal à réaliser son abominable projet, même si les excellents Fyne avaient pu agir. Elle aurait tout simplement intimidé De Barral avec ses grands airs. Rien n'est plus docile qu'un homme arrogant, lorsque son arrogance a cédé une première fois sur un point précis.

« Mais personne n'eut ni le temps ni l'obligation d'agir. La situation même disparut avec la débâcle financière comme un bâtiment disparaît au cours d'un tremblement de terre — debout à un instant donné, évanoui l'instant d'après, sans autre avertissement qu'un léger grondement sinistre. Bien sûr, parler d' " un instant " est peut-être exagéré; mais dire que tout fut fini en vingt-quatre heures exactement est rigoureusement exact. Fyne put me raconter tout ce qui s'était passé, et la formule qui exprimerait le mieux la nature du changement est la suivante : un dénuement immédiat et total. Je ne m'entends pas très bien à ces choses-là, mais, d'après le récit de Fyne, il semblait que les créanciers, les déposants ou les autorités compétentes se fussent emparés en un clin d'œil de tout ce que De Barral possédait au monde, jusqu'à sa montre avec sa chaîne, à l'argent qui se trouvait dans la poche de son pantalon, à ses complets de rechange et, je suppose, jusqu'au camée monté en épingle de sa cravate de satin noir. De tout! Je crois qu'il abandonna jusqu'à l'alliance de sa défunte femme. Le triste Prieuré avec son parc humide et un couple de fermes avait été transféré au nom de Mme De Barral, mais, lorsqu'elle mourut intestat, il revint, j'imagine, à De Barral. Les créanciers s'en emparèrent, naturellement; mais ce n'était qu'une miette pour un Sahara de famine, une goutte d'eau pour un océan de soif. Il est probable qu'aucune âme au monde n'éprouva le réconfort d'avoir recouvré ne fût-ce qu'une pièce de trois pence provenant de la succession. Puis — moins que des miettes, moins que des gouttes — il restait à saisir le bail de la grande maison de Brighton, son ameublement, la voiture et son attelage, le cheval de selle de la jeune fille, ses coûteux colifichets; jusqu'au collier à lourde garniture d'or de son saint-bernard de race. Le chien, élément le plus noble d'aspect dans un actif misérable, partit lui aussi.

« Mais ce qui partit d'abord, ou plutôt s'évanouit, n'avait rien à voir avec l'actif. C'était cette gouvernante comploteuse qui jouait les " dames accomplies " (rigoureusement formalistes) et dont l'âme était celle d'un brigand sans scrupules. Quand une femme se livre à une quelconque activité masculine illégale, rien ne dépasse la perfection qu'elle y apporte. Vous trouverez, il est vrai, des gens pour soutenir que cette terrible malignité qu'elles mettent à battre en brèche toutes les conventions établies est entièrement la faute des hommes. Ces gens vous demanderont d'un air fin pourquoi les guerres livrées par les esclaves ont toujours été les plus féroces, les plus acharnées, les plus atroces de toutes. Et vous aurez beau faire la réponse dont vous serez capable — même, si vous le voulez, celle-ci, qui est éminemment féminine, si caractéristique de l'incapacité des femmes à se détacher de la lettre : " Je ne vois pas le rapport avec la question! " Que d'arguments ont été ébranlés (je ne dis pas renversés) par ces quelques mots! Car si nous autres hommes, nous tentons de faire passer dans notre raisonnement la largeur de vues qu'inspire tout le vécu, si nous sommes volontiers prêts à faire passer l'Infini lui-même dans notre amour, " ce n'est pas la faute des femmes ", comme l'a fait observer certain écrivain. Oh que non! Elles ne se soucient pas de cela. Ce genre d'aspiration ne les gêne guère. Et il serait drôle, le monde qu'elles organiseraient, où l'Incongru viendrait capricieusement remplacer la raisonnable, la banale Imagination créatrice... »

Je levai la main pour arrêter mon ami Marlow.

« Croyez-vous vraiment ce que vous avez dit? » demandai-je, sans vouloir l'offenser, car, avec Marlow, on ne savait jamais.

« Certains jours de l'année seulement », dit Marlow avec un malicieux sourire. « Aujourd'hui, j'ai simplement essayé de voir large, et je m'aperçois que je vous ai blessé, vous dont la sensibilité est vouée au culte des femmes. Lorsque vous êtes seul et vous taisez, vous défendez en vous-même les pauvres femmes contre des attaques qui ne peuvent absolument pas les atteindre. Je me demande s'il y a vraiment quelque chose qui puisse les atteindre. Mais, pour apaiser votre inquiétude, je vous ferai remarquer encore une fois qu'un monde incongru serait très amusant, si les femmes voulaient prendre la peine de le rendre aussi charmant qu'elles savent le faire en préservant à notre intention certaines illusions bien connues, bien établies, je dirai presque éculées, sans lesquelles le mâle moyen ne saurait s'en tirer. Et cette condition est très importante. Car il n'est rien de plus agaçant que l'Incongru quand il a cessé d'amuser et de charmer; et alors, on courrait le risque de voir la virilité subjuguée faire par exaspération quelque mouvement brusque et irréfléchi et crever accidentellement d'un coup de coude le beau tissu du monde dont je parle. Et cela lui serait fatal. Car rien ne semble plus irrémédiablement désastreux qu'un beau tissu endommagé. Les femmes elles-mêmes seraient les premières à se dégoûter de leur propre création.

« Il y avait une part du bon sens éminemment pratique des femmes et aussi de leur illogisme dans la conduite de l'extraordinaire gouvernante de Mlle De Barral. Il ressortait du récit de Fyne que, la veille du premier grondement du cataclysme, le jeune homme douteux était arrivé inopinément à Brighton pour passer quelque temps avec sa " tante ". Selon toute apparence, tout se passait normalement; ce garçon partit l'après-midi pour une promenade à cheval avec la jeune fille, comme il le faisait souvent — spectacle qui ne manquait jamais de remplir Mme Fyne d'indignation. Fyne lui-même se trouvait là avec sa famille pour toute une semaine et sa femme lui demanda de venir jusqu'à la fenêtre pour voir l'iniquité à l'œuvre et pour partager ses sentiments. Les cavaliers n'étaient même pas accompagnés d'un garçon d'écurie. La détresse de Mme Fyne fut si grande en voyant ainsi cette malheureuse jeune fille, complètement inconsciente du danger qu'elle courait, passer à cheval en souriant, que Fyne commença à se demander sérieusement si leur devoir évident n'était pas d'intervenir à tout prix — en écrivant tout simplement à De Barral. Il dit à sa femme avec une solennité que je puis facilement imaginer : " Vous devriez vous charger de cette tâche, ma chérie. Vous avez connu sa femme, après tout. C'est déjà quelque chose. " Par ailleurs, la crainte d'exposer Mme Fyne à quelque déplaisante rebuffade le tourmentait vivement. De son côté,

Mme Fyne cédait au découragement. Réussir semblait impossible. Ils avaient affaire à une femme qui avait charge de la jeune fille depuis plus de cinq ans et jouissait apparemment de toute la confiance du père. Que pouvait-on dire qui portât, sans preuves, sans... Ce M. De Barral, déclara Mme Fyne, devait être très stupide ou tout à fait immoral pour négliger ainsi son enfant.

« Vous remarquerez que, peut-être à cause de la vision solennelle que Fyne avait de notre existence éphémère et à cause de l'aptitude naturelle de Mme Fyne à assumer des responsabilités, ils ne s'étaient pas avisés un seul instant que le moyen le plus simple de se tirer de la difficulté était de ne rien faire et de ne pas se mêler de cette histoire, puisqu'elle ne les concernait pas, ce qui, d'un point de vue purement pratique, était certainement exact. Mais, me dit Fyne, ils passèrent un après-midi dans une vive inquiétude à examiner les voies et moyens de parer au danger suspendu sur la tête de la jeune fille partie pour une promenade à cheval (et qui s'amusait sans doute) avec un abominable gredin. »

CHAPITRE IV

LA GOUVERNANTE

« Et le plus beau était que le danger était déjà passé. Le danger n'existait plus. L'apparition du soi-disant neveu avait un but. Il était arrivé porteur d'une nouvelle dont l'énormité l'emplissait — l'emplissait au point de le faire trembler. Des rumeurs avaient déjà dû circuler sur la situation critique des affaires de De Barral; mais seulement parmi les gens les mieux informés. Nulle rumeur, nul écho d'une rumeur n'avait atteint les profanes du West End — sans parler de l'innocent faubourg maritime de Hove. Les Fyne ne soupçonnaient rien; la gouvernante, qui jouait avec un snobisme glacial et distingué le rôle de mère auprès de la fabuleusement riche Mlle De Barral, ne soupçonnait rien; les professeurs de musique, de dessin, de danse, de Mlle De Barral ne savaient absolument rien; l'esprit de son médecin, de son dentiste, des domestiques de la maison, des commerçants fiers d'avoir le nom de De Barral sur leurs livres de comptes, jouissait d'une parfaite sérénité. C'est ainsi que ce garçon, inopinément renseigné de façon sûre et fort inquiétante par quelqu'un de la Cité arriva à Brighton vers l'heure du déjeuner avec en sa possession quelque chose qui ressemblait fort à une bombe meurtrière. Mais il était trop avisé pour la jeter sur la voie publique. Impénétrable, il déjeuna en face de Flora De Barral, puis, prétextant quelque excuse, s'enferma avec la femme que la charité du petit Fyne désignait (non, cependant, sans une légère hésitation dans la voix) sous le nom de sa " tante ".

« Ce qu'ils se dirent en privé, nous pouvons l'imaginer. Elle sortit de son petit salon personnel, les pommettes marquées de taches rouges, qui, ayant suscité une question de son élève " bien-aimée " furent sèchement expliquées ainsi : " J'ai une migraine imminente. " Mais nous pouvons être sûrs que, l'entretien terminé, elle dut dire à la jeune canaille : " Tu ferais mieux de lui faire faire sa promenade à cheval habituelle ! " Nous en trouvons la preuve irréfutable dans le fait que Fyne et Mme Fyne les virent se mettre en selle devant la porte et passer en causant sous les fenêtres de leur salon ; la pauvre fille était tout sourire, car elle prenait plaisir en toute innocence à la compagnie de Charley. Elle n'en faisait nullement mystère auprès de Mme Fyne et lui avait même confié depuis longtemps qu'elle l'aimait beaucoup, confidence qui avait plongé Mme Fyne dans la désolation, l'avait emplie de ce sentiment d'angoisse impuissante que l'on éprouve dans certaines espèces de cauchemars. Car comment pouvait-elle mettre la jeune fille en garde ? Elle s'était bien risquée une fois à lui dire qu'elle n'aimait pas M. Charley. Mlle De Barral l'avait entendue avec étonnement. Comment pouvait-on ne pas aimer Charley ? Elle avait dit ensuite à Mme Fyne avec une loyauté naïve que, malgré la profonde amitié qu'elle lui portait, il lui était impossible d'entendre la moindre critique de Charley — du merveilleux Charley.

« La fille de De Barral goûta probablement son amusante promenade avec l'amusant Charley (c'était infiniment plus amusant que de sortir avec un vieux maître d'équitation stupide), car les Fyne les virent revenir plus tard que de coutume. Il faisait même déjà presque nuit. En mettant pied à terre avec l'aide du délicieux Charley, elle tapota le cou de son cheval et gravit les marches du perron. Ce fut sa dernière promenade à cheval. Elle allait avoir seize ans quelques jours plus tard ; sa frêle silhouette en costume d'amazone était de taille inférieure à la moyenne de son âge ; elle portait un chapeau melon noir d'où ses beaux cheveux bruns et ondulés coupés horizontalement à leur extrémité s'échappaient pour venir retomber très bas sur son dos. Le délicieux Charley se remit en selle pour conduire les deux chevaux à l'écurie. Mme Fyne, restée à la fenêtre, vit la porte de la maison se refermer sur Mlle De Barral au retour de sa dernière promenade.

« Et pendant ce temps-là, qu'avait fait la gouvernante (venue d'une famille noble), si judicieusement choisie (c'était une dame, apparentée, disait-elle, à des hobereaux connus) pour diriger les études, surveiller la santé, former l'esprit, polir les manières, et jouer en somme auprès de cette malheureuse enfant le rôle d'une mère parfaite? Eh bien, s'étant débarrassée de son élève par le procédé le plus naturel qui se pût — ce qui prouvait son sens pratique — elle s'était mise à faire ses malles, ce qui montrait la lucidité avec laquelle elle jugeait la situation. Elle avait procédé méthodiquement, rapidement et, mon Dieu, vidé les tiroirs, dégarni les tables de son appartement particulier, avec une sorte de passion silencieuse dans la perfection de son travail; elle avait pris tout ce qui lui appartenait et certains objets sur lesquels ses droits de propriété étaient moins incontestables : un porte-plume incrusté de pierreries, un coupe-papier d'ivoire et d'or (la maison était remplie de coûteux objets d'usage courant), des boîtes d'argent ciselé, cadeaux de De Barral, et d'autres babioles; mais la photographie de Flora De Barral avec son affectueuse dédicace, cette photographie dernier cri et du prix le plus élevé, posée dans un cadre de vermeil sur son bureau, elle avait omis de la prendre. L'ayant accidentellement fait tomber sur le plancher pendant les opérations, elle l'y avait laissée après y avoir jeté un coup d'œil méprisant. C'est ainsi que ce portrait — ou du moins son cadre — fit, je le suppose, partie de l'actif de la faillite de De Barral.

« Ce soir-là, pendant le dîner, l'enfant trouva les convives mornes et brusques. Le repas fut d'une lenteur extraordinaire. Flora ne put tirer de sa gouvernante que des monosyllabes, et l'amusant Charley coupa court aux différentes tentatives que fit, pour égayer le repas, celle qu'il appelait parfois — mais pas cette fois-là — sa " petite camarade ". Sans doute le couple était-il nerveux et préoccupé. De tout cela, nous avons des preuves, et aussi du fait que Flora, offensée par le délicieux neveu de sa gouvernante profondément respectée, bouda tout le reste de la soirée et fut heureuse de gagner sa chambre de bonne heure. Madame... Madame — j'ai vraiment oublié son nom — la gouvernante, invita son neveu à passer dans son petit salon, disant à haute voix que c'était pour discuter d'affaires de famille. Ces paroles étaient destinées à Flora, qui les entendit — sans le moindre intérêt. Pareille invitation n'avait d'ailleurs rien d'assez inaccoutumé pour susciter chez elle ne fût-ce qu'un étonnement passager. Elle se coucha en proie à l'ennui et, fatiguée par sa longue promenade à cheval, dormit profondément toute la nuit. Ce fut son dernier sommeil, je ne dirai pas innocent — ce mot, qui a un sens particulier, n'exprimerait pas exactement ma pensée —, mais je dirai ignorant, ou, mieux encore, inconscient des voies du monde, inconscient du danger, de la douleur, de l'humiliation, de l'amertume, du mensonge. Inconscience qui, chez d'autres êtres semblables à elle, disparaît peu à peu avec l'expérience, le savoir, souvent incomplets malgré tout, limités par des réserves salutaires, des doutes qui adoucissent la réalité, des théories qui la masquent. Son inconscience du mal qui habite les pensées secrètes et donc les actes visibles des hommes, chaque fois que, par hasard, une pensée néfaste et un courage néfaste se rejoignent, son inconscience devait être forcée avec une brutalité sacrilège, dans des circonstances profanatrices, comme un temple violé par la folie vengeresse de l'impiété. Oui, voilà ce qui allait arriver à cette très jeune fille qui n'était guère plus qu'une enfant. Et si vous me demandez comment, dans quel but, pour quelle raison, je vous répondrai : Mais, par hasard! Par le plus banal des hasards, comme effectivement se produisent les événements heureux et malheureux, terribles ou tendres, importants ou insignifiants; et même ceux qui ne sont ni l'un ni l'autre, les événements de nature si parfaitement neutre que l'on se demanderait pourquoi ils se produisent jamais, si l'on ignorait qu'ils portent, eux aussi, dans leur futilité, les semences d'autres hasards imprévisibles.

« Naturellement, De Barral avait eu toute chance de tomber sur une gouvernante du genre parfaitement innocent, naïf, ordinaire, inefficace, pour s'occuper de sa fille; ou sur une banale et sotte aventurière, qui eût essayé, par exemple, de l'épouser ou de commettre quelque autre espèce de méfait ordinaire et sans envergure. Ou bien il aurait encore pu tomber sur un modèle de toutes les vertus ou sur un puits de toutes les sciences ou sur n'importe qui d'également innocent, conventionnel et bourgeois. Tous les calculs lui étaient favorables; mais le hasard échappe au calcul et il tomba sur une personnalité et aussi sur un caractère. Une rareté? Non. Il y a chez chacun d'entre nous ce que j'appellerai poliment un certain manque de scrupules. Songez par exemple à l'excellente Mme Fyne, qui, au sein de sa famille, ressemblait elle aussi à une gouvernante d'un genre conventionnel. Mais ses outrances intellectuelles étaient théoriques, contenues par tant d'humanité et de réserves conventionnelles qu'elles se réduisaient à un simple libertinage de la pensée; tandis que l'autre femme, la gouvernante de Flora De Barral était, comme vous l'avez peut-être remarqué, impitoyablement pratique — terriblement pratique. Non! Son caractère n'avait d'exceptionnel que sa haine furieuse de tout obstacle, sentiment qui, comme le génie ou la folie, est sujet à pousser les gens à de soudaines inconséquences. Son inconséquence à elle était féminine. Un génie masculin, un coquin ou même un fou n'aurait pas agi exactement comme elle le fit. La nature masculine, même la plus brutale, comporte une mollesse qui agit comme un frein.

« Pendant que la jeune fille dormait, nos deux personnages, la femme de quarante ans (âge terrible en soi) et ce jeune dévoyé incorrigible de vingt-trois (de bonne famille, lui aussi, je crois) se livrèrent à une sorte d'algarade assourdie dans les pièces aux meubles débarrassés de leur contenu : garde-robes ouvertes, tiroirs à demi tirés et vides, malles bouclées et sanglées, mobilier en désordre, inutile, et pas même un seul bout de papier laissé sur les tables. La bonne dont la gouvernante et son élève se partageaient les services, après avoir fini de s'occuper de Flora, se présenta à la porte comme à l'ordinaire, mais ne fut pas reçue. Avant de frapper, elle entendit les deux voix qui se querellaient, puis, renvoyée, battit aussitôt en retraite — seule de la maison à être convaincue à ce moment-là qu'il se passait quelque chose.

« Puisqu'on rencontre dans la vie des espaces obscurs et comme impénétrables, il est inévitable qu'il s'en trouve aussi dans tout ce qu'on dit de la vie. Dans ce dont je vous parle maintenant — un épisode de l'un de mes congés banals passé dans la campagne verdoyante, que m'a rappelé tout naturellement, après tant d'années, notre rencontre avec un homme qui a navigué sur la grande bleue — cet entretien nocturne est un point obscur, impénétrable. Libre à nous de faire les conjectures que nous voulons. Je n'ai aucune peine à imaginer que la femme — de quarante ans et qui avait mené l'entreprise – dut s'abandonner à une rage sans frein. Et peut-être l'autre ne fut-il pas assez furieux. La jeunesse sent avec force, c'est vrai, mais elle n'éprouve pas aussi vivement la déception née des occasions manquées. Elle croit à la réalité absolue du temps. Et puis, chez cet abominable chenapan, il ne pouvait y avoir de sentiments très sincères, envers quoi que ce fût, même envers les risques de son immonde existence. Un rire étouffé et sarcastique, accompagné de paroles telles que : " Nous voilà bel et bien refaits, pas d'erreur " aurait suffi à créer des difficultés de ce genre. Et puis un autre ricanement : " D'ailleurs j'ai perdu assez de temps avec cette histoire ", peut-être suivi par cette amère réplique de l'autre : " Tu avais pourtant l'air d'aimer assez faire l'imbécile avec cette gamine. " Quelque chose comme ça. Vous imaginez – hein… »

Marlow me lança son regard sombre, pénétrant. Je fus frappé par la parfaite vraisemblance de cette idée. Mais nous ne cessions jamais de rompre des lances. Je vis une ouverture et poussai ma botte, qui manquait de franchise.

« Vous avez l'imagination atroce, dis-je avec un sourire gaiement sceptique.

– Soit, admettons-le », répliqua-t-il sans se démonter. « Mais permettez-moi de vous rappeler que je n'avais pas demandé à m'occuper de cette affaire. Je suis comme un second à l'esprit confus que nous avions autrefois à bord du bon vieux *Samarcande*, quand j'étais jeune. Cet homme allait et venait partout d'un air grave, en essayant de " s'expliquer " – c'était son expression favorite – un tas de choses à propos desquelles personne ne voulait se casser la tête. C'était un vieil idiot, mais il connaissait à fond le métier de marin. Je n'étais qu'un gamin et il m'impressionnait. Il a dû me passer son tour d'esprit.

– Eh bien, continuez donc vos explications, dis-je, prenant un air résigné.

– Précisément. » Marlow poursuivit aussitôt dans sa foulée. « Précisément. La cupidité déçue ne suffit pas à expliquer les événements du lendemain matin; je ne vais pas vous les décrire – mais je vais vous en parler à l'instant non comme d'une conjecture mais comme de faits réels. En attendant, pour en revenir à cette altercation qui eut lieu le soir à mi-voix dans l'appartement privé de la gouvernante de Mlle De Barral, que penseriez-vous si je vous disais que la déception avait fort probablement rendu ces deux êtres susceptibles l'un envers l'autre, mais que peut-être le secret de l'insouciance offensante du jeune homme résidait dans la pensée surgie brusquement en lui accompagnée d'un vigoureux juron qui le soulagea : “ Maintenant, il n'y a rien qui m'empêche de plaquer cette vieille. ” Et que le secret de la fureur venimeuse de la femme, non contre ce misérable et séduisant gredin, mais contre le destin, le hasard et le cours entier de la vie humaine, concentrant son venin sur De Barral sans épargner l'innocente jeune fille elle-même, résidait dans cette pensée, dans cette peur qui criait en elle : “ Maintenant, je n'ai rien pour le retenir... ” »

Je ne pus refuser à Marlow le tribut d'un sifflement prolongé : « Pffft! Vous supposez donc que... »

Il fit un geste impatient de la main.

« Je ne suppose rien. Il en fut ainsi. Et, en tout cas, pourquoi n'accepteriez-vous pas cette supposition? Considérez-vous les gouvernantes comme des êtres au-dessus de tout soupçon ou nécessairement dotés de perfection morale? Je suppose que leur cœur ne résisterait pas beaucoup mieux à l'examen que celui des autres. Pourquoi une gouvernante n'aurait-elle pas de passions, toutes les passions, même celle du libertinage et même des passions irrésistibles et pourtant contenues exactement par les mêmes moyens qui nous font tous marcher droit : la première éducation, la nécessité, les circonstances, la peur des conséquences; jusqu'à l'arrivée d'un âge, d'une époque où la contrainte prolongée devient intolérable — et la folie amoureuse irrésistible...

— Mais si c'était la folie amoureuse — tout à fait possible, je l'admets —, objectai-je, comment expliquez-vous la nature de l'intrigue?

— Vous voulez une conduite logique inhabituelle chez les femmes, dit Marlow. Les ruses d'une passion menacée sont infinies. Vous croyez qu'elle va droit devant soi, tandis qu'elle est capable, pour arriver à ses fins, de reculer jusqu'à tomber dans un précipice.

« Une fois admis que ce n'était pas une femme ordinaire, tout cela se comprend aisément. Elle était abominable, mais elle n'était pas ordinaire. Elle avait souffert non de la constante infériorité de son existence, mais de la contrainte qu'elle s'était sans cesse imposée. Une femme ordinaire, profitant de l'avantage stratégique de sa situation, aurait peut-être formé le projet de devenir la seconde Mme De Barral. Projet irréalisable. De Barral n'aurait su que faire d'une épouse. Mais même si, par quelque impossible hasard, il avait fait des avances, cette gouvernante l'aurait repoussé avec mépris. Elle l'avait toujours traité en être inférieur, avec une politesse assurée et distante. Sous ses manières posées et étudiées, elle méprisait et détestait à l'extrême le père comme la fille. J'ai comme une idée qu'elle avait toujours cordialement détesté toutes ses élèves, y compris les deux fillettes de la famille ducale (à supposer qu'elle le fût) dont elle avait ébloui De Barral. Quelle existence odieuse, insatisfaite, cela avait dû être pour une femme aussi avide que la plupart des gens d'un rang plus élevé de goûter toutes les émotions sensuelles que la vie peut donner.

« Elle avait vu sa jeunesse s'évanouir, sa fraîcheur disparaître, ses espoirs s'éteindre, et maintenant elle sentait son ardente maturité lui échapper. Rien d'étonnant qu'avec son abondante chevelure admirablement coiffée, parsemée de nombreux fils blancs, qui ajoutait à son élégance naturelle la distinction piquante d'une perruque poudrée — rien d'étonnant, dis-je, qu'elle se soit accrochée désespérément à sa dernière passion pour ce misérable jeune coquin, même au point d'ourdir pour lui cette étonnante intrigue. Il n'était pas tombé assez bas pour être devenu tout à fait incapable de servir une pareille tentative. Elle espérait le faire marcher droit avec cet énorme pot-de-vin. Il est évident que cette femme sortait assez de l'ordinaire pour vivre sans illusions — ce qui, naturellement, ne veut pas dire qu'elle était raisonnable. Elle s'était peut-être dit avec un furieux mépris d'elle-même : " Dans quelques années, je serai trop vieille pour qui que ce soit. En attendant, je l'aurai, lui — et je le garderai en lui jetant l'argent de cette petite bécasse insignifiante. " Sans doute était-ce le dernier recours du désespoir, mais elle pensait qu'il valait la peine d'être essayé. Et, en outre, il n'y a guère de femme au monde, si dure, si dépravée, si éperdue soit-elle, chez qui ne survive un reste d'instinct maternel, intact comme la salamandre, dans les feux de la passion la plus dévergondée. Oui, peut-être éprouvait-elle aussi ce sentiment-là pour lui. Le doute était en tout cas exclu. Aussi répété-je : Rien d'étonnant! Rien d'étonnant que sa rage se déchaînât contre tout — et peut-être même contre lui — en reproches contradictoires : parce qu'il regrettait la jeune fille, une petite sotte, qui, de toute sa vie, ne mériterait l'attention de personne, et parce qu'il prenait le désastre même avec une désinvolture cynique où elle flairait un parfum de révolte.

« L'altercation à propos de l'irrémédiable se poursuivit donc dans la nuit. Il ergotait : “ Qu'est-ce qui nous presse? Pourquoi filer comme ça? ” peut-être avec un peu de pitié pour la jeune fille, et, sans un sou en poche, comme de coutume, appréciant le logis confortable, désirant prolonger autant que possible la jouissance éhontée de ce luxe déjà condamné. Rien ne pressait vraiment pendant quelques jours. On aurait toujours bien le temps de disparaître. Et, avec cela, un soupçon de mollesse masculine, une sorte de souci des apparences, qui survivait à sa déchéance : “ Tu pourrais te conduire convenablement pendant ces derniers moments, Eliza. ” Mais il n'y avait aucune mollesse dans le visage cireux surmonté des cheveux poudrés comme pour un gala, dont le calme imposé par les convenances avait disparu, dont les yeux aux cernes sombres le regardaient, embrasés par une sorte d'avidité. “ Non! Non! Si tu dis vrai, pas un jour, pas une heure, pas un instant! ” Elle n'en démordait pas, très décidée à faire cesser ce flirt d'adolescents, puisqu'il était désormais sans objet, irritée contre elle-même pour en avoir tant souffert dans le passé, furieuse que tout cela ait été en pure perte.

« Mais elle était assez raisonnable pour éviter une brouille définitive. À quoi bon? Elle trouva les moyens de l'apaiser, les seuls moyens. Tant qu'il y avait quelque argent à prendre, elle le tenait. “ Maintenant, va-t-en. Nous ne ferons rien de bien en continuant à parler de la sorte. J'ai besoin d'être un peu seule. ” Boudeur, il acquiesça et partit. Il y avait toujours une chambre prête pour lui au même étage, au bout d'un court corridor au tapis épais.

« Que fut la nuit pour cette femme sans aucune illusion pour l'aider à passer les heures qui durent être sans sommeil? Je ne saurais le dire. Elle se termina enfin; et cette étrange victime de la faillite De Barral, dont le nom ne serait jamais connu du syndic, descendit pour le petit déjeuner, impénétrable sous la perfection de son extérieur quotidien. Dès le premier moment, elle avait en quelque sorte ajouté foi à la fatale nouvelle. De toute sa vie, elle n'avait jamais cru à sa chance, avec ce pessimisme des passionnés, qui, au fond, se sentent rejetés par un univers moralement étroit. Mais cette conviction ne lui rendit pas plus facile de voir confirmer l'événement quand elle ouvrit fiévreusement le journal du matin. Oh, oui! La nouvelle y figurait. Le Globe avait suspendu ses paiements — premier grondement de la tempête, léger encore, mais, pour les initiés, annonciateur d'un déluge. La nouvelle en tant que telle ne s'étalait pas indécemment. En un certain sens, elle ne s'étalait pas du tout. Le journal sérieux, le seul des grands quotidiens qui se fût toujours montré réservé envers le groupe bancaire De Barral, avait sa " manière ". Oui, la nouvelle était présentée discrètement! Mais il y avait aussi, sur une autre page, un article financier qui lui était consacré, sur un ton hostile, et qui commençait par : " Nous avons toujours craint ", et un autre éditorial prudent, d'une demi-colonne dont la formule initiale : " C'est un déplorable signe des temps ", était le début d'une austère diatribe contre l'engouement absurde du public en quête de placements. Elles parcourut rapidement ces articles, lisant une ligne par-ci, une ligne par-là – il n'en fallait pas plus pour percevoir sans aucun doute possible le murmure du déluge qui approchait. Plusieurs allusions méprisantes à De Barral nommément désigné ranimèrent brusquement à l'égard de cet homme son animosité où elle semblait puiser un soutien moral imprévu. Le misérable! »

« Vous comprenez, dit Marlow, interrompant le cours de son récit, qu'afin de raconter logiquement cette affaire, je vous rapporte en même temps les détails que j'appris par Mme Fyne plus tard dans la journée et ce que le petit Fyne me communiqua avec sa solennité coutumière pendant sa visite du matin. Comme vous le devinez facilement, les Fyne avaient lu chez eux la nouvelle au même moment et, en fait, dans le même journal auguste et hautement moral que la gouvernante dans la luxueuse résidence située quelques portes plus loin, de l'autre côté de la rue. Mais ils l'avaient lue avec des sentiments différents. Ils avaient été atterrés. Fyne avait dû expliquer toute la portée de cette information à Mme Fyne, dont la première exclamation avait été un cri de soulagement. La pauvre enfant serait donc à l'abri de ces affreux intrigants. Mme Fyne ignorait ce que pouvait signifier le fait d'être réduit de la richesse à la pénurie absolue. Fyne, grâce à son imagination masculine, était moins enclin à se réjouir sans mesure que la jeune fille eût échappé aux dangers moraux qui avaient menacé son existence désarmée. Le prix à payer était diablement élevé. La pauvre petite! " Nous pourrions peut-être faire quelque chose pour réconforter cette malheureuse enfant, du moins tant qu'elle restera ici ", dit Mme Fyne. Elle se sentait, en quelque sorte, moralement tenue de ne pas être indifférente. Mais il était impossible de réconforter qui que ce fût en se précipitant dans la rue à cette heure matinale ; aussi, suivant le conseil de Fyne de ne pas agir hâtivement, s'assirent-ils tous les deux à la fenêtre, émus, les yeux fixés sur la vaste maison qui leur semblait terrifiante dans son impassible, prospère et coûteuse respectabilité, alors que la ruine se tenait sur le seuil même de sa porte.

« Dès ce moment-là, ou très peu de temps après, tout Brighton connaissait la nouvelle et jugeait plus ou moins justement de sa gravité. Le maître d'hôtel de la vaste demeure de Mlle De Barral l'avait lue, peut-être avant quiconque d'autre dans un rayon d'un mille autour de l'Esplanade en accomplissant ses fonctions matinales, dont l'une consistait à faire sécher le journal devant le feu dès qu'il était distribué — occasion d'y jeter un coup d'œil qu'aucun homme intelligent n'aurait pu négliger. Il communiqua aux autres domestiques son impression confuse mais forte que les affaires du " père de la petite à Londres " avaient dû diablement mal tourner.

« Cela fit régner dans toute la maison une atmosphère de gêne que Flora De Barral, descendant un peu plus tard que de coutume, ne put manquer de remarquer à sa façon. Tout le monde, sans qu'elle sût pourquoi, semblait avoir un regard fixe et stupide ; elle craignit que la journée ne fût ennuyeuse.

« Dans la salle à manger, la gouvernante, à sa place, un journal sur les genoux à demi dissimulé sous la nappe, après avoir échangé quelques paroles en semblant à peine remuer les lèvres, demeurait immobile, les yeux fixés droit devant elle dans un silence prolongé ; bientôt, Charley entra sans qu'elle lui accordât même un coup d'œil. Il dit à peine bonjour, mais essaya sans conviction de sourire à la jeune fille et, assis en face d'elle, les yeux rivés sur son assiette, le contour de sa mâchoire glabre parcouru de légers frémissements, demeura muet lui aussi. C'était ennuyeux, affreusement ennuyeux de commencer ainsi sa journée ; mais elle savait ce que c'était. Ces affaires de famille qui n'en finissaient pas ! Ce n'était pas la première fois qu'elle souffrait des suites déprimantes qu'elles comportaient pour ces deux êtres. Quelle honte que le délicieux Charley fût éteint par ces conversations stupides et c'était complètement stupide de sa part de se laisser bouleverser ainsi par sa tante.

« Lorsque après être demeurée quelque temps immobile

et silencieuse, comme absorbée par un calcul, sa gouvernante se leva brusquement et sortit le journal à la main, presque aussitôt suivie de Charley, qui laissa son petit déjeuner à demi consommé, la jeune fille éprouva un véritable soulagement. Ils allaient vider leur différend — quel qu'il fût — pendant la matinée et seraient de nouveau eux-mêmes l'après-midi. Charley, du moins. Elle n'attachait pas autant d'importance aux humeurs de sa gouvernante.

« Pour la première fois de la matinée les Fyne virent la porte d'entrée de l'imposante maison s'ouvrir et le jeune homme douteux en sortir, sa vilenie visible à leurs yeux prévenus jusque dans son melon et dans la coupe élégante de son court pardessus fauve. Il s'éloigna rapidement, comme un homme qui se hâte pour ne pas manquer un train, jetant des coups d'œil de droite et de gauche comme s'il emportait un butin. Était-il possible qu'il partît pour de bon? Sans aucun doute, sans aucun doute! Mais le fervent " Dieu soit loué! " de Mme Fyne se révéla un peu " anticipé " comme disent les Américains — certains Américains. Très peu de temps après, l'odieux individu reparut, sur le chemin du retour, flânant, le chapeau maintenant légèrement incliné sur l'oreille, l'air satisfait d'un homme qui a tout son temps. En le voyant, Mme Fyne gémit non seulement en esprit mais physiquement, de façon audible et demanda à son mari ce que cela pouvait bien signifier. Naturellement, Fyne n'en savait rien. Mme Fyne crut qu'il se passait quelque chose d'affreux et, pendant ce temps, l'objet de son exécration avait gravi les marches du perron et frappé à la porte qui s'était ouverte aussitôt pour lui livrer passage.

« Il n'était pas allé plus loin que la banque.

« S'il avait couru après la gouvernante de Mlle De Barral sans terminer son petit déjeuner, c'était précisément pour lui parler de cette démarche, qui avait à ses yeux la plus haute importance. Il avait haussé les épaules devant la nervosité que trahissaient les yeux et la main de cette femme et devant ce qu'elle avait murmuré d'une voix à demi étranglée : " Il m'a fallu sortir. Je pouvais à peine me contenir. " C'était son affaire à elle. La férocité de cette femme répugnait assez à sa délicatesse de jeune homme. Il ne la comprenait pas. Les hommes n'accumulent pas les uns contre les autres la haine à petites doses, en recueillant précieusement, soigneusement, chaque pincée jusqu'à ce qu'elle croisse au point de former une monstrueuse masse explosive. Il avait couru après elle pour lui rappeler le solde du compte en banque. S'ils faisaient main basse sur cet argent sans perdre davantage de temps? Elle lui avait promis de ne rien laisser derrière eux.

« De Barral avait alimenté avec une déférente prodigalité un compte ouvert au nom de la gouvernante pour les dépenses courantes de la maison de Brighton. La gouvernante avait traversé le large vestibule et était entrée dans une petite pièce latérale, où elle s'était assise pour libeller le chèque qu'il s'était hâté d'aller toucher, comme s'il s'était agi d'un vol ou d'un faux. Son inquiétude en quittant la maison, que les Fyne avaient remarquée, était due au fait que, ses premiers ennuis ayant été causés par un chèque d'authenticité douteuse, la possession d'un document de ce genre lui causait une gêne déraisonnable jusqu'à ce qu'il fût encaissé sans encombre. Et, après tout, vous savez, c'était une sorte de vol indirect, car l'argent appartenait à De Barral, même si le compte était au nom de la dame accomplie. Quoi qu'il en soit, le chèque fut encaissé. En s'emparant des billets et de l'or, il recouvra son allure dégagée, car il est bien connu que, sur certaines natures, avoir en poche de l'argent (même volé) a un effet tonique ou, du moins, stimulant. Il inclina légèrement son chapeau sur l'oreille, comme s'il avait bu un ou deux verres pour fêter l'événement — ce qu'il avait peut-être fait, au demeurant.

« La gouvernante attendait son retour dans le vestibule, sans souci des regards obliques jetés par le maître d'hôtel quand il entrait dans la salle à manger et qu'il en sortait pour desservir la table du petit déjeuner. C'est elle-même qui avait ouvert si promptement la porte. “ Tout va bien ”, dit-il en touchant la poche intérieure de son veston; et elle n'osa pas, la misérable créature sans illusions, elle n'osa pas lui réclamer l'argent. Ils se regardèrent en silence. Il eut un hochement de tête significatif : “ Où est-elle maintenant? ” Et elle murmura : “ Elle est allée au salon. Tu veux la revoir? ”, avec un regard noir et moqueur auquel il répondit en marmonnant, hargneux : “ Du diable si je m'en soucie. Eh bien, puisque tu veux filer comme ça, pourquoi ne pas partir maintenant? ”

« Elle pinça les lèvres avec un entêtement cruel et secoua la tête. Elle avait son idée, son plan bien arrêté. À ce moment-là, les Fyne, toujours à la fenêtre, aux aguets comme deux détectives privés, virent un homme à la longue barbe grise et au visage jovial gravir les marches du perron en s'aidant d'une grosse canne et frapper à la porte. Qui pouvait-ce être ?

« C'était l'un des professeurs de Mlle De Barral. Elle s'était récemment mise à l'aquarelle, ayant lu dans un hebdomadaire féminin de haute volée que de nombreuses princesses des familles royales européennes cultivaient cet art. C'était la matinée de l'aquarelle, et le professeur, vétéran de maintes expositions, à la mine vénérable et joviale, était arrivé avec sa ponctualité habituelle. Il ne lisait guère les journaux du matin, et même s'il avait lu la nouvelle, il est très probable qu'il n'en eût pas compris la véritable portée. Quoi qu'il en soit, il arriva comme la gouvernante s'y attendait, et les Fyne le virent franchir la porte fatale.

« Il s'inclina cordialement devant la dame chargée d'instruire Mlle De Barral, qu'il vit dans le vestibule causer avec un jeune homme très beau mais à l'air quelque peu canaille. Elle se tourna aimablement vers lui : " Flora vous attend déjà au salon. "

« La pratique de l'art que l'on disait encouragé par les princesses avait lieu au salon, parce que cette pièce recevait le genre de lumière qu'il fallait. La gouvernante précéda le professeur dans l'escalier et dans la pièce, où ils trouvèrent Mlle De Barral en tablier de toile écrue (également du genre qu'il fallait pour pratiquer l'art de l'aquarelle), qui attendait, souriante. La leçon d'aquarelle, animée par la conversation amusante du vieillard bienveillant et plein d'humour, était toujours fort divertissante, et Flora sentait qu'elle compenserait le pénible début de la journée.

« La gouvernante assistait généralement à la leçon ; mais, cette fois-ci, elle se contenta de s'asseoir jusqu'à ce que le maître et l'élève se fussent mis sérieusement au travail, puis, comme si elle se rappelait soudain un ordre qu'elle devait donner, elle se leva sans bruit et quitta la pièce.

« Une fois dehors, les domestiques convoqués par la femme de chambre qui passait, sans un coup de sonnette et vite, vite, que l'on me descende tous ces bagages dans le vestibule et que l'un d'entre vous appelle un fiacre. La gouvernante se tenait devant la porte du salon, sur le palier et regardait défiler devant elle chaque bagage — malles, boîtes de cuir, valises — les sourcils froncés et l'air si sombre et absorbé qu'il fallut quelque temps au maître d'hôtel pour rassembler assez de courage pour lui adresser la parole. Mais il réfléchit qu'il était britannique et né libre et qu'il avait ses droits. Il alla au fait sans détours mais avec le respect habituel.

« “ Je demande pardon à Madame — mais est-ce que Madame s'en va pour de bon? ”

« Le ton de la réponse le stupéfia. Sa dureté inattendue, indigne d'une dame, fit à son oreille stylée l'effet désagréable d'une fausse note. “ Oui. Je m'en vais. Et ce que vous avez tous à faire de mieux est de partir aussi dès que vous voudrez. Vous pouvez partir maintenant, aujourd'hui, à l'instant. Vos gages vous ont été payés — pas plus tard que la semaine dernière. Plus longtemps vous resterez, plus vous perdrez. Mais cela ne me regarde plus. Vous êtes au service de M. De Barral, vous savez. ”

« Le maître d'hôtel fut abasourdi par la manière dont fut donné ce conseil, et comme il tournait les yeux vers la porte du salon, la gouvernante écarta les bras comme pour en barrer l'accès. “ Personne n'entre là. ” Et cela fut dit sur un ton encore différent, si bien que l'attitude du maître d'hôtel perdit toute trace du respect auquel il avait été formé. Il fixa sur elle un regard franchement interrogateur. “ Pas avant mon départ ”, ajouta-t-elle, et l'expression de son visage était telle que l'homme fut intimidé par son mystère. Il haussa légèrement les épaules, et, sans ajouter un mot, descendit l'escalier pour gagner le sous-sol, frôlant au passage, dans le vestibule, M. Charles, qui, le chapeau sur la tête et les deux mains profondément enfoncées dans les poches de son pardessus, faisait les cent pas comme s'il y eût monté la garde.

« La femme de chambre était la seule domestique qui fût restée en haut, allant et venant dans le couloir du premier étage, curieuse et comme fascinée par la femme qui s'y tenait, montant la garde devant la porte. Sur un signe impérieux du doigt de la gouvernante, qui lui ordonnait d'approcher et lui demanda d'aller chercher dans la pièce maintenant vide le chapeau et la voilette, seuls objets qui, à part les meubles, s'y trouvaient encore, elle obéit en silence, mais avec un émoi secret. Et, tandis qu'elle attendait, gênée, la voilette à la main, devant cette femme qui, sans s'éloigner d'un pas de la porte du salon, épinglait avec une hâte négligente son chapeau sur sa tête, elle entendit à l'intérieur un brusque éclat de rire : c'était Mlle De Barral divertie par la dernière leçon d'aquarelle donnée par le vieux maître jovial.

« M. et Mme Fyne, embusqués à leur fenêtre — occupation tout à fait incroyable pour des gens comme eux — virent avec une anxiété redoublée un fiacre arriver devant la porte et constatèrent qu'on sortait des bagages de la maison pour les placer sur le toit du véhicule. Le maître d'hôtel fit une brève apparition, puis rentra. Qu'est-ce que cela signifiait? Allait-on conduire Flora chez son père, ou bien ces gens, cette femme et son horrible neveu, allaient-ils l'enlever? Fyne n'en savait rien. Il doutait de la seconde hypothèse, car il estimait que Flora n'avait plus aucune valeur actuelle ou spéculative. Sans être très habile à deviner les caractères, il n'accordait à la gouvernante aucune intention humanitaire. Il m'avoua naïvement qu'il éprouvait l'émoi d'un spectateur qui assiste à une scène de théâtre. Puis, l'idée lui vint brusquement que la jeune fille avait peut-être quelque argent placé à son nom, des ressources, une petite fortune personnelle, et que, par conséquent...

« Il fit part de cette théorie à sa femme, qui partagea sans réserve sa consternation. " Je ne puis croire que cette petite s'en aille sans faire un saut jusqu'ici pour nous dire au revoir, murmura-t-elle. Il faut que nous en ayons le cœur net. Je vais le lui demander. " Mais, à cet instant précis, le fiacre s'éloigna sans personne à l'intérieur, et la porte de la maison, restée jusqu'alors légèrement entrebâillée, fut refermée.

« Ils gardèrent le silence, l'œil fixé dessus, jusqu'au moment où Mme Fyne murmura : " Je crois vraiment qu'il faut que j'y aille. " Fyne ne répondit pas pendant un certain temps (c'est un esprit réfléchi, vous savez), et puis, comme si les murmures de Mme Fyne exerçaient sur cette porte un pouvoir occulte, elle se rouvrit toute grande, et l'homme à la barbe blanche en sortit avec des mouvements d'une vivacité étonnante, utilisant sa canne presque comme une perche de sauteur pour descendre les marches et s'éloigna d'un pas pressé en boitillant sur le trottoir. Naturellement, les Fyne étaient trop loin pour distinguer l'expression de son visage. Mais cela ne les aurait guère aidés à deviner quelle était la situation à l'intérieur de la maison. Ce visage exprimait une perplexité amusée — sans plus.

« Car, la leçon terminée, saisissant sa canne fidèle et sortant avec sa vivacité habituelle, il s'en fallut de fort peu qu'il ne heurtât violemment le dos de la gouvernante de Mlle De Barral, qui se trouvait juste devant la porte. Le professeur s'arrêta à temps et la gouvernante se retourna promptement. La situation était embarrassante; il s'excusa; mais le visage de la gouvernante n'eut pas un tressaillement; il n'exprimait aucune conscience de cette présence, mais une étrange résolution. C'était une très étrange expression, qui, pour ainsi dire, retint un instant le professeur. Afin de cacher son embarras, il fit une remarque inepte à propos du temps; là-dessus, au lieu de répondre par une autre ineptie selon les règles tacites du jeu, elle lui adressa seulement un sourire dont le sens était indéchiffrable. Rien n'aurait pu être plus étrange. Le beau jeune homme à l'allure équivoque ne lui accorda pas la moindre attention dans le vestibule. Les domestiques étaient tous invisibles. Il sortit en claquant la porte derrière lui, ce qui, en un certain sens, était indispensable pour parvenir à la fermer.

« Quand l'écho de ce bruit se fut éteint, la femme se pencha par-dessus la rampe du palier et cria d'un ton acerbe à l'homme resté en bas : " Ne veux-tu pas monter faire tes adieux? " Il eut un mouvement impatient des épaules et continua de marcher de long en large, comme s'il n'avait pas entendu. Mais, soudain, il s'arrêta, demeura un instant immobile, puis, l'air sombre, sans retirer les mains de ses poches, grimpa lestement l'escalier. Elle faisait déjà face à la porte et tourna la tête pour murmurer, sarcastique : " Allons! Avoue que tu mourais d'envie de revoir encore une fois son petit visage stupide. " Il ne daigna pas répondre.

« Flora De Barral était encore assise devant la table où elle avait travaillé à son croquis; le bruit de la porte qui s'ouvrait lui fit lever la tête. Leur intrusion brutale lui donna le sentiment du jamais vu. Elle les connaissait bien. Elle connaissait cette femme mieux que son père. Il y avait eu entre elles une intimité aussi grande qu'il en peut exister en dehors des liens étroits, décisifs, de l'affection. Le délicieux Charley entra, les yeux fixés sur le dos de la gouvernante, dont la voilette levée cachait le front, comme un bandeau brun au-dessus de la ligne droite des sourcils. La jeune fille fut stupéfaite et alarmée par l'expression tout à fait inconnue du visage de cette femme. La violence de la passion révèle souvent un aspect de la personnalité jusqu'alors complètement ignoré des proches les plus intimes. On eût dit qu'une sorte de mal émanait de ses yeux et du visage de l'autre, qui, juste derrière elle et la dominant d'une demi-tête, gardait les paupières sinistrement baissées — vision qui, chez la pauvre fille, atteignit, mit en branle, libéra cette faculté de terreur irraisonnée, explosive, enfermée au fond du cœur de toute créature, animale aussi bien qu'humaine. Les pupilles brusquement dilatées, elle se leva d'un bond presque aussi instinctif que celui d'une biche effrayée et se trouva au milieu de la vaste pièce, criant à ces inconnus étonnants et familiers :

« " Que voulez-vous? "

« Vous remarquerez qu'elle cria : " Que voulez-vous? " Non pas : " Qu'est-il arrivé? " Elle dit à Mme Fyne qu'elle s'était soudain sentie personnellement attaquée. Et cela dut être fort terrifiant. La femme qui se trouvait devant elle avait été la sagesse, l'autorité, la protectrice de sa vie, la sécurité incarnée, visible, incontestée.

« Vous pouvez donc imaginer la violence du choc qu'elle éprouva lorsqu'elle eut non seulement l'intuition du danger, car elle ignorait ce qui l'inquiétait, mais aussi le sentiment qu'il n'existait plus de sécurité. Et non seulement plus de sécurité. Je ne sais comment expliquer cela clairement. Écoutez! Même un petit enfant vit, joue et souffre selon sa conception de sa propre existence. Imaginez, si vous le pouvez, qu'advienne brusquement un événement capable de détruire cette conception même. C'est seulement parce que la jeune fille était encore si proche de l'enfance qu'elle ne fut pas moralement anéantie, autrement dit qu'elle prit le dessus. S'il était possible de l'imaginer plus mûre, sans être plus avertie qu'elle ne l'était, il faudrait conclure qu'elle eût été aussitôt frappée d'idiotie – bien avant la fin de cette épreuve. Heureusement, les gens, qu'ils soient mûrs ou non (et qui est jamais vraiment mûr?), sont pour la plupart tout à fait incapables de comprendre ce qui leur arrive : charitable disposition de la nature pour conserver à des fins pratiques une santé morale moyenne en ce monde...

– Mais, mon cher Marlow, interrompis-je, nous avons l'inestimable avantage de comprendre ce qui arrive aux autres. Ou, du moins, certains d'entre nous semblent l'avoir. Est-ce là aussi une disposition de la nature? Et à quoi sert-elle? À nous permettre de cancaner les uns sur les autres? Vous, par exemple, avez l'air...

– Je ne sais pas de quoi j'ai l'air », dit Marlow, m'imposant silence, « et il faut certainement que la vie s'accompagne de quelque amusement. Ce serait déjà une très respectable disposition, si c'était là son seul but. Mais de cette même disposition de notre intelligence, naît en nous la compassion, la charité, l'indignation, le sentiment de la solidarité; et chez ceux qui possèdent quelque largeur d'esprit, un penchant pour cette indulgence qui est proche de l'affection. Je ne veux pas dire que je suis enclin à l'indulgence envers ce joli couple qui tomba sur une jeune fille sans méfiance. Ils entrèrent dans la pièce au pas de charge (c'est l'expression même qu'elle employa plus tard pour en parler à Mme Fyne), mais son cri les arrêta. Il dut les surprendre considérablement. C'était comme si on vous arrachait le masque lorsque vous ne vous y attendez pas. L'homme s'arrêta effectivement ; il n'essaya pas de faire un pas de plus. Mais, bien que la gouvernante fût entrée précisément afin de mettre bas le masque pour la première fois de sa vie, elle parut considérer le cri de terreur comme une nouvelle provocation. " Pourquoi criez-vous, petite imbécile ? " dit-elle, s'approchant seule de la jeune fille qui en fut émue tout comme si elle avait vu la tête de Méduse aux boucles de serpents mystérieusement placée sur les épaules de cette personne familière, qui portait ce costume brun et ce chapeau qu'elle connaissait si bien. Elle en perdit toute prise sur la réalité. Elle dit à Mme Fyne : " Je ne savais plus où j'étais. Je ne savais même pas que j'avais peur. Si elle m'avait dit qu'il s'agissait d'une plaisanterie, j'aurais ri. Si elle m'avait dit de mettre mon chapeau et de sortir avec elle, j'aurais mis mon chapeau et je serais sortie avec elle sans dire un seul mot, j'aurais été convaincue d'avoir été folle pendant une minute ou deux et j'aurais souffert une angoisse mortelle plutôt que de lui en souffler mot — à elle ou à quiconque. Mais la misérable poussa son visage contre le mien et je ne pouvais bouger. Dès que mon regard eut plongé dans ses yeux, je me sentis clouée au tapis. "

« C'est des années plus tard qu'elle parlait ainsi à Mme Fyne — et à elle seule. Personne d'autre n'entendit jamais cette histoire de sa propre bouche. Mais elle ne fut jamais oubliée. Elle demeura comme marquée en son âme, sorte de stigmate, objet de contemplation et de méditation. Et elle dit en outre à Mme Fyne, pendant de nombreuses confidences suscitées par cette contemplation, que, tant que cette femme l'insultait, c'était presque apaisant, c'était, en un certain sens, rassurant. Son imagination, comme son corps, s'était furieusement jetée d'un bond à la rencontre de l'inconnu ; puis, entendre finalement ce qui, par le son plutôt que le sens, n'était qu'injures venimeuses, avait calmé l'émoi intime de tout son être.

« " Elle me traita de petite imbécile un plus grand nombre de fois que je ne puis me le rappeler. Moi ! Une imbécile ! Eh bien, madame Fyne, je vous assure formellement que je n'avais encore jamais réfléchi à rien, à rien au monde, jusqu'à ce moment-là. Je me contentais de vivre au jour le jour. Et l'on ne peut être une imbécile sans avoir au moins essayé de penser. Mais à quoi avais-je donc jamais eu à penser ? »

« Et, sans doute, commenta Marlow, sa vie n'avait été faite que de sensations — qui ne peuvent susciter ni sottes ni sages réactions, mais seulement celles qui dépendent du tempérament, et je crois qu'elle faisait généralement montre d'un heureux caractère; c'était une enfant du genre ordinaire. Même lorsqu'on lui demanda brutalement si elle s'imaginait posséder quoi que ce fût — à part son argent — qui pût amener une personne intelligente à lui témoigner un intérêt quelconque, elle n'eut qu'un sanglot sans larmes qui lui coupa la respiration; elle ne dit rien, n'émit aucun autre son, ne fit aucun mouvement. Lorsqu'on lui affirma méchamment qu'elle était, de cœur, d'esprit, de comportement, d'aspect, un être tout à fait commun et insipide, elle écouta sans indignation, sans colère. Elle était là, vase fragile et passif où l'autre ne cessait de verser l'inimitié accumulée envers tous ses élèves, son mépris pour tous ses employeurs (y compris le duc), le ressentiment accumulé, la haine infinie de toutes ces années sans soulagement, ces années de — je ne dirai pas d'hypocrisie. La pratique de l'hypocrisie soulage par elle-même; c'est un triomphe secret de l'espèce la plus vile, sans doute, mais c'est pourtant une sorte de revanche sur la morale ordinaire qui semble tant faire souffrir certains d'entre nous. Non! Je dirai ces années de passion, d'amertume, de contrainte, cette contrainte de fer à tous les instants sous des manières admirables, sous la correction jamais relâchée des paroles, des regards, des mouvements, des sourires, des gestes, qui lui forgeait une haute réputation, un passé impressionnant de succès professionnel. C'était comme si elle avait vécu à demi étranglée pendant des années.

« Et toute cette torture pour rien, finalement! Ce qui semblait être enfin une récompense possible (oh! sans illusions mais tout de même une récompense) rompu entre ses mains, tombé dans la poussière, la poussière amère de la déception, elle savourait sa misérable vengeance — sans grand risque, d'ailleurs — ne regrettant que l'insignifiance de la silhouette juvénile qui incarnait tant de choses sur lesquelles elle avait désiré pouvoir cracher du venin, ne fût-ce qu'une fois, en toute liberté. La présence du jeune homme derrière elle accroissait à la fois sa satisfaction et sa rage. Mais la violence de l'attaque semblait aller à l'encontre de son but en rendant la victime expiatoire comme insensible. La cause de cette violence échappant naturellement à l'imagination de la jeune fille, son attitude était effectivement celle de la stupidité absolue, irrémédiable. Et c'est un fait que l'on reçoit souvent les pires choses de la vie sans cris, sans gestes, sans flots de larmes ni sanglots convulsifs. L'insatiable gouvernante regrettait à l'extrême l'absence de tels signes extérieurs. Cette pitoyable insensibilité n'était qu'une nouvelle provocation. Pourtant, la malheureuse fille était d'une pâleur mortelle.

« " J'avais froid, expliquait-elle à Mme Fyne. J'avais eu le temps de prendre conscience de ma terreur. Elle avait poussé son visage si près du mien et ses dents avaient l'air de vouloir me mordre. Ses yeux paraissaient tout à fait desséchés, durs et petits dans un réseau de rides affreuses. J'avais trop peur d'elle pour trembler, trop peur pour porter mes doigts à mes oreilles. J'ignorais quelles nouvelles injures elle allait m'adresser, mais quand elle me déclara que je n'étais plus qu'une mendiante — qu'il n'y aurait plus pour moi ni professeurs, ni domestiques, ni chevaux — je me dis : Est-ce tout? J'aurais ri, si je n'avais pas eu trop peur d'elle pour faire le moindre bruit. "

« Il semble que la pauvre Flora devait connaître toutes les phases possibles de cette sorte d'angoisse qui commence par la panique instinctive, continue par le stade de l'effarement, celui du froid glacial, celui de la crainte blême, jusqu'à la prudence instinctive de l'extrême terreur — l'immobilité de la souris. Mais quand elle s'entendit traiter de fille de filou et d'escroc, ce fut précisément la monstruosité inattendue de ces injures qui suscita chez elle une révolte libératrice. Elle s'écria soudain : " Vous n'avez pas le droit de parler ainsi de papa! "

« L'effort qu'elle fit l'arracha à l'endroit où ses petits pieds semblaient profondément enfoncés dans l'épais et luxueux tapis; elle battit en retraite jusqu'à une partie éloignée de la pièce, s'entendant répéter : " Vous n'avez pas le droit, vous n'avez pas le droit ", comme si ces cris étaient poussés par quelqu'un d'autre. Elle atteignit un fauteuil et s'y laissa tomber. Alors, ce quelqu'un cessa de crier et elle s'abandonna, épuisée, aveugle, dans une pièce silencieuse, indifférente à tout, la tête vide.

« Les quelques secondes qui suivirent parurent durer une éternité, un sombre abîme de temps séparant ce qui était définitivement passé de la réapparition de la gouvernante et du réveil de la peur. Et cette femme siffla entre ses dents serrées : “ Vous répétez que je n'en ai pas le droit. Demain, tout le monde en dira autant de lui. On le dira, on l'imprimera. Il vous faudra l'entendre et le lire — et alors, il faudra bien que vous sachiez de qui vous êtes la fille. ”

« Le visage de cette femme s'éclaira d'une satisfaction atroce. “ Votre père n'est rien d'autre qu'un voleur, s'écria-t-elle. Quant à vous, je ne me suis jamais fait d'illusions une seconde sur votre compte. Mon dégoût a grandi d'année en année. Vous n'êtes qu'une nullité vulgaire, et vous retournerez à votre place, aux bas-fonds d'où vous êtes sortie, quels qu'ils soient, et vous mendierez votre pain — si quelque âme charitable consent à avoir affaire à vous, ce dont je doute... ”

« Elle aurait continué sans se soucier des yeux démesurément agrandis, de la bouche ouverte de la jeune fille, qui se redressa brusquement, le regard fixe et égaré, comme étranglée par des doigts invisibles refermés sur sa gorge, et pourtant affreusement pâle. L'effet qu'elle subit fut si profond que, selon Mme Fyne, la jeune fille qui, enfant, avait eu un teint assez joli et délicat, eut pendant les deux années suivantes le visage exsangue et blême et demeura toujours sujette à devenir pâle comme un spectre sous l'effet de la plus légère émotion. La scène se termina par cette abomination de la désolation, un pitoyable appel au secours de la pauvre enfant : “ Charley! Charley! ”, appel qui sortit de sa gorge haletante au prix d'efforts cachés. Ses yeux dilatés l'avaient découvert là où il se tenait immobile et muet.

« Arraché à son immobilité, il retira brusquement une main de la poche de son pardessus, rejoignit la femme en quelques enjambées, lui saisit le bras par-derrière en disant d'un ton rude et impérieux : “ Viens, Éliza. ” Un instant plus tard, l'enfant les vit serrés l'un contre l'autre et éloignés, puis près de la porte, puis disparus par cette porte sans qu'elle l'entendît ni ne la vît s'ouvrir et se refermer. Mais elle était fermée, bien fermée. Ses yeux firent lentement, sans rien voir, le tour de la pièce. Elle demeura quelque temps encore penchée en avant, rassemblant ses forces, se demandant si elle pourrait se tenir debout. Elle se leva enfin. Tout tournait autour d'elle dans un silence accablant. Elle se rappelait parfaitement — comme elle le dit à Mme Fyne — que, cramponnée au bras du fauteuil, elle appela par deux fois : “ Papa! Papa! ” À la pensée qu'il était loin, à Londres, elle eut conscience du silence profond qui se fit autour d'elle. Alors, soudain terrifiée par la solitude de cette pièce vide, elle en sortit précipitamment, affolée. »

« Avec cette fatale irrésolution inhérente à l'humanité dans son état actuel lorsqu'il s'agit de faire le bien, les Fyne, à leur fenêtre, continuèrent à observer. " Il est toujours difficile de savoir comment agir pour le mieux ", m'assura Fyne. C'est vrai. Les bonnes intentions se contrarient tellement elles-mêmes. Tandis que, si l'on veut faire du mal à quelqu'un, il est inutile d'hésiter. Il suffit d'aller de l'avant. Personne ne vous reprochera vos erreurs, ni ne vous traitera de satané, de maladroit fâcheux. Les Fyne observaient la porte, la porte d'entrée fermée qui semblait hostile à leurs intentions bienveillantes, la façade de la maison, cruellement impénétrable. L'aspect des objets inanimés, identique à lui-même jour après jour, est si impressionnant que Fyne revint un instant dans la pièce, reprit le journal et parcourut l'entrefilet annonçant la nouvelle. Pas de doute. Il ne présageait rien de bon. Il rejoignit Mme Fyne à la fenêtre. Si épuisée qu'elle fût, elle demeurait là, résolue, prête à prendre ses responsabilités. Mais elle n'avait rien à proposer. Les gens ont certainement une peur panique des rebuffades, et elle n'était audacieuse que par la pensée. Elle hésitait à affronter l'incomparable insolence que révélait l'attitude de la gouvernante. Fyne se tenait près d'elle, comme sur ces photographies démodées de couples, où l'on voit un mari la main posée sur le dossier de la chaise de sa femme. Et ils avaient à peu près autant d'efficacité qu'une vieille photographie, dont ils avaient presque l'immobilité, jusqu'au moment où Mme Fyne tressaillit légèrement. La porte d'entrée s'était ouverte et l'odieux jeune homme en jaillit, le chapeau sur les yeux, (comme Mme Fyne le remarqua). La gouvernante se glissa promptement à sa suite et se retourna aussitôt pour refermer avec soin la porte derrière elle. Pendant ce temps, l'homme descendait les marches blanches et s'éloignait à grands pas sur le trottoir, les mains profondément enfoncées dans les poches de son pardessus fauve. La femme, cette femme aux gestes calmes, à l'attitude de supériorité calculée, courut un peu pour le rattraper, et, dès qu'elle l'eut rejoint, essaya de glisser sa main sous son bras. Mme Fyne vit le brusque demi-tour que fit le corps de l'homme, comme lorsqu'on évite un contact importun, qui déjoua grossièrement cette tentative. Elle ne la renouvela plus, mais lui emboîta le pas et Mme Fyne les vit tourner le coin de la rue, marchant côte à côte sans se toucher, et disparaître à jamais.

« Les Fyne échangèrent des regards éloquents, dubitatifs. Qu'en pensez-vous? Puis, d'un commun accord, ils tournèrent à nouveau les yeux vers la porte d'entrée fermée, massive, sombre, dont le gros heurtoir de cuivre clair brillait sous les rayons obliques d'un soleil paisible coupés par une diagonale d'ombre épaisse qui emplissait l'autre bout de la rue. Était-il possible que la jeune fille fût déjà partie? Renvoyée chez son père? Avait-elle de la famille? Nul autre que De Barral lui-même ne venait jamais la voir; Mme Fyne s'en souvenait et sentit instantanément, profondément, maternellement, la solitude de l'enfant – et d'une fille, par surcroît! C'était irrésistible. Et, en outre, le départ de la gouvernante n'était pas sans apporter quelque encouragement. " J'y vais immédiatement pour m'informer ", déclara-t-elle résolument, mais sans cesser de regarder fixement de l'autre côté de la rue. Son attention fut accrochée par la vue de cette porte sinistre, sombre, luisante, qui s'ouvrit soudain sur l'obscurité béante du vestibule, d'où s'envola littéralement jusque sur le trottoir, presque sans toucher les marches blanches, une petite silhouette enveloppée jusqu'au menton d'un tablier écru, les cheveux flottant derrière elle, qui passa comme un trait devant un réverbère, devant la boîte aux lettres rouge... " C'est ici, s'écria Mme Fyne, c'est ici qu'elle vient! Courez, John! Courez! "

« Fyne sortit d'un bond de la pièce. Ce sont ses propres termes. D'un bond! Il m'assura avec une solennité accrue qu'il bondit; et la vue de Fyne, petit et musclé, bondissant gravement dans les corridors et les escaliers resserrés d'un petit hôtel de famille n'aurait pas eu de prix pour une personne avide d'impressions mémorables. Mais, comme je le regardais avec une envie de rire au bord même des lèvres, je me demandai : combien trouverait-on d'hommes prêts à compromettre la gravité qu'ils chérissent pour la fille insignifiante d'un financier ruiné, dont le nuage affreux et noir du soupçon ceint déjà la tête? Je ne ris pas du petit Fyne. Je l'encourageai : " Vraiment! – Et alors? "

« Son premier souci fut d'épargner à l'enfant une intervention déplaisante. Il y avait un portier en bas, des chasseurs, des voyageurs sur le départ avec leurs malles dans le couloir; un omnibus des chemins de fer devant la porte, des garçons en plastron blanc qui allaient et venaient près de l'entrée.

« Il arriva à temps. Il fut à la porte avant qu'elle l'atteignît dans sa course folle. Elle ne le reconnut pas; peut-être ne le vit-elle pas. Il lui saisit le bras comme elle passait en courant, et, fort sagement, sans essayer de l'arrêter, se contenta de monter l'escalier quatre à quatre avec elle, causant une consternation sans bornes aux gens qui se trouvaient sur leur passage. Ceux-ci se dispersèrent. Que purent-ils bien penser à la vue d'un homme d'âge mûr entraînant à fond de train dans les régions supérieures d'un hôtel comme il faut une jeune fille terrifiée et manifestement mineure? Je n'en sais rien. Et Fyne (je le tiens de lui) ne se souciait pas de ce que les gens pouvaient penser. Son seul but était de rejoindre sa femme avant que la jeune fille ne s'effondrât. Pendant un certain temps, elle courut avec lui, mais, dans l'escalier qui menait au dernier étage, il dut l'empoigner, la traîner à demi, la porter à demi, pour la conduire à sa femme. Mme Fyne attendait à la porte, le visage tout à fait impassible, prête à affronter toute responsabilité — caractéristiques qu'elle possédait déjà, longtemps avant de devenir une impitoyable théoricienne. Soulagé, sa mission accomplie, Fyne se hâta de fermer la porte du salon.

« Mais les Fyne ne tardèrent pas à prendre peur. Après être demeurée un certain temps immobile dans les bras de Mme Fyne, la jeune fille, qui n'avait pas ouvert la bouche, s'arracha à cette étreinte légèrement rigide. Elle se débattit entre eux sans un mot, sans qu'ils sachent pourquoi, muette et livide, puis s'affaissa épuisée sur un divan. Par bonheur, les enfants étaient sorties avec les deux bonnes. La femme de chambre de l'hôtel aida Mme Fyne à mettre Flora De Barral au lit. On eût dit qu'elle avait perdu l'esprit et la parole. Elle était couchée sur le dos, le visage blanc comme un linge, fixant le plafond de ses yeux noirs, son effrayante immobilité coupée de brusques accès de frissons et de claquements de dents qui résonnaient dans la pièce sombre et silencieuse aux stores baissés, tandis que Mme Fyne restait paisiblement assise près d'elle, les bras croisés, mais secrètement émue par l'énigme indéchiffrable de cette détresse, en se disant : “ Cette petite est trop émotive, beaucoup trop émotive pour être jamais vraiment solide ! ” Comme si quiconque, à moins d'être fait de pierre, pouvait être parfaitement solide en ce monde. Et puis, solide, comment? Dans quel sens — pour résister à quoi ? À la force ou à la corruption ? Et même la meilleure armure d'acier comporte des joints qu'un coup traîtreusement porté peut toujours atteindre, si le hasard le sert.

« Les considérations générales ne pouvaient jamais beaucoup inquiéter Mme Fyne. La jeune fille étant hors d'état de répondre à des questions, elle attendit à son chevet. Fyne s'était rendu à la demeure, de l'autre côté de la rue, ses scrupules vaincus par son désir de savoir ce qui s'était réellement passé. Il n'eut pas à soulever le heurtoir ; la porte était ouverte sur la pénombre intérieure du vestibule ; il y entra sans voir personne, les domestiques s'étant réunis au sous-sol pour de vaines palabres. Sa voix de basse, lorsqu'elle résonna, les y mit en émoi ; le maître d'hôtel monta, en bras de chemise, l'œil dilaté, d'abord très soupçonneux ; puis, quand Fyne expliqua qu'il était le mari d'une dame venue plusieurs fois dans cette maison — une amie de la mère de Mlle De Barral, il fit montre d'humanité, s'inquiéta, devint plus communicatif, lui parla d'homme à homme tout en gardant son ton de domestique stylé de grande maison : " Oh, Seigneur, non, monsieur ! Elle n'a pas l'intention de revenir. Elle me l'a dit elle-même ", affirma-t-il à Fyne d'un ton où se glissait une légère nuance de mépris.

« Quant à leur jeune maîtresse, personne au sous-sol n'avait la moindre idée qu'elle se fût enfuie de la maison. Il était sûr qu'ils auraient tous volontiers fait tout leur possible pour l'aider dans l'immédiat ; mais puisqu'elle était maintenant chez les amis de sa mère...

« Il s'agitait. Il murmura que tout cela était bien inattendu. Il voulait savoir que faire des lettres ou des télégrammes qui pourraient arriver pendant la journée.

« " Pour les lettres adressées à Mlle De Barral, vous n'aurez qu'à les apporter là-bas, à mon hôtel ", dit Fyne, qui commençait à s'inquiéter extrêmement de l'avenir. L'homme dit : " Oui, monsieur ", et ajouta : " Et s'il arrive une lettre adressée à Mme... "

« Fyne l'arrêta d'un geste : " Je n'en sais rien... Faites-en ce que vous voudrez.

— Très bien, monsieur. "

« Le maître d'hôtel ne referma pas la porte d'entrée derrière Fyne, mais resta quelque temps sur le seuil à parcourir la rue de l'œil d'un homme dont la curiosité s'exerce librement et qui se sent de nouveau son propre maître. Mme Fyne, entendant rentrer son mari, sortit de la chambre où la jeune fille était alitée. “ Rien de nouveau ”, murmura-t-elle; et Fyne ne put que faire un geste désespéré indiquant qu’il ignorait la signification et l’issue de tous ces événements.

« Il craignait de futures complications — naturellement : ses ressources étaient modestes; il occupait une situation officielle et ne pouvait disposer de son temps. Oui. Il reconnut, dans le petit salon de la ferme où je demeurais, qu’il avait alors été très inquiet des conséquences possibles de cette affaire. Mais au moment où il faisait cet aveu naïf, je me disais que, quelles que fussent les conséquences et les complications qu’il avait pu imaginer, la complication dont il était alors victime n’avait jamais, au grand jamais, pu se présenter à son esprit. Lentement mais sûrement (car je pense que le Livre du Destin est écrit d’avance de la première à la dernière page), elle arrivait depuis environ six ans — et maintenant elle était là! Je considérai son inébranlable solennité avec la pitié amusée que nous accordons à la victime d’une farce comique mais quelque peu malveillante.

« “ Oh, et puis zut! ” s’exclama-t-il, sans aucun lien logique avec ce qu’il m’avait raconté. Néanmoins, cette exclamation était assez compréhensible.

« Cependant il admit qu’il n’y avait eu tout d’abord aucune complication fâcheuse, aucune conséquence embarrassante. Un télégramme à De Barral, rédigé à mots couverts, resta sans réponse pendant plus de vingt-quatre heures, ce qui causa assurément aux Fyne quelque anxiété. Lorsque la réponse arriva, tard le lendemain soir, ce fut sous la forme d’un homme d’un certain âge. Un homme d’un genre inattendu. Fyne m’expliqua avec précision qu’il appartenait évidemment au milieu le plus comme il faut de la petite bourgeoisie. Il parlait avec calme et lenteur. Il portait une redingote; ses favoris gris se rejoignaient sous son menton et il déclara en entrant qu’il n’avait pas vu son cousin depuis bien des années, tout en considérant Fyne (qui le recevait seul) avec tant de méfiance que celui-ci en fut blessé (cet individu refusa d’abord carrément la chaise qui lui fut offerte) et répliqua vertement que, quant à lui, il n’avait pas vu M. De Barral une seule fois de sa vie et que, puisque le visiteur refusait de s’asseoir, lui, Fyne, le priait d’exposer le plus brièvement possible l’affaire qui l’amenait. L’homme en noir s’assit alors avec un léger sourire condescendant.

« Il venait chercher la jeune fille. Son cousin l’avait prié dans un mot remis par un porteur de se rendre sans tarder à

Brighton pour reprendre “ sa petite fille ” à un monsieur nommé Fyne et de l’héberger un certain temps dans sa famille. Et il était venu. Ses affaires ne lui avaient pas permis d’arriver plus tôt. Ses affaires, c’était la fabrication en gros de boîtes de carton. Il avait de son côté deux grandes filles. Il avait consulté sa femme et tout était donc réglé. La jeune fille serait la bienvenue chez lui. Son foyer, fort probablement, n’était pas conforme aux habitudes de la jeune fille, mais, etc.

« Constamment, Fyne sentit de façon subtile, dans le comportement de cet homme, une désapprobation ironique de tout ce qui était étranger à la petite bourgeoisie, un profond respect de l’argent, une sorte de mépris mesquin pour les spéculateurs malheureux et une satisfaction vaniteuse de sa propre vulgarité comme il faut.

« À l’égard de Mme Fyne, le comportement de l’obscur cousin de De Barral ne fut guère moins déplaisant. Il la regarda un peu sournoisement, mais l’attitude froide et décidée de la dame lui en imposa. Quant à Mme Fyne, elle fut tout simplement atterrée par ce personnage, mais n’en laissa rien voir. Pas même quand l’homme remarqua avec une feinte simplicité que Florrie — elle s’appelait bien Florrie ? — regretterait probablement au début tous ses amis huppés. Et quand il apprit que la jeune fille était alitée et ne se sentait pas bien du tout, il manifesta une inquiétude dénuée de sympathie. Ce n’était pas une malade au moins ? Non. De quoi souffrait-elle donc ?

« Une extrême répugnance pour ce membre comme il faut de la société se peignit sur le visage de Fyne au moment même où il parlait de lui après tant d’années. C’était un représentant de la classe de la société que les gens comme les Fyne connaissent précisément le plus mal ; et j’imagine qu’il les agaça de façon pénible. Il possédait toutes les vertus civiques sous leur forme la plus mesquine, et le comble était qu’il manifestait une sorte de conscience méprisable de les posséder. Sa diligence était exemplaire. Il voulait prendre le tout premier train du lendemain. Depuis vingt-sept ans, semble-t-il, il n’avait jamais manqué de se trouver assis sur le tabouret de son bureau, à l’usine, chaque jour à dix heures précises. Il écarta les objections de Mme Fyne avec une impatience non dissimulée. Pourquoi Florrie ne pouvait-elle se lever pour prendre son petit déjeuner à huit heures comme tout le monde ? Chez lui on le prenait à huit heures précises. Le stoïcisme poli de Mme Fyne finit par avoir raison de lui.

Venir à Brighton l'avait considérablement gêné, lui assura-t-il avec mécontentement, mais il renonça au premier train.

« Les braves Fyne n'osaient échanger un regard devant ce tuteur imprévu mais parfaitement autorisé, la même pensée leur venant subitement à l'esprit : Pauvre petite! Pauvre petite! Si les femmes de sa famille étaient aussi comme lui! Et, bien sûr, elles l'étaient forcément. Pauvre petite! Mais qu'auraient-ils pu faire, même s'ils avaient voulu soulever des objections? L'individu à la redingote avait le billet du père; il l'avait montré à Fyne. C'était simplement une prière de s'occuper de la jeune fille — en sa qualité de plus proche parent — sans aucune explication ou une seule allusion à la catastrophe financière; le ton en était étrangement détaché et le silence même observé à ce sujet donnait à penser que son auteur n'éprouvait aucune inquiétude quant à l'avenir de l'enfant. C'était probablement cette idée même qui avait si facilement mis en branle le cousin. Des gens s'étaient déjà tirés de krachs commerciaux avec des domaines à la campagne et de coquets revenus au nom de leur femme à défaut du leur. Et s'il était possible d'assurer de coquets revenus à une femme en s'y prenant avec quelque dextérité, pourquoi ne le serait-ce pas dans le cas d'une fille? Oui. On avait pu discuter de cette éventualité dans la famille de cet individu et juger qu'elle valait la peine d'agir en conséquence.

« L'homme laissa en fait clairement entendre que telle était sa conviction, et, devant les réponses prudentes de Fyne, il lui fit comprendre qu'il n'était pas dupe de pareilles réticences. Manifestement, il croyait les Fyne déçus parce que la jeune fille leur était enlevée. Quant à ceux-ci, faisant un sacrifice diplomatique dans l'intérêt de la pauvre Flora, ils avaient invité l'homme à dîner. Il avait accepté de mauvaise grâce, remarquant qu'il n'avait pas l'habitude de se coucher tard. Il prenait généralement un souper léger vers huit heures et demie ou neuf heures. Enfin...

« Il promena un regard méprisant sur la jolie décoration de la salle à manger. Il plissa le nez d'un air perplexe devant les plats que lui offrit le garçon, mais n'en refusa aucun, dévorant la nourriture avec grand appétit et buvant (“ engloutissant ”, dit Fyne) des gallons de *ginger beer* qu'on lui fournit (en bouteilles de grès) sur sa demande. La difficulté de soutenir une conversation avec cet être épuisa Mme Fyne elle-même, qui s'était attablée armée d'une résolution d'acier. Il tint un seul propos mémorable; ce fut lorsqu'il remarqua, en cessant momentanément de se gorger " de ces plats français " tout en laissant à loisir errer son regard sur les petites tables occupées par des groupes de dîneurs, que sa femme avait bien songé un instant à l'accompagner, mais qu'il était heureux qu'elle n'en eût rien fait. " Elle n'aurait pas du tout aimé voir tout cet étalage d'alcool. Pas du tout ", déclara-t-il avec force.

« " Vous avez dû passer une charmante soirée, dis-je à Fyne, si j'en puis juger d'après la fraîcheur du souvenir que vous en avez gardé.

« — Délicieuse ", grogna-t-il avec un subit accès de colère rétrospective, mais il retomba aussitôt dans sa solennité. Après un moment de silence, je lui demandai si l'homme avait emmené la jeune fille le lendemain.

« Fyne répondit affirmativement; il l'avait fait l'après-midi, dans un fiacre, avec quelques vêtements que la femme de chambre avait rassemblés et apportés de la grande maison. Fyne ne revit Flora que dix minutes avant leur départ pour la gare, dans le salon des Fyne, à l'hôtel. Ces dix minutes-là furent très pénibles pour les Fyne. Le citoyen comme il faut appela Mlle De Barral " Florrie " et " ma petite " et lui dit qu'elle n'était pas bien grande; " vous ne pesez pas bien lourd, ma petite ", fit-il sur un ton de familiarité dédaigneuse. Puis, se tournant vers Mme Fyne, il ajouta très fort : " Elle a le visage bien pâle. Comment cela se fait-il ? " À cette question, Mme Fyne ne répondit rien. Elle avait ce matin-là fait de ses propres mains un chignon à la jeune fille. Cela la changeait beaucoup, fit observer Fyne. Naturellement, lui ne jouait qu'un rôle secondaire limité à l'approbation. Tout ce qu'il put faire personnellement pour Mlle De Barral fut de descendre et de la faire monter lui-même dans le fiacre, tandis que le plus proche parent, écarté d'un coup d'épaule, restait planté à côté avec un parapluie et un petit sac noir et semblait considérer la scène avec un amusement lugubre. Il était difficile de deviner les pensées ou les sentiments de la jeune fille. Elle n'avait plus l'air d'une enfant. Du fiacre, elle murmura un faible " Merci " à l'adresse de Fyne, qui lui dit d'une voix très distincte en lui tenant toujours la main : " S'il vous plaît, n'oubliez pas d'écrire longuement à ma femme d'ici un jour ou deux, mademoiselle De Barral. " Puis Fyne recula et le cousin monta dans le fiacre en marmonnant de façon tout à fait perceptible : " Je ne crois pas qu'elle vous dérange beaucoup à l'avenir... " sans pourtant regarder Fyne à qui il n'accorda pas même un signe de tête. Le fiacre s'éloigna. »

CHAPITRE V

LE THÉ

« “ Aimable personnalité ”, observai-je en voyant Fyne sur le point de s'abîmer dans ses réflexions. Mais je ne pus m'empêcher d'ajouter d'un ton significatif : “ Il n'avait pas en tout cas le don de prophétie. ”

« Fyne se leva brusquement en murmurant : “ Non, évidemment pas. ” Il était sombre, hésitant. Je supposai qu'il ne souhaiterait pas faire une partie d'échecs cet après-midi-là. Cela me dispenserait de quitter mon logement par une journée beaucoup trop belle pour être gaspillée à des exercices pédestres. Et je fus déçu quand, prenant sa casquette, il me fit savoir qu'il espérait me voir à la villa vers quatre heures, comme d'habitude.

« “ Ce ne serait pas comme d'habitude. ” Je mis un accent particulier sur mon observation. Il en convint, après un instant de réflexion. Non. Ce ne serait pas comme d'habitude. À vrai dire, c'était plutôt sa femme qui espérait me voir. Elle avait conçu une très haute opinion de ma sagacité et de mon sens pratique.

« Ce fut pour moi une révélation. Je n'avais jamais soupçonné que Mme Fyne se fût donné la peine de distinguer chez moi les signes de la sagacité ou de la sottise. Les rares paroles que nous avions échangées la nuit précédente, dans l'émoi – ou le souci – causé par la disparition de la jeune fille, étaient les premières paroles un peu significatives que nous nous fussions jamais dites. J'avais toujours eu l'impression d'être, aux yeux de Mme Fyne, le partenaire de son mari aux échecs et rien d'autre – une commodité, presque un instrument.

« “ J'en suis très flatté, dis-je. J'ai toujours entendu dire que l'intuition féminine était sans limites ; et me voici maintenant à demi enclin à le croire. Mais je ne vois pourtant pas en quoi ma sagacité et mon sens plus ou moins pratique peuvent être d'une utilité quelconque à Mme Fyne. La sagacité d'un homme ressemble fort à celle d'un autre, quel qu'il soit. Et avec vous sous la main... ”

« Fyne, qui ne prêtait visiblement aucune attention à ce

que je disais, dirigea droit sur moi ses yeux solennels et soucieux et m'interrompit : " Oui. Sans doute. Mais vous viendrez, n'est-ce pas? "

« J'étais résolu à ce qu'aucun Fyne de l'un ou l'autre sexe ne me fît parcourir à pied trois milles pour aller à leur villa (et en revenir) par cette belle journée. Si les Fyne avaient été l'un de ces couples sociables ordinaires, dont on cultive la connaissance seulement parce qu'il faut bien passer ses loisirs d'une façon ou d'une autre, j'aurais fait bon marché de cette invitation très particulière. Mais ils étaient différents. Il fallait reconnaître leur indéniable humanité. Par ailleurs, je voulais agir à ma guise. Aussi proposai-je qu'ils me permissent d'avoir le plaisir de leur offrir une tasse de thé chez moi.

« Après un court instant de réflexion, Fyne accepta avec enthousiasme, en son propre nom et en celui de sa femme. Un instant plus tard, j'entendis cliqueter le loquet de la porte du jardin, puis, accompagnée des aboiements déchaînés de son chien démonstratif, sa tête au visage sérieux passa devant ma fenêtre, de l'autre côté de la haie, le regard inquiet fixé droit devant lui et l'esprit qu'elle contenait évidemment occupé à des spéculations graves et compliquées. L'une au moins des jeunes amies de sa femme était devenue plus qu'une simple ombre — pour lui. Je supposai pourtant que ce n'était pas à la jeune amie que Fyne pensait, mais à sa femme. C'était un excellent mari.

« Je me préparai à la réception de l'après-midi, fis venir la fermière et passai en revue avec elle les ressources de la maison et du village. C'était une femme capable. Quant aux ressources de ma sagacité, je ne les passai pas en revue. À part ce qui concernait l'aspect grossièrement matériel du thé de l'après-midi, je ne fis aucun préparatif pour accueillir Mme Fyne.

« Il m'était impossible d'en faire. Je ne pouvais dire quelle sorte d'aliment elle attendrait de ma sagacité. Quant à faire l'inventaire des denrées contenues dans mon esprit, personne, j'imagine, n'aime se livrer à ce genre de tâche, s'il est possible d'y échapper. L'état d'âme vaguement grandiose qu'est la confiance en soi est beaucoup trop agréable pour qu'on le trouble témérairement par une enquête aussi délicate. Peut-être, si j'avais eu auprès de moi une femme capable, une femme chérie, cajoleuse, fine, dévouée... Il y a dans la vie des moments où l'on regrette positivement de n'être pas marié. Non! Je n'exagère pas. J'ai dit des moments, non des années ou même des jours. Des moments. Il était évidemment impossible de solliciter l'aide de la fermière. Il était impossible d'attendre d'elle qu'elle possédât l'intuition requise et je doute qu'elle eût su se montrer assez cajoleuse. Elle se rendait utile à sa façon, car, à cet instant, ayant déjà parcouru un bon mille, coiffée d'un extraordinaire chapeau noir, elle essayait de dénicher dans les boutiques du village un morceau de cake mangeable. Le cran des femmes! L'optimisme de ces chères créatures!

« Et elle réussit à trouver quelque chose qui paraissait mangeable. C'est tout ce que je sais, n'ayant pas eu l'occasion d'observer les effets plus intimes de ce comestible. Pour ma part, je ne mange jamais de cake et Mme Fyne, lorsqu'elle arriva ponctuellement, n'apporta avec elle aucun appétit de cake. Elle n'avait d'appétit pour rien. Mais elle avait soif, symptôme d'une émotion profonde et douloureuse. Oui, c'était l'émotion et non le soleil brillant, plus brillant que chaud, selon l'habitude de notre soleil insulaire discret, refoulé, distingué, qui ne voudrait à aucun prix faire rougir une vraie dame. Mme Fyne ne paraissait même nullement échauffée. Elle portait une jupe et une jaquette blanches; un chapeau blanc à large bord reposait sur sa chevelure lisse soigneusement coiffée. La coupe de sa jaquette rappelait quelque peu celle d'une veste de mess militaire, et ce style lui allait. Il y a probablement bien des jeunes sous-lieutenants — et, d'ailleurs, ce ne sont pas les moins beaux — qui ressemblent à Mme Fyne par la coupe du visage, par le teint hâlé, voire par ce quelque chose d'alerte dans le maintien. Mais il n'en est guère qui auraient eu cet air proclamant qu'elle était prête à assumer n'importe quelle responsabilité au monde. C'est là le genre de courage qui mûrit tard dans la vie, et, bien sûr, Mme Fyne était d'un âge mûr malgré son visage sans rides.

« Elle fit du regard le tour de la pièce et m'assura catégoriquement que j'étais fort bien logé là; j'acquiesçai humblement à cette affirmation, reconnaissant que le sort m'avait accordé une faveur imméritée.

« “ Pourquoi imméritée? s'enquit-elle.

« — J'ai retenu ce logement par lettre, sans poser de questions. Ç'aurait pu être une abominable tanière, lui expliquai-je. J'agis toujours ainsi. Je n'aime pas me tracasser. Ce n'est pas une grande preuve de sagacité, n'est-ce pas? Les gens sagaces aiment, je crois, exercer cette faculté. Je me suis laissé dire qu'ils ne peuvent même pas s'empêcher d'en faire montre à propos des moindres futilités. Ce doit être tout à fait délicieux. Mais je n'y entends rien. Je pense n'avoir aucune sagacité, aucune sagacité ni aucun sens pratique. »

« Fyne émit, de sa voix de basse, un murmure inarticulé en manière de protestation. Je demandai des nouvelles des enfants, que je n'avais pas encore vues depuis mon retour de Londres. Elles allaient très bien. Elles allaient toujours bien. Fyne et sa femme parlaient l'un et l'autre de la robuste santé de leurs enfants comme si elle résultait de hautes qualités morales, et sur un ton curieux qui paraissait impliquer un certain mépris pour les gens dont les enfants étaient sujets à tomber parfois malades. On était presque tenté de s'excuser de poser la question. Et cela m'agaçait, déraisonnablement, je l'admets, car s'attribuer un mérite supérieur n'est pas une faiblesse bien rare. Désirant exercer des représailles en me rendant désagréable, je fis observer sur le ton de l'intérêt poli que ces chères petites avaient dû s'étonner de la disparition soudaine de la jeune amie de leur mère. Avaient-elles posé des questions embarrassantes au sujet de Mlle Smith? N'était-ce pas sous le nom de Mlle Smith que Mlle De Barral m'avait été présentée?

« Mme Fyne, le regard fixe, mais rougissant vivement sous son hâle, me dit que les enfants n'avaient jamais beaucoup aimé Flora. Elle n'avait pas l'entrain qui vaut aux adultes l'affection des enfants bien portants, expliqua-t-elle sans broncher. Flora avait déjà fait plusieurs séjours à la villa. Mme Fyne m'assura que la présence de Flora à la maison lui avait souvent causé de grandes difficultés.

« “ Mais que pouvions-nous faire d'autre? ” s'exclama-t-elle.

« Ce petit cri de détresse, parfaitement sincère quoique peu explicite, me fit changer de sentiment à l'égard de Mme Fyne. Il eût été si facile de ne rien faire et de n'y plus penser. Ma sympathie pour elle naquit pendant qu'elle tentait de me parler de la nuit qu'elle avait passée au chevet de la jeune fille, la veille de son départ avec son antipathique parent. Que Mme Fyne ait trouvé le moyen de réconforter l'enfant, j'en doute fort. Elle ne possédait pas le génie nécessaire à la tâche de défaire ce que la haine d'une femme furieuse avait si bien organisé.

« Vous me direz peut-être que les impressions des enfants ne durent pas. C'est très vrai. Mais, en l'espèce, ce terme d'enfant n'est qu'approximatif. La jeune fille était à quelques jours de son seizième anniversaire; elle était d'âge à mûrir sous l'effet du choc. L'effort même qu'elle dut s'imposer pour communiquer à Mme Fyne ce qu'elle avait éprouvé, pour se rappeler les détails, pour trouver les mots justes — ou, tout simplement des mots quelconques — l'éclaira par lui-même de façon terrible et la vieillit. Sans que Mme Fyne l'interrompît, elle avait parlé longtemps avec une douleur, un étonnement bien enfantins, s'arrêtant de temps à autre pour poser cette pitoyable question : " C'était cruel de sa part, n'est-ce pas, madame Fyne? "

« À Charley, elle trouvait des excuses. Lui, du moins, n'avait rien dit, mais il avait paru très sombre et malheureux. Il n'aurait pu prendre parti contre sa tante, n'est-ce pas? Mais pourtant il l'avait fait lorsqu'elle lui avait demandé d'éloigner cette femme cruelle. Il l'avait fait sortir en la tirant par le bras. Flora l'avait bien vu. Elle s'en souvenait. Bien sûr! Cette femme était folle. " Oh! Madame Fyne, ne me dites pas qu'elle n'était pas folle. Si seulement vous aviez vu son visage... "

« Mais Mme Fyne demeurait inébranlable dans sa conviction que la jeune fille devait savoir toute la vérité qu'il était possible de lui dire, par bonté envers elle, dont Mme Fyne craignait que le destin ne fût de vivre exposée aux réalités les plus dures des existences que ne protège aucun privilège. Elle lui expliqua qu'il y avait de par le monde des gens égoïstes, dont l'esprit était porté au mal. Des gens sans scrupules... Ces deux personnes convoitaient l'argent de son père. Ce qu'elle pouvait faire de mieux était de les oublier complètement.

« " Convoitaient l'argent de papa? Je ne comprends pas ", avait murmuré la pauvre Flora De Barral, qui restait muette, comme si elle s'efforçait de résoudre cette énigme dans le silence et la pénombre de la chambre, où ne brûlait qu'une veilleuse. Puis elle fut secouée d'un long frisson tout en serrant fortement la main de Mme Fyne, dont l'immobilité patiente au chevet de cette enfance cruellement assassinée faisait infiniment honneur à son humanité. Cette veillée avait dû lui paraître d'autant plus éprouvante que, je le voyais fort bien, elle n'avait jamais jugé la victime particulièrement charmante ou sympathique. C'était une manifestation de pure compassion, de compassion en soi, pour ainsi dire, dont peu de femmes eussent été capables de faire montre avec cette inébranlable constance. L'accès de tremblement passé, les premières paroles que prononça la jeune fille en éclatant en sanglots furent : " Oh! Madame Fyne, suis-je vraiment aussi affreuse qu'elle l'a prétendu?

« — Non, non! protesta Mme Fyne. C'est votre ancienne gouvernante qui est affreuse et abominable. C'est une femme abjecte. Je ne puis vous dire qu'elle était folle, mais je pense qu'elle devait être hors d'elle-même à force de rage et pleine de pensées mauvaises. Il faut vous efforcer de ne pas penser à ces horreurs, ma chère petite. "

« Il n'était bon pour personne d'y penser beaucoup, m'expliqua Mme Fyne d'un ton sec et catégorique. Tout cela avait été très éprouvant. La petite ressemblait à un animal qui se serait débattu sous un filet.

« " Mais comment puis-je oublier? Elle a traité mon père de tricheur et d'escroc! Dites-moi, je vous en prie, madame Fyne, que ce n'est pas vrai. Ce ne peut pas être vrai. Comment cela peut-il être vrai? "

« Elle se dressa sur son séant d'un mouvement brusque et désordonné, comme pour sauter du lit et fuir le son des paroles qui venaient de sortir de ses propres lèvres. Mme Fyne la retint, l'apaisa, finit par la persuader de reposer sa tête sur son oreiller, ne cessant de l'assurer que rien de ce que cette femme avait eu la cruauté de dire ne méritait d'être pris à cœur. La jeune fille, épuisée, pleura doucement quelque temps. Peut-être avait-elle remarqué quelque chose d'évasif dans les affirmations de Mme Fyne. Au bout d'un moment, elle murmura, sans bouger, d'une voix entrecoupée :

« " Cette horrible femme m'a dit que partout on allait traiter papa de ces noms horribles. Est-ce possible? Est-ce possible? "

« Mme Fyne garda le silence.

« " Dites-moi quelque chose, je vous en prie, madame Fyne ", insista la fille de De Barral, murmurant toujours faiblement.

« De nouveau, Mme Fyne m'assura que ce dialogue avait été très éprouvant. Terriblement éprouvant. " Oui, merci, je veux bien. " Elle s'appuya contre le dos du fauteuil, les bras croisés, tandis que je lui versais une autre tasse de thé et que Fyne sortait pour calmer le chien, qui, attaché sous le porche, s'était soudain vivement indigné que quelqu'un eût l'audace de suivre le chemin creux. Mme Fyne remua longtemps son thé, en but un peu, reposa la tasse et dit avec son air d'accepter toutes les conséquences :

« “ Se taire eût été injuste. Je ne crois pas non plus que c'eût été charitable. Je lui dis qu'il lui fallait s'attendre à voir le monde juger très sévèrement son père... ”

« N'était-ce pas admirable? » s'écria Marlow, interrompant son récit. « Admirable! » Et, comme je considérais d'un air dubitatif cet enthousiasme inattendu, il se mit à le justifier à sa manière.

« Je dis admirable parce que c'était si caractéristique. C'était parfait. Seul le génie aurait pu trouver mieux. Et il n'y avait là que la nature! Comme on dit de l'œuvre d'un artiste : c'était un Fyne parfait. Compassion et raison correctement dosées. Point de votre sentimentalité échevelée. Et juste! Vous avouerez que rien n'aurait pu être plus juste. J'eus envie de crier : “ Bravo! Bravo! ”, mais je n'en fis rien. Je pris un morceau de cake et sortis pour soudoyer le chien des Fyne et lui faire recouvrer quelque maîtrise de soi. Ses jappements aigus et comiques étaient insupportables, comme des coups de couteau qui vous auraient traversé la cervelle, et les remontrances de Fyne, modulées de sa voix profonde, n'intimidaient pas plus cet animal plein de vivacité que le profond et patient murmure de la mer n'intimide un chanteur nègre sur une plage populaire. Fyne commençait à l'injurier d'une voix basse et sépulcrale lorsque j'apparus. Le chien se livra aussitôt à de folles démonstrations, s'étranglant à demi avec son collier, les yeux exorbités et la langue pendante dans l'excès de l'incompréhensible affection qu'il éprouvait pour moi. Cela avant d'apercevoir le cake que je tenais à la main. Une série de bonds verticaux prodigieux s'ensuivit; puis, une fois en possession du cake, il perdit instantanément tout intérêt pour tout le reste.

« Fyne était légèrement irrité contre moi. Bien qu'il fût aussi bon maître qu'un chien pût le souhaiter, il n'approuvait pourtant pas qu'on donnât du cake à des chiens. Le chien des Fyne était censé mener une existence spartiate, nourri de biscuits répugnants auxquels on ajoutait parfois un os sec et hygiénique. Fyne abaissa un regard morne sur l'animal apaisé; je regardai moi aussi cet imbécile de chien, et (vous savez comme la mémoire se trouve brusquement stimulée) j'eus le souvenir visuel, d'une netteté presque pénible, du visage mortellement pâle de la jeune fille accompagnée par ce chien — abandonnée par ce chien — lors de notre dernière rencontre. J'entendais presque sa voix aux accents angoissés — on eût dit qu'elle allait pleurer de rancune — appeler le chien, le chien sans sympathie. Peut-être n'avait-elle pas le pouvoir d'éveiller la sympathie, ce don personnel de toucher directement les sentiments. Je dis à Fyne, me méfiant de l'attitude indolente du chien :

« " Pourquoi ne le laissez-vous pas entrer ? "

« Oh, mon Dieu, non ! Il n'y pouvait songer ! J'aurais certes pu me taire, sachant que l'une des règles de vie des Fyne, appartenant à leur solennité et à leur sens de la responsabilité, l'un de ces principes appartenant à leur sentiment de supériorité discret mais toujours présent, était que leur chien ne devait jamais être autorisé à pénétrer dans une maison. Il était tout à fait inconvenant d'imposer la présence du chien chez les gens auxquels ils rendaient visite — ne fût-ce que chez un célibataire négligent logé dans une ferme et qui avait de l'amitié pour le chien. C'était hors de question. Mais ils le laissaient vous rendre fou à force d'aboyer devant votre fenêtre. Ils étaient étrangement logiques dans leur manque de sympathie imaginative. Je n'insistai pas, mais me contentai de précéder Fyne au salon, espérant qu'aucun passant n'emprunterait le chemin creux avant environ une heure et ne viendrait troubler le calme de l'animal.

« Mme Fyne, assise impassible devant la table chargée d'assiettes, de tasses, de pots, d'une théière froide, de miettes et des restes du repas, tourna la tête vers nous.

« " Voyez-vous, monsieur Marlow ", dit-elle sur un ton de confidence inattendu, " ils sont si peu faits l'un pour l'autre. "

« Sur le moment, je ne sus qui cette remarque concernait. Je pensai d'abord à Fyne et au chien. Puis je l'appliquai à l'affaire qui nous occupait — ni plus ni moins qu'un enlèvement. Oui, ma foi ! Cela ressemblait fort à un enlèvement, avec certains traits particuliers et inusités qui, en un certain sens, le rendaient équivoque. Je me rappelai avec un étonnement amusé que ma sagacité était requise à ce sujet. Comme c'était inattendu ! Mais nous ne savons jamais à quelles épreuves nos dons peuvent être soumis. La sagacité commandait avant tout la prudence. Je crois que la prudence est le premier devoir de la sagacité. Fyne s'assit comme s'il se préparait à regarder une joute, pensai-je.

« " Croyez-vous, madame Fyne ? fis-je sur un ton sagace. Naturellement, vous êtes à même... " continuai-je avec prudence, lorsqu'elle lança vivement, afin d'obtenir un acquiescement immédiat :

« " C'est évident ! C'est manifeste ! Vous devez admettre vous-même...

« — Mais, madame Fyne, protestai-je, vous oubliez que je ne connais pas votre frère. "

« Cet argument non seulement sagace mais vrai d'une vérité accablante, irréfutable, parut la surprendre.

« Je me demandai pourquoi. J'en savais trop peu sur son frère pour essayer de deviner — fût-ce de la façon la plus vague — à quoi il pouvait bien ressembler. Je n'avais jamais vu cet homme. J'ignorais si complètement ce qu'il était que, par contraste, il me semblait connaître pour ainsi dire depuis le berceau Mlle De Barral, que j'avais vue deux fois (environ soixante minutes en tout) et avec qui j'avais échangé quelque soixante mots. Et peut-être, pensai-je, abaissant les yeux sur Mme Fyne (j'étais resté debout), peut-être pense-t-elle que cela devrait suffire à justifier un acquiescement sagace.

« Elle garda le silence, et moi, qui la regardais dans une attente polie, je continuai à lui parler en esprit dans un état d'âme propice à l'approbation familière, qui l'eût étonnée si elle avait pu entendre mes paroles : " Vous, ma chère, êtes en tout cas une femme sincère... "

« Je dis qu'une femme est sincère ", reprit Marlow après m'avoir donné un cigare et en avoir allumé un lui-même, " je dis qu'une femme est sincère quand elle énonce spontanément une assertion dont la forme ressemble de loin à ce qu'elle aimerait vraiment dire, à ce qu'elle pense vraiment qu'on devrait dire, s'il ne fallait pas ménager la susceptibilité stupide des hommes. Le jugement des femmes, plus fruste, plus simple, plus droit, embrasse toute la vérité, que leur tact, leur méfiance de l'idéalisme masculin, les empêche toujours d'exprimer complètement. Et leur tact est infaillible. Nous ne pourrions souffrir que les femmes disent la vérité. Nous ne pourrions pas le supporter. Cela causerait une souffrance infinie, amènerait les plus effroyables bouleversements dans ce paradis illusoire assez médiocre, mais cependant idéaliste, dans lequel chacun d'entre nous vit sa propre petite vie, simple unité dans la vaste somme de l'existence. Et elles le savent. Elles ont pitié. Cette généralisation ne s'applique pas exactement à l'explosion de sincérité de Mme Fyne à propos d'une affaire où n'avaient part ni mes sentiments ni ma vanité. C'est peut-être pour cela qu'elle s'était risquée si avant. Elle avait décidé d'être, pour une femme, franche comme l'or avec moi. Il n'y avait pas seulement la forme mais presque toute la substance de sa pensée dans ce qu'elle avait dit. Elle croyait pouvoir prendre ce risque. Elle avait raisonné à peu près de la façon suivante : voilà un homme doué d'une certaine dose de sagacité... »

Marlow s'interrompit en me lançant un regard fantasque. Il avait prononcé ces derniers mots, le cigare entre les dents. Il le retira alors avec un geste large du bras et lança un mince nuage de fumée.

« Vous souriez ? Il eût été plus charitable de m'épargner de rougir. Mais, en vérité, je n'ai nul besoin de rougir. Il ne s'agit pas de vanité ; il s'agit d'analyse. Nous garderons le mot sagacité. Mais il nous faut également noter ce que représente, en l'occurrence, le mot sagacité. Lorsque vous le comprendrez, vous comprendrez également qu'il ne signifiait rien qui pût alarmer ma modestie. Je ne crois pas que Mme Fyne m'attribuât la possession de la sagesse tempérée par le bon sens. Et si j'avais eu la sagesse des Sept Sages de l'antiquité, cela n'eût pas suscité sa confiance ou son admiration. Le mépris secret des femmes pour l'aptitude à examiner judicieusement et à exprimer avec profondeur une conclusion méditée est sans bornes. Elles n'ont que faire de ces nobles exercices qu'elles considèrent comme une sorte de jeu exclusivement masculin – entendant par jeu une occupation respectable inventée pour tuer le temps dans cette vie organisée par les hommes et qu'il faut bien passer d'une manière ou d'une autre. Ce que la subtilité féminine respecte vraiment, ce sont les " idées " ineptes et les impulsions moutonnières qui gouvernent nos actions et nos opinions dans les affaires vraiment importantes. Car, si les femmes ne sont pas rationnelles, elles sont certainement subtiles. Même Mme Fyne était subtile. La brave femme flattait le partenaire de son mari aux échecs tout simplement parce qu'elle avait flairé en lui cette petite part de " féminité ", cette goutte d'une essence supérieure dont j'ai moi-même conscience et qui, je le reconnais avec gratitude, m'a épargné dans ma vie une ou deux mésaventures ridicules ou lamentables – je ne suis pas sûr du qualificatif qui convient. Cela importe fort peu. C'étaient en tout cas des mésaventures. Notez que je dis " féminité ", ce qui désigne un privilège et non " féminisme ", ce qui désigne une attitude. Je ne suis pas féministe. C'est Fyne qui, pour certaines solennelles raisons, avait adopté cette attitude; mais il suffisait de le voir d'un coup d'œil, assis à part, pour comprendre qu'il était purement masculin jusqu'au bout des ongles, masculin de façon massive, dense, amusante, irrémédiable.

« Je jetai effectivement un coup d'œil sur lui. On n'entend pas reconnaître sa sagacité par une épouse sans trouver convenable et même nécessaire de jeter de temps en temps un coup d'œil sur le mari. C'est donc ce que je fis. Il était très masculin. Au point qu' " irrémédiablement masculin " ne suffisait pas à le décrire. Il était réduit à l'impuissance, prisonnier de sa masculinité, livré par elle pieds et poings liés. Et si les obscures incitations de mon tempérament composite me poussaient à le contempler avec une ironie malicieuse, pourtant, comme je suis en fait, par définition et surtout par conviction profonde, un homme, je ne pouvais m'empêcher de sympathiser avec lui dans une large mesure. Le voyant ainsi désarmé, si complètement captif en vertu de la nature même des choses, je fus poussé à lui parler avec cordialité.

« " Eh bien, qu'en pensez-vous?

« — Je ne sais. Comment le savoir? Mais je dis que, maintenant, la chose est faite et qu'il n'y a plus à y revenir ", déclara l'être masculin avec autant de brusquerie que sa solennité le lui permettait.

« Mme Fyne bougea un peu dans son fauteuil. Je me tournai vers elle et remarquai doucement que c'était une accusation, une critique fréquente. Il y a des gens qui demandent toujours : qu'a-t-il pu trouver de bien chez elle? D'autres se demandent ce qu'elle a pu trouver de bien chez lui. Ces formules expriment l'incompatibilité.

« Tout le calme suggéré par ses bras croisés souligna sa réponse :

« " Je sais fort bien ce que Flora a trouvé chez mon frère. "

« Je courbai la tête sous la bourrasque, mais poursuivis mon argumentation.

« " Et puis, dans la plupart des cas, le mariage ne tourne pas plus mal qu'un autre, c'est le moins qu'on puisse dire. "

« Mme Fyne fut déçue par le caractère optimiste de ma sagacité. Ses yeux s'attardèrent sur mon visage, comme si elle se demandait si j'avais dans ma nature assez de féminité pour comprendre le cas.

« J'attendis qu'elle parlât. Elle semblait se demander : est-ce la peine, après tout, de parler à cet homme? Vous comprenez comme c'était agaçant. Je m'interrogeai pour trouver une remarque effroyablement stupide, afin d'affliger et de taquiner Mme Fyne. Il est humiliant de confesser un échec. On croirait qu'un homme d'intelligence moyenne peut à volonté faire preuve de stupidité. Mais il n'en est rien. Je suppose qu'il faut un don particulier ou bien que la difficulté consiste à parler à propos. Constatant que je ne pouvais pas trouver de stupidité vraiment frappante, j'eus recours au meilleur des succédanés : une platitude. J'avançai, sur le ton du bon sens, que, sûrement, en matière de mariage, un homme n'avait que lui-même à satisfaire.

« Mme Fyne reçut cette affirmation sans sourciller. La poitrine masculine de Fyne fut, comme on pouvait s'y attendre, transpercée par ce vieux trait classique. Il émit un grognement ému. Je me retournai vers lui avec une feinte simplicité : " N'êtes-vous pas de mon avis?

« — C'est précisément ce que je disais à ma femme ", s'exclama-t-il de sa voix de basse hyper-virile. " Nous avons discuté... "

« Une discussion dans le *ménage* Fyne! Quel prodige! Peut-être le tout premier différend qu'ils eussent jamais connu : Mme Fyne, inflexible et prête à toutes les responsabilités, Fyne solennel et timide, les enfants couchées au premier étage, et, au-dehors, les champs sombres, les contours vagues de la campagne sur le fond étoilé de l'univers, avec la lumière crue de la fenêtre ouverte, tel un phare destiné à la vagabonde qui, maintenant, ne reviendrait jamais, qui n'était plus une vagabonde, mais une véritable fugitive chargée de rapines. Sa fuite était celle d'un pillard... ou d'un traître? Cette affaire du frère volé, comme je l'avais appelée en mon for intérieur, avait une physionomie très intrigante. La jeune fille avait dû être aux abois, pensai-je en entendant fort bien la voix grave de Fyne sans du tout saisir le sens de ses paroles, sauf celui des toutes dernières, qui étaient :

« " Naturellement, c'est tout à fait désolant. "

« Je le regardai d'un air interrogateur. Qu'est-ce qui le désolait? Le vol du fils du poète-tyran par la fille du financier-forçat. Ou seulement, si je puis ainsi m'exprimer, le vent de leur fuite, qui troublait le calme solennel de l'atmosphère domestique des Fyne. Mon incertitude ne dura pas longtemps, car il ajouta :

« " Mme Fyne me presse d'aller à Londres immédiatement. "

« On pouvait deviner, presque voir, sa profonde répugnance pour ce voyage, la détresse qu'il éprouvait à se trouver en dissentiment avec sa femme. À cause de sa vision sérieuse de la comédie humaine, Fyne souffrait de ne pouvoir solennellement partager ses vues comme il avait coutume de le faire afin d'exprimer sa reconnaissance de l'avoir emporté dans une circonstance suprêmement grave : lorsqu'il l'avait persuadée de se laisser enlever par lui — décision la plus importante qu'on puisse imaginer dans la vie d'une jeune fille appartenant à la bonne société. Il avait vraiment essayé de montrer sa gratitude en lui donnant, jusqu'alors, raison sans discussion en toutes circonstances. À la longue, c'était devenu une espèce d'habitude. Il était profondément troublé. Je dis : " Vraiment ! Aller à Londres ! "

« Sans mot dire, il me regarda dans les yeux. C'était pathétique et risible. " Et vous, repris-je, avez, bien entendu, l'impression que ce serait inutile. "

« C'était évidemment son sentiment, quoiqu'il ne dît rien. Il se contenta de m'adresser des clignements d'yeux avec une lenteur solennelle et comique. " À moins que ce ne soit pour y porter la bénédiction de la famille ", poursuivis-je, sans cesser de m'abandonner assez sournoisement à mon humeur moqueuse, car je n'osais pas regarder Mme Fyne, à ma droite. Aucun son, aucun mouvement ne vint de ce côté-là. " Vous pensez, tout naturellement, qu'opposer simplement de bonnes raisons solides aux conclusions passionnées de l'amour est un gaspillage d'intelligence qui frise l'absurdité. "

« Il parut surpris, comme si j'avais fait une découverte très intelligente. Lui, le cher homme, n'avait rien pensé du tout. Il savait seulement qu'il n'avait aucune envie d'aller à Londres accomplir cette mission. Simple délicatesse masculine. En un instant, il devint enthousiaste.

« " Oui ! Oui ! Parfaitement. Un homme amoureux... Tu entends, ma chérie ? Tu as là une opinion indépendante...

« — Peut-il y avoir rien de plus vain, insistai-je, m'adressant au petit Fyne fasciné, que d'opposer la raison à l'amour ? Je dois pourtant avouer qu'en l'espèce, lorsque je pense au menton pointu de cette pauvre fille, je me demande si... "

« Ma légèreté était plus que Mme Fyne n'en pouvait souffrir. Toujours appuyée au dossier de son fauteuil, elle s'écria :

« " Monsieur Marlow ! " »

« Comme s'il était mystérieusement affecté par son indignation, le chien stupide des Fyne commença d'aboyer sous le porche. Mais c'était peut-être contre l'intrusion d'un bourdon. Cet animal était capable de n'importe quelle excentricité. Fyne se leva d'un bond et alla le rejoindre. Je crois qu'il était heureux de nous laisser discuter seuls la question de son voyage à Londres. Une sorte de voyage anti-sentimental. Lui aussi, apparemment, se fiait à ma sagacité. Elle était touchante, cette confiance. Elle était en tout cas plus sincère que la confiance affectée par sa femme pour le partenaire de son mari aux échecs pendant trois congés successifs. Au diable la confiance ! La sagacité, vraiment ! Elle était tout simplement intervenue *manu militari*, sans l'ombre d'une hésitation, pour me faire prendre son parti. Mais elle s'était livrée à moi... »

Interrompant un instant son récit, Marlow me parla sur un ton sardonique, mi-plaisant, mi-sérieux :

« Peut-être ne saviez-vous pas que, tout compte fait, je suis d'un naturel plutôt vindicatif ?

— Non, je n'en savais rien, dis-je en souriant. C'est plutôt rare chez un marin. Ils m'ont toujours semblé constituer le groupe humain le moins vindicatif du monde.

— Hum ! Ce sont des cœurs simples », marmonna Marlow d'un ton morose. « Les occasions leur manquent. Le monde les laisse tranquilles la plupart du temps. Quant à moi, c'est surtout à l'égard des femmes que je me sens vindicatif, à ma façon, qui est modérée. J'admets qu'elle est modérée. Mais aussi, les occasions d'assouvir ma rancune n'ont par elles-mêmes aucune grandeur. Ce qui m'irrite surtout, c'est cette prétention de nous mener par le bout du nez, de leur cher petit doigt, comme en vertu d'un droit. Non qu'en général le résultat soit jamais considérable. Les occasions importantes sont tellement rares. C'est leur parti pris de considérer chacun d'entre nous comme un gosse doublé d'un imbécile, que je trouve irritant — modérément, très modérément. Inutile d'ouvrir de grands yeux comme si je soufflais le feu et la fumée par les narines. Je ne suis pas un monstre mangeur de femmes. Je ne suis même pas ce qu'on appelle techniquement " une brute ". J'espère tenir suffisamment du gosse et de l'imbécile pour répondre finalement aux exigences d'une femme vraiment bonne, un jour... Un jour. Voilà qui vous coupe le souffle. Pourquoi ? Vous ne croyez pas que j'aie peur du mariage ? Ce serait blessant...

— Jamais je ne songerais à vous blesser, dis-je.

— Très bien. Mais, en attendant, veuillez vous rappeler que je n'étais pas l'époux de Mme Fyne. Le petit doigt de cette dame n'était nullement ma propriété légale. Je ne l'avais pas enlevée. C'est Fyne qui l'avait fait. Qu'il se laisse mener autant que son nez pourrait le souffrir — ou même davantage, voilà qui m'était indifférent. La rapidité avec laquelle il avait abandonné la discussion sous le prétexte transparent de calmer le chien me confirmait dans mon opinion que sa souplesse était mise à rude épreuve. Je fis face à Mme Fyne, résolu à ne pas l'aider dans son entreprise éminemment féminine qui consistait à mettre des bâtons dans les roues d'une autre femme.

« Elle s'efforçait de conserver son regard calme et sa supériorité. Elle était familière et olympienne, derrière le rempart de la table à thé, cet excellent symbole de la vie domestique à son heure la plus détendue et dans sa parfaite sécurité. En quelques mots d'un style sévèrement dépouillé, elle me fit comprendre qu'elle avait osé espérer de moi quelque avis vraiment utile. À cette quasi-réprimande, je répondis que je faisais vraiment de mon mieux, car ma rancune dépasse rarement une légère taquinerie. Et qu'étant physiognomoniste...

« “ Étant quoi ? m'interrompit-elle.

« — Physiognomoniste, répétai-je, élevant un peu la voix. Physiognomoniste, madame Fyne. Et, selon les principes de cette science, un petit menton pointu est un motif suffisant d'intervention. Vous souhaitez intervenir, n'est-ce pas ? ”

« Ses yeux se dilatèrent visiblement. De sa vie, elle n'avait jamais subi de persiflage. La méthode de feu le subtil poète pour se rendre désagréable était simplement la férocité et l'injure. Fyne avait toujours été d'une soumission solennelle. Je ne saurais dire quels autres hommes elle avait connus, mais je suppose qu'ils devaient être bien élevés. Les jeunes amies étaient à ses pieds. Comment aurait-elle pu reconnaître mon intervention ? Elle ne savait que penser de mon ton.

« “ Parlez-vous sérieusement ? ” demanda-t-elle avec lenteur. Et c'était touchant. On eût dit qu'une jeune fille, pleine de confiance, avait parlé. Je me sentis fléchir.

« “ Non, madame Fyne, dis-je. Je ne savais pas que l'on attendait de moi à la fois du sérieux et de la sagacité. Non. La science dont je vous ai parlé est une plaisanterie. Je ne suis donc pas sérieux. Il est vrai que la plupart des sciences sont des plaisanteries, sauf celles qui nous enseignent à rapprocher les faits.

« — C'est de trouver le moyen de séparer ces deux êtres qu'il s'agit ", interrompit-elle. Elle s'était retrouvée. J'admirai la vivacité de l'esprit féminin. L'agilité d'esprit est une rare perfection. Et elles sont agiles, les femmes! Ah oui, elles le sont! Et tenaces! Une fois qu'elles s'accrochent à une branche, vous pouvez déraciner l'arbre, vous ne leur ferez pas lâcher prise. Et même, plus vous secouez... Mais considérez seulement le charme des perfections contradictoires! Rien d'étonnant à ce que les hommes cèdent — généralement. Je ne prétendrai pas être effectivement tombé sous le charme de Mme Fyne. Elle ne me ravissait pas. Ce qui me touchait n'était pas ce qu'elle révélait, mais ce qu'elle ne pouvait cacher. Et cela, c'était l'émotion, rien de moins. Ses paroles étaient sèches, presque péremptoires dans leur forme, mais non dans leur ton. Sa voix tremblait un tout petit peu, elle souriait vaguement; et, comme nous nous regardions en face, je remarquai l'éclat particulier de ses yeux. Il trahissait la détresse. Et, en vérité, le seul fait d'avoir recours à moi était chez Mme Fyne le signe d'une profonde détresse. " Mon Dieu, elle est aux abois, avec cela ", pensai-je. Cette découverte fut suivie d'un instinctif mouvement de recul devant cette situation déraisonnable et nullement masculine. Elles étaient toutes les mêmes : seul les passionnait le combat qu'elles se livraient à propos d'un homme : amant, fils, frère.

« " Mais, croyez-vous qu'il soit encore temps d'agir? " demandai-je.

« Elle fit un mouvement impatient des épaules sans détacher son dos du fauteuil. S'il était temps! Naturellement! Il y avait moins de quarante-huit heures qu'elle l'avait suivi à Londres... Je ne suis pas grand clerc en la matière, mais je murmurai une vague allusion à la dispense des bans. Impossible de dire ce qui avait déjà pu se passer le jour même. Mais elle le savait, dit-elle avec mépris. Rien ne s'était passé.

« " Il est probable que rien ne se passera avant vendredi en huit, au plus tôt. "

« Merveilleuse précision. Puis, après un silence, elle ajouta qu'elle ne se pardonnerait jamais de n'avoir pas fait un effort, tenté quelque démarche.

« " Auprès de votre frère? demandai-je.

« — Oui. John devrait partir demain matin, par le train de neuf heures.

« — Si tôt! " dis-je. Mais je n'avais pas le cœur de poursuivre cette discussion sur le ton de la plaisanterie. Je lui soumis divers arguments évidents apparemment dictés par le bon sens, mais en réalité par ma secrète compassion. Mme Fyne les écarta avec l'égoïsme à demi conscient de toutes les existences assises dans leur sécurité. Les jeunes gens se connaissaient si peu. Depuis trois semaines seulement. Et, de ce temps trop court pour permettre la naissance d'un sentiment sérieux, il fallait déduire la première semaine. Ils avaient à peine voulu se regarder, pour commencer. Flora consentait tout juste à reconnaître la présence du capitaine Anthony. Bonjour, bonsoir, c'était tout; leurs relations n'allaient absolument pas plus loin. Le capitaine Anthony était un silencieux, nullement habitué à la compagnie des jeunes filles de tout acabit, et même si timide qu'à table il évitait de lever les yeux pour regarder le visage de Flora. C'était tout à fait absurde. C'était même gênant, embarrassant pour elle-même, Mme Fyne. Après le petit déjeuner, Flora partait seule pour une longue promenade et le capitaine Anthony (Mme Fyne le désignait aussi parfois sous le nom de Roderick) allait rejoindre les enfants. Mais il était, en fait, trop timide pour s'entendre avec ses propres nièces.

« Ce trait m'eût paru pitoyable, si je n'avais pas connu les jeunes Fyne, qui étaient à la fois solennelles et malicieuses et nourrissaient un secret mépris pour le monde entier. Personne ne pouvait s'entendre avec ces jeunes monstres frais et avenants ! Elles toléraient à peine leurs parents et semblaient avoir formé une sorte d'entente railleuse contre tous les étrangers sans pour autant manifester d'affection les unes pour les autres. Elles avaient l'habitude d'échanger des regards moqueurs qui devaient être fort éprouvants pour un timide. Sans doute tenaient-elles leur oncle pour un raseur et peut-être pour un âne.

« Je ne fus pas surpris d'apprendre qu'Anthony avait pris très vite l'habitude de traverser les deux champs voisins pour aller chercher l'ombre d'un bouquet d'ormes, à une distance respectable de la villa. Allongé sur l'herbe, il fumait sa pipe toute la matinée. Mme Fyne s'étonnait des habitudes indolentes de son frère. Il avait, il est vrai, demandé des livres, mais il n'y en avait guère dans la villa. Il les lut d'un bout à l'autre en trois jours, puis continua de trouver satisfaction à rester allongé sur le dos sans autre compagnon que sa pipe. Étonnante indolence ! Toute la matinée, Mme Fyne, occupée à écrire au premier étage de la villa, le voyait par la fenêtre. Sa vue portait très loin et ces ormes étaient groupés sur un repli de terrain. L'indolence de son frère étendu sur une pente douce et verdoyante l'exposait en plein à ses critiques. Mme Fyne s'en étonnait; elle s'en indignait aussi. Mais, comme elle venait de faire " ses débuts d'écrivain " précisément à ce moment-là, comme vous savez, elle ne pouvait s'arracher à cette passionnante nouveauté. Elle le laissait se vautrer dans son vice. J'imagine que le capitaine Anthony dut passer paisiblement des heures assez agréables. L'été, je m'en souviens, fut chaud et sec, propice à la vie contemplative au grand air. Et Mme Fyne était scandalisée. Les femmes ne comprennent pas la force d'un tempérament contemplatif. Il ne fait que les choquer. Elles sentent instinctivement que c'est celui qui échappe le mieux à la domination des influences féminines. Les chères petites échangeaient ouvertement des propos ironiques que Mme Fyne entendait avec indulgence sur " ce paresseux d'oncle Roderick ". Et c'était d'autant plus étrange, me dit-elle, que, dans son enfance, il n'était rien moins qu'indolent. Au contraire, il était toujours actif.

« Je lui fis observer qu'un homme de trente-cinq ans n'était plus un enfant. C'était une évidence, mais elle l'accueillit défavorablement. Elle m'assura que les meilleurs, les plus agréables des hommes, restaient enfants toute leur vie. Elle était déçue de ne rien pouvoir trouver d'enfantin chez son frère. Elle le regrettait très vivement. Elle ne l'avait pas vu depuis environ quinze ans, sauf en trois ou quatre occasions, quelques heures chaque fois. Non, nulle trace n'était demeurée chez lui de l'enfant qu'il avait été.

« Elle se tut pendant un instant et je méditai vaguement sur l'enfance du petit Fyne. Je ne pouvais imaginer à quoi elle avait pu ressembler. Son trait dominant était visiblement le vestige d'une époque encore antérieure, car je n'ai jamais vu chez personne d'autre que Fyne, sauf chez les très jeunes bébés, des yeux ronds empreints d'une pareille solennité. Mais où était-il pendant tout ce temps-là? N'avait-il pas été contaminé par l'indolence du capitaine Anthony? demandai-je. La réponse fut que M. Fyne avait passé très peu de temps à la villa vers cette époque. L'un de ses collègues relevant d'une grave maladie se trouvait dans un petit village voisin, au bord de la mer, et Fyne prenait le train chaque matin pour aller passer la journée avec ce malade d'un certain âge, qui n'avait personne pour s'occuper de lui. C'était une excuse très louable pour négliger son beau-frère, " le fils du poète, vous savez ", avec lequel il n'avait rien de commun, à aucun degré. Si le capitaine Anthony (Roderick) avait été marcheur, cela eût suffi ; mais il ne l'était pas. Pourtant, l'après-midi, il allait parfois flâner au hasard, seul, naturellement, car les enfants lui avaient décidément battu froid, et sa sœur unique travaillait à ce livre incendiaire dont la flamme devait éclairer le monde un an plus tard ou davantage. Il semble cependant qu'elle pouvait parfois détacher ses yeux de sa tâche, ne fût-ce qu'un instant, car c'est de cette mansarde transformée en cabinet de travail qu'elle vit un après-midi son frère et Flora De Barral qui arrivaient côte à côte sur la route. Ils s'étaient rencontrés par hasard quelque part (lequel des deux avait, comme on dit, croisé le chemin de l'autre, je n'en sais rien) et rentraient ensemble pour le thé. Elle remarqua qu'ils semblaient causer sans gêne.

« " J'eus la naïveté d'en être heureuse ", déclara Mme Fyne avec un petit rire sec, " heureuse pour eux deux. " Depuis ce jour-là, le capitaine Anthony avait secoué son indolence et accompagné fréquemment Mlle Flora dans ses promenades matinales. Mme Fyne continuait à être heureuse. Elle pouvait désormais les oublier sans inquiétude et s'abandonner entièrement aux délices de la pensée audacieuse et de la composition littéraire. Une semaine seulement avant la catastrophe, elle vit, en levant les yeux du papier, deux silhouettes assises sur l'herbe, à l'ombre des ormes. Elle distinguait le corsage blanc. Aucune erreur n'était possible.

« " Je suppose qu'ils se croyaient cachés par la haie. Ils avaient sans doute oublié que je travaillais dans la mansarde, dit-elle avec amertume. Ou peut-être ne s'en souciaient-ils pas. Ils avaient raison. Je suis plutôt naïve... " Elle rit de nouveau... " J'étais incapable de soupçonner pareille duplicité.

« — Duplicité est excessif, madame Fyne, ne croyez-vous pas? protestai-je. Et puisque le capitaine Anthony lui-même...

« — Oh, peut-être bien ", fit-elle, m'interrompant. Ses yeux qui restaient rivés aux miens, ses traits figés, toute sa silhouette immuable, comme je connaissais bien ces caractéristiques de quelqu'un " dont le siège était fait ". C'est là un état tout à fait irrémédiable, surtout chez les femmes. Je me méfiais de la concession qu'elle avait faite avec tant de facilité, et de rigidité. Elle réfléchit un instant : " Oui, j'aurais dû parler... d'ingratitude, peut-être. "

« Après avoir ainsi dégagé son frère et enfoncé un peu plus la pauvre fille, pour ainsi dire — l'habileté des femmes n'est-elle pas tout à fait diabolique, lorsqu'elles se piquent vraiment au jeu ? — après avoir ainsi manœuvré et m'avoir aussi fait sentir que je n'étais pas de force à lutter avec elle, elle poursuivit scrupuleusement : " Il n'est pas agréable d'employer ce mot-là non plus. Elle n'a guère d'obligation envers nous. Ce qu'on pouvait faire pour elle était si peu de chose. Pourtant...

« — Sans doute ", m'écriai-je, jetant la diplomatie par-dessus bord. " Mais, vraiment, madame Fyne, il est impossible de dégager ainsi la responsabilité de votre frère dans cette affaire...

« — Elle s'est jetée à sa tête, déclara Mme Fyne d'un ton ferme.

« — Alors, il n'avait qu'à ne pas aventurer sa tête ", répliquai-je avec un rire irrité. Je ne me contins pas, car la fixité de son regard semblait exprimer le dessein de m'intimider. Je n'avais pas peur d'elle, mais je m'aperçus que j'étais à deux doigts de me laisser entraîner dans une véritable querelle avec une dame qui était, de surcroît, mon invitée. La théière froide, les tasses vidées, étaient là, symboles d'hospitalité. Ce n'était pas possible. Je coupai court à mon rire irrité, tandis que Mme Fyne murmurait avec un léger mouvement d'épaule : " Lui ! Le pauvre ! Oh, voyons... "

« Par un grand effort de volonté, je trouvai la ressource de sourire aimablement, de parler avec la douceur convenable.

« " Chère madame Fyne, vous oubliez que je ne le connais pas — pas même de vue. Il est difficile d'imaginer une victime passive à ce point ; mais, tout en vous concédant (je faillis bien dire l'imbécillité, mais je m'arrêtai à temps) l'innocence du capitaine Anthony, ne croyez-vous pas, franchement, qu'il y ait un peu de votre faute aussi dans ce qui est arrivé ? Vous les réunissez, vous abandonnez votre frère à lui-même ! "

« Elle se redressa et, le coude appuyé sur la table, soutint sa tête de sa paume ouverte tout en baissant les yeux. Était-ce du remords ? C'était assurément traiter avec beaucoup de désinvolture un frère venu passer quelque temps chez elle pour la première fois depuis quinze ans. Je suppose qu'elle s'aperçut très vite qu'elle n'avait rien de commun avec ce marin, cet inconnu, façonné et marqué par la mer des longues traversées. Avec son énergie naturelle, elle avait fait fi des faux-semblants et s'était adonnée à sa tâche d'écrivain, qui l'intéressait à l'extrême. Elle serait fort louable, cette franchise dans la conduite, si elle ne ressemblait pas tellement, parfois, à la brutalité. Mais je ne crois pas que ce fût du remords. C'est un sentiment rare chez les femmes...

— Vraiment? interrompis-je avec indignation.

— Vous connaissez plus de femmes que moi », répliqua Marlow sans se décontenancer. « Vous faites métier de les connaître, n'est-ce pas? Vous fréquentez beaucoup toutes sortes de gens. Vous êtes un observateur passablement honnête. Eh bien, essayez donc de vous rappeler combien d'exemples de remords vous avez vus. Je suis prêt à vous croire sur parole. Le remords! En avez-vous seulement jamais vu l'ombre? Vraiment? Rien qu'une ombre, une ombre fugitive! Je vous dis qu'il est si rare qu'on peut dire qu'il n'existe pas. Les femmes sont trop passionnées. Trop pédantes. Trop courageuses en face d'elles-mêmes, peut-être. Non, je ne crois pas un instant que Mme Fyne ait éprouvé le plus léger remords de son attitude envers son marin de frère. Ce que lui-même en pensa, qui peut le dire? Il est possible qu'il se soit demandé pourquoi on l'avait si instamment pressé de venir. Il est possible qu'il se le soit demandé avec amertume, ou avec mépris, ou avec humilité. Et peut-être n'éprouva-t-il que de la surprise et de l'ennui. S'il s'était conduit avec autant de franchise que sa sœur unique, il serait probablement parti au bout de deux jours. Mais il craignait peut-être de paraître brutal. Je ne suis pas éloigné de croire que, pris entre la sincérité de sa sœur et celle de ses chères nièces, le capitaine Anthony du *Ferndale* dut être amené à prendre conscience de sa solitude pour la première fois de sa vie, à un âge — environ trente-cinq ans — où l'on est assez mûr pour éprouver la douleur de pareille découverte. Irrité ou simplement triste, mais certainement déçu, il se promène au hasard et rencontre la jeune fille un après-midi, et, sous l'empire d'un sentiment puissant, il oublie sa timidité. Cela n'est pas une hypothèse. C'est un fait. Pareille rencontre eut lieu, pendant laquelle la timidité dut disparaître devant nous ne savons quel encouragement, ou grâce à la communauté d'état d'âme révélée par quelque parole fortuite. Vous vous rappelez que Mme Fyne les vit un après-midi revenir ensemble à la villa. Ne croyez-vous pas que j'aie saisi la psychologie de la situation... ?

— Sans doute... commençai-je, méditatif.

— J'étais très sûr de mes conclusions, à l'époque, poursuivit impatiemment Marlow. Mais ne croyez pas un instant que, dans sa nouvelle attitude, Mme Fyne, qui jouait, pensive, avec une cuiller à thé, fût sur le point de rendre les armes. Elle murmura :

« “ C'est la dernière chose que j'aurais cru pouvoir arriver.

« — Vous ne les croyiez pas assez romanesques ”, insinuai-je sèchement.

« Elle ne releva pas mes paroles, et reprit avec beaucoup de décision, comme si elle se parlait à elle-même :

« “ Il faut absolument mettre en garde Roderick. ”

« Elle ne me laissa pas le temps de m'enquérir précisément contre quoi. Elle leva la tête et m'adressa la parole.

« “ Je suis surprise et peinée plus que je ne saurais vous le dire par la résistance de M. Fyne. Nous avons toujours été exactement du même avis sur tous les sujets. Et notre désaccord actuel sur un point qui touche mon frère d'aussi près est pour moi une surprise des plus pénibles. ” Sa main eut un mouvement involontaire qui fit brusquement tinter la cuiller à thé. “ C'est intolérable ”, ajouta-t-elle tumultueusement — je veux dire, pour Mme Fyne. Je suppose qu'elle avait des nerfs, comme n'importe quelle autre femme.

« Sous le porche où Fyne s'était réfugié avec le chien, le silence régnait. Je le tins pour une preuve de profonde sagacité. Je ne veux pas dire de la part du chien. C'était un imbécile fieffé.

« Je dis : “ Vous voulez absolument intervenir... ? ” Mme Fyne acquiesça d'un signe de tête à peine visible... “ Hé bien, quant à moi... mais je ne sais pas vraiment où en sont les choses maintenant. Vous avez reçu une lettre de Mlle De Barral. Que dit cette lettre ?

« — Elle demande qu'on lui envoie sa valise à son adresse à Londres ”, fit Mme Fyne à contrecœur ; et elle se tut. J'attendis un peu, puis j'explosai.

« “ Hé bien, qu'y a-t-il ? Où est la difficulté ! Votre mari s'y oppose-t-il ? Vous n'allez pas me dire qu'il veut que vous vous appropriiez les vêtements de cette jeune fille ?

« — Monsieur Marlow !

« — Voyons, mais vous parlez d'un pénible désaccord avec votre mari, et puis, quand je vous demande des précisions sur ce point, vous sortez une histoire de valise. Et, il y a seulement quelques instants, vous me reprochiez mon manque de sérieux. Je me demande qui de nous deux est sérieux maintenant. ”

« Elle eut un pâle sourire et dit d'un ton amical — d'où je conclus aussitôt qu'elle n'avait pas l'intention de me montrer la lettre de la jeune fille — que cette lettre révélait incontestablement une entente entre le capitaine Anthony et Flora De Barral.

« " Quelle entente? fis-je avec insistance. Une promesse de mariage est une entente.

« — Il n'y a pas de promesse de mariage — pas encore ", dit-elle d'un ton décisif. " Cette lettre, monsieur Marlow, est rédigée en termes très vagues. C'est pourquoi... "

« Je l'interrompis sans cérémonie.

« " Vous espérez encore intervenir avec quelque efficacité. Oui? Mais qu'auriez-vous dit si quelqu'un avait tenté d'intervenir entre vous et M. Fyne à l'époque où l'on aurait encore pu décrire votre entente mutuelle en termes vagues? "

« Elle eut un véritable mouvement d'indignation étonnée. C'est avec l'accent de la sincérité parfaite qu'elle me lança : " Mais ce n'est pas du tout la même chose! Comment pouvez-vous parler ainsi! "

« Comment le pouvais-je, en effet! On ne saurait comparer la fille d'un poète et la fille d'un forçat dans les conséquences de leur conduite, même si les exigences de leur situation peuvent parfois créer entre elles quelque ressemblance. Parmi ces conséquences, je pouvais distinguer des cousins indésirables pour les chères et saines petites filles et autres choses du même genre, causes possibles d'embarras pour l'avenir.

« " Non! Il est impossible que vous parliez sérieusement. " Le ressentiment de Mme Fyne, qui couvait sous la cendre, éclata de nouveau. " Vous n'avez pas pensé...

« — Mais si, madame Fyne. J'ai pensé. Je pense toujours. Je m'efforce même de penser comme vous.

« — Monsieur Marlow, fit-elle gravement. Croyez bien qu'en tout cela je pense vraiment à mon frère... " Je l'assurai que j'en étais tout à fait convaincu, car il n'est aucune loi de la nature qui empêche de penser à plus d'une personne à la fois. Puis, je dis :

« " Elle l'a mis au courant de toute son histoire, naturellement.

« — De toute l'histoire de sa vie ", acquiesça Mme Fyne, avec, pourtant, l'air de faire quelque restriction mentale que je ne m'attardai pas à examiner. " Sa vie! répétai-je. Cette jeune fille a dû en voir de bien dures!

« — Ce fut atroce ", admit Mme Fyne avec une prompte franchise tout à son honneur en pareilles circonstances, et sur un ton chaleureux qui me la fit regarder d'un œil amical. " Atroce ! Non, vous ne sauriez imaginer à quelle espèce de gens vulgaires elle fut confiée... Vous savez que son père n'essaya jamais de la voir quand il était encore en liberté. Après son arrestation, il ordonna à son parent — cet odieux individu qui vint la chercher à Brighton — de ne pas laisser sa fille venir au tribunal pendant le procès. Il refusa toute communication avec elle. "

« Je me rappelai ce que Mme Fyne m'avait déjà dit — comment elle avait vu, bien des années auparavant, De Barral serrant l'enfant contre lui près de la tombe de sa femme, puis, plus tard, ces deux êtres marchant la main dans la main, point de mire de tous les yeux, au bord de la mer. Deux personnages sortis de Dickens, gros de pathétique. »

CHAPITRE VI

FLORA

« " Interdiction bien singulière ", remarqua Mme Fyne après un bref silence. " Il paraissait aimer l'enfant. "

« Elle était intriguée. Mais je supposais que l'explication pouvait être l'entêtement morose d'un homme inconscient d'être coupable, qui, aux abois, faisait front à ceux qu'il appelait ses " persécuteurs " ; ou bien la crainte qu'un attendrissement ne vînt affaiblir son attitude de défi ; peut-être même s'agissait-il d'une décision inspirée par l'esprit de sacrifice, destinée à épargner à la jeune fille la vue de son père au banc des prévenus, accusé d'abus de confiance, condamné pour escroquerie, décision qui témoignait chez lui d'une certaine délicatesse morale.

« Mme Fyne ne savait que penser. Elle supposait qu'il pouvait s'agir d'un simple manque de sensibilité. Mais les gens parmi lesquels la jeune fille avait échoué n'avaient absolument pas le moindre soupçon de délicatesse morale. De cela, elle était sûre. Mme Fyne ne pouvait tenter de me donner une idée de leur abominable vulgarité. Flora lui parlait un peu de sa vie dans cette maison, là-bas, du côté de

Limehouse. C'était incroyable. Cela dépassait l'entendement de Mme Fyne. C'était une espèce de sauvagerie morale qu'elle n'aurait pas crue possible.

« Moi, au contraire, je la croyais fort possible. Je pouvais facilement imaginer quelle avait dû être la stupeur douloureuse de la pauvre fille devant l'accueil qu'on lui avait réservé dans cette maison, où elle était enviée à cause de son passé et livrée sans défense à la cruauté de gens sans aucun raffinement de cœur ou d'esprit, incapables de comprendre sa souffrance, grossièrement curieux, prenant son maintien pour du dédain, son silencieux repliement sur elle-même pour de l'orgueil. La femme de l'" odieux individu " était inintelligente et sottement vaniteuse. Des deux jeunes filles de la maison, l'une était pieuse et l'autre garçon manqué; toutes deux avaient l'esprit épais, à supposer qu'on pût leur accorder la possession d'un esprit quelconque. Les hommes, assez nombreux, de la famille étaient lourds et grognons ou lourds et joviaux. Dans cette bande de grippe-sous, personne n'était assez humain pour la laisser en paix. D'abord, on fit grand cas d'elle, de façon injurieusement protectrice. La parenté avec le grand De Barral flattait la vanité de ces gens, même à l'heure de la catastrophe. Ils traînaient la jeune fille au lieu quelconque de leurs dévotions, où les fidèles la regardaient avec des yeux ronds; ils donnaient des réceptions pour d'autres créatures semblables à eux, pendant lesquelles ils l'exhibaient avec une ignoble complaisance. Elle ne savait comment se défendre contre ces importuns, contre leurs insolences, leurs exigences. Elle vivait parmi eux, victime passive, tous les nerfs à vif comme si on l'eût écorchée. Après le procès, sa situation empira encore. Sous le moindre prétexte, et même sans aucun prétexte, on la grondait, on lui jetait au visage la dépendance où elle se trouvait. La bigote la sermonnait sur ses défauts, le garçon manqué la taquinait par des allusions méprisantes à ses talents et essayait constamment de lui chercher stupidement querelle à propos d'un " jeune homme quelconque ". La mère soutenait invariablement ses filles, ajoutant des remarques sottes et blessantes de son cru. Je dois dire que ces gens n'étaient sans doute pas conscients du caractère exécrable de leur conduite. Ils se montraient odieux les uns pour les autres tout naturellement; leurs disputes étaient écœurantes par leur origine, leur forme, leur esprit d'égoïsme mesquin. En outre, ces femmes semblaient prendre un vif plaisir à toute espèce d'éclat et étaient toujours prêtes à s'unir pour faire des scènes abominables à la malheureuse jeune fille sous des prétextes incroyablement futiles. C'est ainsi que Flora avait une fois été réduite à la rage et au désespoir, avait vu mettre en pièces ses sentiments les plus intimes, avait eu le spectacle de l'extrême bassesse où peut descendre l'ordinaire nature humaine — je ne dirai pas *à propos de bottes*, selon l'excellente expression française, mais littéralement *à propos* d'une dentelle de quatre sous destinée à orner une chemise de nuit que se faisait le garçon manqué et qui avait été égarée. Oui, telle fut l'origine de l'une des scènes les plus vulgaires dont la répétition dut avoir un effet déplorable sur le caractère encore malléable de la plus pitoyable des victimes de De Barral. J'en tiens le récit de Mme Fyne. La jeune fille s'était présentée chez les Fyne à neuf heures et demie, un soir de bruine glaciale. Elle était allée tête nue, je crois, exactement telle qu'elle était au moment où elle était sortie en courant de la maison, quelque part dans le quartier de Poplar, jusqu'aux abords de Sloane Square — sans s'arrêter, sans reprendre haleine, ne fût-ce que pour un sanglot.

« " Nous avions du monde à dîner ", dit la sœur anxieuse du capitaine Anthony.

« Elle avait entendu sonner à la porte d'entrée et s'était demandé ce que cela pouvait signifier. La bonne qui servait à table réussit à lui parler à voix basse sans attirer l'attention. Les domestiques avaient pris peur devant l'irruption de cette jeune fille affolée à la jupe boueuse et dont les mèches de cheveux humides étaient collées à ses joues pâles. Mais ils l'avaient déjà vue. Ce n'était pas la première fois, ni d'ailleurs la dernière non plus.

« Dès qu'elle put fausser compagnie à ses invités, Mme Fyne monta quatre à quatre au premier étage.

« " Je la trouvai dans la chambre à coucher des enfants, accroupie sur le plancher, la tête posée sur le petit lit de la plus jeune de mes filles. L'aînée, dressée sur son séant dans le sien, la regardait, à l'autre bout de la pièce. "

« Seule une veilleuse était allumée dans la chambre. Mme Fyne releva la jeune fille, la conduisit au petit cabinet de toilette de M. Fyne, de l'autre côté du palier, la plaça devant un feu afin qu'elle pût se sécher et l'y laissa. Il lui fallait rejoindre ses invités.

« Ce dut être pour les Fyne une surprise fort déplaisante. Plus tard, ils montèrent tous les deux pour interroger la jeune fille. Elle se leva d'un bond à leur entrée. Elle avait défait ses cheveux mouillés; ses yeux étaient séchés par l'ardeur de sa colère.

« J'imagine la sympathie solennelle du petit Fyne, son attention solennelle, sa retraite solennelle jusqu'à la chambre conjugale. Mme Fyne calma la jeune fille; il y avait heureusement dans le cabinet de toilette un lit qu'on put préparer pour elle.

« " Mais que pouvait-on faire, en fin de compte! " conclut Mme Fyne.

« Et cette exclamation stéréotypée, qui exprimait la difficulté du problème et (en tout cas) la disponibilité d'excellentes intentions, m'inclina, comme d'ordinaire, à plus de sympathie envers elle.

« Le lendemain matin, très tôt, longtemps avant que Fyne dût partir pour son bureau, l' " odieux personnage " se présenta, non pas peut-être absolument inattendu, mais pourtant alarmant, ne fût-ce que par la promptitude de sa démarche. D'après ce que Flora elle-même raconta à Mme Fyne, il semble que, sans être très sensiblement moins " odieux " que sa famille, il avait assez mystérieusement interposé son autorité pour protéger la jeune fille. " Non qu'il se soucie de moi, expliqua Flora. Je suis sûre du contraire. Je ne pourrais supporter d'être aimée par aucun de ces gens-là. Si je croyais qu'il m'aime, je me jetterais à l'eau plutôt que de retourner chez lui. "

« Car, naturellement, il venait chercher " Florrie ". La scène eut lieu dans la salle à manger : le petit déjeuner était interrompu; les plats refroidissaient; le pain grillé du petit Fyne prenait la consistance du cuir; Fyne, levé de sa chaise, avait le dos au feu; le journal était sur le tapis, les domestiques étaient consignés au dehors; Mme Fyne était toute raide à sa place, avec la jeune fille assise à côté d'elle; l' " odieux individu ", qui était entré en coup de vent en disant à peine bonjour, regardait tour à tour M. et Mme Fyne comme s'il s'amusait en son for intérieur de quelque chose qu'il savait sur leur compte, puis avait commencé ironiquement son discours. Il ne s'excusa pas de déranger Fyne et " sa dame " pendant le petit déjeuner parce qu'il savait qu'ils ne tenaient pas à s'occuper d'elle (il désigna la jeune fille d'un signe de tête) plus longtemps qu'il n'était indispensable. Il était venu dès qu'il avait pu, car il devait s'occuper de ses affaires. Il ne touchait pas de traitement princier (cela fut dit en regardant

Fyne fixement) pour travailler dans un bureau luxueusement meublé. Pas du tout. Il s'était élevé au rang de patron et devait donner le bon exemple.

« Je crois que cet individu était conscient de la consternation que sa présence jetait dans le cœur de M. et Mme Fyne, et qu'il en jouissait tranquillement. Il se tourna vivement vers la jeune fille. Mme Fyne m'avoua qu'ils étaient restés tous les trois silencieux sans réagir. Il se tourna vers la jeune fille : " Qu'est-ce que ça veut dire, Florrie? Tu ferais mieux de renoncer à ce petit jeu. Si tu crois que je vais courir d'un bout à l'autre de Londres à ta recherche chaque fois qu'il se trouvera que tu te seras chamaillée avec ta tante et tes cousines, tu te trompes. C'est au-dessus de mes moyens. "

« Se chamailler! Cette espèce de définition avait de quoi vous couper le souffle, s'agissant du fait que les deux mots " forçat " et " indigente " avaient été lancés un instant avant que Flora De Barral ne s'enfuît pour mettre un terme à la querelle à propos des garnitures de dentelle. Oui, précisément, ces mots-là! C'est du moins ce que la jeune fille avait dit à Mme Fyne la veille au soir. L'expression " se chamailler " employée à propos de cette histoire avait une saveur particulière et avait pour effet de vous paralyser. Personne ne souffla mot. Le parent de De Barral se livra ensuite, sans être interrompu, à un grand étalage de magnanimité. " Tantine m'a chargé de te dire qu'elle regrettait — là! Et Amelia " (le garçon manqué) " ne t'ennuiera plus. J'y veillerai. Tu devrais être contente. Rappelle-toi ta situation. "

« Enhardi par le silence total qui régnait dans la pièce, il s'adressa à Mme Fyne avec une imperturbable effronterie :

« " À mon avis, il faut que les gens aient bon caractère. Elle ne supporte pas qu'on la chine. Elle prend ses grands airs. Elle n'accepte pas d'être un peu plaisantée par des gens qui la valent bien, en tout cas. Nous ne faisons pas de manières. Nous n'aimons pas ça. Et c'est comme ça que les ennuis commencent. "

« Insensible au regard noir de trois paires d'yeux qui, si les récits de notre enfance sur le pouvoir de l'œil humain sont vrais, aurait dû suffire à intimider un tigre, cet impavide manufacturier de l'East End planta, au figuré, ses crocs dans la chair de la pauvre enfant et se mit en devoir de l'emporter pour la jeter en pâture à ses petits des deux sexes.

« " Tantine a pensé à t'envoyer ton chapeau et ton manteau. Je les ai dans le fiacre, devant la maison. "

« Mme Fyne regarda machinalement par la fenêtre. Une voiture à quatre roues était arrêtée devant la grille, sous le ciel en pleurs. Le cocher, sous sa pèlerine conique et son chapeau de toile goudronnée, ruisselait. Le cheval, affaissé, avait l'air d'avoir été repêché à demi évanoui, dans un étang. Mme Fyne trouva quelque soulagement à regarder ce pitoyable spectacle, à détourner les yeux de la pièce où la voix de l'aimable visiteur résonnait avec une intonation vulgaire, exhortant la brebis égarée à regagner le délicieux bercail. " Allons, Florrie, remue-toi. Je ne peux pas rester ici toute la journée à t'attendre. "

« Mme Fyne entendit tout cela sans détourner la tête de la fenêtre. Fyne, debout sur la carpette placée devant le foyer, était contraint d'écouter et aussi d'assister à la scène. Je n'essaierai pas de formuler une conjecture sur la véritable nature de leur attente. Leur bonté même dut la rendre très anxieuse. La jeune fille avait les mains posées sur son giron; elle baissait la tête, comme plongée dans une profonde méditation; et l'autre poursuivait une sorte d'homélie. L'ingratitude y était condamnée, le péché d'orgueil montré du doigt — ainsi que sa conséquence proverbiale, à savoir qu'il " précède la chute ". Il y eut aussi de saines observations sur le danger des idées absurdes et les inconvénients d'un caractère trop vif, qui indispose vos meilleurs amis. " Et si jamais quelqu'un au monde a eu besoin d'amis, c'est toi, ma petite. " Il y eut même une invocation du respect dû à l'autorité paternelle : " Dès que ses ennuis ont commencé, ton père m'a écrit pour me demander de prendre soin de toi, ne l'oublie pas. Oui, à moi, qui ne suis qu'un homme ordinaire, plutôt qu'à n'importe lequel de ses beaux amis du West End. Tu ne peux pas dire le contraire. Et un père est un père, quel que soit le pétrin où il s'est fourré. Tu ne vas pas renier ton père, tout de même? "

« Il était difficile de dire s'il était plus inepte que cruel ou plus cruel qu'inepte. Mme Fyne, avec la finesse d'une oreille féminine, crut discerner une intention railleuse dans l'onctuosité mesquine de son ton, quelque chose de plus vil que la simple cruauté. Jetant un coup d'œil rapide par-dessus son épaule, elle vit la jeune fille porter ses deux mains à sa tête, puis les laisser retomber sur son giron. Fyne, devant le feu, semblait être victime de quelque charme maléfique — privé de mouvement et de parole, mais en proie à une douleur évidente. Il y eut un court moment de silence absolu, puis l' " odieux personnage " (ce devait être, à sa façon, un individu vraiment remarquable) se lança dans le sarcasme :

« " Eh bien? " Nouveau silence. " Si tu t'es arrangée avec ces messieurs-dames pour prendre pension chez eux, tu ferais mieux de le dire. Je ne veux pas me mêler d'un marché dont je ne sais rien. Mais je me demande comment ton père prendra la chose quand il sortira de prison... ou bien est-ce que tu ne crois pas qu'il en sorte jamais? "

« À cet instant, me dit Mme Fyne, son regard rencontra celui de la jeune fille. Il avait une expression qui lui fit fermer les yeux. Elle éprouva aussi le désir de se boucher les oreilles avec les doigts. Pourtant, elle se contint; et l' " homme ordinaire " avec son effroyable souplesse, passa du sarcasme à la menace voilée.

« " Tu t'es arrangée avec ces messieurs-dames, hein? Parfait. Mais, avant de rentrer à la maison, permets-moi de te demander, ma petite, si tu ne crois pas qu'en nous laissant tomber comme ça tu feras pas mal de tort à ton père, pour plus tard. Penses-y un peu. "

« Il regardait sa victime avec un air mystérieux et roublard. Elle se leva d'un bond si soudain qu'il eut un mouvement de recul. Mme Fyne se leva aussi et, qui plus est, son mari fut libéré du charme. Mais la jeune fille retomba dans le fauteuil et tourna la tête pour regarder Mme Fyne. Cette fois, ce n'était pas la rencontre fortuite de regards furtifs. C'était une communication volontaire. À ma question sur sa nature, Mme Fyne répondit qu'elle n'en savait rien : " Ce regard était-il suppliant? suggérai-je. — Non, dit-elle. — Était-il effrayé, courroucé, accablé, résigné? — Non, non; rien de tout cela. " Mais il l'avait effrayée. Elle s'en souvenait encore. Depuis lors, elle s'était toujours imaginé pouvoir déceler le reflet attardé de ce regard dans tous les coups d'œil de la jeune fille. Dans les coups d'œil attentifs, indifférents ou même reconnaissants, dans l'expression des états d'âme les plus tendres.

« " Elle a donc ses moments de tendresse? " demandai-je avec intérêt.

« Mme Fyne, profondément émue par ses souvenirs, ne prêta aucune attention à ma question. Toute son énergie mentale se concentrait sur la nature de ce mémorable regard. La tradition générale de l'humanité nous enseigne que les regards tiennent une place considérable dans l'expression de la personnalité féminine. Mme Fyne essayait honnêtement de me donner quelque idée de celui-là, autant, peut-être, pour calmer son inquiétude personnelle que pour satisfaire ma curiosité. Elle fronçait les sourcils sous l'effort, comme on voit parfois faire un enfant (ce qu'il y a de charmant chez les femmes, c'est qu'elles ressemblent si souvent à des enfants intelligents — je veux dire que c'est parfois le cas des plus maussades, des plus hargneuses, des plus ravagées). Elle fronçait les sourcils, dis-je, et je commençais à en sourire légèrement, lorsque, tout à coup, elle dit quelque chose de tout à fait inattendu.

« " Ce regard était d'une gaieté horrible ", dit-elle.

« Je suppose qu'elle dut être satisfaite de ma soudaine gravité, car elle me regarda de façon amicale.

« " Oui, madame Fyne ", dis-je, cessant de sourire. " Je comprends. Ce sourire eût été horrible, même à la scène.

« — Ah ! " fit-elle, m'interrompant — et je crois vraiment qu'elle changea d'attitude et croisa de nouveau les bras pour réprimer un frisson. " Mais cela ne se passait pas sur la scène, et ce n'était pas des lèvres qu'elle riait.

« — Oui, ce devait être horrible, acquiesçai-je. Et puis, il a fallu qu'elle parte, en définitive, j'imagine. Vous n'avez rien dit ?

« — Non, dit Mme Fyne. J'ai sonné et dit à l'une des bonnes d'aller chercher le chapeau et le manteau dans le fiacre. Et puis, nous avons attendu. "

« Je ne crois pas qu'il y eut jamais pareille attente, sauf, peut-être dans une prison, à un moment donné, le matin d'une exécution. La domestique parut, avec le chapeau et le manteau ; puis, toujours comme le matin d'une exécution, où un petit déjeuner est, je crois, offert au condamné, Mme Fyne désirant que la pâle jeune fille avalât quelque chose de chaud (si elle le pouvait) avant de quitter la maison pour une course interminable par un temps pluvieux et glacé, dans un fiacre humide, Mme Fyne, dis-je, rompit le silence effrayant. " Il faut absolument que vous essayiez de manger quelque chose ", dit-elle de son air le plus résolu. Elle se tourna vers l' " odieux personnage " avec la même fermeté : " Peut-être accepterez-vous de vous asseoir et de prendre, vous aussi, une tasse de café ? "

« Le digne " chef d'entreprise " s'assit. Peut-être fut-il impressionné par l'air péremptoire de Mme Fyne, car elle ne songeait pas alors à l'amadouer. Il s'assit provisoirement, comme un homme qui se trouve, bien à contrecœur, en compagnie douteuse. Il accepta de mauvaise grâce la tasse que lui tendait Mme Fyne, y trempa une ou deux fois les lèvres à regret, comme si le café de ces “ gens de la haute ” contenait quelque germe susceptible de le contaminer moralement. De temps en temps, il lançait des coups d'œil mystérieusement inexpressifs au petit Fyne, qui, je crois bien, ne déjeuna pas du tout ce matin-là. La jeune fille non plus. Elle ne retira pas les mains de son giron jusqu'au moment où son tuteur officiel se leva, laissant sa tasse à demi pleine.

« “ Eh bien, si tu ne veux pas profiter de l'offre aimable de Madame, autant te ramener tout de suite chez nous. Je veux absolument commencer ma journée. ”

« Après quelques nouvelles minutes de silence qui passèrent d'un pas de plomb, tandis que Flora mettait son chapeau et sa jaquette, les Fyne, immobiles et muets, les virent quitter la pièce.

« “ Elle ne tourna pas une seule fois la tête pour nous regarder, dit Mme Fyne. Elle se contenta de sortir après lui. Je n'ai jamais éprouvé aussi cruellement la pitoyable sujétion des jeunes filles — des femmes. C'était un cas extrême. Mais un homme jeune — un homme quelconque — aurait pu aller casser des cailloux sur les routes ou faire un travail du même genre, ou s'engager, ou bien... ”

« C'était très vrai. Les femmes ne peuvent pas aller par monts et par vaux pour gagner leur vie, tant bien que mal, même quand leur dignité, leur indépendance ou leur existence elle-même sont en jeu. Mais ce qui me fit interrompre la tirade de Mme Fyne fut la profonde surprise suscitée en moi par le fait que le citoyen comme il faut consentît si facilement à héberger sous son toit la pauvre fille à laquelle le monde ne semblait offrir aucun refuge. Et que non seulement il y consentît, mais qu'il y tînt. Je ne pouvais lui prêter aucun élan de générosité, car il me semblait évident, d'après ce que j'avais appris, qu'il n'était pas sujet aux élans — c'est le moins qu'on puisse dire.

« “ J'avoue ne pouvoir comprendre ses mobiles, m'écriai-je.

« — C'est exactement la question que John se posa, au début ”, dit Mme Fyne. À ce moment-là était née entre nous une certaine intimité — sinon précisément une certaine confiance — qui lui permettait de désigner dans cette discussion son mari sous le nom de John. “ Vous savez, poursuivit-elle, qu'il n'avait pas ouvert la bouche pendant tout ce temps-là. Je ne blâme pas sa réserve. Au contraire. Qu'aurait-il pu dire ? Je voyais qu'il observait l'homme de façon très réfléchie.

« — Ainsi donc, M. Fyne écoutait, observait et méditait, dis-je. C'est une excellente manière de parvenir à une conclusion. Et puis-je vous demander à quelle conclusion il avait fini par arriver ? Pour quelle raison cessa-t-il de s'étonner de l'inexplicable ? Car je ne puis admettre que l'humanité soit l'explication. Ce serait trop monstrueux. »

« Ce n'était rien de tel, m'assura Mme Fyne non sans humeur, comme si j'avais calomnié la santé mentale du petit Fyne. Avec beaucoup de bon sens, Fyne s'était imposé la tâche de découvrir par la réflexion les mobiles intéressés du bonhomme. Je ne l'aurais pas cru capable d'un tel cynisme. Il s'était dit que, pour des gens de cet acabit, les craintes religieuses ou la vanité de la rectitude morale mises à part, l'argent, — non la grande richesse, mais l'argent, juste un peu d'argent — est la mesure de la vertu, du sens pratique, de la sagesse, d'à peu près tout. Mais la jeune fille était absolument sans ressources. Le père était en prison après la débâcle la plus terriblement décisive et déshonorante des temps modernes. Alors l'idée se fit jour dans l'esprit de Fyne que c'était précisément là le hic. La grande débâcle, dans les grands nuages de poussière des millions qui s'évanouissaient ! Était-il possible qu'ils eussent tous disparu jusqu'au dernier penny ? Ne restait-il pas quelque part quelque chose de palpable, quelque fragment de l'édifice ?

« " C'est cela ", s'était écrié Fyne, faisant tressaillir sa femme en desserrant ainsi les lèvres de façon explosive moins d'une demi-heure après que le cousin de De Barral fut parti avec la fille de De Barral. La scène se passait toujours dans la salle à manger, très près de l'heure où il devait sortir pour affronter les éléments afin d'accomplir encore une journée de travail au service de son pays. Tout ce qu'il put dire sur le moment pour expliquer cet effondrement de sa paisible solennité coutumière fut :

« " Ce bonhomme-là s'imagine que De Barral a mis de côté quelque part une fraction de ses rapines. "

« Telle étant la théorie à laquelle Fyne avait abouti, il la commenta, disant qu'on avait connu bon nombre de faillis qui avaient pris pareille précaution. La chose était possible dans le cas de De Barral. Fyne poussa l'étalage de son pessimisme cynique jusqu'à dire qu'elle était extrêmement probable.

« Il expliqua tout au long à Mme Fyne que De Barral ne s'était certainement confié à personne. Mais l'ignoble parent avait, dans sa bassesse, conclu qu'il avait agi ainsi. Le personnage était égoïste et d'une bêtise impitoyable, mais il avait évidemment conçu l'idée de faire valoir ses droits auprès de De Barral, quand ce dernier sortirait de prison, pour s'être " occupé " (comme il aurait dit lui-même) de sa fille. Il caressait cet espoir, si faible fût-il, secrètement, et il est à supposer qu'il le cachait même à sa femme.

« Je comprenais très bien. La conviction du cousin expliquait son air mystérieux pendant son intervention en faveur de la jeune fille. Il était son seul protecteur. On eût dit que Flora était destinée à être toujours entourée de traîtrise et de mensonges qui étouffaient tout élan vers le bien, toute aspiration instinctive de son âme à la confiance et à l'amour. Il y aurait eu de quoi pousser une nature d'élite à la folie de la suspicion universelle, à n'importe quelle espèce de folie. Je ne sais jusqu'à quel point le sens de l'humour peut nous aider. Jusqu'au pied de la potence, peut-être. Mais, d'après le souvenir que j'avais conservé de Flora De Barral, je craignais qu'elle n'eût guère le sens de l'humour. Elle avait pleuré lorsque le stupide chien des Fyne l'avait abandonnée. Cet animal était sûrement dépourvu de duplicité. Il était franc, simple et ridicule. L'indignation de la jeune fille devant sa conduite sans hypocrisie avait été comique, mais dénuée d'humour.

« Comme vous pouvez l'imaginer, je n'avais pas grande envie de reprendre la discussion sur le bien-fondé, l'opportunité, l'utilité etc., du voyage de Fyne à Londres. Ce n'est pas que je fusse infidèle au petit Fyne, qui était dehors, sous le porche, avec le chien. (Ils y observaient un silence étonnant. Était-il possible qu'ils se fussent endormis?). Ce que je sentais, c'était que ma sagacité ou ma conscience ne sortiraient pas sans dommage de cet engagement. Et nul homme ne s'expose de bon cœur à subir un dommage moral. Je ne voulais pas de guerre avec Mme Fyne. Je préférais de beaucoup en apprendre davantage sur le compte de la jeune fille. Je dis :

« " Elle partit donc avec ce coquin d'homme comme il faut. "

« Mme Fyne eut un léger mouvement des épaules. " Qu'aurait-elle pu faire d'autre? " J'exprimai mon assentiment par un geste également découragé. Il n'est pas si facile à une jeune fille comme Flora De Barral de devenir ouvrière d'usine, couturière pitoyable ou même serveuse de bar. Elle n'aurait pas su comment s'y prendre. Elle était prisonnière de la plus humble des destinées concevables. Et elle n'était pas assez humble pour cela. Il est remarquable que bon nombre de gens naissent curieusement inadaptés au destin qui les attend sur cette terre. Comme je ne veux pas que vous me croyiez excessivement favorable à cette jeune fille, nous dirons qu'elle ne réussit nullement à gagner l'affection de cette famille simple, vertueuse, et, à ce que je crois, anti-alcoolique. Je suis convaincu qu'un ange n'y eût pas mieux réussi. Il est inutile d'entrer dans les détails; je me contenterai de dire qu'avant la fin de l'année elle se retrouva devant la porte des Fyne.

« Elle était, cette fois, accompagnée d'un jeune homme corpulent, dont le gros visage pâle arborait un sourire de rouerie imbécile aigrie par la vexation. Les vêtements du jeune homme étaient neufs et l'élégance indescriptible de leur coupe (d'un *genre* entièrement nouveau pour les yeux de Mme Fyne) étonna cette dernière, qui apparut dans le vestibule coiffée de son chapeau, car elle allait sortir pour entendre une nouvelle pianiste chez une amie. Le jeune homme s'adressa sans embarras à Mme Fyne, la priant de ne plus laisser " cette petite sotte revenir chez nous ". Il n'y avait eu chez eux, dit-il, que du " grabuge " à son propos depuis trois semaines. Tout le monde, dans la famille, en avait vraiment assez des disputes. Son paternel l'avait chargé de mener la jeune fille à cette adresse et de dire à ces messieurs-dames qu'il leur en souhaitait bien du plaisir. Elle n'avait pas assez de bon sens pour apprécier un honnête et simple foyer anglais et il valait mieux qu'elle en partît.

« Ce jeune homme boutonneux enrageait de cette corvée que son paternel lui avait imposée à l'improviste. Elle lui avait fait manquer un rendez-vous fixé pour cet après-midi avec une certaine demoiselle, la demoiselle à qui il était fiancé. Mais il avait l'intention de rentrer en vitesse pour tâcher de la voir un instant avant la fin de la soirée, " dût-il s'en faire péter la peau ". " Adieu, Florrie. Bonne chance, et j'espère ne jamais te revoir. "

« Là-dessus, il sortit en courant avec une précipitation d'amoureux, laissant grande ouverte la porte du vestibule. Mme Fyne était restée sans voix. La stupéfaction trop vive lui avait littéralement coupé le souffle. Mais elle eut la présence d'esprit d'empoigner le bras de la jeune fille au moment précis où celle-ci sortait également en courant dans la rue avec, je suppose, la précipitation du désespoir et l'intention de se rendre à je ne sais quel tragique rendez-vous.

« " Vous l'avez arrêtée de votre propre main, madame Fyne, dis-je. Je suppose qu'elle voulait s'enfuir. Cette petite n'a rien d'une comédienne, si je ne m'abuse.

« – Oui ! J'ai dû, jusqu'à un certain point, employer la force pour la traîner à l'intérieur de la maison. "

« Mme Fyne n'éprouvait aucune difficulté à dire la vérité. " Vous comprenez, j'étais moi-même précisément en train d'ouvrir la porte pour sortir lorsqu'ils sont arrivés tous les deux. Si bien que, lorsque ce jeune homme désagréable s'est sauvé en courant, je me suis trouvée seule avec Flora. Tout ce que j'ai eu la force de faire fut de la retenir dans le vestibule tout en appelant les domestiques pour qu'ils viennent refermer la porte. "

« Selon mon habitude, ma faiblesse ou mon don particulier – je ne sais lequel des trois – je me représentai la scène. C'est vraiment plus fort que moi. Et la vision de Mme Fyne, habillée pour une réception d'après-midi assez exceptionnelle, aux prises avec une jeune fille au visage blême et aux yeux égarés, possédait un certain attrait dramatique.

« – Oh ! certes, elle se débattit ", dit Mme Fyne. Elle pinça un instant les lèvres, puis ajouta : " Quant à être comédienne, c'est une autre affaire. "

« Mme Fyne, reprenant son attitude antérieure, s'était, de nouveau, croisé les bras. J'avais devant les yeux la fille du poète raffiné, qui acceptait la vie en bloc avec ses conditions inéluctables, dont l'une des premières est l'instinct de conservation et l'égoïsme de tout être vivant. " Il n'est pourtant pas moins vrai que vous, en personne, l'avez, selon vos propres termes, fait rentrer de force dans la maison, insistai-je sur le ton de la plaisanterie, dans une intention sérieuse.

« – Que fallait-il faire ? " s'exclama Mme Fyne avec une exaspération presque comique. " Me reprochez-vous d'être trop impulsive ? "

« Et elle poursuivit, en me disant qu'elle ne l'était pas le moins du monde. L'une des recommandations sur lesquelles elle insistait toujours (auprès des jeunes amies, j'imagine) était de se garder des impulsions. Toujours ! Mais je n'avais pas été présent pour voir le visage de Flora à ce moment-là. Si je l'avais été, il me hanterait encore aujourd'hui. Personne, à moins d'être de fer, n'aurait laissé un être humain avec un visage pareil se ruer dehors et parcourir seul les rues.

« “ Et ce visage ne vous hante-t-il pas, madame Fyne, demandai-je.

« — Non, plus maintenant ”, dit-elle d'un air implacable. “ Peut-être eût-ce été le cas si je l'avais laissée partir... N'en concluez pas, cependant, que je pense qu'elle jouait alors la comédie parce qu'après s'être d'abord débattue, elle finit par rester. Elle renonça très brusquement. Elle s'effondra entre nos bras, les miens et ceux de la femme de chambre qui monta en courant, répondant à mes appels, et...

« — Et la porte fut alors refermée, dis-je, terminant la phrase à ma façon.

« — Oui, la porte fut refermée. ” Mme Fyne baissa et releva la tête lentement.

« Je ne lui demandai pas de détails. Il y a une chose dont je suis certain : c'est que Mme Fyne n'alla pas à la réunion musicale cet après-midi-là. Elle fut sans doute vivement dépitée de renoncer au privilège d'entendre en privé une jeune pianiste douée devenue, depuis, l'une des interprètes en renom. Mme Fyne n'osa pas quitter sa maison. Quant aux sentiments qu'éprouva le petit Fyne en rentrant chez lui au sortir du bureau, après être passé à son club, juste une demi-heure avant le dîner, je ne sais rien d'eux. Mais j'ose affirmer qu'ils étaient, pour l'essentiel, bienveillants, quoiqu'il soit fort possible que Fyne ait dû, dans le premier mouvement de surprise, réprimer un ou deux jurons. »

« En un mot comme en cent, le lendemain, les Fyne se décidèrent à se confier à une certaine vieille dame fortunée. Chez certaines vieilles dames, la fuite des ans ramène une sorte de jeunesse attendrie des sentiments, une vision optimiste, l'amour de la nouveauté, le goût de tenter des expériences. La vieille dame fut très vivement intéressée : “ Je vous en prie, montrez-moi cette pauvre petite! ” Aussi lui permit-on de voir Flora De Barral dans le salon de Mme Fyne, un jour où personne d'autre ne s'y trouvait et elle lui fit un sermon avec une autorité charmante et pleine de sympathie. “ La seule façon de traiter nos chagrins, ma chère enfant, c'est de les oublier. Il vous faut oublier les vôtres. C'est très simple. Regardez-moi. J'oublie toujours les miens. À votre âge, on doit être gai. ”

« Plus tard, demeurée seule avec Mme Fyne, elle dit à

cette dernière : “ J’espère bien que cette enfant réussira à trouver la gaieté. Je ne puis souffrir de visages tristes près de moi. À mon âge, on a besoin de dames de compagnie gaies. ”

« Et, dans cet espoir, elle emmena Flora De Barral à Bournemouth pour y passer les mois d’hiver, en qualité de lectrice et de dame de compagnie. Elle lui avait dit sur le ton de la plaisanterie bienveillante : “ Nous nous amuserons bien toutes les deux. Je ne suis pas une vieille grincheuse. ” Mais, dès leur retour à Londres, elle alla voir Mme Fyne. Elle s’était aperçue que Flora n’était pas naturellement gaie. Lorsqu’elle s’efforçait de l’être, c’était encore pis. La vieille dame ne pouvait supporter la tension nerveuse que cela lui imposait. Et puis, à parler en toute franchise, elle ne pouvait souffrir d’avoir pour dame de compagnie une personne qui ne l’aimait pas. Elle était certaine que Flora ne l’aimait pas. Pourquoi? Elle n’aurait su le dire. En outre, elle avait surpris la jeune fille à la regarder parfois d’étrange façon. Oh non! Son regard n’était pas méchant — il avait une expression insolite impossible à comprendre. Et quand on se rappelait que son père était en prison, enfermé avec une bande de malfaiteurs, etc. cela vous mettait mal à l’aise. Si seulement la petite avait essayé d’oublier ses chagrins. Mais il était évident qu’elle ne le pouvait ou ne le voulait pas. Et c’était là un entêtement quelque peu déraisonnable, n’était-il pas vrai? Tout compte fait, la vieille dame pensait qu’il vaudrait peut-être mieux...

« Mme Fyne se hâta d’approuver la conclusion informulée :

« “ Oh, certainement! certainement ”, tout en se demandant en son for intérieur ce qu’elle allait maintenant faire de Flora; mais elle ne s’étonna guère du changement intervenu dans l’opinion que la vieille dame se faisait de Flora De Barral. Elle le comprenait presque.

« Ce qui suivit fut une famille allemande, des relations que la femme de l’un des collègues de Fyne au ministère de l’Intérieur avait sur le continent. Flora aux regards énigmatiques leur fut expédiée sans mûre réflexion. Comme on ne jugea pas absolument nécessaire de se confier complètement à eux, ils n’attendaient pas de la jeune fille qu’elle fût particulièrement gaie et ne s’inquiétèrent pas outre mesure du caractère indéchiffrable de ses regards. L’Allemande était une femme tout à fait ordinaire; il y avait deux garçons dont il fallait s’occuper; je suppose qu’ils étaient également ordinaires; et je crois que

Flora prit grand soin d'eux. Si elle leur enseigna quoi que ce fût, ce dut être grâce à la seule inspiration, car elle ignorait certainement tout de l'enseignement. Mais c'était surtout de la " conversation " qu'on exigeait d'elle. Flora De Barral et les deux petits Allemands avec qui elle conversait régulièrement, assidûment, consciencieusement, pour ne pas mourir de faim dans le monde qui recelait pour elle le passé que nous connaissons et un avenir de caractère encore plus indésirable, ces trois êtres me semblent former une conjonction fort extraordinaire. Mais je crois que cela n'alla pas si mal. Sa tâche lui faisait, Dieu merci, l'effet d'une drogue. Elle avait appris à " converser " toute la journée machinalement, distraitement, comme dans un état second. Cet état second devait être agité! Ses heures les plus difficiles étaient celles qu'elle passait, seule, le soir, son travail fini, enfermée dans la petite chambre qui lui était réservée; sa pensée assoupie s'éveillait lentement jusqu'à ce qu'elle prît pleinement conscience de sa situation, comme quelqu'un qui s'éveille et sent le contact d'une créature venimeuse, d'un serpent, par exemple, et éprouve une envie folle de jeter cette créature et de s'enfuir en criant pour aller se cacher quelque part.

« À cette époque de son existence, Flora De Barral écrivait à Mme Fyne, non pas régulièrement mais assez souvent. Je ne sais combien de temps elle aurait continué à " converser " et, accessoirement, à aider à inspecter les placards à linge admirablement garnis de cette opulente famille allemande, si le mari ne s'était pas mis à manifester, pendant les heures où il n'était pas occupé (c'était un négociant et un être tout à fait accoutumé à la vie familiale), une ressemblance psychologique avec la vieille dame de Bournemouth. Il se révéla que lui aussi voulait être aimé.

« Cependant, il n'avait pas le caractère d'un conquérant, d'un libertin du genre à dérober des baisers et à enfoncer des portes. Au moment même où il s'écartait du chemin de la vertu, il restait un négociant soucieux des apparences. Il aurait peut-être mieux valu pour Flora qu'il fût simplement une brute. Mais il aborda sa sinistre entreprise de façon sentimentale, prudente, presque paternelle; et il se croyait en toute sécurité avec une jolie orpheline. Malgré tout ce qu'elle avait vécu, la jeune fille était encore trop innocente et, à la vérité, trop inconsciente de sa féminité pour se méfier de ces tentatives sournoises. En fait, elle ne les voyait pas. Elle trouvait cet homme plein de sympathie, le considérait comme la première personne qu'elle eût jamais rencontrée à lui exprimer de la sympathie. Elle était tellement innocente qu'elle ne put comprendre la fureur de l'Allemande. Car, comme vous pouvez l'imaginer, l'intuition d'une épouse ne pouvait être longtemps trompée, d'autant plus que l'épouse était plus âgée que le mari. Celui-ci, avec la lâcheté particulière aux gens comme il faut, ne dit pas un seul mot pour défendre Flora. Il se tint là, sans intervenir, à l'entendre accabler des insultes les plus violentes, se contentant de hocher la tête et de froncer vaguement les sourcils de temps en temps. Vous vous ferez une idée de l'innocence de la jeune fille quand je vous dirai qu'elle crut d'abord bel et bien que cette tempête de reproches indignés était causée par la découverte de son véritable nom et de sa parenté avec un forçat. On l'avait envoyée sous un nom d'emprunt, en qualité d'orpheline chaudement recommandée et de famille honorable. Sa détresse, ses joues brûlantes, ses efforts pour exprimer son regret de cette tromperie furent pris pour l'aveu de sa culpabilité : " Vous avez tenté d'introduire le déshonneur dans mon foyer ", lui cria l'Allemande.

« Quel fameux malentendu, n'est-ce pas? Flora De Barral, qui ressentait la honte de son père sans croire à sa culpabilité, rétorqua farouchement : " Malgré tout, je suis aussi honnête que vous. " Et alors l'Allemande faillit, de rage, avoir une attaque. " Je vous ferai jeter à la rue. "

« Flora ne fut pas exactement, je crois, jetée à la rue, mais expédiée avec armes et bagages à bord d'un vapeur en partance pour Londres. Vous ai-je dit que ces gens habitaient Hambourg? Eh bien oui, Flora fut envoyée aux docks, à une heure tardive, par une pluvieuse soirée d'hiver, sous la conduite de quelque laquais ricaneur qui la traita avec insolence et la laissa sur le pont, brûlante d'indignation, les cheveux à demi dénoués, tremblant violemment d'émotion et, à vrai dire, aussi près qu'on peut l'être d'une crise de nerfs sous l'effet de la terreur. N'eût été la stewardess, qui, sans poser de questions, en brave femme qu'elle était, s'occupa d'elle calmement dans le salon des dames (heureusement vide), il n'est nullement certain qu'elle eût jamais atteint l'Angleterre. Je ne saurais dire si un fétu de paille a jamais sauvé un homme de la noyade, mais je sais qu'un regard suffit à faire hésiter le désespoir. Car, en vérité, nous, qui sommes des créatures impulsives, ne sommes pas des créatures désespérées. Le suicide, je le soupçonne, résulte très souvent de la seule lassitude mentale; ce n'est pas un acte d'énergie farouche, mais l'ultime symptôme d'un effondrement total. Les attentions paisibles et terre à terre de la stewardess d'un navire, qui ne semblait connaître d'autres tourments humains que le mal de mer, qui parla du temps qu'il ferait probablement pendant la traversée (la nuit allait être agitée, croyait-elle) et insista à la manière empressée d'une professionnelle : " Laissez-moi tout de suite vous installer confortablement en bas, mademoiselle ", comme si elle ne pensait à rien d'autre qu'à son pourboire, suffirent à dissiper les ombres de la mort qui s'amassaient autour de la lassitude fatale, fruit du dérèglement de la pensée qui fait si souvent accueillir par les jeunes l'idée de la non-existence. Flora De Barral se coucha effectivement et l'on peut supposer qu'elle dormit. En tout cas, elle survécut à la traversée de la mer du Nord et la raconta de bout en bout à Mme Fyne sans en rien cacher ni recevoir de reproches, car les opinions de Mme Fyne, dans leur pédanterie, témoignaient de sa liberté et de sa largeur d'esprit. Elle pensait, je suppose, qu'une femme est absolument dans son droit ou possède une excuse parfaite, s'il s'agit de fuir à son gré un monde mal gouverné par les hommes. »

« Ce qu'il faut remarquer, c'est que, même à Londres, après avoir eu le temps de se former une opinion réfléchie, la pauvre Flora était loin d'être certaine des véritables mobiles de son renvoi brutal. Elle en éprouvait de l'humiliation accompagnée d'un ressentiment presque démentiel.

« " Et l'avez-vous éclairée sur ce point ? ", me risquai-je à demander.

« Mme Fyne eut un mouvement d'épaules qui exprimait une acceptation philosophique de toutes les nécessités regrettables. " Il fallait dire quelque chose ", murmura-t-elle. Elle en avait dit assez à la jeune fille pour lui permettre d'aboutir elle-même à la conclusion juste.

« " Et c'est ce qu'elle fit ?

« — Oui. Naturellement. Ce n'est pas une oie, rétorqua aigrement Mme Fyne.

« — Alors, son éducation est achevée ", remarquai-je avec quelque amertume. " Ne croyez-vous pas qu'il faudrait lui donner une chance ? "

« Mme Fyne comprit ma pensée. " Pas celle-ci ", dit-elle sèchement, de façon toute féminine. " Libre à vous de plaider sa cause, mais je...

« — Je ne plaide pas. Je posais seulement une question. Il me semblait naturel de vous demander ce que vous pensiez.

« — C'est ce que je sens qui importe. Et je n'ai aucun pouvoir sur mes sentiments. Vous pouvez deviner ", ajouta-t-elle d'un ton plus doux, " que mes sentiments font que je me préoccupe surtout de mon frère. Nous nous aimions beaucoup. La différence d'âge qui nous séparait n'était pas très grande. Je suppose que vous savez qu'il est un peu plus jeune que moi. C'était un enfant sensible. Il était porté aux méditations moroses. Il est inutile de vous cacher que nous n'étions ni l'un ni l'autre heureux à la maison. Vous êtes sans doute au courant... Oui? Eh bien, on me rendit encore plus malheureuse, on me blessa davantage, je ne vois pas d'inconvénient à vous le dire. Il se rendit chez des parents éloignés de notre mère qui, je crois, étaient tout à fait inconnus de mon père. Je ne veux pas juger leur conduite. "

« J'interrompis Mme Fyne à ce point. J'étais au courant. Fyne n'était pas, en général, très communicatif, mais il était fier de son beau-père — " Carleon Anthony, le poète, vous savez. " Fier de sa célébrité sans approuver son caractère. C'est pourquoi, je le soupçonne fort, il s'était emparé avec avidité de la théorie suivant laquelle le génie poétique s'apparente à la folie, qu'il avait trouvée dans ce livre stupide que tout le monde lisait il y a quelques années. Il y voyait la vérité même — lumineuse comme le soleil. Il l'avait adoptée avec ferveur. Il m'en rebattait de temps en temps les oreilles. Une fois, simplement pour le faire taire, je lui demandai tranquillement si cette théorie qu'il trouvait tellement irréfutable ne lui causait pas quelque inquiétude au sujet de sa femme et de ses chères petites. Il me transperça d'un regard de pitié et me pria, de sa voix profonde et solennelle, de me rappeler le " fait bien établi " que le génie n'est pas héréditaire.

« Je me bornai à dire " Ah, vraiment? " et il crut m'avoir réduit au silence par un argument irréfutable. Mais il continua de parler de son glorieux beau-père et c'est au cours de cette conversation qu'il me raconta comment, lorsque les parents de la défunte épouse du poète, qui habitaient Liverpool, s'adressèrent naturellement à celui-ci et proposèrent une consultation amicale ayant pour objet l'avenir du jeune garçon, le poète, furieux (mais toujours raffiné), répondit par une lettre qui n'était qu'un brillant *badinage* et qui offensa mortellement les gens de Liverpool. Ce spirituel éclat, dû en réalité à l'humiliation et à la fureur, leur parut révéler un tel manque de cœur qu'ils gardèrent tout simplement le jeune garçon. Ils le laissèrent devenir marin non parce qu'il les gênait mais parce qu'il les supplia instamment de le lui permettre.

« " Ah! Vous savez donc ", dit Mme Fyne après un silence. " Eh bien, j'eus le très vif sentiment d'avoir été abandonnée. Et puis, son choix d'une carrière, si extraordinaire, si malheureux, dirai-je. J'en fus très vivement peinée. J'aurais voulu qu'il se distinguât, ou du moins qu'il restât dans le milieu social où nous aurions pu avoir des pensées, des connaissances, des intérêts communs. Ne croyez pas que je me sois détachée de lui. Mais l'exacte vérité est que je ne le connais pas. Je fus très douloureusement affectée, quand il était ici, par la difficulté de trouver un seul sujet de conversation dont nous pussions discuter ensemble. "

« Tandis que Mme Fyne parlait de son frère, je laissais vagabonder mes pensées; elles quittaient la pièce et rejoignaient le petit Fyne, qui, en me laissant seul avec sa femme, avait, pour ainsi dire, confié à mon honneur la paix de son ménage.

« " Eh bien, alors, madame Fyne, n'êtes-vous pas frappée par l'idée qu'étant donné les circonstances, il serait raisonnable de laisser votre frère se débrouiller tout seul?

« – Et supposez que j'aie des raisons de penser qu'il ne peut pas se débrouiller tout seul dans un cas particulier. " Elle hésita d'une façon cocasse et timide qui éveilla mon intérêt. Puis : " Les marins sont, je crois, très prompts à s'amouracher ", ajouta-t-elle avec une assurance forcée.

« J'éclatai d'un rire qui ne fit qu'accentuer la froideur du regard inquisiteur qu'elle fixait sur moi.

« " Ils le sont, terriblement! Désespérément! Chère madame Fyne, vous feriez mieux de renoncer à votre projet. Il ne réussit qu'à rendre votre mari malheureux.

« – Et je suis tout à fait malheureuse moi aussi. C'est vraiment notre premier désaccord...

« – Au sujet de Mlle De Barral? demandai-je.

« – Au sujet de quoi que ce soit. Il est vraiment intolérable que cette petite en soit l'occasion. Je trouve qu'il devrait vraiment céder. "

« Elle fit légèrement pivoter son fauteuil, et, prenant le livre que j'avais lu le matin, se mit distraitement à en tourner les pages.

« Comme son regard s'était détaché de moi, je sentis que je

pouvais me permettre de quitter la pièce dont l'atmosphère était devenue fatale à la paix conjugale du petit Fyne. Libre à vous de sourire. Mais, pour les gens solennels, tout est solennel. J'avais assez de sagacité pour le comprendre.

« Je sortis discrètement et me trouvai sous le porche. Le chien somnolait aux pieds de Fyne. Le petit homme musclé, appuyé sur un coude et contemplant les champs, présentait une silhouette désolée. Il tourna vivement la tête, mais, me voyant seul, retomba dans sa morne contemplation du paysage verdoyant.

« Je dis à haute et intelligible voix : " Je suis sorti pour fumer une cigarette ", et je m'assis près de lui sur le petit banc. Puis, baissant la voix : " La tolérance est une vertu extrêmement difficile, dis-je. Plus difficile pour certains que l'héroïsme. Plus difficile que la compassion. "

« J'évitais de le regarder. Je savais fort bien qu'il n'aimerait pas cette entrée en matière. Il n'avait pas le goût des idées générales. Il s'en méfiait. J'allumai une cigarette, non par désir de fumer, mais pour accorder un peu plus de temps à l'examen du conseil, du conseil diplomatique au moyen duquel j'avais décidé de le renverser. Et je poursuivis à mi-voix :

« " J'ai été amené à faire ces remarques par ce que j'ai découvert depuis que vous nous avez quittés. Je le soupçonnais dès l'abord. Et maintenant j'en suis certain. Ce que votre femme ne peut tolérer dans cette affaire, c'est que Mlle De Barral soit ce qu'elle est. "

« Il fit un mouvement, mais je poursuivis tranquillement, en évitant toujours de le regarder : " C'est-à-dire qu'elle soit femme. J'ai quelque idée de l'attitude de Mme Fyne envers la société avec ses injustices, avec ses conventions atroces ou ridicules. À leur encontre, il n'est aucune audace dans l'action que l'esprit de votre femme refuse d'approuver. La doctrine dont, j'imagine, elle bourre la jolie tête de vos jeunes invitées est presque vengeresse. C'est une morale du fer et du feu. Dans quelle mesure cette leçon est-elle sage? Il ne m'appartient pas de le dire. Je ne me permets pas d'en juger. Il me semble voir ses très charmantes disciples se brûler aux torches et se couper les doigts aux fers fournis par Mme Fyne.

« — Ma femme est très sérieusement attachée à ses opinions, murmura Fyne tout à coup.

« — Oui. Sans doute ", acquiesçai-je à mi-voix, comme

auparavant. “ Mais il s’agit d’un simple exercice intellectuel. Ce que je constate, c’est qu’en face de la réalité Mme Fyne cesse d’être tolérante. En d’autres termes, c’est qu’elle ne peut pas pardonner à Mlle De Barral d’être femme et de se conduire en femme. Et pourtant, ce n’est pas seulement raisonnable et naturel mais c’est sa seule chance. Une femme aux prises avec le monde n’a de ressources qu’en elle-même. Son seul moyen d’agir est d’être ce qu’elle est vraiment. Vous comprenez ma pensée ? ”

« Fyne marmonna entre ses dents qu’il comprenait. Mais il ne semblait pas intéressé. Ce qu’il attendait de moi, c’était de le tirer d’un mauvais pas. Je ne sais dans quelle mesure la chose semblera croyable à des couples moins solennels, mais un désaccord durable avec sa femme lui semblait un événement considérable. Presque un désastre.

« “ J’ai l’air de ne pas me soucier de ce qui est arrivé à mon beau-frère, dit-il. Et, après tout, si quoi que ce soit... ”

« J’éprouvai quelque impatience, mais, sans hausser le ton, je demandai : “ Quoi donc ? Le risque d’encourir les travaux forcés ressemble au génie, en cela du moins qu’il n’est pas héréditaire. Et que peut-on reprocher d’autre à cette jeune fille ? Toute l’énergie de ses sentiments intimes, qu’elle épuiserait vainement dans une lutte dangereuse et fatigante avec la société, peut se changer en attachement fervent pour l’homme qui lui offre un moyen d’échapper à ce qui ne peut être qu’une vie de souffrance morale, sans parler des difficultés matérielles. ”

« Regardant Fyne du coin de l’œil, je m’aperçus qu’il était attentif. Il remarqua que j’aurais dû dire tout cela à sa femme. La remarque ne manquait pas de bon sens. Mais j’avais renoncé à convaincre Mme Fyne. Je lui demandai s’il avait l’impression que sa femme voulait lui confier une lettre pour son frère.

« Non, il ne le croyait pas. Pour certaines raisons, Mme Fyne ne voulait pas mettre noir sur blanc ses arguments. Ils étaient destinés à inspirer Fyne. Mais il ne doutait pas que, s’il persistait dans son refus, elle se déciderait à écrire.

« “ Elle ne veut pas que je parte sans être pleinement convaincu qu’elle a raison, dit Fyne solennellement.

« — Elle est très exigeante ”, fis-je observer. Et puis je réfléchis qu’elle y était accoutumée. “ Ne pourrait-elle se contenter de moins, pour une fois ?

« — Vous ne voulez pas dire que je devrais céder, hein? " demanda Fyne dans un murmure soupçonneux et inquiet.

« Comme c'était exactement ce que je voulais dire, je laissai sa peur pénétrer en lui. Il s'agitait. Si le terme peut convenir à un personnage aussi solennel, il se tortillait. Et quand l'affreux soupçon fut, pour ainsi dire, descendu jusque dans ses talons, il ne bougea plus du tout. Il fixait d'un œil immobile l'espace fermé, à deux milles de là, par les pentes jaunes et brûlées du repli de terrain. Sur la paroi de la falaise paraissait la cicatrice blanche de la carrière où, il n'y avait pas plus de seize heures, Fyne et moi avions tâtonné dans les ténèbres, avec la peur horrible de trouver sous nos mains le corps fracassé d'une jeune fille. Dans mon cas s'y joignait le souvenir de ma rencontre avec elle. Il est certain qu'elle côtoyait de très près le bord du précipice, à la recherche d'une solution sinistre. Mais maintenant que, par le plus inattendu des hasards, elle était tombée sur un homme, elle avait trouvé un autre moyen de s'évader du monde. Du monde qui s'offrait à elle, sans abri, sans pain, sans honneur. Ce qu'elle eût pu y trouver de mieux eût été l'aumône précaire d'une pitié diminuant à mesure que ses années à elle augmenteraient. Flora, enfant abandonnée, avait suscité irrésistiblement la sympathie des Fyne. Mais, maintenant, elle était devenue femme et Mme Fyne opposait un visage implacable à un comportement particulièrement féminin. Je puis dire triomphalement féminin. Il est vrai que Mme Fyne ne voulait pas que les femmes fussent femmes. Selon sa théorie, elles devaient se changer en pestes sans sexe ni scrupules. Une théoricienne offensée nichait quelque part en son sein. Comment elle espérait voir Flora De Barral entreprendre d'échapper à une existence des plus misérables, je ne puis le concevoir; mais je crois sincèrement qu'il lui eût été plus facile de pardonner à la jeune fille un véritable méfait, par exemple de dévaliser le bureau de la vieille dame de Bournemouth. Et puis, car Mme Fyne était elle-même très féminine, elle avait le sentiment très vif de la propriété; et quoique son frère ne lui servît pas à grand-chose, elle n'aimait cependant pas le voir annexé par une autre. Par un petit bout de fille. Et quelle fille, encore! Rien n'est plus vrai que ceci : en ce monde les malchanceux n'ont pas le droit de profiter des occasions qui s'offrent à eux, comme si le malheur les disqualifiait légalement. Les sentiments de Fyne (comme il était naturel chez un homme) étaient plus stables.

Une bonne part de sa sympathie survivait. En effet, je l'entendis murmurer : " C'est fichtrement embêtant ", mais je savais qu'il pensait à l'intégrité de son harmonie conjugale. Les yeux fixés sur le chien qui dormait en boule au milieu du porche, je suggérai à voix basse, d'un ton neutre : " Oui, pourquoi ne pas vous laisser persuader ? "

« Je n'ai jamais vu le petit Fyne moins solennel. Usant contre toute attente d'un style imagé, il siffla entre ses dents qu'il ne serait pas facile de le persuader d' " enfoncer sous l'eau la tête d'une malheureuse fille qui avait montré bien assez de cran " — et il renâcla. Il regardait toujours la lointaine carrière, et je crois que cette vue l'affectait. Je l'assurai que j'étais loin de lui conseiller pareille cruauté. Je suis convaincu qu'il avait toujours douté de la fermeté de mes principes, car il s'en prit promptement à moi, comme s'il avait guetté le moment où je m'écarterais du droit chemin.

« " Alors, que voulez-vous dire? Que je devrais faire l'hypocrite?

« — Non! Ne dites pas de bêtises! Ce serait immoral. Je puis cependant vous dire que, si j'avais le choix, j'aimerais mieux agir de façon immorale plutôt que cruelle. Je voulais dire que, faute de croire à l'efficacité d'une intervention, toute la question se ramène à consentir à faire ce que votre femme désire. Ce serait assurément agir en gentleman. Et aussi agir de façon désintéressée, car je comprends très bien toute la répugnance que cette démarche peut vous inspirer. En règle générale, une action désintéressée est une action morale. Et, tenez, je vous accompagnerai. "

« Il se retourna et fixa sur moi un regard surpris et soupçonneux. " Vous m'accompagneriez? dit-il, répétant mes paroles.

« — Vous ne comprenez pas ", dis-je, amusé par son ton à la fois dégoûté et incrédule. " Je dois aller à Londres demain matin. Partons ensemble. Vous avez un échiquier de voyage. "

« Ses traits contractés par des émotions diverses se détendirent quelque peu à l'idée d'une partie. Je lui dis qu'ayant affaire aux docks, je l'accompagnerais jusqu'au navire même.

« " Nous tromperons le temps du voyage jusqu'aux régions sauvages de l'Est par une conversation instructive, dis-je pour l'encourager.

« — Mon beau-frère habite dans un hôtel, l'*Hôtel*

Oriental, dit-il, se rembrunissant. Je n'ai pas la moindre idée de l'endroit où il se trouve.

« — Je le connais. Je vous laisserai devant sa porte, avec la conviction réconfortante que vous agissez pour le mieux, puisque vous faites plaisir à une dame sans risquer de nuire à personne.

« — Vous croyez? Sans nuire à personne? répéta-t-il d'un ton dubitatif.

« — Je vous assure que votre démarche est absolument vaine, dis-je avec toute l'insistance possible, qui ne sembla qu'accroître son expression de mécontentement solennel.

« — Mais, pour que mon voyage soit une démarche tout à fait franche, il me faut d'abord convaincre ma femme qu'il est absolument vain, objecta-t-il d'un ton pénétré.

« — Oh, quel casuiste vous faites! " dis-je. Et je n'en dis pas davantage, car, à cet instant, Mme Fyne s'avança sous le porche. Nous nous levâmes ensemble dès qu'elle apparut. Son œil clair, incolore, inflexible, nous enveloppa tous les deux d'un regard critique. Je reçus cette douche froide avec le sourire, mais Fyne se baissa aussitôt pour détacher le chien. Il y mit quelque temps; puis, au moment précis où il reprenait la position verticale, l'animal passa d'un seul coup du plus profond sommeil à l'activité la plus tumultueuse. Enveloppé par l'ouragan de ses ruées et de ses aboiements ineptes, je pris la main que Mme Fyne me tendait avec raideur et m'inclinai avec déférence. Elle descendit l'allée sans mot dire; Fyne l'avait précédée et attendait près de la porte ouverte. Ils sortirent et s'éloignèrent sur la route, environnés d'un nuage bas de poussière soulevé par le chien tournoyant comme un fou autour de leurs deux silhouettes qui avançaient côte à côte, en ligne droite, selon les convenances et (je ne sais pourquoi) avec l'air, à mes yeux, d'avoir annexé la campagne tout entière. Peut-être était-ce dû au fait qu'ils m'avaient en quelque sorte imposé le sentiment de leur supériorité. Quelle supériorité? Elle n'était peut-être faite que de leurs limites. Il était évident que ni l'un ni l'autre n'avait emporté une haute opinion de moi. Mais ce qui m'affecta le plus fut l'indifférence du chien des Fyne. D'ordinaire, il se jetait à toute allure et avec un bond final effrayant sur mon gilet au moins une fois à chacune de nos rencontres. Il avait, cette fois-ci, omis cette cérémonie, bien que ma conduite envers lui eût été correcte et même conventionnelle, car je lui avais offert un gâteau; son attitude me semblait symboliser ma séparation définitive d'avec la famille Fyne. Et je retins contre lui qu'il avait, certain jour, abandonné la pauvre Flora De Barral, qui souffrait d'une susceptibilité morbide.

« Je m'assis sous le porche, et, mû, peut-être, par une secrète hostilité à l'égard des Fyne, je me dis de propos délibéré que le capitaine Anthony devait être quelqu'un de très bien. Pourtant, d'après les faits tels que je les connaissais, ç'aurait pu être un homme dangereusement frivole ou une franche canaille. Il avait amené une malheureuse fille désespérée à le suivre clandestinement à Londres. Il est vrai que la jeune fille avait écrit depuis, mais Mme Fyne s'était montrée remarquablement vague quant à la teneur de sa lettre. Elle n'était pas satisfaisante. Elle n'annonçait pas nettement un mariage imminent, dans la mesure où je pouvais en juger d'après les allusions plutôt mystérieuses de Mme Fyne. Mais aussi, l'inexpérience de celle-ci l'avait peut-être égarée. Il était impossible de mesurer l'innocence d'une femme comme Mme Fyne, qui, tout en s'aventurant en théorie aussi loin que faire se pouvait, ne savait rien des réalités de la vie. Il eût été comique qu'elle fît tant d'embarras pour rien. Mais je repoussai ce soupçon pour l'honneur de la nature humaine.

« Je me fis du capitaine Anthony une image simple et romanesque. C'était beaucoup plus agréable. Le génie n'est pas héréditaire, mais le tempérament peut l'être. Et il était le fils d'un poète qui possédait le don admirable de donner à la banalité une qualité individuelle et éthérée, de rendre touchantes, délicates, séduisantes, les conventions les plus rebelles de l'existence prétendue raffinée.

« Ce que je ne pouvais comprendre, c'était l'attitude de " chien du jardinier " de Mme Fyne. Sentimentalement, elle avait si peu besoin de ce frère. Que lui importait qu'il agît d'une façon ou d'une autre, sans parler de la commune humanité qui suggérait au moins la neutralité ? À moins que cette attitude ne résultât de l'action aveugle de la loi selon laquelle, dans notre monde soumis au hasard, les malchanceux doivent absolument, d'une façon ou d'une autre, être mis dans leur tort.

« Et, méditant ainsi sur le penchant général de nos instincts vers l'injustice, je rencontrai de façon inattendue, au détour de la route, pour ainsi dire, une ombre de duplicité. Le processus avait peut-être été inconscient chez Mme Fyne, mais il me sembla que son idée directrice n'était pas de garder, de conserver son frère, mais de se débarrasser de lui une fois pour toutes. Elle n'espérait rien empêcher. Elle était trop sensée pour cela. Presque n'importe quel idiot sorti d'un asile eût été suffisamment sensé pour cela. Elle voulait que la protestation fût faite, vigoureusement, en complet accord avec Fyne, afin de rendre impossibles toutes relations ultérieures. Pareille action leur aliénerait le couple à jamais! Elle comprenait son frère et la jeune fille aussi. Heureux ensemble, ils ne pardonneraient jamais cette hostilité déclarée, et si le mariage tournait mal... Eh bien, il en serait exactement de même. Aucun des deux ne viendrait probablement confier leurs ennuis à un prophète de malheur aussi lucide.

« Oui. Tel avait dû être son mobile, inspiré par un machiavélisme peut-être inconscient. Elle redoutait d'avoir à veiller sur une belle-sœur pendant les longues absences du mari; ou bien elle craignait qu'à plus ou moins longue échéance son frère ne se laissât convaincre de renoncer à la mer, refuge amical de sa jeunesse malheureuse, pour s'établir à terre, amenant jusqu'au seuil même de la maison de sa sœur cette embarrassante, cette indésirable parente. Elle voulait en finir, fatiguée peut-être tout simplement par un effort incessant pour le bien ou pour le mal, phénomène qui explique tant de surprenantes inconséquences dans la conduite du commun des mortels.

« Je ne suis nullement certain d'avoir, par la pensée, classé Mme Fyne parmi le commun des mortels. Elle était trop tranquillement sûre d'elle-même pour cela. Mais le petit Fyne, comme je l'épiais le lendemain matin par la fenêtre du wagon et le voyais filer sur le quai, avait tout l'air d'un membre agité du commun des mortels qui a bien failli manquer son train : l'œil fixe et hagard, les traits tendus et nerveux, la démarche affolée, il présentait tous les symptômes ordinaires rendus plus impressionnants par sa solennité naturelle qui flottait autour de lui comme un vêtement en désordre. Avait-il, me demandai-je avec intérêt, résisté à sa femme jusqu'à la toute dernière minute et filé sur la route, fuyant le dernier, le décisif argument, comme il eût fui un fusil chargé brusquement exhibé? J'ouvris la porte du wagon et un vigoureux porteur le poussa par-derrière à l'intérieur au moment précis où ses pieds quittaient le bout du quai rustique qui glissait rapidement sous eux. Il était fort essoufflé et j'attendis non sans curiosité le moment où il recouvrerait la parole. Ce moment arriva. Il dit : " Bonjour ", haletant légèrement, resta parfaitement immobile pendant encore une minute, puis tira de sa poche l'échiquier de voyage, et, le tenant à la main, m'adressa un regard interrogateur.

« " Oui. Certainement ", dis-je, fort déçu. »

CHAPITRE VII

SUR LE TROTTOIR

« Fyne n'était pas disposé à parler; mais comme j'avais déjà été mis dans le secret, le petit homme équitable reconnut que j'avais quelque droit à être informé, si j'insistais pour l'être. Et j'insistai effectivement après la troisième partie. Nous étions encore assez éloignés du terme de notre voyage.

« " Oh, si vous voulez savoir ", commença-t-il avec quelque impatience. Puis il parla avec une certaine volubilité. Tout d'abord, sa femme ne lui avait pas donné à lire la lettre qu'elle avait reçue de Flora (j'avais soupçonné Fyne de l'avoir dans sa poche), mais elle lui en avait dit tout le contenu. La lettre n'était pas du tout ce qu'elle aurait dû être, même si la jeune fille avait voulu affirmer son droit de mépriser les sentiments du monde entier. Les siens avaient été piétinés dans la boue, jusqu'à en être défigurés — déclaration extraordinaire, je l'admettrais, de la part d'une jeune fille de son âge. Il y avait dans tout le ton de cette lettre quelque chose qui n'allait pas, qui n'allait pas du tout. Ce n'était certainement pas l'œuvre d'un... disons d'un esprit bien équilibré.

« " Si on lui laissait assez de place pour prendre pied dans le monde, ne fût-ce que dans un espace pas plus grand que la paume de ma main, elle apprendrait probablement à garder un meilleur équilibre. "

« Fyne négligea cette brève observation. Son épouse, dit-il, n'était pas une personne à qui l'on pût parler d'un sujet sérieux sur le ton de la plaisanterie. Il flottait sur cette lettre un ton déplaisant de légèreté, jusque dans les allusions au capitaine Anthony lui-même. La nature ainsi révélée suffisait, comme sa femme le lui avait signalé, à vous alarmer quant à l'avenir, même si toutes les circonstances de ce projet absurde avaient été aussi satisfaisantes qu'en fait elles l'étaient peu. D'autres passages de la lettre semblaient avoir un ton agressif, comme si Flora mettait les Fyne au défi d'approuver sa conduite, tout en sous-entendant qu'elle ne se souciait pas de leur jugement, que c'était dans leur propre intérêt qu'elle espérait qu'ils “ s'opposeraient au monde, à l'horrible monde qui avait écrasé son pauvre papa ”.

« Fyne m'invita à reconnaître que cela ne manquait pas d'audace, vu les circonstances. Et il y avait encore autre chose. Il se révéla que depuis six mois (elle aidait, pour un salaire dérisoire, deux dames qui dirigeaient un jardin d'enfants à Bayswater) Flora avait absolument tenu à consacrer toutes ses heures de liberté à l'examen du procès. Elle avait consulté des collections de vieux journaux et s'était monté la tête jusqu'à s'indigner de ce qu'elle appelait l'injustice et l'hypocrisie de l'accusation. Fyne me rappela que le père de Flora avait marqué quelques points importants dans les réponses qu'il avait faites au tribunal et elle s'y était attachée triomphalement. Elle avait conclu à l'innocence de son père et avait remâché cette conclusion. Mme Fyne avait signalé à son mari le danger de cette attitude.

« Le train entra en gare et Fyne, descendant d'un bond dès que la rame se fut immobilisée, parut heureux de couper court à la conversation. Nous fîmes un bout de chemin en silence, prîmes un omnibus, puis allâmes de nouveau à pied. Je ne crois pas que, depuis son enfance, époque à laquelle on l'avait sûrement emmené voir la Tour de Londres, il fût allé une seule fois à l'est de Temple Bar. Il jetait autour de lui des regards moroses; et, quand je désignai, au loin, au croisement de deux voies très larges, pauvres et minables, la façade arrondie de l'*Hôtel Oriental*, qui s'élevait comme une tour de stuc gris au-dessus des humbles toits des maisons à deux étages d'un jaune sale, il se contenta d'émettre un grognement désapprobateur.

« “ À votre place, je n'insisterais pas trop sur ce que vous venez de me dire ”, fis-je observer tranquillement comme nous approchions de cette bâtisse rébarbative. “ Nul homme ne croira qu'une jeune fille qui vient d'accepter sa demande en mariage n'est pas bien équilibrée, vous savez.

« – Oh! Accepté sa demande en mariage ”, marmonna Fyne, qui semblait avoir été vraiment tout à fait convaincu.

“ Il se peut que ç’ait été l’inverse. ” Puis il ajouta : “ Je vais aller jusqu’au bout de cette affaire. ”

« Je dis que c’était très louable, mais qu’une certaine modération dans l’expression... Il m’adressa un geste de la main et hâta le pas. Je devinai qu’il était impatient d’en finir le plus vite possible avec sa mission. Il prit à peine le temps de me serrer la main et se précipita sur l’étroite porte vitrée où se lisaient les mots : “ Entrée de l’Hôtel ”. Elle se referma derrière son dos sans plus de bruit que le claquement d’une mâchoire édentée.

« La tentation absurde de rester pour voir comment cela finirait l’emporta sur ma raison. Je m’attardai, irrésolu, me demandant combien de temps prendrait une ambassade de ce genre et si Fyne, quand il sortirait, consentirait à se montrer communicatif. Je craignais qu’il ne se scandalisât de me trouver là, ne jugeât ma conduite incorrecte et — ce qui était concevable — ne me traitât avec mépris. Je m’éloignai de quelques pas. Peut-être serait-il possible de lire quelque chose sur le visage de Fyne quand il sortirait; et, en cas de nécessité, je pourrais toujours m’éclipser discrètement par la porte de l’un des bars. Le rez-de-chaussée de l’*Hôtel Oriental* était un café qui n’avait pas honte de l’être, possédait des vitrages donnant sur la rue, étalait des rampes de cuivre et se divisait en de nombreux compartiments dont chacun avait son entrée particulière.

« Mais, naturellement, tout cela était idiot. Le mariage, les amours, les affaires du capitaine Anthony ne me regardaient en rien. J’étais sur le point de m’éloigner pour de bon en suivant la rue, lorsque mon attention fut attirée par une jeune fille qui, venant de l’ouest, s’approchait de l’entrée de l’hôtel. Elle était très simplement vêtue de noir. C’est le chapeau de paille blanc, de forme élégante, orné d’un bouquet de roses pâles, qui avait attiré mon regard. Toute cette silhouette me semblait familière. Bien sûr! C’était Flora De Barral. Elle se dirigeait vers l’hôtel; elle allait y entrer. Et Fyne qui était avec le capitaine Anthony! Le rencontrer ne lui serait pas agréable. Je souhaitai lui épargner cet embarras, et, comme j’hésitais sur le parti à prendre, elle leva les yeux et nos regards se rencontrèrent par hasard au moment précis où elle quittait le trottoir et franchissait l’encadrement de la porte de l’hôtel. Instinctivement, j’étendis le bras. Cela suffit à l’arrêter. Je suppose qu’elle avait vaguement l’idée de m’avoir déjà vu quelque part. Elle s'avança lentement, prudente et attentive, observant mon léger sourire.

« " Excusez-moi, dis-je, lorsqu'elle fut assez près de moi. Peut-être serez-vous contente de savoir que M. Fyne est actuellement en haut avec le capitaine Anthony.

« — Ah! M. Fyne ", dit-elle d'une voix faible. Je lus dans ses yeux qu'elle m'avait alors reconnu. Son expression sérieuse éteignit le sourire imbécile dont j'avais conscience. Je soulevai mon chapeau. Elle me répondit en inclinant lentement la tête, tandis que son regard lumineux et méfiant de jeune fille paraissait murmurer : " Que fait ici cet homme? "

« " Je suis venu à Londres avec Fyne ce matin ", dis-je sans ambages . " Je dois voir un ami à l'East India Dock. Fyne et moi nous nous sommes quittés à l'instant devant cette porte... " La jeune fille dirigea sur moi ses yeux qui s'assombrirent... " Mme Fyne n'est pas venue avec son mari ", poursuivis-je; puis j'hésitai devant ce visage pâle tellement immobile dans l'ombre nacrée projetée par le bord du chapeau. " Mais c'est elle qui l'a envoyé ", murmurai-je en manière d'avertissement.

« Ses paupières battirent lentement au-dessus de son regard fixe. J'imagine que ces révélations ne la déconcertèrent guère. " J'habite loin d'ici, murmura-t-elle.

« — Vraiment? " fis-je machinalement. Et nous restâmes à nous regarder. La pâleur uniforme de son teint n'était pas celle de l'anémie. La vitalité y transparaissait, et il avait à ce moment précis la nuance rosée la plus discrète possible, un simple soupçon de couleur, équivalant, je suppose, à ce qui eût été chez n'importe quelle autre jeune fille une rougeur de pivoine, tandis qu'elle me disait que le capitaine Anthony avait prévu de lui faire visiter son navire ce matin-là.

« Il était aisé de comprendre qu'elle ne désirait pas rencontrer Fyne. Et quand je murmurai discrètement qu'il était venu à cause de sa lettre, elle jeta rapidement un coup d'œil sur la porte de l'hôtel et s'éloigna de quelques pas pour gagner un endroit d'où elle pût observer l'entrée sans être vue. Je la suivis. À l'angle des deux rues, elle s'arrêta parmi les rares passants, sur le large trottoir, et se tourna vers moi avec un air de défi : " Vous êtes donc au courant. "

« Je lui dis que je n'avais pas lu la lettre. J'en avais seulement entendu parler. Elle montra quelque impatience. " Je veux dire que vous savez tout sur moi. "

« Oui. Je savais tout sur elle. La détresse de M. et

Mme Fyne — surtout celle de Mme Fyne — était si grande qu'ils en auraient fait part presque au premier venu qui n'eût pas appartenu au cercle de leurs amis. Je m'étais trouvé là par hasard, voilà tout.

« " Vous comprenez que je ne suis pas leur ami. Je ne suis qu'une relation de vacances.

« — Elle n'a pas été profondément bouleversée ? " s'enquit Flora De Barral, pensant, naturellement, à Mme Fyne. Et j'admis qu'elle l'était moins que son mari, et même moins que moi. Mme Fyne était très maîtresse d'elle-même, et nulle émotion ne pouvait lui faire abandonner son extrémisme théorique. Elle n'avait pas paru émue lorsque Fyne et moi avions proposé d'aller à la carrière.

« " C'est vous qui leur aviez mis cette idée en tête ", dit la jeune fille.

« J'émis l'opinion qu'ils avaient déjà l'idée en tête. Mais l'image en était beaucoup plus vive dans la mienne, puisque je l'avais vue là-haut de mes propres yeux tenter la Providence.

« Elle me regarda avec une attention extrême et murmura :

« " Est-ce ainsi que vous leur avez présenté la chose ? Tenter...

« — Non. Je leur ai dit que vous étiez en train de prendre la décision et que j'étais arrivé juste à ce moment-là. Je leur ai dit que je vous avais sauvée. C'est mon cri qui vous arrêta... " Elle remua doucement la tête de droite à gauche en signe de dénégation... " Non ? Comme vous voudrez, alors. "

« Je me disais : elle a trouvé une autre porte de sortie. Elle veut oublier, maintenant. Rien d'étonnant. Elle veut se persuader qu'elle n'a jamais connu de sa vie minute aussi affreuse, aussi poignante. " Après tout ", admis-je à haute voix, " les apparences sont parfois trompeuses. "

« Sa petite tête aux yeux bleu foncé, aux yeux pleins de tendresse et de colère sous l'arc noir des sourcils minces, était très calme. La bouche semblait très rouge dans le visage pâle à peine entrevu sous la voilette, la forme du petit menton pointu avait quelque chose d'agressif. Menue et même anguleuse dans sa modeste robe noire, elle offrait une petite silhouette émouvante et — ma foi — désirable.

« Ses lèvres remuèrent très vite pour me demander :

« " Et ils vous ont cru tout de suite ?

« — Oui, ils m'ont cru tout de suite. Mme Fyne nous a dit : ' Allez à sa recherche. ' "

« Une lueur blanche brilla entre les lèvres rouges, si brève que je demeurai incertain, ne sachant si c'était un sourire ou la féroce mise à nu de petites dents égales. Le reste du visage conserva son expression innocente, tendue et énigmatique. Elle parla rapidement.

« " Non, ce n'est pas votre cri qui m'arrêta. J'étais là depuis quelque temps avant que vous m'ayez vue. Et je n'y étais pas pour tenter la Providence, comme vous dites. J'y suis montée pour — faire ce que vous pensiez que j'allais faire. Oui. J'ai escaladé deux barrières. Je n'avais pas l'intention de rien laisser aux bons soins de la Providence. Il semble qu'il y ait des gens pour qui la Providence ne peut rien. Je suppose que vous êtes scandalisé de m'entendre parler ainsi? "

« Je hochai la tête. Je n'étais pas scandalisé. Ce qui l'avait retenue tout ce temps-là, jusqu'à mon apparition sur les lieux, en bas, poursuivit-elle, n'était ni la peur ni aucune autre espèce d'hésitation. On atteint un point, dit-elle avec une candeur juvénile effrayante, où rien de ce qui vous touche personnellement n'a plus d'importance. Mais quelque chose la retint effectivement. Je n'aurais jamais deviné ce que c'était. Elle avoua elle-même qu'il semblait absurde de le dire. C'était le chien des Fyne.

« Flora De Barral s'arrêta, me regarda avec une expression étrange, puis poursuivit. Vous comprenez, elle s'imaginait que ce chien lui était devenu extrêmement attaché. Elle s'était mis dans la tête qu'il pourrait tomber dans le vide ou sauter pour la rejoindre. Elle avait tenté de le chasser. Elle lui avait parlé sévèrement. Cela n'avait eu pour effet que de le faire gambader davantage. Il aboyait et sautait autour de sa jupe avec la gaieté stupide qui lui était habituelle. Il filait, décrivait des cercles entre les pins, fonçait sur elle et bondissait jusqu'à la hauteur de sa taille. Elle lui ordonna : " Va-t-en. Rentre à la maison. " Elle ramassa même sur le sol un bout de branche cassée et le lui lança. Sur quoi le ravissement de l'animal ne connut plus de bornes; ses bonds devinrent plus rapides, ses jappements plus forts; il semblait s'amuser comme un fou. Elle était convaincue qu'au moment où elle se jetterait dans le vide, il bondirait pour la rejoindre, comme si cela faisait partie du jeu. Elle pleurait presque de contrariété. Elle était en même temps émue. Et quand il resta immobile à quelques pas, comme soudain cloué au sol, remuant lentement la queue et la regardant intensément de ses yeux brillants, une autre peur l'assaillit. Elle s'imagina disparue et l'animal assis au bord de l'abîme, la tête dressée vers le ciel et hurlant pendant des heures. Cette pensée était insupportable. Puis, mon cri lui parvint aux oreilles.

« Elle me dit tout cela avec simplicité. Ma voix avait rompu son équilibre — l'équilibre indispensable au suicide. Chacun de nos actes, le plus criminel, le plus fou, suppose un équilibre de la pensée, des sentiments et de la volonté semblable à l'attitude correcte nécessaire à l'exécution d'un coup dans un jeu. Et c'est ce que j'avais détruit. Elle n'était plus dans la disposition propre à l'accomplissement de son acte. Elle n'en fut guère contrariée. Le lendemain conviendrait aussi bien. Il lui faudrait s'éclipser sans attirer l'attention du chien. Elle pensait presque tendrement à cette nécessité. Elle descendit le sentier, portant son désespoir avec un calme lucide. Mais, quand elle se vit abandonnée par le chien, elle eut envie de faire demi-tour, de remonter et d'en finir. Même cet animal ne se souciait pas d'elle, tout compte fait.

« “ Je le croyais vraiment attaché à moi. Pourquoi feignait-il ainsi de l'être ? Je croyais que rien ne pourrait plus me faire du mal. Oh oui. Je serais bien remontée, mais je me sentis soudain si fatiguée. Si fatiguée. Et puis, vous étiez là. J'ignorais ce que vous feriez. Vous auriez pu essayer de me suivre et je ne crois pas que j'aurais pu courir — pas en montant la côte — pas à ce moment-là. ”

« Elle avait un peu levé son visage pâle et il était étrange de l'entendre parler de la sorte. À cette heure de la matinée, il y a relativement peu de monde dehors dans cette partie de la ville. La perspective large, interminable, de l'East India Dock Road, cette vaste perspective de murs de brique ternes, de trottoirs gris, de chaussée boueuse résonnant sinistrement sous le poids des charrettes et des fourgons chargés, se perdait dans le lointain; elle était tout à la fois imposante et minable par la médiocrité spacieuse de son aspect, par son incommensurable pauvreté de formes, de couleurs, de vie, sous un ciel renfrogné, indifférent, séché par le vent qui l'avait rendu bleu clair. Il avait plu pendant la nuit. Le soleil même semblait pauvre. De temps à autre, quelques bouts de papier, un peu de poussière et de paille passaient en tourbillonnant près de nous sur le large promontoire plat du trottoir, devant la façade arrondie de l'hôtel.

« Flora De Barral demeura quelque temps silencieuse. Je dis :

« “ Et le lendemain, vous vous êtes ravisée. ”

« De nouveau, elle leva ses yeux vers les miens avec son étrange expression d'innocence avertie ; et, de nouveau, ses joues pâles prirent la plus discrète des teintes roses, l'ombre la plus légère d'une rougeur.

« “ Le lendemain ”, dit-elle d'une voix nette, “ je n'avisai pas. Je me souvins. Cela suffit. Je me souvins de ce que je n'aurais jamais dû oublier. Jamais. Et le capitaine Anthony arriva à la villa dans la soirée.

« — Ah oui. Le capitaine Anthony ”, murmurai-je. Et elle aussi répéta dans un murmure : “ Oui, le capitaine Anthony. ” La légère bouffée de vie et de chaleur déserta son visage. Je baissai la voix davantage encore, et, sans la regarder, je me risquai à dire : “ Vous l'avez trouvé compréhensif ? ”

« Ses longs cils noirs s'abaissèrent légèrement, avec un air de discrétion calculée. C'est, du moins, ce qu'il me sembla. Et pourtant, nul ne pourrait dire que j'étais hostile à cette jeune fille. Mais voilà ! Expliquez cela comme vous pourrez, en ce monde les gens sans amis, comme les pauvres, sont toujours un peu suspects, comme si l'honnêteté et la délicatesse n'étaient possibles qu'aux rares privilégiés.

« “ Pourquoi posez-vous cette question ? ” dit-elle au bout d'un moment, levant brusquement ses yeux vers les miens avec un effet de sincérité que, selon le même principe (qu'il ne faut pas se fier aux déshérités), l'on aurait pu juger équivoque.

« “ Si vous voulez dire de quel droit... ” Elle remua légèrement une main couverte d'un gant brun usé, comme pour signifier qu'elle ne pouvait contester de droit à quiconque, à l'encontre d'un paria comme elle.

« Peut-être aurais-je dû être ému ; mais je ne fis que remarquer l'absence totale d'humilité... “ Je n'ai absolument aucun droit, poursuivis-je, mais seulement de l'intérêt. Mme Fyne — il est trop difficile d'expliquer comment cela s'est passé — m'a parlé de vous, mettons, longuement.

« Sans doute Mme Fyne avait-elle dit la vérité, fit brusquement Flora d'un ton étonnamment rauque. La robe même qu'elle portait lui avait été donnée par Mme Fyne. Naturellement, je regardai la robe. Ce ne pouvait être un don récent. Ajustée et noire, avec des revers de soie héliotrope sous un tulle brodé, elle semblait loin d'être neuve; elle frisait l'élimé; en fait, elle accentuait le caractère menu de sa silhouette; elle s'harmonisait, en suggérant le demi-deuil, avec le visage pâle où, seules, les lèvres rouges sans sourire semblaient réchauffées par le sang généreux de la vie et de la passion.

« Le petit Fyne s'attardait là-haut abusivement. Discutait-il, prêchait-il, sermonnait-il? Avait-il découvert en lui-même une capacité et un goût pour ce genre d'activité? Ou peut-être, comme sa mission lui répugnait profondément, tournait-il autour du pot, ne faisant qu'intriguer le capitaine Anthony, cet homme providentiel, qui, s'il s'attendait à voir à tout moment paraître la jeune fille, devait être constamment sur des charbons ardents, dévoré par l'impatience de voir son beau-frère tourner les talons. Pourquoi, en tout cas, ne s'était-il pas déjà débarrassé de Fyne depuis longtemps? Je ne veux pas dire en le jetant bel et bien par la fenêtre, mais de quelque autre vigoureuse façon.

« Fyne ne l'avait certainement pas impressionné. Qu'Anthony fût impressionnable, je n'en pouvais douter. La présence de la jeune fille là, sur le trottoir, devant moi, le prouvait amplement — et, mon Dieu oui, de manière assez touchante.

« Il arriva que nos regards, errant de-ci de-là, se rencontrèrent. Toute cette situation comportait un aspect comique : le fait que la pauvre fille et moi-même attendions ensemble, sur le large trottoir, devant un café, au coin d'une rue, le résultat de la mission ridicule de Fyne. Mais le comique, lorsqu'il concerne des êtres humains, devient vite douloureux. Oui, la jeune fille éprouvait une angoisse infinie. Et je me demandais si la tension poignante de son attente provenait, pour parler net, de la faim ou de l'amour.

« La réponse aurait eu quelque intérêt pour le capitaine Anthony. Pour ma part, en présence d'une jeune fille, je me persuade toujours que les rêves du sentiment, comme les mystères consolateurs de la Foi, sont invincibles; que ce n'est jamais, au grand jamais, la raison qui gouverne les hommes et les femmes.

« Pourtant, quels sentiments aurait-elle pu éprouver pour sa part? Je me rappelais de quel ton elle avait dit, il n'y avait qu'un instant : " Ce soir-là, le capitaine Anthony arriva à la villa. " Et, considérant aussi ce que l'arrivée du capitaine Anthony signifiait en l'espèce, je m'étonnais du calme avec lequel elle avait pu mentionner le fait. Il était arrivé à la villa. Dans la soirée. Je connaissais ce dernier train. Il était probablement venu à pied de la gare. La soirée était sans doute très avancée. Je pouvais presque voir une forme sombre, confuse, ouvrir le portillon du jardin. Où était Flora ? L'avait-elle vu entrer ? Était-elle à proximité et avait-elle entendu sans le moindre pressentiment ces pas guidés par le hasard, lourds de son propre destin, résonner sur le chemin dallé qui menait à la porte de la villa ? Dans l'ombre de la nuit, cruellement assombrie pour elle par l'ombre même de la mort, il avait dû lui paraître trop étranger, trop lointain, trop inconnu pour marquer ses pensées au sceau d'une force vivante — de cette force qu'un homme peut faire peser sur la destinée d'une femme.

« Elle regarda de nouveau vers la porte de l'hôtel ; je l'imitai, et, alors nos yeux se rencontrèrent encore, cette fois-ci volontairement. Une intimité hésitante, incertaine, surgissait entre nous. Elle dit simplement : " Vous attendez que M. Fyne sorte, n'est-ce pas ? "

« Je lui avouai que j'attendais de voir sortir M. Fyne. Pas davantage. Je n'avais rien à lui dire.

« " J'ai dit hier tout ce que j'avais à lui dire ", ajoutai-je d'un ton significatif. " Je le leur ai même dit à tous les deux. J'ai également entendu tout ce qu'ils avaient à dire.

« — À mon sujet ! murmura-t-elle.

« — Oui. Vous étiez le sujet de notre conversation.

« — Je me demande s'ils vous ont tout dit. "

« Si elle se le demandait, je ne pouvais que me le demander aussi. Mais je ne le lui dis pas. Je me contentai de sourire. L'important était que tout fût dit au capitaine Anthony. Mais quant à cela, j'étais sûr que son estimable sœur y veillerait. Y avait-il autre chose à divulguer — quelque autre souffrance, quelque autre tromperie dont cette jeune fille avait été victime ? Cela ne semblait guère probable. Il n'était même pas facile de l'imaginer. Ce qui me frappait le plus, c'était son — il me faut bien, je suppose, l'appeler ainsi — son calme. Il était impossible de dire si elle comprenait ce qu'elle avait fait. On s'interrogeait. Elle était moins indéchiffrable qu'impassible et je ne savais s'il fallait l'admirer pour cela ou la bannir de mes pensées, comme la cible passive d'un malheur féroce.

« En remontant aux circonstances où nous nous étions parlé pour la première fois sur la route, près de la carrière, je dus admettre qu'elle présentait certains traits apparemment énigmatiques. Je ne sais pourquoi, j'imaginais que le capitaine Anthony appartenait à un genre d'hommes qui ne sont pas susceptibles de prendre l'initiative; non pas, peut-être, par indifférence, mais en vertu de cette étrange timidité devant les femmes qui va souvent de pair avec les instincts chevaleresques, avec un grand besoin d'affection et une grande stabilité de sentiments. Ces hommes-là sont faciles à émouvoir. Au moindre encouragement, ils vont de l'avant avec l'ardeur irréfléchie des affamés. Cela expliquait la soudaineté de l'aventure. Non! Malgré toute son inexpérience, cette jeune fille n'avait pu éprouver de grande difficulté à mener à bien son entreprise de conquête. C'est elle qui avait dû commencer. Et pourtant elle était là, patiente, presque impassible, presque pitoyable, attendant dehors l'aumône promise, comme une mendiante, qui n'a droit à rien d'autre qu'à la compassion.

« À chaque instant, des gens nous frôlaient, seuls ou par groupes de deux ou trois; c'étaient les habitants de cette extrémité de la ville où la vie s'écoule sans l'ornement de la grâce ou de la splendeur; ils nous dépassaient avec leurs vêtements râpés, leurs visages cireux, hâves, anxieux ou las ou simplement sans expression, en un flot sombre, grave, fait non de vies mais seulement d'existences dédaignées, dont les joies, les luttes, les pensées, les peines, les espoirs même étaient misérables, sans aucun lustre ni importance au monde. Et quand on pensait à la réalité qu'ils avaient à leurs propres yeux, le cœur se serrait. Mais, de tous ceux qui passaient, nul ne me parut alors aussi pathétique dans sa patience inconsciente que la jeune fille debout devant moi; nul plus difficile à comprendre. C'est peut-être que je pensais à des questions que je ne pouvais lui poser.

« En réalité, nous n'avions rien à nous dire; mais tous les deux, si étrangers que nous fussions l'un pour l'autre, nous avions abordé le plus intime et le plus définitif des sujets, celui de la mort. Il avait noué entre nous une sorte de lien. Il rendait notre silence pesant et contraint. J'aurais dû la quitter sur-le-champ; mais, comme je crois vous l'avoir déjà dit, le fait que mon cri l'avait éloignée du bord d'un précipice semblait, en quelque sorte, m'avoir rendu responsable de cet autre saut dans le vide. Aussi y avait-il entre nous un autre sujet intime qui donnait plus de poids, plus de contrainte à notre silence. Le sujet du mariage. J'ai employé ce terme non pas tant pour désigner la cérémonie elle-même (au sujet de laquelle je n'éprouvais pas de doute, car le capitaine Anthony était quelqu'un de bien) ou l'institution sociale en général, sur laquelle je n'ai pas d'opinion, mais à propos des rapports humains. Les deux premiers points de vue ne présentent aucun intérêt particulier. La cérémonie, je suppose, convient; l'institution est probablement utile, sinon elle n'aurait pas duré. Mais les rapports humains ainsi reconnus sont chose mystérieuse dans leur origine, leur caractère et leurs conséquences. Malheureusement, on ne peut retenir familièrement par le revers du vêtement une jeune fille comme on retiendrait un jeune homme. Je ne crois pas que même une autre femme puisse vraiment le faire. On ne se fierait pas à elle. Il n'existe pas entre femmes ce fond de loyauté au moins conditionnelle sur lequel les hommes peuvent compter dans leurs relations entre eux. Je crois que toute femme préférerait se fier à un homme. La difficulté, dans un cas aussi délicat, touchait au moyen d'arriver à s'entendre.

« Aussi restâmes-nous muets dans le vacarme odieux de cette large chaussée encombrée de lourdes charrettes. De grands fourgons transportant, empilés, des chargements énormes, avançaient comme des montagnes oscillantes. On eût dit que le monde entier n'existait que pour vendre et acheter et que ceux qui n'avaient point affaire avec la circulation des marchandises ne comptaient pas.

« " Vous devez être fatiguée ", dis-je. Il fallait dire quelque chose, ne fût-ce que pour affirmer son existence en s'opposant au vacarme lassant, indifférent, écrasant. Elle leva les yeux un instant. Non, elle n'était pas fatiguée. Pas très. Elle n'avait pas fait tout le chemin à pied. Elle était venue par le train jusqu'à la gare de Whitechapel et n'était allée à pied qu'à partir de là.

« Elle avait fait un odieux pèlerinage; mais s'il était inspiré par l'amour ou imposé par la nécessité, qui pouvait le dire? Et c'était précisément là que j'aurais aimé en venir. Mais ce n'était pas une question que l'on pouvait poser à brûle-pourpoint, et je ne trouvais pas de détour satisfaisant. Je m'avisai aussi qu'il était concevable qu'elle n'en eût elle-même aucune connaissance réfléchie. Cette jeune femme avait évidemment envisagé de mourir. Elle était allée jusqu'à se forger quelque idée de la mort. Mais quant à la fatalité qui l'accompagne, l'amour, elle n'avait jamais, j'en étais sûr, réfléchi à sa signification.

« Cet homme, dans l'hôtel, qui m'était inconnu, et cette

jeune fille debout devant moi dans la rue, formaient, je le sentais, un cas exceptionnel. Lui avait rompu avec son milieu; elle était au ban de la société. Un aspect des conventions perdu de vue par ceux qui les vitupèrent est qu'elles rendent la joie comme la souffrance plus faciles à supporter avec dignité. Mais ces deux êtres étaient soustraits à toutes les conventions. Ils devaient être, en un certain sens, aussi libres d'entraves que le premier homme et la première femme. La difficulté était que je ne pouvais rien imaginer touchant Flora De Barral et le frère de Mme Fyne. Ou, si vous préférez, je pouvais imaginer n'importe quoi, ce qui revient à peu près au même. Les ténèbres et le chaos sont cousins germains. J'aurais voulu demander à la jeune fille un mot qui guidât mon imagination. Mais comment s'aventurer jusque-là? Il m'arrive parfois d'être bourru, mais je ne suis pas d'un naturel impertinent. J'aurais voulu lui demander, par exemple : " Savez-vous où vous vous êtes engagée? " Lui poser une question de ce genre. En tout cas, il était temps que l'un de nous dît quelque chose. Il fallait que ce fût une question. Et la question que je posai fut : " Ainsi, il va vous faire visiter son navire? "

« Elle parut heureuse que j'eusse enfin parlé et heureuse d'avoir l'occasion de parler à son tour.

« " Oui. Il l'a promis – pour ce matin. Vous avez bien dit que vous ne connaissiez pas le capitaine Anthony?

« – Non, je ne le connais pas. Ressemble-t-il en rien à sa sœur? "

« Elle parut surprise et murmura " sa sœur! " d'un ton perplexe qui m'étonna. " Oh! Mme Fyne ", s'exclama-t-elle, se ressaisissant et évitant mes yeux, tandis que je la regardais avec curiosité.

« Quel extraordinaire détachement! Et pendant tout ce temps, le flot des gens aux vêtements râpés coulait rapidement près de nous, avec le bruit incessant, lugubre, de pieds las traînés sur les dalles. Le soleil qui tombait sur la crasse des surfaces, sur la misère des couleurs et des formes, semblait de qualité inférieure, sa joie fanée, son éclat terni et poussiéreux. Je dus hausser la voix dans le bruit monotone et vibrant de la chaussée.

« " Vous n'allez pas me dire que vous avez oublié leur parenté? "

« Elle s'écria assez promptement : " J'étais distraite. " Et puis, tandis que je m'interrogeais sur les images qu'elle avait pu avoir à l'esprit à ce moment-là, elle me demanda : " Vous n'avez pas vu la lettre que j'ai écrite à Mme Fyne, n'est-ce pas?

« — Non, je ne l'ai pas vue ", criai-je. À ce moment précis, le vacarme était affolant, car un chariot tiré par deux chevaux et transportant un petit chargement de tiges de fer en vrac passait lentement tout près de nous. " On ne m'a pas fait confiance à ce point-là. " Et, me rappelant les allusions de Mme Fyne au déséquilibre de la jeune fille, j'ajoutai : " Est-ce une confession sans réserves que vous avez écrite? "

« Elle resta quelque temps sans me répondre, et, tout en attendant, je pensais qu'il n'est rien de tel qu'une confession pour vous donner l'apparence de la folie, et que, de toutes les confessions, une confession écrite est la plus préjudiciable à tous égards. Ne vous confessez jamais! Jamais, au grand jamais! Une plaisanterie intempestive est la source de regrets amers — toujours. Elle peut parfois détruire un homme, non parce que c'est une plaisanterie, mais parce qu'elle est intempestive. Et une confession, quel qu'en soit le genre, est toujours intempestive. La seule chose qui la rende supportable pendant un certain temps est la curiosité. Vous souriez? Ah, mais il en est ainsi, sans quoi on enverrait promener les gens dès la seconde phrase. Sur combien d'âmes compréhensives pouvez-vous compter au monde? Une sur dix, une sur cent — sur mille — sur dix mille? Ah! Quelle duperie que ces confessions! Quelle affreuse duperie! On cherche la compréhension, et tout ce qu'on trouve est le plus fugitif sentiment de soulagement... et encore! Car une confession, quelle qu'elle soit, remue l'auditeur au plus profond de sa nature intime. Souvent à des profondeurs qu'il soupçonne à peine lui-même. Ainsi les vertueux triomphent secrètement, les chanceux s'égaient, les forts s'écœurent, les faibles sont bouleversés ou irrités contre vous, selon la mesure de leur sincérité à l'égard d'eux-mêmes. Et tous, en leur for intérieur, vous marquent au sceau de la folie ou de l'impudence... »

J'avais rarement vu Marlow aussi véhément, aussi pessimiste, aussi sérieux dans son scepticisme. Je coupai court à son éloquence en lui demandant comment Flora De Barral avait répondu à sa question. « La pauvre fille a-t-elle avoué avoir bombardé Mme Fyne de ses confidences — huit pages d'écriture serrée — quelque chose comme ça? »

Marlow hocha la tête.

« Elle ne m'en dit rien. J'acceptai son silence comme une

sorte de réponse et remarquai qu'il aurait mieux valu annoncer tout simplement la chose à Mme Fyne, à la villa. " Pourquoi ne l'avez-vous pas fait? " demandai-je à brûle-pourpoint.

« Elle dit : " Je n'ai pas beaucoup de cran. " Elle leva les yeux vers moi et ajouta d'un ton significatif : " Et vous le savez bien, vous. Et vous savez pourquoi. "

« Je dois observer qu'elle semblait avoir perdu toute agressivité depuis notre première rencontre à la carrière. C'était presque une autre personne que la jeune fille arrogante, irritée, désespérée, aux lèvres frémissantes, aux regards chargés de ressentiment.

« " J'ai pensé que vous aviez agi très sagement en vous éloignant de ce précipice ", dis-je.

« Elle leva les yeux avec une ombre de son ancienne expression.

« " Ce n'est pas ce que je veux dire. Je vois que vous tenez à m'avoir sauvé la vie. Vous vous trompez complètement. Je m'inquiétais de ce sale petit animal de chien. C'était l'idée de... de me supprimer qui était lâche. C'est la pensée que je voulais exprimer en disant que je n'ai pas beaucoup de cran.

« — Oh! " répliquai-je d'un air désinvolte. " Ce petit chien. En réalité, il n'est pas méchant, ce petit chien. " Mais elle abaissa ses paupières et poursuivit :

« " J'étais si malheureuse que je ne pouvais penser qu'à moi-même. C'était mesquin. C'était aussi cruel. Et d'ailleurs, je n'avais pas vraiment renoncé à mon projet — pas encore. " »

Le ton de Marlow changea.

« Je ne sais pas grand-chose de la psychologie du suicide. C'est un genre de sujet qu'on a rarement l'occasion d'étudier de près. J'ai connu une fois un homme qui vint un soir chez moi et qui, tout en fumant un cigare, m'avoua d'un air lugubre qu'il essayait de trouver un moyen élégant d'en finir avec l'existence. Je n'ai pas étudié son cas, mais je l'ai aperçu l'autre jour à un match de cricket, qui prenait du bon temps en compagnie de quelques femmes. Cela semble une attitude assez raisonnable. Considéré comme un péché, le suicide exige le repentir devant le trône d'un Dieu de miséricorde. Mais j'imagine que la religion de Flora De Barral, sous la direction de la gouvernante distinguée, n'avait pu être que de pure forme. Le remords entendu comme une honte dévorante et un regret stérile ne m'est compréhensible que si quelque tort a été fait à l'un de nos semblables.

« Mais que cette jeune fille dont l'existence était, pour ainsi dire, tolérée, fût intérieurement torturée par le remords pour avoir un jour envisagé de se débarrasser d'une vie qui n'était à tous égards qu'une malédiction, voilà ce que je ne pouvais comprendre. Je croyais très vraisemblable qu'il s'agissait de l'influence obscure de formules banales, d'un sentiment traditionnel ou hérité, de l'idée vague que le suicide est un délit; des propos de moralistes et de prédicateurs d'antan, qui restent dans l'air et concourent à la genèse de toutes les conventions morales communément acceptées. Oui, son remords me surprenait. Mais, baissant les yeux de façon inattendue jusqu'à ce que ses cils noirs parussent reposer sur ses joues pâles, elle offrait l'aspect d'une parfaite componction. L'attrait en était tel que je ne pus réprimer un léger sourire. Que Flora De Barral eût jamais, sous n'importe quel aspect, le pouvoir de susciter un sourire, était bien la dernière chose que j'aurais crue. Elle poursuivit, après une légère hésitation :

« “ Un jour, je suis partie pour retourner là-bas, au même endroit. ”

« Voyez l'influence d'un simple jeu de physionomie! Si vous vous rappelez ce dont nous parlions, vous aurez peine à croire que je me sois surpris la bouche fendue d'un sourire adressé de toute ma hauteur à cette petite jeune fille pleine de componction. Je dois dire aussi que je me sentais à ce moment-là mieux disposé à son égard que jamais auparavant.

« “ Ah, vraiment? Pour faire le saut? Vous êtes une jeune personne très décidée. Eh bien, que s'est-il passé cette fois-là? ”

« Un changement d'attitude presque imperceptible, une légère inclination de la tête, peut-être, un rien, la fit paraître plus remplie de componction que jamais.

« “ J'avais quitté la villa ”, commença-t-elle un peu hâtivement. “ Je suivais la route — vous savez, la fameuse route. J'avais décidé que, cette fois, je ne reviendrais pas. ”

« Je ne nierai pas que ces paroles lancées par-dessous le bord de son chapeau (oh, oui, certainement, sa tête était baissée — elle l'avait baissée) me causèrent un frisson; car, en vérité, je n'avais jamais douté de sa sincérité. Il était tout à fait impossible que son désespoir fût feint.

« “ Oui, murmurai-je. Vous suiviez la route.

« — Lorsque... " Une nouvelle hésitation produisit un effet de timidité ingénue que tout un monde séparait du tragique; puis elle poursuivit sans hésiter... " Lorsque soudain le capitaine Anthony, franchissant une barrière, surgit d'un champ. "

« J'étouffai par un accès de toux le début d'un éclat de rire des plus malséants et j'eus honte. Ses yeux, un instant levés, semblaient pleins de souffrance et d'ingénuité, d'une menace inexprimée dans les profondeurs des pupilles dilatées à l'intérieur de leurs anneaux bleu sombre. C'était — comment dire? — un effet de nuit, où l'on croit distinguer des formes vagues sans savoir sur quelle réalité on peut tomber à tout instant. Puis elle abaissa de nouveau ses paupières, excluant de la situation tout mystère autre que le souvenir apaisant de ce regard, nocturne en plein soleil, expressif dans son immobilité au milieu de l'agitation brutale de la rue.

« " Ainsi, le capitaine Anthony vous rejoignit, c'est bien cela?

« — Il ouvrit la barrière d'un champ d'où il sortit pour déboucher sur la route qu'il traversa pour venir à côté de moi et m'accompagner. Il avait sa pipe à la main. Il dit : ' Allez-vous loin ce matin? ' "

« Ces paroles (j'observais son pâle visage tandis qu'elle parlait) me firent légèrement frissonner. Elle avait toujours son air de componction presque prude. Et je remarquai :

« " Vous aviez déjà causé ensemble, naturellement.

« — Nous n'avions pas échangé plus de vingt mots en tout depuis son arrivée, déclara-t-elle d'un ton égal. Ce jour-là, il m'avait dit bonjour quand nous nous étions rencontrés deux heures auparavant au petit déjeuner. Et je lui avais dit bonjour. Je ne l'avais pas revu jusqu'à son apparition sur la route. "

« Je pensai en mon for intérieur que cette rencontre n'était pas accidentelle. Il l'avait observée. J'étais également sûr qu'il n'avait posé aucune question à Mme Fyne.

« " Je ne voulais pas le regarder, dit Flora De Barral. Plus jamais je ne regarderais les gens. Il me dit : ' Ma sœur ne se met guère en frais pour nous. Nous ferions mieux de nous tenir mutuellement compagnie. J'ai lu tous les livres qu'il y a dans cette villa. ' Je continuai d'avancer. Il ne me quittait pas. Je pensais qu'il aurait dû le faire. Mais non. Il ne semblait pas remarquer que je ne voulais pas lui parler. "

« Elle était alors complètement immobile. La méchante

petite ombrelle suspendue à ses mains jointes touchait sa robe. L'attention me figeait. Ce n'est pas tous les jours que l'on cueille pareille confession spontanée sur les lèvres d'une jeune fille. Les bruits hideux de la rue, qui s'enflèrent un moment, couvrirent les quelques mots qu'elle dit ensuite. C'était irritant. Le premier mot que j'entendis ensuite fut " ennuyée ".

« " Cela vous ennuyait qu'il fût là, marchant à côté de vous.

« — Oui. C'est bien cela ", poursuivit-elle, les yeux baissés. Il y avait dans son ton et son attitude quelque chose de gracieusement comique, tandis que je me représentais une pauvre fille au visage pâle allant à la mort et, à côté d'elle, un homme qui marchait à grands pas sans se douter de rien. Sans se douter de rien? Je n'en suis pas certain. En tout premier lieu, j'étais sûr que cette rencontre n'était pas fortuite. Il était arrivé quelque chose auparavant. Anthony était-il homme à être frappé du *coup de foudre* de l'amour? Je ne le crois pas. Pareille sensibilité est, heureusement, rare. Un monde peuplé d'amoureux prompts à s'enflammer comme Roméo et Juliette aurait tôt fait de sombrer dans la barbarie et la souffrance. Mais c'est un fait qu'en tout homme (non en toute femme) habite un amoureux; un amoureux dont toutes les virtualités se déclarent souvent sous l'effet des moindres, des plus insignifiantes sollicitations — pourvu qu'elles se manifestent au moment psychologique favorable : un visage aperçu sous un angle inhabituel, une attitude passagère, la courbe d'une joue, peut-être déjà souvent regardée, mais chargée à ce moment-là d'une signification étonnante. Ce sont là de grands mystères, bien sûr. Des signes magiques.

« Je ne sais quelle avait été la nature du signe dans ce cas-là. Peut-être la pâleur de Flora (qui n'était ni celle de la pâte à tarte ni celle du papier mâché), ce visage blanc dont les yeux avaient les lueurs bleues des flammes et les lèvres le rouge des braises. Sous certains éclairages, dans certaines positions de la tête, il suggérait la douleur tragique. Ou, peut-être, sa chevelure ondulée. Ou même seulement son menton pointu, un peu saillant, rancunier et guère distingué, qui dissipait la réserve mystérieuse de sa fragile présence. Mais, en tout cas, à un moment donné, Anthony devait avoir brusquement vu la jeune fille pour de bon. C'est alors que ce quelque chose lui était arrivé. Peut-être rien de plus que la pensée surgie en lui que c'était là une " compagne possible ".

« L'embuscade s'en était suivie. La résolution qu'elle exprimait me fait penser qu'elle était l'œuvre du menton; cette caractéristique " du commun des mortels ", qui sert si bien certaines femmes. Car les hommes, je veux dire les hommes vraiment virils, ceux dont les générations ont créé un idéal de la femme, sont souvent très timides. Qui ne le serait devant l'idéal! Mais celui qui badine avec l'amour, qui a bien failli n'être rien du tout, c'est lui qui se montre entreprenant, tout simplement parce qu'il est aisé de paraître entreprenant quand on n'a pas l'intention de mettre sa foi à l'épreuve.

« Enfin, quel que fût le trait qui l'encouragea, le capitaine Anthony s'accrocha à Flora De Barral d'une façon que chez un timide, on aurait pu qualifier d'héroïque, si elle n'avait été aussi naïve. Par politique, par diplomatie, par naïveté ou simplement par inspiration, il continua de parler assez lentement, presque sans arrêt. Puis soudain, comme s'il prenait conscience de la situation :

« " C'est drôle, je ne crois pas que vous m'en vouliez de vous imposer ma compagnie. Mais pourquoi ne dites-vous rien? "

« Je demandai à Mlle De Barral comment elle avait répondu à cette question.

« " Je ne répondis pas ", fit-elle de cette voix basse, égale, imperturbable, qu'elle semblait réserver pour les confidences délicates. " Je continuai à avancer. Cela semblait lui être indifférent. Nous arrivâmes au bas de la carrière, là où la route monte en lacets, après l'endroit où vous étiez assis au bord de la route le fameux jour. Je commençai à me demander ce que je devais faire. Après que nous eûmes atteint le sommet, le capitaine Anthony dit qu'il n'avait pas fait de promenade avec une dame depuis bien des années — presque depuis son enfance. Nous étions alors arrivés à l'endroit où j'aurais dû quitter la route et couper à travers champs. Je songeai à partir en courant. Mais il m'aurait rattrapée. J'en étais sûre; et, naturellement, il ne m'aurait pas laissée faire. Il m'était impossible de lui fausser compagnie.

« — Pourquoi ne l'avez-vous pas prié de vous quitter? demandai-je avec curiosité.

« — Il n'aurait prêté aucune attention à cette demande ", poursuivit-elle de son débit régulier. " Et qu'aurais-je pu faire alors? Je n'aurais pas pu me prendre de querelle avec lui, n'est-ce pas? Je n'avais pas assez d'énergie pour me mettre en colère. Je me sentis soudain très fatiguée. Je me contentai d'aller droit devant moi sur la route d'un pas mal assuré. Le capitaine Anthony me dit que la famille qu'il connaissait à Liverpool — des parents de sa mère — était maintenant dispersée et qu'il ne s'était fait, depuis, aucun ami. Tous ces gens étaient partis chacun de son côté. Toutes les filles étaient mariées. Des filles gentilles, qui lui avaient témoigné beaucoup d'amitié quand il n'était guère plus qu'un enfant. Il répéta : ‘ Des filles très gentilles, très gaies, très intelligentes. ’ Je m'assis sur un talus, contre une haie, et fondis en larmes.

« — Vous avez dû l'étonner considérablement ”, fis-je observer.

« Anthony, semble-t-il, resta sur la route, les yeux baissés vers elle. Il ne fit pas mine de s'approcher d'elle ; il ne fit non plus ni un autre mouvement ni un autre geste. Flora De Barral me dit tout cela. Elle le voyait à travers ses larmes, simple silhouette brouillée sur la route blanche, puis redevenant plus distinct, mais toujours complètement immobile, comme perdu dans ses pensées devant un phénomène étrange qui exigeait l'attention la plus intense possible.

« Flora apprit plus tard qu'il n'avait jamais vu pleurer une femme ; du moins, pas ainsi. Il était impressionné et intéressé par le caractère mystérieux de l'effet produit. Elle avait pleinement conscience d'être regardée, mais ne pouvait s'empêcher de pleurer. Elle ne pouvait à vrai dire faire aucune espèce d'effort. Soudain, il fit deux pas en avant, se baissa, saisit les mains de Flora et la força à se mettre debout ; elle se trouva tout près de lui presque avant d'avoir compris ce qu'il avait fait. Des gens arrivaient sur la route d'un pas vif et le capitaine Anthony marmonna : “ Vous ne voulez pas vous donner en spectacle. Que dites-vous de cet échalier, là-bas ? Pouvons-nous revenir à travers champs ? ”

« Elle arracha ses mains à l'étreinte de celles d'Anthony (il semble qu'il avait omis de les lâcher), s'éloigna de lui au pas de charge et escalada l'échalier. Le champ était vaste, parsemé d'une profusion de moutons blancs. Un chemin piétiné le traversait en diagonale. Après avoir parcouru plus de la moitié du trajet, elle tourna la tête pour la première fois. Gardant une distance d'environ cinq pieds, le capitaine Anthony la suivait, l'air extrêmement intéressé. Intéressé ou avide. En tout cas, elle surprit sur son visage une expression qui lui fit peur. Mais pas assez pour l'inciter à courir. Et, en vérité, il eût fallu quelque chose d'incroyablement effrayant pour terrifier jusqu'à la faire courir une jeune fille qui avait perdu le courage de vivre.

« Comme encouragé par ce coup d'œil jeté par-dessus l'épaule, le capitaine Anthony la rejoignit hardiment, et maintenant qu'il était là, à côté d'elle, elle le sentait intimement proche, comme s'il l'avait touchée. Elle tenta de ne tenir aucun compte de cette sensation. Mais elle n'était pas en colère contre lui maintenant. Cela n'en valait pas la peine. Elle lui était reconnaissante d'avoir eu le bon sens de ne pas la questionner au sujet de ces larmes. Naturellement, il ne l'avait pas questionnée parce qu'elle lui était indifférente. Elle était indifférente au monde entier, à ceux qui feignaient de s'intéresser à elle comme à ceux qui ne le feignaient pas. Elle préférait les seconds.

« Le capitaine Anthony lui ouvrit une barrière qui donnait accès à un autre champ; quand ils l'eurent franchie, il se maintint à sa hauteur, presque au coude à coude. Sa voix grondait amicalement dans l'oreille même de Flora. Rester dans cette morne maison suffisait à donner le cafard à n'importe qui. Sa sœur griffonnait toute la journée. Ce n'était vraiment pas gentil. Dans les allusions qu'il fit à ses nièces, il les traita d'espiègles mal élevées et égoïstes, dépourvues de sentiments comme de bonnes manières. Puis il parla de son navire, en rade pour un mois et désarmé pour réparations. Le pire était qu'en arrivant à Londres, il avait constaté qu'il ne pouvait occuper son logement habituel, où on lui rendait la vie aussi agréable qu'elle pouvait l'être où que ce fût sur la terre ferme pour un loup de mer endurci comme lui.

« Dans son effort pour dominer à force de causer, et pour tenir en échec, la mystérieuse, la profonde attirance qu'il éprouvait déjà pour cette créature délicate de chair et de sang, aux joues pâles, aux paupières violacées, aux yeux brûlés de larmes, il parla ensuite de lui-même comme d'un ennemi juré de la vie à terre — source de terreur panique pour un homme simple, à cause des manies et des convenances, des cérémonies et des affectations. Il détestait tout cela. Il n'était pas fait pour ça. Il n'y avait de repos et de sécurité que sur la mer.

« Cela faisait apparaître le capitaine Anthony comme un ermite retiré d'un monde livré au mal. Cela me causa une surprise amusée et rien de plus, mais dut aller droit au cœur de ce jeune être meurtri et brisé. Répugnant toujours, timidement, à le sentir près d'elle, elle avait fini par l'écouter avidement. Le murmure de sa voix profonde l'apaisait. Et elle pensa brusquement que dans la tombe aussi on trouvait la paix et le repos.

« Elle l'entendit déclarer : " Voyez ma sœur. Ce n'est nullement une méchante femme. Elle m'invite ici pour satisfaire aux convenances, je suppose, mais elle ne s'intéresse pas du tout à moi. Les voilà bien vos terriens. Je comprends parfaitement qu'on pleure. Je serais déjà parti, mais, à vrai dire, je n'ai pas d'amis chez qui aller. " Il ajouta brusquement : " Et vous? "

« Elle fit un petit signe de tête négatif. Il avait dû l'observer et tirer ses conclusions. Après un silence, il dit simplement : " Au début de mon séjour ici, je vous prenais pour la gouvernante des fillettes. Ma sœur ne m'a pas dit un mot à votre sujet. "

« C'est alors que Flora prit la parole pour la première fois.

« " Mme Fyne est ma meilleure amie.

« – C'est aussi la mienne ", dit-il sans l'ombre d'ironie ou d'amertume, mais il ajouta avec conviction : " Voilà qui vous montre ce qu'est la vie à terre. Il vaut beaucoup mieux être ailleurs. "

« Comme ils approchaient de la villa, sa voix se fit entendre de nouveau, comme si, entre-temps, une longue marche silencieuse n'avait pas eu lieu : " Mais, en tout cas, je ne lui poserai aucune question à votre sujet. "

« Il s'arrêta court et elle poursuivit seule sa marche. Ces dernières paroles l'avaient impressionnée. Tous les propos du capitaine semblaient, en quelque sorte, cacher un sens particulier sous la signification évidente qu'ils avaient dans la conversation. Jusqu'à ce qu'elle franchît la porte de la villa, elle sentit son regard posé sur elle.

« Précisément. Il avait fait sentir son influence. Cette jeune fille barbotait, pour ainsi dire, les membres las, dans le ressac hideux de la vie, sans aucune chance de nager vigoureusement pour s'en sortir, quand on lui avait fait sentir la présence de quelqu'un, près d'elle, dans l'eau amère, événement d'une importance morale très considérable pour elle, qu'elle le sût ou non. Ils se retrouvèrent à une heure, au déjeuner. J'incline à croire que, comme elle était en bonne santé sous des dehors fragiles, comme une marche rapide et ce que je puis appeler les larmes apaisantes (il y a bien des sortes de larmes) donnent faim, elle mangea de bon appétit. C'est le capitaine Anthony qui en manqua. Sa sœur le fit observer avec sa sécheresse prosaïque et l'aînée des charmantes nièces d'Anthony dit d'un ton railleur : " Tu as trop pris d'exercice ce matin, tonton Roderick. " Le doux tonton Roderick lui répliqua : " Qu'en sais-tu, ma petite demoiselle? " avec tant de fureur contenue que toute la tablée en eut le souffle coupé et resta muette jusqu'à la fin du repas. Il ne prêta absolument aucune attention à Flora De Barral. Je ne pense pas que ce fût par prudence ou en vertu d'un calcul quelconque. Je crois que la personne de Flora l'accaparait tellement qu'il ne voulait pas regarder dans sa direction en présence de tiers qui auraient pu entraver son imagination.

« Vous comprenez que je réunis ici des fragments de propos épars. Le lendemain, Flora le vit penché par-dessus la barrière du champ. Lorsqu'elle me l'apprit, je ne lui demandai pas, naturellement, comment il se faisait qu'elle fût là. Il est probable qu'elle n'aurait pas pu me le dire. Le difficile, ici, est de ne pas perdre un instant de vue les conditions de son existence à cette époque, où la tristesse le disputait à l'horreur.

« Ce marin qui ressemblait à un ermite sans être précisément misanthrope était penché, l'air sombre, par-dessus la barrière. Quand il vit Flora, agitée, le visage pâle, venir à la dérive, comme perdue, sur la route, il mit sa pipe dans sa poche et s'écria : " Bonjour, mademoiselle Smith " d'un ton étonnamment heureux. Elle, un pied dans la vie et l'autre dans un cauchemar, était à la fois inerte et instable, et fort à la merci d'impulsions soudaines. Elle s'écarta de son chemin, arriva comme une folle droit à la barrière et, le regardant dans le blanc des yeux : " Je ne suis pas Mlle Smith. Ce n'est pas mon nom. Ne m'appelez pas ainsi. "

« Elle tremblait, comme de colère. Les yeux d'Anthony n'exprimaient rien; il se contenta d'ouvrir la barrière en silence, de saisir Flora par le bras et de la faire entrer dans le champ. Puis, fermant la barrière d'un coup de pied :

« " Pas votre nom? Cela m'est égal. Votre nom est ce dont je me soucie le moins en ce qui vous concerne. " Il l'éloignait de la barrière avec fermeté, malgré une légère résistance. Il y avait dans ses yeux une espèce de joie qui effraya Flora. " Vous n'êtes pas une princesse déguisée ", dit-il avec un rire inattendu qui la glaça de frayeur. " Et c'est la seule chose qui m'importe. Il vaudrait mieux que vous compreniez que je ne suis ni aveugle ni idiot. Et puis, il est évident, même pour un idiot, que la vie vous a malmenée. Vous êtes sur une côte sous le vent et vous vous rongez le cœur de soucis. ”

« Ce qui parut à Flora le plus effrayant fut l'exaltation qui illuminait ses yeux, le sourire vorace qui apparaissait et disparaissait sur ses lèvres, comme s'il se repaissait de la souffrance qu'elle éprouvait. Mais la souffrance de Flora était sa chance à lui et il connaissait la joie tandis que la plus tendre pitié inondait tout son être. Il lui fit remarquer qu'elle savait qui il était. Il était le frère de Mme Fyne. Eh bien, si sa sœur était la meilleure amie qu'elle eût au monde, alors, grands dieux, il était bien temps qu'on vînt un peu s'occuper d'elle.

« Flora avait essayé à plusieurs reprises de se dégager, mais chaque fois il lui serrait le bras plus fort et le secouait même un peu sans cesser de parler. La proximité de son visage intimidait Flora. Il semblait s'efforcer de lire en elle. Il était évident que le monde l'avait maltraitée. Et au moment précis où il exprimait son indignation, les marques et l'empreinte même de ces mauvais traitements dont il était si convaincu semblaient ajouter à l'inexplicable attrait qu'il éprouvait pour la personne de Flora. Ce n'était pas seulement de la pitié, je crois. C'était quelque chose de plus spontané, de plus irrationnel, de plus passionnant, qui lui donnait le sentiment que s'il pouvait seulement s'emparer d'elle, nulle femme ne lui appartiendrait aussi complètement que cette femme-là.

« “ Quels que soient vos ennuis, dit-il, je suis l'homme qui vous y soustraira; à condition que vous n'ayez pas peur. Vous m'avez dit que vous n'aviez pas d'amis. Moi non plus. Personne ne s'est jamais intéressé à moi, pour autant qu'il m'en souvienne. Peut-être le pourriez-vous. Oui, je vis en mer. De qui auriez-vous à vous séparer? De personne. Vous n'avez de lien avec personne. ”

« À cet instant, elle s'arracha à son étreinte et s'enfuit en courant. Il ne la poursuivit pas. Les hautes haies agitées par le vent, les vastes champs, les nuages qui parcouraient le ciel et le ciel même tournaient autour d'elle, masses de vert, de blanc et de bleu, comme si le monde se désintégrait silencieusement en un tourbillon et qu'au prochain pas son pied dût inévitablement trouver le vide. Elle atteignit bien la barrière, sortit du champ, et, une fois sur la route, s'aperçut qu'elle n'avait pas le courage de regarder en arrière. Elle passa le reste de la journée avec les petites Fyne, qui lui donnèrent à entendre qu'elle était obtuse et sans intérêt. Longtemps après le thé, à la brune, le capitaine Anthony (le fils du poète) apparut soudain devant elle dans le petit jardin, devant la villa. Ils étaient seuls momentanément. Le vent était tombé. Dans l'air calme du soir, on entendait la voix de Mme Fyne et des jeunes filles, qui se promenaient sans but sur la route. Il dit sévèrement à Flora :

« " Vous avez compris? "

« Elle le regarda en silence.

« " Que je vous aime ", dit-il, terminant sa phrase.

« Elle hocha imperceptiblement la tête.

« " Ne me croyez-vous pas? demanda-t-il d'une voix basse et furieuse.

« – Personne ne consentirait à m'aimer ", répondit-elle d'un ton très calme. " Personne ne le pourrait. "

« Il resta muet un certain temps, étonné outre mesure, ce qui était fort naturel. Il n'en croyait pas ses oreilles. Il était scandalisé.

« " Hein? Comment? Personne ne pourrait vous aimer? Qu'en savez-vous? C'est mon affaire, n'est-ce pas? Vous osez dire une chose pareille à un homme qui vient de vous dire qu'il vous aimait! Vous devez être folle!

« – Il s'en faut de très peu ", dit-elle avec l'accent de la sincérité contenue, soulagée même parce qu'elle pouvait prononcer des paroles qu'elle sentait vraies. Depuis quelques jours, elle s'était sentie au bord de cette folie qui n'est qu'une intolérable lucidité de l'intelligence.

« Les voix claires de Mme Fyne et des jeunes filles se rapprochaient, semblant affectées dans la paix chargée de passion de la terre. Il se mit à lui parler précipitamment, avec violence.

« " Sottises! Personne ne pourrait... Vraiment! Par exemple! On va vous montrer que quelqu'un le peut. Moi. Personne... " Il émit un sifflement méprisant. " Il est plus probable que c'est vous qui en êtes incapable. On vous a fait quelque chose. Quelque chose a détruit votre courage. Vous ne pouvez regarder un homme en face – voilà la vérité. Qu'est-ce qui vous a rendue ainsi? D'où venez-vous? On vous a trompée. Les gredins – quels qu'ils soient, hommes ou femmes – semblent vous avoir volé jusqu'à votre nom. Vous dites que vous n'êtes pas Mlle Smith. Qui êtes-vous donc? "

« Elle ne répondit pas. Il marmonna : " Ce n'est pas que je m'en soucie ", et se tut, car on entendait, à la porte même du jardin, le bavardage suffisant et vide des jeunes Fyne. Mais elles n'allaient pas encore se coucher. Elles s'éloignèrent. Il attendit un peu, silencieux et immobile, puis frappa du pied et perdit son empire sur lui-même. Il gronda, sa colère furieuse déchaînée contre Flora. Elle eut la certitude qu'il la menaçait, qu'il l'injuriait. Les insultes ne lui étaient pas inconnues, nous le savons, mais celles-ci semblaient avoir une espèce de férocité particulière, nouvelle pour Flora. Elle se mit à trembler. Ce qui la terrifiait surtout était de ne pouvoir distinguer la nature de ces menaces et de ces injures effroyables. Pas un seul mot. Pourtant, elle n'éprouvait pas l'angoisse causée par les autres éclats de colère qu'elle avait subis et qui la faisaient se replier sur elle-même. Elle fit un immense effort, bien que ses genoux s'entrechoquassent et lui demanda instamment d'une voix expirante de la laisser rentrer. " Ne m'arrêtez pas. C'est inutile. C'est inutile ", répéta-t-elle faiblement, sentant monter en elle une invincible obstination, sans colère, cependant, contre cet homme en furie.

« Il se fit soudain compréhensible et, sans élever la voix, parfaitement audible.

« " Inutile ! Inutile ! Vous osez me dire ça en face, petit bout de femme pâle, traînée de brume, petit fantôme de toute la douleur du monde. Vous l'osez ! Ne vous ai-je pas regardée ? Vos yeux vous dévorent le visage. Qu'est-ce qui rend vos joues toujours si pâles, comme si vous aviez une vision... Ne dites rien. J'aime votre silence... Inutile ! Et vous croyez vraiment que je peux maintenant prendre la mer, pour un an au moins, aller quelque part à l'autre bout du monde et vous abandonner ! Mais le peu qu'il y a de votre personne s'évanouirait. Un coup de vent violent vous fera tout à fait disparaître. Vous n'avez aucun point d'ancrage sur la terre. Eh bien, confiez-vous donc à moi, à la mer profonde comme vos yeux. "

« Elle dit : " Impossible. " Il garda un moment le silence, puis demanda d'un ton complètement différent, un ton de lugubre curiosité :

« " Alors, vous ne pouvez pas me souffrir ? C'est cela ?

« – Non ", dit-elle, plus calme elle aussi. " Je ne pense nullement à vous. "

« Par les champs ombreux se faisaient entendre les voix niaises des jeunes Fyne, qui s'appelaient, fluettes et claires. Il marmonna : " Vous pourriez essayer. À moins que vous ne pensiez à un autre.

« – Oui. Je pense à un autre, à un autre qui n'a personne pour penser à lui, sauf moi. "

« La silhouette indécise du capitaine s'écarta du chemin de Flora, et, penchée de côté, s'appuya soudain au poteau de bois du porche. Et, comme elle demeurait immobile, surprise de le voir ainsi chanceler, la voix d'Anthony s'éleva, plus forte, sur un ton tout à fait inconnu d'elle :

« " Alors, rentrez. Disparaissez de ma vue. Je croyais que vous aviez dit que personne ne pouvait vous aimer. "

« Elle passait devant lui, quand elle le vit soudain si désolé que l'inspiration lui vint de dire : " Personne ne m'a jamais aimée – pas de cette façon-là, si c'est ce que vous voulez dire. Personne ne le voudrait. "

« Il quitta brusquement le poteau sans qu'elle eût un mouvement de recul, mais Mme Fyne et les jeunes filles étaient déjà à la porte du jardin.

« Tout ce qu'il comprit fut que tout n'était pas encore fini. Il n'y avait pas de temps à perdre ; Mme Fyne et les jeunes filles étaient entrées par la porte du jardin. Il murmura : " Attendez " avec une telle autorité (il était le fils de Carleon Anthony, le tyran domestique) que cela arrêta effectivement Flora un instant, assez longtemps pour qu'elle l'entendît déclarer qu'il n'était pas question de le laisser ainsi se creuser la cervelle toute la nuit pour comprendre les sottises qu'elle avait dites. Il faudrait qu'elle redescende plus tard discrètement dans le jardin, dès qu'elle le pourrait sans être entendue. Il y serait à l'attendre jusque – jusqu'à l'aube. Elle ne croyait pas qu'il pourrait s'endormir, n'est-ce pas ? Et elle ferait bien de venir, sinon... il s'interrompit sur une menace inachevée.

« Elle disparut dans la villa obscure juste au moment où Mme Fyne atteignait le porche. Nerveuse, retenant sa respiration dans les ténèbres du salon, elle entendit sa meilleure amie dire : " Tu aurais dû venir avec nous, Roderick. " Puis : " As-tu vu Mlle Smith quelque part ? "

« Flora frissonna, s'attendant à ce qu'Anthony se répandît en imprécations révélatrices à l'encontre de Mlle Smith, causant ainsi une explication pénible et humiliante. Elle l'imaginait plein de sa mystérieuse férocité. À sa grande surprise, la voix d'Anthony avait tout à fait son ton habituel, avec, peut-être, une pointe de rudesse : " Mlle Smith ! non. Je n'ai pas vu de Mlle Smith. "

« Mme Fyne parut satisfaite, et, à la vérité, peu intéressée.

« Flora, soulagée, réussit à s'éclipser, gagna sa chambre, à l'étage, et, fermant la porte sans bruit, se laissa choir dans un fauteuil. Elle était accoutumée aux reproches, aux insultes, à toutes sortes de mauvais traitements inspirés par la méchanceté — sauf à recevoir effectivement des coups sur le corps. Des colères inexplicables autrement avaient sans merci frappé, fouaillé, foulé aux pieds sa jeunesse — et surtout, semblait-il, parce qu'elle était la fille du financier De Barral et aussi parce qu'elle était condamnée à une sorte de pauvreté dégradante par la félonie de gens qui s'étaient attaqués à son père dans sa détresse. Et elle pensait avec l'affection la plus tendre possible à cette silhouette roide, boutonnée jusqu'au menton dans une longue redingote, la voix douce et n'ayant pas grand-chose à dire à sa fille. Il lui semblait sentir la main de cet homme refermée sur la sienne. Pendant ses visites éclair à Brighton, il marchait toujours en la tenant par la main. Les gens les regardaient fixement à la dérobée; l'orchestre jouait; et il y avait la mer — la gaieté bleue de la mer. Ils goûtaient ensemble un bonheur paisible... Tout cela était fini!

« Une immense souffrance due au présent lui étreignait le cœur; elle faillit pleurer tout haut. Cette peur de ce qui l'attendait, qui dévorait lentement son courage depuis des années atroces, flamba soudain, devint un accès de panique, de cette espèce de panique effrénée qui l'avait poussée deux fois déjà jusqu'au sommet de la falaise où se trouvait la carrière. Elle se leva d'un bond, se disant : " Pourquoi pas maintenant? Tout de suite. Oui. Je vais le faire maintenant, dans les ténèbres! " L'horreur même de ces circonstances semblait fortifier sa résolution.

« Elle descendit sans bruit l'escalier et c'est seulement quand elle allait ouvrir la porte et en s'apercevant qu'elle n'était pas fermée à clé, qu'elle se rappela que le capitaine Anthony avait menacé de passer toute la nuit dans le jardin. Elle hésita. Elle ne comprenait pas bien l'état d'âme de cet homme. Il était violent. Mais elle en était au point où plus rien n'a d'importance. Que penserait-il en la voyant descendre pour le rejoindre, comme il le supposerait naturellement? Et cela même était sans importance. Il ne pouvait la mépriser plus qu'elle ne se méprisait elle-même. Elle devait avoir quelque peu perdu la tête, car la pensée lui vint que si la déception inspirait à Anthony une fureur irrésistible, si, peut-être, il l'étranglait, ce serait une façon d'en finir qui en valait bien une autre.

« “ Vous avez eu cette pensée ”, m’exclamai-je, étonné.

« Les yeux baissés, parlant avec une précision des plus minutieuses (ses lèvres même, ses lèvres rouges semblaient bouger tout juste assez pour qu’on l’entendît), elle dit que oui, cette pensée lui était venue. Cela vous fait frissonner de songer aux voies mystérieuses par où les jeunes filles accèdent à la connaissance. Car c’était là une pensée passablement folle, je l’admets, mais qui ne pouvait venir que des profondeurs de ce genre d’expérience qu’elle n’avait pas vécue et qui dépassait de loin l’idée qu’une jeune fille pouvait concevoir des plus puissantes et des plus secrètes émotions humaines.

« “ Il était là, naturellement ? dis-je.

« — Oui, il était là. ” Elle l’avait vu dans l’allée, dès qu’elle était sortie du porche. Il était complètement immobile. On eût dit qu’il se tenait là, debout, le visage tourné vers la porte depuis des heures.

« Agité par les alternatives de la colère et de la tendresse, il devait être prêt à n’importe quelle conduite extravagante. Connaissant le profond silence que chaque nuit apportait à ce coin de campagne, je pouvais les imaginer éprouvant le sentiment d’être les deux seuls habitants de la terre immense. Une rangée de six ou sept grands ormes, juste en face de la villa, de l’autre côté de la route, rendait la nuit plus obscure dans ce petit jardin. C’était à peine si ces deux êtres pouvaient se distinguer l’un l’autre.

« “ Eh bien ! Avez-vous été grandement terrifiée ? ” demandai-je.

« Elle me fit attendre un peu avant de dire, en levant les yeux : “ Il fut la douceur même. ”

« Je remarquai trois abominables flâneurs imbibés d’alcool, sales, le teint jaunâtre, qui étaient venus s’aligner à moins de dix pieds de nous, contre la devanture du café. Ils regardaient le dos de Flora De Barral avec une fixité aveugle et lugubre.

« “ Éloignons-nous un peu par ici ”, proposai-je.

« Elle se tourna aussitôt et nous fîmes quelques pas ; nous n’allâmes pas trop loin, pour ne pas perdre de vue la porte de l’hôtel, mais il s’en fallait de peu. Je pouvais tout juste la tenir sous mon regard. Après tout, il n’y avait pas si longtemps que j’étais avec cette jeune fille. Si vous démêliez d’avec mes commentaires les paroles que nous avions effectivement échangées, vous verriez qu’elles n’étaient pas si nombreuses, même en y comprenant tout ce qu’elle m’avait dit de son histoire de façon si inattendue. Non, elles n'étaient pas si nombreuses. Et maintenant il semblait qu'il n'y en aurait plus. Non! Je ne pouvais en attendre davantage. La confidence était de nature assez étonnante, si brève qu'elle fût, et peut-être n'aurait-on pu l'attendre d'aucune autre jeune fille au monde. Et j'avais un peu honte. L'origine de notre intimité était trop macabre. On eût dit qu'en l'écoutant je m'étais prévalu du spectacle de sa pauvre âme égarée, terrifiée, sans voiles. Mais j'étais également curieux; ou, pour me rendre justice sans fausse modestie, j'étais impatient; impatient d'en savoir un peu plus.

« Malgré tout, j'éprouvai le sentiment d'être un maître chanteur, lorsque je fis l'essai d'une remarque enjouée :

« " Ainsi vous avez renoncé à cette promenade que vous aviez l'intention de faire?

« — Oui, j'ai renoncé à cette promenade ", dit-elle lentement avant de lever ses yeux baissés. Quand elle les leva, l'effet produit fut extraordinaire. On aurait cru apercevoir un coin de ciel bleu, une étendue d'eau illimitée. Je compris un moment le désir de cet homme à qui la mer et le ciel de sa vie solitaire avaient soudain paru incomplets sans ce regard qui semblait participer de l'une et de l'autre. Ce n'était pas pour rien qu'il était le fils d'un poète. Je plongeai mon regard dans ces yeux où nulle confusion ne se lisait, tandis que la jeune fille poursuivait, son air réservé et son ton scrupuleux ayant fait place à une expression très fervente. Souvent femme varie, c'est bien vrai.

« " Mais je veux que vous compreniez, monsieur... " (il lui fallut bel et bien faire un effort pour se rappeler mon nom), " monsieur Marlow, que j'ai écrit à Mme Fyne que je n'ai pas été — que je n'ai rien fait pour amener le capitaine Anthony à se conduire envers moi comme il l'a fait. Rien, absolument rien. Ce n'est pas ma faute, si elle veut s'exprimer ainsi. Mais, avec ses idées, elle devrait comprendre que je ne pouvais pas, que je ne pouvais pas... Je sais qu'elle me déteste maintenant. Je crois qu'elle ne m'a jamais aimée. Je crois que personne n'a jamais eu d'affection pour moi. On m'a dit une fois que personne ne pouvait avoir d'affection pour moi; et je crois que c'est vrai. En tout cas, je ne puis l'oublier. "

« Le traitement abominable infligé par la gouvernante avait enraciné dans son malheureux cœur un soupçon durable, une méfiance impossible à extirper à l'égard d'elle-même et des autres. Je lui dis :

« “ Rappelez-vous, mademoiselle De Barral, que, pour être juste, vous devez faire confiance à un homme complètement... ou pas du tout. ”

« Elle baissa brusquement les yeux. Je crus entendre un léger soupir. J'essayai de reprendre un ton enjoué, et pourtant il semblait impossible de quitter le terrain qui me valait la considération qu'elle m'accordait.

« “ Mme Fyne est absurde. C'est une femme excellente, mais, vraiment, on ne pouvait attendre de vous que vous refusiez de vivre à seule fin qu'elle puisse tenir votre souvenir en haute estime. C'eût été trop demander.

« — Ce n'est pas à ma propre vie que je pensais, tandis que le capitaine Anthony me... me parlait ”, dit Flora De Barral avec effort.

« Je lui dis qu'en ce cas elle avait eu tort. Elle aurait dû penser à sa vie, et non seulement à sa vie mais aussi à celle de l'homme qui lui parlait. Elle me laissa terminer mon propos, puis hocha la tête avec impatience.

« “ Je veux dire que c'est à la mort que je pensais.

« — Eh bien, dis-je, quand il était là, devant vous, à l'extérieur de la villa, c'est vraiment entre vous et la mort qu'il se dressait. Je le tiens de votre propre bouche. Vous ne pouvez pas le nier.

« — Si vous voulez absolument qu'il m'ait sauvé la vie, alors elle lui appartient. Ce n'est pas pour moi. Oh non! Ce n'est pas pour moi que je... Je n'avais pas peur! Là! ” Elle acheva avec humeur : “ Et il vaut mieux que vous le sachiez. ”

« Elle courba la tête et balança légèrement son ombrelle. Je réfléchis un moment.

« “ Savez-vous le français, mademoiselle De Barral? ” demandai-je.

« Elle fit un signe de tête affirmatif, mais sans paraître aucunement surprise de la question ni cesser de balancer son ombrelle.

« “ Eh bien alors, je me suis mis dans la tête, sans trop savoir pourquoi, que le capitaine Anthony est ce que les Français appellent *un galant homme*. J'aimerais croire qu'il est traité comme il le mérite. ”

« Le dessin de ses lèvres (je les voyais sous le bord de son chapeau) changea soudain : elles prirent une expression sérieuse. L'ombrelle cessa de se balancer.

« “ Je lui ai donné ce qu'il voulait — ma personne ”, dit-elle sans un frémissement, sur un ton d'une dignité saisissante.

« Impressionné par la franchise de ces paroles et la façon dont elles étaient prononcées, je ne sus un instant que dire. Puis je me décidai à élucider cette question.

« " Et vous avez obtenu ce que vous vouliez? C'est cela? "

« La fille du financier tristement célèbre, De Barral, ne répondit pas immédiatement à cette question qui touchait au fond du problème. Mais bientôt, levant la tête et regardant pensivement de l'autre côté de la rue, qui résonnait du charroi incessant causé par d'innombrables affaires, elle dit avec une gravité profonde :

« " Il s'est montré très généreux. "

« J'entendis ces paroles avec plaisir. Non que je doutasse de la passion de Roderick Anthony, mais c'est avec plaisir que j'entendis des propos prouvant que Flora était sensible et accessible à la gratitude qui, dans ce cas-là, était significative. En face du désir masculin, une jeune fille est excusable de s'estimer sans prix. Je veux dire une jeune fille appartenant à notre civilisation, qui a créé, pour exprimer l'amour, une phraséologie dithyrambique. Un homme amoureux accepte toujours toute convention exaltant l'objet de sa passion, et ainsi, indirectement, sa passion elle-même. Comment le capitaine du navire *Ferndale* avait donné des preuves de largesse dignes d'un amoureux, je ne pouvais pas le deviner très facilement. Mais j'étais heureux de constater que Flora y était sensible. C'est une chance que les petites choses plaisent aux femmes. Et il n'est pas sot de leur part d'y trouver du plaisir. C'est par les petites choses que la plus profonde loyauté, celle dont elles ont le plus grand besoin, la loyauté de l'instant qui passe, s'exprime le mieux.

« Elle était restée pensive, laissant ses yeux profonds et immobiles poser leur regard sur le flot désordonné des voitures. Soudain, elle dit :

« " Et je voulais vous demander... J'ai été vraiment heureuse de vous voir ici en chair et en os. Qui se serait attendu à vous voir ici, à cet endroit, devant cet hôtel! Certainement, je ne... Vous voyez que cela comptait beaucoup pour moi. Vous êtes la seule personne à savoir... à savoir avec certitude...

« — À savoir quoi? " dis-je, ne distinguant pas d'abord à quoi elle pensait. Puis, je le vis. " Pourquoi ne pas laisser cela de côté ? " protestai-je, assez irrité de la situation odieuse où, en un certain sens, elle me mettait de force. " Il est vrai que je fus le seul témoin oculaire, ajoutai-je. Mais il se trouve qu'après votre mystérieuse disparition, j'ai fait aux Fyne le récit de notre rencontre. "

« Ses yeux levés vers les miens exprimaient une sincérité rêveuse, insondable, pour ainsi dire. Et si vous vous demandez à quoi je pense, tout ce que je puis dire, c'est que j'ai vu cette expression une ou deux fois sur la mer, peu de temps avant le lever du soleil, par une journée calme et fraîche. Elle dit, comme méditant tout haut, qu'elle supposait que les Fyne n'étaient pas gens à parler de cela. Elle ne pouvait imaginer de circonstances où... Pourquoi le feraient-ils ?

« Son ton s'était fait interrogateur, et j'acquiesçai. " Sûrement. Il n'y a absolument aucune raison " — pensant en mon for intérieur qu'il était plus probable qu'ils garderaient le silence là-dessus. Ils avaient d'autres sujets de conversation. Et puis, me rappelant le petit Fyne coincé en haut depuis un temps invraisemblable, assez longtemps pour lâcher tout ce qu'il avait appris pendant sa vie entière, je pensai qu'il supposerait naturellement que le capitaine Anthony n'avait rien à apprendre de lui au sujet de Flora De Barral. C'est ce que j'avais supposé aussi moi-même jusqu'alors. Je compris mon erreur. Les femmes les plus sincères ne font pas de confidences inutiles à un homme. Et c'est fort bien ainsi.

« " Non, non ! dis-je d'un ton rassurant. C'est tout à fait improbable. Cela vous inquiète-t-il beaucoup ?

« — Eh bien, voyez-vous, quand je suis descendue ", dit-elle, reprenant le ton scrupuleux et réservé dont j'ai parlé, " quand je suis descendue dans le jardin, le capitaine Anthony s'est mépris...

« — Naturellement, c'était inévitable. Les hommes sont si vaniteux ", dis-je.

« Je comprenais fort bien qu'il avait dû penser qu'elle était descendue pour venir le retrouver. Qu'aurait-il pu penser d'autre ? Et puis, il avait été " la douceur même ", sensation nouvelle pour cette pauvre créature, si délicate et pourtant si rebelle. La douceur jointe à la passion ! Quelle séduction plus forte aurait pu s'offrir au cœur terrifié, affamé, de cette jeune fille ? S'il avait été violent, elle lui aurait peut-être dit que le rendez-vous pour lequel elle était descendue était avec la mort — et non pas avec l'amour. En la regardant, jeune, d'aspect fragile, intensément vivante sous son calme, l'idée me vint qu'elle ne savait peut-être pas elle-même à quelle sorte de rendez-vous elle s'était rendue.

« Elle eut, pour ma plaisanterie facile, un sourire pâle, presque gêné, comme si elle n'était absolument pas accoutumée à sourire. Puis elle dit avec ce scrupule contraint, cette sorte de pruderie voulue dont j'ai parlé :

« " Je ne voulais pas qu'il sache. "

« Je l'approuvai chaleureusement. Elle avait parfaitement raison. Cela valait beaucoup mieux. Qu'il persiste à jamais dans sa méprise, tellement plus flatteuse pour lui.

« J'essayai de garder à l'entretien le ton de la comédie; mais elle était, je crois, trop simple pour comprendre mon intention. Elle poursuivit, les yeux baissés :

« Oh! Vous croyez! Quand je vous ai vu, j'ignorais la raison de votre présence. Je fus heureuse quand vous m'avez parlé, parce que voici précisément ce que je voulais vous demander. Je voulais vous demander, si jamais vous rencontriez par hasard n'importe où le capitaine Anthony — vous êtes marin, vous aussi, n'est-ce pas? — de ne jamais dire — jamais — que, que vous m'aviez vue là-bas.

« — Ma chère petite ", m'écriai-je, horrifié par cette supposition. " Pourquoi le ferais-je? Qu'est-ce qui vous fait penser que je songerais à... "

« Elle avait levé la tête devant ma véhémence. Elle ne la comprenait pas. Le monde l'avait traitée de façon si peu honorable qu'elle n'avait même pas l'idée de ce que peut être la simple honnêteté en matière de sentiment. Ce n'était pas sa faute. À la vérité, je ne vois pas pourquoi elle aurait dû se fier aux promesses de qui que ce fût. Mais je pensai qu'il valait mieux promettre. Aussi lui assurai-je qu'elle pouvait compter sur ma discrétion absolue.

« " Il est improbable que je voie jamais le capitaine Anthony ", ajoutai-je avec conviction... en manière de garantie supplémentaire.

« Elle accueillit ma promesse en silence, sans un signe. Sa gravité avait quelque chose d'aigu, peut-être à cause de son menton. Tandis que nous nous regardions encore, elle déclara :

« " Ce n'est pas vraiment une tromperie. Je veux que vous croyiez que si je suis ici aujourd'hui, comme ceci, ce n'est pas par peur. Oh! Non!

« — Je comprends parfaitement ", dis-je. Mais son regard

ferme et pourtant gêné trahit le doute. “ C’est vrai, insistai-je. Je comprends parfaitement que ce n’était pas de la mort que vous aviez peur. ”

« Elle baissa lentement les yeux et je poursuivis :

« “ Quant à la vie, c’est autre chose. Et je ne suis pas sûr qu’on doive vous blâmer très sévèrement — quoique la décision paraisse plutôt excessive. Je me demande maintenant si ce n’est pas la laideur plutôt que la douleur de la lutte qui... ”

« Elle frissonna de façon visible : “ Mais je me fais vraiment des reproches ”, s’exclama-t-elle avec chaleur. “ J’ai honte. ” Et, baissant la tête, elle devint en un instant l’image même du remords et de la honte.

« “ Eh bien, vous allez laisser derrière vous toutes ses horreurs, dis-je. Et vous n’avez sûrement pas peur de la mer. Vous êtes, je crois, petite-fille de marin. ”

« Elle soupira profondément. Elle ne se rappelait que vaguement son grand-père. Il était glabre, avait le teint fleuri et les cheveux longs tout blancs. Il la prenait sur ses genoux et, mettant son visage près du sien, lui murmurait des paroles affectueuses. Si seulement il vivait encore...!

« Elle demeura quelque temps silencieuse.

« “ N’avez-vous pas hâte de voir le navire? ” demandai-je.

« Elle baissa la tête encore davantage, si bien que je ne voyais plus du tout son visage.

« “ Je ne sais pas ”, murmura-t-elle.

« Je soupçonnais déjà qu’elle ne voyait pas bien clair en elle-même. Tous ces événements, dus au plus grand des hasards, avaient été tellement inattendus, tellement soudains. Et elle n’avait rien sur quoi se rabattre, elle n’avait rien vécu qui ne fût propre à ébranler sa foi en toute créature humaine. Elle était affreusement, pitoyablement seule. Ce fut presque pour combattre mon propre abattement que je remarquai gaiement :

« “ Eh bien, je connais quelqu’un dont la hâte de vous voir doit en ce moment devenir extrême.

« — Je suis en avance ”, avoua-t-elle avec simplicité, secouant sa torpeur. “ Je n’avais rien à faire. Alors, je suis sortie. ”

« J’eus la vision soudaine d’une petite chambre minable et solitaire, à l’autre bout de la ville. Elle était devenue intolérable à son inquiétude. La seule pensée de cette chambre l'accablait. Flora De Barral regarda franchement l'homme dont le hasard avait fait son confident.

« " Et je suis venue par ici, poursuivit-elle. J'ai moi-même fixé l'heure hier, mais c'était égal pour le capitaine Anthony. Il m'a dit qu'il allait examiner des papiers d'affaires jusqu'à mon arrivée. "

« L'idée du fils du poète, du sauveteur de la demoiselle la plus abandonnée des temps modernes, de l'homme violent, doux, généreux, plongé jusqu'au cou dans des comptes de navire, m'amusa. " Je suis certain que cela lui était égal ", dis-je avec un sourire. Mais le regard fixe de la jeune fille était sombre, son mince et pâle visage semblait ravagé par le souci, pitoyable.

« " Je peux encore à peine y croire, murmura-t-elle anxieusement.

« — C'est bien réel. N'ayez crainte ", dis-je pour l'encourager, mais je dus aussitôt changer de ton. " Mieux vaudrait que vous alliez un peu plus loin ", lui conseillai-je brusquement.

« J'avais vu Fyne sortir à grands pas par la porte de l'hôtel. L'intelligente jeune fille, sans s'attarder pour poser des questions, s'éloigna tranquillement de moi en s'engageant dans une rue, tandis que je me hâtais à la rencontre de Fyne, qui arrivait par l'autre de son pas rapide de marcheur. Mon but était de l'empêcher d'atteindre le coin de la rue. Il devait être trop absorbé dans ses pensées pour se rendre compte du lieu où il se trouvait. Je lui barrai la route et il faillit me bousculer.

« " Tiens ! " dis-je.

« Sa surprise fut extrême. " Vous ici ! Vous n'allez pas me dire que vous m'attendiez ? "

« Je dis négligemment que j'avais été retenu dans le voisinage par une affaire imprévue et qu'ainsi je l'avais aperçu au moment où il sortait.

« Il me fixa avec une solennité distraite, pensant évidemment à autre chose. Je suggérai qu'il ferait mieux de prendre le premier tram se dirigeant vers la Cité. Il ne m'écoutait pas et je vis qu'il était profondément troublé. Comme Mlle De Barral (qui avait disparu) ne pouvait absolument pas s'approcher de la porte de l'hôtel tant que nous resterions au même endroit, je proposai d'attendre le tram de l'autre côté de la rue. Plutôt qu'à mes paroles, il obéit au léger contact de ma main sur son bras, et, comme nous traversions la large chaussée au milieu de la cohue désordonnée des voitures, il s'exclama de sa voix profonde : " Je ne sais lequel de ces deux êtres est le plus fou !

« — Vraiment ! " dis-je, le tirant en avant de sous le nez de deux énormes chevaux de fardier à l'œil endormi. D'un bond impétueux, il s'écarta de leur chemin et atterrit sur le trottoir avec une précision purement instinctive ; sa pensée n'avait aucune prise sur ses mouvements. Au beau milieu du bond qu'il fit, tandis qu'il traversait gravement les airs, il continua à soulager son indignation.

« " C'est à n'y pas croire. Je vous assure qu'ils sont fous ! "

« Je pris soin de me placer de telle manière que, pour me faire face, il dût tourner le dos à l'hôtel, de l'autre côté de la rue. Je crus que les premières paroles que, sans perdre une seconde, il m'avait lancées au visage — à savoir que le capitaine Anthony avait été heureux de le voir — n'allaient pas sans quelque méprise. Il était vraiment difficile de croire que, dès qu'il avait ouvert la porte, le " frère de sa femme, le marin ", s'était bel et bien écrié : " Oh, vous voilà ! Vous êtes précisément l'homme que je voulais voir. "

« " Je l'ai trouvé assis là-haut, poursuivit Fyne solennellement de sa voix grave de poitrine, en train de rédiger son testament. "

« C'était inattendu, mais je gardai une attitude neutre, sachant fort bien que nos actions ne sont en elles-mêmes ni folles ni raisonnables. Mais je ne voyais pas qu'il y eût là de quoi s'émouvoir. Et Fyne était manifestement ému. J'en compris mieux la raison lorsque j'appris que le capitaine du *Ferndale* voulait que le petit Fyne fût l'un de ses exécuteurs testamentaires. Il léguait tous ses biens à sa femme. Naturellement, une demande qui, en un certain sens, lui faisait sanctionner un acte qu'il avait reçu de sa femme mission d'empêcher, avait dû paraître passablement folle à Fyne.

« " Me choisir, moi ! entre tous les gens qui existent en ce monde ! " répétait-il solennellement. Mais je voyais qu'il avait peur. C'était un tel manque de tact !

« " Il savait que je venais de la part de sa sœur. On ne met pas un homme dans une situation aussi embarrassante, dit Fyne plaintivement. Cela m'a fait critiquer plus vigoureusement toute cette très pénible affaire que je n'aurais eu le cœur de le faire autrement. "

« Je lui signalai brièvement, tout en gardant les yeux fixés sur la porte de l'hôtel, que sa femme et lui étaient le seul lien du capitaine Anthony avec la terre ferme. Qui d'autre aurait-il pu solliciter ?

« " Je lui ai expliqué qu'il rompait ce lien, déclara Fyne solennellement. Qu'il le rompait définitivement. Et pour gagner quoi, quoi ? "

« Il me regarda, l'air furieux. J'aurais peut-être pu lui donner un aperçu de la réponse, mais je me tus. Il reprit :

« " Ma femme m'assure que cette jeune fille n'a aucun amour pour lui. Elle fonde son opinion sur cette lettre qu'elle a reçue d'elle. Il s'y trouve un passage où elle admet en fait avoir accepté sans aucun scrupule cette demande en mariage, mais dit à ma femme supposer que cette dernière ne la blâmera pas — puisqu'elle a agi ainsi pour se protéger. Ma femme a ses idées à elle, mais c'est là une déformation scandaleuse de ses opinions. Scandaleuse. "

« Le brave petit homme se tut, puis ajouta avec force :

« " Je n'en ai pas parlé à mon beau-frère, — je veux dire des opinions de ma femme.

« — Non, dis-je. Quel bien cela aurait-il fait ?

« — C'est un véritable engouement ", acquiesça le petit Fyne, du ton de quelqu'un qui aurait fait une terrible découverte. " Jamais de ma vie je n'ai vu de cas aussi désespéré, aussi inexplicable. Je... J'en ai éprouvé beaucoup de peur et de regret ", ajouta-t-il, tandis que je le regardais curieusement, me demandant si cet excellent fonctionnaire, ce remarquable marcheur, avait senti passer près de lui le souffle magique d'un grand amour fatal dans cette chambre d'hôtel de l'East End. Il eut effectivement un instant l'expression d'un homme qui a vu un fantôme, une créature d'un autre monde. Mais cette expression s'évanouit aussitôt et il m'adressa un signe de tête affirmatif inspiré seulement par l'exaspération à l'égard d'une chose quelconque appartenant bel et bien à notre monde. " C'est une vilaine histoire. Mon beau-frère ne connaît rien aux femmes ", s'écria-t-il avec l'air d'une profonde sagesse tirée de l'expérience.

« Ce qu'il imaginait connaître lui-même aux femmes, je ne saurais le dire. Je ne savais rien des occasions qu'il avait pu avoir d'apprendre. Mais c'est là un sujet qui, abordé avec une solennité excessive, risque d'échapper entièrement à notre prise. Sans doute, Fyne avait-il une certaine connaissance d'une femme — la sœur du capitaine Anthony. Mais c'était là, il faut l'admettre, le fruit d'une étude très solennelle. Je lui adressai un sourire aimable, et, comme encouragé ou provoqué, il acheva d'exprimer sa pensée de façon assez explosive.

« “ Et cette fille ne comprend rien. C'est de la folie pure.

« — Je ne sais, dis-je, si l'isolement en mer diminuerait en rien le danger. Mais il est certain qu'ils auront l'occasion de se connaître mutuellement à fond dans un solitaire *tête-à-tête*.

« — Mais que diantre ”, s'écria-t-il d'une voix creuse qui avait aussi le ton de l'ironie amère — je n'avais encore jamais entendu de son aussi bizarrement laid et presque horrible —, “ vous oubliez M. Smith.

« — Quel M. Smith ? ” demandai-je innocemment.

« Fyne fit une grimace extraordinairement simiesque. Je crois qu'elle était tout à fait involontaire, mais vous savez qu'un visage grave, très ridé, glabre, ressemble extrêmement à celui d'un singe, lorsqu'il subit une déformation inaccoutumée. C'était un spectacle surprenant, qui non seulement me rendit muet, mais arrêta net le mouvement de mes pensées. Je dus avoir l'air remarquablement stupide.

« “ Mon beau-frère a trouvé amusant de me taquiner parce que nous avions présenté cette jeune fille sous le nom de Mlle Smith ”, dit Fyne, devenant revêche en un instant. “ Il dit que, peut-être, s'il avait dès l'abord connu son vrai nom, cela aurait pu le retenir. En fait, il l'avait découvert trop tard. Il me demanda de dire cela à Zoé, avec un tas d'autres balivernes. ”

« Fyne me donna l'impression qu'il avait échappé à un homme inspiré par un débordement de gaieté à la fois enjouée et sardonique ; cela avait dû lui être fort désagréable ; et je vis que sa solennité en avait été, en quelque sorte, endommagée. Elle présentait des trous par lesquels je voyais un Fyne nouveau, inconnu.

« “ Vous ne le croiriez pas, poursuivit-il, mais cette fille considère son père uniquement comme une victime. Je ne sais ”, dit-il soudain dans un éclat qui fit une énorme brèche dans sa solennité, “ si elle le prend absolument pour un saint, mais elle imagine certainement que c'est un martyr. ”

« L'un des avantages de cette admirable invention, la prison, est qu'on peut oublier les gens qu'on y met comme s'ils étaient morts. Il est inutile de s'inquiéter de leur sort. Rien ne peut leur arriver qu'on puisse empêcher. Ils ne peuvent rien faire qui risque d'avoir une importance quelconque pour qui que ce soit. Ils en sortent pourtant, mais cela ne semble guère être un avantage pour eux ou pour quiconque. J'avais complètement oublié le financier De Barral. La jeune fille était à mes yeux une orpheline, mais je vis alors brusquement la force de la réserve de Fyne, " jusqu'à un certain point ". Il eût été infiniment plus charitable à tous égards que la loi fusillât, décapitât, étranglât ou détruisît de quelque autre façon cet absurde De Barral, qui était un danger pour un monde soucieux de moralité, habité par une multitude crédule incapable de servir ses propres intérêts. Mais je fis observer à Fyne que, si déraisonnable que fût l'opinion de la jeune fille, on ne pouvait pour cela la déclarer folle.

« " Elle pense donc à son père, vraiment? Je suppose qu'elle nous semblerait plus raisonnable si elle ne pensait qu'à elle-même.

« — Je suis sûr, fit Fyne avec sérieux, qu'elle est allée faire résolument les yeux doux à Anthony...

« — Oh allons donc! l'interrompis-je, vous ne l'avez pas vue faire les yeux doux. Vous ignorez la couleur de ses yeux.

« — Très bien! Ça ne fait rien. Mais les choses n'en seraient pas arrivées là si elle n'avait pas... Cela revient au même, d'ailleurs. Je vous dis qu'elle l'a aguiché, ou qu'elle l'a accepté, si vous préférez, seulement parce qu'elle pensait à son père. Elle ne se soucie nullement d'Anthony, à mon avis. Elle ne se soucie de personne. Demandez à Zoé. Quant à moi, je ne la blâme pas ", ajouta Fyne, me laissant entrevoir d'autres aspects insoupçonnés sous les lambeaux de sa solennité endommagée. " Non, pardieu, je ne la blâme pas, la malheureuse. "

« J'acquiesçai silencieusement. Je suppose qu'en un certain sens les sentiments s'apprennent. S'il existe chez nous tous une étincelle d'amour innée, il faut l'attiser quand nous sommes jeunes. La sienne, si elle en avait jamais possédé une, avait été noyée sous le flot de liquide corrosif le plus hideux qui se puisse imaginer. Mais je fus surpris que Fyne l'eût obscurément senti.

« " Elle n'aime personne, sauf cet absurde requin faiseur de réclame ", poursuivit-il d'un ton fielleux, mais de façon moins impulsive. " Et Anthony le sait.

« — Vraiment? dis-je d'un ton dubitatif.

« — Elle est tout à fait capable de le lui avoir dit elle-même ", affirma Fyne avec une intuition étonnante. " Mais, quoi qu'il en soit, je le lui ai dit, moi.

« – Vraiment? De la part de Mme Fyne, naturellement. ”

« Fyne se contenta de ciller comme une chouette devant cet échantillon de mon intuition.

« “ Et comment le capitaine Anthony a-t-il accueilli ce renseignement intéressant? demandai-je ensuite.

« – De façon fort inconvenante ”, dit Fyne, dont l'état d'esprit était vraiment tel qu'il ne se souciait pas des paroles qu'il lâchait. “ Il n'est pas lui-même. Il m'a prié de dire à sa sœur qu'il se refusait à qualifier la conduite de celle-ci. Très inconvenant et très inconséquent. Il m'a dit... J'étais las de me chamailler ainsi. Je lui ai dit que je faisais la part de son agitation.

« – Vous savez, Fyne, dis-je, un prisonnier me semble une espèce d'être si incroyable, si cruellement traité, si cauchemardesque, que j'ai peine à croire à son existence. Je n'y crois certainement pas dans ses rapports avec d'autres existences, quelles qu'elles soient.

« – Mais que diantre, s'écria Fyne, il n'est pas enfermé pour la vie. On va le libérer, le libérer bientôt! Voilà tout le malheur. Que va-t-il trouver une fois libéré, je vous le demande? Cela semble plus cruel que son emprisonnement. Voilà ce qui nous tourmente depuis des semaines. Voyez-vous la situation maintenant? ”

« Je voyais toutes sortes de choses! Juste devant moi, je voyais la surexcitation du petit Fyne, simple objet d'étonnement. Plus loin, dans une sorte de pénombre, par-delà la lumière du jour et le mouvement de la rue, je voyais la silhouette d'un homme, raide comme un piquet, marchant à petits pas, une frêle silhouette de jeune fille à ses côtés. Et la pénombre ressemblait à la pénombre des taudis sordides, de la souffrance, du malheur d'une existence famélique et dégradée. Ce fut pour moi un soulagement de ne voir que leurs dos râpés, qui suggéraient le désespoir. Lui était un fantôme effroyable. Mais, à la vérité, l'appeler fantôme n'était qu'un raffinement de politesse, une façon de cacher la terreur qu'inspirent de tels êtres. Les prisons sont des inventions merveilleuses. Ouverte – fermée. Très simple. Fermée – ouverte. Et voilà qu'en sort une espèce de cadavre destiné à errer effroyablement dans un monde où il ne peut avoir aucune relation, portant avec lui l'effrayante corruption de sa silencieuse demeure. Admirable institution. Elle fonctionne automatiquement, et, quand vous la regardez, sa perfection vous donne la nausée, ce qui, pour une simple machine, n'est pas un médiocre triomphe. La nausée et la terreur. Elle avait failli faire mourir cette pauvre fille de terreur. Pensez donc! Devoir prendre par la main un être pareil! Maintenant, je comprenais l'accent de remords que j'avais décelé dans ses propos.

« " Que diable! dis-je. On va le relâcher! J'étais à cent lieues d'y penser. "

« Fyne se montra plein de mépris pour moi ou pour le monde en général.

« " Vous ne supposiez pas qu'on allait le garder en prison toute sa vie? "

« À cet instant, j'aperçus Flora De Barral au coin des deux rues. Puis, des véhicules qui passaient rapidement les uns derrière les autres me cachèrent la frêle silhouette noire à laquelle son chapeau donnait sa seule note de couleur. Elle marchait lentement, peut-être par prudence, peut-être par indécision. Tout en écoutant Fyne, je regardais fixement, attentivement, par-dessus son épaule, m'efforçant d'apercevoir Flora de nouveau. Il poursuivait avec un véritable emportement, laissant tomber toutes les deux phrases les lambeaux de sa solennité.

« C'était précisément la question. Sa femme et lui-même en avaient eu pleinement conscience. Naturellement, la jeune fille ne parlait jamais de son père avec Mme Fyne. Je suppose qu'étant donné sa théorie de l'innocence du prisonnier, elle trouvait la chose difficile. Mais elle avait dû penser jour et nuit à ces problèmes : que faire de lui? Où aller? Comment ne pas mourir de faim? Il ne s'était jamais fait d'amis. Ses seuls parents étaient les affreux cousins de l'East End. Nous les connaissons. Rien que la détresse, où qu'elle se tournât dans un monde injuste et prévenu. Et elle sentait qu'elle ne pourrait souffrir de le regarder, impuissante.

« Je ne dirai pas que je méditai ces pensées. C'était inutile. Je savais tout cela tandis que je fixais attentivement, de l'autre côté de la large rue, un regard attentif, si attentif que je n'entendis pas le petit Fyne avant qu'il élevât sa voix grave avec indignation.

« " Je ne blâme pas la petite, disait-il. Il en est entiché. N'importe qui peut le constater. Pourquoi a-t-elle pris sur lui un tel empire, je ne puis le comprendre. Elle lui a dit ' Oui ' uniquement par amour pour son imbécile, son escroc de père. C'est tout à fait clair, si on y réfléchit un instant. Il n'est même pas nécessaire d'y réfléchir. Nous avons son aveu écrit de sa propre main. Dans la lettre adressée à ma femme, elle dit avoir agi sans scrupules. Elle a donc avoué; car, qu'est-ce que cela peut vouloir dire d'autre, je vous le demande. Ainsi, ils doivent se marier avant que ce vieil idiot soit relâché... Ce sera une surprise pour lui ", remarqua soudain Fyne d'un ton étrangement méchant. " Il sera accueilli à la porte de la prison par une Mme Anthony, épouse du capitaine Anthony. Très agréable pour Zoé. Et, pour autant que je le sache, mon beau-frère a l'intention d'être là lui aussi, en homme de devoir. Un petit événement de famille. Il est extrêmement agréable d'y penser. Délicieux. Charmante réunion de famille. Nous trois contre le monde et tout ce qui s'ensuit. Et en échange de quoi? D'une fille qui se soucie de lui comme d'une guigne. "

« Le démon de l'amertume s'était glissé dans l'âme du petit Fyne. Il me stupéfiait comme si sa peau avait viré du blanc au noir. C'était tout aussi miraculeux. Et il s'obstinait, par-dessus le marché.

« " Heureusement, la... la profession de marin comporte certains avantages. Tant qu'ils défieront le monde en pleine mer, à quelque dix-huit mille milles d'ici, je ne trouverai guère à redire. Je me demande ce que va dire cet intéressant vieux bonhomme. On lui réserve une autre surprise. Ils ont l'intention de l'entraîner avec eux à bord du navire immédiatement. Un sauvetage. Pensez un peu à Roderick Anthony, fils d'un gentleman, après tout... "

« Il me causa une légère surprise. Je croyais qu'il allait dire le " fils du poète ", comme d'habitude; mais son esprit ne s'attachait pas à pareilles vanités à ce moment-là. Il avait dû poursuivre sa pensée *in petto* par ces mots " et l'oncle de mes filles ". Je soupçonne que le capitaine Anthony l'avait malmené là-haut et que le ressentiment avait donné une formidable chiquenaude à son esprit lent à se mouvoir. Ces gens à l'imagination tempérée ne font pas les choses à moitié, lorsqu'un événement quelconque réveille leur faculté créatrice. " Songez un peu! cria-t-il. Tous les trois entassés dans un fiacre, et Anthony respectueusement assis en face de ce vieux repris de justice stupéfait! "

« Le brave petit homme éclata de rire. Ce son sorti de sa poitrine virile choquait; et ce qui le rendait pis était la pensée qu'un rien, la simple épaisseur d'un cheveu, aurait pu lui faire considérer cette affaire sous un jour sentimental. Mais il était clair qu'Anthony n'était pas diplomate. Son beau-frère avait dû lui paraître, pour employer le langage des terriens, comme un philistin achevé pourvu d'un cœur de silex. Ce que Fyne entendait exactement par “ se chamailler ”, je ne sais, mais je ne doutais pas que lui et Anthony se fussent “ chamaillés ” au point d'en être profondément perturbés. Combien l'autre en était affecté, je ne pouvais même pas l'imaginer; mais l'homme que j'avais devant moi était prodigieusement bouleversé.

« “ Dans un fiacre! L'emmener à bord! marmonnai-je, surpris par le changement qui s'était produit chez Fyne.

« — C'est là le projet — rien de moins. Si je dois croire ce qu'on m'a dit, les pieds de De Barral toucheront à peine terre entre les portes de la prison et le pont du navire. ”

« Le nouveau Fyne se contraignait à parler d'une voix basse que j'entendais sans difficulté. Le grondement composite de la rue se tut un moment, pendant l'un de ces arrêts soudains de la circulation donnant à penser que le flot du commerce s'était tari à sa source. Aucun obstacle ne m'empêchait de regarder par-dessus l'épaule de Fyne et je fus étonné de voir que la jeune fille était toujours là. Je la croyais montée depuis longtemps. Mais sa svelte silhouette noire, son visage pâle sous les roses de son chapeau, étaient bien là. Elle se tenait au bord du trottoir comme on se tient sur la berge d'un cours d'eau, complètement immobile, comme si elle attendait — ou comme inconsciente du lieu où elle se trouvait. Les trois lugubres flâneurs imbibés d'alcool (je les voyais aussi; ils n'avaient pas bougé d'une ligne) l'observaient, me semblait-il. Et c'était atroce.

« Cependant, Fyne me faisait part de réflexions assez remarquables de sa part. Il déclara qu'en un certain sens, la décision d'Anthony était une bénédiction. Puis il me demanda si ce n'était pas de la véritable démence que de grever sa vie d'un souvenir indélébile comme celui-là. Sa vie quotidienne. La vie solitaire du marin liée à la mer. Ajouter pareille tension à la solitude déjà assez éprouvante pour deux êtres était le comble de la folie. Les parents indésirables étaient suffisamment déplaisants à terre. On pouvait leur battre froid ou, du moins, oublier de temps en temps leur existence. Lui-même s'apprêtait à oublier autant que possible l'existence de son beau-frère.

« Tel fut le sens général de ses propos, non ses paroles mêmes. Je pensai que l'existence du frère de sa femme ne l'avait jamais beaucoup gêné, mais qu'il lui faudrait, naturellement, s'abstenir désormais de ses allusions au “ fils du poète, vous savez ”. Je disais oui, oui, lorsqu'il se taisait, car je ne voulais pas qu'il se retournât; et pendant tout ce temps j'observais la jeune fille avec une attention soutenue. Je croyais savoir maintenant ce qu'elle entendait par sa phrase : “ Il s'est montré très généreux. ” Oui. Une nature généreuse peut permettre à un homme de se tirer de n'importe quelle situation. Mais alors, pourquoi n'allait-elle pas rejoindre celui qu'elle nommait généreux? Pourquoi demeurer là, comme accrochée à cette terre ferme qu'elle devait haïr comme on hait inévitablement le lieu où l'on a été torturé, désespéré, malheureux! Soudain, elle bougea. Allait-elle traverser la rue? Non. Elle changea de direction et se mit à longer lentement le bord du trottoir, me rappelant le jour où je l'avais découverte longeant le bord d'un à-pic de quatre-vingt-dix pieds. J'éprouvais la même impression; elle avait le même port : le corps droit, svelte, le cou rigide et les deux mains pendantes, qui s'étreignaient légèrement devant elle — avec cette seule différence que, maintenant, une petite ombrelle y était suspendue. Je vis la fatalité dans cette lente marche vers la porte banale dont les vitres portaient les mots “ Entrée de l'Hôtel ”.

« Elle était parvenue à la hauteur de la porte maintenant, et je crus qu'elle allait s'arrêter de nouveau; mais non! Elle dévia, rigide — à ce moment-là il n'y avait personne près d'elle; elle pouvait disposer de ce bout de trottoir — avec la lenteur d'un automate, comme mue par une force extérieure à elle.

« “ Un fichu forçat ”, dit Fyne, explosant.

« Alors que ce mot résonnait désagréablement à mes oreilles, je vis la jeune fille tendre le bras, ouvrir légèrement la porte d'une poussée et se glisser à l'intérieur. Je vis nettement ce mouvement, la main lancée en avant avec un geste de somnambule.

« Elle avait disparu, sa silhouette noire s'était fondue dans les ténèbres révélées par la porte ouverte. Pendant quelque temps, Fyne ne dit rien; et je pensai à la jeune fille qui montait, apparaissait devant Anthony. Se regardaient-ils en silence, se sentaient-ils seuls au monde, comme c'est le devoir des amants à l'instant de leur rencontre? Mais cet oubli admirable devait être impossible au marin Anthony, juste après l'orageuse entrevue avec Fyne, émissaire d'un monde qui ne va pas plus loin que le rivage de la mer. Combien il était ému, je ne pouvais le dire, car je ne savais pas ce que cet impétueux amant avait dû écouter.

« “ Ils vont emmener le vieux bonhomme en mer avec eux, dis-je. Eh bien, je ne vois vraiment pas ce qu'ils auraient pu en faire d'autre. Vous avez dit à votre beau-frère ce que vous en pensiez ? Je me demande comment il l'a pris.

« — De façon fort inconvenante, répéta Fyne. Dès le début, son attitude a été insultante, sarcastique. Je ne veux pas dire que ses propos ont été positivement grossiers. Que diable, je ne suis pas quantité négligeable, je ne suis pas un âne bâté. Mais il exultait d'avoir mis la main sur une malheureuse fille.

« — Il ne fait guère de doute qu'elle sera beaucoup moins pauvre et malheureuse ”, murmurai-je.

« Il semblait que la joie triomphante du capitaine Anthony eût agacé Fyne. “ J'ai dit sans ambages à ce garçon qu'il s'était montré odieusement égoïste en cette affaire, affirma-t-il contre toute attente.

« — Vraiment ! Égoïste ! dis-je, assez interloqué. Mais si la jeune fille pensait, au contraire, qu'il s'était montré très généreux ?

« — Qu'en savez-vous ? ” gronda Fyne. Les déchirures et les accrocs subis par sa solennité se refermaient peu à peu, mais sa solennité allait être hargneuse. “ Générosité ! Je suis enclin à donner un autre nom à son attitude. Non. Pas celui de folie ”, me lança-t-il, comme si j'avais voulu l'interrompre. “ Un autre, pis encore. Inutile de vous le dire, ajouta-t-il sur un ton de sous-entendu menaçant.

« — Certainement. Inutile — à moins que vous ne le souhaitiez ”, dis-je d'une voix neutre. Le petit Fyne ne m'avait jamais autant intéressé depuis le moment, au début de l'affaire De Barral-Anthony, où j'avais commencé à distinguer en lui des virtualités. Les virtualités des gens ternes sont passionnantes, parce que, quand elles se manifestent, elles évoquent les cas légendaires de “ possession ”, non pas précisément par le diable, mais, en tout cas, par un esprit inconnu.

« “ Je lui ai dit que c'était honteux, déclara Fyne. Même si cette fille lui a réellement fait les yeux doux — mais je crois, comme vous, qu'elle n'en a rien fait. Oui ! Honteux de profiter de la détresse d'une jeune fille — d'une jeune fille qui n'a pas le moindre amour pour lui.

« — Vous croyez que c'est aussi grave que cela? dis-je. Parce que, vous savez, ce n'est pas mon avis.

« — Comment pouvez-vous en penser quelque chose? » répliqua-t-il, me fixant d'un regard solennel. “ Moi, je me fonde sur sa lettre à ma femme.

« — Ah! Cette fameuse lettre. Mais, en fait, vous ne l'avez pas lue, dis-je.

« — Non, mais ma femme m'en a parlé. Naturellement, c'était une lettre des plus inconvenantes, eu égard aux circonstances. Mme Fyne a été peinée de découvrir à quel point sa pensée avait été mal interprétée. Mais le texte écrit n'est pas tout. Il y a aussi ce que ma femme a pu lire entre les lignes. Elle dit que la petite est vraiment terrifiée au fond d'elle-même.

« — Elle n'a pas connu grand-chose de la vie qui pût lui donner tout particulièrement le courage de l'affronter ou lui inspirer grande confiance en l'humanité. C'est bien vrai. Mais vos propos paraissent exagérés.

« — J'aimerais savoir quelles raisons vous avez pour parler ainsi? ” demanda Fyne avec une solennité offensée. “ Je n'en vois vraiment aucune. Mais j'ai eu assez d'autorité pour dire à mon beau-frère que s'il croyait accomplir une action noblement chevaleresque, il se trompait. Je vois très bien qu'il fera tout ce que Flora lui demandera — mais cette opération n'en est pas moins assez impitoyable. ”

« Je crus un instant que c'était peut-être vrai. Fyne aperçut un tram qui s'approchait et s'engagea sur la chaussée pour aller à sa rencontre. “ Avez-vous sous la main une solution plus charitable? ” lui criai-je comme il s'éloignait. Il ne répondit pas et ne regarda dans ma direction qu'après avoir grimpé sur la plate-forme arrière. Nous échangeâmes un vague geste de la main et nous nous regardâmes, lui assez irrité, j'imagine, et moi avec étonnement. Je puis ajouter que ce fut pour la dernière fois. Depuis ce jour-là, je n'ai jamais revu les Fyne. Comme à l'ordinaire, l'imprévu m'arriva. Il ne concernait en rien Flora De Barral. Le fait est que je partis. L'appel auquel je répondis ne ressemblait pas au sien. Il ne s'imposa pas à moi avec une véhémence passionnée ou une tendre douceur rendues d'autant plus belles ou plus impérieuses par l'attrait de la générosité, vertu aussi mystérieuse qu'aucune autre, mais douée d'un charme propre. Non, ce n'était qu'une prosaïque offre d'emploi à des conditions assez avantageuses, que j'acceptai sans hésiter avec le brusque sentiment d'avoir suffisamment perdu mon temps à terre. Et, mon indolence une fois secouée, j'allai, selon ma coutume, très, très loin et pour très, très longtemps. Autre preuve de mon indolence. Jusqu'où alla Flora, je ne sais. Mais je vais vous dire ma pensée : ma pensée, c'est qu'elle alla aussi loin qu'elle en était capable – aussi loin qu'elle pouvait souffrir d'aller – aussi loin qu'elle devait... »

Deuxième partie

LE CHEVALIER

CHAPITRE PREMIER

LE « FERNDALE »

J'ai dit que l'histoire de Flora De Barral me fut contée en plusieurs étapes. Après la première, je restai quelque temps sans voir Marlow. Enfin, un soir, assez tôt, mon dîner à peine achevé, il fit son apparition chez moi.

J'attendais sa visite avec, sur les lèvres, une question qui ne m'était venue à l'esprit qu'après son départ.

« Dites ", fis-je, l'attaquant d'emblée, " comment pouvez-vous être sûr que Flora De Barral se soit jamais embarquée ? Après tout, la femme du capitaine du *Ferndale* – " la dame qu'il ne fallait pas déranger ", selon le vieux gardien de navire – n'était peut-être pas Flora.

– Eh bien, je le sais effectivement, dit-il, ne fût-ce que pour être resté en relations avec M. Powell.

– Vraiment ! m'écriai-je. Première nouvelle. Et depuis quand ?

– Eh bien, depuis le premier jour. Vous étiez allé à Londres et m'aviez laissé à l'auberge. J'avais couché à terre. Le lendemain matin, M. Powell vint prendre le petit déjeuner ; et, une fois dissipée la première gêne d'une rencontre avec un homme avec qui vous avez bavardé la veille, nous nous aperçûmes que nous sympathisions. »

Comme je m'étais aperçu avant eux de leur sympathie mutuelle, je ne fus pas surpris.

« Ainsi, vous êtes restés en relations, dis-je.

– Ce ne fut pas tellement difficile. Comme il ne cessait de circuler sur la Tamise, je louai à Dingle son bâtiment de trois tonneaux gréé en sloop pour être davantage sur un pied d'égalité. Powell se montra amical mais insaisissable. Je ne crois pas qu'il ait jamais voulu m'éviter. Mais c'est un fait qu'il disparaissait parfois très mystérieusement de la Tamise. Un homme peut débarquer n'importe où et filer à l'intérieur des terres, mais son cotre de cinq tonneaux? Ça ne s'emporte pas à la main comme une valise.

« Puis, tout aussi brusquement, il reparaissait sur la Tamise quand on ne l'attendait plus. Il me déplaisait de m'avouer battu. C'est pourquoi je louai le bateau ponté de Dingle. Il était juste assez grand pour qu'un homme et un chien pussent y dormir. Mais je n'avais aucun ami chien à inviter. Le chien de Fyne, qui avait sauvé la vie à Flora De Barral fut le dernier de mes amis chiens. Je me sentais assez seul pendant mes promenades; mais cela aussi a parfois son charme sur la Tamise. Je pourchassais rêveusement le mystère des disparitions de Powell, tout en regardant les navires que je rencontrais, pensant à la jeune Flora, aux hasards de la vie — et, voyez-vous, c'était très simple.

— Qu'est-ce qui était très simple? demandai-je innocemment.

— Le mystère.

— C'est généralement le cas », dis-je.

Marlow me lorgna un instant d'étrange façon.

« Eh bien, j'ai éclairci le mystère des disparitions de Powell. Notre homme s'engageait dans l'une de ces criques étroites praticables seulement à marée haute, sur la côte de l'Essex. Ces criques sont si peu visibles qu'avant d'avoir assez soigneusement étudié la carte, j'ignorais leur existence. Un après-midi, je distinguai le bateau de Powell qui s'engageait à l'intérieur des terres. Lorsque je m'approchai tout près du banc de vase, son bâtiment avait disparu. Mais je vis alors l'entrée de la crique. Comme la marée changeait, je pris le risque de m'échouer brusquement dans la boue et m'engageai. Je n'avais pour me guider que le haut du toit d'une sorte de petite bâtisse. J'entrai plutôt par bonne fortune que par bonne manœuvre. Le soleil était couché depuis quelque temps; mon bateau glissait dans une sorte de fossé sinueux, entre deux rives basses couvertes d'herbe; de chaque côté, j'avais l'étendue plate des marais de l'Essex, parfaitement immobile. Tout ce que je voyais bouger était un héron; il volait bas et disparut dans l'ombre. Avant d'avoir parcouru un demi-mille, j'étais au niveau de la bâtisse dont j'avais aperçu le toit depuis la Tamise. Elle avait l'air d'une petite grange. Une rangée de pilotis enfoncés dans la rive molle devant elle et soutenant quelques planches formait une sorte d'appontement. Tout était noir à la tombée du crépuscule et je distinguais à peine les ornières blanchâtres d'un chemin charretier qui traversait le marais en direction du terrain plus élevé, au loin. On n'entendait pas un bruit. Je voyais se détacher sur le filet de lumière, au bas du ciel, le mât du cotre de Powell amarré à la rive à quelque vingt mètres, tout au plus, au-delà de cette espèce de bâtisse noire — grange ou je ne sais quoi. Je le hélai vigoureusement. Pas de réponse. Une fois mon bateau amarré en arrière du sien, je longeai la rive pour aller y jeter un coup d'œil. Bien plus gros que le mien, il était déjà échoué. Ses voiles étaient ferlées, son panneau d'écoutille était cadenassé et fermé. Powell avait disparu. Il s'était enfoncé quelque part dans ce marais sombre et silencieux. Je n'avais pas vu une seule maison dans le voisinage ; il semblait n'y avoir aucune habitation à des milles à la ronde ; et maintenant que les ténèbres s'épaississaient sur la terre, je ne voyais pas luire la moindre lumière. Cependant, je supposai qu'il devait se trouver quelque village ou hameau pas très éloigné ; ou seulement l'une de ces mystérieuses petites auberges sur lesquelles on tombe parfois dans les endroits les plus inattendus et les plus solitaires.

« Le silence était oppressant. Je regagnai mon bateau, fis du café sur une lampe à alcool, dévorai quelques biscuits et m'étendis à l'arrière pour fumer et contempler les étoiles. La terre n'était qu'une ombre informe, silencieuse et vide, jusqu'au moment où un bœuf, venu on ne sait d'où, arriva tout enveloppé d'ombre lui aussi. Il atteignit rapidement le bord même de la berge, comme s'il voulait monter à bord, poussa son museau nettement au-dessus du bateau, souffla bruyamment une fois et s'éloigna, méprisant, dans les ténèbres d'où il était venu. Je ne m'étais pas attendu à la visite d'un bœuf, bien qu'un instant de réflexion m'eût montré qu'il devait y avoir abondance de bétail et de moutons dans ces marais. Puis tout retomba dans le silence. J'aurais pu me croire arrivé sur une île déserte. Et même, tout en fumant, étendu, je sentis m'envahir une impression de solitude absolue. Et, au moment précis où elle était devenue intense, j'entendis brusquement, sans qu'ils fussent précédés d'aucun bruit, des pas rapides et fermes résonner sur le petit appontement. Quelqu'un, arrivant par le chemin charretier, venait de s'engager à vive allure sur les planches. Ce quelqu'un ne pouvait être que M. Powell. Soudain, il s'arrêta court après avoir distingué deux mâts le long de la berge où il n'en avait laissé qu'un seul. Puis il s'avança silencieusement sur l'herbe. Quand je lui parlai, il fut étonné.

« " Qui aurait pensé vous voir ici ! " s'exclama-t-il, après avoir répondu à mon bonsoir.

« Je lui dis que j'étais venu chercher de la compagnie. C'était rigoureusement vrai.

« " Vous me saviez ici ? s'exclama-t-il.

« – Naturellement, fis-je. Je vous dis que je suis venu chercher de la compagnie. "

« Il est vraiment très gentil, poursuivit Marlow. Et sa faculté d'étonnement s'épuise rapidement, semble-t-il. C'est de la façon la plus naturelle qu'il dit : " Venez donc à mon bord ; j'ai de quoi souper pour deux. " Il tenait dans le creux du bras un volumineux paquet. Je ne me fis pas répéter l'invitation, comme vous pouvez le deviner. Son cotre possède une coquette petite cabine, tout à fait assez grande pour que deux hommes puissent non seulement y dormir mais s'y installer pour fumer. Naturellement, nous laissâmes l'écoutille grande ouverte. Quant à ses provisions pour le souper, elles n'avaient rien de luxueux. Il se plaignit que les boutiques du village fussent minables. Il y avait un gros village à moins d'un mille et demi. Il me parut qu'il avait mis bien du temps à faire ses emplettes ; mais, naturellement, je me gardai de tout commentaire. Je ne voulais ouvrir la bouche que pour le déclencher.

— Et l'avez-vous déclenché ? demandai-je.

— Oui », dit Marlow, donnant à ses traits une expression impénétrable qui, je ne sais pourquoi, m'assura de son succès mieux qu'un air triomphant n'aurait pu le faire.

« Vous l'avez fait parler ? dis-je après un silence.

— Oui, je l'ai fait parler... de lui.

— Et à propos ?

— Si vous entendez par là, dit Marlow, à propos de la traversée du *Ferndale*, je vous répondrai encore oui. Je l'amenai à parler de cette traversée qui, d'ailleurs, ne fut pas la première pour Flora De Barral. Cet homme est, comme je vous l'ai dit, lui-même simple et sa faculté d'étonnement est limitée. Il est de ces gens qui n'échafaudent aucune théorie sur les faits. Les gens droits le font rarement. Ils n'ont pas non plus beaucoup de pénétration. Mais, dans ce cas, cela n'avait aucune importance. Je suis — nous sommes — déjà des initiés. Nous connaissons l'histoire de Flora De Barral et nous connaissons en partie la personnalité du capitaine Anthony. Nous tenons la clé de la situation. Cet homme était grisé par son rôle pitoyable et tendre. Oh oui! Grisé n'est pas un mot trop fort, car vous savez que l'amour et le désir prennent bien des déguisements. Je crois que la jeune fille s'était montrée franche avec lui, avec la franchise des femmes, pour qui la franchise parfaite est impossible, car leur sécurité dépend tellement de réticences judicieuses. Je ne m'abandonne pas à de faciles sarcasmes. La nécessité joue dans ces cas-là. Et, en outre, Flora n'aurait pu parler d'un certain ton quand elle dut faire face à l'impétuosité d'Anthony, car elle n'eut le temps de comprendre ni l'état de ses propres sentiments, ni la nature précise de ses actes.

« Eût-elle parlé le plus clairement du monde, Anthony était, je crois, trop exalté pour l'entendre distinctement. Je ne veux pas insinuer que c'était un imbécile. Oh, certes, non! Mais il n'avait pas été formé aux conventions habituelles, et il faut nous rappeler qu'il n'avait absolument aucune expérience des femmes. Il ne pouvait avoir qu'une conception idéaliste de la situation. L'idéal n'est souvent qu'une vision flamboyante de la réalité.

« Voilà qu'arrive chez lui Fyne, à cran, si je puis m'exprimer avec autant d'irrespect, tout à cran à cause de l'interprétation donnée par sa femme à la lettre de la jeune fille. Il entre et parle de mesquinerie et de cruauté, comme un seau d'eau jeté sur la flamme. D'où, évidemment, un choc. Mais les effets d'un seau d'eau sont divers. Ils dépendent de la nature de la flamme. S'il s'agit d'une simple flambée de paille sèche, bien sûr... Mais il ne saurait être question de paille dans ce cas-là. Anthony, capitaine du *Ferndale*, n'était pas, ne pouvait pas être un échantillon d'humanité empaillé. Il est des flammes qu'un seau d'eau fait jaillir jusqu'aux nues.

« Nous pouvons assurément nous demander ce qui arriva quand, après le départ de Fyne, la jeune fille hésitante monta enfin ouvrir la porte de la pièce où notre homme, j'en suis sûr, n'était pas éteint. Oh non! Ni froid non plus, quoi qu'il ait pu être d'autre.

« On peut concevoir qu'il lui ait lancé des cris au visage, dans le premier moment d'humiliation, d'exaspération, " Oh, c'est vous! Que faites-vous ici? Si je vous suis tellement odieux qu'il vous faille l'écrire à ma sœur, je vous rends votre parole. " Mais aussi, voyez-vous, il est impossible que les choses se soient passées ainsi. Je suis presque sûr que, peu de temps après, ils sont partis ensemble pour visiter le navire — comme convenu. C'est pourquoi j'ai dit que Flora De Barral s'était bel et bien embarquée...

— Oui. Cela semble concluant, dis-je, acquiesçant. Mais même sans cela — si, comme vous semblez le penser, la désolation même de cette silhouette de jeune fille exerçait une sorte de séduction opiniâtre qui, par le truchement de la pitié, atteignait ses sens (et tout est possible) — alors ces paroles ne purent être prononcées.

— Elles auraient pu lui échapper involontairement, fit observer Marlow. Cependant, un fait certain règle la question. Ils partirent ensemble pour visiter le navire.

— En concluez-vous qu'absolument rien ne fut dit? demandai-je.

— J'aurais aimé voir la première rencontre de leurs regards, là-haut », fit Marlow, méditatif. Et peut-être que rien ne fut dit. Mais aucun homme ne " se chamaille " ainsi (selon l'expression de Fyne) sans en montrer ensuite quelques traces. Et vous pouvez être sûr qu'une jeune fille meurtrie à ce point des pieds à la tête comme l'était Flora ressentait forcément l'atteinte la plus légère de tout ce qui ressemble à de la froideur. Elle se méfiait; c'était inévitable; car l'énergie du mal est tellement plus puissante que l'énergie du bien qu'elle ne pouvait s'empêcher de regarder toujours son abominable gouvernante comme une autorité. Comment penser qu'elle allait rejeter le prestige atroce de cette longue domination? Elle ne pouvait s'empêcher de croire ce qu'on lui avait dit; qu'elle était, pour quelque mystérieuse raison, odieuse, incapable d'inspirer de l'amour. C'était cruellement vrai — du moins pour elle. L'oracle écouté depuis tant d'années s'était prononcé définitivement. Mais les autres ne la perçaient pas à jour immédiatement... Je n'irai pas jusqu'à dire qu'elle le croyait tout à fait. Ce ne serait guère possible. Mais aussi, les plus flattés, les plus vaniteux d'entre nous, n'ont-ils pas leurs moments de doute? N'est-ce pas vrai? Eh bien, je n'en sais rien. Il y a peut-être en ce monde des gens qui ont la chance de ne pouvoir croire aucun mal sur leur propre compte. En ce qui me concerne, je vous dirai qu'une fois, il y a maintenant bien des années, j'appris qu'un homme avec qui j'avais à traiter certaine affaire — un garçon intelligent que je méprisais cordialement — allait répétant à tout un chacun que j'étais un fieffé hypocrite. Il n'en pouvait rien savoir. Il était d'humeur à le dire. Je ne lui avais donné aucun motif de me calomnier de cette façon. Pourtant, aujourd'hui même, il est des moments où cela me revient à l'esprit, et je me demande involontairement : " Et si c'était vrai ? " C'est absurde, mais cela a failli affecter ma conduite en une ou deux occasions. Et pourtant je n'étais pas une jeune fille impressionnable et ignorante. J'avais exactement mesuré la totale indignité de cet homme depuis longtemps. Il n'avait jamais eu à mes yeux ni pouvoir ni prestige, comme cette odieuse gouvernante en avait eu aux yeux de Flora De Barral. Voyez-vous la puissance de la suggestion? Nous vivons à la merci d'un mot malveillant. Un son, une simple perturbation de l'air, pénètre parfois jusqu'au fond de notre âme. Flora De Barral avait été plus abasourdie que convaincue par la première déclaration impétueuse de Roderick Anthony. Elle s'était laissé entraîner par une force mystérieuse que sa propre personne avait suscitée, comme son père avait été entraîné jusqu'à en perdre pied par la puissance imprévue d'une réclame réussie.

« Ils montèrent à bord ce matin-là. Le *Ferndale* venait d'arriver à son mouillage. Le seul être vivant à bord était le gardien du navire — celui qui nous avait été décrit par M. Powell, ou un autre, je ne sais. Peut-être un autre. Jetant un coup d'œil par-dessus la lisse, il vit, selon ses propres termes " le capitaine doubler le coin de l'entrepôt voisin, de conserve avec une jeune personne ". Il abaissa l'échelle de coupée jusqu'à la jetée...

— D'où tenez-vous tout cela? » dis-je, l'interrompant.

Marlow lança impatiemment :

« Vous allez voir... Flora monta la première, descendit sur le pont et demeura figée sur place jusqu'au moment où le capitaine la prit par le bras et la conduisit à l'arrière. Le gardien du navire les fit entrer dans le salon. Il avait les clés de toutes les cabines et les suivit en clopinant. Le capitaine lui ordonna d'ouvrir toutes les portes sans exception : cabines des officiers, couloirs, office, cabine d'avant, puis il le congédia.

« On était admirablement logé sur le *Ferndale*. Au bout d'un couloir venant du gaillard d'arrière était un long salon somptueux et peut-être un peu terni, mais confortable et ayant grande allure. Les tapis d'escale étaient déroulés, les lampes mobiles suspendues, tout était en place, jusqu'à l'argenterie sur le dressoir. Cette pièce communiquait avec deux grandes cabines situées de chaque côté de la jaumière. Ces deux cabines étaient reliées par une petite salle de bains et l'une était meublée pour servir de chambre au capitaine. L'autre, inoccupée et pourvue de fauteuils et d'une table ronde, ressemblait davantage aux pièces qu'on trouve à terre, à cette différence près qu'un long divan incurvé épousait la forme de l'arrière du navire. Dans la pénombre d'un miroir incliné, Flora aperçut, visible jusqu'à la taille, une jeune fille au teint pâle, portant un chapeau de paille blanc orné de roses, lointaine, brumeuse, comme plongée dans l'eau, et fut surprise de se reconnaître dans ce cadre. Il lui semblait arbitraire, bizarre, étranger. Le capitaine Anthony avança et elle le suivit. Il lui montra les autres cabines. Il parlait sans cesse d'une voix forte qui lui semblait parfaitement familière depuis longtemps; et pourtant, à la réflexion, elle ne l'avait pas souvent entendue dans sa vie. Elle ne comprenait pas très bien ce qu'il disait. Il tenait des propos relativement banals d'une voix assez morose qui donnait pourtant à Flora l'impression d'être enveloppée comme d'une caresse. Et, lorsqu'il se tut, elle entendit avec inquiétude, dans le silence soudain, les battements précipités de son propre cœur.

« Le gardien du navire traînassait sur le gaillard d'arrière, hors de portée de voix, et s'efforçait de rester hors de portée de vue. En même temps, il profitait habilement et prudemment des portes ouvertes et voyait le capitaine et la jeune personne que le capitaine avait amenée à bord. Le capitaine lui faisait faire à fond le tour du propriétaire. D'un bout à l'autre du couloir, tout à fait à l'arrière, au fond de la perspective du salon, le gardien les apercevait avec intérêt comme ils entraient dans les différentes cabines et en sortaient, passant d'un bord à l'autre, comme ils disparaissaient quelque temps dans l'une ou l'autre des cabines, puis reparaissaient au loin. La jeune fille suivait toujours le capitaine, son ombrelle à la main. La plupart du temps, elle baissait la tête, mais levait parfois les yeux. Ils avaient beaucoup à se dire et semblaient oublier qu'ils n'étaient pas seuls à bord. Le gardien vit le capitaine poser la main sur l'épaule de la jeune fille et s'apprêtait non sans intérêt à savourer ce qui, peut-être, allait s'ensuivre, quand le " vieux " parut se ressaisir et parcourut à longues enjambées toute la longueur du salon. Devant cette manœuvre, le gardien s'esquiva promptement, vous pouvez m'en croire, et entendit le capitaine claquer la porte intérieure du couloir. Après cette déception, le gardien, plein de ressentiment, attendit qu'ils eussent débarrassé le navire de leur présence. Cela arriva beaucoup plus tôt qu'il ne s'y attendait. La jeune fille apparut sur le pont la première. Comme auparavant, elle ne regarda pas autour d'elle. Elle ne regarda rien et semblait si pressée d'aller à terre qu'elle se dirigea vers la coupée dont elle se mit à descendre l'échelle sans attendre le capitaine.

« Ce qui frappa le plus le gardien du navire fut l'air absent du capitaine, qui ne semblait rien voir et suivait à grands pas la jeune fille. Il passa devant lui sans lui prêter attention, sans un ordre, sans même un regard. Le capitaine n'avait jamais agi ainsi auparavant. Il avait toujours à votre disposition un signe de tête et une parole agréable. De ce dédain le gardien tira une conclusion défavorable à la jeune inconnue. Il laissa au couple le temps de descendre jusqu'au quai avant de traverser le pont pour lui jeter subrepticement un dernier coup d'œil par-dessus la lisse. Le capitaine prit le bras de la jeune fille juste avant que deux wagons tirés par un cheval ne vinssent les cacher définitivement à ses yeux.

« Le lendemain, quand le second embarqua, il lui raconta la visite et dénigra la jeune fille " qui avait mis le grappin sur le capitaine ". Elle n'avait pas l'air en bonne santé, expliqua-t-il. " Et des vêtements râpés, par-dessus le marché ", ajouta-t-il avec aigreur.

« Le second fut très intéressé. Il naviguait avec Anthony depuis plusieurs années et s'était acquis pendant de nombreuses et longues traversées le droit d'être traité avec une familiarité conforme à ce qu'on pouvait attendre d'un caractère comme celui du capitaine. Mais, dans cette intimité de la mer, qui croît lentement et dont la durée et la solitude invitaient parfois aux confidences, aucun propos, même des plus fortuits, ne l'avait préparé à voir son capitaine lié à une jeune fille, quelle qu'elle fût. Il croyait que, pour le capitaine Anthony, les femmes n'existaient pas. S'afficher avec une jeune fille! Une jeune fille! Qu'avait-il besoin d'une jeune fille? L'amener à bord et lui faire faire le tour du salon! C'était vraiment un peu fort! Le capitaine Anthony aurait dû se montrer plus avisé.

« Franklin (c'était le nom du second) était déçu, presque désillusionné. Commettre pareille sottise! Voilà qui faisait jaser un fichu vieux gardien de navire. Il rabroua le gardien et s'efforça de ne plus penser à cette bêtise sans importance, car elle diminuait le capitaine Anthony aux yeux du subordonné jalousement dévoué qu'était le second.

« Franklin avait plus de quarante ans; sa mère vivait encore. Il la plaçait au premier rang de toutes les femmes, tout comme il plaçait le capitaine Anthony au premier rang de tous les hommes. Nous pouvons supposer que les membres de ces deux groupes n'étaient pas très nombreux. Il était devenu marin très jeune. Les sentiments qui faisaient partiellement éclipser par ces deux êtres le reste de l'humanité étaient, naturellement, différents bien qu'avec le temps il eût acquis la conviction qu'il " veillait " sur l'un et l'autre. Il fallait, naturellement, veiller sur " la bonne dame " aussi longtemps qu'elle vivrait. Quant au capitaine Anthony, pourquoi le quitter, disait-il souvent? Il était improbable qu'il trouverait un meilleur marin, un meilleur homme ou un navire plus confortable. Quant à essayer d'obtenir de l'avancement, les commandements n'étaient pas le genre de chose qui courait les rues et, à ce propos, le capitaine Anthony était aussi susceptible de lui donner à l'occasion un coup d'épaule que tout homme au monde.

« D'après la description de M. Powell, Franklin était un petit homme trapu, noir de cheveux et dont le sommet du crâne était dégarni. Sa tête enfoncée dans les épaules, ses yeux proéminents au regard fixe, son teint fleuri, lui donnaient l'air quelque peu apoplectique. Au repos, son visage congestionné exprimait l'humour et la mélancolie.

« Le gardien lui ayant remis toutes les clés et ayant été expédié à l'avant avec la recommandation de s'occuper de ses affaires et de ne pas jaser sur ce qui ne le regardait pas, M. Franklin se rendit sous la dunette. Il ouvrit une porte après l'autre; et, dans le salon, dans la cabine du capitaine, partout, il promena un regard fixe et anxieux, comme s'il s'attendait à voir sur les cloisons, sur le pont, dans l'air, quelque chose d'inaccoutumé – un signe, une marque, une émanation, une ombre, il ne savait trop quel changement subtil causé par le passage d'une jeune fille. Mais il n'y avait rien. Il entra dans la cabine arrière, inoccupée, et y passa quelque temps à dévisser les deux sabords d'arcasse. En l'absence de toute trace matérielle, son malaise se dissipait. Après un dernier coup d'œil circulaire, il sortit et se trouva en présence de son capitaine qui arrivait de l'autre bout du salon.

« Franklin chercha aussitôt la jeune fille du regard. Elle n'était pas en vue. Le capitaine s'avança rapidement vers lui. “ Oh! Vous voici, monsieur Franklin. ” Et le second dit : “ J'aérais un peu les pièces, capitaine. ” Alors, le capitaine, le chapeau abaissé sur les yeux, posa sa canne sur la table et demanda avec son affabilité coutumière : “ Comment avez-vous trouvé votre mère, Franklin? — La bonne dame est d'attaque, capitaine, merci. ” Puis ils ne trouvèrent rien à se dire. Franklin en éprouva un sentiment étrange et troublant. Il revenait de congé, le navire venait d'arriver à son mouillage, le capitaine venait d'arriver à bord et n'avait apparemment rien à dire. Les différentes questions qu'il avait été impatient de poser concernant diverses choses à faire lui étaient sorties de l'esprit. Il lui semblait à lui aussi qu'il n'avait rien à dire.

« Le capitaine prit sa canne posée sur la table, entra au pas de charge dans sa cabine et ferma la porte derrière lui. Franklin demeura un instant immobile, puis prit lentement le chemin du pont. Mais avant d'avoir eu le temps d'atteindre l'autre extrémité du salon, il s'entendit appeler par son nom. Il se retourna. Le capitaine se tenait, le regard fixe, à l'entrée de sa cabine. Franklin dit : “ Oui, capitaine. ” Mais le capitaine se pencha légèrement en avant sans mot dire, tout en serrant la poignée de la porte. Franklin se dirigea donc vers l'arrière, sans le quitter des yeux. Quand il fut tout près de lui, il répéta : “ Oui, capitaine? ” d'un ton interrogateur. Même silence. Le second n'aimait pas être dévisagé de cette manière, tout à fait nouvelle chez son capitaine, un regard fixe, provocant, gêné, comme celui d'un homme qui se sent malade et vous met au défi de le remarquer. Franklin regarda son capitaine, flaira qu'il y avait quelque chose qui n'allait pas et, dans sa simplicité, exprima ses sentiments en demandant à brûle-pourpoint :

« “ Qu'est-ce qui ne va pas, capitaine? ”

« Le capitaine tressaillit légèrement et le caractère de son regard changea, exprima une sorte de surprise sinistre. Franklin se sentit très gêné, mais le capitaine demanda négligemment :

« “ Qu'est-ce qui vous fait penser que quelque chose ne va pas?

« — Je ne sais pas au juste. Vous n'avez pas l'air d'être tout à fait vous-même, capitaine, avoua Franklin.

« — Vous semblez avoir l'œil diablement perçant, dit le

capitaine d'un ton si agressif que Franklin fut incité à se défendre.

« – Voilà plus de six ans que nous naviguons ensemble, capitaine, alors je crois vous connaître un peu maintenant. J'ai vu que quelque chose n'allait pas dès votre arrivée à bord.

« – Monsieur Franklin, dit le capitaine, nous naviguons ensemble depuis plus de six ans, c'est vrai, mais je ne vous savais pas physionomiste. D'ailleurs vous n'êtes pas bon physionomiste. Rien ne va mal, il s'en faut de beaucoup. Comprenez-vous? Il s'en faut du maximum possible. Voilà qui devrait vous apprendre à vous garder des suppositions téméraires. Vous devriez laisser cela aux terriens. Ils sont passés maîtres dans l'art de dépister ce qui va mal. Ils savent sans doute ce qu'ils ont fait du monde. Ils en font fichtrement du propre, voilà qui est clair. Le monde est un endroit bigrement laid, monsieur Franklin. Vous n'en savez rien? Eh bien – non, nous n'en savons rien, nous autres marins. Parfois seulement, l'un de nous tombe sur une cruauté, une fourberie, de quoi vous faire dresser les cheveux sur la tête. Et quand on voit effectivement l'une des vilenies des terriens, on s'aperçoit qu'il n'est pas aussi facile qu'il semble d'y remédier... Oh! Je vous ai rappelé pour vous dire qu'un tas d'ouvriers, de menuisiers et tout ce qui s'ensuit seront envoyés à bord demain dès la première heure pour commencer à faire des modifications dans la cabine. Vous veillerez à ce qu'ils ne lambinent pas. Nous n'avons pas beaucoup de temps devant nous. »

« Franklin fut impressionné par ce sermon imprévu sur la vilenie de la terre ferme entourée des incorruptibles eaux salées où lui et son capitaine avaient passé toute leur vie dans une heureuse innocence. Ce qu'il ne pouvait comprendre était la raison qui l'avait inspiré et le rapport qu'il pouvait avoir avec une question comme les modifications à effectuer dans la cabine. L'urgence de ce travail ne lui semblait pas s'imposer. À quoi bon changer quoi que ce fût? Le logement était excellent, spacieux, bien distribué selon un plan assez suranné et la décoration en était quelque peu passée. Mais un coup de vernis, une touche de dorure çà et là suffiraient tout à fait. Quant au confort, aucune modification ne pouvait l'améliorer. Il détestait l'idée même de changement; mais il dit docilement qu'il aurait les ouvriers à l'œil si le capitaine consentait seulement à lui faire savoir la nature des travaux qu'il avait commandés.

« “ Vous trouverez une note à ce sujet sur cette table. Je l'y laisserai à votre intention quand j'irai à terre ”, dit vivement le capitaine Anthony. Franklin pensait n'avoir plus rien à entendre et fit mine de quitter le salon. Mais le capitaine poursuivit après un bref silence : “ Vous serez sans doute surpris quand vous y jetterez les yeux. Il y aura pas mal de modifications. C'est à cause d'une dame qui vient avec nous. Je vais me marier, monsieur Franklin! ” »

CHAPITRE II

LE JEUNE POWELL VOIT ET ENTEND

« Vous vous rappelez, poursuivit Marlow, combien je craignais que le manque d'expérience de M. Powell ne l'empêchât d'apprécier l'insolite. L'insolite auquel je pensais était d'espèce très subtile : celle de l'insolite dans les rapports conjugaux. J'étais certes fondé à douter de la faculté d'observation d'un jeune homme trop préoccupé de s'acquitter à son honneur de ses devoirs professionnels pour observer ce qui, les choses étant ce qu'elles sont, n'est pas facilement observable en soi, et l'est moins encore dans ces circonstances particulières. Sur la plupart des navires, un lieutenant n'a guère d'occasions d'entrer en relations avec la femme du capitaine. Il s'assied généralement à la même table qu'elle pendant les repas; il se peut qu'elle lui parle de temps à autre plus ou moins aimablement de sujets insignifiants et qu'il ait l'occasion de lui témoigner, sur le pont, quelques menues attentions. Et c'est tout. En de telles conditions, seul un œil aigu et exercé peut distinguer des signes. Je fais maintenant allusion à des difficultés souvent si subtiles qu'elles sont inintelligibles à ceux mêmes dont elles ravagent ou exaltent le cœur.

« Oui, M. Powell, que le hasard de son nom avait placé sur le navire, théâtre flottant de cette tragi-comédie, n'eût en rien servi mon dessein si l'insolite n'avait, sous une forme évidente, éveillé dès l'abord son attention.

« Nous savons comment il embarqua sur ce navire offert si brusquement à son ardent désir de faire un début sérieux dans sa profession. Il était arrivé à bord essoufflé par la liquidation précipitée de ses affaires à terre, flanqué de deux affreux oiseaux de nuit, escorté par un membre intéressé de la police des docks, accueilli par l'ombre asthmatique d'un gardien, averti de ne faire aucun bruit dans l'obscurité du couloir parce que le capitaine et sa femme étaient déjà à bord. Voilà qui, déjà, était en soi quelque peu insolite. D'ordinaire, les capitaines et leurs femmes n'embarquent pas un instant plus tôt qu'il n'est nécessaire. Ils préfèrent rester avec leurs parents et amis jusqu'au dernier moment. Un navire mouillé dans l'un des vieux docks de Londres soumis à des restrictions concernant les feux, etc., n'est pas le lieu propice à une heureuse soirée. Mais, comme la marée était favorable à six heures du matin, il était compréhensible qu'ils fussent arrivés à bord la veille au soir.

« À ce moment précis, il semblait au jeune Powell que tout le monde ne devait être que trop heureux d'en avoir fini avec la terre ferme. Nous savons qu'il avait été orphelin très jeune, sans frères ni sœurs – sans aucune espèce de proches parents, je crois, sauf cette tante qui s'était querellée avec son père. Nulle affection ne contrariait la satisfaction paisible qu'il éprouvait à la pensée que, désormais, tous les soucis étaient finis, que seuls l'attendaient des devoirs, qu'il savait ce qu'il allait avoir à faire dès la pointe de l'aube, et pendant une longue suite de jours. Certitude fort apaisante. Il la savoura dans l'obscurité, allongé sur sa couchette, sous ses couvertures neuves qu'il avait tirées sur lui. À terre, une horloge, au-delà des grilles des docks, sonna deux heures. Puis il n'entendit rien de plus car il glissa dans un sommeil léger dont il s'éveilla en sursaut. Il ne s'était pas dévêtu ; cela n'en valait guère la peine. Il se leva d'un bond et gagna le pont.

« Le ciel du matin était dégagé, d'un gris terne ; le dock semblait une nappe de verre sombre où se reflétaient, à l'envers, des entrepôts, les coques et les mâts des navires silencieux. De rares silhouettes allaient çà et là sur les quais éloignés. Un groupe d'hommes se tenait près du flanc du navire, des sacs à vêtements et des coffres de bois à leurs pieds. D'autres arrivaient par la ruelle, entre de hauts murs sans ouvertures, entouraient une voiture à bras chargée d'autres sacs et d'autres caisses. C'était l'équipage du *Ferndale*. Ils commencèrent à embarquer. Il scruta leur visage comme ils se dirigeaient vers l'avant, emplissant le pont spacieux du bruit de leurs pas traînants, d'un murmure de voix qui semblaient éveiller à la vie un monde près d'être lancé dans l'espace.

« Au loin, sur l'étendue claire et lisse comme du verre, au milieu du long dock, M. Powell observa les remorqueurs qui entraient tranquillement par les portes ouvertes. Une voix sourde et ferme qui se fit entendre derrière lui interrompit cette contemplation. C'était Franklin, le second trapu, qui lui parlait en le toisant du regard fixe et attentif de ses yeux noirs proéminents : " Si vous preniez deux de ces gaillards avec vous pour surveiller l'arrière. Nous allons appareiller.

« – Oui, monsieur ", dit Powell avec la promptitude requise ; mais les deux hommes restèrent un moment à se dévisager. L'ombre d'un sourire fit bouger les lèvres du second juste avant qu'il ne se dirigeât vers l'avant de son pas vif.

« M. Powell monta sur la dunette et salua le capitaine Anthony, qui s'y trouvait seul. Il me dit que c'est alors seulement qu'il vit son capitaine pour la première fois. À cause de la lumière douteuse et de l'émoi suscité en lui par cet embarquement qui semblait dû à un miracle soudain et scabreux, la rencontre de la veille, au Bureau maritime, ne comptait pas. Anthony lui avait alors paru beaucoup plus vieux et plus lourd. Il s'étonna de sa silhouette souple aux épaules larges, à la taille mince, du feu de ses yeux dans leurs orbites profondes, de l'élasticité de son pas. Le capitaine le regarda fixement, lui fit un léger signe de tête et continua d'arpenter la dunette, l'air inconscient de ce qui se passait, le cou rigide, les mouvements rapides.

« Powell le regarda plusieurs fois furtivement avec une curiosité bien naturelle dans ces circonstances. Anthony portait une courte veste et une casquette grise. À la lumière de l'aube, qui gagnait en limpidité plutôt qu'en éclat, Powell remarqua les joues un peu creuses sous la barbe bien taillée, le pli perpendiculaire sur le front, une certaine dureté figée dans la bouche.

« Il était encore trop tôt pour que le travail eût commencé dans le dock. L'eau luisait paisiblement, rien ne bougeait nulle part sur les longues lignes droites des quais, personne n'était visible dans les parages, sauf les quelques dockers affairés le long du *Ferndale* ; ils connaissaient leur besogne, se taisaient la plupart du temps ou échangeaient quelques mots à voix basse, comme s'ils étaient conscients, eux aussi, de la présence de cette dame " qu'il ne fallait pas déranger ". Le *Ferndale* était le seul navire à partir sur cette marée-là. Les autres semblaient encore dormir, silencieux; seule, çà et là, une silhouette montait sur le gaillard d'avant et s'appuyait sur la lisse pour regarder indolemment l'appareillage. C'est sans difficulté, sans agitation et presque sans bruit que le *Ferndale* s'éloignait de la terre, comme furtivement. Même les remorqueurs, leurs machines maintenant stoppées, l'approchaient sans faire une ride, le bateau à aubes, d'aspect massif, gagnant obliquement l'avant, tandis que l'autre, à hélice, plus petit et de forme plus élancée, se dirigeait si doucement vers la hanche qu'il ne fendait pas l'eau lisse mais semblait glisser à la surface comme sur une glace, un homme à l'avant, le patron à la barre masqué jusqu'à la taille par l'écran blanc de la passerelle, tous les deux l'œil fixe au point de fasciner le jeune Powell et de susciter chez lui une immobilité, un oubli de soi-même étranges. Il était plongé, noyé dans la paix ambiante, se rappelant la phrase " c'est une dame qu'il ne faut pas déranger " et se répétant distraitement à lui-même : " Non. Elle ne sera pas dérangée. Elle ne sera pas dérangée. " Puis les premières paroles de cette matinée lancées à haute voix et rompant de leur appel cinglant cet étrange silence du départ le firent sursauter : " Gare au filin, par là ! " Le filin passa près de sa tête avec un sifflement; l'un des marins, à l'arrière, le saisit et c'en fut fait de la fascination, de la paix spirituelle qui l'avaient furtivement envahi à l'instant même du départ. Pendant les deux heures suivantes, jusqu'au moment où le navire fut embossé dans l'une des parties rectilignes du cours inférieur de la Tamise aux rives apparemment inhabitées, près d'une sorte d'anse où seules étaient visibles deux péniches à l'ancre sous un pavillon rouge, Powell fut trop occupé pour penser à la dame " qu'il ne fallait pas déranger " ou à son capitaine ou à rien qui fût étranger à ses tâches immédiates. Il n'eut, à vrai dire, aucune occasion d'aller sur la dunette ou même de regarder souvent de ce côté; mais comme le navire allait mouiller et que Powell jetait un coup d'œil dans cette direction, il éprouva l'impression absurde que son capitaine (qui, naturellement, se tenait là-haut) était assis à la fois des deux côtés de la claire-voie arrière. Il était trop occupé pour réfléchir à cette étrange illusion, à ce phénomène qui lui faisait voir double comme s'il avait bu. Il se contenta de sourire de lui-même.

« Comme il arrive souvent après une aube grise, le soleil s'était levé dans la gloire d'une splendeur ardente au-dessus de l'immensité luisante et lisse de l'estuaire qui s'ouvrait. Des lambeaux de brume flottaient comme des traînées de poussière lumineuse, et dans les reflets éblouissants de l'eau et de la vapeur, les rives offraient l'obscurité ténébreuse et à demi-transparente d'ombres mystérieusement projetées d'en bas. Powell, qui avait quitté Londres par la Tamise toute sa vie de jeune marin, me dit que c'est alors, pendant un moment de vision enchantée, une heure environ après le lever du soleil, que le fleuve lui fut révélé pour toujours, comme un joli visage déjà souvent contemplé où l'on perçoit soudain l'expression d'une beauté intime insoupçonnée, de ce je ne sais quoi d'unique qui lui est propre et qui suscite un émerveillement, une fidélité passionnés et le souvenir obsédant de son charme. La coque du *Ferndale*, dont l'avant avait évité vers l'est, fut atteint par la lumière — ses hauts mâts et son gréement baignés d'or rouge — de la ligne de flottaison toute scintillante à la mince pomme des mâts menue et luisante, qui se détachait sur le bleu tendre de l'immensité.

« “ Il est temps de manger un morceau ”, fit une voix près de Powell. C'était M. Franklin, le second à la tête enfoncée dans les épaules et aux yeux mélancoliques. “ Maître, faites déjeuner les hommes, poursuivit-il, et que le feu soit éteint à la cuisine d'ici une demi-heure au plus, pour que nous puissions faire aborder ces péniches chargées d'explosifs. Venez, jeune homme. Je ne sais pas votre nom. Je n'ai pas vu le capitaine assez longtemps pour lui parler depuis hier après-midi, quand il a filé pour trouver un lieutenant quelque part. Comment vous a-t-il déniché ? ”

« Le jeune Powell, un peu intimidé malgré la cordialité de l'autre, lui répondit en souriant, sentant en quelque sorte l'insistance, le caractère un peu inquiet de cette curiosité somme toute naturelle. Il s'appelait Powell et c'était M. Powell, le chef du Bureau maritime, qui lui avait procuré cet embarquement. Il rougit.

« “ Ah, je vois. Eh bien, vous n'avez pas perdu de temps pour vous préparer. Le gardien m'a dit, avant de partir, que vous aviez embarqué à une heure. Je n'ai pas couché à bord la nuit dernière. Pas de danger. Fut un temps où je n'aimais pas quitter ce navire plus de deux heures dans la soirée, même à Londres, mais maintenant, depuis que... ”

« Il s'interrompit, roulant ses yeux proéminents vers ce jeunot, cet inconnu. En même temps, il ouvrait la marche, traversait le gaillard d'arrière, sous la dunette, entrait dans le long couloir au bout duquel se trouvait la porte du salon. Elle était fermée. Mais M. Franklin n'alla pas aussi loin. Après avoir dépassé l'office, il ouvrit brusquement une porte située du côté gauche du couloir, à la grande surprise de Powell.

« “ Notre mess ”, dit-il, entrant dans une petite cabine peinte en blanc, nue, éclairée grâce à une partie de la claire-voie d'avant et meublée seulement d'une table et de deux canapés à dossier mobile. “ Cela vous surprend? Eh bien, ce n'est pas l'usage. Ce n'était pas comme ça non plus sur ce navire, auparavant. C'est seulement depuis que... ”

« De nouveau, il s'interrompit. “ Oui, c'est ici que nous mangerons, vous et moi, face à face, pendant les douze mois à venir ou plus... Dieu sait combien de temps de plus. Le maître d'équipage est de quart sur le pont aux heures des repas, quand il fait beau. ”

« Il parlait non pas précisément avec un sifflement d'asthmatique mais comme un homme au souffle un peu court et à l'âme aigrie (le jeune Powell ne put s'empêcher de le penser) par quelque mystérieux grief.

« Il y avait là assez d'insolite, pour être reconnu même par l'inexpérience du jeune Powell. Le salon interdit aux officiers, contrairement à l'usage dans la marine et puis cette espèce d'accent dans la bouche du second. Franklin ne semblait pas s'attendre à beaucoup d'aisance dans la conversation de la part du nouveau lieutenant. Il fit plusieurs observations à propos de l'ancien, déplorant l'accident. C'était gênant, très gênant, que cela fût arrivé la veille même du départ.

« “ La clavicule et un bras cassés, soupira-t-il. C'est triste, très triste. Avez-vous remarqué si le capitaine en avait été un peu affecté? Hein? Il a dû l'être. ”

« Devant ce visage congestionné, l'appel anxieux de ces yeux globuleux braqués sur lui, le jeune Powell (il faut se rappeler qu'il n'était alors qu'un jeunot), ne pouvant se rappeler aucun signe de douleur visible, avoua avec un rire embarrassé que la soudaineté du coup de chance qu'il avait eu l'avait empêché de remarquer les états d'âme d'autrui.

« “ J'étais si content de trouver enfin un navire, murmura-t-il, déconcerté encore davantage par l'espèce de gravité contenue qu'exprimait la mine de M. Franklin.

« – Le malheur des uns fait le bonheur des autres, fit observer le second. C'est généralement le cas. Je suppose que la pensée ne vous est pas venue que cette façon d'être mis hors de combat était fichtrement regrettable pour un bon marin. ”

« M. Powell admit franchement qu'il n'y avait pas pensé. Il était prêt à admettre qu'il était fort à blâmer. Mais Franklin n'avait apparemment pas l'intention de lui faire la morale. Il ne garda pas non plus le silence. Il fit ensuite observer qu'il y avait eu un temps où le capitaine Anthony eût montré une sollicitude plus que suffisante pour le moindre accident survenu à l'un de ses officiers. Oui, il fut un temps!

« " Et remarquez ", poursuivit-il, posant brusquement une tranche de pain beurrée à demi mangée et élevant la voix, " que le pauvre Mathews était, à part un autre, le plus ancien à bord. L'autre, c'était moi. Il a embarqué un mois après moi — presque en même temps que le steward, à quelques jours près. Le maître d'équipage et le charpentier sont arrivés pour la traversée suivante. Des hommes solides. Encore là. Aucun bon marin n'a jamais eu lieu de songer à quitter le *Ferndale*, à moins d'être un imbécile. Certains bons marins sont des imbéciles. Ils ne connaissent pas leur bonheur. Je veux dire les meilleurs des bons marins, des hommes pour qui on ferait n'importe quoi. Ils marchent droit pendant des années, et puis, tout d'un coup... "

« En écoutant le second, notre jeune ami se sentit envahi par un curieux sentiment de malaise. Car on eût dit que M. Franklin pensait tout haut et le mettait dans la situation délicate de commettre une indiscrétion involontaire. Mais, dans le mess, quelqu'un d'autre écoutait. C'était le steward, qui était entré, portant une cafetière d'étain à long manche et qui se tenait là, silencieux : c'était un homme entre deux âges, au teint cireux, au visage allongé, aux paupières lourdes, à la moustache grise de style militaire. Son corps enveloppé d'une courte veste noire aux manches étroites, ses longues jambes dans un pantalon très serré, composaient une silhouette mince, agile, juvénile. Il s'avança brusquement et interrompit le monologue du second.

« " Encore du café, monsieur Franklin? C'est du bon, juste fait. Bouillant. Je vais servir à l'instant le petit déjeuner dans le carré et le coq est en train d'éteindre ses fourneaux. Profitez de l'occasion. "

« Le second, qui, à cause de la façon particulière dont il était bâti, ne pouvait tourner facilement la tête, tordit légèrement son buste épais et braqua en coin ses yeux noirs vers le steward.

« " Et notre charmant couple est levé? " grommela-t-il.

« Le steward, tout en versant le café dans la tasse du

second, marmonna d'une voix maussade mais distincte : “ La dame ne l'était pas quand j'ai mis la table. ”

« Powell avait l'oreille assez fine pour saisir une nuance d'hostilité dans cette allusion à la femme du capitaine. Car de qui d'autre pouvaient-ils parler ? Le steward ajouta avec une sorte de lugubre sentiment d'équité : “ Mais elle le sera avant que je n'apporte les plats. Elle ne donne jamais ce genre de tracas. Il faut le reconnaître.

« — Non. Pas ce genre-là ”, convint M. Franklin ; puis le steward et lui, après un regard à Powell, le nouveau venu sur le navire, n'en dirent pas plus long ni l'un ni l'autre.

« Mais cela avait suffi pour éveiller la curiosité du lieutenant. La curiosité est naturelle à l'homme. Bien entendu, ce n'était pas une curiosité malveillante qui, sans être précisément naturelle, se rencontre assez souvent chez les hommes et peut-être plus souvent chez les femmes, surtout à propos d'une femme ; et d'une femme sur qui pèse, en quelque sorte, un soupçon. Car être sous le coup d'un soupçon était le sort de Flora De Barral, même en mer. Oui. Cette espèce d'ombre qui s'attache à une femme dont la place dans le monde n'est pas nettement marquée planait sur elle. Oui. Même en mer ! »

« Et c'est là le pathétique de la condition féminine. Un homme peut lutter pour conquérir sa place ou périr. Mais dites ce que vous voudrez, battez les cartes pour présenter comme il vous plaira les réalités du monde, arguez du manque d'énergie, de sagesse, de courage, le rôle d'une femme est passif. En fait, presque toutes les femmes possèdent toutes ces qualités à leur façon. Mais elles ne sont pas faites pour l'attaque. L'attente leur est inévitable. Je parle ici des femmes qui sont vraiment femmes. Et il est également vain de parler des occasions favorables. Je sais que certaines d'entre elles en parlent effectivement, mais non les vraies femmes. Elles sont trop avisées pour cela. Rien ne peut l'emporter sur une vraie femme quand il s'agit de voir lucidement la réalité ; je dirais de la voir cyniquement si je ne craignais de blesser vos sentiments chevaleresques — pour lesquels, d'ailleurs, les femmes n'éprouvent pas autant de gratitude que vous pouvez le penser à l'égard des gens comme vous...

— Ma parole, Marlow, m'écriai-je, pourquoi m'attaquez-vous de la sorte ? Jamais je n'userais d'un mot malsonnant en parlant des femmes, mais de quel droit imaginez-vous que je suis en quête de gratitude ? »

Marlow fit de sa main levée un geste d'apaisement.

« Bien ! Bien ! Je retire le mot malsonnant, non sans faire observer toutefois que cynisme me paraît un mot inventé par les hypocrites. Mais passons. Quant aux femmes, elles savent que réclamer pour elles des occasions de devenir ce qu'elles ne peuvent être est aussi raisonnable que pour l'humanité tout entière de se mettre à demander des occasions de conquérir l'immortalité en ce monde où la mort est la condition même de la vie. Il vous faut comprendre que je ne parle pas de la vie matérielle. Cela va de soi ; mais vous n'allez pas soutenir qu'une femme qui s'est, disons, engagée dans l'armée (il y en a eu) s'est conquis une place dans le monde. Elle y a seulement gagné sa vie — ce qui est tout à fait méritoire mais quelque peu différent.

« Toutes ces réflexions, qui proviennent du fait que je suis le fil de la vie de Flora De Barral, ne vinrent pas, j'en suis certain, à l'esprit de M. Powell — non le M. Powell que nous connaissons, qui croise seul pendant le week-end dans l'estuaire de la Tamise (et se jette mystérieusement dans des criques solitaires), mais le jeune M. Powell devenu par hasard lieutenant du *Ferndale*, commandé (et en grande partie possédé) par Roderick Anthony, “ le fils du poète, vous savez ”. Un M. Powell beaucoup plus svelte que ne l'est maintenant notre robuste ami, la fraîcheur de l'innocence pas encore complètement effacée de ses joues lisses, et susceptible d'être non seulement intéressé mais également surpris par l'expérience que lui réservait la vie. Cela expliquerait l'amplitude et la considérable vivacité des souvenirs qu'il en conserve. Par exemple, les impressions visuelles et mentales reçues pendant son premier petit déjeuner à bord du *Ferndale* étaient aussi fraîches pour lui que s'il les avait éprouvées la veille.

« La surprise — cela se comprend aisément — devait provenir de l'incapacité à interpréter correctement les signes que l'expérience vécue (chose mystérieuse en soi) adresse à notre intellect et à nos émotions. Car cela ne va jamais plus loin. Notre expérience vécue ne pénètre jamais dans notre sang et dans nos os. Elle nous demeure toujours extérieure. C'est pourquoi nous regardons le passé avec étonnement. Et cette condition persiste même quand, avec l'habitude et l'insensibilité croissante de nos fibres, nous en arrivons au point où rien de ce que nous rencontrons dans cette rapide traversée que nous faisons, clignants et trébuchants, d'un fugitif rayon de soleil — notre vie n'est pas autre chose — rien, dis-je, sur quoi nous tombons ne nous surprend plus. Je veux dire sur le moment. Si, bien plus tard, nous recouvrons cette faculté d'étonnement et nous nous exclamons par exemple : " Mon Dieu, mon Dieu ! Je veux bien être pendu si jamais... ", c'est probablement parce que le fait même de l'existence d'un passé — celui d'autrui — que l'on puisse contempler est tout à fait stupéfiant en soi, lorsqu'on a le temps — instant immense et fugitif — d'y penser... »

J'allais interrompre Marlow, lorsqu'il s'arrêta de lui-même, les yeux fixés sur le vide ou peut-être (je ne voudrais pas l'accabler) sur une vision. Il a l'habitude, ou disons le défaut, qu'ont les pendules de cheminées détraquées de s'arrêter soudain en pleine marche. Si vous avez jamais vécu dans la compagnie d'une pendule affligée de ce caractère contrariant, vous savez comme ces arrêts sont irritants. Marlow m'irritait. Il souriait imperceptiblement tandis que j'attendais. Il eut même un petit rire. Et je dis alors d'un ton acide :

« Dois-je comprendre que vous avez déniché du comique dans l'histoire de Flora De Barral ?

— Du comique ? s'exclama-t-il. Non ! Qu'est-ce qui vous fait dire cela ?... Oh, j'ai ri, vraiment ? Mais ne savez-vous pas qu'on rit d'absurdités qui sont loin d'être comiques ? N'avez-vous pas lu les derniers livres sur le rire écrits par des philosophes, des psychologues ? Il y en a des tas...

— Il est probable qu'on a écrit des tas d'inepties sur le rire — et aussi sur les larmes, d'ailleurs, dis-je avec impatience.

— Ils disent, poursuivit Marlow imperturbablement, que notre rire naît d'un sentiment de supériorité. Donc, remarquez-le, on rit de la simplicité, de l'honnêteté, de la chaleur de sentiment, de la délicatesse de cœur et de comportement, de la confiance en soi, de la magnanimité, parce que la présence de ces traits de caractère chez un homme le met souvent dans des situations difficiles, cruelles ou absurdes et nous inspire, à nous qui sommes la majorité et d'ordinaire assez dépourvus de ces particularités, un agréable sentiment de supériorité.

— Parlez pour vous, dis-je. Mais avez-vous fait toutes ces belles découvertes dans l'histoire de Flora, ou est-ce M. Powell qui vous les a révélées par ses propos naïfs ? Avez-vous ri tous les deux d'un bon rire bien sain? Les côtes vous font-elles encore mal, Marlow? »

Marlow ne s'offensa pas de mon badinage. Il était tout à fait sérieux.

« Je ne saurais dire au débotté exactement comment cela s'est fait », poursuivit-il avec une prudence amusante. « Mais il y avait là une situation suffisamment tendue pour que les signes provoquent chez M. Powell bien des surprises — dont aucune n'était choquante en elle-même, mais dont l'accumulation rendait inoubliables l'ensemble de la situation et le détail de son évolution. Et la première surprise survint très tôt lorsque, les explosifs (auxquels il devait son engagement fortuit au pied levé) — caisses de dynamite et barils de poudre — une fois embarqués, la grande écoutille condamnée pour la traversée, le coq rendu à ses fonctions dans la cuisine, l'ancre traversée et le remorqueur en tête, comme le navire doublait le South Foreland et que le soleil s'enfonçait, lumineux et rouge dans la perspective violacée de la Manche, M. Powell monta sur la dunette, de service, il est vrai, mais ayant le temps d'aspirer librement sa première bouffée d'air en ce jour affairé du départ. Le pilote, toujours là, lui lança d'abord, sans mot dire, un coup d'œil, puis fit une observation banale avant de reprendre son va-et-vient nonchalant entre la barre et l'habitacle. Powell prit modestement sa place au bord de la dunette. Il avait remarqué, à travers la claire-voie, une tête coiffée d'une casquette grise. Mais lorsque au bout d'un certain temps il gagna l'autre côté du pont, il s'aperçut que ce n'était nullement la tête du capitaine. Il vit des cheveux gris dont les boucles recouvraient une nuque. Comment avait-il pu commettre une pareille erreur? Mais à bord d'un navire, une fois quittée la terre, on ne s'attend pas à tomber sur un inconnu.

« Powell dépassa l'homme. Un visage mince, assez creusé, la bouche hermétiquement close, regardait fixement au loin la côte française, dont la forme vague suggérait un bloc de ténèbres gisant par le travers au-delà de la lumière du soir reflétée par les eaux planes, qui devenaient elles-mêmes plus sombres que le ciel; Powell devait traverser le champ de ce regard et le traversa effectivement avec un rapide coup d'œil de côté, en en remarquant la fixité immuable. Son passage ne fit pas plus bouger ces yeux que s'il avait été immatériel comme un fantôme. Le fait que sa personne ne produisit aucune impression l'affecta étrangement. Qui pouvait être ce vieillard?

« Sa curiosité était si vive qu'il se risqua même à interroger le pilote à voix basse. Le pilote se révéla un spécimen aimable de son espèce, condescendant et sentencieux. Il était descendu prendre ses repas dans la cabine principale et avait des nouvelles à communiquer.

« “ Celui-là ? Drôle de bonhomme, hein ? C'est le père de Mme Anthony. Je lui ai été présenté dans la cabine, au petit déjeuner. Il s'appelle Smith. Je me demande s'il a toute sa tête. Ils le promènent avec eux, semble-t-il. Pas l'air très heureux, hein ? ”

« Puis, changeant brusquement de ton, il demanda à Powell d'appeler tout le monde sur le pont et d'établir la voilure. “ Je vous quitte dans une demi-heure. Vous aurez amplement le temps de tout découvrir sur le compte du vieux bonhomme ”, ajouta-t-il avec un rire gras. »

« Le secret émoi de donner son premier ordre en qualité d'officier pleinement responsable fit, au bout d'un instant, oublier au jeune Powell jusqu'à l'existence du vieillard. Les jours suivants, à cause de l'intérêt qu'il prit à faire connaissance avec le navire et ses matelots, avec ses fonctions, pendant la période assez anxieuse d'adaptation, la curiosité de Powell s'assoupit, car, naturellement, les quelques paroles du pilote ne l'avaient pas éteinte.

« Cette adaptation lui fut facilitée par le caractère amical de son supérieur immédiat, le second. Powell ne pouvait se défendre d'une certaine sympathie pour ce gros homme chauve à la silhouette comique, au teint cramoisi, dont les yeux noirs très mobiles dans une tête apparemment immobile roulaient avec une expression pathétique, et qui se montrait prêt avec tant de tact à ne pas mettre en cause la compétence de son cadet.

« Il ne saurait y avoir rien de plus rassurant pour un jeune homme pour la première fois aux prises avec ce qui sera la tâche de sa vie. M. Powell, l'esprit libre de tout souci concernant sa propre personne, eut le temps d'observer avec un intérêt amical ceux qui l'entouraient. Tout au début de la traversée, il s'était aperçu non sans amusement que le mariage du capitaine Anthony déplaisait à ceux que lui-même (conscient d'être considéré quelque peu comme un intrus) appelait *in petto* “ les vieux ”.

« Ils avaient les regards, les intonations, les hochements de tête bizarres et nostalgiques de gens qui avaient vécu des temps meilleurs. En quoi ce mariage avait pu affecter le maître d'équipage et le charpentier, Powell ne le comprenait pas très bien. Pourtant, ces deux hommes faisaient grise mine et même regardaient la dunette d'un œil hostile. Le coq et le steward auraient pu être plus directement intéressés. Mais le steward faisait observer à l'occasion : " Oh, elle ne donne aucun tracas supplémentaire " avec une impartialité scrupuleuse de l'espèce la plus lugubre. C'était un homme plutôt silencieux, qui se faisait une haute idée de sa valeur personnelle, ce qui rendait ses propos prudents. Le coq, homme soigné aux favoris blonds, à bord depuis seulement trois ans, semblait le moins inquiet. On sut même qu'il s'était enquis une ou deux fois du succès de certains de ses plats auprès de la femme du capitaine. Cela fut considéré comme une sorte de trahison à l'égard du sentiment général.

« Le mécontentement du second était cependant le plus facile à comprendre. Comme il ne put se retenir de le confier à Powell avant que la première semaine de la traversée fût terminée : " Vous ne pouvez pas vous attendre à ce que je sois content d'être vidé du carré comme si j'étais indigne de m'asseoir à la même table que cette femme. " Mais il se hâta d'ajouter : " N'allez pas croire que je blâme le capitaine. Ce n'est pas un homme que l'on puisse critiquer. Vous êtes encore trop jeune, monsieur Powell, pour comprendre ces choses-là. "

« Beaucoup plus tard, à la fin d'une conversation amère de ce genre-là, il se montra un peu plus loquace, répétant : " Oui, vous êtes trop jeune pour comprendre cela. Je ne dis pas que vous n'ayez pas beaucoup de bon sens. Vous réussissez très bien ici. Diablement mieux que je m'y attendais, quoique votre allure m'ait plu tout de suite. "

« C'était dans la zone des alizés, la nuit, sous un ciel de velours pailleté d'une immense multitude d'étoiles qui regardaient les ténèbres de la mer luisant mystérieusement dans le sillage du navire, tandis que le bruissement calme de l'eau sous le vent était comme un commentaire somnolent sur sa marche. M. Powell exprima sa satisfaction par un rire à demi timide. Le second poursuivit sa méditation : " Et, bien sûr, vous n'avez pas connu le navire comme il était auparavant. C'était plus qu'un foyer pour un marin. Il ne ressemblait à aucun autre navire, et naviguer avec le capitaine Anthony ne ressemblait pas à la navigation avec n'importe quel autre patron. Le navire n'a pas changé. Mais, auparavant, on ne se faisait jamais aucun souci pour lui, ni pour le capitaine. Non, vraiment, il n'y avait jamais aucune raison de se tracasser. "

« Le jeune Powell ne voyait pas quelle raison on aurait eue de se tracasser, même à ce moment-là. La sérénité de la nuit paisible semblait aussi vaste que tout l'espace et aussi durable que l'éternité même. Il est vrai que la mer est un élément peu sûr, mais aucun marin ne s'en souvient en présence de son pouvoir d'envoûtement, pas plus qu'un amoureux ne pense jamais à l'inconstance proverbiale des femmes. Et M. Powell, à cause de sa jeunesse, pensait naïvement que, le capitaine étant marié, il ne pouvait y avoir aucune raison de s'inquiéter de son état. Je suppose que, pour lui, la vie, non pas tellement peut-être la sienne que celle des autres, tenait encore du conte de fées qui se termine pas la formule " ils vécurent ensuite toujours heureux ". Nous sommes formés par la littérature d'agrément beaucoup plus qu'on ne le soupçonne d'ordinaire dans un monde qui se targue d'être scientifique et pratique et de posséder des théories irréfutables. Powell éprouvait ce sentiment d'autant plus vivement que le capitaine d'un navire en mer est un être lointain, inaccessible, un peu comme le prince d'un conte de fées, seul de son espèce, ne dépendant de personne, n'ayant de comptes à rendre à personne, sauf à des puissances presque invisibles et si éloignées qu'elles pourraient aussi bien être considérées comme surnaturelles, tant le reste de l'équipage les connaît peu d'ordinaire.

« Aussi ne comprit-il pas l'amertume du second — ou plutôt il la comprit confusément, y voyant le résultat de causes simples qui lui semblaient insuffisantes. Il eût chassé toute cette affaire de ses pensées avec un méprisant : " Pourquoi diable m'en soucier ? " si la femme du capitaine n'avait pas été elle-même aussi jeune. La première fois qu'il l'avait vue, il en avait été quelque peu saisi. Il avait sur les femmes de capitaines des idées préconçues qui, quoiqu'il ne crût pas au témoignage de ses propres yeux, les lui firent ouvrir tout grands. Il avait regardé fixement la femme du capitaine jusqu'au moment où elle s'en était évidemment aperçue et avait détourné la tête. La femme du capitaine ! Cette jeune personne emmitouflée sous des couvertures, sur un chaise-longue. La... ! Il en suffoquait mentalement. Il ne s'était jamais avisé que la femme d'un capitaine pût être autre chose qu'une personne qu'on pouvait qualifier de grosse, de maigre, de joviale ou d'acariâtre, mais qui était toujours mûre et même, par comparaison avec son âge à lui, franchement vieille. Mais celle-là! Il en était comme bouleversé moralement, comme s'il avait découvert un enlèvement ou quelque événement tout aussi surprenant. Vous comprenez que rien n'est plus troublant que la destruction d'une idée préconçue. Chacun de nous organise le monde selon sa propre conception de ce qui est normal. Voir une jeune femme là où votre médiocre et banale imagination avait placé une dame relativement âgée peut aisément vous infliger une des plus rudes secousses... »

Marlow s'interrompit, se souriant à lui-même.

« Powell était encore ému après tant d'années par le simple souvenir de cette découverte », poursuivit-il d'une voix amusée, peut-être, mais non moqueuse. « Il m'a dit pas plus tard que l'autre jour, avec, dans la voix, comme un écho de la stupéfaction qu'elle lui avait d'abord inspirée : " Mais elle faisait si jeune, si petite fille, que je cherchai des yeux une femme qui fût l'épouse du capitaine, et pourtant je savais, naturellement, qu'il n'y avait pas d'autre femme à bord pendant cette traversée. " Lors de la précédente, il y avait eu, semble-t-il, la femme du steward, qui servait de bonne à Mme Anthony; mais, cette fois-ci, on ne l'avait pas emmenée pour quelque raison inconnue de Powell. Mme Anthony...! S'il ne s'était pas agi de la femme du capitaine, il l'eût traitée *in petto* de gamine, dit-il. Je suppose qu'il doit y avoir une sorte de divinité qui protège une femme de capitaine (si incroyable que ce soit) et qui empêcha Powell de lui appliquer cette appellation méprisante dans le secret de ses pensées.

« Je lui demandai quand cela était arrivé et il me dit que ce fut trois jours après le départ du remorqueur, juste au sortir de la Manche, pour être précis. Un vent debout s'était levé, accompagné d'une humidité désagréable. Il était allé sous le vent de la dunette prendre son quart à six heures du soir, sentant qu'il était encore bien étranger, inexpérimenté comme officier. La vue de Mme Anthony fut tout aussi inattendue qu'une vision. Quand elle tourna la tête, il se ressaisit et baissa les yeux. Ce qu'il vit alors fut seulement, tout contre la chaise longue où elle était étendue, deux longues jambes minces terminées par des chaussures de toile noire ramenées contre le siège de la claire-voie. Il en conclut que le " vieux monsieur " qui portait une casquette grise comme celle du capitaine était assis près de Mme Anthony — sa fille.

D'abord étonné, il s'était arrêté net et se sentait donc alors très confus d'avoir trahi sa surprise. Mais il ne pouvait guère tourner les talons et fuir la dunette. Il y était venu prendre son service. Aussi, les yeux toujours baissés, dépassa-t-il le couple. Il ne releva les yeux qu'en atteignant le caillebotis de la barre. Mme Anthony était dissimulée à ses yeux par le dossier de sa chaise longue; mais il voyait le propriétaire des maigres jambes de vieillard assis sur la claire-voie, sa joue rasée de près, ses lèvres minces et pincées avec un creux à chaque coin, les rares boucles grises qui sortaient de sa casquette de tweed et ondulaient légèrement sur le col de son vêtement. Il se penchait un peu au-dessus de Mme Anthony, mais ils ne parlaient pas. Le capitaine Anthony arpentait de bout en bout l'autre extrémité de la dunette d'un pas pressé et élastique, le regard fixé droit devant lui. Le jeune Powell aurait pu croire qu'il n'était pas non plus conscient de sa présence. Pourtant, il savait que ce n'était pas le cas et c'est pourquoi il demeura immobile près du compas pendant une heure, très gêné, avant que son capitaine n'interrompît sa marche rapide et, au prix d'un effort presque visible, ne fît à voix basse quelques observations sur le temps. Avant que Powell, surpris, ne pût trouver un mot pour lui répondre, le capitaine, le regard fixe, reprit d'un pas vigoureux sa marche interminable. Et jusqu'au moment où sonna la cloche du souper, le silence pesa sur cette dunette comme un charme maléfique. Le capitaine allait et venait, regardant droit devant lui, le timonier tenait la barre, levant les yeux vers les voiles, le vieux monsieur, sur la claire-voie, abaissait les yeux sur sa fille — et M. Powell m'avoua qu'il ne savait où regarder, ayant l'impression d'être un importun qui s'était fourvoyé là où il n'avait que faire — ce qui était absurde. Finalement, il fixa la rose des vents, se réfugia en esprit dans l'habitacle. Il se sentait transi plus qu'il n'aurait dû l'être par le crépuscule glacial tombant d'un ciel aux nuages lisses sur la mer au vert boueux de la zone côtière. Un vent capricieux balayait l'étendue morne, et le navire, lofant au point d'en être freiné, semblait avancer mollement par à-coups contre les lames courtes qui glissaient sur ses flancs avec un bruit hargneux.

« Le jeune Powell pensa que c'était le plus lugubre aspect nocturne de la mer qu'il eût jamais vu. Il fut content lorsque les occupants de la dunette la quittèrent à l'appel de la cloche. Le capitaine partit le premier, obliquant brusquement vers la descente, sans même un regard pour sa femme et son beau-père. Ceux-ci se levèrent et se dirigèrent vers la descente, le vieux monsieur très droit, ses boucles minces flottant doucement sur sa nuque, portant les couvertures sur le bras. La jeune personne qui était Mme Anthony descendit la première. Le sombre crépuscule avait étendu une ombre épaisse sur son visage. Elle regarda M. Powell au passage. Il la trouva très pâle. Le froid peut-être. Le vieux monsieur s'arrêta un instant, mince et raide devant le jeune homme et, d'une voix sourde mais assez distincte, sans intonation particulière, pas même d'interrogation, dit :

« " Vous êtes, je crois, le nouveau lieutenant. "

« M. Powell répondit affirmativement, se demandant si c'était là une entrée en matière amicale. Il avait remarqué dans les yeux de M. Smith une sorte de regard tourné vers l'intérieur comme s'il eût détesté ou méprisé ce qui l'entourait. La femme du capitaine avait déjà disparu par la descente. M. Smith fit " Ah! " et attendit un peu avant de poser une autre question de sa voix indifférente.

« " Et connaissiez-vous votre prédécesseur?

« — Non, dit le jeune Powell. Je ne connaissais personne sur ce navire avant d'embarquer.

« — Il était beaucoup plus âgé que vous. Deux fois plus. Peut-être davantage. Il avait les cheveux gris-fer. Oui. Certainement davantage."

« La voix basse, contenue, marqua un temps d'arrêt, mais le vieillard ne s'éloigna pas. Il ajouta : " N'est-ce pas inhabituel? "

« M. Powell fut surpris non seulement parce qu'on engageait avec lui une conversation, mais aussi par le caractère de celle-ci. C'était peut-être le pouvoir évocateur du mot prononcé par ce vieillard, mais c'est à cet instant précis qu'il prit conscience de ce qu'il y avait d'inhabituel non seulement dans cette rencontre mais dans tout ce qui l'entourait, chez tout le monde, dans l'atmosphère. La mer même, dont l'écume éclatait en brefs éclairs, çà et là dans des lointains ténébreux, la mer immuable, sûre, qui protège l'homme de toutes les passions sauf de sa fureur à elle, parut étrange au rapide regard qu'il jeta dans la direction du vent, là où l'horizon déjà effacé ne traçait à l'œil aucune limite rassurante. Dans le crépuscule expirant, diffus, avant que la nuit nuageuse n'abaissât son voile mystérieux, c'était l'immensité de l'espace rendue visible — presque palpable. Le jeune Powell le sentit. Il le sentit dans l'intuition soudaine qu'il eut de sa solitude; le navire puissant et sûr dont il avait fait la connaissance au début était réduit à un point presque imperceptible, simple support pour la plante de ses deux pieds devant ce vieillard inattendu qui se mettait brusquement à parler dans un univers que l'ombre envahissait.

« Il lui fallut un bon moment pour saisir le sens de la question. Il répéta lentement : " Inhabituel... Oh, vous voulez dire inhabituel qu'un homme assez âgé soit lieutenant sur un navire. Je n'en sais rien. Beaucoup d'entre nous n'obtiennent jamais d'avancement. Il n'a pas eu d'avancement, je suppose. "

« L'autre, la tête un peu courbée, avait l'air d'écouter avec une attention aiguë.

« " Et maintenant, on l'a emmené à l'hôpital, dit-il.

« — Oui, je crois. Oui, je me rappelle que le capitaine Anthony l'a dit au Bureau maritime.

« — Il est possible qu'il soit sur le point de mourir ", dit le vieillard, détachant soigneusement les syllabes. " Et peut-être ne sera-t-il pas fâché de mourir. "

« M. Powell était assez jeune pour tressaillir à cette idée qui prenait dans le crépuscule une sonorité confidentielle et lui glaçait le sang dans les veines. Il dit sèchement que ce n'était guère probable, comme pour défendre d'une calomnie maligne la victime absente de l'accident. Il était même indigné. L'autre eut un petit rire étouffé et conciliant. La cloche sonna une seconde fois sous la dunette. Il fit un mouvement en entendant ce bruit, mais s'attarda.

« " Je ne parlais pas sérieusement ", murmura-t-il avec son air étrange d'homme craignant qu'on ne surprît ses paroles. " Pas dans ce cas-là. Je connais cet homme. "

« Les circonstances de cette conversation qui avait eu lieu mais qui n'avait pas lieu d'être avaient aiguisé l'intelligence du naïf lieutenant du *Ferndale*. Il était sensible aux moindres nuances de la voix et eut le sentiment que ce " Je connais cet homme " aurait dû être suivi d'un " il n'était pas de mes amis ". Mais, après le plus bref des silences, le vieux monsieur continua de murmurer d'une voix égale et distincte :

« " Tandis que vous ne l'avez jamais vu. Néanmoins, quand vous aurez vécu aussi longtemps que moi, vous comprendrez qu'un événement qui met fin à votre existence peut ne pas être tout à fait mal venu. Naturellement, il y a des accidents stupides. Et, même en pareille occurrence, il n'y a pas lieu de tellement se fâcher. Qu'est-ce qu'être privé de la vie? C'est bientôt fait. Mais que penseriez-vous des sentiments d'un homme dont on aurait volé la vie? En trichant, vous m'entendez! "

« Il se tut brusquement et demeura silencieux assez longtemps pour laisser Powell, étonné, bégayer confusément : " Que voulez-vous dire? Je ne comprends pas. " Puis, avec un " Bonne nuit " prononcé à voix basse, le vieillard fit quelques pas silencieux, s'enfonça dans l'ombre de la descente pour déboucher dans la zone inférieure éclairée par la lampe, dont la lumière ne montait pas plus haut que le tournant de l'escalier.

« Les paroles étranges, le ton circonspect, toute la personne de M. Smith laissèrent dans l'esprit de M. Powell un profond malaise. Il se mit à arpenter la dunette dans une grande confusion d'esprit. Il avait l'impression d'être complètement à la dérive. Il n'y avait pas à dire, c'étaient là de singuliers propos. Et ce ton bas, circonspect, comme si on l'épiait, était plus que singulier. Le jeune lieutenant hésita à violer la règle de la discipline en vigueur sur tous les navires, mais, finalement, il ne put résister à la tentation d'entrer en contact avec une autre créature humaine et s'adressa à l'homme de barre.

« " Avez-vous entendu ce que ce monsieur me disait?

« – Non, lieutenant ", répondit tranquillement le marin. Puis, encouragé par ce témoignage de relâchement chez son officier, il s'enhardit et ajouta : " Un drôle de particulier, lieutenant. " C'était là un ballon d'essai, et comme M. Powell, tout à ses propres pensées, ne disait rien, l'homme se risqua davantage : " On dirait plutôt des passagers. On voit de drôles de passagers.

« – Qui ressemble à des passagers? demanda Powell d'un ton bourru.

« – Eh bien, ces deux-là, lieutenant. " »

CHAPITRE III

DES SERVITEURS FIDÈLES ET LA LUEUR D'UNE TORCHE

« Le jeune Powell se dit *in petto* : " Les hommes s'en aperçoivent aussi. " En fait, le comportement du capitaine envers sa femme et son beau-père attirait assez l'attention. On eût dit deux passagers pas très sympathiques. Mais peut-être n'en était-il pas toujours ainsi. Le capitaine pouvait avoir été irrité par quelque incident.

« Lorsque Franklin, le mécontent, arriva sur le pont, M. Powell lui fit part de cette idée, car sa curiosité était éveillée.

« Le second grommela : " C'est ce qu'il vous semble?... Irrité?... Hein? " Il boutonna sa veste épaisse jusqu'au cou et alors seulement ajouta d'un ton morne : " Oui, c'est bien possible ", ce qui découragea Powell de poursuivre la conversation. Mais nul encouragement n'eût incité le nouveau lieutenant à entrer dans la voie des confidences. Sa prudence était instinctive. Powell ignorait pourquoi il avait résolu de garder pour lui son entretien avec M. Smith. Mais sa curiosité n'était pas endormie. Quelque temps après, de nouveau au moment de la relève du quart, au cours d'une brève conversation, il fit une allusion apparemment tout à fait fortuite au père de Mme Anthony et tenta d'apprendre du second qui il était.

« " Bien malin qui pourrait le découvrir, avec ce qui se passe maintenant à bord ", dit M. Franklin, communicatif contre toute attente. " Je l'ai vu pour la première fois quand elle l'a amené en fiacre jusqu'au navire, un matin, vers onze heures et demie. Le capitaine était arrivé tôt à bord et était en bas dans la cabine qu'on avait aménagée pour lui. Vous ai-je dit que si vous avez besoin du capitaine pour une raison quelconque, il fallait frapper du pied sur le pont à bâbord? C'est comme ça. Ce navire n'est pas seulement différent de ce qu'il était, mais il ne ressemble à aucun autre, en tout cas. Avez-vous jamais entendu parler d'une chambre de capitaine à bâbord? Les deux chambres de l'arrière ont été aménagées à neuf : un vrai palais. Toute une équipe de gars d'une maison ultra-chic du West End se sont démenés à bord pour disposer des tentures et des meubles pendant une quinzaine, comme si c'était la Reine qui allait venir avec nous. Naturellement, c'est la cabine de tribord qui sert de chambre, mais le pauvre capitaine crèche à bâbord sur une couchette, pour que, si nous avons besoin de lui sur le pont la nuit, Mme Anthony ne soit pas effrayée. Elle est nerveuse! Allons donc! Une femme qui épouse un marin et décide de venir en mer ne doit pas avoir de fichus nerfs en pelote, que diable! Mais passons. Dès que le vieux fiacre a débouché au coin de l'entrepôt, j'ai crié au capitaine que sa dame arrivait à bord. Il m'a répondu, mais comme je ne le voyais pas venir, j'ai moi-même descendu la passerelle pour aider Mme Anthony à mettre pied à terre. La voilà qui sort d'un bond, tout agitée, sans me toucher le bras ou même dire ' merci ', ' bonjour ' ou n'importe quoi, et retourne au fiacre et voilà le vieux clown qui sort lentement. Je n'avais pas remarqué qu'il était à l'intérieur. Je ne m'attendais à voir personne. Ça m'a donné un coup. ' Mon père — M. Franklin ', qu'elle dit. Lui me regardait avec des yeux ronds, comme une chouette. ' Très heureux ', que je fais. Ils avaient tous les deux un drôle d'air. On aurait dit qu'il leur était arrivé quelque chose en route. Ils ne bougeaient ni l'un ni l'autre et je restais là à attendre. Le capitaine s'est montré sur la dunette, et je l'ai vu qui regardait par-dessus la lisse, et puis il a disparu, pour les accueillir à terre, à ce que je croyais. Mais il s'était contenté de redescendre chez lui. Aussi, ne le voyant pas, je dis : ' Permettez que je vous aide à monter à bord, monsieur. — À bord! ' qu'il dit d'un air idiot. ' À bord — La passerelle n'est pas bien fameuse, mais elle est tout à fait solide ', que je dis, parce qu'il semblait en avoir peur. Et, avec ça, il n'avait pas l'air d'une vieille ruine. Vous pouvez en juger vous-même. Droit comme un I et encore plein de vie. Mais il ne bougeait pas et je commençais à me faire l'effet d'un imbécile. Alors la voilà qui s'avance. ' Oh! Merci, monsieur Franklin. Je vais aider mon père à monter. ' J'en étais comme deux ronds de flan d'être mis au rancart comme ça. Elle s'est flanquée entre son père et moi sans même regarder de mon côté. Alors, naturellement, j'ai laissé tomber. Vous pensez bien! J'ai reculé. Je serais remonté à bord aussitôt et je les aurais laissés sur le quai, libres d'embarquer ou de rester là jusqu'à la semaine d'après, s'ils n'avaient pas bloqué le passage. Je ne pouvais tout de même pas les écarter de force. Le diable seul sait ce qui se manigançait entre eux. Elle était plantée là, pâle comme une morte, et elle lui parlait à toute vitesse. Il était devenu rouge comme une pivoine — que le diable m'emporte si c'est pas vrai. Un vieux type pas commode, vous pouvez m'en croire. Et un vilain bonhomme par-dessus le marché. Peu importe. J'entendais pas ce qu'elle lui disait, mais elle y mettait assez d'énergie pour en être toute secouée. Il semblait — je dis bien semblait — qu'il ne voulait pas monter à bord. Naturellement, ça ne pouvait pas être ça. Je sais bien que non. Eh bien, elle l'a pris par le bras, au-dessus du coude, comme pour le guider ou plutôt le pousser. J'étais à un peu moins de dix pieds d'eux. Pourquoi serais-je parti? J'avais hâte de remonter à bord, dès qu'ils me le permettraient. Je n'avais pas non plus envie d'entendre les satanés chuchotements de cette femme. Mais je ne pouvais pas m'éterniser là; aussi j'ai avancé pour les dépasser, si je pouvais. Et voilà comment j'ai entendu quelques mots. C'était le vieux bonhomme — qui parlait hargneusement d'être ' sous la botte ' de Pierre ou de Paul. Et puis il dit : ' Je ne veux pas de ce sacrifice. ' Ce que ça voulait dire, j'en sais rien. C'était une querelle — de ça je suis sûr. Elle regarde par-dessus son épaule et me voit tout près d'eux. Je ne sais pas ce qu'elle a trouvé à lui dire à l'oreille, mais il a cédé brusquement. Il a tourné la tête pour jeter un regard dans ma direction, lui aussi, et ils sont alors montés ensemble si vite qu'en arrivant sur le gaillard d'arrière, j'ai juste eu le temps de voir la porte intérieure du couloir se refermer derrière eux. Bizarre, hein? Mais si c'était simplement bizarre, ça nous serait égal. Des bagages dans des malles neuves sont arrivés dans l'après-midi. Nous avons quitté le bassin à minuit. Et je veux bien être pendu si je sais qui il est ou a été et ce qu'il est ou a été. Je n'ai pas pu le découvrir. Non, je n'en sais rien. Il a pu être n'importe quoi. Tout ce que je sais, c'est qu'une fois, il y a des années, en allant voir le Derby avec un ami, j'ai vu un joueur de gobelets qui ressemblait comme un frère à ce vieux père mystérieux sorti d'un fiacre. "

« Tout cela, le second aux yeux globuleux l'avait débité d'un ton rancunier et mélancolique, avec des silences, accompagné par le doux murmure de la mer. Il prenait une sorte de plaisir amer à trouver un autre auditeur, un nouveau venu aux oreilles duquel il pouvait répéter toutes ces jérémiades, tous ces soupçons indéfiniment ressassés par la bande des fidèles subordonnés du capitaine Anthony. C'était évidemment un baume si bienfaisant pour son esprit tourmenté que cela lui faisait oublier l'opportunité d'observer quelque prudence vis-à-vis d'un homme tout à fait inconnu. Mais il ne courait vraiment aucun risque avec M. Powell. Celui-ci, d'abord amusé par ces doléances, les provoqua ensuite par jeu. Puis, en les tournant et les retournant dans son esprit, elles lui firent impression ; et, à mesure que cette impression s'affirmait au fil des jours, sa résolution de n'en rien dire s'affirmait aussi.

« Ce qui la rendait (je parle de sa résolution) d'autant plus facile à observer fut que son sentiment de surprise amusée devant ce qu'il avait d'abord tenu pour pures balivernes n'allait pas sans quelque indignation. Et ses années trop tendres, sa situation trop neuve, sa confiance en sa propre opinion encore insuffisamment assurée, ne lui permettaient pas d'exprimer ce sentiment avec la moindre efficacité. Et puis – à quoi cela aurait-il servi de toute façon – et où en était la nécessité ?

« Mais cette affaire, familière et mystérieuse à la fois, emplissait son imagination. La solitude de la mer donne plus d'intensité aux pensées et aux événements de notre expérience vécue, qui semble être au centre même du monde, tout comme le navire qui nous porte demeure toujours le centre de l'horizon qui nous entoure. Powell regardait le second apoplectique, aux yeux globuleux, et le steward taciturne aux lourdes paupières, comme les victimes d'une forme étrange et secrète de folie qui empoisonnait leur vie. Mais il ne partageait pas pour autant leur sentiment. Non. Cette étrange affliction éveillait en lui une sorte d'étonnement soupçonneux.

« Une fois – et c'était encore la nuit, car les officiers du *Ferndale* prenaient le quart à tour de rôle selon l'usage de cette époque et n'avaient que rarement l'occasion de s'entretenir – une fois, dis-je, le gros M. Franklin, silhouette bizarrement massive sous les étoiles, témoins habituels de ses épanchements, lui demanda avec une brusquerie qui n'avait rien d'insensible, mais était l'expression de sa simplicité :

« " Je crois que vous n'avez plus vos parents ? "

« M. Powell dit qu'il avait perdu son père et sa mère très jeune.

« " Ma mère vit encore ", déclara M. Franklin d'un ton suggérant la satisfaction qu'il en éprouvait. " La chère vieille tient le coup. Naturellement, il faut veiller à son bien-être.

Une femme, ça demande des soins et, pour ce qui est de ça, vous dis-je, rien de tel qu'une mère. Je ne dis pas que, si elle n'avait pas aussi bien tenu le coup, je ne me serais pas marié. Pas sûr, pourtant. Nous autres marins n'avons guère de temps à perdre à regarder sérieusement à droite et à gauche. En tout cas, comme la chère vieille était là, je peux dire que je n'ai pas regardé une jeune fille de toute ma vie. Ça ne veut pas dire que, de mon temps, je n'ai pas trouvé de plaisir à la société des femmes ", ajouta-t-il avec une intonation touchante, tandis que le blanc de ses yeux globuleux luisait amoureusement sous le ciel pur de la nuit. " Beaucoup de plaisir, je peux bien le dire. "

« M. Powell trouvait ces propos amusants, et, comme le second les tenait seulement lors de la relève de son quart, il n'y voyait aucun grave inconvénient. La présence du second faisait passer la première demi-heure de son propre quart sur le pont et même parfois davantage. S'il était indifférent à son supérieur de perdre une partie de son temps de repos, ce n'était pas l'affaire de M. Powell. Franklin était un brave homme. Son intention n'était pas de se vanter de sa piété filiale.

« " Naturellement, c'est à la société des honnêtes femmes que je fais allusion, expliqua-t-il. Les autres ne comptent pas. Je ne blâme la conduite de personne, mais un jeune homme bien élevé comme vous sait bien qu'il n'y a rien de bien drôle de ce côté-là. " Il poussa un profond soupir. " Je regrette que la mère du capitaine Anthony n'ait pas été du genre qui tient le coup, comme ma chère vieille. Il aurait fallu qu'il s'occupe d'elle et il aurait fait ça très bien. Le capitaine Anthony est quelqu'un de bien. Et ça lui aurait évité le plus absurde... "

« Il ne termina pas la phrase qui prenait certainement un goût amer dans sa bouche. M. Powell se dit *in petto* : " Le voilà qui recommence. " Il eut un petit rire.

« " Je ne comprends pas pourquoi vous êtes si sévère pour le capitaine, monsieur Franklin. Je vous croyais de ses grands amis. "

« À ces mots, M. Franklin se récria. Il n'était nullement sévère pour le capitaine. Rien n'était plus loin de sa pensée. Son ami ! Naturellement qu'il était un ami sincère et un fidèle serviteur du capitaine. Il pria Powell de comprendre que si le capitaine Anthony décidait de conclure demain un pacte avec le diable et si le diable se montrait bon pour le capitaine, lui,

Franklin, aurait à cœur d'aimer le diable — par amour pour le capitaine. C'était comme ça. Par ailleurs, si un saint, un ange aux ailes blanches arrivait et...

« Il s'arrêta court à nouveau, comme effrayé de sa propre véhémence. Puis, de sa voix forcée, pathétique (qu'il n'avait élevée à aucun moment), il fit observer qu'il était inutile de parler. N'importe qui pouvait constater que le capitaine avait changé.

« " Quant à cela, dit le jeune Powell, il m'est impossible d'en juger.

« — Juste ciel ! murmura le second, un jeune homme intelligent et instruit comme vous, qui n'a pas ses yeux dans sa poche et ne manque pas de bon sens non plus ! Est-ce qu'un homme heureux a cet air-là ? Hein ? Vous êtes peut-être jeune, mais vous n'êtes pas un gamin, et je vous mets au défi de répondre oui ! "

« M. Powell ne releva pas le défi. Il ne savait que penser de l'opinion du second. Pourtant, on aurait dit qu'elle lui avait dessillé les yeux jusqu'à un certain point. Il concéda que le capitaine n'avait pas très bonne mine.

« " Pas très bonne mine ", répéta le second d'un ton lugubre. " Croyez-vous qu'un homme avec une mine pareille puisse espérer vivre jusqu'au bout le temps d'une vie normale ? Vous n'avez pas encore bourlingué longtemps en ce monde, mais vous êtes marin, et vous avez navigué sur trois ou quatre navires, dites-vous. Eh bien, avez-vous jamais vu un capitaine arpenter son propre pont comme s'il ne savait pas ce qu'il a sous les pieds ? Je vous le demande. Le diable m'emporte si je ne suis pas convaincu qu'il oublie où il se trouve. Naturellement, il ne peut être autre chose qu'un marin de première bourre ; mais c'est tout de même une chance qu'il m'ait à bord. Depuis le temps, je sais ce qu'il veut qu'on fasse sans qu'il me le dise. Savez-vous que jamais je n'ai reçu aucun ordre depuis que nous avons quitté le port ? Savez-vous qu'il n'a pas desserré les dents une seule fois pour m'adresser la parole, sauf si je lui ai parlé le premier ? Moi ! Son second ; son compagnon de bord depuis six ans révolus, pour qui il n'a jamais eu un mot de travers — pas une seule fois pendant tout ce temps. Oui. Pas même un regard de travers. Quand je réussis à le faire me parler, c'est vrai, je retrouve le cher homme qu'il était, l'œil vif, la voix aimable. Il ne pourrait guère en être autrement avec son vieux Franklin. Mais, à quoi bon ? Les yeux, la voix, tout ça est à des milles d'ici. Et malgré tout, je prends bien soin de ne jamais lui parler que si la dunette est vide. Oui ! Quand nous sommes seuls tous les deux, et rien que la mer pour compagnie. On croirait que tout irait bien ; le seul second qu'il ait jamais eu — monsieur Franklin par-ci, monsieur Franklin par-là — quand quelque chose clochait, le premier mot que vous entendiez sur les ponts était : ' Franklin ! ' J'ai treize ans de plus que lui — on croirait que tout irait bien, n'est-ce pas ? Tous les deux seuls sur cette dunette où nous nous sommes vus pour la première fois — il était jeune capitaine — il m'a dit qu'il pensait que je ferais tout à fait son affaire — tous les deux, en mer depuis trente et un jours, et rien ne va ! C'est comme si je parlais à un homme resté à terre. Je ne peux pas l'atteindre. J'ai parfois l'impression qu'il faudrait le secouer par le bras : ' Réveillez-vous ! Réveillez-vous ! On a besoin de vous, capitaine... ! ' "

« Le jeune Powell reconnut l'expression d'un sentiment sincère, chose si rare en ce monde où il y a tant de muets et tant d'excellentes raisons, même en mer, pour qu'un homme sachant s'exprimer ne se livre pas, qu'il éprouva comme du respect pour cette explosion. Elle n'était pas bruyante. La silhouette trapue, grotesque, la boule de la tête comme enfoncée entre les épaules carrées par un coup de massue, se mouvait vaguement dans un espace étroit limité par les deux bailles à salaison amarrées à la lisse avant de la dunette, sans un geste, les mains dans les poches de sa veste, les coudes collés aux flancs ; et la voix sourde passait de la colère à la consternation et de la consternation à la colère, sans un seul mot plus haut que l'autre, son débit précipité interrompu seulement par de brefs halètements, comme si Franklin eût été étouffé par la violence contenue de sa peine.

« M. Powell, quoique ému jusqu'à un certain point, ne s'abandonna nullement à son émotion. Et, au moment précis où il pensait que tout était fini, l'autre, s'agitant dans l'obscurité, fit de nouveau entendre sa voix explosive, effarée, mais non pas très sonore dans le silence du navire et la vaste paix déserte de la mer.

« " Ils lui ont fait quelque chose ! Quoi ? Qu'est-ce que ça peut être ? Vous ne pouvez pas le deviner ? Vous ne le savez pas ?

« — Grands dieux ! " M. Powell fut stupéfait de découvrir que c'était un appel qui lui était adressé. " Comment diantre puis-je le savoir ?

« — Vous parlez bien à cette femme au visage pâle, aux yeux noirs... Je vous ai vu lui parler plus d'une douzaine de fois. "

« Le jeune Powell, sa sympathie soudain glacée, fit observer d'un ton dédaigneux que les yeux de Mme Anthony n'étaient pas noirs.

« " Si seulement elle avait pu ne jamais les poser sur le capitaine, quelle qu'en soit la couleur! répliqua Franklin. Elle et ce vieux bonhomme aux joues râpées, qui la couve et dévore de ses yeux jaunes cette figure pâle de morte — le diable les emporte! Peut-être allez-vous prétendre qu'il n'a pas les yeux jaunes? "

« Powell, que la couleur des yeux de M. Smith n'intéressait pas, fit un geste vague. Jaunes ou non, c'était pour lui tout un.

« Le second murmura, à part lui : " Non. Il ne peut pas savoir. Non! Pas plus qu'un nouveau-né. Il faudrait une tête plus mûre.

« — Je ne comprends même pas de quoi vous parlez, fit observer froidement M. Powell.

« — Et même la plus solide des têtes serait déconcertée par une diablerie comme celle-ci ", poursuivit en marmonnant le second. " Eh bien, j'ai entendu parler de femmes qui détruisaient un homme d'une façon ou d'une autre une fois qu'elles s'étaient assurées de sa personne à terre. Mais amener leur diablerie en mer et mettre le grappin sur un homme pareil!... Voilà ce que je ne peux pas comprendre. Mais je peux observer. Gare à eux! Gare à eux! "

« Sa courte silhouette, incapable de se courber, faute de souplesse, ne pouvait pas exprimer l'abattement. Il fut soudain recru de fatigue et traîna les pieds en quittant la dunette. Avant de partir après avoir sacrifié une heure de son quart de repos, il s'adressa encore une fois à notre jeune ami, qui se tenait à hauteur des haubans d'artimon avec une froideur qu'exprimaient son mutisme et son immobilité. Il ne regrettait pas, dit-il, d'avoir parlé à cœur ouvert de ce très grave sujet.

« " Je ne puis juger de sa gravité, monsieur, répondit franchement M. Powell, mais si vous croyez m'avoir dit quelque chose de très neuf, vous vous trompez. Vous ne pouvez pas vous empêcher d'en parler. C'est le genre de propos que j'entends à peu près depuis mon arrivée à bord. "

« M. Powell, en disant la vérité, n'avait pas d'intention

blessante. Il avait une sagesse instinctive; il sentait qu'il s'agissait d'une affaire grave, car elle n'avait rien à voir avec la raison. Il ne voulait pas se faire un ennemi du second. Et M. Franklin ne s'offensa pas. Aux propos sincères de M. Powell, il répondit avec autant de sincérité et de simplicité que c'était tout à fait probable. Avec une affaire comme celle-là (qui frisait presque la sorcellerie) pour le tracasser, c'était miracle qu'il pût penser à autre chose. Le tumulte de ses pensées avait dû créer chez le pauvre homme l'illusion d'être aux prises avec quelque puissance maléfique; car les dernières paroles qu'il prononça en descendant lentement l'échelle de la dunette exprimaient l'étrange espoir de finir par le gagner, lui Powell, " à notre parti ".

« M. Powell (il suffit d'imaginer un jouvenceau sans détours assailli de cette façon en haute mer) ne répondit que par un rire contraint, embarrassé, qui traduisait exactement l'état de son âme innocente. Le second apoplectique, déjà parvenu à mi-chemin, remonta trois marches de l'échelle de la dunette. Mais oui! Le second attendait d'un garçon honnête qu'il ne laisse pas un homme, un bon marin, et son propre capitaine, avoir des ennuis sous ses yeux, sans prendre son parti contre un couple de terriens qui... M. Powell l'interrompit avec impatience et demanda de quels ennuis il s'agissait.

« " Qu'insinuez-vous donc? s'écria-t-il avec une inexplicable irritation.

« — Je n'aime pas l'imaginer tout seul, en bas, avec ces deux êtres-là ", murmura Franklin d'un ton solennel; " je n'aime pas ça, ma parole. Dieu seul sait ce qui peut bien se passer là-dedans... Ne riez pas... C'était déjà assez grave pendant la dernière traversée, quand Mme Brown avait une cabine à l'arrière; mais maintenant c'est pire. Ça me fait peur. Parfois, je ne peux pas dormir quand je pense à lui, tout seul, là-dedans, coupé de nous tous. "

« Mme Brown était la femme du steward. Il vous faut savoir que, peu après son séjour (gros de conséquences) à la villa des Fyne, Anthony avait reçu l'offre d'aller aux îles Occidentales et d'en ramener la cargaison d'un navire qui, endommagé par une collision ou un échouage, s'était réfugié à Saint-Michel, hors d'état de prendre la mer. Roderick Anthony avait des relations qui lui procuraient des affaires lucratives de ce genre. Aussi Flora De Barral n'avait-elle fait qu'une traversée de cinq mois, une simple excursion, comme initiation à la vie en mer. Et Anthony, qui essayait visiblement de se montrer plein d'attentions, avait persuadé cette Mme Brown, la femme de son fidèle steward, de venir en qualité de femme de chambre de la jeune mariée. Mais, pour une raison quelconque, cet accord n'avait pas été renouvelé. Et le second, tourmenté par des craintes et des pressentiments vagues, le regrettait. Il regrettait que Jane Brown ne fût plus à bord — pour représenter, en quelque sorte, les fidèles serviteurs du capitaine Anthony et observer discrètement ce qui se passait dans cette partie du navire que ce mariage fatal avait soustraite à leur vigilance. C'était une excellente précaution. Car Mme Brown était digne de confiance.

« Powell ne distinguait aucune excellence particulière dans ce qui semblait être une mission d'espionnage. Mais, dans sa simplicité, il dit qu'à son avis Mme Anthony avait dû être heureuse en tout cas qu'une autre femme fût à bord. Il pensait à la jeune femme au teint pâle, à sa personnalité juvénile, qu'il eût fallu, lui semblait-il, entourer de soins. Le naïf jeune homme pensait toujours qu'elle manquait de maturité, qu'elle était encore, jusqu'à un certain point, une enfant.

« " Elle! heureuse! Mais c'est elle qui a fait congédier Mme Brown. Elle ne souffrait personne au voisinage de la cabine. Mme Brown en est sûre. Elle l'a dit à son mari. Demandez au steward et écoutez ce qu'il vous en dira. C'est pourquoi ça ne me plaît pas. Une femme capable, qui savait tenir sa place. Mais non. Il a fallu qu'elle parte. Sans qu'on eût rien à lui reprocher, notez bien. Le capitaine avait honte de la renvoyer. Mais sa femme... ouais, à eux deux, les jolis cocos, ils le tiennent bien. Je ne peux pas lui parler une minute sur la dunette sans que ce faux jeton de joueur de gobelets arrive en catimini. Écoutez un peu. J'ai surpris ses paroles une fois — Dieu sait que c'est sans le vouloir — mais il avait oublié que j'étais de l'autre côté de la claire-voie avec mon sextant — je l'ai entendu — vous connaissez sa façon d'être assis, penché sur la chaise de sa fille, et de parler à n'en plus finir sans vraiment ouvrir la bouche — oui, j'ai bel et bien saisi le mot. Il appelait le capitaine ' le geôlier '. Le geô...! "

« Franklin s'interrompit pour lâcher un juron exprimant son dégoût. Un long silence régna et le léger roulis très doux du navire glissant, poussé par l'alizé du nord-est, semblait une invention destinée à endormir les soupçons des hommes qui confient leur vie à la mer.

« Un profond soupir se fit entendre, suivi de la voix du second, qui demandait d'un ton lugubre si l'on parlait ainsi d'un homme à qui on voulait du bien. Pas besoin d'une meilleure preuve qu'il y avait du vilain. Aussi exprima-t-il, en disparaissant enfin, l'espoir que M. Powell serait de leur parti. Et cette fois, M. Powell ne répondit pas par un rire embarrassé à l'expression de cet espoir.

« Ce jeune officier était de plus en plus surpris par la nature des révélations incongrues qui lui parvenaient dans le décor et l'atmosphère de la pleine mer. Il nous est difficile de comprendre l'étendue, le caractère achevé, universel, de son inexpérience, car nous n'avons pas, à quatorze ans et neuf mois, quitté une petite école privée pour devenir marin. Accoudé aux haubans d'artimon et si parfaitement immobile que l'homme de barre, là-bas, à l'autre bout de la dunette, aurait pu le soupçonner (et le soupçonnait probablement) de s'être criminellement endormi pendant son service, il essayait de “ saisir de quoi il retournait ” d'une façon cadrant avec ses idées élémentaires en matière de psychologie. “ De quoi diable s'inquiètent-ils ? ” se demandait-il avec une impatience abasourdie et méprisante. Mais tout de même, traiter un homme de “ geôlier ” était bizarre ; c'était un mot malveillant, hostile, méchant. Il regrettait que M. Smith fût coupable en l'espèce, car, à vrai dire, il avait jusqu'à un certain point le sentiment d'avoir été discrètement distingué par le père de Mme Anthony. La jeunesse apprécie cette sorte de considération, qui est la forme la plus subtile de flatterie que puisse dispenser la vieillesse. M. Smith ne laissait pas échapper les occasions de l'aborder sur le pont. Ses propos étaient parfois étranges et énigmatiques. C'était assurément un vieil excentrique. Mais de là à traiter son gendre (dont il ne s'approchait jamais sur le pont) de noms injurieux derrière son dos, il y avait loin.

« Et M. Powell s'étonnait...

« Pendant qu'il me racontait tout cela », (Marlow changea de ton), « je m'étonnais encore davantage. On eût dit que le malheur marquait au front ses victimes pour les désigner à l'hostilité de la foule. Le nombre, à mon avis, ne fait rien à l'affaire. Deux hommes peuvent se comporter comme une foule, trois le feront sûrement sous le coup de l'émotion. On eût dit que Flora De Barral était marquée au front. La jeune femme était-elle destinée par sa naissance au rôle de victime, à toujours être détestée, broyée, comme un être d'une qualité trop rare pour notre monde? Ou un être trop malchanceux, puisque la malchance est souvent tenue aussi pour un péché.

« Oui, je m'étonnais davantage, car j'en savais plus long sur la jeune femme que M. Powell — je savais au moins son vrai nom — et sur le capitaine Anthony — je savais au moins qu'il était le fils d'un poète délicatement érotique, au caractère nettement raffiné et tyrannique. Oui, je connaissais leur histoire commune que M. Powell ne connaissait pas. Le chapitre qu'il m'en révélait, le chapitre maritime, avec des personnages nouveaux comme le second sentimental et apoplectique et le steward morose, si étonnant qu'il fût pour lui pris séparément, l'était beaucoup plus pour moi en tant qu'élément d'une série, faisant suite au chapitre dont l'action s'était déroulée devant l'*Hôtel Oriental* et où j'avais moi-même joué mon rôle. Vu les déclarations de Flora et mes sages propos, c'était tout à fait inattendu. Elle avait été bien intentionnée et je l'avais certainement été moi-même. Le capitaine Anthony, d'après ce que j'avais pu apprendre par le petit Fyne, avait été bien intentionné. Dans la mesure où un style aussi élevé peut s'appliquer aux personnages obscurs de cette histoire, nous étions tous emplis des sentiments et des intentions les plus nobles. La mer était là pour leur offrir le refuge de sa solitude exempte des mesquines influences de la terre. J'avais vraiment lieu de m'étonner *in petto* du cours des événements.

« J'espère que, s'il le vit, M. Powell me pardonna le sourire dont je me rendis coupable à ce moment-là. La lumière qui régnait dans la cabine de son petit cotre était discrète. Et le sourire l'était aussi. Discret et fugitif. La vie de la jeune fille s'était présentée à moi comme une aventure tragi-comique, la chose la plus triste du monde, à mi-chemin du rire franc et des larmes versées sans honte. Oui, les réalités les plus tristes sont les plus banales, et, à cause de leur banalité, les plus dignes, peut-être, de notre pitié sans réserve.

« La réalité purement humaine s'accommode de lyrisme, mais non d'abstraction. Rien d'autre ne sert à la faire comprendre que le témoignage d'un enchaînement rationnel des caractères et des faits. Et, pour commencer par Flora De Barral, à la lumière de mes souvenirs, j'étais convaincu qu'elle, du moins, avait dû se montrer passive; car tel est inévitablement le rôle des femmes, cette soumission au destin que certaines d'entre elles, qui ne sont pas les plus intelligentes, dissimulent sous les vaines apparences de l'agitation. Flora De Barral n'était pas exceptionnellement intelligente, mais elle était entièrement féminine. Elle avait dû se montrer passive (ce qui ne veut pas dire inerte) en ces circonstances où le simple fait d'être femme suffisait à lui conférer une occulte et suprême importance. Et elle avait dû faire montre d'une endurance qui est l'essence du pouvoir visible, tangible, de la femme. De cela j'étais convaincu. N'avait-elle pas déjà fait montre d'endurance? Pourtant, il est si vrai que le germe de la destruction nous guette, nous autres mortels, à la source même de notre force, qu'il est possible de mourir d'un excès aussi bien que d'un manque d'endurance.

« Tel était le cours que suivaient mes pensées. Et j'étais également attentif à la première vision que j'avais eue de Flora, jouant avec les possibilités offertes par un abîme — ou peut-être fascinée pour de bon par elles. Mais je ne demandai pas anxieusement à M. Powell ce qu'il était finalement advenu de Mme Anthony. Je le laissai poursuivre à sa manière, sentant que, si étranges que fussent les faits qu'il aurait à me révéler, j'étais sûr d'en connaître beaucoup plus long qu'il n'en avait jamais connu ou qu'il n'en pourrait jamais deviner... »

Marlow se tut un long moment. Il semblait hésitant, comme s'il avait avancé des idées que je ne pouvais saisir. À dessein, je demeurai impassible. « Vous comprenez? demanda-t-il.

— Parfaitement, dis-je. Vous êtes le spécialiste fouillant le désert de la psychologie. Votre récit ressemble à l'une de ces histoires de Peaux-Rouges où les nobles sauvages enlèvent une jeune fille et où l'honnête coureur des bois, grâce à son incomparable savoir, suit sa piste et lit les marques du destin de la prisonnière dans une trace de pas par-ci, une brindille cassée par-là, un colifichet qu'elle a laissé tomber en route. J'ai toujours aimé ce genre d'histoires. Continuez. »

Marlow sourit avec indulgence de ma plaisanterie. « Ce n'est pas précisément une histoire pour jeunes garçons, dit-il. Je continue donc. Les marques, comme vous dites, n'étaient pas très abondantes, mais elles étaient extrêmement significatives, et quand M. Powell apprit (à un moment donné, je me sentis tenu de le lui dire) que j'avais connu Mme Anthony avant son mariage, que j'avais été jusqu'à un certain point son confident... Car vous ne pouvez nier que, jusqu'à un certain point... Bon! Disons que j'avais eu un aperçu... Une jeune femme, voyez-vous, est un peu comme un temple. Vous passez près de lui, vous demandant quels rites mystérieux, quelles prières, quelles visions s'y déroulent. L'homme privilégié, l'amant, le mari, qui ont reçu la clé du sanctuaire, ne savent pas toujours s'en servir. Quant à moi, sans avoir aucun droit, aucun mérite, par pur hasard, j'avais été admis à regarder par la porte entrouverte et j'avais vu la plus triste des profanations possibles, l'éclat de la jeunesse flétri, une âme non pas asservie ni encore hébétée, mais comme désemparée, pantelante de désespoir, sous l'effet d'une cruauté gratuite; la confiance en soi détruite et remplacée par une témérité résignée, une insensibilité douloureuse (et tous ces sentiments simples, presque naïfs) devant les difficultés matérielles et morales de la situation. Le tourment passivement subi des malchanceux!

« Cette malchance n'est donc pas encore épuisée? me demandai-je. La malchance qui est comme la haine de puissances invisibles, interprétée, rendue tangible et malfaisante par les actions des hommes?

« Mes propos, comme vous pouvez aisément l'imaginer, avaient fait ouvrir de grands yeux à M. Powell. Mais il était tout au souvenir de ce qu'il avait vécu à bord du *Ferndale*, et la singularité d'être mêlé à ce qui se passait à bord pour la seule raison que son nom était aussi celui d'un commissaire maritime entretenait chez lui un étonnement qui faisait que les autres coïncidences, si improbables qu'elles fussent, n'étaient pas tellement surprenantes, après tout.

« Cette circonstance stupéfiante était si présente à son esprit qu'il avait toujours l'impression d'être là frauduleusement. Et cette impression le gênait tellement qu'elle lui donna le courage de battre en brèche la formidable réserve de son capitaine. Il voulait décharger sa conscience. J'imagine que sa jeunesse lui fut d'un grand secours. Oh, oui. La jeunesse est une force. Le capitaine Anthony dut lui accorder quelque attention, comme s'il était ragaillardi par la vue d'un être que la souffrance n'avait ni atteint, ni blessé, ni endurci. Ou peut-être la nouveauté même de ce visage à bord d'un navire où il voyait depuis des années les mêmes visages attira-t-elle son attention.

« Jeta-t-il un jour un mot à son nouveau lieutenant? Ne fit-il que le regarder? Je ne sais; mais M. Powell saisit l'occasion, quelle qu'elle fût. Le capitaine, qui avait tressailli et interrompu sa marche rapide et incessante, se dérida bientôt, l'écouta jusqu'au bout, puis eut un petit rire.

« " Ah! Telle est donc votre histoire. Et vous avez cru devoir m'en informer.

« – Oui, capitaine.

« – Peu importe la façon dont vous êtes arrivé à bord ", dit Anthony. Puis, montrant qu'il n'était peut-être pas aussi totalement absent de son navire que Franklin le supposait : " Ne vous inquiétez pas. Vous semblez très bien vous entendre avec tout le monde ", dit-il de sa voix brusque et précipitée, comme si parler lui était pénible, et laissant déjà, selon son habitude, ses regards errer sur la mer.

« " Oui, capitaine. "

« Powell me dit qu'en regardant alors ce visage énergique reprendre son expression d'égarement, il fut poussé par un obscur élan de sympathie à ajouter : " Je suis très heureux ici, à bord, capitaine. "

« Le regard rapide qui lui répondit, sa fixité, intimidèrent M. Powell et le firent même reculer un peu. Le capitaine semblait avoir oublié le sens de ce mot.

« " Vous... Comment? Ah oui... Vous... bien sûr... Heureux. Pourquoi pas? "

« Anthony n'avait fait que marmonner ces paroles, et, l'instant d'après, il avait repris sa marche précipitée, le regard dirigé vers la mer, détourné de son navire.

« Les marins, assurément, regardent généralement au loin, mais, dans le cas du capitaine Anthony, il y avait, selon l'expression de Powell, quelque chose de singulier, de voulu, comme s'il s'agissait d'éviter la douleur ou la tentation. C'était très visible, une fois qu'on s'en était aperçu. On n'y voyait d'abord qu'une singularité marquée. Non que le capitaine (Powell prit soin de l'expliquer) vît les choses autrement que ne les doit voir un commandant de bord. La preuve en est qu'en cette occasion même, il lui demanda soudain, après avoir quelque temps arpenté le pont en silence, de faire choquer toutes les voiles d'étai, et il poursuivait par quelques observations à propos de ces voiles d'étai, lorsque Mme Anthony, suivie de son père, arriva en haut de l'escalier des cabines. Elle s'installa sur sa chaise, sous le vent de la claire-voie, selon son habitude. Là-dessus, le capitaine, quoi qu'il s'apprêtât à dire, s'interrompit brusquement et, au bout de peu de temps, descendit de la dunette.

« Je demandai à M. Powell si le capitaine et sa femme ne

causaient jamais sur le pont. Il répondit que non — ou qu'en tout cas, ils n'échangeaient jamais plus de deux ou trois mots. Il régnait entre eux une certaine gêne. Par exemple, ce jour-là précisément, lorsque Mme Anthony arriva en haut de l'escalier, ils se regardèrent bel et bien; le capitaine suivit même des yeux sa femme jusqu'au moment où elle s'assit, mais il ne lui parla pas; il ne s'approcha pas d'elle et quitta ensuite le pont sans tourner la tête vers elle après ce premier et silencieux échange de regards.

« Je demandai à M. Powell ce qu'il avait fait alors après le départ du capitaine. " J'allai parler à Mme Anthony. Je pensais qu'elle devait s'ennuyer ferme. Il semblait que le navire lui fût si peu familier.

« — Son père était là, naturellement?

« — Toujours, dit Powell. Il était toujours là, assis sur la claire-voie, comme s'il la surveillait. Et je crois, ajouta-t-il, qu'il l'importunait. Non qu'elle le montrât en aucune façon. Mme Anthony était toujours très calme et toujours prête à vous regarder en face.

« — Vous causiez beaucoup? demandai-je, poursuivant mon questionnaire.

« — Elle me laissait surtout lui parler, avoua M. Powell. Je ne crois pas que cela l'intéressait beaucoup, mais, cependant, elle me laissait faire. Elle ne me coupait jamais la parole. "

« Toute la sympathie de M. Powell allait à Flora Anthony, *née* De Barral. Elle était le seul être humain plus jeune que lui à bord de ce navire, puisque le *Ferndale* n'avait pas de mousses et ne comptait dans son équipage que des matelots éprouvés. Oui! Leur jeunesse avait créé entre eux une sorte de lien. L'expression ouverte de M. Powell avait dû sembler à Flora nettement agréable, parmi les visages mûrs, rudes, bourrus ou même hostiles qu'elle voyait autour d'elle. Avec la générosité chaleureuse de son âge, le jeune Powell avait pris son parti, pour ainsi dire, avant même de savoir qu'il y eût des partis à prendre à bord de ce navire et quel en était l'objet. Il y avait là une jeune femme. Une jeune femme gentille. Il ne se posa pas de questions. Flora De Barral n'était pas tellement plus jeune que lui; mais, pour quelque raison, peut-être à cause du contraste qu'elle présentait avec l'idée qu'on se faisait d'une femme de capitaine, il ne pouvait que la considérer comme une créature extrêmement juvénile. En même temps, outre la situation élevée qu'elle occupait, elle exerçait sur lui la suprématie qu'une maturité plus précoce donne à une femme sur un jeune homme du même âge qu'elle. En fait, nous voyons que, sans jamais causer plus d'une demi-heure de suite et tout en gardant, comme il se devait, les distances, ces deux êtres se prenaient d'amitié – sous l'œil du vieillard, je suppose.

« Voici comment Powell raconte la façon dont il entra en rapport avec la femme de son capitaine. Ce fut longtemps avant sa mémorable conversation avec le second et peu après être sorti de la Manche. Le temps était sombre; plein vent debout, le début d'un coup de chien; le *Ferndale*, sous voilure réduite, traversait au plus près la route de retour des navires rentrant en Angleterre, se contentant d'avancer dans l'eau, sans plus, car il n'y avait aucune raison de le pousser et le temps était menaçant. Vers dix heures du soir, Powell, de service, seul sur la dunette, se tenait tout à l'arrière, près du garde-corps, regardant fixement du côté au vent, quand, parmi la blancheur des lames déferlantes, sous le ciel noir, il distingua les feux d'un navire. Il les observa quelque temps. Ce navire courait plein vent arrière, naturellement. Il va passer joliment près, se dit-il; et puis, soudain, il éprouva une profonde méfiance à l'égard de ce navire qui approchait. Il vient droit sur nous, pensa-t-il. Ce n'était pas à lui de s'écarter. Au contraire. Et son inquiétude grandit au souvenir des quarante tonnes de dynamite enfermées dans les soutes du *Ferndale*; ce n'est pas le genre de cargaison qui inspire de la sérénité, quand on risque une collision. Il regardait les deux petits feux dans l'immensité sombre qu'emplissait la clameur furieuse des lames. Ils le fascinèrent jusqu'au moment où il les vit si nettement qu'il fut convaincu de la présence du danger. Il savait par cœur que faire en cas de péril imminent, mais il pensa fort justement qu'il devait immédiatement appeler le capitaine.

« Il traversa le pont d'un bond. Selon la coutume immémoriale et les usages de la mer, la chambre du capitaine est à tribord. Autant se figurer votre capitaine avec le nez derrière la tête qu'avec sa cabine à bâbord. Powell oublia complètement l'indication que le second lui avait donnée sur ce point. Il bondit de l'autre côté du pont, comme je l'ai dit, frappa du pied, puis, plaçant son visage contre la coiffe de la grande manche à vent, lança vers le bas ce cri : " Venez sur le pont, s'il vous plaît, capitaine ", d'une voix qui n'était ni tremblante ni apeurée, mais que nous pouvons appeler assez expressive. Il était impossible de se méprendre sur l'urgence de cet appel. Mais au lieu de l'alerte cri attendu : " Bon! J'arrive! " et d'un bruit de pas précipités, en bas, il n'entendit qu'une faible exclamation — puis plus rien.

« Imaginez sa stupéfaction ! Il resta là, l'oreille sous la coiffe de la manche à vent, les yeux rivés sur ces feux de route menaçants, dansant sur les rafales de vent qui balayaient les ténèbres furieuses de la mer. Il lui sembla qu'il attendait depuis une heure, mais ce fut après beaucoup moins d'une minute qu'il hurla carrément dans le large tuyau : " Capitaine Anthony! " Ce qu'il entendit monter fut un " Qu'y a-t-il? " nerveux, lancé par la voix de Mme Anthony et un bruit de pas légers et rapides... Pourquoi n'essayait-elle pas de le réveiller? " Il me faut le capitaine ", cria-t-il, puis il abandonna sa tentative et se précipita vers le capot d'échelle où était entreposée une fusée bleue, décidé à agir seul.

« En chemin, il jeta un coup d'œil à l'homme de barre, dont le visage, illuminé par les lampes de l'habitacle, était calme. Il lui dit rapidement : " Paré à mettre la barre au vent à mon commandement. — Bien, lieutenant ", lui répondit une voix ferme. Puis, M. Powell, après avoir crié aux hommes de quart qui se trouvaient sur le pont : " À l'arrière le monde ", courut au côté du navire et frappa la lisse avec la fusée bleue.

« Le seul résultat fut un méchant petit crachotement d'étincelles. La fusée (peut-être endommagée par l'humidité) ne s'était pas allumée. Tous ces différents gestes ne prirent que quelques secondes. Powell m'avoua que, devant cet échec, il sentit sa pensée, sa voix, ses membres, se paralyser. Ce raté inattendu le priva absolument de ses facultés. C'était la seule chose à laquelle son imagination n'était pas préparée. Elle en fut complètement anéantie. Lorsqu'elle se ranima, ce fut pour lui suggérer la nécessité d'agir immédiatement; sinon, il y aurait un abordage par le travers accompagné d'une explosion de dynamite qui ferait sauter les deux navires, et tous les êtres humains qui se trouvaient à leur bord disparaîtraient de la terre parmi des flammes et un vacarme gigantesques.

« Il voyait déjà la catastrophe se produire, et, au même instant, avant qu'il pût ouvrir la bouche ou remuer bras ou jambe pour écarter cette vision, une voix toute proche de son oreille, la voix posée du capitaine Anthony, dit : " Elle n'a pas voulu s'allumer, hein? Jetez-la! Bondissez chercher la torche. »

« Le ressort de l'activité de M. Powell se détendit très violemment. Il bondit. La torche était rangée sous le capot, avec une boîte d'allumettes à portée de la main. Presque avant de savoir qu'il avait bougé, il plongeait sous le panneau du capot. Il s'empara du bidon dans l'obscurité et tenta de frotter une allumette. Mais il lui fallait presser d'un bras la torche contre sa poitrine, ses doigts étaient humides et raides, ses mains tremblaient un peu. Une allumette se brisa. Une autre s'éteignit. Sa flamme lui révéla le pâle visage de Mme Anthony, légèrement au-dessous de lui, debout dans l'escalier des cabines. Elle avait les yeux tout près des siens (il était en posture accroupie sur la marche du haut) et ils semblaient brûler d'un éclat sombre dans la lumière qui s'éteignait. Sur le pont, la voix du capitaine se fit entendre, brusque, avec un ton sardonique inattendu : " Vous ferez bien de vous dépêcher, si vous voulez arriver à temps. "

« " Passez-moi la boîte ", dit Mme Anthony dans un murmure précipité, familier, sur un ton apparemment amusé, comme s'ils avaient été deux enfants occupés à faire une farce derrière un mur. Powell fut heureux de cette offre, qui lui parut très naturelle; et il lança sans cérémonie :

« " Voilà. Tenez. "

« Leurs mains se touchèrent dans l'obscurité; elle prit la boîte tandis qu'il maintenait dans son logement de fer la torche imbibée de paraffine. Il songea à l'avertir : " Prenez garde! " Mais avant qu'il eût le temps de terminer la phrase, la flamme violente de la torche jaillit entre eux et il vit Mme Anthony se rejeter en arrière, un bras sur le visage. " Oh! " s'exclama-t-il, mais il ne pouvait s'attarder un seul instant pour lui demander si elle était blessée. Il sortit d'un bond du capot et heurta de plein fouet son capitaine, qui lui prit la torche et l'éleva bien haut au-dessus de sa tête.

« La flamme ardente frémissait comme un drapeau de soie, projetant sur toute la dunette un éclat furieux et vacillant mêlé d'ombres mouvantes, illuminant le creux des voiles, faisant luire la peinture mouillée des lisses blanches. Et le jeune Powell tourna les yeux du côté au vent, retenant son souffle.

« Le navire inconnu, forme plus sombre dans la nuit, ne semblait pas avancer, mais seulement devenir plus distinct, en plein par le travers, fixant le *Ferndale* de ses deux yeux, l'un vert, l'autre rouge, qui oscillaient et tressautaient comme s'ils eussent fait partie de la tête agitée de quelque monstre invisible embusqué dans la nuit parmi les vagues. Un moment long comme l'éternité s'écoula, et soudain, le monstre qui semblait prendre la forme d'une montagne, ferma son œil vert sans le moindre clignement prémonitoire.

« M. Powell respira. " Tout va bien maintenant ", dit le capitaine Anthony d'une voix basse et calme. Il remit la torche flamboyante à Powell et se rendit à l'arrière pour voir s'éloigner cette menace de destruction au regard fixe, aux yeux bicolores, surgissant en aveugle d'une nuit qui vous aveuglait, sur les ailes d'un vent impétueux. Sa forme même était maintenant visible, noire et allongée, parmi les nappes d'écume éclatant avec un sifflement sur sa route.

« Comme il arrive toujours dans le cas d'un navire courant vent et mer par l'arrière, il ne semblait pas aller très vite aux yeux d'un spectateur, mais avancer, indolent, par grands bonds mesurés coupés d'arrêts parmi les vagues qui le rejoignaient. C'est seulement quand il croisa effectivement l'arrière du *Ferndale*, d'où on aurait pu le héler facilement, que sa vitesse furieuse devint perceptible au regard. Son feu rouge masqué, prenant son essor comme une ombre immense sur la crête d'une vague, il disparut d'un grand élan et se fondit dans l'immensité des ténèbres.

« " Nous l'avons échappé belle ", dit le capitaine Anthony d'une voix indifférente, haussant le ton juste assez pour se faire entendre dans le vent. " Il n'y a qu'une bande d'aveugles sur ce navire. Éteignez la torche maintenant. "

« Sans mot dire, M. Powell retourna le logement de la torche, étouffant ainsi la flamme qui brûlait dans le pot, plongeant dans l'obscurité la dunette par une simple torsion du poignet. Et en même temps s'effaça de son esprit la vision d'une autre flamme gigantesque, furieuse, bondissant violemment d'une partie blanche et brassée de la mer, illuminant jusqu'aux nuages, projetant vers le ciel dans son éruption volcanique des espars volant à travers les airs, des cadavres, les fragments de deux navires anéantis. Elle s'effaça et il éprouva un immense soulagement. Il me dit qu'avant que tout fût fini, il n'avait pas su quelle peur il avait ressentie, non pas une peur quelconque, mais précisément celle de cette vision surgie de son imagination. Il en prit la mesure (car la peur est une tension violente) grâce au sentiment de détente, de lassitude qui l'envahit aussitôt.

« Il alla au capot d'échelle, et, en se baissant considérablement pour remettre la torche à sa place habituelle, il vit dans l'obscurité l'ovale immobile et pâle du visage de Mme Anthony. Elle murmura tranquillement :

« " Qu'y a-t-il ? Va-t-il arriver quelque chose ?

« – Tout est terminé maintenant ", répondit-il dans un murmure.

« Il resta courbé, la tête sous le panneau, les yeux fixés sur cet ovale d'une pâleur de fantôme. Il s'étonnait qu'elle ne se fût pas précipitée sur le pont. Elle était restée là, tranquillement. Cela montrait du cran. Une admirable maîtrise de soi. Et ce n'était pas de la stupidité de sa part. Elle savait qu'un danger était imminent et avait probablement quelque idée de sa nature.

« " Vous êtes restée ici à attendre la suite des événements, murmura-t-il avec admiration.

« – N'était-ce pas ce qu'il y avait de mieux à faire ? " demanda-t-elle.

« Il n'en savait rien. Peut-être. Il avoua qu'il en eût été tout à fait incapable. Tout à fait incapable. Physiquement, il n'aurait pu le supporter. Il aurait éprouvé une irrésistible envie de voir ce qui allait arriver. Puis il se rappela que la torche avait pu brûler Mme Anthony au visage et exprima sa sollicitude :

« " Ce n'est rien. Il n'y a pas de mal. Sentez-vous une odeur de cheveux roussis ? "

« Sa voix avait une sorte de gaieté. Elle avait peut-être eu peur, mais certainement pas au point d'en être accablée et elle ne souffrait d'aucune réaction. Cela confirma et renforça, s'il est possible, la bonne opinion qu'avait d'elle M. Powell pour qui elle était une " fille épatante ", bien qu'il lui parût absolument monstrueux d'appliquer pareil qualificatif à la femme de son capitaine. " Mais elle n'a pas l'air d'être sa femme ", pensa-t-il en manière d'excuse, et il allait lui dire encore un mot au sujet de l'allumage de la torche, quand une autre voix se fit entendre dans l'escalier, proférant des paroles indistinctes ; son ton était méprisant ; elle venait d'en bas, du bas des marches. Quelqu'un parlait dans la cabine. Et la seule autre voix qu'on pût entendre dans la cabine principale à ce moment de la soirée était la voix du père de Mme Anthony. L'ovale pâle et vague disparut si vivement du champ de vision de M. Powell qu'il fut pris au dépourvu. Il demeura un moment à l'ouverture de la descente, et maintenant que la forme fluette de Mme Anthony n'obstruait plus l'étroit escalier en colimaçon, les voix parvenaient plus fortes, mais les paroles étaient toujours indistinctes. Le vieux monsieur s'agitait pour quelque raison, et Mme Anthony " le reprenait en main ", selon l'expression de Powell. Ils s'éloignèrent du bas de l'escalier et Powell du capot d'échelle. Pourtant, il lui sembla avoir entendu ces mots : " Perdu pour moi ", avant d'en retirer sa tête. Ils avaient été prononcés par M. Smith.

« Le capitaine Anthony n'avait pas quitté la lisse de couronnement. Il conservait exactement l'attitude qu'il avait prise pour regarder passer l'autre navire, roulant et oscillant, masse d'ombre dans le tumulte des lames qui le suivaient. Il ne bougeait pas d'une ligne; et Powell, qui se tenait à proximité, n'osa pas lui parler, si énigmatique semblait aux yeux du jeune homme cette silhouette dans sa contemplation de la nuit et dans l'immobilité qu'elle observait, plongeant son regard fixe dans les ténèbres, en proie à quelque souffrance, quelque désir ou quelque regret incompréhensibles.

« Pourquoi, souvent, l'immobilité d'un être humain nous impressionne-t-elle, nous évoque-t-elle si vivement le mal, comme si notre nature nous destinait à une incessante agitation? L'immobilité du capitaine Anthony devint presque insupportable à son lieutenant. M. Powell, qui flânait aux abords de la claire-voie, souhaitait ne plus voir son capitaine sur le pont. " Pourquoi ne descend-il pas dans la cabine? " se demandait-il avec impatience. Il se risqua à tousser.

« Que ce fût ou non à cause de cette toux, le capitaine Anthony parla. Il ne bougea pas le moins du monde. Gardant le dos tourné à toute la longueur du navire, il demanda non sans brusquerie à M. Powell si le second avait négligé de l'informer que le capitaine logeait à bâbord.

« " Non, capitaine ", dit M. Powell, s'approchant de son dos. " Le second m'a dit de frapper du pied à bâbord quand j'avais besoin de vous; mais je ne m'en suis pas souvenu sur le moment.

« — Il faut vous en souvenir ", articula le capitaine avec effort. Puis il marmonna : " Je ne veux pas que Mme Anthony soit effrayée. Comprenez-vous... ?

« — Elle ne l'a pas été cette fois-ci, dit ingénument Powell. C'est elle qui a allumé la torche à ma place, capitaine.

« — Cette fois-ci! " s'exclama le capitaine Anthony, qui se retourna. " Mme Anthony a allumé la torche? Mme Anthony!... " Powell expliqua qu'elle était restée tout le temps dans l'escalier.

« " Tout le temps ", répéta le capitaine. Il parut bizarre à Powell qu'au lieu d'y aller voir lui-même, le capitaine lui demandât :

« " Y est-elle encore? "

« Powell dit qu'elle était descendue après que le navire eut évité le *Ferndale*. Le capitaine Anthony fit mine de se diriger lui-même vers la descente, lorsque Powell ajouta cette précision : " M. Smith a appelé Mme Anthony du salon, capitaine. Je crois qu'ils y causent en ce moment. "

« Il fut surpris de voir le capitaine renoncer, après tout, à descendre.

« Au lieu de cela, il se mit à arpenter la dunette, malgré le froid, le vent humide et les embruns. Et pourtant, il ne portait que son pyjama et ses pantoufles. Powell, se postant sur le bord de la dunette, ouvrit l'œil. Lorsque, au bout d'un certain temps, il tourna la tête pour jeter à la dérobée un coup d'œil sur son excentrique capitaine, il ne vit pas sa vague et active silhouette marcher vigoureusement de long en large. Le lieutenant du *Ferndale* se rendit à l'arrière en scrutant l'espace autour de lui, et s'adressa à l'homme de barre.

« " Le capitaine est descendu?

« — Oui, lieutenant ", dit l'homme, qui, la joue gauche gonflée d'une chique, gardait les yeux fixés sur la rose des vents. " À l'instant. Il riait.

« — Il riait, répéta Powell, incrédule. Voulez-vous dire que le capitaine riait? Vous devez vous tromper. Pourquoi aurait-il eu envie de rire?

« — Je n'en sais rien, lieutenant. "

« Le marin, un homme d'un certain âge, témoignait d'une profonde indifférence envers les émotions humaines. Cependant, après un assez long silence, il concéda quelques paroles de plus à la faiblesse du lieutenant. " Oui, il arpentait le pont comme d'habitude, quand il s'est mis tout à coup à rire un peu et s'est dirigé vers la descente. Il a pensé brusquement à quelque chose de drôle. "

« Quelque chose de drôle! Voilà ce que M. Powell ne pouvait croire. Il ne se demanda pas pourquoi sur le moment. Des idées drôles viennent pourtant aux hommes dans toutes sortes de situations; elles viennent à toutes sortes d'hommes. Néanmoins, M. Powell fut choqué d'apprendre que le capitaine Anthony avait ri sans cause apparente, une certaine nuit. Il en éprouva, pour quelque obscure raison, une impression désagréable. Et ce fut alors, tandis qu'il terminait son quart et que les rafales de vent glacées l'assaillaient, surgissant des ténèbres où les courtes lames de la zone côtière grondaient méchamment tout autour du navire, que l'idée vint à son esprit ingénu que les choses ne sont peut-être pas ce qu'on attend avec confiance qu'elles soient; qu'il était possible que le capitaine Anthony ne fût pas un homme heureux... Vous comprendrez que, par conséquent, il était, jusqu'à un certain point, prêt à entendre les lamentations du sensible et apoplectique Franklin à propos de son capitaine. Et, quoiqu'il les traitât avec un mépris en grande partie sincère, il m'avoua pourtant que, tout au fond de lui-même, le soupçon inexplicable et troublant que tout n'allait pas pour le mieux dans cette cabine coupée de façon si insolite du reste du navire naquit et grandit en lui contre sa volonté... »

CHAPITRE IV

ANTHONY ET FLORA

Marlow sortit de l'ombre de la bibliothèque pour prendre un cigare dans une boîte placée sur une petite table à côté de moi. À la vive lumière qui éclairait la pièce, je vis dans ses yeux cette expression un peu moqueuse dont il masque habituellement ses élans de sympathie compatissante et amusée devant les complications déraisonnables que l'idéalisme humain introduit dans le problème simple mais poignant de notre conduite sur cette terre.

Il choisit et alluma son cigare avec un soin ostensible, puis s'attaqua à moi. Je le regardais en silence.

« Je suppose », dit-il — la lueur de raillerie de son regard rendant son intonation limpide — « que vous pensez qu'il est grand temps que je vous donne des précisions. Je veux dire au sujet de ce mystère psychologique de la cabine inconfortable (car il est évident qu'il doit s'agir d'un mystère psychologique) qui affectait si profondément M. Franklin, le second, et avait même troublé la sereine ingénuité de M. Powell, le lieutenant du *Ferndale* commandé par Roderick Anthony — " le fils du poète, vous savez ".

— Vous allez avouer maintenant que vous n'avez pas réussi à l'éclaircir, dis-je avec une feinte indignation.

— Ce serait bien fait pour vous, si je vous disais que c'est le cas. Mais je n'en ferai rien. J'ai réussi. Je reconnais pourtant que, pendant un certain temps, je fus intrigué. Cependant, j'ai maintenant vu bien des fois notre ami Powell dans les circonstances les plus favorables — et, en outre, je suis tombé sur une source de renseignements fort inattendue... Mais cela importe peu. Les moyens ne vous concernent pas, sauf dans la mesure où ils font partie de cette histoire. J'admets volontiers que, pendant quelque temps, l'occupation chère aux vieilles filles distinguées, qui consiste à rapprocher les faits, n'a pas fourni de théorie cohérente. Je parle maintenant en enquêteur, en homme qui s'adonne aux déductions. D'après ce que nous savons de Roderick Anthony et de Flora De Barral, je ne pouvais déduire une banale querelle de ménage admirablement venue à maturité en moins d'un an, n'est-ce pas? Si vous me demandez ce qu'est une banale querelle de ménage, je vous dirai que c'est un désaccord à propos de rien; je veux dire de ces riens touchant lesquels, comme M. Powell nous le dit lors de notre première rencontre, les terriens sont tellement enclins à faire un éclat, qu'ils ont tendance à les cultiver au point de devenir haineux par sentiment injustifié d'avoir subi un tort, par ambition pervertie, ou encore pour se donner en spectacle. Il n'est pas sur terre d'acteurs si humbles et obscurs qu'ils n'aient un public, lequel envenime la pièce par des railleries sournoises, par des conseils qui nourrissent la colère, par des commentaires ironiques ou l'expression d'une compassion perfide. Cependant, les Anthony étaient à l'abri de toute influence corruptrice. En mer, voyez-vous, il n'y a pas de public. Nul écho de votre insignifiance ne vient vous y torturer, là où la grande voix des éléments mugit son défi sous le ciel, à moins que leur silence ne semble participer du silence infini de l'univers.

« Me rappelant Flora De Barral quand elle touchait le fond de la détresse morale et Roderick Anthony emporté par une rafale de tendresse impétueuse, je me demandais : tout cela est-il déjà oublié? Qu'avaient-ils pu rencontrer pour les séparer si rapidement, si complètement quand ils étaient si loin de toute tentation, dans la paix de la mer et dans une solitude si parfaite que, sans l'attachement jaloux du sentimental Franklin, qui éveilla l'attention de Powell, absolument aucune trace, aucun témoignage n'aurait subsisté.

« Je dois avouer immédiatement que ce fut Flora De Barral que je soupçonnai. En ce monde tel qu'il est actuellement organisé, les femmes forment la moitié suspecte de la population. Il y a pour cela de bonnes raisons. Il est si facile de les découvrir, avec un peu de réflexion, que vous les exposer serait perdre mon temps. Je ne mentionnerai que celle-ci : comme le rôle échu aux femmes consiste exclusivement en une " influence ", il a l'air d'exercer une action occulte et mystérieuse qui n'est pas tout à fait digne de confiance, comme toutes les forces naturelles qui nous semblent agir dans les ténèbres parce que nous les comprenons mal.

« Si les femmes n'étaient pas une force de la nature dont la puissance est aveugle et le pouvoir capricieux, on ne se méfierait pas d'elles. Les choses étant ce qu'elles sont, cette méfiance est inévitable. Vous allez dire que cette force ayant été capturée par Anthony en la personne de Flora De Barral... Eh bien oui. Il l'avait traitée en maître. Mais l'homme a aussi capturé l'électricité. Elle éclaire sa route, chauffe son foyer, cuit même son repas – tout à fait comme une femme. Mais quel nom donneriez-vous à une conquête de ce genre? Il ne sait rien d'elle. Il lui faut montrer une extrême prudence dans l'emploi qu'il fait de sa captive. Et plus il se montre exigeant à son égard dans l'exultation de son orgueil, plus elle risque de se retourner contre lui et de le réduire en cendres.

– Voilà une comparaison bien tirée par les cheveux », fis-je observer froidement à Marlow. Il avait regagné le fauteuil, dans l'ombre de la bibliothèque. « Mais, si l'on accepte le sens auquel vous pensez, elle se réduit à la nécessité de savoir comment utiliser cette force. Et si vous voulez dire que ce vorace Anthony...

– Vorace est bien trouvé », dit Marlow, m'interrompant. « Il avait faim et soif de voir la féminité entrer dans sa vie, à un point dont aucun vulgaire féministe ne pourrait avoir la moindre idée. Je pense que cela explique en grande partie le dégoût qu'il inspirait à Fyne. Ce brave petit Fyne. Vous ne sauriez imaginer les effroyables dégâts qu'il avait causés pendant sa visite à l'hôtel. Mais aussi, qui aurait pu soupçonner qu'Anthony fût un héros? Il y a plusieurs espèces d'héroïsme, dont l'une est stupide. C'est celle qui se présente sous l'aspect de la délicatesse sublime. C'est apparemment celle dont était capable le fils du poète délicat.

« Il ressemblait certainement à son père, qui, soit dit en passant, a usé jusqu'à la mort deux femmes sans en tirer aucune satisfaction personnelle, parce qu'elles n'atteignaient pas l'idéal plus que raffiné de délicatesse si sensible dans ses vers. Voilà bien votre poète. Il exige trop des autres. Son fils, dépourvu de son don d'expression, s'était fixé un idéal inspiré par ce besoin d'incarner dans sa conduite les rêves, les passions, les élans dont le poète nourrit la composition de vers qui lui sont plus chers que sa propre personne — et qui peuvent la faire paraître sublime aux yeux d'autrui et même aux siens propres.

« Anthony voulait-il paraître sublime à ses propres yeux? Je ne voudrais pas l'en accuser; quoique à la vérité il y ait d'autres ambitions, moins nobles, dont le monde n'ose pas sourire. Mais je ne le crois pas; je ne crois même pas que son acte ait témoigné d'une consciente et altière confiance en soi, de ce sentiment de puissance particulièrement marqué qui conduit si souvent les hommes à des situations impossibles ou équivoques. Considérée en elle-même (ce qui est souvent la façon de voir la vérité sous son vrai jour), sa vie était une vie de solitude et de silence — et de désir.

« Le hasard avait jeté sur sa route cette jeune fille; et si nous avons le droit de sourire de sa violente conquête de Flora De Barral, nous devons aussi reconnaître que l'avidité avec laquelle il s'était emparé d'elle était vraiment le fait d'un homme de solitude et de désir; d'un homme aussi qui, à moins d'être tout à fait stupide, devait s'adonner aux rêveries longues et ardentes où la faculté d'aimer d'une passion sincère mûrit lentement dans les recoins inexplorés du cœur. Et je sais aussi qu'une passion, dominante ou tyrannique, lorsqu'elle envahit entièrement l'homme en subjuguant toutes ses facultés et en les pliant à sa propre et unique fin, peut conduire celui qu'elle éperonne et qu'elle pousse, dans toutes sortes d'aventures, jusqu'au bord de dangers incommensurables, aux limites de la déraison, de la démence, de la mort.

« Voilà que devant cet homme voué à un silence que les tonnerres et les murmures inarticulés des vastes océans ne font que rendre plus impressionnant, devant cet homme tout à fait étranger au caquetage des langues, arrive l'athlétique petit Fyne, le plus typique représentant de cette humanité dont la voix lui est tellement étrangère, mari de sa sœur, personnalité qui se détache de la multitude brumeuse et lointaine. Il arrive et le bombarde de plus de discours qu'il n'en a jamais entendu tonner en une heure et qui touchent certainement aux sentiments les plus profonds qu'Anthony ait jamais découverts en lui-même, et lance des mots comme " déloyal ", dont il abhorre jusqu'au son. Déloyal! Avantage indû! Lui! Déloyal envers cette jeune fille? Cruel envers elle!

« Nul mépris ne saurait résister à l'impression produite par de telles accusations lancées avec chaleur et conviction. Elles l'ébranlèrent. Elles vibraient encore dans l'air de cette chambre d'hôtel mal aérée, terrifiantes, bouleversantes, impossibles à chasser, quand la porte s'ouvrit et que Flora De Barral entra.

« Il ne remarqua même pas son retard. Il était assis sur un sofa, plongé dans la mélancolie. Était-ce vrai? Comme il avait lui-même toujours exprimé exactement sa pensée, il s'imaginait que les paroles des gens (à moins qu'ils ne fussent menteurs, ce que, naturellement, son beau-frère ne pouvait être) ne dépassaient jamais leur pensée non plus. La grave voix de poitrine du petit Fyne résonnait encore à ses oreilles. " Il sait ", se dit Anthony. Il pensa qu'il ferait mieux de partir et de ne jamais revoir Flora. Mais elle se tenait là, devant lui, accusant et suppliant. Comment pouvait-il l'abandonner? C'était hors de question. Elle n'avait personne. Ou plutôt, elle avait quelqu'un. Ce père. Anthony était prêt à souscrire au jugement qu'elle portait sur celui-ci. Ce père était peut-être victime de la plus atroce injustice. Mais que pouvait faire un homme au sortir de prison? Un vieillard, qui plus est. Et puis, quelle espèce d'homme était-ce? Qu'adviendrait-il de ces deux êtres? Anthony frissonna légèrement et le pâle sourire que Flora avait sur les lèvres en entrant dans la pièce s'évanouit. Elle était accoutumée à sa tendresse impétueuse. Elle n'en avait plus peur. Mais elle n'avait encore jamais vu Anthony avec cet air-là et elle soupçonna aussitôt quelque nouvelle cruauté de la vie. Il se leva avec son ardeur habituelle, mais comme apaisé par une grave décision, et dit :

« " Non. Je ne peux pas vous abandonner. Je vous ai vue. Vous m'avez raconté votre histoire. Vous êtes honnête. Vous ne m'avez jamais dit que vous m'aimiez. "

« Elle attendit, se disant qu'il ne lui en avait jamais donné le temps, qu'il ne le lui avait jamais demandé! Et qu'à vrai dire, elle n'en savait rien!

« J'incline à croire que c'était vrai. Comme une vaste expérience n'est pas précisément le lot de la femme dans la vie, il est rare qu'elle soit experte en matière de sentiments. C'est l'homme qui peut se connaître — et qui, généralement se connaît assez à fond. La maîtrise de soi qu'ont les femmes est extérieure. Intérieurement, elles battent des ailes, peut-être parce qu'elles sont ou se croient en cage. Tout cela est un propos d'ordre général. Dans le cas particulier de Flora De Barral, depuis qu'Anthony avait brusquement fait irruption dans son existence cruelle et désespérée, elle vivait comme un condamné à mort libéré de sa cellule par un cataclysme naturel — tempête ou tremblement de terre; non pas absolument terrifiée, car rien ne peut être pis qu'une veille d'exécution, mais assommée, désorientée —, s'abandonnant passivement. Elle ne voulait ni émettre un son, ni remuer bras ou jambe. Elle n'en avait pas la force. À quoi bon? Et, tout au fond d'elle-même, presque inconsciemment, elle était séduite par le sentiment d'être soutenue par cette violence, sensation qu'elle n'avait jamais éprouvée de sa vie.

« Elle avait l'impression que ce tourbillon s'apaisait, en quelque sorte! Comme si ce sentiment d'être soutenue, qui l'invitait à fermer délicieusement les yeux et à se laisser emporter toujours plus loin dans l'inconnu pur de toute souillure avilissante faiblissait, hésitait de façon menaçante. Elle essaya de lire sur le visage d'Anthony, sur ce visage énergique et bon auquel elle s'était si vite accoutumée. Mais elle n'était pas encore capable d'en comprendre l'expression. Effrayée, découragée au seuil de l'adolescence, plongée dans une souffrance morale de l'espèce la plus cruelle, elle n'avait pas appris à lire... du moins pas à lire cette sorte de langage.

« Si l'amour d'Anthony avait été aussi égoïste que l'est généralement l'amour, il eût été plus fort que l'égoïsme de sa vanité — ou, si vous voulez, de la générosité — et tout cela n'aurait pu arriver. Le capitaine n'eût pas inventé cette renonciation, dont on ne sait s'il faut en sourire ou en frémir. Il est également vrai que son amour ne se serait pas attaché à la malheureuse fille De Barral. Mais c'était un amour né de cette rare pitié sans parenté avec le mépris, car il est enraciné dans une aptitude à la tendresse d'une force irrésistible, la tendresse de l'espèce ardente et avide — la tendresse des solitaires silencieux, qui se mettent délibérément, passionnément, à l'écart de leurs semblables. En même temps, je suis obligé de penser que sa vanité devait être immense.

« “ Comme elle a de grands yeux ”, se disait-il, surpris.

« Rien d'étonnant à cela. Elle le fixait de toute la force d'une âme qui s'éveille lentement d'un sommeil empoisonné où elle ne pouvait que trembler de douleur sans pouvoir ni se dilater ni se mouvoir. Il plongea dans ces yeux, tendu, le souffle coupé, toujours plus profondément, comme un marin fou qui se jetterait à corps perdu de la pomme du mât dans l'insondable mer bleue que tant d'hommes ont haïe et aimée à la fois. Et sa vanité était immense. Fyne, ce petit féministe musclé, l'avait piqué au vif. " Moi! Moi! Profiter de sa détresse! Moi! Déloyal envers cet être, cette traînée de brume, cette ombre pâle, sans attaches, dans un monde sale et laid. Je pourrais la chasser d'un souffle, se disait-il avec horreur. Jamais! " Toute la tendresse suprêmement délicate et raffinée exprimée dans tant de beaux vers par Carleon Anthony grandissait, devenait une passion qui emplissait de sanglots muets le vaste corps de cet homme qui, de sa vie, n'avait jamais lu un seul de ces fameux sonnets qui chantent l'amour le plus hautement civilisé, le plus chevaleresque, de ces sonnets qui... Comme vous le savez, il y en a tout un volume. Mon édition comporte le portrait de l'auteur à trente ans et, quand je le montrai l'autre jour à M. Powell, il s'exclama : " Extraordinaire! On croirait voir le portrait du capitaine Anthony lui-même, si... " Je voulus savoir ce que signifiait ce " si ". Mais Powell ne pouvait le dire. Il y avait quelque chose — une différence. C'était sans doute vrai — une différence de grain, peut-être. Le père, difficile, intellectuel, répugnant de façon morbide à tous les contacts, ne pouvait que chanter en nombres harmonieux ce que le fils éprouvait avec une muette et téméraire sincérité.

« Victime de l'illusion touchante de la plupart des hommes quant à la faiblesse des femmes et à leur fragilité spirituelle, Anthony pensait qu'il allait détruire, briser quelque chose de très précieux chez l'être qu'était Flora, et même qu'il ne commettrait rien de moins qu'un meurtre partiel sur sa personne. Il semble que cette conséquence tirée des propos de Fyne soit véritablement excessive. Mais Anthony, inaccoutumé au bavardage de la terre ferme, ne prit pas le temps de se demander quelle valeur ces propos pouvaient avoir dans la bouche de Fyne. Et, assurément, leur sombre sonorité suffisait à inspirer une horreur sans mélange à sa droiture naturelle conservée dans le sel de la mer, durcie par les vents des vastes horizons, limpide comme le jour.

« Il voulait lâcher la bonde à son indignation, mais Flora le regardait avec l'air d'attendre quelque chose – et cela l'arrêta. La gêne visible d'Anthony la mettait mal à l'aise. Il ne pouvait que répéter : " Oh, oui. Vous êtes parfaitement honnête. Vous auriez pu me dire que vous m'aimiez, mais vous avez probablement raison. En tout cas, vous ne m'avez jamais rien dit que vous ne pensiez.

« – Jamais ", murmura-t-elle après un silence.

« Il avait l'air d'un dément, étouffé par une émotion qu'elle ne pouvait comprendre, car cette émotion ressemblait à de l'embarras, état d'esprit inconcevable chez un homme comme lui.

« Elle se demandait quels mots elle avait bien pu prononcer, se rappelant qu'à dire la stricte vérité elle ne lui avait guère parlé que pour lui conter dans ses grandes lignes son histoire, qu'il ne semblait guère avoir eu la patience d'écouter, car il l'avait interrompue continuellement par des exclamations d'horreur et de colère, par de sombres et furieux murmures : " Assez ! Assez ! " et en se départant de façon alarmante d'une immobilité qu'il s'imposait, comme s'il avait voulu sortir à l'instant en coup de vent pour assouvir une vengeance sur quelqu'un. Elle se disait qu'il saisissait ses paroles au vol, sans jamais la laisser exprimer jusqu'au bout sa pensée. Honnête. Honnête. Oui, certainement, elle l'avait été. Sa lettre à Mme Fyne avait été inspirée par l'honnêteté. Mais elle songeait tristement qu'elle n'avait jamais su que dire à Anthony. Qu'elle n'avait peut-être rien à dire.

« " Mais vous verrez que moi aussi je peux être honnête ", lança-t-il dans une explosion, sur un ton menaçant qu'elle avait appris à apprécier avec un frisson amusé.

« Elle attendait la suite. Mais il ne bougeait pas. Son regard fit le tour de la chambre avec dégoût, comme s'il voyait sur les murs des traces laissées par tous les locataires que le hasard y avait fait passer. Des gens s'étaient querellés dans cette chambre, y avaient été malades ; cette chambre avait connu la souffrance, le vice, le crime peut-être – la mort très probablement. Cet endroit ne convenait pas. Il saisit brusquement son chapeau. Il avait pris sa décision. Le navire... le navire qu'il avait toujours connu depuis le départ du chantier, son foyer à lui, son refuge à elle, l'honnête navire sans souillure, était l'endroit qu'il fallait.

« " Allons à bord. Nous y parlerons, dit-il. Et il vous

faudra m'écouter. Car, quoi qu'il arrive, quoi qu'on dise, je ne puis vous lâcher. ”

« On ne saurait dire que (avec ou sans appréhension) elle eût pu faire autrement que d'aller à bord. C'était l'affaire prévue pour ce matin-là. Pendant le trajet en voiture, Anthony ne dit mot. Il était le dernier à condamner au nom des conventions un être humain quelconque, à dédaigner, à mépriser le malheur, fût-il mérité. Il était prêt à accepter sans la moindre réserve le jugement que la fille du vieux De Barral portait sur le forçat. Mais un pareil amour, bien qu'il puisse pousser à une dangereuse folie par la conscience orgueilleuse de sa propre force, possède une sagacité qui lui est propre. Et à ce moment-là, comme si son intention de renoncer l'eût élevé dans une zone de plus haute sérénité, son amour lui donna loisir de réfléchir pour la première fois depuis plusieurs jours. Anthony se dit : “ Je ne connais pas cet homme. Elle ne le connaît pas non plus. Elle avait à peine seize ans quand on l'a enfermé. C'était une enfant. Que dira-t-il? Que fera-t-il? Non, conclut Anthony, je ne peux pas l'abandonner avec cet homme qui entrerait dans le monde comme au sortir d'une tombe. ”

« Ils montèrent à bord en silence et c'est après lui avoir fait visiter le navire, quand ils eurent regagné le salon, qu'il entreprit Flora à sa manière fougueuse et autoritaire. Tout d'abord, elle ne comprit pas. Puis, quand elle comprit qu'il lui donnait sa liberté, tout son corps se raidit, tandis que sa main reposait sur le bord de la table et que son visage demeurait figé comme une sculpture de marbre blanc. Tout était fini. Tout se passait comme cette abominable gouvernante l'avait dit. Elle était insignifiante, méprisable. Personne ne pouvait l'aimer. L'humiliation collait à elle comme un suaire glacé dont il était impossible de se débarrasser, puisqu'elle ne trouvait aucune chaleur dans la généreuse folie d'Anthony.

« “ Oui. C'est ici. C'est votre foyer. Je ne puis vous le donner et partir. Mais il est assez grand pour nous deux. Inutile d'avoir peur. Si vous me le demandez, je ne vous regarderai même pas. Rappelez-vous cette tête grise à laquelle vous n'avez cessé de penser jour et nuit. Où va-t-elle reposer? Où sinon ici, où nul mal ne peut l'atteindre. Ne comprenez-vous pas que je ne vous permettrai pas de me vendre votre âme même pour vous acheter un refuge? Je ne le ferai pas. Vous faites trop partie de moi-même. J'ai découvert qui je suis depuis que je vous ai rencontrée et j'aimerais mieux vendre au diable mon âme à moi plutôt que de vous laisser échapper à ma protection. Mais il faut que j'en aie le droit. "

« Il partit brusquement pour fermer la porte qui donnait accès au pont et revint après avoir traversé toute la cabine en répétant :

« " Il faut que j'en aie le droit légal. Avez-vous honte de donner à penser que vous êtes ma femme? "

« Il ouvrit les bras comme pour la serrer sur sa poitrine, mais il maîtrisa cet élan et agita vers elle son poing fermé en répétant : " Il faut m'en donner le droit, ne fût-ce que dans l'intérêt de votre père. Il faut que j'en aie le droit. Où l'emmèneriez-vous? Chez ce satané fabricant de boîtes de carton. Je ne sais ce qui me retient de le pourchasser jusque dans son vertueux foyer et de lui défoncer le crâne. Aller chez lui! Je ne puis en souffrir la pensée. Écoutez-moi, Flora! Entendez-vous ce que je vous dis? Vous n'êtes pas si fière que vous ne puissiez comprendre que moi aussi, en tant qu'homme, j'ai ma fierté? "

« Il vit une larme perler sous chaque paupière baissée et glisser le long de la joue blême de la jeune fille. Puis, brusquement, elle sortit de la cabine. Anthony resta un instant immobile, concentré, mesurant sa propre force, interrogeant son cœur avant de se lancer à sa poursuite. Déjà, elle avait atteint le quai.

« Au bruit des pas de son poursuivant, la force lui manqua. Où pouvait-elle fuir pour échapper à cette situation? À cette nouvelle perfidie de la vie qui prenait la forme de la magnanimité. La voix même d'Anthony avait changé. Le tourbillon qui soutenait Flora l'avait abandonnée : il lui fallait reprendre sa route, la poursuivre d'un pas chancelant, affaiblie par ce nouveau coup de poignard, privée de l'appui moral plus nécessaire dans la vie que tous les secours matériels de la charité. Cet appui lui avait toujours manqué. Toujours. Même de la part des Fyne. Mais où aller? Oh, oui. Ce bassin, paisible nappe d'eau toute proche. Mais il y avait ce vieillard avec qui elle avait marché la main dans la main sur la promenade, près de la mer. Il lui semblait le voir venir à sa rencontre, pitoyable, un peu plus grisonnant, l'air suppliant, tendant un bras qui tremblait. C'était à elle qu'il appartenait maintenant de prendre par la main cette victime plus faible qu'un enfant. Mais où pouvait-elle le mener? Où? Et que lui dire? Quelles paroles d'encouragement, de vaillance et d'espoir? Il n'y en avait aucune. Le ciel et la terre étaient muets, indifférents à leur rencontre. Mais, derrière elle, cet autre homme arrivait. Il était maintenant tout proche. La flamme qu'il portait en lui semblait rayonner, dégager de la chaleur, communiquer à l'atmosphère une vibration frémissante. Flora était épuisée, indifférente; elle craignait de trébucher, prête à tomber. Elle croyait entendre la respiration d'Anthony. Un flot de chaleur alanguie l'atteignit comme une vague, elle crut que le sol se dérobait sous ses pas, et lorsqu'elle sentit la main d'Anthony se glisser sous son bras, elle ne tenta nullement de le dégager de cette poigne qui se refermait dessus, insinuante et ferme.

« Anthony la guida à travers les dangers du quai. La vue de Flora s'était brouillée. Un wagon en marche semblait une montagne qui glissait près d'elle. Des hommes passaient comme dans une brume, et les bâtiments, les hangars, les espaces vides inattendus, les navires, avaient des formes étranges, torses, dangereuses. Elle se dit que c'était un bonheur que de ne pas se soucier de savoir ce que tout cela signifiait dans l'ordre de la création (si, en vérité, quelque chose avait un sens), ou si ce n'était qu'un amas de matière dépourvu de toute signification. Elle sentait combien elle avait toujours été coupée de ce monde. Elle n'y tenait que par ce seul bras, fermement empoigné juste au-dessus du coude. Elle était captive. Soit. Jusqu'au moment où ils débouchèrent dans la rue et virent le fiacre qui les attendait de l'autre côté des grilles, Anthony ne parla qu'une seule fois, commençant brusquement, mais d'un ton beaucoup plus doux que tout ce qu'elle avait entendu tomber de ses lèvres.

« " Naturellement, j'aurais dû savoir que vous ne pouviez pas aimer un homme comme moi, un inconnu. Qui ne dit mot consent. Oui? Hein? Je n'ai que faire de ce genre de consentement. Et, à moins qu'un jour ou l'autre vous constatiez que vous pouvez parler... Non! Non! Je ne vous poserai jamais de question. Si vous attendez un signal quelconque de ma part, vous pourrez descendre dans la tombe sans avoir desserré les lèvres. Mais ce que j'ai dit, il faut que vous le fassiez! "

« Il pencha la tête sur elle avec une tendre sollicitude. En même temps, elle sentit son bras serré et secoué discrètement mais indubitablement. "Il faut que vous le fassiez. " Une légère secousse qu'aucun passant ne pouvait remarquer; et cela se passait dans un endroit désert du bassin. " Il le faut.

Vous m'écoutez, hein? Ou consentiriez-vous à retourner chez ma sœur? ”

« Son ton ironique, par manque d'habitude, peut-être, avait une férocité grinçante et redoutable.

« “ Consentiriez-vous à aller chez elle? ” poursuivit-il du même ton étrange. “ Votre meilleure amie! Et consentiriez-vous à dire gentiment : ‘ Je regrette. ’ Y consentiriez-vous? Non! Vous ne le pourriez pas. Il y a des choses que même vous, pauvre chère petite abandonnée, ne sauriez souffrir. Hein? Plutôt mourir. Voilà. Naturellement. Ou pouvez-vous songer à emmener votre père chez ce satané cousin? Non. Ne dites rien. Je n'en puis supporter la pensée. Je vous y suivrais et j'enfoncerais la porte. ”

« Sa voix entrecoupée étonna Flora, car elle ressemblait à un sanglot. De plus, elle lui faisait peur. La pensée qui lui vint à l'esprit fut : “ Il ne faut pas. ” Il la faisait monter dans le fiacre. “ Oh! Il ne faut pas, il ne faut pas. ” Elle eut encore plus peur en s'apercevant qu'il tremblait de tous ses membres. Effarée, se réfugiant, recroquevillée, dans le coin le plus éloigné de la voiture, évitant le regard d'Anthony, elle voyait cependant trembler sa bouche et fit, pour sourire, un effort désespéré qui desserra la rigidité de ses lèvres et la fit soudain claquer des dents.

« “ Je ne vous accompagne pas, disait-il. Je vais prévenir le cocher... je ne peux pas. Mieux vaut pas. Qu'y a-t-il? Avez-vous froid? Voyons! De quoi s'agit-il? Il n'y a qu'à passer dans un fichu bureau, un trou poussiéreux. Il y en aura pour moins d'un quart d'heure. Je viendrai vous chercher — dans dix jours. N'y pensez pas trop. Ne pensez à âme qui vive parmi toute cette foule stupide qui encombre la terre. Ne pensez pas à moi non plus. Pensez à vous-même. Ah! Rien ne pourra vous atteindre ensuite — enfin. Ne dites rien. Ne bougez pas. Je ferai tout préparer; et si ma vue ne vous est pas odieuse — et elle ne l'est pas — il n'y a rien qui doive vous faire peur. L'un de ces bureaux stupides, avec un ou deux gratte-papier sans importance; de pauvres diables de scribouillards. ”

« Le fiacre s'éloigna, emportant Flora De Barral, immobile, incapable de penser, trop heureuse de se reposer, d'être seule et de continuer à s'éloigner, sans effort, dans la solitude et le silence.

« Anthony erra par les rues pendant des heures, sans pouvoir se rappeler, le soir, où il était allé, comme un amant heureux et débordant de joie. Mais nul n'aurait pu le penser d'après son visage, qui ne montrait aucun signe de félicité anticipée. Il exultait vraiment mais d'une exultation particulière qui semblait le saisir à la gorge comme un ennemi.

« Les dernières paroles d'Anthony se rapportaient au bureau de l'état civil, où ils furent unis dix jours plus tard. Pendant cette période, Anthony ne vit rien ni personne, bien qu'il allât fiévreusement un peu partout parmi les gens et les choses. Cet état d'âme particulier est propre aux amoureux ordinaires, dont on sait qu'ils n'ont d'yeux pour rien d'autre que pour la contemplation physique ou spirituelle d'une seule forme humaine qui contient pour eux l'âme du monde entier dans toute sa beauté, toute sa perfection, toute sa variété, tout son infini. Ce doit être extrêmement agréable. Mais la félicité était refusée à la contemplation de Roderick Anthony. Ce n'était pas un amoureux de l'espèce ordinaire; et il en était puni, comme si la Nature (qui, dit-on, a horreur du vide) eût été conventionnelle au point d'avoir en horreur toute espèce de conduite exceptionnelle. Roderick Anthony avait déjà commencé à souffrir. C'est peut-être pourquoi il montrait tant de diligence à se mouvoir parmi ses semblables, qui auraient été surpris s'ils avaient su comme ils avaient peu de consistance ou même d'existence à ses yeux. Mais ils ne pouvaient rien soupçonner d'aussi bizarre. Ils ne virent chez lui rien d'extraordinaire pendant cette quinzaine. La preuve en est qu'ils consentirent à traiter des affaires avec lui. Il est évident que ce fut le cas, puisque c'est alors qu'une firme de courtiers maritimes, qui ne doutaient pas de son équilibre mental, lui offrit d'affréter son navire dans le dessein particulier d'effectuer un voyage aux Antilles.

« Il semblait probablement assez sain d'esprit pour toutes les activités pratiques de la vie commerciale. Mais je ne suis pas tellement sûr qu'il le fût vraiment tout à fait à ce moment-là.

« Quoi qu'il en soit, il sauta sur cette offre. La Providence elle-même lui offrait cette occasion d'accoutumer la jeune fille à la vie en mer grâce à une traversée relativement courte. C'était l'époque où tout ce qui arrivait, tout ce qu'il entendait dire — paroles fortuites, propos décousus — semblait le provoquer ou l'encourager, le confirmait dans sa résolution. Et il est vrai que s'occuper de questions matérielles est la meilleure sauvegarde contre la réflexion, les craintes, les doutes — toutes choses qui s'opposent aux réalisations. Je suppose qu'un homme ayant l'intention de se couper la gorge éprouverait une espèce de soulagement à affûter soigneusement son rasoir.

« Et Anthony prenait un soin méticuleux à préparer pour lui-même et pour la malheureuse Flora une existence impossible. Sans plus frémir que s'il avait été bourré de chiffons ou bâti de fer et non de chair et de sang, il se mit à organiser une existence qui, comprenez-le bien, à terre, au beau milieu des humains, d'intérêts variés, de distractions offrant d'innombrables occasions de conserver ses distances l'un par rapport à l'autre, est à peine concevable, mais qui, à bord, en mer, *en tête à tête* pendant des jours, des semaines, des mois de suite, ne pouvait que causer une torture morale, un tourment d'une absurdité atroce. Anthony était un cœur simple. Sa candeur désespérément masculine se révèle de façon touchante dans le soin qu'il prit d'engager une femme pour servir Flora. La nécessité d'assurer une parfaite respectabilité lui inspirait parfois de l'anxiété. Lorsqu'il se rappela soudain la femme de son steward, il dut s'écrier *eurêka* avec une exultation toute particulière. Il est déplaisant de traiter Anthony d'âne bâté. Mais vraiment, mettre une femme quelconque à même de subodorer pareil secret, tout en supposant qu'elle ne le dépisterait pas !

« Nulle femme, si simple fût-elle, ne pouvait avoir pareille candeur. Je ne sais pas quel qualificatif Flora De Barral lui appliqua en son for intérieur quand il lui dit qu'il avait pris cette disposition, parmi d'autres destinées à assurer le bien-être de sa compagne. Je crois bien que, malgré toute sa propre simplicité, elle dut être atterrée. Il parut devant elle le jour fixé, extérieurement plus calme qu'elle ne l'avait jamais encore vu. Et ce calme même, cette attitude scrupuleuse qu'il se croyait tenu par l'honneur d'observer maintenant et à jamais, à moins qu'elle ne condescendît un jour à lui faire un signe, ajoutait au poids qui pesait sur le cœur de Flora, innocent de la plus pardonnable duplicité.

« La nuit précédente, elle avait mieux dormi que pendant les dix nuits passées. La jeunesse et la lassitude réunies finissent par l'emporter sur une tension nerveuse tyrannique. Elle avait dormi, mais elle s'était réveillée les yeux pleins de larmes. Il n'en restait plus trace lorsqu'elle rejoignit Anthony dans le petit salon minable du rez-de-chaussée. Elle les avait ravalées. Elle n'allait pas les lui laisser voir. Elle se croyait tenue par l'honneur d'accepter la situation à tout jamais, à moins que... Ah, à moins que... Elle déguisait tous ses sentiments, mais ce n'était pas par duplicité. Tout ce qu'elle voulait, c'était découvrir la vérité; voir ce qu'il allait en résulter.

« Elle battit Anthony à son propre jeu — celui de l'honneur et cette parfaite sérénité le déconcerta quelque peu. Ce fut lui qui balbutia, quand il y eut lieu de parler. La violence réprimée de sa nature lui permit de poursuivre avec assez de maîtrise, une fois dites les premières paroles. Mais on eût dit qu'ils avaient tous les deux mordu au même fruit amer. Lui pensait avec un regret mélancolique non exempt de surprise : " Cet animal de Fyne m'a dit la vérité. Elle ne se soucie aucunement de moi. " Cette pensée l'humiliait et accroissait en même temps sa compassion pour cette jeune fille qui, dans les ténèbres de la vie, malmenée et désespérée, était tombée sous l'empire de sa volonté plus forte, s'était abandonnée à ses bras comme par une nuit de naufrage. Flora, de son côté, avec une certaine intuition (car les femmes ne sont jamais victimes de la cécité complète qui frappe les hommes) le regardait non sans pitié; elle s'apitoyait aussi sur elle-même. Elle était repoussée, rejetée; ce n'était pour elle rien de nouveau. Mais elle, qui croyait alors toute sa sensibilité morte, découvrait en elle-même du ressentiment à l'égard de cette ultime trahison. Elle ne s'y résignait pas. Avec une sorte de morosité silencieuse, elle se disait : " Eh bien, m'y voilà. M'y voilà sans faire d'histoires. Ce n'est pas ma faute si je ne suis qu'un misérable objet de pitié. "

« Et ces réflexions qu'elle pouvait se faire avec la conscience nette l'aidaient mieux que l'obstination passionnée dans la poursuite de ses propres desseins n'aidait Roderick Anthony. Elle était beaucoup plus sûre de soi que lui. Tels sont les avantages de la simple droiture sur la générosité la plus noble.

« Ils allèrent donc se marier, sans que personne, dans la maison où elle logeait, soupçonnât rien de la sorte. La curiosité fut seulement excitée par la visite — la première qu'elle recevait depuis qu'elle était venue habiter la maison — qu'un " monsieur de ses amis " faisait à Mlle Smith. Lorsqu'elle revint, car elle revint effectivement seule, on fit allusion à cette sortie. Il lui fallait prendre ses repas avec des gens assez vulgaires. La tenancière de l'établissement, personne décharnée qui prétendait à la distinction, tenta même de provoquer ses confidences. Le pâle visage de Flora, ses yeux bleu sombre n'émouvaient pas le cœur de ces gens comme celui du capitaine Anthony, pour qui c'était le visage même de la souffrance du monde. Sa réserve douloureuse n'avait pas le pouvoir de les impressionner, de leur imposer une discrétion convenable.

« Elle revint donc seule, comme, en vérité, on aurait pu s'y attendre. Au sortir du bureau de l'état civil, Flora De Barral et Roderick Anthony étaient allés faire une promenade dans le parc. Ce devait être un parc de l'East End, mais je n'en suis pas sûr. En tout cas, c'est ce qu'ils firent. C'était un jour de soleil. Il lui dit : " Tout ce que je possède au monde vous appartient. J'y ai veillé sans déranger mon beau-frère. Ni lui ni ma sœur n'ont le droit de se mêler de mes affaires. "

« Elle marchait, la main légèrement posée sur le bras d'Anthony. Il le lui avait offert au sortir du bureau de l'état civil, et elle l'avait accepté sans mot dire. La tête basse, elle semblait remuer des pensées dans sa tête. Elle dit, faisant allusion aux Fyne : " Ils ont été très bons pour moi. " Sur quoi il s'exclama :

« " Ils ne vous ont jamais comprise. Je veux dire, comme il le fallait. Ma sœur n'est pas une méchante femme, mais... "

« Flora ne protesta pas, tout en se demandant s'il s'imaginait la comprendre tellement mieux lui-même. Chassant sa famille de ses pensées, il poursuivit : " Oui. Tout est à vous. Sans aucune réserve. Quant au bout de papier que nous venons de recevoir de ce misérable plumitif, n'était la loi, il me serait indifférent que vous le déchiriez ici, maintenant, sur-le-champ. Mais n'en faites rien. À moins que, un jour ou l'autre, vous n'ayez le sentiment que... "

« Il étouffa, de façon inattendue. Pensive, elle hésita un instant, puis, se décidant bravement :

« " Moi non plus, je ne pratique aucune réserve vis-à-vis de vous. "

« Les mots étaient lâchés! Mais, dans sa générosité aveugle, il supposa qu'elle faisait allusion à sa déplorable histoire et se hâta de marmonner :

« " Naturellement! Naturellement! N'en dites pas davantage. J'ai passé je ne sais combien de nuits sans dormir, à penser à tout cela. "

« Il fit un geste de l'autre bras, comme s'il se retenait de menacer l'univers en brandissant le poing avec indignation; et elle n'essaya même pas de le regarder. La voix d'Anthony avait un son étrange, incroyablement inerte, comparée à cette voie de tempête qui, dans l'espace des champs, dans le jardin obscur, avait paru ébranler la terre même qui la portait, lasse et désespérée.

« Elle regrettait ces accents. En entendant le soupir qui lui échappa, Anthony, au lieu de menacer l'univers du poing, se mit à tapoter la main posée sur son bras, puis cessa brusquement, comme s'il s'était brûlé. Puis, après un silence :

« “ Il vous faudra aller là-bas seule, demain. Je... Non, je crois qu'il ne faut pas que je vienne. Cela vaudra mieux. Ce que vous aurez à vous dire tous les deux... ”

« Elle l'interrompit vivement :

« “ Père est innocent. On l'a traité avec une injustice cruelle.

« — Oui. Justement, insista Anthony gravement. Et vous êtes le seul être humain qui puisse lui offrir une compensation. Vous seule devez le réconcilier avec le monde, si c'est possible. Mais, bien sûr, vous y réussirez. Vous devrez trouver les paroles qu'il faut. Oh, vous saurez vous y prendre. Et puis, vous voir seule apaiserait...

« — C'est le plus doux des hommes ”, dit-elle, l'interrompant de nouveau.

« Anthony secoua la tête : “ Il faudrait une générosité et une douceur infinies pour pardonner pareille curée. Quant à moi, j'aurais préféré être tué et en avoir fini tout de suite. Cela n'aurait pas pu être pire pour vous — et je suppose que c'est surtout à vous qu'il pensait tandis que ces magistrats du diable le harcelaient au tribunal. À vous. Et — j'y pense maintenant — il est possible que votre vue lui rappelle tout cela. Toutes ces années — et vous, son enfant restée seule au monde. Je serais devenu fou. Car, même s'il avait mal agi...

« — Mais il n'a pas mal agi ”, insista Flora De Barral avec une véhémence tout à fait inattendue. “ Vous ne devez même pas le supposer. N'avez-vous pas lu les comptes rendus du procès?

« — Je ne fais aucune supposition ”, dit Anthony, sur la défensive. Il se rappelait tout juste avoir entendu parler du procès. Il lui assura qu'il n'était pas en Angleterre; c'était pendant le second voyage du *Ferndale*. À l'époque, il traversait le Pacifique pour rentrer d'Australie, il n'avait pas vu de journaux pendant des semaines et des semaines. Il s'interrompit pour suggérer :

« “ Mieux vaudrait lui dire tout de suite que vous êtes heureuse. ”

« Il avait un peu balbutié et Flora De Barral prononça délibérément un bref “ oui ”.

« Un court silence s'ensuivit. Elle retira sa main du bras d'Anthony. Ils s'arrêtèrent. On eût dit, à voir Anthony, qu'une catastrophe complètement inattendue s'était produite.

« “ Ah, dit-il. Cela vous contrarie…

« – Non! Je crois que cela vaudra mieux, murmura-t-elle.

« – Probablement. Probablement. Amenez-le directement à bord demain. Ne vous arrêtez nulle part. ”

« Elle eut un instant de vague gratitude, un sentiment momentané de paix qu'elle attribua à l'homme qui se trouvait devant elle. Elle leva les yeux vers Anthony. Son visage était sombre. Il était ailleurs, très loin, et marmonna comme s'il se parlait à lui-même :

« “ D'ailleurs, où pourrait-il bien vouloir s'arrêter?

« – Il n'y a pas un seul être au monde à qui je voudrais laisser voir son cher visage maintenant, à qui je l'amènerais volontiers, sauf vous… Roderick ”, dit-elle d'un ton légèrement altéré, tendant franchement la main.

« Il prit cette main, qui lui parut toute petite dans sa large paume.

« “ C'est cela. C'est cela ”, dit-il précipitamment avec une cordialité embarrassée, comme s'il avait soudain honte du son de sa voix, se retourna à demi et planta carrément là Flora immobile. Il résista même à la tentation de regarder en arrière, avant qu'il fût trop tard. L'allée de gravier était déserte jusqu'à la grille même du parc. Elle était partie – disparue. Il eut l'impression d'avoir manqué une sorte d'occasion. Il éprouva de la tristesse. La conscience exacerbée de sa propre conduite qui le soutenait depuis dix jours ne le portait plus. Il avait réussi!

« Il poursuivit sa promenade au hasard, en proie à une douce mélancolie. Il marcha, marcha. Il n'y avait guère de monde dans cette partie aérée d'un quartier pauvre. Dans certaines conditions de vie, il reste fort peu de temps pour tout simplement s'aérer. Mais cependant, çà et là, quelques personnes s'offraient ce luxe. Pourtant, si peu nombreuses qu'elles fussent, le capitaine Anthony, bien que le plus abordable des hommes, souffrait de leur présence. La solitude avait été sa meilleure amie. Il avait besoin d'un endroit où il pourrait s'asseoir et être seul. Et, dans le besoin qu'il éprouvait, sa pensée se tourna vers la mer qui lui avait si généreusement dispensé cette solitude accordée à son humeur. Là, quoiqu'il fût avec son navire (mais celui-ci faisait partie intégrante de lui-même), il pouvait toujours être aussi seul qu'il voulait. Oui. Il fallait aller en mer!

« La nuit de la ville, avec ses lumières en lignes rigides entrecroisées en un réseau de flammes étendu sur l'immensité sombre des murs, se referma sur lui avec son éclat artificiel dominé par d'épaisses ténèbres, avec l'animation contre nature d'une humanité inquiète, surmenée. Ses pensées qui, Dieu sait pourquoi, inclinaient à la pitié pour toutes les silhouettes passagères, pour chacun de ceux qu'il apercevait à la lueur d'un réverbère, finirent par s'attacher à une silhouette qu'il eût certainement été impossible de voir sous les réverbères cette nuit-là. Cette silhouette lui était inconnue. Elle était enfermée jusqu'au lendemain matin entre de hauts murs infranchissables de pierre ou de brique... C'était celle du père de Flora De Barral — celle du financier — du forçat.

« Ce mot possède un pouvoir d'évoquer la culpabilité et le châtiment qui force l'attention. Nous sentons que nous avons affaire à la puissance de la société organisée — chose mystérieuse en soi et plus mystérieuse encore en ses effets. Coupable ou innocent, il semblait que le vieux De Barral fût descendu jusqu'aux Régions inférieures. Impossible d'imaginer ce qu'il en rapporterait à la lumière de notre monde — celui des hommes qui ignorent la condamnation. Que penserait-il? Qu'aurait-il à dire? Et que lui dire?

« Assez impressionné, comme on l'est par un registre de sentiments dont l'étendue échappe à notre prise, Anthony se rassura en pensant que le vieux bonhomme n'aurait probablement pas grand-chose à dire. Il ne voudrait pas parler de ce qu'il avait éprouvé. Ni lui ni personne. Ç'avait dû être pour lui un véritable enfer.

« Et puis, à la fin de la journée où il s'était, en compagnie de Flora De Barral, prêté à une cérémonie de mariage, Anthony cessa de penser au père de Flora, sinon, en quelque sorte, comme au captif destiné à son triomphe. Il se mit à contempler intérieurement le pâle visage délicat et suppliant dont il avait vu les grands yeux bleus pleurer, s'étonner, plonger en lui leur regard, tantôt avec incrédulité, tantôt avec doute, avec douleur, mais toujours avec le pouvoir irrésistible de pénétrer droit au fond de sa poitrine, d'y susciter en retour un sentiment profond qui était plus que de l'amour — se disait-il — au sens où les hommes entendent ce mot. Plus? Ou seulement autre chose? Oui. C'était autre chose.

Quelque chose de plus ou de moins, d'aussi incroyable que la réalisation d'un rêve étonnant, saisissant, dans lequel il pouvait prendre dans ses bras le monde — le monde entier et sa douleur — non pour en posséder la pathétique beauté, mais pour en consoler, pour en chérir, la souffrance.

« Anthony gagna lentement le navire et dormit cette nuit-là d'un sommeil sans rêves. »

CHAPITRE V

LE GRAND DE BARRAL

« Remis à neuf, le salon du *Ferndale* l'était certainement, pour recevoir l' " étrangère ". Le moelleux de sa décoration surannée, ternie, avait disparu. Et Anthony, jetant les yeux autour de lui, vit l'éclat, les reflets, la couleur d'objets neufs non encore essayés ni utilisés, très brillants — trop brillants. Les ouvriers n'étaient partis que la veille au soir; et leur dernier ouvrage avait été de suspendre les pesants rideaux, retenus dans leurs embrasses, à mi-chemin des extrémités du salon, qu'une fois déployés ils coupaient en deux, en isolant la partie postérieure, dont l'échelle de descente menait directement à la dunette, de la partie antérieure, qui donnait accès au pont; disposition qui ménageait une retraite intime à l'intérieur d'une autre, comme si le capitaine Anthony ne pouvait placer assez d'obstacles entre son nouveau bonheur et les hommes qui partageaient sa vie en mer. Il examina cet aménagement d'un œil approbateur, puis procéda à une inspection détaillée de l'ensemble, qu'il termina en ouvrant une porte menant à une vaste cabine faite de deux pièces réunies. Elle était très bien meublée et comportait, au lieu de la couchette ordinaire de pareilles cabines, un lit de camp articulé du dernier modèle, au mécanisme compliqué. Anthony le fit basculer un peu pour l'éprouver. " Le vieux monsieur sera très bien ici ", se dit-il, puis il regagna le salon et ferma doucement la porte. Il lui vint alors une autre pensée qui s'imposait, vu ces circonstances, mais qui, assez curieusement, se présentait à son esprit pour la première fois. " Seigneur! Quel coup cela va être pour lui ", songea Roderick Anthony.

« Il gagna le pont précipitamment. " Monsieur Franklin, monsieur Franklin. " Le second n'était pas très loin. " Ah!

Vous voilà. Mlle... Mme Anthony va arriver à bord d'un moment à l'autre. Appelez-moi donc quand vous verrez le fiacre. ”

« Puis, sans remarquer la mine morose du second, il rentra à l'intérieur. Sans une parole amicale, sans une observation professionnelle ou une petite plaisanterie, sans même un simple et stupide “ beau temps aujourd'hui ”. Rien. Il se contenta de faire demi-tour et rentra.

« Nous savons que, le moment venu, il changea d'avis et décida d'accueillir le père de Flora dans l'intimité de la cabine principale qu'il avait si soigneusement fait aménager. Pourquoi Anthony sembla-t-il se dérober à ce contact, lui qui était assez sûr de lui non seulement pour affronter, mais pour créer de toutes pièces une situation presque insensée à force d'audacieuse générosité? Il est difficile de l'expliquer. Peut-être, en arrivant sur la dunette pour jeter un coup d'œil, trouva-t-il cet homme extérieurement si différent de ce qu'il attendait qu'il décida que leur première rencontre serait dissimulée à tous les regards. Il est possible que le mystère qui enveloppait l'ensemble de ses relations avec Flora l'ait influencé. À vrai dire, sa consternation n'a rien d'étonnant. L'arrivée de cet homme lui imposait la nécessité de mentir en paroles et en actes; de paraître ce qu'il n'était pas, ce qu'il ne pourrait jamais être, à moins que, à moins que...

« Bref, nous dirons, si vous voulez, que, pour différentes raisons ayant toutes trait à la droiture délicate de son caractère, Roderick Anthony (un homme dont le second disait : “ Il ignore ce qu'est la crainte ”) prit peur. Il est une Némésis qui frappe également la générosité, comme toutes les autres imprudences des hommes qui, dans leur orgueil, osent faire fi des règles...

— Pourquoi dites-vous cela? » demandai-je, car Marlow s'était arrêté brusquement et gardait le silence dans l'ombre de la bibliothèque.

« Je le dis parce que cet homme que le hasard avait jeté sur la route de Flora avait à la fois le mépris des règles et l'orgueil. Qu'il le sût ou non est sans importance. Il est très probable qu'il n'en savait rien. On peut en toute innocence jeter le gant à la nature et à sa propre résistance morale avec une simplicité qui revêt les dehors de la vanité satanique achevée. Toutefois, comme je l'ai dit, cela est sans importance. C'est tout de même une transgression qu'il faut payer de la façon ordinaire. Mais peu importe. Je me suis tu parce que, comme Anthony, j'éprouve une difficulté, une sorte de crainte, à me colleter avec le père De Barral.

« Vous vous rappelez que je l'avais aperçu une fois. Sa personnalité n'avait rien d'imposant : grand, maigre, droit, raide, fané, il se déplaçait à petits pas d'un mouvement uni et parlait d'une voix égale et basse. Quand la mer était mauvaise, on ne le voyait guère sur le pont — du moins, on ne l'y voyait guère marcher. Il se cramponnait alors aux objets et se traînait jusqu'à la claire-voie de l'arrière, où il restait assis pendant des heures. Notre ami, jeune en ce temps-là, lui offrit une fois son aide, et ce fut ainsi que commença le prélude à une sorte d'amitié. De Barral se cramponnait énergiquement à vous — selon Powell, qui n'avait pas l'intention de parler en termes figurés. Powell était toujours sur le qui-vive, prêt à offrir son aide — surtout à Mme Anthony, car son père se cramponnait si énergiquement à elle que Powell craignait qu'elle ne fût entraînée jusqu'à terre, quoi qu'elle réussît bientôt parfaitement à garder l'équilibre par tous les temps. Et Powell était le seul qui fût à même de l'aider, car Anthony semblait alors avoir peur de les approcher ; le rancunier Franklin détournait toujours les yeux avec fureur ; le maître d'équipage, s'il était sur le pont, faisait de même, mais d'un air embarrassé ; et tous les matelots qui se trouvaient être sur la dunette évitaient De Barral comme s'il eût été le diable (les impressions se répandent mystérieusement partout sur un navire).

« Nous savons comment De Barral arriva à bord. Quant à moi, je suis si mal renseigné sur les prisons que je n'ai pas la moindre idée de la façon dont on les quitte. Cela semble une opération aussi abominable que l'autre, l'internement, qui fait penser à un claquement, à un cliquetis, à un fracas et au silence vide qui règne à l'extérieur — là où vous étiez un instant plus tôt, où vous étiez bel et bien et où, maintenant, vous n'êtes plus. C'est tout à fait diabolique. Et l'élargissement ! Je ne sais lequel est le pire. Comment cela se passe-t-il ? On tire sur le cordon, la porte s'ouvre en coup de vent, l'homme la franchit en coup de vent. Vous voilà sorti ! *Adios* ! et dans l'espace où, une seconde auparavant, vous n'étiez pas, dans cet espace silencieux, voilà qu'une silhouette s'éloigne en boitant. Pourquoi en boitant ? Je n'en sais rien. C'est ainsi que je vois la chose. On se fait l'idée d'un processus qui mutile, qui estropie ; de l'individu qui revient abîmé d'une certaine façon mystérieuse. J'admets que c'est une hallucination fantastique, mais je n'y puis rien. Bien sûr, je sais que l'on met en œuvre avec un soin judicieux et tout ce qui s'ensuit les dispositions inspirées par la meilleure des humanités fabriquée mécaniquement, etc. Stupidité de ma part, sans doute, mais pourtant... Oh, oui, c'est idiot. Quand je passe devant une de ces bâtisses... Avez-vous remarqué que l'aspect de chacune de leurs pierres, de chacune de leurs briques, a quelque chose d'infernal, de méchant, comme si la matière goûtait sa revanche sur l'âme méprisante de l'homme. L'avez-vous remarqué? Non? Hein? Eh bien, ce sujet suscite peut-être chez moi un grain de folie. Quand je passe devant une de ces bâtisses, il me faut détourner les yeux. Je n'aurais pu aller accueillir De Barral. Je me serais dérobé à cette épreuve. Vous remarquerez qu'Anthony, semble-t-il (lui dont la bravoure est incontestable), l'avait esquivée lui aussi. L'imagination du petit Fyne, qui voyait trois personnes dans le fiacre fatal — vous vous rappelez? — était loin d'atteindre la vérité. Il n'y avait que deux personnes dans le fiacre; Flora ne s'était pas dérobée. Les femmes peuvent tout supporter. Ces chères créatures n'ont aucune imagination quand il s'agit des réalités massives de la vie. Dans le domaine des sentiments — je ne dis pas. C'est tout à fait différent. Là, elles se dérobent aux fantômes qu'elles ont créés ou bien elles se précipitent pour les étreindre, exactement comme ferait n'importe quel imbécile d'homme.

« Non. Je suppose que la jeune Flora accomplit cette mission conformément à la raison. Et puis quoi! C'était l'instant pour lequel elle avait vécu. C'était son seul point de contact avec l'existence. Oh, je sais bien! Les Fyne l'avaient aidée. Et charitablement. Certes. Charitablement. Mais cela ne suffit pas. Il est une façon charitable d'aider nos semblables qui suffit à leur briser le cœur tout en sauvant leur enveloppe extérieure. Comme elle devait avoir froid, terriblement froid — sauf lorsqu'on la faisait brûler d'indignation ou de honte. L'homme, nous le savons, ne peut pas vivre seulement de pain, mais, que diantre! je crois que certaines femmes peuvent vivre seulement d'amour. S'il est, chez les êtres humains, une flamme alimentée par divers ingrédients terrestres et spirituels qui la teignent de différentes couleurs, alors il me semble voir la teinte de la leur. C'est l'azur... De quoi diable riez-vous?... »

Marlow se leva d'un bond et, en quelques enjambées,

sortit de l'ombre, comme soulevé par l'indignation, mais un léger sourire se jouait sur ses lèvres. « Vous dites que je ne connais pas les femmes. Peut-être. Autant vaut ne pas s'approcher trop près de la châsse. Mais je me fais une idée claire de la femme-en-soi. Chez toutes, mégère, flirt, excentrique, lavandière, bas-bleu, réprouvée, et même chez la sotte, le tout-venant, il reste ne fût-ce qu'une étincelle. Et quand il y a une étincelle, il peut toujours y avoir une flamme... »

Il regagna l'ombre et se rassit.

« Je ne veux pas dire que Flora De Barral était de celles qui pourraient vivre seulement d'amour. Mais cependant, manquant de confiance en soi et en autrui, elle cherchait l'amour, n'importe quelle espèce d'amour, comme font les femmes. Et cette sacrée prison était le seul endroit où elle pouvait en voir — car elle n'avait aucune raison de manquer de confiance en son père.

« Elle arriva ponctuellement. Je la vois regarder, de l'autre côté de la rue, ces murs qui sont, au sens propre du terme, formidables. On croit vraiment sentir, le long des lignes et des angles mêmes de cette masse maudite, couler le temps, goutte après goutte, heure après heure, feuille après feuille, avec une douce, une implacable lenteur. Et une mélancolie muette se glisse en vous, envahissante, accablante comme un rêve, pénétrante et mortelle comme le poison.

« Quand De Barral sortit, elle fut comme bouleversée en voyant qu'il était exactement tel qu'elle se le rappelait. Peut-être légèrement plus petit. À part cela, il n'avait pas changé. On sort avec les mêmes vêtements, vous savez. Je ne saurais dire s'il la cherchait des yeux. Sans doute. La reconnut-il? Très probablement. Elle traversa la rue et aussitôt, voilà que se renouvelait, après des années, comme par quelque ironique sorcellerie, le spectacle si familier à l'Esplanade de Brighton, du financier De Barral se promenant avec sa fille unique. On sort de prison avec les mêmes vêtements qu'on portait le jour de sa condamnation, quel qu'ait été le temps de la réclusion. Oh, ils se gardent! Ils se gardent! Mais il est quelque chose que la vie en prison conserve encore mieux que les vêtements qu'on a quittés. C'est la force, la vivacité des sentiments. Le monastère produit le même effet; mais, dans la claustration maudite de la prison, on est contraint de se replier complètement sur soi — car Dieu et la foi sont absents. Dehors, les gens dispersent leurs sentiments; vous thésaurisez les vôtres, vous les caressez, vous en cultivez l'intensité. Ce qu'ils laissent échapper, ce qu'ils oublient dans le mouvement et les changements d'une vie libre, vous vous y accrochez, vous l'amplifiez, vous l'exagérez, vous en faites un foisonnement luxuriant de souvenirs. Ils peuvent regarder avec un sourire les ennuis et les chagrins passés; mais vous ne le pouvez pas. Les vieux chagrins, les vieux désirs, les vieilles déceptions, les vieux rêves (qui vous assaillent dans le silence de mort de votre présent où rien ne bouge sauf les minutes irrécupérables de votre vie), ne cessent de vous ronger le cœur.

« De Barral était sorti; il demeura un certain temps muet, entraîné qu'il fut par sa fille presque avant d'avoir pris possession du monde de la liberté. Flora se maîtrisait bien. Ils firent un bout de chemin rapidement. Flora avait laissé le fiacre à un coin de rue — à plusieurs rues de distance, autant que je sache. De Barral était nerveux, hors d'haleine, lorsqu'elle l'aida à y monter et l'y suivit. À l'intérieur de cette boîte roulante, en se tournant vers cette présence recouvrée, le cœur trop plein pour parler, elle sentit l'envie de pleurer, qu'elle avait réussi à réprimer, l'abandonner brusquement; son exultation mi-lugubre, mi-triomphante, s'apaiser; toutes les fibres de son corps relâchées par la tendresse se raidir, en posant sur le visage de son père un regard attentif. En réalité, il n'était plus le même. Il y avait quelque chose. Oui, il y avait quelque chose entre eux, quelque chose de dur et d'impalpable, le spectre de ces hauts murs.

« Comme il était vieux! Comme il avait changé!

« Elle secoua cette impression, qui, bien sûr, l'étonnait et l'effrayait. Et qui lui inspirait du remords. Naturellement. Elle jeta ses bras autour du cou de l'autre. Il lui rendit gauchement cette caresse en une étreinte hésitante et maladroite, comme s'il n'était pas parfaitement maître des mouvements de ses bras. Elle cacha son visage sur la poitrine de son père. On eût dit qu'elle le pressait contre une pierre. Ils s'écartèrent l'un de l'autre et le fiacre roulait bientôt au petit trot vers les docks, ces deux êtres assis dans des coins opposés, aussi éloignés l'un de l'autre qu'ils le pouvaient.

« Après un silence passé à s'examiner mutuellement, il prononça sa première phrase cohérente depuis qu'il avait quitté la prison.

« “ Ce qui m'a coulé, c'est l'envie. L'envie. Ils étaient une foule qui crevaient d'envie chaque fois qu'ils regardaient de mon côté. Je réussissais trop bien. Alors, ils sont allés trouver le ministère public... "

« Elle dit précipitamment : " Oui! Oui! Je le sais ", et il lui lança un regard furieux, comme s'il en voulait à l'enfant de s'être muée en jeune femme sans attendre sa libération. " Que sais-tu de cette affaire? demanda-t-il. Tu étais trop jeune. " Il parlait d'une voix douce. C'était sa voix, la voix d'autrefois! Elle en frémit. Elle en reconnaissait la douceur vague, toujours la même quoi qu'il dît. Et elle se rappela qu'il n'avait jamais grand-chose à lui dire, quand il venait de Londres pour la voir. C'était elle qui bavardait, bavardait, pendant leurs promenades, tandis que lui, raide, le cou rigide, lâchait de temps en temps une parole, d'un ton doux.

« Émue par ces souvenirs qui s'éveillaient en elle, elle lui expliqua que, depuis un an, elle avait lu et étudié le compte rendu du procès.

« " J'ai examiné les collections de plusieurs journaux, papa. "

« Il la regarda, soupçonneux. Les comptes rendus étaient probablement très incomplets. Les journaux avaient sans doute mutilé son témoignage. Ils étaient décidés à ne lui laisser aucune chance, tant devant le tribunal que devant l'opinion publique. C'était une conspiration... " Et puis, mon avocat était un imbécile, ajouta-t-il. L'as-tu remarqué? Un fieffé imbécile. "

« Elle posa la main sur son bras, pour le calmer. " Est-ce la peine de parler de cette affreuse époque? C'est si loin maintenant. " Elle frissonna légèrement en pensant à toutes les années horribles qui avaient passé au-dessus de sa jeune tête, sans du tout deviner que, pour lui, ce temps-là n'était que la veille. Il se croisa les bras sur la poitrine, se cala dans son coin et courba la tête. Mais, au bout d'un moment, il la fit sursauter en demandant brusquement :

« " Qui s'est emparé du chemin de fer de Lone Valley? C'est surtout ça qui les intéressait. Quelqu'un l'a eu. Parfitts & C° ont mis la main dessus – hein? Ou est-ce cet individu, Warner...

« – Je... Je n'en sais rien, dit-elle, absolument effrayée par les crispations des lèvres de son père.

« – Tu n'en sais rien! " s'exclama-t-il doucement. Son cousin ne lui avait-il rien dit? Oh, oui. Elle avait quitté la famille – bien sûr. Pourquoi? C'était la première question qu'il lui posait sur elle-même, mais elle n'y répondit pas. Elle ne voulait pas parler de ces horreurs. Il était impossible de les décrire. Elle vit cependant qu'il n'avait pas attendu de réponse, car elle l'entendit marmonner pour lui-même qu' " il y avait là pour un demi-million de livres de travaux terminés et de matériel accumulé ".

« " Il ne faut pas y penser, papa ", dit-elle fermement. Il lui demanda, avec la même invariable douceur, où elle avait maintenant l'impression de distinguer des nuances assez déplaisantes, à quoi d'autre il pouvait penser. Encore un an ou deux, si on l'avait laissé tranquille, et lui et tous les autres s'en seraient tirés; ils auraient roulé sur l'or; et elle, sa fille, aurait pu épouser n'importe qui — oui. Un lord.

« Tout cela lui semblait dater de la veille, d'une longue veille, d'une veille qu'il avait ressassée d'innombrables fois, qu'il avait analysée, sur laquelle il avait médité, pendant des années. Elle avait, pour ce vieillard, une vivacité, une force, dont sa fille, qui n'avait pas été exclue du monde, ne pouvait avoir aucune idée. Flora était pour lui le seul être vivant surgi de ce passé, et c'est peut-être en toute bonne foi qu'il ajouta, d'un ton froid, sans expression, les lèvres pincées : "Je puis dire que je n'ai vécu que pour toi. Je suppose que tu le comprends. Il n'y avait que toi et moi. "

« Émue par cette déclaration, étonnée qu'elle ne lui réchauffât pas le cœur davantage, elle murmura quelques paroles affectueuses, tout en pensant surtout que le moment était venu de l'informer de la situation. Elle s'était attendue à des questions inquiètes la concernant — et, tout en les désirant, elle craignait les réponses qu'il lui faudrait faire. Mais son père semblait montrer un manque de curiosité étrange, anormal. Il semblait qu'il n'y aurait pas de question. Pourtant, les paroles du vieillard fournissaient une entrée en matière. Il semblait que ce fût pour elle le moment de commencer. Et elle commença par dire qu'elle avait toujours partagé ces sentiments. Ils étaient deux à vivre l'un pour l'autre. Et si seulement il savait ce qu'elle avait enduré !

« Rencogné dans un angle, les bras croisés, De Barral regardait fixement la rue par la portière du fiacre. Comme il avait peu changé, somme toute. C'était l'expression impassible, l'œil fixe et sans éclat qu'elle voyait sur l'Esplanade chaque fois que, marchant à côté de lui, la main dans la main, elle levait les yeux vers son visage — tout en bavardant sans fin. C'était la même forme raide, silencieuse, qui, sur un mot d'elle, se détournait tout d'une pièce, entrait dans une boutique et lui achetait tout ce qu'il lui prenait fantaisie de souhaiter posséder. La voix de Flora De Barral se fit hésitante. Son père posa sur elle ce regard qu'elle se rappelait bien, où, enfant, elle n'avait jamais rien lu d'autre que la conscience de son existence. Et cela suffisait à une enfant qui n'avait jamais connu de démonstrations d'affection. Mais sa vie avait tellement été privée de tout sentiment que cela ne lui suffisait plus. À quoi bon lui conter toutes ces souffrances qui appartenaient maintenant à un passé révolu, toutes ces difficultés, toutes ces humiliations effarantes ? Ce qu'il fallait absolument lui conter était bien assez difficile à dire. Elle aborda le sujet en faisant observer gaiement :

« " Tu ne m'as même pas demandé où je te mène. "

« Il sursauta, comme un somnambule brusquement éveillé, et il y eut alors dans son regard fixe une expression significative, une sorte de spéculation inquiète. Il ouvrit lentement la bouche. Flora lança avec une gaieté forcée : " Tu ne devinerais jamais. "

« Il attendit, encore plus surpris et soupçonneux. " Deviner ! Pourquoi ne me le dis-tu pas ? "

« Il décroisa les bras et se pencha en avant, vers elle. Elle lui prit une main. " Il faut d'abord que tu saches... " Elle s'arrêta, fit un effort : " Je suis mariée, papa. "

« Ils restèrent un moment sans mot dire, dans ce fiacre qui continuait à rouler au petit trot régulier du cheval, dans une rue de la ville étroite et pleine d'animation. Quoi qu'elle attendît, elle ne s'attendait pas à le sentir retirer brusquement la main qu'elle serrait, comme pour éviter d'être brûlé ou contaminé. De Barral, qui venait d'échapper à la stagnation torturante de la prison (où rien n'arrive), ne s'était pas attendu à une nouvelle de ce genre. Elle semblait lui rester dans la gorge. D'une voix basse, étranglée, il s'écria, " Toi — mariée ? Toi, Flora ? Quand ? Mariée ! Pourquoi ? À qui ? Mariée ! "

« Ses yeux, bleus comme ceux de sa fille, mais sans éclat ni profondeur, semblaient sortir de leurs orbites. Il avait vraiment l'air d'étouffer. Il porta même la main à son col... »

« Vous savez », poursuivit Marlow, dans l'ombre de la bibliothèque et presque invisible tout au fond du fauteuil, « la seule fois où j'avais vu De Barral, il m'avait fait l'impression d'être absolument rigide, comme s'il avait avalé un tisonnier. Mais il pouvait, semble-t-il, s'effondrer. Je puis à peine me représenter cet événement. Je crois comprendre que, jusqu'à un certain point, il s'effondra effectivement dans son coin du fiacre. L'inattendu l'avait complètement écrasé. Flora le regarda, perplexe, apitoyée, un peu déçue, et lui adressa un grave signe de tête : Oui. Mariée. Ce qui lui déplut, ce fut de le voir sourire d'une façon loin d'être encourageante pour la piété filiale d'un enfant. Ce sourire avait, malgré lui, quelque chose de sauvage. Le vieux De Barral n'était pas encore tout à fait maître de ses muscles. Mais il avait recouvré la maîtrise de sa voix douce.

« " Tu disais à l'instant que nous étions là tout seuls, toi et moi, dans ce vaste monde, pour rester fidèles l'un à l'autre ".

« Elle avait vaguement conscience de la virulence que recelait cette voix basse et douce, ces paroles porteuses d'un poignant appel. Elle se défendit. Jamais, au grand jamais, pas un seul instant, elle n'avait cessé de penser à lui. Lui non plus n'avait jamais cessé de penser à elle, dit-il, accentuant sa phrase le plus sinistrement qu'il pouvait.

« " Mais, papa, s'écria-t-elle, je n'ai pas été enfermée comme toi. " Elle ne craignait pas de parler de l'emprisonnement, puisqu'il était innocent. On ne l'avait pas compris. C'était le plus cruel des malheurs, mais ce n'était pas plus déshonorant qu'une maladie, une mutilation accidentelle, ou quelque autre coup du destin aveugle. " Je regrette de ne pas avoir été emprisonnée, moi aussi. Mais j'étais seule au monde, dans ce monde horrible, ce monde même qui t'avait si mal traité.

« — Et tu ne pouvais pas y vivre sans trouver quelqu'un pour en tomber amoureuse? " dit-il. Une fureur jalouse, surgie de quelques secrètes profondeurs de son être si longtemps sevré de toute émotion, lui troublait le cerveau, comme les fumées du vin. Les creux, aux coins de ses lèvres, étaient accusés par la rondeur de ses joues gonflées. Les images, les visions, obsèdent avec une force particulière les hommes soustraits aux spectacles et aux bruits de la vie active. " Et moi qui n'ai rien fait d'autre que de penser à toi! " s'exclama-t-il à mi-voix, avec mépris. " Penser à toi! Tu m'as hanté, te dis-je. "

« Flora se dit que c'était là un être qui l'aimait. " Alors nous nous sommes hantés l'un l'autre ", déclara-t-elle, transpercée par le remords. Car, en vérité, il l'avait hantée au point qu'elle avait failli quitter ce monde, l'abandonner de façon définitive, irrémédiable. " Un jour, je te raconterai...

Non. Je ne crois pas pouvoir jamais te le raconter. Il fut un temps où j'étais folle. Mais à quoi bon? Tout cela est fini, maintenant. Nous l'oublierons. Il n'y aura rien pour nous le rappeler. "

« De Barral haussa les épaules.

« " Je crois que c'était de la folie que de te lier à... Depuis combien de temps es-tu mariée? "

« Elle répondit : " Depuis peu de temps ", et ce fut la seule réponse qu'elle osa faire. Tout était si différent de ce qu'elle avait imaginé. Il voulait savoir pourquoi elle n'en avait rien dit dans aucune de ses lettres; dans sa dernière lettre. Elle dit :

« " Cela s'est passé après.

« – Si récemment que cela, dit-il étonné. Ne pouvais-tu attendre au moins ma libération. Tu aurais pu m'en parler; me poser la question; me consulter! Voyons... "

« Elle fit de la tête un signe de dénégation. Et il fut atterré. Il se dit : " Qui peut-il bien être? Quelque misérable et stupide jeune sans-le-sou. Ou, peut-être quelque crapule. " Sans faire aucun mouvement révélateur, il se tordit les mains, qu'il avait jointes sans les serrer, au point d'en faire craquer les articulations. Il la regarda. Elle était jolie. Quelque vulgaire crapule, qui va l'abandonner. Quelque vagabond beau parleur... " Tu ne pouvais pas attendre – hein? "

« Elle fit encore un léger signe de dénégation.

« " Pourquoi pas? Pourquoi cette précipitation? " Elle baissa les yeux. " Il le fallait. Oui. C'est arrivé brusquement, mais il le fallait. "

« Il se pencha vers elle, la bouche ouverte, les yeux furieux de vertueuse colère, mais, devant la sincérité absolue du regard qu'elle levait vers lui, il se rejeta dans son coin.

« " Vous étiez donc terriblement amoureux l'un de l'autre – était-ce la raison? Il ne pouvait pas laisser une fille entièrement à son père, même pour une journée, après... après pareille séparation. Et tu sais que je n'ai jamais eu personne, que je n'avais pas d'amis. Qu'avais-je à faire de ces gens qu'on rencontre dans la Cité. Les meilleurs sont prêts à vous couper la gorge. Oui! Des hommes d'affaires, de beaux messieurs, n'importe quelle espèce d'hommes et de femmes – par méchanceté, ou pour en tirer quelque chose. Oh, oui, ils peuvent vous tenir de bien beaux discours, s'ils pensent qu'il y a quelque chose à tirer de vous... " Sa voix n'était qu'un souffle, et pourtant, chaque parole parvenait aussi distinctement à Flora que si elle avait été chargée de toute la puissance émotive de la passion... " Ma petite, je les regardais me faire leur cour et je me disais : Que m'importe tout cela! Je suis un homme d'affaires. Je suis le grand M. De Barral (oui, oui, le mot en faisait grimacer certains, mais j'étais le grand M. De Barral) et j'ai ma petite fille. Je n'avais besoin de personne et je n'ai jamais eu personne. "

« Une émotion sincère avait descellé ses lèvres, mais les paroles qui en sortaient ne faisaient pas plus de bruit que le murmure d'un vent léger. Ce vent tomba.

« " C'est justement pour cela ", dit Flora De Barral, à mi-voix. Sans la quitter des yeux, il enleva son chapeau. C'était un haut-de-forme. Le chapeau du procès. Le chapeau des croquis des illustrés. On sort avec les mêmes vêtements, mais l'isolement compte! Il est bien connu que des visions sinistres hantent les solitaires — moines, ermites — alors, pourquoi pas les prisonniers? Le forçat De Barral enleva le haut-de-forme du financier De Barral et le posa sur le siège avant du fiacre. Puis il gonfla ses joues. Il avait le visage rouge.

« " Que se passe-t-il alors? " reprit-il de sa voix retenue. " Me voici, abattu, brisé par l'envie, la méchanceté et toute espèce d'inhumanité. Je suis libéré — et qu'est-ce que je trouve? Je trouve que ma petite Flora est allée épouser un homme quelconque, un imbécile peut-être, qu'en sais-je; ou peut-être, en tout cas, quelqu'un qui n'est pas à la hauteur.

« — Arrête, papa.

« — Une sotte amourette, fort probablement ", poursuivit-il d'une voix monotone, tordant ses lèvres minces entre les coins creusés de sa bouche, à l'aspect inquiétant. " Et, de plus, une démarche fort suspecte, de la part d'une fille affectueuse. "

« Elle essaya de l'interrompre, mais il poursuivit jusqu'au moment où elle lui ferma bel et bien la bouche avec la main. Il roula un peu les yeux, mais, quand elle retira sa main, il se tint coi.

« " Attends. Il faut que je te dise... Et surtout, papa, comprends ceci, car c'est l'essentiel : c'est l'homme le plus généreux du monde. C'est... "

« De Barral, parfaitement immobile dans son coin, dit avec effort :

« " Tu l'aimes.

« — Papa! Il est venu à moi. Je pensais à toi. Je n'avais d'yeux pour personne. Je ne pouvais plus supporter de penser à toi. C'est alors qu'il est venu. À ce moment-là seulement. À l'instant où... où j'allais renoncer. »

« Elle plongea son regard dans les yeux bleus sans éclat de son père, comme poussée par le désir d'être comprise, de recevoir encouragement et paix... un mot de sympathie. Il déclara, sans émotion apparente :

« " Je voudrais lui rompre le cou. "

« Elle s'exclama en son for intérieur, comme font les gens accablés : " Oh, mon Dieu ! " et l'observa d'un œil apeuré. Mais il n'avait pas l'air fou ou, en aucune autre façon, terrifiant. Cela la réconforta. Le silence dura quelques instants. Puis, il demanda brusquement :

« " Comment t'appelles-tu donc ? "

« Un instant, profondément troublée par la tâche qui l'attendait, elle ne comprit pas le sens de la question. Puis, le visage légèrement empourpré, elle murmura : " Anthony. "

« Son père, les joues marquées de deux taches rouges, appuya avec lassitude la tête dans le coin du fiacre.

« " Anthony. Que fait-il. D'où sort-il ?

« — Papa, c'était à la campagne, sur une route... "

« Il gémit, " Sur une route, " et ferma les yeux.

« " Ce serait trop long à t'expliquer maintenant. Nous aurons tout le temps. Il y a des choses qu'il me serait impossible de te dire maintenant. Mais un jour. Un jour. Car maintenant rien ne peut nous séparer. Rien. Nous sommes en sûreté pour la vie — rien ne peut s'interposer entre nous.

« — Tu es entichée de cet individu ", fit-il observer sans ouvrir les yeux. Et elle dit à voix basse : " J'ai foi en lui. Toi et moi, nous devons avoir foi en lui.

« — Qui diable est-il ?

« — C'est le frère de la dame — tu sais, de Mme Fyne, elle connaissait maman —, de la dame qui a été si bonne pour moi. J'étais à la campagne, dans une villa, chez M. et Mme Fyne. C'est là que nous avons fait connaissance. Il est venu passer quelque temps. Il m'a remarquée. Je... enfin... nous sommes mariés maintenant. "

« Flora rendit grâces au ciel que son père eût les yeux fermés. Cela facilitait la tâche pour parler de l'avenir qu'elle avait organisé et qu'il était maintenant impossible de modifier. Elle ne s'engagea pas sur la voie des confidences. Elle ne le pouvait pas. Elle sentait qu'il ne la comprendrait pas. Elle sentait aussi qu'il souffrait. De temps à autre, une profonde anxiété lui poignait le cœur, accompagnée d'un mystérieux sentiment de culpabilité — comme si elle avait livré son père aux mains d'un ennemi. Les yeux fermés, il avait l'air plongé dans une pieuse et lasse méditation. Cela effrayait un peu Flora. L'instant d'après, elle avait le cœur rempli d'une profonde pitié pour lui. Et à l'arrière-plan était le remords. De temps en temps, le visage de De Barral était agité de frémissements à peine perceptibles. Il réussit à garder les paupières abaissées jusqu'au moment où il apprit que le " mari " était marin et qu'on le menait, lui, le père, tout droit à bord du navire prêt à quitter ce monde abominable de traîtrises et de mépris, d'envies et de mensonges, pour aller voguer loin, très loin, sur la mer bleue, refuge vaste, sûr, inaccessible et inviolé, des âmes blessées.

« C'était à peu près cela. Peut-être pas mot pour mot, mais c'était le sens général de l'argument irrésistible de Flora... l'argument du refuge.

« Je ne crois pas qu'elle ait du tout envisagé les conditions matérielles. Mais, comme élément de cet argument qu'elle exposa sans reprendre haleine, comme si elle craignait de ne jamais pouvoir en retrouver le fil si elle s'arrêtait un instant, elle mentionna la tempête de générosité qui, venue de la mer jusqu'à elle, l'avait retenue au bord d'un échec indicible, l'avait emportée avec violence dès sa première et ardente rafale, et à laquelle on pouvait maintenant faire confiance, une confiance absolue, pour qu'elle les conduise tous deux, côte à côte, jusqu'à la parfaite sécurité.

« Elle le croyait, elle l'affirmait. Il finit par bien comprendre, et aussitôt l'intérieur du fiacre, qui présentait aux yeux des gens placés sur les trottoirs un aspect si paisible, devint le théâtre d'une violente agitation. La générosité de Roderick Anthony — le fils du poète — affecta l'ex-financier De Barral d'une façon qui dut faire toucher du doigt à Flora De Barral l'extrême difficulté de la condition féminine. Être femme est un métier terriblement ardu, puisqu'il consiste essentiellement à entretenir des rapports avec les hommes. Cet homme — l'homme qui se trouvait à l'intérieur du fiacre, se défit de sa raide placidité et se conduisit en animal. Je n'entends pas cette expression dans un sens offensant. Ce qu'il fit fut de céder à une panique instinctive. Tel qu'une créature sauvage terrifiée par le premier contact d'un filet qui lui tombe sur le dos, le vieux De Barral, maigre et anguleux, se mit à se débattre, frappant l'air vide — dans la mesure où il y en avait dans le fiacre — les yeux exorbités, la bouche haletante, si bien que sa fille se déroba autant qu'elle le pouvait dans cet espace restreint.

« " Arrête le fiacre. Arrête le cocher, te dis-je. Laisse-moi descendre! " Telles furent les exclamations étranglées qu'elle entendit. Pourquoi? Dans quel but? Pour quoi faire? Il ne voulait rien entendre. Elle lui cria : " Papa! Papa! Que veux-tu faire? " Et la seule réponse qu'elle tira de lui fut : " Arrête. Il faut que je descende. J'ai besoin de réfléchir. Il faut que je descende pour réfléchir. "

« Ce fut une bénédiction qu'il n'essayât pas d'ouvrir la portière immédiatement. Il se contenta de passer la tête et les épaules par la fenêtre et d'interpeller le cocher à grands cris. Elle vit les conséquences, le fiacre qui s'arrêtait, une foule qui se rassemblait autour d'un vieux monsieur délirant... Dans cette condition terrible qui est celle des femmes, si pleine de nuances subtiles, de problèmes délicats (et de récompenses très minces), on ne peut jamais savoir quelle rude tâche on peut avoir à accomplir à tout moment. Sans hésiter, Flora saisit son père à bras-le-corps et tira — étonnée de l'aisance avec laquelle elle réussit à le faire retomber sur son siège. Elle l'y maintint résolument en appuyant d'une main sur sa poitrine et, en se penchant par-dessus son corps, elle passa à son tour la tête et les épaules par la fenêtre. Le fiacre s'était alors rangé le long du trottoir et était immobilisé. " Non. J'ai changé d'avis. Continuez, s'il vous plaît; allez où l'on vous a dit en premier lieu. Aux docks. "

« Elle s'étonna de la fermeté de sa propre voix. Elle entendit le cocher grogner et le fiacre se remit à rouler. À ce moment-là seulement, elle se laissa tomber sur son siège, tout en surveillant d'un œil vigilant son compagnon. Il n'était guère davantage pour elle, désormais. Exception faite des souvenirs d'enfance, il n'était pour elle qu'un homme. Presque un inconnu. Comment s'y prendre avec lui? Et il y avait aussi l'autre. Presque un inconnu, lui aussi. Le métier de femme était très difficile. Trop difficile. Flora ferma les yeux, en se disant : " Si j'y réfléchis trop, je deviendrai folle. " Puis, les ouvrant, elle demanda à son père si la perspective de vivre pour toujours avec sa fille et d'être soigné par elle avec affection, loin d'un monde incapable de traiter avec honneur ses cheveux gris, était tellement affreuse.

« " Dis-moi, est-ce si détestable? "

« Elle posa la question tristement, sans amertume. Le fameux — ou le trop fameux — De Barral avait alors perdu sa raideur. Il était courbé. Rien n'est plus déplorablement inutile qu'un tisonnier courbé. Il ne dit rien. Elle ajouta doucement, retenant un soupir embarrassé, chargé de remords :

« " Et ç'aurait pu être pis. Tu aurais pu ne trouver personne, personne dans toute cette ville, personne dans le monde entier, pas même moi ! Pauvre papa ! "

« Poussée par le remords, elle fit un mouvement vers lui, tout en pensant : " Oh ! Je suis odieuse ! Je suis odieuse ! " Et le vieux De Barral, terrifié, fatigué, effaré par les chocs extraordinaires de sa libération, vacilla vers elle et appuya franchement la tête sur son épaule, comme s'il s'affligeait de sa liberté recouvrée.

« Ce mouvement était en lui-même touchant. Flora, tout en le soutenant légèrement, s'imagina que son père pleurait ; et, à la pensée que, si elle avait broyé dans une carrière cette épaule avec plusieurs autres de ses os, cette pitoyable tête grise n'aurait eu nulle part où reposer, elle s'abandonna à son tour aux larmes. Celles-ci coulèrent paisiblement, soulageant ses nerfs tendus à l'excès. Soudain, il la repoussa, si bien que la tête de Flora heurta la paroi du fiacre, tandis qu'il s'éloignait d'elle du même coup, comme si quelque chose l'avait piqué.

« L'émotion de Flora perdit toute chaleur. Ses toutes dernières larmes se refroidirent sur sa joue. Mais leur effet était atteint. Elle avait puisé courage et résolution, en femme qu'elle était, dans une bonne crise de larmes. Couvrant de la main la partie supérieure de son visage pour dissimuler ses yeux ou pour masquer un spectacle insoutenable, De Barral se raidissait dans son coin, retrouvait sa rigidité habituelle de bout de bois. Elle le regarda en silence. Les lèvres minces, obstinées, du vieillard bougeaient. Il prononça le nom du cousin — de l'homme qui, vous vous en souvenez, jugeait sévèrement les Fyne, et que le petit Fyne soupçonnait, à tort ou à raison, d'avoir des mobiles intéressés, dans l'idée que De Barral avait peut-être mis quelque part à l'abri une portion de son butin avant la catastrophe.

« Autant vous dire tout de suite que je ne sais rien de plus à son sujet. Mais De Barral, parlant de sa voix sourde à l'abri de sa main, exprima l'avis que ce parent eût été trop heureux de s'assurer ses conseils.

« " Naturellement, je ne pourrais pas me mettre en avant en personne ou sous mon propre nom. Mais les conseils d'un homme de mon expérience valent une fortune pour quiconque désire se risquer dans la finance. Il eſt possible de renouveler le même genre d'opérations. »

« Il remua un peu les pieds, laissa retomber sa main; et, tournant avec précaution vers sa fille ses joues rondes et bouffies, son menton rond appuyé sur son col, il posa sur elle le regard fané et vindicatif de ses yeux pâles, maintenant humides.

« " Au début, ce n'eſt vraiment qu'une queſtion de publicité judicieuse. C'eſt sans difficulté. Et une fois lancé on... "

« Il détourna le visage. " Après tout, je suis toujours De Barral, le grand De Barral. L'as-tu oublié?

« – Papa, dit Flora, écoute. C'eſt toi qui ne dois pas oublier qu'il n'y a plus de De Barral. " Il lui lança un regard oblique et inquiet. " Il y a M. Smith, qu'aucun mal, aucun tracas, aucun mensonge cruel lancé par des gens malfaisants ne pourra jamais atteindre.

« – M. Smith, souffla-t-il lentement. D'où sort-il? Il n'y a même pas de Mlle Smith.

« – Il y a ta Flora.

« – Ma Flora! Toi qui as... Je ne puis en souffrir la pensée. C'eſt affreux.

« – Oui. Ce fut assez affreux quelquefois ", dit-elle avec conviction, car, en quelque sorte, myſtérieusement, les paroles de cet homme éveillaient en elle un écho, comme si elles exprimaient sa propre pensée enrobée d'un énigmatique émoi. " Je pense parfois avec honte que je... Non, pas encore. Je ne te le dirai pas. Du moins pas maintenant. "

« Le fiacre s'engagea sous la voûte d'entrée du bassin. Flora tendit le haut-de-forme à son père. " Tiens, papa. Et, je t'en prie, sois raisonnable. Je suppose que tu m'aimes. Si tu ne m'aimes pas, alors je me demande qui... "

« Il mit le chapeau, se fit tout raide dans son coin et continua à regarder obliquement sa fille. " Essaie d'être gentil, pour moi. Pense aux années pendant lesquelles je t'ai attendu. J'ai vraiment besoin d'un appui... et de paix. D'un peu de paix. "

« Elle lui saisit soudain des deux mains le bras, qu'elle serra de toutes ses forces, comme pour écraser la réſiſtance qu'elle sentait en lui. " Je ne pourrais connaître la paix, si je ne t'avais pas avec moi. Je ne te laisserai pas partir. Pas après tout ce que j'ai subi. Certes non. " L'énergie nerveuse de son étreinte effraya un peu son père. Elle se mit soudain à rire. " C'eſt absurde. On dirait que je te demande un sacrifice.

Qu'ai-je à redouter ? Ou pourrais-tu aller ? Je veux dire maintenant, aujourd'hui, ce soir ? Tu ne peux pas me le dire. Y astu songé ? Et bien, il y a un an que j'y songe. Davantage. J'ai failli devenir folle à esayer de trouver la réponse. Je crois avoir été folle un certain temps, sinon je n'aurais jamais songé... " »

« Jamais elle ne frôla l'aveu de plus près », fit observer Marlow, changeant de ton. « Je veux dire l'aveu de cette promenade jusqu'au sommet de la carrière, qu'elle se reprochait si amèrement. Et De Barral s'en fit l'idée que son imagination lui suggéra. Il n'était pas possible que ce fût une idée juste. Le fiacre s'arrêta à côté du navire et ils descendirent de la façon décrite par le sensible Franklin. Je ne sais pas si chacun eut des doutes sur la santé mentale de l'autre, à la fin de cette course. Mais c'est possible. Nous paraissons tous un peu fous aux autres — excellent système pour permettre à la masse de l'humanité de trouver là une raison facile de pardonner. Flora traversa le gaillard d'arrière avec une rapidité née de l'inquiétude. C'était devenu insupportable. Elle voulait en finir avec cette affaire. Elle rendit grâces au ciel, lorsqu'elle constata, en se retournant, qu'il la suivait. " S'il se sauve, pensa-t-elle, alors je saurai que je ne compte vraiment pour rien ! Que personne ne m'aime, que les paroles, les actes, les protestations et tout ce qu'il y a au monde, sont trompeurs... et je sauterai dans le bassin. Lui, au moins, ne mentira pas. "

« Eh bien, je n'en suis pas sûr. Si elle en était arrivée là, il est très probable qu'elle aurait été repêchée, vu sa malchance naturelle et le nombre de gens qui se trouvaient sur le quai et à bord. Et juste à l'endroit où le *Ferndale* était mouillé (je connais ce poste de mouillage), étaient suspendus à un mur un rouleau de cordage, une perche et une bouée de sauvetage destinés à sauver les gens qui tombent dans le bassin. Il n'est pas aussi facile qu'elle le croyait d'échapper aux trahisons de la vie. Quoi qu'il en soit, les choses n'en vinrent pas là. De Barral la suivit de son pas rapide et glissant. M. Smith ! Le forçat libéré De Barral quitta pour la dernière fois la terre ferme, s'évanouit à jamais et M. Smith vint grossir ce monde marin qui abrite tant d'étranges créatures. Un vieux monsieur en haut-de-forme de soie, qui lançait des coups d'œils circonspects. Il suivit sa fille, parce que la simple existence a ses exigences auxquelles on obéit machinalement. Je ne doute pas qu'il eût l'air respectable. Mais il portait au cœur la douleur confuse de la consternation et de l'affection, de la répulsion et de la pitié involontaires. Il était en cela fort semblable à sa fille. Mais il était, en outre, furieusement jaloux de l'homme qu'il allait voir.

« Tout amour — même l'amour paternel — conserve un résidu d'égoïsme. Et, dans la solitude de sa prison, cet homme, à force de réfléchir, avait conçu à l'égard du seul être humain auquel il pût penser un sentiment de propriété qui peut fort bien être inconcevable pour nous, qui n'avons pas eu à purger une peine longue (et odieusement injuste). Flora était littéralement le seul être, le point unique où sa pensée avait, des années durant, trouvé le repos. Elle avait été la seule issue pour son imagination. Assurément, cette qualité n'était pas, chez lui, très développée, mais elle avait la force due à la concentration. Il était scandalisé — et c'était peut-être absurde de sa part, mais je risque l'hypothèse que l'absurdité tenait à la force et non à la nature de ses sentiments. À mon avis, aucun père ordinaire, normal, n'aime se séparer de sa fille. Non. Même quand il apprécie rationnellement " d'être débarrassé de Jeanne " ou, peut-être, s'il peut exulter devant un excellent mariage. Au fond, tout au fond, dans les ténèbres, on peut trouver (dans certains cas, seulement en creusant) une certaine répugnance... Chez les mères, il en va, naturellement, tout autrement. Les femmes sont plus loyales, non pas entre elles mais envers leur commune féminité, dont elles contemplent le triomphe avec une secrète et orgueilleuse satisfaction.

« Les circonstances de ce mariage ajoutaient à l'indignation de M. Smith. Et, s'il suivit sa fille dans la cabine de ce bateau, ce fut comme s'il entrait dans une maison d'infamie et seulement parce qu'il était encore effaré par la soudaineté de l'événement. Sa volonté, si longtemps demeurée en jachère, fut dominée par la détermination de sa fille et par une vague crainte de cette liberté retrouvée.

« Vous serez heureux d'apprendre que si Anthony s'était effectivement abstenu d'accueillir son beau-père sur le quai, il se conduisit admirablement, avec la simplicité d'un homme qui ignore les petites mesquineries et ne fait aucune réserve mesquine. Ses yeux ne flanchèrent pas, sa langue n'hésita pas. Il fut — je le tiens de la source la plus sûre — admirable de sérieux, de sincérité et aussi de retenue. Il fut parfait. Néanmoins, la vitalité de cette personnalité inconnue qui s'adressait à lui si familièrement suffit à troubler M. Smith. Flora vit son père trembler de toute sa hauteur restreinte, bien qu'il se tînt plus raide que jamais, si c'était possible. Il marmonna un peu et finit par réussir à articuler non pas, naturellement, à haute voix, mais très distinctement : " Je suis ici à mon corps défendant ", les coins de la bouche abaissés avec mépris, l'œil fixe. "Je suis ici à mon corps défendant. J'ai été emprisonné à la suite d'une cabale. Je... "

« Il porta les mains à son front — son haut-de-forme était sur la table, posé à l'envers; il l'y avait placé avec un geste de désespoir en entrant — il porta les mains à son front. " Cela me semble injuste. Je... " Il s'interrompit de nouveau. Anthony regarda Flora, qui se tenait aux côtés de son père. " Eh bien, monsieur, vous vous ferez bientôt à moi. Je suis sûr que vous avez dû, elle et vous, pratiquer suffisamment les terriens et leurs sacrées façons ni chair ni poisson pour en avoir l'un et l'autre assez jusqu'à la fin de vos jours. Ils sont de surcroît particulièrement charitables. Demandez à Flora. Je fais allusion à ma propre sœur, sa merveilleuse amie, et qui n'est pas non plus une méchante femme, comparée aux autres. "

« Le capitaine du *Ferndale* s'interrompit. " C'est une chance que je me sois trouvé là pour intervenir. Je veux que vous soyez ici chez vous, et, avant longtemps... "

« L'œil immobile et pâle du Grand De Barral réduisit Anthony au silence par sa fixité dépourvue d'expression. Anthony indiqua du regard à Flora la porte de la cabine principale spécialement aménagée pour recevoir M. Smith, l'homme libre. Elle prit sur la table le chapeau de l'homme libre et glissa tendrement son bras sous celui de son père. " Oui! Tu es ici chez toi. Viens voir ta chambre, papa! "

« Anthony ouvrit lui-même la porte d'un geste vigoureux et Flora prit soin de la refermer derrière elle et son père. " Regarde ", commença-t-elle, mais elle s'interrompit, car il était évident que De Barral se refusait à regarder aucun des aménagements destinés à son bien-être. Elle-même les avait à peine vus auparavant. Lui ne regardait que le tapis neuf et elle attendit qu'il levât les yeux.

« Il n'en fit rien, mais parla de sa voix habituelle. " C'est donc là ton mari, ce... Et me voilà bouclé!

« — Papa, à quoi bon revenir sans cesse là-dessus? " dit-elle sur un ton de reproche sans hausser la voix plus que lui. " C'est un homme bon.

« — Et tu l'as donc... épousé afin qu'il soit bon pour moi.

C'est bien cela? Comment savais-tu si je voulais que quiconque fût bon pour moi?

« – Comme tu es bizarre! dit-elle, pensive.

« – Il est difficile à un homme qui a subi ce que j'ai subi d'éprouver les mêmes sentiments que les autres. L'idée t'en est-elle venue?... " Il leva enfin les yeux... " Madame Anthony, je ne puis souffrir la vue de cet individu. " Elle soutint son regard sans broncher et il ajouta : " Tu vas vouloir aller le retrouver maintenant. " La douceur de son comportement machinal semblait l'effet d'une extraordinaire maîtrise de soi, et pourtant elle se le rappelait toujours ainsi. Elle sentit tout son corps se glacer.

« " Mais naturellement, je dois aller le retrouver ", dit-elle en tressaillant légèrement.

« Il lui répondit par un grincement de dents et elle sortit.

« Anthony n'avait pas changé de place. L'une de ses mains était posée sur la table. Elle alla vers lui, puis, lentement, se rapprocha encore. " Merci, Roderick.

« – Inutile de me remercier, murmura-t-il. C'est moi qui...

« – Oui, c'est peut-être inutile. Vous faites ce qui vous plaît. Mais vous le faites bien. "

« Il poussa alors un soupir à peine plus fort qu'un murmure, car ils étaient près de la porte de la cabine. " Il est bouleversé, hein? "

« Elle ne fit pas le moindre signe, n'émit pas le moindre son. La fausseté radicale de la situation les accablait l'un et l'autre. Mais il était le plus brave des deux. " Probablement. Au début. Avez-vous songé à lui dire que vous étiez heureuse?

« – Il ne me l'a nullement demandé ", dit-elle en lui adressant un pâle sourire. Elle était déçue par son calme. " Je n'ai rien dit de plus que ce que j'étais obligée de dire... à propos de moi. " Cet homme commençait à l'irriter un peu. " Je lui ai dit que j'avais eu beaucoup de chance ", dit-elle, soudain abattue, regrettant la manière impérieuse d'Anthony, ce mélange d'arbitraire et de tendresse qu'une fois passé le premier moment de frayeur elle s'était accoutumée à attendre avec une agréable appréhension. Il la contemplait d'un œil passablement inexpressif. Elle n'avait pas enlevé ses vêtements de ville, son chapeau, ses gants. Elle ressemblait à une visiteuse. Et elle fit un mouvement évoquant la fin d'une visite d'affaires assez décevante. " Peut-être ferions-nous bien de redescendre à terre. Il est encore temps. ”

« Il lui laissa apercevoir son moi, libéré de toute contrainte, dans le “ Osez donc ! ” bas et véhément qui monta brusquement à ses lèvres et en sortit avec une inflexion fort menaçante.

« “ Osez donc… Qu'y a-t-il maintenant ? ”

« Ces derniers mots étaient décochés non pas à Flora, mais à quelque cible, derrière son dos. En regardant par-dessus son épaule, Flora vit le crâne dégarni, aux touffes de cheveux noirs, d'un Franklin congestionné et dévoué (il tenait sa casquette à la main), dont les yeux de homard jetaient un regard sentimental depuis l'encadrement de la porte du salon. On l'entendit annoncer de loin, sur le ton de l'innocence blessée, que le maître du port était arrivé et voulait faire entrer le navire dans le bassin avant l'embarquement de l'équipage.

« Son capitaine gronda : “ Qu'il le fasse donc ”, et, d'un geste, congédia l'âme ulcérée et pathétique cachée derrière ces yeux proéminents, qui s'attardèrent sur la femme indésirable, tandis que le second reculait lentement. Anthony se tourna vers Flora.

« “ Il est impossible que vous ayez parlé sérieusement. Personne n'est plus droit que vous.

« — J'essaye de l'être.

« — Alors, ne plaisantez pas de cette façon. Songez à ce qu'il adviendrait de… moi.

« — Oh, oui. J'avais oublié. Non, je ne parlais pas sérieusement. Ce n'était pas une plaisanterie. C'était un oubli. Vous n'auriez pas eu à souffrir. Je n'aurais pas pu partir. Je… je suis trop fatiguée. ”

« Il la vit vaciller sur place et se fit violence pour ne pas la prendre dans ses bras, tremblant de peur de tous ses membres, comme s'il eût été tenté de commettre une trahison sans égale. Il s'effaça et, baissant les yeux, désigna la porte de la cabine arrière. C'est seulement une fois qu'elle fut passée près de lui qu'il les leva ; aussi ne vit-il pas le regard irrité qu'elle lui lança avant de s'éloigner. Il la suivit des yeux. Elle trébucha légèrement avant d'atteindre la porte, qu'elle referma derrière elle avec une violence nerveuse.

« Anthony, qui avait ressenti ce fracas comme si la porte eût été claquée à l'intérieur même de sa poitrine, demeura un instant immobile, puis appela Mme Brown à grands cris. C'était la femme du steward, qu'il avait eu l'heureuse idée d'engager pour assurer le bien-être de Flora. " Madame Brown! Madame Brown! " Elle parut enfin, surgie de quelque part. " Mme Anthony est à bord. Elle vient d'entrer dans la cabine. Pourriez-vous aller voir si vous pouvez lui être utile?

« — Bien, capitaine. "

« Et il se retrouva seul avec la situation qu'il avait créée dans l'audace et l'inexpérience de son cœur. Il pensa qu'il ferait mieux d'aller sur le pont. Il aurait même déjà dû s'y trouver. En tout cas, c'était sa place normale. Mais le bruit de grommellements et de légers coups sourds tout proches retint son attention. Il perçut que cela provenait de la chambre de M. Smith. C'était tout à fait extraordinaire. " Il parle tout seul, pensa-t-il. On dirait qu'il martèle la cloison de ses poings — ou de sa tête. "

« Les yeux d'Anthony s'agrandirent d'étonnement en écoutant ces bruits. Il devint si attentif qu'il ne remarqua pas Mme Brown avant qu'elle ne s'arrêtât effectivement un instant devant lui pour dire :

« " Mme Anthony n'a besoin de rien, capitaine. " »

« Cela se passait, vous le comprenez, pendant la traversée qui précéda l'embarquement de M. Powell (qui était alors le jeune Powell) sur le *Ferndale*; le hasard ayant décidé qu'il débuterait dans la vie à bord de ce navire-là, parmi tous les navires qui se trouvaient alors dans le port de Londres. De tous les navires qui aient jamais cinglé d'un port quelconque de la terre, c'était celui où régnait l'agitation la plus vive. Je ne fais pas allusion à ses qualités nautiques. M. Powell me dit qu'il était aussi stable qu'une église. J'entends agitation dans le sens, par exemple, où la connaît notre planète — avec son atmosphère tourmentée, troublée par les passions, les jalousies, les amours, les haines et les désordres des bonnes intentions transcendantales, qui, bien que moralement précieuses, causent souvent, j'en suis certain, plus de souffrances que les machinations les plus noires. Pour ceux qui refusent de croire au hasard, lui (je veux dire M. Powell) avait dû être manifestement prédestiné à ajouter sa naïveté naturelle à la somme de toutes les autres portées par le *Ferndale*, cet honnête navire. Il était trop naïf. Tout le monde l'était à bord, à l'exception de M. Smith, qui, cependant, était assez ingénu à sa manière, de cette terrible ingénuité de l'idée fixe, que l'on désigne aussi d'un autre nom que les hommes prononcent avec crainte et aversion. Son idée fixe était de sauver sa fille en l'arrachant à l'homme qui s'était emparé d'elle (j'emploie ces mots à dessein, car il est clair que l'image qu'ils suggèrent était dans l'esprit de M. Smith), qui s'en était emparé de façon déloyale, pendant que lui, le père, était bouclé.

« " Je n'aurai de cesse que je ne t'aie arrachée à cet homme ", murmurait-il à sa fille après l'avoir longuement contemplée. Nous savons, par Powell, qu'il avait coutume de demeurer assis sur la claire-voie, près de la grande chaise longue où Flora était étendue, fouillant du regard, en baissant les yeux sur elle, le visage de sa fille, d'un air à la fois protecteur et inquisiteur.

« Il est presque impossible de dire s'il avait jamais examiné rationnellement les faits. L'avatar qui avait changé De Barral en M. Smith n'était pas allé sans choc — cela du moins, il faut le reconnaître. Il est possible que cela ait chassé de son esprit toute considération pratique, laissant le champ libre à d'effroyables et précises visions que rien ne put déloger ensuite. Et c'était peut-être l'effet de la ténacité, de cette ténacité inintelligente de l'homme qui s'était acharné à jeter des millions de livres épargnées par autrui dans le chemin de fer de Lone Valley, les Docks du Labrador, la mine de cuivre du Léopard tacheté et autres spéculations grotesques dénoncées pendant le fameux procès De Barral, parmi des murmures d'étonnement mêlés d'éclats de rire. Car c'est auprès des tribunaux que la comédie trouve son dernier refuge dans notre monde mortellement sérieux. Quant aux pleurs et aux lamentations, on ne les entendit pas dans le temple auguste de la Comédie, car on s'y abandonna en privé dans plusieurs milliers de foyers où, avec un bel effet dramatique, la Faim avait remplacé l'Épargne.

« Mais il y eut au moins une personne qui ne rit pas au tribunal. C'était l'accusé. Le tristement célèbre De Barral ne rit pas, car il était indigné. Il était imperméable aux paroles, aux faits, à la logique. Il eût été impossible de lui faire voir sa culpabilité ou sa sottise par des témoignages ou des raisonnements — si quiconque avait tenté de raisonner.

« Et sa fille Flora ne tenta pas non plus de raisonner avec lui. La cruauté de sa situation était si grande, ses complications si épineuses, s'il m'est permis de m'exprimer ainsi, que la passivité était encore son meilleur refuge — comme elle l'avait été pour tant de femmes avant elle.

« Car cette espèce d'inertie féminine est toujours énigmatique — donc menaçante. Elle fait hésiter. Une femme peut être une sotte, une sotte indolente, une sotte agitée, une sotte dont la sottise est épouvantablement pernicieuse; elle peut même être tout simplement stupide. Mais elle n'est jamais obtuse. Elle n'est jamais complètement faite de bois, comme certains hommes. Il y a toujours, chez la femme, un ressort. Quelle que soit l'ignorance des hommes au sujet des femmes (elle peut être considérable, comme elle peut être très limitée), les hommes, et même les pères, savent au moins cela. Et c'est pourquoi tant d'hommes ont peur des femmes.

« M. Smith avait peur, je crois, du calme de sa fille, tout en l'interprétant, naturellement, à sa façon.

« Il restait assis sur la claire-voie, comme le dépeint M. Powell, et se penchait sur la jeune femme allongée, se demandait ce qu'il y avait derrière ce regard perdu, sous ces paupières assombries, dans ces yeux immobiles. Il regardait, regardait sans cesse, et puis il disait, ou plutôt murmurait (il n'en fallait pas beaucoup à sa voix pour baisser jusqu'à n'être plus qu'un souffle), enfin, il déclarait en reportant son regard terni sur l'horizon, qu'il n'aurait de cesse qu'il n'eût arraché sa fille à cet homme.

« “ Tu ne sais pas ce que tu dis, papa. ”

« Elle essayait de ne pas montrer sa lassitude, la tension nerveuse née de l'antagonisme de ces deux hommes autour de sa personne, qui était la cause de ses attitudes alanguies. Car, en réalité, la mer lui réussissait.

« Il est probable qu'Anthony arpentait l'autre côté du pont. La tension le rendait agité. Il ne pouvait rester assis, immobile, nulle part. Il avait essayé, mais en vain, de s'enfermer dans sa cabine. Il se levait d'un bond pour se précipiter sur le pont et arpenter, arpenter sans cesse cette dunette jusqu'à en être prêt à tomber de fatigue, sans parvenir à calmer l'agitation de son âme à coup sûr généreuse mais alourdie par son enveloppe de sang, de muscle et d'os; paralysée par les images précises créées par un cerveau qui spéculait, spéculait sans trêve, en quête de signes, à l'affût de symptômes.

« Et M. Smith, rejetant sa petite tête en arrière d'une légère saccade, désignait les marches, de l'autre côté de la claire-voie, déclarait avec insistance, de sa voix horrible et désespérément douce, qu'il savait fort bien ce qu'il disait. Ne s'était-elle pas donnée à cet homme, pendant qu'il était sous les verrous?

« “ Désarmé, emprisonné, sans personne à qui penser, sans rien à attendre que ma fille. Et puis, quand on me relâche enfin, je constate qu'elle a disparu — car cela revient au même. Vendue. Car tu t'es vendue. Tu le sais bien. ”

« Son visage rond impassible, une masse de fins cheveux blancs agités dans les remous causés par le vent de la brigantine, le regard posé horizontalement sur la mer, il semblait s'adresser à l'univers par-dessus la forme allongée de sa fille. Elle protestait parfois.

« “ Je voudrais bien que tu ne parles pas ainsi, papa. Tu ne fais que me torturer et te torturer toi-même.

« — Oui, je suis assez torturé ”, admettait-il d'un air chargé de sous-entendus. Mais ce qui le torturait, ce n'était pas de parler de la situation. C'était d'y penser. Et rester assis à la contempler était pis pour lui que le fait de se donner avait jamais pu être pour Flora, si pénible que cela eût dû être.

« “ Car, naturellement, tu as souffert. Ne me dis pas le contraire. Tu as dû souffrir. ”

« Elle avait très vite renoncé à toute tentative de protestation. C'était inutile. Cela aurait pu envenimer les choses. Elle ne voulait pas se quereller avec son père, le seul être humain qui eût vraiment pour elle une affection absolue, évidente, totale, définitive. Il n'y avait chez lui aucune pitié, aucune générosité, aucune trace de ces beaux sentiments — c'était uniquement à elle, à sa personne même, pour ce qu'elle valait, qu'allait l'affection de cet être humain. Cette certitude lui aurait permis d'accepter de pires tortures. Car, naturellement, elle était torturée elle aussi. Elle se sentait également désarmée, comme si toute cette entreprise l'eût dépassée. C'est là le genre de conviction qui favorise la quiétude. Elle devenait fataliste.

« Ce qui devait être assez effroyable, c'étaient les obligations de la vie quotidienne, l'échange des banalités ordinaires. Cela, naturellement, devait se poursuivre. Ils se disaient bonjour le matin, s'asseyaient à la même table pour les repas — et je crois qu'il y avait parfois une partie de cartes le soir, surtout les premiers temps. Ce qui effrayait le plus Flora, c'était la duplicité de son père, du moins ce qui ressemblait à de la duplicité, lorsqu'elle se rappelait ses murmures insistants, persistants, sur le pont. Cependant, son père avait toujours été un taciturne, aussi loin que remontassent les souvenirs les plus nets de Flora, sur la promenade. C'était elle qui bavardait, sans se soucier de savoir s'il était content ou mécontent. Et maintenant, elle ne pouvait sonder ses pensées. Elle ne lui adressait pas non plus ses bavardages. Anthony, un sourire amical et contraint comme figé sur les lèvres, ne semblait que trop reconnaissant qu'on ne le fît point parler. M. Smith s'oubliait parfois si longtemps dans l'examen de son jeu que Flora devait le rappeler à lui en murmurant : " Papa, c'est à toi. " Il s'excusait alors d'une exclamation faible, comme intérieure : " Demande pardon, capitaine. " Naturellement, elle appelait Anthony Roderick et lui l'appelait Flora. Cette comédie suffisait, à en juger par la crispation douloureuse de la bouche du vieillard, chaque fois que revenait le nom de Flora. En entendant les rares " Roderick ", il faisait parfois une grimace méprisante aussi pâle, terne et décolorée que toute sa rigide personne.

« Il était le premier à aller se coucher. Il n'était pas malade. La vie à bord semblait lui réussir à lui aussi ; mais, par devoir, par affection, ou pour apaiser la secrète fureur de son père, Flora l'accompagnait toujours à sa cabine " pour veiller à ce qu'il soit bien ". Elle allumait sa lampe, l'aidait à passer sa robe de chambre ou lui choisissait un livre sur le rayonnage qu'on avait posé dans la chambre — cela rarement, d'ailleurs, car M. Smith déclarait avec une sorte d'orgueil dans sa voix sourde : " Je ne suis pas liseur. " Très souvent, en la baisant au front pour lui souhaiter une bonne nuit, il la gratifiait d'une aigre observation comme : " On se croirait en prison, ma parole. Je suppose que cet individu est là-bas à t'attendre. Geôlier en chef ! Brrr ! "

« Elle souriait vaguement, murmurait d'un ton conciliant : " Comme c'est absurde. " Mais, une fois, perdant patience, elle dit très sèchement : " Assez. Cela me fait mal. On croirait que tu me hais.

« — Ce n'est pas toi que je hais ", lui répondit-il, poursuivant son propos d'un souffle monotone. " Non, ce n'est pas toi. Mais si je m'apercevais que tu aimes cet individu, je crois que je pourrais te haïr toi aussi. "

« Ce mot l'atteignit en plein cœur. " Alors, tu ne serais pas le premier ", murmura-t-elle avec amertume. Mais il était tout à son idée fixe et articula d'une voix affreusement égale : " Mais tu ne l'aimes pas ! Ma pauvre fille ! "

« Elle le regarda un certain temps fixement, puis dit : " Bonne nuit, papa. "

« En fait, il était très rare qu'Anthony l'attendît seul à la table où se trouvaient, épars, cartes, verres, pot à eau, bouteilles, etc. Il ne saisissait pas les occasions d'être seul avec elle plus souvent qu'il n'était absolument nécessaire à l'édification de Mme Brown. Femme excellente et fidèle que l'épouse de son steward encore plus excellent et fidèle. Et Flora eût souhaité que tous ces gens excellents, dévoués à Anthony, fussent ailleurs; et, particulièrement, l'agréable Mme Brown, avec son parler aimable, ses yeux mobiles et perçants et son " Oui, certainement, madame ", où elle croyait déceler l'accent de la dérision. Et ainsi prit fin cette courte traversée – jusqu'aux Antilles seulement. Elle fut si courte que, lorsque le jeune Powell embarqua sur le *Ferndale* par un mémorable coup du hasard, il ne s'était pas écoulé plus de sept mois depuis la... disons la libération du forçat De Barral et sa métamorphose en M. Smith. »

« Pendant tout le temps que le navire chargeait à Londres, Anthony loua une villa près d'une petite gare de campagne, dans l'Essex, pour y loger M. Smith et la fille de M. Smith. L'idée était exclusivement sienne. Dans quelle mesure était-il nécessaire que M. Smith se réfugiât à la campagne, je ne sais. Peut-être cette mesure était-elle judicieuse, jusqu'à un certain point. Certaines obligations étaient imposées au libéré De Barral (celle de se présenter à la police, j'imagine), dont M. Smith ne tenait guère à s'acquitter. De Barral devait disparaître; théoriquement, il avait disparu et il fallait maintenir cette fiction. La pauvre Flora aimait la campagne, même si l'endroit n'avait d'autre attrait que son caractère retiré.

« De temps en temps, le capitaine Anthony arrivait de Londres; mais, comme la gare était dans un coin vraiment écarté, d'où ne partait de bonne heure le matin aucun train pour Londres, il ne pouvait jamais rester au-delà de l'après-midi. Il paraît qu'il lui fallait coucher en ville afin d'être de bonne heure à bord de son navire. Le temps était splendide et toutes les fois que, par un lumineux après-midi, on voyait le capitaine du *Ferndale* arriver sur la route, M. Smith prenait sa canne et filait pour une promenade solitaire. Mais, soit qu'il se fatiguât, soit que voir partir " cet individu " lui procurât de la satisfaction, soit pour quelque sournoise raison bien à lui, il était toujours de retour avant l'heure du départ d'Anthony. En approchant de la villa, il voyait généralement " cet individu " couché sur l'herbe dans le verger, à quelque distance de sa fille assise sur une chaise provenant du salon de la villa. Invariablement, M. Smith se dirigeait droit sur eux et, tout aussi invariablement, il avait le sentiment que son approche ne troublait pas de conversation très intime. Il demeurait assis avec eux pendant environ une heure silencieuse, puis c'était le moment où Anthony devait partir. Peut-être par discrétion, M. Smith disparaissait sans avoir l'air de rien une minute ou deux plus tôt, puis, posté derrière une vitre en losanges dans une pièce du premier étage, il observait " cet individu " qui, la barrière franchie, lançait un long regard à l'invisible Flora, soulevait son chapeau comme un visiteur et s'éloignait sur la route. C'est alors seulement que M. Smith rejoignait sa fille.

« C'étaient là, pour elle, les moments désagréables. Pas toujours, naturellement, mais souvent. Il n'y avait rien d'extraordinaire à entendre M. Smith commencer doucement par quelque observation comme celle-ci :

« " Cet individu se lasse de toi. "

« Il ne prononçait jamais le nom d'Anthony. C'était toujours " cet individu ".

« Généralement, Flora restait muette, les yeux grands ouverts, à regarder dans le vide entre les arbres fruitiers noueux. Une fois, cependant, elle se leva et rentra dans la villa. M. Smith la suivit, portant la chaise. Il la reposa avec une violence résolue sur le sol et, de cette voix lisse, sans expression, que tant d'oreilles s'étaient avidement penchées pour saisir, quand c'était celle du Grand De Barral, dit :

« " Allons-nous-en ".

« Elle eut la force morale nécessaire pour ne pas se retourner brusquement. Au contraire, elle alla jusqu'à un méchant bout de miroir fixé au mur. Dans la glace verdâtre, son propre visage semblait lointain, comme le visage livide d'un cadavre de noyé au fond d'une mare. Elle eut un petit rire.

« " Je te dis que cet individu se...

« — Papa ", fit-elle, l'interrompant, " je n'ai aucune illusion sur mon propre compte. Il m'est arrivé d'en avoir, mais... "

« La voix lui manqua brusquement et son père lança avec une vivacité fort inaccoutumée : " Alors, dépêchons-nous de filer. "

« Ayant maîtrisé à la fois sa frayeur et son amertume, elle se retourna, s'assit et laissa voir son étonnement. M. Smith s'assit également, les genoux serrés, en équerre, ses minces jambes parallèles et les mains posées sur les bras du fauteuil de bois. Ses cheveux, qui avaient poussé, étaient longs, son cou raide; il y avait dans son aspect quelque chose de ridiculement vénérable.

« “ Il est impossible que tu aies de l'affection pour lui. Ne me dis pas le contraire. Je comprends tes raisons. Et je t'ai traitée de malheureuse fille. C'est ce que tu es, tout autant que si tu étais allée faire le trottoir. Oui. Ne m'interromps pas, Flora. On m'interrompait sans cesse pendant le procès et je ne peux plus le supporter. Je ne veux pas être interrompu par ma propre fille. Et quand je pense que c'est la veille même de ma libération que tu... ”

« Il avait fini par lui extorquer cette précision, parce que Flora s'était lassée d'éluder la question. Il en avait été vivement frappé et navré. Était-ce là une façon de se fier à lui? Était-ce une preuve de confiance et d'amour? La veille même! Sans lui laisser ne fût-ce que la moitié d'une chance. Comme au procès. On ne lui avait jamais laissé sa chance. Et voilà que sa propre fille agissait exactement comme ses ennemis les plus acharnés. Sans lui laisser le temps!

« La berceuse monotonie de cette voix contenue faillit endormir le désarroi de Flora. Elle écoutait l'éternel rabâchage de son père.

« “ Qu'est-ce qui a donc poussé cet individu à t'épouser? Naturellement, c'est un gentleman. Ça se voit. Et ça aggrave son cas. Les gentlemen ne comprennent goutte aux affaires de la Cité — à la finance. Quoi! — Les gens qui m'ont attaché le grelot appartenaient à une maison de gentlemen. L'avocat, le juge —, tous des gentlemen — ils n'étaient pas du tout dans le coup! Pas la moindre idée de... Et puis, c'est un marin, pardessus le marché. Un simple capitaine...

« — Mon grand-père n'était rien d'autre ”, dit-elle, l'interrompant. Et il fit un geste anguleux d'impatience.

« “ Mais qu'est-ce qu'un imbécile de marin entend aux affaires? Rien. Aucune notion. Il ne peut avoir aucune idée de ce qu'être fille de M. De Barral signifie, même après que les ennemis de ce dernier l'ont écrasé. Qu'est-ce qui, diantre, l'a poussé... ”

« Elle fit un mouvement, car la voix égale lui portait sur les nerfs. Et il s'arrêta, mais seulement pour reprendre et poursuivre du même ton par cette observation :

« “ Naturellement, tu es jolie. Et c'est pourquoi tu es perdue... comme bien d'autres pauvres filles. Malheureuse, voilà le mot qui te convient. ”

« Elle dit : “ C’est possible. C’est peut-être le mot juste; mais, écoute, papa. Je m’efforce d’être honnête. ”

« Il se mit à émettre d’autres propos.

« “ C’est exactement le genre d’homme à se lasser et puis à t’abandonner pour partir avec son fichu navire. Et, de toute façon, tu ne pourras jamais être heureuse avec lui. Regarde la tête qu’il a. Je veux te sauver. Tu comprends, je n’ai peut-être pas été un très bon mari pour ta pauvre mère. Elle aurait mieux fait de me quitter bien avant de mourir. J’ai réfléchi à tout ça. Je ne veux pas que tu sois malheureuse. ”

« Il l’enveloppa du regard avec une attention étonnamment visible. Puis il dit : “ H’m! Oui. Filons avant qu’il ne soit trop tard. Sans bruit, toi et moi. ”

« Elle dit, comme inspirée et avec le calme que donne souvent le désespoir : “ Nous n’avons pas d’argent à emporter, papa. ”

« Il se leva, se redressant comme un mannequin articulé. Elle dit d’un ton sans réplique :

« “ Et, naturellement, tu ne songerais pas à m’abandonner, papa?

« — Non. Naturellement ”, fit sa voix contenue. Et il la quitta, s’éloigna en glissant de sa démarche que M. Powell me décrivit comme aussi égale et prudente que sa voix. Il marchait comme s’il portait sur la tête un verre plein d’eau.

« Bien sûr, Flora ne dit rien à Anthony de cette édifiante conversation. Sa générosité aurait pu s’en alarmer et elle ne voulait pas qu’il la laissât seule à tenir tête à son père. Et d’ailleurs elle était trop honnête. Elle ne voulait pas être la première à parler. Jamais. Et cette pensée lui vint : “ Je suis vraiment une malheureuse créature! ”

« Ce fut par pure coïncidence qu’Anthony, venant passer l’après-midi deux jours plus tard, causa avec M. Smith dans le verger. Pour une raison quelconque, Flora les avait quittés un instant et Anthony saisit cette occasion de parler franchement à M. Smith. Il dit : “ Il me semble, monsieur, que vous pensez que Flora n’a pas fait un choix très heureux. Eh bien, là-dessus je ne peux rien dire. Je veux seulement que vous sachiez que j’ai essayé de bien agir. ” Puis il expliqua qu’il avait légué à Flora tout ce qu’il possédait. “ Elle ne vous en a rien dit, j’imagine? ”

« M. Smith hocha légèrement la tête en signe de dénégation. Et Anthony, s’efforçant d’être amical, était précisément en train de dire qu’il se proposait de ne pas ramener son navire en Angleterre avant au moins deux ans : “ Je crois, monsieur, qu'à tous les points de vue, c'est ce qu'il y aurait de mieux à faire ”, lorsque Flora revint; la conversation, brusquement interrompue sur ce sujet, languit et cessa. Plus tard dans la soirée, une fois Anthony parti depuis des heures et alors qu'ils allaient se quitter pour la nuit, M. Smith déclara soudain à sa fille, après une longue méditation :

« “ Un testament n'est rien. On le déchire. On en fait un autre. ” Puis, après avoir réfléchi une minute, il ajouta froidement :

« “ On ment à son sujet. ”

« Flora, patiente, cuirassée contre tous les coups et tous les dégoûts au point de s'en étonner elle-même, dit : “ Tu pousses trop loin ton aversion pour... pour... Roderick, papa. Tu n'a aucun égard pour moi. Tu me fais de la peine. ”

« Lui, comme toujours dépourvu d'expression au point de la terrifier quelquefois par le contraste entre son calme et ses paroles, détourna d'elle ses yeux éteints.

« “ Je me demande jusqu'où va ta répulsion à toi, commença-t-il. Son seul nom te reste dans la gorge. Je l'ai remarqué. Cela me fait de la peine. Qu'est-ce que tu en dis? Tu pourrais peut-être te rappeler que tu n'es pas seule à souffrir de ta folie, de ta précipitation, de ta témérité. ” Il ramena les yeux sur le visage de sa fille. “ Et la veille même du jour où on allait me libérer. ” Sa faible voix lui manqua tout à fait, ses lèvres étroites et serrées tremblèrent seulement un instant avant qu'il n'ajoutât avec son extraordinaire égalité d'accent : “ J'appelle cela un péché. ”

« Flora ne répondit pas. Elle jugea plus simple, plus charitable et certainement plus prudent de le laisser parler jusqu'au bout. M. Smith étant naturellement taciturne, cela ne prenait jamais bien longtemps. Et nous ne devons pas imaginer que ce genre de scène se renouvelait constamment. Flora connut quelques journées heureuses dans cette villa. L'absence d'Anthony la soulageait et ses visites étaient agréables. Elle était plus calme. Il l'était aussi. Elle eut presque du regret lorsque l'heure d'embarquer arriva. Ce fut un moment d'angoisse, d'émotion; ils arrivèrent au dock le soir et Flora, après avoir “ veillé à ce que son père fût bien installé ” selon l'usage établi, s'attarda dans la cabine assez longtemps pour remarquer son étonnement. Elle surprit son œil pâle qui l'observait très fixement avec dureté. Puis elle sortit après lui avoir gaiement souhaité bonne nuit.

« Contrairement à ce qu'elle espérait, elle trouva Anthony toujours au salon. Assis dans son fauteuil, au bout de la table, il ramassait des papiers d'affaires qu'il mit hâtivement dans la poche intérieure de sa vareuse, puis il se leva. Il lui demanda si la journée passée à gagner la ville, puis à faire quelques achats, l'avait fatiguée. Elle fit non de la tête. Il s'enquit ensuite d'un ton mi-plaisant mi-sérieux de ses sentiments à propos du départ, pour une longue traversée cette fois-ci.

« " Mes sentiments ont-ils de l'importance ? " demanda-t-elle d'un ton qui voila de tristesse le visage d'Anthony. Il répondit avec une violence contenue qu'elle n'attendait pas :

« " Non, cela n'a pas d'importance, car je ne puis partir sans vous. Je vous l'ai dit... Vous le savez. Vous ne croyez pas que je puisse agir autrement.

« — Je vous assure que je n'ai pas le moindre désir d'éluder mes obligations, dit-elle fermement. Même si je le pouvais. Même si je l'osais, même si je devais en mourir ! "

« Il parut foudroyé. Debout, ils se faisaient face à l'extrémité du salon. Anthony bredouilla. " Oh non. Vous n'en mourrez pas. Vous n'en avez pas l'intention. Vous avez pris goût à la mer. "

« Elle rit, mais elle se sentait irritée.

« " Non. Je n'en ai pas l'intention. Je vous dis que je n'ai pas l'intention d'éluder mes obligations. Je continuerai à vivre... tout en me sentant néanmoins un peu écrasée.

« — Écrasée ! répéta-t-il. Qu'est-ce qui vous écrase ?

« — Votre magnanimité ", fit-elle sèchement. Mais sa voix s'adoucit au bout d'un moment. " Pourtant, je ne sais pas. Elle atteint une perfection — me comprenez-vous, Roderick ? — qui la rend presque supportable. "

« Il soupira, détourna les yeux et fit observer qu'il était l'heure d'éteindre la lampe du salon. La lumière n'était autorisée que jusqu'à dix heures.

« " Mais, inutile de vous soucier trop de cela dans votre cabine. Veillez seulement à ce que les rideaux des hublots soient bien tirés, c'est tout. Le steward aurait pu oublier de le faire. Il a allumé votre lampe de chevet avant d'aller à terre passer une dernière soirée avec sa femme. Je ne suis pas sûr qu'il ait été sage de se débarrasser de Mme Brown. Il vous faudra vous arranger toute seule, Flora. "

« Il était fort inquiet, mais, en fait, Flora se félicitait de l'absence de Mme Brown. Elle n'eut pas plus tôt fermé la porte de la cabine qu'elle murmura avec ferveur : " Oui,

Dieu merci, elle est partie. » Il n'y aurait pas de coup discret suivi de l'apparition de Mme Brown avec son regard fixe et équivoque et l'intolérable question : « Madame n'a besoin de rien? » que la pauvre Flora avait appris à craindre et à détester plus que n'importe quelle voix ou n'importe quelles paroles à bord de ce navire, son seul refuge contre un monde qui n'avait que faire d'elle, de ses imperfections, de ses tourments.

« Mme Brown avait été fort contrariée de son renvoi. Les Brown étaient un couple sans enfants et l'arrangement leur avait convenu à merveille. Leur ressentiment fut très vif. Mme Brown dut rester à terre avec sa fureur, mais le steward ruminait la sienne à bord. La pauvre Flora n'avait pas de pire ennemi; quant au second, avec ses griefs, il n'avait pas de plus chaud partisan. Et Mme Brown, grâce à sa faculté féminine d'observation et de déduction (par le rapprochement des faits) était parvenue à certaine conclusion, dont elle avait fait part à son mari avant de quitter le navire. Le morose steward se permit une fois d'y faire allusion à portée d'oreille de Powell. C'était dans le mess des officiers, à la fin d'un repas, tandis qu'il s'attardait après avoir posé une tarte aux fruits sur la table. Il entama avec le second un dialogue sur l'inquiétant changement survenu chez le capitaine; le blême steward abaissait le regard avec un froncement sinistre, tandis que Franklin roulait ses yeux sentimentaux levés dans un visage empourpré. Le jeune Powell avait déjà entendu bien des propos de ce genre. Cela devenait monotone. Cela lui avait toujours paru légèrement absurde. Il interrompit la conversation pour faire observer avec impatience que se lamenter ainsi sur le compte d'un homme parce qu'il avait pris femme lui paraissait ressembler à de la démence.

« Franklin marmonna : « Ça dépend de ce que l'épouse manigance. » Le steward, appuyé à la cloison, près de la porte, regarda d'un air furieux Powell, ce nouveau venu, cet ignorant, cet inconnu sans droits ni privilèges. Il grogna :

« « Une épouse! Vous appelez ça une épouse, vous?

« — Que diable entendez-vous par là? s'exclama le jeune Powell.

« — Je sais ce que je sais. Ma bourgeoise n'est pas restée six mois à bord pour rien. Vous feriez mieux de lui poser la question quand nous reviendrons. »

« Et, affrontant, l'air renfrogné, le regard foudroyant de M. Powell, le steward battit en retraite à reculons.

« Notre jeune ami se retourna aussitôt contre le second. “ Et vous laissez ce fichu laveur de bouteilles parler ainsi en votre présence, monsieur Franklin. Eh bien, j'en suis étonné.

« — Oh, ce n'est pas ce que vous croyez. Ce n'est pas ce que vous croyez. ” M. Franklin avait l'air plus apoplectique que jamais. “ À ce compte-là, moi aussi je pourrais vous étonner. Mais inutile; je ne puis guère moi-même... Vous ne pourriez pas comprendre. J'espère que vous n'allez pas faire de grabuge. Il fut un temps, jeune homme, où j'aurais mis n'importe qui — n'importe qui, vous m'entendez? — au défi de faire du grabuge entre le capitaine Anthony et moi. Mais plus maintenant. Plus maintenant. Il y a eu du changement! Pas chez moi, pourtant... ”

« Le jeune Powell repoussa avec indignation toute allusion à du grabuge. “ Pour qui me prenez-vous? s'écria-t-il. Seulement vous feriez mieux de dire à ce steward de faire attention à ce qu'il dira en ma présence, sinon je lui abîmerai le portrait; il en aura pour un mois; et je le laisserai se débrouiller et expliquer pourquoi au capitaine. ”

« Cette déclaration fit de Powell le champion de Mme Anthony. Il ne fut plus jamais question de cette affaire en sa présence. Il se moquait bien des regards noirs du steward; Franklin, qui, dans le meilleur des cas, n'avait jamais été causeur et qui évitait maintenant le seul sujet qui lui tînt à cœur, ne lui adressait la parole que pour raisons de service. Et de cela aussi Powell se moquait bien. Il y avait longtemps que les tourments de l'apoplectique second avaient commencé de l'ennuyer. Cependant, il souffrait parfois un peu de la solitude. Aussi attendait-il toujours avec plaisir les brefs entretiens avec Mme Anthony pendant l'un ou l'autre des petits quarts. Le capitaine n'y voyait pas d'inconvénient. C'était évident d'après son attitude. Une nuit (ils étaient alors seuls sur la dunette) il demanda de quoi Flora et le lieutenant avaient parlé ce soir-là. Powell dut avouer que c'était du navire. Mme Anthony lui avait posé des questions.

« “ Elle s'y intéresse — hein? ” fit le capitaine d'une voix saccadée, tout en arpentant rapidement la dunette du côté au vent.

« — Oui, capitaine. Mme Anthony semble saisir admirablement ce qu'on lui dit.

« — Elle est petite-fille de marin. Un vieux de la vieille. Vieux loup de mer de la meilleure espèce, je crois ”, articula le capitaine, passant d'une allure vigoureuse devant son lieutenant et laissant filer ses mots derrière lui comme une traînée d'étincelles suivie d'une parfaite obscurité verbale, car pendant les deux heures suivantes, jusqu'au moment où il quitta le pont, il ne desserra plus les lèvres.

« Une autre fois... il ne nous faut pas oublier que le navire avait passé la ligne et gagnait alors chaque jour plusieurs degrés de latitude Sud... une autre fois, vers sept heures du soir, Powell, qui était de service, entendit murmurer doucement son nom dans la descente. Le capitaine était dans l'escalier, le visage émacié, les yeux enfoncés, un châle de shetland sur le bras.

« " Monsieur Powell — tenez.

« — Oui, capitaine.

« — Donnez ceci à Mme Anthony. Les soirées fraîchissent. "

« Et le visage hâve s'enfonça et disparut. Mme Anthony fut surprise à la vue du châle.

« " Le capitaine désire que vous mettiez ceci " expliqua le jeune Powell et, comme elle se soulevait sur son siège, il laissa tomber le châle sur les épaules de la jeune femme. Elle s'emmitoufla.

« " Où était le capitaine ? demanda-t-elle.

« — Il était dans la descente. Il m'a appelé tout exprès ", dit Powell, qui se retira ensuite discrètement, car elle ne semblait pas vouloir causer davantage ce soir-là. M. Smith — le vieux monsieur — était, comme d'habitude, assis sur la claire-voie, près de la tête de sa fille, à méditer, penché sur la chaise longue, mais, dans la mesure où l'on pouvait lire sur son visage énigmatique, nullement hostile à ces conversations entre les deux personnes les plus jeunes du bord. Elles semblaient même lui procurer un certain plaisir. De temps en temps, l'air pensif, il levait des yeux de porcelaine ternie sur le visage animé de M. Powell. Quand le jeune marin était présent, le vieillard perdait de sa rigidité, et lorsque, en de rares occasions, sa fille souriait de quelque récit naïf de M. Powell, le visage inexpressif de M. Smith reflétait vaguement cet éclair de gaieté fugitive. Car M. Powell en était alors venu à distraire la femme de son capitaine par des anecdotes d'un passé encore peu lointain où il avait été mousse à bord de divers navires — il se passe effectivement de drôles de choses à bord d'un navire. Flora fut parfois fort surprise de constater qu'elle était amusée. On l'entendit même rire à deux reprises en un mois. Cela ne faisait pas beaucoup de bruit, mais c'était assez surprenant à l'arrière du *Ferndale*, où le chuchotement ou le silence étaient de règle. La seconde fois que cela se produisit, le capitaine lui-même dut en être surpris, quelque part en bas, car il surgit des profondeurs où il menait son existence discrète et se mit à arpenter l'autre côté de la dunette.

« Presque aussitôt, il fit venir auprès de lui son jeune lieutenant. Ce n'était pas par mécontentement. Le regard qu'il fixa sur M. Powell exprimait une sorte d'étonnement approbateur. Il engagea avec lui une conversation à bâtons rompus, comme si son seul but était de garder auprès de lui un homme capable de provoquer pareil son. M. Powell se sentit aimé. Il le sentit. Aimé de cet homme hâve, agité, qui lui lançait des phrases décousues auxquelles il répondait par des " Oui, capitaine ", " Non, capitaine ", " Mais certainement ", " Je le crois, capitaine " — qui auraient pu, assurément, être n'importe quoi d'autre, tant son interlocuteur s'en souciait peu.

« Ce fut alors, me dit M. Powell, qu'il découvrit en lui-même une sympathie déjà ancienne pour le capitaine Anthony. Il le plaignait aussi sans pouvoir découvrir l'origine de cette affection dont il avait brusquement pris conscience.

« Pendant ce temps, M. Smith, penché en avant avec raideur, comme s'il avait un dos à charnière, parlait à sa fille.

« Ce n'était plus une enfant. Il voulait savoir si elle croyait... à l'enfer. À la punition éternelle.

« Sa voix singulière, comme filtrée par de la ouate, était inaudible de l'autre côté du pont. La pauvre Flora, prise tout à fait au dépourvu, émit un murmure inarticulé, secoua vaguement la tête et jeta un coup d'œil vers Anthony, qui arpentait la dunette et ne regardait pas de son côté. Il était inutile de regarder par-là. Du jeune Powell, appuyé au mât d'artimon, face à son capitaine, elle ne voyait que l'épaule et une partie du dos de serge bleue.

« Et la voix de son père, sans inquiétude, sans accent marqué, continuait à la torturer.

« " Il faut que tu comprennes, vois-tu. Quand je suis sorti de prison, c'était avec joie. Ou plutôt, j'avais l'âme bel et bien écartelée — mais, en tout cas, te voir heureuse, voilà le but que je m'étais fixé. Une fois sûr de ton bonheur, alors, naturellement, je n'aurais eu aucune raison de tenir à la vie — à proprement parler — chose naturelle pour un vieillard; quoique, bien entendu... je n'aurais eu non plus aucune raison de souhaiter mourir. Mais ce genre de vie-là ! Quel sens, quelle signification, quelle valeur a-t-elle pour toi ou pour moi ? Elle consiste seulement à s'asseoir pour regarder la mort qui vient, qui vient. Qu'est-ce d'autre ? Je ne sais comment tu peux supporter cela. Je ne crois pas que tu puisses le supporter longtemps. Un de ces jours, tu sauteras par-dessus bord. »

« Le capitaine Anthony s'était arrêté un instant devant le fronteau de dunette, les yeux fixés droit devant lui, et la pauvre Flora adressa à son dos un regard, appel désespéré qui eût ému un cœur de pierre. Mais, comme si elle n'eût rien fait, il ne bougea pas le moins du monde. Elle quitta la chaise longue et se dirigea vers la descente. Son père la suivit, portant quelques menus objets, un sac à main, son mouchoir, un livre. Ils descendirent ensemble.

« C'est seulement alors que le capitaine se retourna, regarda l'endroit qu'ils avaient quitté et reprit sa marche, mais non sa conversation à bâtons rompus avec son lieutenant. L'exaspération de ses nerfs était devenue telle que, désormais, il perdait très souvent la maîtrise de sa voix. S'il ne se surveillait pas, elle s'éteignait soudain dans sa gorge. Il était obligé de l'éprouver avant de hasarder le propos le plus simple, un ordre, une remarque sur le vent, un simple bonjour. C'est pourquoi il parlait de façon abrupte, répondait aux gens avec une brusquerie déconcertante et souvent ne répondait pas du tout.

« Il arrive au plus résolu des hommes de se trouver aux prises non seulement avec des forces inconnues, mais avec une force bien connue, dont il n'avait pas compris la véritable puissance. Anthony avait découvert qu'il n'était pas le maître fier, mais le prisonnier rétif, de sa générosité. Elle se dressait devant lui comme un mur dont son respect de lui-même lui interdisait l'escalade. Il se disait : “ Oui, j'ai été un sot – mais elle m'a fait confiance ! ” Confiance ! Mot terrible pour tout homme quelque peu exceptionnel dans un monde où le succès n'est jamais allé à la renonciation et à la bonne foi. Et il faut dire ausi, pour ne pas faire Anthony plus stupidement sublime qu'il n'était, que le comportement de Flora le maintenait à distance. La jeune femme craignait d'accroître l'exaspération de son père. Son sort infortuné était d'être rendue plus malheureuse par la seule affection dont elle ne pouvait douter. Cependant, elle ne pouvait s'en irriter et, par déférence pour ce sentiment excessif, elle n'osait guère regarder que furtivement l'homme dont l'impérieuse compassion l'avait conquise. Et, tout à fait incapable de comprendre l'étendue de la délicatesse d'Anthony, elle se disait qu'" il ne l'aimait pas ". Au fond de lui-même, il commençait probablement à la détester — comme la gouvernante, comme la vieille fille, comme l'Allemande, comme Mme Fyne — seulement, il était extraordinaire, il était généreux. En même temps, elle connaissait des moments d'irritation. Il était violent, têtu — peut-être stupide. Eh bien, il avait eu gain de cause.

« Un homme qui a eu gain de cause est rarement heureux, car il constate généralement que son gain ne mène pas très loin sur cette terre de désirs qui ne peuvent jamais être pleinement satisfaits. Anthony avait pénétré avec une précipitation extrême dans les jardins d'Armide en se disant " Enfin ! " Quant à Armide elle-même, il n'allait lui faire nulle violence. Mais il avait maintenant découvert que tout l'enchantement résidait en Armide elle-même, dans les sourires d'Armide. Cette Armide-là ne souriait pas. Elle existait, inaccessible, derrière le mur nu de la renonciation consentie par lui. La force d'Anthony, faite pour l'action, éprouvait l'impatience, l'indignation, presque le désespoir de sa vitalité arrêtée, ligotée, réduite au silence, progressivement usée, effritée par le temps, par cette force aveugle, insensible, qui paraît inerte et qui pourtant épuise notre vie par son action imperceptible, qui tombe, minute après minute, sur notre cœur vivant, comme des gouttes d'eau qui usent une pierre.

« Il se faisait des reproches. Qu'aurait-il pu attendre d'autre ? Il s'était jeté sur elle comme une brute ; il avait, pour ainsi dire, traîné par les cheveux la pauvre créature sans défense à bord de ce navire. C'était vraiment atroce. Rien ne lui assurait que sa personne pouvait plaire à cette femme-ci ou à n'importe quelle autre. Et ses actes suffisaient par eux-mêmes à rendre odieux n'importe qui. Il avait dû perdre la raison. Elle devait fatalement le détester et le craindre. Rien ne pouvait compenser pareille brutalité. Et pourtant, sans savoir pourquoi, il s'offusquait de cette attitude même qui lui semblait parfaitement justifiée. Sûrement, il n'était pas trop monstrueux (moralement) pour être parfois regardé franchement. Mais non ! Elle s'y refusait. Eh bien, un jour peut-être... Mais ce n'était pas lui qui ferait le premier pas pour tenter de mendier un pardon. Avec la répulsion qu'elle éprouvait pour sa personne, elle se méprendrait certainement aux paroles les plus mesurées, aux avances les plus prudentes. Jamais ! Jamais !

« À la fin de semblables méditations, l'idée venait à Anthony qu'après tout, la mort n'était pas une visiteuse inamicale. Rien d'étonnant, donc, que le jeune Powell lui-même, dont les facultés avaient été mises en alerte, se mît à penser qu'il y avait quelque chose d'insolite chez l'homme qui lui avait donné sa chance dans la vie. Oui, décidément, son capitaine était " bizarre ". Il y avait quelque part quelque chose qui clochait, se disait-il, sans jamais deviner que ses yeux jeunes et candides étaient en présence d'une passion profonde, tyrannique et mortelle, qui découvrait sa propre existence, stupéfiée de se sentir impuissante, consternée de se voir incurable.

« Powell n'avait jamais encore éprouvé si vivement cette gêne mystérieuse que le soir où il avait eu la bonne fortune de faire rire Mme Anthony par son naïf bavardage. Se tenant à l'écart, il avait observé son capitaine qui arpentait la dunette du côté au vent, il avait pris pleinement conscience de sa sympathie pour cet homme inexplicablement bizarre et l'avait vu d'un œil compatissant mais sans la moindre compréhension biaiser vers la descente et s'y enfoncer.

« Peu après, M. Smith monta seul et manifesta le désir de causer un peu. Lui aussi, s'il n'était pas mystérieux à l'égal du capitaine, n'était pas très compréhensible pour la candeur ignorante de M. Powell. Il accordait souvent cette faveur au lieutenant. Ses propos contenaient des allusions quelque peu énigmatiques et souvent sans suite visible à l'amabilité que M. Powell lui témoignait ainsi qu'à sa fille, " car je sais fort bien que nous n'avons pas d'amis à bord de ce navire, mon cher jeune monsieur, sauf vous, ajouta-t-il. C'est aussi le sentiment de Flora ".

« Et M. Powell, flatté et embarrassé, ne put que faire entendre un vague murmure de protestation. Car cette déclaration était vraie, quoique le fait lui-même fût sans importance. Les sentiments de l'équipage ne pouvaient absolument pas compter aux yeux de la femme du capitaine ni à ceux de M. Smith – son père. Pourquoi ce dernier y faisait-il si souvent allusion, voilà ce qui surprenait notre ami, M. Powell. Ce n'était nullement la première fois. C'était bien plutôt la vingtième. Et de sa voix faible à l'intonation monotone, penché par-dessus la lisse où il s'appuyait, regardant l'eau, l'autre poursuivait cette conversation, ou plutôt ses propos, propos d'un caractère tellement monstrueux que M. Powell n'avait d'autre choix que de les considérer comme de macabres plaisanteries.

« " Ce second, Franklin, par exemple, dit M. Smith, je crois qu'il ne lui déplairait pas tellement que nous tombions tous les deux par-dessus bord.

« — Ce n'est pas si grave que ça ", dit en riant M. Powell, parce que son esprit ne s'adaptait pas facilement à l'outrance de langage. " En réalité, ce n'est pas un mauvais bougre ", ajouta-t-il, très conscient de l'attitude déplaisante de M. Franklin, dont il n'était pas difficile de trouver des exemples. " Il a la sottise d'être jaloux. Il navigue avec le capitaine depuis des années. Il ne m'appartient pas de le dire, peut-être, mais je crois que le capitaine a gâté toute cette bande de vieux serviteurs. On dirait un tas de vieux chiens familiers. Ils ne laisseraient personne l'approcher, s'ils pouvaient l'empêcher. Je n'ai jamais rien vu de pareil. Et le lieutenant, je crois, était aussi dans le même cas.

« — Eh bien, il n'est pas ici, heureusement. Cela aurait fait un ennemi de plus, dit M. Smith. Il y en a assez sans lui. Et votre présence ici, à sa place, nous rend la vie beaucoup plus agréable, à ma fille et à moi-même. On sent qu'on a un ami, pour le cas où le besoin s'en ferait sentir. Car vraiment, pour une femme toute seule à bord, au milieu d'un tas d'hommes hostiles...

« — Mais Mme Anthony n'est pas seule, s'exclama Powell. Il y a vous et il y a le... "

« M. Smith l'interrompit.

« " Personne n'est immortel. Et il y a des moments où l'on a honte d'être vivant. Un soir comme celui-ci, par exemple. "

« C'était un soir magnifique; les couleurs d'un coucher de soleil splendide s'étaient éteintes et le souffle d'une brise tiède semblait avoir rendu lisse la mer. Au loin, vers le sud, les éclairs en nappe ressemblaient à l'éclat intermittent d'une énorme lanterne dissimulée sous l'horizon. Afin de détourner la conversation, M. Powell dit :

« " En tout cas, personne ne peut vous accuser d'être un Jonas, monsieur Smith. Jusqu'ici, nous avons eu une traversée d'une rapidité admirable. Le capitaine devrait être content. Et j'imagine que vous n'êtes pas fâché non plus. "

« Cette diversion n'eut aucun succès. M. Smith fit entendre une sorte de gloussement amer et dit : " Jonas!

C'est le gaillard qui fut jeté par-dessus bord par des matelots. Il me semble qu'en mer il est très facile de se débarrasser de quelqu'un qu'on n'aime pas. La mer ne rend pas ses morts comme le fait la terre.

« – Vous oubliez la baleine, monsieur ", dit le jeune Powell.

« M. Smith sursauta. " Hein? Quelle baleine? Oh! Jonas. Je ne pensais pas à Jonas. Je pensais à cette traversée qui vous semble si rapide. Mais pensez seulement à ce qu'elle est pour moi! Ce n'est pas une vie que d'errer ainsi sur la mer. Et, par exemple, si on tombait malade, il n'y a pas de médecin pour découvrir ce que vous avez. C'est préoccupant. Cela m'inquiète parfois.

« – Est-ce que Mme Anthony ne se sent pas bien? " demanda Powell. Mais l'observation de M. Smith ne concernait pas Mme Anthony. C'était la santé du capitaine qui ne semblait pas tout à fait satisfaisante. M. Powell avait-il remarqué sa mine?

« M. Powell ne connaissait pas assez bien le capitaine pour en juger. Il ne pouvait rien dire. Mais il fit observer pensivement que M. Franklin avait dit la même chose. Et Franklin connaissait le capitaine depuis des années. Le second en était très préoccupé.

« Cette nouvelle agita considérablement M. Smith. " Le croit-il en danger de mort? " s'exclama-t-il avec une vivacité tout à fait extraordinaire pour lui, dont M. Powell fut horrifié.

« " Ciel! De mort! Non! Ne vous alarmez pas, monsieur. Je n'ai jamais entendu M. Franklin parler une seule fois de danger.

« – Bon, bon ", soupira M. Smith et il quitta la dunette pour le salon assez brusquement.

« Justement, M. Franklin était sur le pont depuis assez longtemps. Il était venu relever le jeune Powell, mais, le voyant occupé à causer avec l'" ennemi " – avec l'un des " ennemis ", du moins, il était resté à distance, ce qui ne lui avait nullement été difficile, la dunette du *Ferndale* ayant plus de soixante-dix pieds de long. M. Powell le vit en haut de l'échelle, appuyé sur un coude, mélancolique et silencieux. " Ah! Vous voilà, monsieur.

« – Me voilà. Je suis ici depuis six heures. Je ne voulais pas interrompre cette agréable conversation. Si vous voulez passer la moitié de votre quart de repos à tailler une bavette avec un bon ami, ce n'est pas mon affaire. Drôle de goût, pourtant.

« – Ce n'est pas un méchant homme ", dit Powell, impartial.

« Le second renâcla de colère tout en frappant le pont du pied; puis : " Vraiment? Eh bien, faites-lui mes amitiés quand vous vous retrouverez pour une nouvelle séance d'interminable bavardage.

« – Dites donc, monsieur Franklin, je m'étonne que le capitaine ne s'offense pas de vos manières.

« – Le capitaine? Je voudrais fichtre bien qu'il me lave la tête. Alors, je saurais au moins que je suis quelqu'un à bord. J'en serais content, monsieur Powell. J'en serais ravi. Et, nom de nom, je répliquerais de façon à le réveiller un peu. Il n'est plus que l'ombre de lui-même. Il parcourt son navire comme un spectre. Il dépérit sous notre nez. Mais, naturellement, vous n'y voyez que du feu. Vous vous en souciez comme d'une guigne. Pourquoi vous en soucieriez-vous? "

« M. Powell n'en écouta pas davantage. Sans prendre au sérieux les jérémiades du second, il les rapprocha des paroles de M. Smith. Il s'était déjà attaché au capitaine Anthony. Il y avait chez cet homme quelque chose non seulement d'attirant mais d'irrésistible. Cependant, il est très difficile à la jeunesse de croire à la menace de la mort. Non pas à l'événement lui-même, mais à sa proximité pour un être humain supérieur, qui respire, bouge, parle, ne montre aucun signe de maladie. Et M. Powell pensa que tous ces propos n'étaient que billevesées. Mais sa curiosité était éveillée. Il se passait quelque chose et, à un moment quelconque, des circonstances pouvaient se présenter... Non, il n'arriverait jamais à découvrir... Il n'y avait, fort probablement, rien à découvrir. M. Powell gagna sa cabine, où il essaya de lire un livre qu'il avait déjà lu bien des fois. Bientôt résonna une cloche annonçant le dîner des officiers. »

CHAPITRE VI

UNE NUIT SANS LUNE, FOURMILLANTE D'ÉTOILES AU CIEL, TRÈS SOMBRE SUR L'EAU

« Dans le carré, Powell trouva M. Franklin qui s'escrimait à taillader un morceau de bœuf salé froid avec un couteau de table. Le second, le visage en feu et roulant les yeux en accomplissant cette tâche, expliqua que le couteau à découper du carré était introuvable. Le steward, également présent, se plaignit avec fureur du cuisinier. Cet animal emportait les objets dans sa cuisine, puis les égarait. M. Franklin tenta de l'apaiser avec une morne fermeté.

« " Là, là! Ça suffit. Nous qui sommes depuis tant d'années ensemble sur ce navire, nous avons trop de préoccupations pour nous quereller entre nous. "

« M. Powell, exaspéré, pensa : " Le voilà qui recommence ", car ces propos n'avaient pour lui rien d'hermétique. Le steward s'étant retiré, il ne fut pas surpris d'entendre le second attaquer son air habituel. Le matin, l'itague de vergue du grand hunier arrière avait cédé (probablement à cause d'un chaînon défectueux) et environ quarante pieds de chaîne et de cordage métallique, pêle-mêle avec quelques lourdes poulies de fer, étaient dégringolés d'en haut sur la dunette avec un fracas terrifiant.

« " Avez-vous remarqué le capitaine à ce moment-là, monsieur Powell? L'avez-vous remarqué? "

« Powell avoua franchement qu'il avait été lui-même trop effrayé, quand tous ces apparaux étaient tombés sur le pont, pour remarquer quoi que ce fût.

« " Il s'en est fallu d'un pouce que la chape de la poulie ne lui tombe sur la tête, poursuivit le second d'un air impressionnant. Je n'étais pas à trois pieds de lui. Et qu'a-t-il fait? Est-ce qu'il a crié, bondi ou même levé les yeux pour voir si la vergue aussi ne nous tombait pas sur la tête en petits morceaux? C'est miracle que ce ne soit pas arrivé. Non. Il s'est seulement arrêté court — rien d'étonnant. Il a dû sentir sur son visage le souffle de cette chape de poulie en fer — il a baissé les yeux pour la regarder qui gisait là, tout près de son pied — et il a repris sa marche. Je crois même qu'il n'a pas cillé. Ce n'est pas naturel. Cet homme est hébété. ”

« Il poussa un soupir grotesque, et M. Powell avait réprimé un large sourire, quand le second ajouta comme s'il ne pouvait se contenir :

« “ Maintenant, il va se mettre à boire. Écoutez bien ce que je vous dis. C'est la première chose qu'il va faire maintenant. ”

« M. Powell fut écœuré.

« “ Vous qui aimez tellement le capitaine, vous ne semblez pourtant pas vous soucier de ce que vous dites sur son compte. Il n'y a pas sept ans que je navigue avec lui, mais je sais que ce n'est pas le genre d'homme à se mettre à boire. Et puis, pourquoi diable le ferait-il ?

« — Pourquoi diable, demandez-vous ? Diable — hein ? Eh bien, aucun homme n'est à l'abri du diable, et cette réponse doit vous suffire ”, fit M. Franklin, sans acrimonie, de sa voix d'asthmatique. “ Il fut un temps, il y a longtemps, où j'ai moi-même failli me mettre à boire. Qu'est-ce que vous dites de ça ? ”

« M. Powell exprima une incrédulité polie. Le gros second congestionné semblait sur le point d'éclater à force d'accablement. “ Mais c'était à cause du mauvais exemple. J'étais jeune et je m'étais mis à avoir de dangereuses fréquentations, je me suis conduit comme un imbécile... oui, aussi vrai que vous me voyez assis à cette place. J'ai bu pour oublier. Je croyais que c'était un truc épatant. ”

« Powell regarda le grotesque Franklin avec un intérêt nouveau et cette sympathie à demi amusée avec laquelle nous recevons les confidences spontanées d'hommes avec qui nous n'avons aucune espèce d'affinité. Et, en même temps, il se mit à le considérer plus sérieusement. L'expérience a son prestige. Et le second poursuivit :

« “ Sans la bonne vieille, j'aurais mal tourné. Je me suis souvenu d'elle à temps. Rien de tel que d'avoir la charge d'une bonne vieille pour maintenir un gars d'aplomb et lui faire regarder la réalité en face. Mais la malchance a voulu que le capitaine Anthony n'ait plus sa mère, ni âme qui vive pour compter sur lui, à ma connaissance. Oh, oui, je crois qu'il m'a une fois parlé d'une sœur. Mais elle est mariée. Elle n'a pas besoin de lui. Oui. Autrefois, il me parlait comme si nous étions frères ”, fit le second avec une exagération sentimentale. “ ‘ Franklin — disait-il — ce navire est mon plus proche parent et il est improbable qu'il se tourne contre moi. Et vous êtes sans doute l'homme au monde que je connais depuis le plus longtemps. ' Voilà comment il me parlait. Est-ce que je peux lui tourner le dos? Il a tourné le dos à son navire. Voilà où nous en sommes. Il n'a plus personne maintenant, que son vieux Franklin. Mais que peut un homme pour remettre les choses comme elles étaient et comme elles devraient être. Comme elles devraient être, dis-je! "

« Ses yeux protubérants avaient une fixité terrible. La pensée qui s'imposa irrésistiblement à M. Powell (qu'il ressemblait à un homard bouilli en détresse) fut suivie d'inquiétude. " Seigneur, fit-il, vous ne voulez pas insinuer que le capitaine Anthony s'est mis à avoir de mauvaises fréquentations. De quoi voulez-vous le sauver?

« — Si, c'est bien ce que je veux dire ", affirma le second, et l'absurdité même de cette déclaration la rendait impressionnante — tant elle semblait d'une effronterie absolue. " Eh bien, vous ne manquez pas de toupet ", dit le jeune Powell, qui se sentait incapable de penser. " J'ai comme une idée que le capitaine vous assommerait, s'il apprenait vos simagrées.

« — Et tant mieux ", articula Franklin, l'homme au dévouement fervent. " Je veux bien, si seulement il consentait à débarrasser ensuite le navire de cette... Vous n'êtes qu'un jeunot et vous pouvez aller lui raconter ce que vous voudrez. Qu'il commence par mettre en charpie son vieux Franklin et qu'il y réfléchisse ensuite. N'importe quoi pour qu'il se reprenne. Mais, bien sûr, vous n'êtes pas du genre à faire ça. Vous êtes un type bien. Seulement, vous ne savez pas qu'il y a des fois où les choses ne sont pas ce qu'elles semblent. Il y a des amitiés qui n'en sont pas et des mariages qui n'en sont pas... Pff! Il y avait des chances que ça marche — hein? Il ne m'en a pas soufflé mot. Je pars en permission et quand je reviens, ça y est, tout est fini, réglé! Pas un mot avant. Pas d'avertissement. Pas même : ' Qu'en pensez-vous, Franklin? ' ou n'importe quoi du même genre. Et voilà un homme qui ne faisait presque rien sans me demander mon avis. Quoi! Le tailleur ne pouvait pas lui remettre un habit neuf sans que... la première chose qu'il disait, dès que le bonhomme arrivait à bord avec des vêtements neufs, que ça se passe à Londres ou en Chine, c'était : ' Faites prévenir M. Franklin. On demande M. Franklin dans la cabine. ' Et moi d'y aller. ' Regardez un peu mon dos, Franklin. Ça va bien, n'est-ce pas? ' Et je disais : ' Parfait, capitaine ', ou le contraire, c'était selon. Ça ou n'importe quoi d'autre. Toujours la vérité. Toujours. Et il le savait bien; et c'est pour ça qu'il n'a pas osé parler franc. Il m'a parlé d'ouvriers, de transformations, de cabines... Pff!... au lieu de dire carrément : ' Félicitez-moi, monsieur Franklin! ' Oui, c'est comme ça qu'il aurait dû me mettre au courant. Dieu seul sait ce que sont ces gens... peut-être qu'elle n'est pas plus sa fille qu'elle n'est... Elle ne ressemble pas à ce vieux bonhomme. Pas du tout. Pas du tout. C'est vraiment terrible. Vous pouvez bien rester bouche bée, jeune homme. Mais, pour l'amour de Dieu, vous qui fréquentez ce monde-là, ouvrez les yeux et les oreilles en cas... en cas de... je ne sais quoi. N'importe quoi. On se demande ce qui peut arriver ici, en mer! Rien. Pourtant, quand un homme se fait traiter de geôlier derrière son dos... "

« M. Franklin se cacha un instant le visage dans les mains et Powell ferma la bouche, qu'il avait en effet gardée ouverte. Il se glissa sans bruit hors du carré. " Le second est fou ", pensait-il. Il en était fermement convaincu. Pourtant, ce soir-là, il finit par sentir sa paix intérieure troublée par la force et l'obstination de cette folie. Il ne parvenait plus à l'écarter avec le mépris qu'elle méritait. Le mot " geôlier " avait-il vraiment été prononcé? Mot trop insolite pour que le second imaginât même l'avoir entendu. Mot improbable, dénué de sens. Mais le fait que ce mot fût le seul propos clair et distinct parmi ces grotesques et sinistres divagations était relativement reposant pour son esprit. L'esprit de Powell s'y reposait encore quand il monta à huit heures prendre son quart. C'était une nuit sans lune, fourmillante d'étoiles au ciel, très sombre sur l'eau. Un vent d'ouest régulier maintenait les voiles tendues. Franklin fit l'appel des deux bordées à voix basse, comme pour un enterrement, puis, s'approchant de Powell :

« " La route est est-sud-est, dit le second distinctement.

« – Est-sud-est, monsieur le second.

« – Tout est paré, monsieur Powell.

« – Très bien, monsieur le second. "

« L'autre s'attarda; ses yeux au regard sentimental luisaient comme de l'argent dans son visage recouvert d'ombre. " La nuit s'annonce calme. Il n'y a pas d'ordres particuliers, que je sache. Une nuit paisible, calme. Vous ne verrez sans doute pas le capitaine. Fut un temps où c'était le quart pendant lequel il avait coutume de monter faire un brin de causette avec celui d'entre nous qui était alors sur le pont. Mais, maintenant, il reste assis dans cette maudite cabine arrière, à se morfondre. Geôlier – hein ? "

« M. Powell s'éloigna du second et, lorsqu'il fut à quelque distance, lâcha de grand cœur un " Sacré nom d'un chien ! " C'était fichtrement ennuyeux. Ce n'était plus drôle ; ce terme hostile de " geôlier " avait donné à la situation un air de réalité. »

« La grotesque enveloppe mortelle de Franklin avait disparu de la dunette pour chercher un repos nécessaire, si toutefois l'âme harcelée consentait à la laisser reposer quelque temps. M. Powell, plaignant à demi le gros petit homme, se demandait si elle y consentirait. Quant à lui, il reconnaissait que le charme d'un quart paisible sur le pont, pendant lequel on peut laisser vagabonder ses pensées dans l'espace et le temps, avait été gâté sans remède. Ce qui l'indignait le plus, c'était l'accusation calomnieuse de complicité implicitement portée contre Mme Anthony. Il en était irrité. Selon les propres termes qu'il employa en me parlant, il se sentait " plein d'enthousiasme " pour Mme Anthony. " Enthousiasme " est excellent, d'autant plus qu'il était incapable de m'expliquer précisément ce qu'il entendait par là. Mais il éprouvait de l'enthousiasme, disait-il. Cet imbécile de Franklin avait dû rêver. C'était cela. Il avait tout rêvé. L'idiot. Pourtant, l'insulte restait accrochée dans l'esprit de Powell avec les idées de prisonnier et d'évasion qu'elle évoquait. Il commença à se sentir très mal à l'aise. Et juste à ce moment-là (il pouvait y avoir une demi-heure ou plus qu'il avait relevé Franklin), juste à ce moment-là, M. Smith monta seul sur la dunette, comme une ombre à la démarche glissante, et s'accouda sur la lisse à côté de lui. Le jeune Powell fut désagréablement affecté par sa présence. Il esquissa un mouvement pour s'éloigner, mais l'autre se mit à parler – et Powell resta sur place, comme retenu par une contrainte mystérieuse. La conversation entamée par M. Smith n'avait rien d'insolite. Il se mit à parler des paquebots-poste en général et parut finalement vivement désireux d'apprendre quelles étaient les liaisons entre Port Elisabeth et Londres. M. Powell n'en était pas sûr, mais supposait qu'il devait y avoir des départs pour l'Angleterre au moins deux fois par mois. " Songez-vous à nous quitter, monsieur ; à rentrer au pays par un vapeur? Peut-être avec Mme Anthony, demanda-t-il avec inquiétude.

« — Non! Non! Comment le puis-je? " M. Smith fit montre d'une agitation, considérable pour lui, mais qui ne se montait pas à grand-chose. Il posait seulement la question pour trouver un sujet de conversation. Il ne songeait nullement à rentrer. On ne pouvait pas toujours faire ce qu'on voulait et c'était pourquoi il y avait des moments où on avait honte de vivre. Cela ne signifiait pas qu'on n'avait pas envie de vivre. Ah, non!

« Il parlait avec une lenteur nonchalante, marquant de fréquents silences et d'une voix si basse que Powell devait tendre l'oreille pour saisir les phrases qu'il lâchait, pour ainsi dire, par-dessus bord. Et, en vérité, elles semblaient ne pas en valoir la peine. Elles semblaient les propos sans but d'un homme qui suit le fil d'une pensée secrète très éloignée des vaines paroles que nous articulons si souvent simplement pour garder le contact avec nos semblables. Une heure passa. On eût dit que M. Smith ne pouvait se décider à descendre. Il se répétait. De nouveau, il parla des vies dont on avait honte. Il fallait supporter ces vies-là tant qu'on ne pouvait s'en sortir, tant qu'il n'y avait pas d'issue. Il fit même allusion une fois de plus aux services de paquebots-poste de la côte orientale d'Afrique et le jeune Powell dut lui dire une fois de plus qu'il ne savait rien à leur sujet.

« " Je croyais que vous aviez parlé de départs chaque quinzaine ", dit M. Smith, qui insistait. Il bougea, parut se détacher de la lisse avec difficulté. Sa longue et mince silhouette se redressa, reprit sa raideur, comme par hostilité envers la paix feutrée de l'air, de la mer et du ciel, qui les enveloppait, émit dans la nuit un faible murmure où M. Powell crut distinguer le mot " abominable " trois fois répété, mais qui devint cette déclaration faite d'une voix légèrement plus forte : " Le moment est venu... d'aller se coucher ", suivie d'un soupir à peine audible.

« " Je dors très bien ", ajouta M. Smith de sa voix contenue. " Mais c'est le moment où on ouvre les yeux qui est horrible en mer. Ces journées! Oh, ces journées! Je me demande comment quiconque peut...

« — J'aime cette vie-là, fit observer M. Powell.

« — Oh, vous. Vous n'avez à penser qu'à vous-même. Vous avez fait votre lit. Eh bien, il est très agréable de sentir votre sympathie à notre égard. Ma fille s'est prise d'une vive amitié pour vous, monsieur Powell. "

« Il murmura " Bonne nuit " et s'éloigna, rigide, de sa démarche glissante. Le jeune Powell se demanda non sans répugnance quel était le sens de ces propos. Son esprit, à force d'être harcelé par un homme qui n'était autre que le grotesque Franklin, avait fini par adopter cette attitude dubitative. Le soupçon ne lui était pas naturel. Et il veillait soigneusement à séparer dans ses pensées Mme Anthony de cet homme aux paroles énigmatiques — son père. Bientôt, il remarqua que la lumière brillant aux deux faux mantelets de pont de la chambre de M. Smith s'était éteinte. Le vieux monsieur s'était couché avec une rapidité surprenante. Peu après, s'éteignit la lampe éclairant la claire-voie avant du salon; c'était le signe que le steward avait apporté le plateau et était allé se coucher.

« Le jeune Powell avait pris son pas lourd et régulier d'officier de quart, dans l'ombre dense du monde orné d'étoiles qu'il avait bien haut au-dessus de la tête et qui ne projetait que quelques lueurs ici-bas, autour du navire. On laissait brûler toute la nuit la lampe de la claire-voie arrière. Il y avait aussi les faux mantelets des cabines de poupe qui luisaient, ternes, loin à l'arrière du pont et attiraient son œil, lorsqu'il faisait demi-tour pour aller dans cette direction.

« Le jeune Powell, dans le silence du navire accentué par la vaste immobilité silencieuse du monde, se dit qu'il y avait quelque chose de mystérieux chez des êtres comme l'absurde Franklin et même chez des êtres comme lui, Powell. C'était une pensée étrange et même inconvenante pour l'officier de quart d'un navire en haute mer, par une nuit si paisible fût-elle. Pourquoi diantre se tracassait-il? Pourquoi ne pouvait-il chasser de son esprit tous ces gens? On eût dit que le second lui avait communiqué son propre dévouement maladif. Il ne se serait pas cru capable de pareille sottise. Mais il l'était — visiblement. Sa sottise était d'un genre qu'il n'avait nullement prévu lui-même. Poussant plus loin l'introspection, il conclut que les ressorts de sa conduite étaient tout aussi obscurs.

« " Peut-être me surprendrai-je à un moment quelconque à faire des choses dont je n'ai aucune idée ", pensa-t-il. Et, en passant près du mât d'artimon, il vit un rouleau de cordage que la négligence des balayeurs avait laissé sur le pont. Obéissant à une impulsion qui n'avait rien de mystérieux, il se baissa au passage avec l'intention de le ramasser et de le pendre à son support normal. Ce mouvement amena sa tête au niveau de l'extrémité vitrée de la claire-voie arrière — la claire-voie éclairée donnant sur la partie la plus privée du salon, réservée à l'intimité de la vie conjugale du capitaine Anthony ; partie — permettez que je vous le rappelle — séparée du reste de cet espace interdit par une paire d'épais rideaux. Je mentionne ces rideaux, car, à ce point de son récit, M. Powell me rappela l'existence de cette disposition inusitée.

« Il la rappela avec un scrupule naïf après tout ce temps. Il dit : " Vous comprenez que, dès que je me baissai pour ramasser ce rouleau de manœuvre courante — c'était la cargue-basse de brigantine — je m'aperçus que mon regard pénétrait droit dans cette partie du salon que les rideaux étaient destinés à rendre particulièrement privée. Me comprenez-vous ? " dit-il avec insistance.

« Je lui dis que je comprenais ; et il se mit en devoir d'attirer mon attention sur le merveilleux enchaînement des petits faits, avec un reste de respectueux étonnement persistant après tant d'années devant le travail précis de cet artisan — hasard, destin, providence, appelez-le comme vous voudrez ! " Car, remarquez, Marlow ", dit-il en braquant sur moi des yeux très ronds qui faisaient un contraste comique avec la touche austère de gris sur ses tempes, " remarquez, mon cher, que tout dépendait du fait que les hommes qui avaient débarrassé la dunette le soir avaient laissé ce rouleau de cordage sur le pont, que l'itague de vergue avait été emportée auparavant le même jour de façon fort surprenante et incompréhensible, et que le bout de la chaîne, fouettant l'hiloire, était allé pulvériser la vitre colorée placée à l'extrémité de la claire-voie. Celle-ci portait les armes de la ville de Liverpool ; je ne sais pourquoi, à moins que ce ne fût parce que le *Ferndale* était inscrit à Liverpool. Quoi qu'il en soit, le haut en fut enfoncé et dès que nous nous fûmes occupés des avaries du gréement, M. Franklin avait fait réparer les dégâts par le charpentier avec des morceaux de verre ordinaire. Je ne sais où il les avait trouvés ; je crois que les gens qui avaient posé les rayonnages neufs dans la chambre du capitaine avaient laissé quelques carreaux de rechange. Notre Bout-de-Bois y avait passé tout l'après-midi à genoux à tripatouiller mastic et minium. Le travail, une fois terminé, n'était pas joli, loin de là, mais il suffirait à arrêter vent et pluie tout en laissant pénétrer la lumière. Du verre transparent. Et, naturellement, je n'y pensais pas. Je me courbai tout bonnement pour ramasser ce cordage et voilà que ma tête était à moins de trois pouces de ce verre transparent — et, que le diable m'emporte! J'ai découvert la vérité sur mon propre compte. Moins d'une demi-heure auparavant, je me disais qu'il était impossible de savoir ce que les gens avaient dans la tête ou ce qu'il y avait derrière leurs propos, ou ce qu'ils pouvaient bien mijoter. Et voici que je me découvrais capable de commettre l'acte le plus bas qu'on puisse imaginer. Car, après m'être baissé, je restai là à fureter, à espionner, en tout cas à regarder ce qui ne me regardait pas. Non pas consciemment, d'abord, peut-être. Celui qui a des yeux, vous savez, rien ne peut l'empêcher de voir, tant qu'il y a des choses à voir devant lui. Ce que je vis d'abord fut le bout de la table et le plateau qui y était fixé, un plateau breveté pour l'usage en mer, pourvu de logements destinés à deux carafes, un pot à eau et des verres. Ce fut l'éclat de ces ustensiles qui attira d'abord mon œil; mais ce que je vis ensuite fut le capitaine, là, en bas, seul, autant que je pouvais en juger; or je voyais à peu près toute cette partie de la pièce jusqu'au piano droit, qui se détachait, sombre, sur les panneaux de bois satiné de la cloison. Et je restai à regarder. Oui. Et je ne suis même pas sûr d'avoir eu honte de ce que je faisais, sur le moment. C'était la faute de ce Franklin, toujours à parler de cet homme en prenant tant de libertés qu'il semblait être devenu, en un certain sens, notre bien personnel à lui comme à moi. C'est drôle, mais c'était le sentiment qu'on éprouvait à propos du capitaine Anthony. L'observer n'était pas tellement plus mal qu'écouter Franklin parler de lui en long et en large. Mais inutile de chercher à excuser l'inexcusable. J'observai; mais vous savez sans doute que cette bassesse de ma part ne pouvait avoir rien d'hostile. Au contraire. Je vais maintenant vous dire ce qu'il faisait. Il se versait à boire avec une carafe. Je voyais tous ses mouvements et je me dis par dérision, comme pour me moquer intérieurement de Franklin, ‘ Eh bien! Voilà le capitaine qui se met enfin à boire. ’ Il versa un peu d'eau-de-vie ou je ne sais quoi dans un grand verre qu'il remplit d'eau, but environ un quart du contenu et remit le verre dans son logement. Ça m'a tout l'air d'une beuverie carabinée, me disais-je, m'amusant ferme des idées de ce Franklin. Il me faisait l'effet d'un énorme idiot avec sa jalousie et ses craintes. À cette allure-là, un mois n'aurait pas suffi à quiconque pour s'enivrer. Le capitaine s'assit dans l'un des fauteuils pivotants fixés autour de la table; il était juste au-dessous de moi et, quand il eut fait légèrement tourner le fauteuil, mon regard plongea littéralement le long de son dos. Il prit encore une petite gorgée, puis tendit le bras pour atteindre un livre posé sur la table. Je ne l'avais pas d'abord remarqué. Tout à fait le manège d'un ivrogne invétéré — n'est-ce pas? Il ouvrit le livre et le tint devant son visage. Si c'était là sa façon de s'adonner à la boisson, alors, inutile de m'inquiéter. Il ne courait aucun risque de ce côté-là et quand à n'importe quel autre danger, je vous assure qu'aucun être humain n'aurait pu avoir l'air plus en sécurité qu'il ne l'était dans cette cabine. J'éprouvai le plus profond mépris pour Franklin, à ce moment précis, en regardant le capitaine Anthony assis là, un verre d'alcool largement étendu d'eau à portée de la main, lisant dans la cabine de son navire par une nuit paisible — la plus paisible, peut-être la plus belle d'une heureuse traversée. Et si vous me demandez pourquoi je n'abandonnai pas mon vil espionnage, je vais vous dire ce qu'il en était. Le capitaine Anthony était grand liseur en ce temps-là; et moi aussi j'aime beaucoup les livres. Aujourd'hui encore, je ne peux pas m'approcher d'un livre sans qu'il me faille savoir ce dont il parle. C'était un volume assez épais qu'il avait là, imprimé en petits caractères serrés, sur deux colonnes — je le vois encore. Ce que je voulais distinguer, c'était le titre, au sommet de la page. J'ai de très bons yeux, mais il ne tenait pas le livre commodément — je veux dire pour moi, là-haut. Eh bien, c'était un genre d'ouvrage historique, voilà ce que je lus et puis, soudain, il plaque le livre ouvert les pages contre la table, se lève d'un bond comme si quelque mouche l'eût piqué et s'éloigne vers l'arrière.

« “ Drôle de chose, la honte. Je me conduisais mal et, en un certains sens, je le savais, mais je n'éprouvai pas vraiment de honte jusqu'au moment où la peur d'être surpris dans mon honorable occupation m'y fit renoncer. Je m'éloignai furtivement vers l'extrémité avant de la dunette et j'y flânai, le visage et les oreilles en feu, heureux qu'il fît nuit noire et m'attendant à chaque instant à entendre les pas du capitaine derrière moi. Car je tenais pour assuré qu'il venait sur le pont. Je pensai bientôt que j'aimais mieux me trouver face à face avec lui et gagnai lentement l'arrière, prêt à le voir surgir de la descente avant d'être moi-même parvenu jusque-là. Je pensai même qu'il m'avait découvert par quelque moyen. Mais c'était impossible, à moins qu'il n'ait eu des yeux au sommet de la tête. Je n'avais pas un instant vu son visage, d'en haut. C'était impossible; je ne courais aucun risque; et je me sentais fort méprisable; pourtant, expliquez cela comme vous pourrez, je ne semblais pas m'en soucier. Et, comme le capitaine ne paraissait pas sur le pont, j'éprouvai l'envie de continuer à me montrer méprisable. Je voulais jeter encore un coup d'œil. Je ne sais vraiment sous quelle maudite influence, sauf celle des propos de M. Franklin, qui auraient suffi à démoraliser n'importe qui en suscitant une sorte de curiosité malsaine qui, chez moi, annulait toutes les contraintes du respect humain.

« " Je ne voulais pas courir le risque d'être surpris par le capitaine, accroupi dans une attitude suspecte. Il fallait aussi compter avec le timonier. Voici donc ce que je fis — je m'étonne de ma vile astuce : je m'assis avec naturel sur le siège de la claire-voie, puis je m'aperçus qu'en me penchant en avant, je pouvais plonger mon regard par la partie supérieure du carreau du bout. Ce qui pouvait alors m'arriver de pire, si je gardais trop longtemps cette position, c'était d'être soupçonné par l'homme de barre de m'être endormi sur place. Quant au reste, mes oreilles m'avertiraient assez tôt du moindre mouvement dans la descente.

« " Mais cette position changeait mon angle de vision. De plus, elle en rétrécissait le champ. J'avais sous les yeux le bout de la table, le plateau et le fauteuil pivotant. Le capitaine n'était pas encore de retour. Je ne pouvais plus voir le piano; mais, par ailleurs, j'avais une vue plongeante très oblique sur les rideaux tirés en travers de la cabine, qui en séparaient la partie avant à peu près au niveau du bout de la claire-voie et à environ un pouce seulement du bout de la table. L'étoffe en était pesante; ils coulissaient sur une épaisse tringle de cuivre munie d'un dispositif destiné à empêcher les anneaux de glisser d'un côté à l'autre quand il y avait du roulis. Mais, à ce moment-là, le navire était presque aussi immobile qu'un modèle enfermé dans une vitrine et les rideaux, serrés l'un contre l'autre et taillés, peut-être à dessein, un peu trop longs, ne bougeaient pas plus qu'un mur plein. " »

Marlow se leva pour prendre un autre cigare. La nuit approchait de ce que je puis appeler son heure la plus profonde, la plus propice aux desseins mauvais de la haine, de l'avidité, du désespoir humains — à tout ce qui peut souffler à l'oreille des hommes des protestations illégitimes contre l'ordre des choses; l'heure du silence glacé, figé, sinistre, l'heure où le criminel est à l'œuvre, où la victime de l'insomnie touche le tréfonds d'un découragement terrible, l'heure qui précède les prémices de l'aube. Je le sais, car, tandis que Marlow traversait la pièce, je regardai la pendule placée sur le manteau de la cheminée. Mais lui ne regarda nullement par-là, bien qu'il soit possible qu'il ait aussi été conscient de la fuite du temps. Il s'assit pesamment.

« Notre ami Powell, reprit-il, tenait fort à me voir comprendre la topographie de cette cabine. Je m'intéressais davantage à son atmosphère morale, à cette tension engendrée par le mensonge, l'acharnement à jouer un rôle, qui corrompait la pure atmosphère marine où le magnanime Anthony avait emporté le fruit de sa victoire et — ma foi — de sa victoire sur lui-même aussi, tentant d'agir à la fois comme une bête de proie, un pur esprit et le " plus généreux des hommes ". C'était évidemment trop, car il n'avait rien d'un monstre, mais n'était qu'un mortel ordinaire, un peu plus opiniâtre et sûr de lui que la plupart, peut-être, à la fois par sa rudesse et par sa délicatesse.

« Quant à la délicatesse du manège de M. Powell, je n'en dirai rien. Il éprouvait une sorte d'émoi dépravé à observer un homme à son insu — et, qui plus est, un homme sympathique et mystérieux comme le capitaine Anthony. Il voulait jeter sur lui encore un coup d'œil. Il conjecturait que le capitaine devait bientôt revenir, à cause du verre plein aux deux tiers et aussi du livre si brusquement posé. Dieu sait quel soudain coup de poignard avait fait se lever ainsi d'un bond Anthony. Je suis convaincu que la lecture était pour lui un opium contre la souffrance causée par sa magnanimité, qui, comme toutes les tumeurs malignes, rongeait sa substance saine avec une cruelle obstination. Peut-être s'était-il précipité dans sa cabine tout simplement pour gémir librement dans le secret absolu de sa délicatesse. En tout cas, il s'y attardait. Et le jeune Powell aurait fini par éprouver lassitude et scrupule s'il ne lui était devenu évident qu'il n'avait pas été le seul à se livrer à l'occupation fort répréhensible d'observer les mouvements du capitaine Anthony.

« Powell m'expliqua qu'aucun bruit ne lui parvenait ou, peut-être, ne pouvait lui parvenir du salon. Le premier signe — et il nous faut nous rappeler qu'il écarquillait les yeux tant qu'il pouvait — fut un mouvement inexplicable du rideau. C'était une très légère ondulation; à peine perceptible, même, pour les sens aiguisés d'un observateur caché ; car il est incontestable que nos facultés sont beaucoup plus éveillées quand nous agissons mal (et ne devons pas être découverts) que si nous nous livrons à une occupation légitime.

« Il devint soupçonneux, sans penser à personne ni à rien de précis. Son soupçon s'attachait au rideau lui-même, et il l'observa. Il semblait très innocent. Puis, juste comme Powell était prêt à accuser son imagination de lui jouer un tour, il vit trembler la jointure des deux rideaux. Oui ! Quelqu'un d'autre que lui avait observé le capitaine Anthony. Il avoua ingénument que cela souleva son indignation. C'était trop bien faire les choses. Dans cet état d'intense hostilité, il observa avec émoi le bout des doigts qui tripotaient l'étoffe sombre. Puis ils saisirent le bord de l'autre rideau et s'y attardèrent — des doigts et des phalanges, rien d'autre. C'était une vision abominable. Il la contemplait avec une inexplicable répulsion, quand apparut une main, une vieille main courte, bouffie, tavelée, qui pénétra dans la zone éclairée par la lampe, suivie d'un poignet blanc, d'un bras vêtu d'une manche d'habit grise, jusqu'au coude, au-dessus du coude, tendue, tremblante, vers le plateau. Apparition mystérieuse et répugnante, fantastique et grotesque. Mais, au lieu d'empoigner la bouteille, comme Powell s'y attendait, cette main, tremblant d'une avidité sénile, obliqua en direction du verre, se posa un instant sur son bord (du moins était-ce l'impression que cela donnait, vu d'en haut) et se retira brusquement. Les doigts de l'autre main, crispés sur le rideau, disparurent en même temps et le jeune Powell, fixant les rideaux immobiles, put s'abandonner un instant à l'idée qu'il avait rêvé.

« Mais cette idée ne dura pas longtemps. Powell, une fois réprimé son premier mouvement, qui était de bondir dans la descente et de tambouriner à la porte du capitaine, se fit relever par le maître d'équipage. Ses sentiments étaient en désarroi et il avait pourtant l'esprit lucide. Il resta sur la claire-voie afin de ne pas quitter le plateau des yeux.

« Le capitaine ne paraissait toujours pas au salon. “ S'il était arrivé, dit M. Powell, j'aurais su quoi faire. J'aurais aussitôt donné un coup de coude dans le carreau — crac. ”

« Je lui demandai pourquoi.

« “ C'était le truc le plus rapide pour l'éloigner de ce plateau, expliqua-t-il. J'avais la gorge si sèche que je ne savais pas si je pourrais crier assez fort. Et ce n'était d'ailleurs pas le moment de crier. "

« Le maître d'équipage, qui arrivait ensommeillé et indigné sur la dunette, trouva le lieutenant plié en deux au-dessus de l'extrémité de la claire-voie, dans une attitude qui aurait pu indiquer une vive douleur. Et sa voix était si changée que cet homme, bien que naturellement irrité d'avoir été tiré du lit, ne fit aucun commentaire sur le prétexte d'indisposition subite que le jeune Powell mit en avant.

« La rapidité avec laquelle le malade quitta la dunette dut étonner le maître d'équipage. Mais Powell, au moment où il ouvrit la porte du gaillard d'arrière donnant accès au salon, avait réussi à maîtriser son agitation. Il entra promptement, mais sans bruit et se trouva dans la partie obscure du salon, car la vive lumière de la lampe placée de l'autre côté des rideaux n'était visible qu'au-dessus de la tringle sur laquelle ils coulissaient. La porte de la cabine de M. Smith se trouvait dans cette partie obscure. Powell passa devant et s'assura d'un rapide coup d'œil de côté qu'elle était mal fermée. " Oui, me dit-il, le vieux bonhomme devait observer par la fente. De cela je suis sûr, mais ce n'était pas moi qu'il épiait, l'œil et l'oreille aux aguets. Horrible! Il dut certainement être saisi d'entendre et de voir quelqu'un qu'il n'attendait pas. Il lui était absolument impossible de deviner pourquoi j'entrais, mais j'imagine qu'il dut être inquiet. " Inquiet, vraiment! Il dut être foudroyé, atterré.

« La seule intention nette de Powell avait été d'enlever le verre suspect. Il n'avait aucun autre plan, aucun autre but, aucune autre pensée. Le faire disparaître d'une manière ou d'une autre. S'en saisir et filer avec.

« Vous connaissez la puissance absolue d'une idée fixe, puissance non pas rationnelle mais émotive, sorte d'exaltation concentrée. Sous son empire, les hommes se ruent aveuglément à travers le feu, l'eau, bravent la violence hostile et rien ne peut les arrêter, sauf, parfois, un grain de sable. Pour exécuter ce dessein aveugle (au fond duquel était, évidemment, la pensée de Mme Anthony), M. Powell avait tout le temps. Ce qui l'arrêta, à l'instant crucial, fut l'aspect familier, inoffensif, des choses ordinaires, la lumière immobile, le livre ouvert sur la table, la solitude, la paix, l'atmosphère intime du lieu. Il tenait le verre à la main; il n'avait plus qu'à disparaître, à se retirer, à passer de l'autre côté des rideaux, à fuir sans bruit dans la nuit avec le verre, à gagner le pont et à le jeter sans être vu par-dessus bord. Une minute, tout au plus, suffirait. Et alors, tout ce qui serait arrivé eût été l'étonnement devant la totale disparition d'un grand verre, énigme ridicule appartenant au domaine de l'office, insoluble pour l'ingéniosité de tout le monde à bord. Le grain de sable qui fit trébucher Powell emporté par son élan fut un instant d'incrédulité quant à la vérité de sa propre conviction, parce qu'elle n'avait pas affecté l'aspect rassurant des choses familières. Il doutait aussi du témoignage de ses yeux. Il avait dû rêver tout cela! “ Je suis en train de rêver maintenant ”, se dit-il. Et, pendant quelques secondes, il dut fort probablement avoir l'air d'un homme en état d'hypnose ou profondément endormi tout debout, un verre d'alcool étendu d'eau à la main.

« Ce qui le réveilla et du même coup riva irrévocablement ses pieds au sol fut une voix qui lui demandait avec un fracas de tonnerre ce qu'il faisait là. Ce fut du moins l'impression qu'elle produisit à ses oreilles. Anthony, en ouvrant la porte de sa cabine arrière, avait, naturellement, poussé une exclamation. À quoi d'autre s'attendre? Et l'exclamation avait dû être assez forte, vu la nature du spectacle qu'il avait sous les yeux. Là, devant lui, était son lieutenant, jeune homme apparemment convenable et bien élevé, qui, pendant son quart, avait quitté le pont et s'était furtivement glissé dans le salon dans le but inexprimablement vil, semblait-il, de finir le reste d'un verre d'alcool étendu d'eau laissé par le capitaine. Il était là, incontestablement surpris le verre à la main.

« Mais c'est précisément le caractère monstrueux des apparences qui fit taire Anthony après la première exclamation; et le jeune Powell se sentit complètement transpercé par le regard noyé dans l'ombre que lui lança son capitaine. Anthony s'avança tranquillement. Le premier mouvement de M. Powell, lorsqu'il avait été découvert, avait été de projeter le verre sur le sol. Il était en proie à une sorte de panique. Mais, tout au fond de lui-même, son intelligence était à l'œuvre et la pensée que, s'il le faisait, il ne pourrait rien prouver, alors que l'histoire qu'il avait à raconter était absolument incroyable, le retint. Le capitaine s'avança lentement. Les yeux maintenant tout proches des siens, Powell, comme envoûté, tout le corps engourdi, réussit à lever un doigt vers le pont en marmonnant en guise d'explication : “ Maître d'équipage sur la dunette. ”

« Le capitaine remua légèrement la tête, comme pour dire

“ Très bien... ” et ce fut tout. L’air était irrespirable, épais, poisseux, odieux, semblable à de la gelée chaude où tout mouvement devenait difficile. Il leva un peu le verre avec une énorme difficulté et remua ses lèvres scellées suffisamment pour former ce mot :

« “ Empoisonné. ”

« Anthony regarda le verre un instant, un instant seulement, puis, de nouveau, riva ses yeux sur le visage de son lieutenant. Powell ajouta un ardent “ Je crois ” et posa le verre sur le plateau. Le regard du capitaine suivit son mouvement et, sévère, revint se poser sur son visage. Le jeune homme désigna encore une fois du doigt le plafond et exprima de sa gorge serrée par un étau de fer six mots de suite en matière d’explication supplémentaire : “ Par la claire-voie. Le carreau transparent. ”

« À ces mots, le capitaine haussa fortement les sourcils, tandis que le jeune Powell, honteux, mais jouant son va-tout, faisait plusieurs fois oui de la tête avec insistance. Il voulait dire que oui, oui. Il avait fait cela. Il avait espionné... Le regard du capitaine devint pensif. Et, l’aveu fait, la sensation qu’éprouvait Powell d’avoir la gorge serrée par un étau de fer disparut, fit place à une anxiété générale qui, de sa poitrine, semblait gagner tous les membres et tous les organes de son corps. Ses jambes tremblaient un peu, sa vue était obscurcie, son esprit n’était plus que vide et attente. Mais il était assez en éveil. Sur un mouvement d’Anthony, il cria dans un murmure étranglé :

« “ Non, capitaine ! N’y touchez pas. ”

« Le capitaine écarta le bras tendu de Powell, souleva le verre et l’amena lentement dans la lumière de la lampe. Le liquide d’une couleur fortement ambrée était transparent et, d’un coup d’œil, le capitaine parut signaler le fait à l’attention de Powell. Powell tenta de prononcer le mot “ dissous ”, mais il ne fit qu’y penser avec une grande énergie qui ne réussit pas pourtant à mouvoir ses lèvres. C’est seulement lorsque Anthony eut reposé le verre et se fut tourné vers lui qu’il recouvra une maîtrise de sa voix suffisante pour la maintenir au niveau d’un murmure hâtif et pressant — d’un murmure qui le secoua.

« “ Empoisonné ! Je le jure ! Je l’ai vu. Empoisonné ! Je l’ai vu. ”

« Pas un trait du visage du capitaine ne bougea. Son calme avait de quoi vous couper le souffle. Il eut cet effet sur le jeune

Powell. Alors Anthony se fit entendre pour la première fois, pertinemment.

« “ Vous l'avez vu!... Qui était-ce? ”

« Et Powell, haletant, respira enfin librement. “ Une main ”, murmura-t-il d'un ton craintif, “ une main et le bras, le bras seulement, comme cela. ”

« Il étendit le sien, lent, furtif, tremblant — fidèle imitation — l'extrémité de deux doigts et le pouce pressés les uns contre les autres, hésitant un instant au-dessus du verre puis se retirant brusquement, l'acte accompli.

« “ Comme cela ”, répéta-t-il, gagné par une animation croissante, “ surgissant de derrière ceci. ” Il saisit le rideau et regardant, l'œil enflammé, Anthony silencieux, il l'écarta violemment, démasquant la partie antérieure du salon. Personne ne s'y trouvait.

« Powell ne s'était pas attendu à y voir quelqu'un. “ Mais, me dit-il, je savais fort bien qu'une oreille écoutait, qu'un œil était collé à la fente d'une porte de cabine. Pensée horrible. Et cette porte était dans la partie du salon qui restait dans l'ombre projetée par l'autre moitié du rideau. Je la désignai du doigt et j'imagine que le vieux bonhomme posté à l'intérieur me vit la désigner. Le capitaine témoignait d'une maîtrise de soi merveilleuse. Impossible de rien lire sur son visage. Mettons qu'il était peut-être plus pensif qu'à l'ordinaire. Et il y avait en effet là matière à penser. Mais je ne pouvais penser avec fermeté. Mon cerveau donnait comme une secousse, puis s'engourdissait à nouveau. J'avais perdu toute notion du temps et peut-être — comment le savoir? — regardais-je le capitaine depuis des jours et des mois, quand je l'entendis murmurer farouchement à mon adresse : ‘ Pas un mot! ’ Le choc que j'en reçus me fit sortir de mon état d'hypnose et je dis : ‘ Non! Non! Je ne voulais rien dire, pas même à vous. ’

« “ Je voulais expliquer ma conduite, mes intentions, mais je lus dans ses yeux qu'il me comprenait et je fus trop heureux de me taire. Et nous étions là, à nous regarder, muets, arrêtés net par la question : ‘ Et maintenant? ’

« “ Je croyais le capitaine Anthony fait d'acier jusqu'au moment où je le vis lancer brusquement la tête à droite et à gauche avec fureur, comme un animal sauvage aux abois qui ne sait par où foncer... ” »

« En vérité, expliqua Marlow, aux abois n'était pas une mauvaise comparaison; elle était meilleure que M. Powell ne s'en rendait compte. À cet instant, l'apparition de Flora ne pouvait que porter la tension à son point de rupture. Elle surgit tout innocemment, mais non sans une crainte vague. L'exclamation poussée par Anthony dès qu'il avait vu Powell était venue jusqu'à elle, dans sa cabine, où, paraît-il, elle se brossait les cheveux. Elle avait entendu les paroles mêmes : " Que faites-vous ici? " Et la violence inaccoutumée de la voix — de la voix d'Anthony — rompant le silence habituel de l'heure, eût fait tressaillir quelqu'un qui aurait eu moins de raisons d'être constamment craintif que la captive de l'impérieuse générosité d'Anthony. Elle n'avait aucun moyen de deviner à qui la question s'adressait et celle-ci éveilla dans son cœur un écho, comme le faisait toujours la voix d'Anthony. Un silence total s'ensuivit. Elle demeura dans une attente anxieuse, jusqu'au moment où il lui fut impossible de supporter plus longtemps la tension et, avec la prière silencieuse et lasse des gens accablés — " Mon Dieu! Qu'y a-t-il encore? " — elle ouvrit la porte de sa chambre et regarda dans le salon. Son premier regard tomba sur Powell. Un instant, ne voyant avec Anthony que le lieutenant, elle se sentit soulagée et fit mine de se retirer; mais ses sens aiguisés discernèrent quelque chose de suspect dans leur attitude et elle s'avança lentement.

« " Je fus le premier à voir Mme Anthony, dit Powell, car je faisais face à l'arrière. Le capitaine, remarquant mon regard, jeta rapidement un coup d'œil par-dessus son épaule et porta aussitôt le doigt à ses lèvres pour me mettre en garde. Comme si j'allais lâcher quoi que ce fût devant elle! Mme Anthony portait une robe de chambre d'une étoffe grise à parements rouges, et une grosse cordelière rouge autour de la taille. Ses cheveux étaient défaits. Elle avait l'air d'une enfant, d'une enfant au visage pâle, aux grands yeux bleus, dont la bouche rouge, légèrement ouverte, laissait voir la lueur de dents blanches. La lumière tomba crûment sur elle, lorsqu'elle atteignit le bout de la table. Étrange enfant, cependant; elle ne faisait guère l'effet d'une enfant, je m'en souviens. Savez-vous ", s'exclama M. Powell, qui, visiblement, devait être, comme beaucoup de marins, liseur assidu, " savez-vous ce qu'elle évoqua pour moi, avec ses grands yeux et quelque chose de pathétique dans son expression tout entière? Un elfe abandonné. Le capitaine Anthony s'était rapproché d'elle pour la maintenir à l'écart de mon bout de table, où était posé le plateau. Je ne les avais encore jamais vus si près l'un de l'autre et c'était là un vif contraste. C'était extraordinaire, car, avec sa barbe taillée en pointe, son teint basané, hâlé, son nez mince et sa tête osseuse, le capitaine Anthony avait quelque chose d'africain, de mauresque. Son cou était nu; il avait enlevé vareuse et faux col et avait passé sa veste de pyjama pendant son absence du salon. Il me semble le voir maintenant. Mme Anthony aussi. Le regard de celle-ci allait de lui à moi — j'imagine que j'avais l'air coupable ou effrayé — et de moi à lui; elle essayait de deviner ce qui se passait entre nous. Puis elle s'exclama brusquement : ' Qu'est-il arrivé? ' — question qui semblait s'adresser à moi. Je marmonnai : ' Rien! Rien, madame ', réponse que, fort probablement, elle n'entendit pas.

« " N'allez pas croire que tout cela ait duré longtemps. Elle avait pris peur devant notre comportement et, dans sa détresse, se tourna vers le capitaine. ' Qu'est-ce que vous me cachez? ' Question directe — hein? Je ne sais quelle réponse le capitaine eût faite. Avant même qu'il pût lever les yeux vers elle, elle s'écria : ' Ah! Voici papa! ' d'un ton de vif soulagement, mais, aussitôt après, il me sembla que la crainte lui faisait retenir son souffle. Je m'intéressais si vivement à elle que — comment dire — son exclamation ne se rattacha d'abord à rien dans mon esprit. Je remarquai aussi qu'elle s'était craintivement un peu rapprochée du capitaine Anthony, avant que l'idée ne me vînt de tourner la tête. Je puis vous assurer que le choc de voir ce vieil homme effectivement présent fit que mon cou tordu se figea dans cette position! Il avait osé! J'imagine que vous pensez que j'aurais dû le considérer comme fou. Mais cela m'était impossible. C'eût été certainement plus facile. Mais cela m'était vraiment impossible. Il fallait le voir! Premièrement, il était complètement vêtu — il avait même encore sa casquette sur la tête, exactement comme au moment où il m'avait quitté, sur le pont, deux heures auparavant, en disant de sa voix douce : ' Le moment est venu d'aller se coucher ' — tandis qu'il avait l'intention d'aller commettre cet acte, de se cacher dans sa cabine obscure et de regarder le poison faire son œuvre. Un frisson glacé me parcourut le dos. M. Smith avait les mains dans les poches de sa veste, les bras serrés tout contre son corps maigre et droit, et il traversa la cabine à petits pas traînants. Il y avait sur chacune de ses vieilles joues flasques une tache rouge, comme si on les eût pincées. Il laissait un peu retomber sa tête et regardait avec une espèce d'attente sournoise le capitaine et Mme Anthony, debout, l'un tout près de l'autre, à l'extrémité opposée du salon. Quelle horrible impudence calculatrice ! Sa fille était là et je suis sûr qu'il avait vu le capitaine porter un doigt à ses lèvres pour me mettre en garde. Et c'est alors qu'il était sorti froidement de sa chambre ! Cela passait mon imagination, je vous l'assure. Après mon unique frisson, sa présence anéantit toutes mes facultés — étonnement, horreur, indignation. Je n'éprouvais rien de particulier, exactement comme s'il était toujours le vieux monsieur qui causait familièrement avec moi chaque jour, sur le pont. Le croiriez-vous ? "

« M. Powell mettait ma capacité d'étonnement au défi devant ce phénomène intérieur », poursuivit Marlow après un bref silence. « Mais, même si elle n'avait pas été totalement mobilisée, ainsi que toute ma capacité d'attention, par l'effort de suivre les faits de cette affaire, je n'aurais pas été surpris par ce qu'il avait dit de lui-même. Vu sa jeunesse, ses propos n'étaient nullement incroyables ; ou, en tout cas, ils formaient la partie la moins incroyable de toute la situation. Ils en étaient aussi la moins intéressante. L'intérêt était ailleurs et là, bien sûr, tout ce qu'il pouvait faire était de regarder la surface. Le sens profond de ce qui se passait sous ses yeux lui était plus impénétrable à lui, le témoin oculaire, qu'à moi qui, bien des années plus tard, écoutais ses paroles. Le tour que prit bientôt, dans cette crise, le destin de Flora De Barral outrepassait la faculté d'expliquer de Powell et semblait, en un certain sens, naturel. Et les raisons de sa présence sur les lieux étaient si étranges qu'il ne fut donné qu'à moi seul de m'étonner que ce jeune homme, amené là par un pur hasard, eût, cette nuit-là, tout déclenché.

« Toute situation créée soit par la folie, soit par la sagesse, a son moment psychologique. La conduite du jeune Powell, avec son mélange d'impulsions juvéniles et d'instinctive prudence, n'avait pas créé celle-là — ce serait trop dire — mais elle l'avait dévoilée aux yeux des acteurs eux-mêmes. Que serait-il arrivé si Powell avait ébruité sa découverte ? Mais il n'en fit rien. Il avait la tête pleine de Mme Anthony et il se conduisit avec une sagesse rare à son âge. C'est ce que font souvent certains enfants bien élevés ; et ce n'est sûrement pas le fruit de la réflexion. Ils suivent leur inspiration personnelle. L'inspiration du jeune Powell, c'était son " enthousiasme " pour Mme Anthony. " Enthousiasme " est vraiment bien trouvé. Et il était parmi les autres comme un enfant, sensible, impressionnable, malléable — mais incapable de trouver par lui-même aucune espèce d'explication.

« Je ne sais pas ce que vaut la mienne; mais je crois qu'à ce moment précis la tension de cette situation fausse était à son comble. De toutes les formes que nous offre la vie, la plus impérieuse est celle qui exige un couple pour sa pleine réalisation. S'unir est le destin des humains. Et si deux êtres qui se trouvent unis, qui s'attirent mutuellement, résistent à cette nécessité, ne se comprennent pas et refusent d'aller jusqu'à... l'étreinte, au sens le plus noble du terme, ils pèchent contre la vie, dont l'appel est simple. Peut-être sacré. Et la punition de cette faute, c'est l'invasion de la complexité, le tourment de sentiments contraints de se replier sur eux-mêmes, forme de souffrance la plus profonde, dont l'issue peut être finalement significative — crime ou héroïsme, folie ou sagesse — ou même décision droite quoique désespérée.

« En quittant des yeux le vieil homme, Powell remarqua que le capitaine Anthony, basané comme un Africain, à côté de Flora plus blanche qu'un lys, tirait son mouchoir et essuyait sur son front la sueur du tourment, comme un homme accablé. " Et rien d'étonnant à cela ", commenta à ce moment M. Powell. Puis le capitaine dit : " Ne vaudrait-il pas mieux que vous retourniez dans votre chambre? " Cela s'adressait à Mme Anthony. Il essaya de lui sourire. " Pourquoi semblez-vous étonnée? Cette soirée ressemble à n'importe quelle autre. "

« " Ce qui ", commenta de nouveau sérieusement Powell à mon intention, " était un mensonge... Rien d'étonnant à ce qu'il fût en sueur. " Vous voyez, d'après cet exemple, la valeur des explications de Powell. Mme Anthony dit alors : " Pourquoi me renvoyez-vous?

« — Pourquoi? Pour que vous dormiez. Pour que vous vous reposiez. " Et le capitaine Anthony fronça les sourcils. Puis, sèchement : " Restez ici, monsieur Powell. Je vais avoir besoin de vous. " À vrai dire, Powell n'avait pas bougé. Flora ne se formalisait pas de sa présence. Quant à lui, il avait le sentiment de ne pas compter pour ces trois êtres. Il regardait Mme Anthony sans plus de vergogne que le chien du proverbe qui regarde un évêque. Mme Anthony lui lança un coup d'œil. Elle ne bougea pas, saisie par une inexplicable prémonition. Elle avait atteint l'extrême limite de son endurance en tant qu'objet de la magnanimité d'Anthony ; elle était la proie de la crainte intuitive d'elle ne savait quelle mystérieuse influence ; elle se sentait refoulée dans cet isolement, dans cette solitude morale qui avait rendu toute sa vie intolérable. Et puis, dans cette étroite communion rétablie avec Anthony, elle éprouva – comme lors de la fameuse nuit dans le jardin – la force de sa fascination personnelle. La calme passivité avec laquelle elle le regardait la faisait paraître ensorcelée ou, disons, plongée dans un sommeil hypnotique, comme si elle avait perdu toute notion du lieu où elle se trouvait.

« Après avoir dit à M. Powell de ne pas s'éloigner, le capitaine resta silencieux. Soudain, Mme Anthony repoussa sa chevelure défaite d'un geste décidé des deux bras et se rapprocha encore de lui. " Voici papa, qui n'est pas encore couché ", dit-elle, mais sans regarder dans la direction de M. Smith. " Pourquoi ? Et vous ? Je ne puis rester plus longtemps ainsi, Roderick, entre vous deux. Je vous en prie. "

« Anthony l'interrompit, comme si sa langue eût été déliée.

« " Ah, oui. Voici votre père. Et... Pourquoi pas ? Peut-être vaut-il autant que vous soyez sortie de votre chambre. Entre nous deux, dites-vous ? Je ne feindrai pas de ne pas comprendre. Je ne suis pas aveugle. Mais je ne puis plus me battre pour conserver ce que je ne possède pas. Je ne sais ce que vous imaginez s'être passé. Quelque chose s'est passé, pourtant. Mais il ne faut pas avoir peur. Nulle ombre ne peut vous atteindre, car je renonce. Je ne peux pas dire que nous en ayons beaucoup parlé, votre père et moi, mais, pour dire la chose en deux mots, il me faut apprendre à vivre sans vous, ce que je vous ai dit être impossible. Je disais vrai. Mais c'en est fini pour moi des luttes, de l'attente ou de l'espoir. Oui. Vous partirez. "

« À ce moment, M. Powell qui (il me l'a avoué) écoutait, médusé, sans comprendre, entendit derrière lui un ricanement de triomphe. En parler le faisait encore frémir, dit-il ; mais, sur le moment, à l'exception d'un autre frisson dans le dos, ce bruit ne put l'empêcher d'être fasciné par la scène qui frappait ses yeux et ses oreilles aussi, car, à cet instant précis, le capitaine Anthony éleva la voix, farouche. Peut-être avait-il entendu, lui aussi, le ricanement du vieillard.

« " Votre père a trouvé un argument qui me fait hésiter, s'il ne me convainc pas. Non ! Je ne puis y répondre. Je... Je ne veux pas y répondre. Je capitule, tout simplement. Il sera fait selon sa volonté en ce qui vous concerne — et en ce qui me concerne moi aussi. Mais ", ajouta-t-il plus bas, tristement, comme si l'on eût abaissé la pédale d'un piano (cela frappa M. Powell), " il faudra un peu de temps. Je ne vous ai jamais menti. Jamais. Je renonce non seulement à la chance qui me fut offerte, mais à ma vie. Dans quelques jours, dès que nous serons au port, dès cet instant même, moi qui ai dit que je ne pourrais jamais vous laisser partir, je vous laisserai partir. "

« Pour le spectateur naïf, Anthony parut à ce moment perdre toute force physique. À mon avis, la fausseté absolue de ce que je puis appeler ses aspirations, la vanité de ses efforts pour saisir le vide, l'avaient frappé avec une évidence accablante, le laissant désarmé devant la démente et sinistre sincérité de l'autre. Comme il l'avait dit lui-même, il ne pouvait se battre pour conserver ce qu'il ne possédait pas; il ne pouvait affronter pareille lutte par égard pour sa seule magnanimité. Il n'y a que le normal qui puisse vaincre l'anormal. Il ne pouvait pas même adresser de reproches à cet homme qui était là-bas. " Je m'avoue battu ", dit-il d'une voix plus ferme. " Vous êtes libre. Je vous rends votre liberté, puisqu'il le faut. "

« Powell, le témoin, affirme qu'à ces paroles incompréhensibles, Mme Anthony se raidit, devint l'image même de la stupéfaction, le regard apeuré, les lèvres figées. Mais, l'instant d'après, elle eut un cri du cœur, non pas très fort, mais d'une qualité telle qu'il coupa le souffle non seulement au capitaine Anthony (qui ne la regardait pas), mais au jeune homme placé plus loin d'elle (et également pris au dépourvu) : " Mais je ne veux pas de ma liberté ", s'écria-t-elle.

« Elle était si parfaitement immobile qu'on se demandait si le cri venait d'elle. Le bruit de pas traînants, inquiets, derrière le dos de Powell, s'arrêta net. Le ricanement intermittent, ténébreux, cessa également. Le jeune Powell, tournant la tête, vit M. Smith lever la sienne, ses yeux décolorés, aux coins plissés tout à fait immobiles, comme un homme qui voit fondre sur lui quelque chose qui vient de très loin. Et la voix de Mme Anthony, suppliante, indignée, parvint aux oreilles de Powell.

« " Vous ne pouvez pas me rejeter ainsi, Roderick. Je ne veux pas vous quitter. Je ne veux pas... "

« Powell se retourna et s'aperçut alors que le spectacle que regardait M. Smith en plissant le coin des yeux était celui de sa fille accrochée au cou du capitaine Anthony, spectacle qui n'était pas inconvenant en soi, mais dont l'effet fut de susciter chez le jeune Powell une émotion profonde mêlée de timidité. Cette émotion était différente de celle qu'il avait éprouvée en épiant ce que révélait la claire-voie, mais, dans le cas présent aussi, il ressentait la gêne, sinon la culpabilité d'un spectateur invisible. L'expérience s'accumulait sur ses jeunes épaules. La chevelure de Mme Anthony retombait en une masse sombre, comme la chevelure d'une noyée. Il semblait qu'elle allait lâcher prise et s'affaisser sur le plancher, si le capitaine retirait le bras qui la soutenait. Mais il était évident que le capitaine n'avait pas cette intention. Debout, ferme et silencieux, il regardait d'un œil sombre M. Smith. Pendant quelque temps, les sanglots étouffés et convulsifs de la fille de M. Smith furent le seul bruit qui troubla le silence. La vigueur avec laquelle Anthony serrait Flora contre sa poitrine ne pouvait être mise en doute, même à pareille distance, et soudain, comprenant l'occasion qui lui était offerte, le capitaine se mit à entraîner la jeune femme vers sa cabine en la portant à moitié, en la soutenant à moitié. Il avait la tête penchée sur elle avec sollicitude, puis, se reprenant, le regard chargé d'une flamme inaccoutumée, la voix résonnant d'une intonation inconnue de M. Powell, il cria au lieutenant : " Ne retournez pas encore sur le pont. Je veux que vous restiez ici jusqu'à mon retour. J'ai des instructions à vous donner. "

« Et, avant que le jeune homme pût répondre, Anthony avait disparu dans la cabine arrière, exultant, avec son fardeau.

« " Des instructions, commenta M. Powell. Parfait. Très probablement ; mais ce seraient des instructions, pensai-je en moi-même, que peut-être aucun officier de marine n'avait reçues auparavant. La pensée de leur teneur probable me souleva légèrement le cœur. Mais voilà ! Il faut s'occuper d'une façon ou d'une autre de tout ce qui se passe à bord en haute mer. Il n'y a pas de préposés vers qui l'on puisse courir chercher du secours. Et j'avais ce vieillard sur les bras. Quand il remarqua que je le regardais, il se remit à traverser obliquement le salon de son pas traînant. Il gardait les mains enfoncées dans ses poches, le dos aussi raide que jamais, mais sa tête retombait. Au bout d'un moment, il dit de sa voix douce et molle : ' Vous avez vu ? ' "

« Powell n'avait pas en tête de mots précis pour exprimer

l'horreur qu'il ressentait. Aussi dit-il — il lui fallait dire quelque chose : " Grands dieux ! À quoi pensiez-vous, monsieur Smith, pour essayer de... " Et puis il s'interrompit. Il n'osait pas prononcer le mot terrible : empoisonner. M. Smith arrêta sa marche.

« " Penser ! Savez-vous ce que c'est que penser ? Je ne pense pas. Il y a dans ma tête quelque chose qui pense. Les pensées, chez les hommes, c'est comme l'ivresse que donne la boisson ou... On ne peut pas les arrêter. Un homme qui pense pense forcément n'importe quoi. Non ! Mais avez-vous vu ? Avez-vous vu ?

« — Je vous dis que oui ! J'en suis certain ! dit Powell avec force. Je n'ai pas cessé de vous regarder. Vous avez mis quelque chose dans le contenu de ce verre. "

« Puis Powell perdit en quelque sorte le souffle. M. Smith le regarda avec une curiosité méfiante.

« " Mon bon jeune homme, je ne sais de quoi vous parlez. Je vous pose une question : avez-vous vu ? Qui l'eût cru ? Les bras autour du cou de cet homme. Alors que ! Oh ! Ha ! Ha ! Vous l'avez vu, n'est-ce pas ? Ce n'était pas une illusion, hein ? Les bras autour... Mais je n'ai jamais pleinement fait confiance à ma fille. "

« " Alors, je me suis emporté contre lui, dit M. Powell. Je lui ai dit qu'il avait bigrement de la chance d'être tombé sur le capitaine Anthony. Un homme comme il n'y en avait pas deux. Il se remit à aller et venir de son pas traînant. ' Vous aussi ', dit-il d'un ton lugubre, en gardant les yeux baissés. ' Hein ? Un homme extraordinaire ? Mais, avez-vous la moindre idée de l'homme que je suis ? Écoutez ! J'étais le Grand M. De Barral. Telle était la formule qu'on imprimait dans les journaux, en même temps qu'on fomentait un complot. Et j'ai fait de la prison. Et maintenant je suis au plus bas. ' Sa voix faiblit, ne fut plus qu'un souffle. ' Au plus bas. '

« " Il retira les mains de ses poches, tira sur la casquette pour l'enfoncer sur sa tête et remit les mains dans ses poches tout comme s'il se préparait à sortir pour affronter un grand vent. ' Mais pas assez bas pour souffrir le déshonneur de la voir coincée entre les griffes de cet individu sans rien faire. Elle a refusé de m'écouter. Par peur ? Par sottise ? Il me fallait trouver un moyen de la tirer de là. Est-ce que vous pensiez, vous, qu'elle l'aimait ? Non ! Qui l'eût pensé ? Personne ! Elle prétendait que c'était à cause de moi. Elle ne pouvait pas comprendre que, si je n'avais pas été un vieillard, il y a des mois que j'aurais sauté à la gorge de cet homme. D'ailleurs j'en avais la tentation chaque fois qu'il la regardait. Ma fille. Pouah ! N'importe qui, sauf lui. Et la perverse petite sotte ne cessait de me mentir. Ils complotaient, ils conspiraient ! Ces conspirations, c'est diabolique. Elle m'a manœuvré jusqu'à me mettre bel et bien la tête sous la botte de ce geôlier, de cette canaille qu'elle a pour mari... Trahison ! Me jeter à bas. Plus bas qu'elle-même. Dans la boue. Voilà ce que cela signifie. Pas vrai ? Sous sa botte ! ' "

« Il cessa de marcher de son pas traînant, inquiet, et saisissant de nouveau à deux mains sa casquette, il la tira furieusement jusque sur ses oreilles. Powell, ahuri, écoutait ce radotage sans suite, regardait ce vieux visage enfiévré, quand soudain, rapide comme l'éclair, M. Smith fit volte-face, saisit le verre du capitaine et, avec une exclamation brusque et étouffée, " À ma santé " s'en jeta le contenu dans le gosier.

« " Je sais maintenant le sens du mot consternation, poursuivit M. Powell. Ce fut exactement mon état d'esprit. Je me dis aussitôt : ' Il n'y a rien dans le contenu de ce verre. J'ai rêvé. J'ai commis une épouvantable erreur !... ' "

« M. Smith reposa le verre. Il se tint debout devant Powell, sain et sauf, apaisé, dans une attitude attentive, la tête penchée de côté, mordillant ses lèvres minces. Soudain, il cilla bizarrement, saisit l'épaule de Powell et s'affaissa, s'écroula d'un seul coup, comme si tout son corps s'était ramolli, comme une pièce de soie s'affaisse. Powell lui saisit instinctivement le bras et arrêta sa chute ; mais, dès que M. Smith fut effectivement sur le plancher, il se dégagea d'une secousse et recula. Presque aussitôt, il se jeta de nouveau en avant et essaya de soulever le corps. Mais, dès qu'il leva les épaules de M. Smith, il sut qu'il était mort ! Mort !

« Il abaissa doucement le corps jusqu'à terre. Il se tint penché au-dessus de lui sans éprouver ni peur ni aucun autre sentiment, presque indifférent, lointain pour ainsi dire. Et puis il fit un nouveau bond et, s'il avait cessé de penser à Mme Anthony, il eût lâché un hurlement pour appeler au secours. Il atteignit en chancelant la porte de la cabine de Flora et, en fait, son appel, " Capitaine Anthony ! ", jaillit de sa gorge avec une force beaucoup trop grande ; mais il fit un grand effort pour se maîtriser, " J'attends vos ordres, capitaine ", dit-il distinctement, d'une voix égale, devant la porte.

« Un profond silence régnait dans la cabine; un silence de mort. Puis, Powell entendit un bruit de pas traînants et la voix du capitaine : “ Très bien. J’arrive. ” Il s’adossa à la cloison, comme un de ces ivrognes que l’on voit parfois, arc-boutés contre un mur, à demi pliés en deux. C’est dans cette position que le capitaine le trouva, quand il sortit et tira rapidement la porte derrière lui. Aussitôt, Anthony parcourut des yeux toute la cabine. Powell, sans mot dire, lui empoigna l’avant-bras, lui fit contourner l’extrémité de la table et se mit à se justifier : “ Je n’ai pas pu l’arrêter ”, murmura-t-il d’une voix tremblante. “ Il a été trop rapide pour moi. Il a tout bu et il est tombé. ” Mais le capitaine n’écoutait pas. Les yeux baissés, il regardait M. Smith, songeant, peut-être, que c’était pur hasard si le corps étendu là n’était pas le sien. Parler était inutile. Powell et lui échangèrent des regards significatifs. Le capitaine saisit l’épaule de Powell comme dans un étau, jeta un coup d’œil sur la porte de la cabine de Mme Anthony et cela suffit. Il savait que le jeune homme le comprenait. Bien sûr! Silence! Silence à jamais là-dessus. Leurs regards mêmes se firent furtifs. Ceux de Powell allèrent du corps à la porte de la cabine du mort. Le capitaine acquiesça de la tête et le lâcha; puis, Powell atteignit à pas de loup la porte, l’ouvrit, accrocha le battant, et, à pas de loup, revint avec des regards inquiets vers la cabine de Mme Anthony. Ils se penchèrent sur le cadavre. Le capitaine Anthony souleva les épaules.

« M. Powell frissonna. “ Je n’oublierai jamais cet interminable voyage à travers le salon, pas à pas, retenant notre souffle. Sur une partie du chemin, la moitié tirée du rideau nous aurait dissimulés aux regards de Mme Anthony, si elle eût ouvert sa porte; mais je ne respirai pas librement jusqu’au moment où nous eûmes déposé le corps sur le lit suspendu. Les reflets de la lampe du salon laissaient dans l’ombre la majeure partie de la cabine. Le corps de M. Smith, étendu, rigide, était plongé dans l’ombre lui aussi; plongé dans l’ombre, il paraissait vivant. Vous savez qu’il se tenait toujours raide comme un piquet. Nous restâmes debout près du lit, comme si nous attendions qu’il nous fît signe qu’il voulait être seul. Le capitaine me prit par l’épaule et me dit dans le creux de l’oreille : ‘ Le steward le découvrira demain matin. ’

« “ Je ne répondis rien. C’était à lui de décider. C’était peut-être ce qu’il y avait de mieux à faire. Il est inutile de parler de mes pensées. Elles n’avaient trait ni à ma personne ni non plus à ce vieillard, qui m'inspirait alors plus de terreur que de son vivant. C'était du capitaine que j'avais pitié. Il murmura : ' Je suis sûr de vous, monsieur Powell. Il vaudrait mieux que vous alliez sur le pont maintenant. Quant à moi... ' Et je le vis porter les mains à sa tête, d'un air égaré. Mais ses dernières paroles avant que nous ne quittions furtivement cette cabine me sont restées en l'esprit, avec le ton même dont il les marmonna en s'adressant non à moi, mais à lui-même :

« " ' Non! Non! Je ne vais pas maintenant trébucher sur ce cadavre. ' "

« Voilà ce que notre ami M. Powell avait à me dire », fit Marlow en changeant de ton. « Je fus heureux d'apprendre qu'il avait été épargné à Flora De Barral de voir cette ombre-là, du moins, cette ombre sinistre, tomber sur son chemin.

« Nous restâmes alors assis sans mot dire; je songeais à la fin de De Barral, à l'irrésistible pression de griefs imaginaires, dont le volume sans cesse accru avait écrasé conscience, scrupules, prudence; à la sombre et vénéneuse ironie de l'obsession qui s'était emparée du vieillard.

« " Eh bien, fis-je.

« — Le steward le découvrit ", dit M. Powell, sortant de sa rêverie. " Il entra dans la cabine à cinq heures avec une tasse de thé que, naturellement, il laissa tomber. J'étais à nouveau de quart. Chancelant, il vint me trouver sur le pont, pâle comme la mort. Je m'y attendais; et pourtant je pouvais à peine parler. ' Allez prévenir le capitaine discrètement ', réussis-je à dire. Il s'éloigna en courant, marmonnant : ' Mon Dieu! Mon Dieu! ' et je veux bien être pendu s'il ne piqua pas une crise de nerfs quand il essaya de prévenir le capitaine, en criant dans le salon : ' Tout habillé! Mort! Tout habillé! ' Naturellement, Mme Anthony sortit en courant, mais elle ne piqua pas de crise de nerfs. Franklin, qui était là lui aussi, me dit qu'elle cacha son visage sur la poitrine du capitaine et qu'alors il sortit et les laissa dans la cabine. Plusieurs jours s'écoulèrent avant qu'on ne revît Mme Anthony sur le pont. La première fois que je lui parlai, elle me tendit la main et dit : ' Mon pauvre père vous aimait bien, monsieur Powell. ' Elle se mit à s'essuyer les yeux et je m'enfuis de l'autre côté du pont. On aimerait oublier que tout cela l'avait frôlée de près. "

« Mais cela lui était évidemment impossible, car, après avoir allumé sa pipe, il se mit à méditer à haute voix : “ Ça devait être une sacrée camelote. Je me demande où il se l'était procurée. Sûrement pas dans une pharmacie ordinaire. Enfin, il se l'était procurée quelque part... une simple pincée, sans doute, pas davantage. ”

« J'ai mon idée là-dessus, fit observer Marlow; jusqu'à un certain point, elle élimine l'horreur supplémentaire d'un crime froidement prémédité. Le hasard était intervenu là aussi. Ce n'était pas M. Smith qui s'était procuré le poison. C'était le Grand De Barral. Et il n'était pas destiné à l'homme obscur et magnanime qui avait fait la conquête de Flora De Barral; il était destiné au financier tristement célèbre, dont les entreprises n'étaient rien moins que magnanimes. De Barral avait son médecin, à l'époque de sa grandeur. Je crois même me rappeler que cet homme fut appelé à témoigner au procès sur quelque point de détail. J'imagine que De Barral s'adressa à lui, lorsqu'il vit — comme il ne pouvait guère s'empêcher de la voir — la possibilité du “ triomphe de rivaux envieux ”, c'est-à-dire d'une lourde condamnation.

« Je doute que ce fût par affection, ou même pour de l'argent, mais je crois que, par pitié, peut-être, cet homme lui fournit ce que M. Powell appelait une “ sacrée camelote ”. D'après ce que Powell constata touchant le geste lui-même, je suis presque sûr que le poison devait être contenu dans une capsule que De Barral avait sur lui le dernier jour de son procès, peut-être cousue dans la poche de son gilet. Il n'en fit pas usage. Pourquoi? Pensa-t-il à son enfant, au dernier moment? Le courage lui manqua-t-il? Nous ne saurions le dire. Mais il trouva le poison dans ses vêtements au sortir de prison. Il avait échappé aux fouilles, à supposer qu'il y en ait eu. Le hasard lui avait fourni une arme. Et seul le hasard, ce hasard si important dans la vie de M. Powell, le força à retourner contre lui-même cette arme abominable.

« Je fis part de mon idée à M. Powell, qui l'accepta immédiatement, comme étant, en un sens, favorable au père de Mme Anthony. Puis il fit un geste de la main. “ N'y pensons plus. ”

« J'acquiesçai et il fit observer presque aussitôt d'un air rêveur :

« “ Je passai presque six ans avec le capitaine et Mme Anthony, à naviguer par le monde entier. Presque aussi longtemps que Franklin.

« — Ah oui ! Et Franklin ? " demandai-je.

« Powell sourit. " Il quitta le *Ferndale* environ un an plus tard et je le remplaçai. Le capitaine Anthony le recommanda pour un commandement. Vous ne croyez pas que le capitaine Anthony allait laisser choir quelqu'un comme une vieille savate. Mais, bien sûr, Mme Anthony ne l'aimait guère. Je ne crois pas qu'elle ait jamais murmuré la moindre critique à son sujet, mais le capitaine Anthony pouvait lire dans ses pensées. "

« Et Powell parut de nouveau se perdre dans le passé. La vision des Fyne me traversant soudain l'esprit, je demandai :

« " Des enfants ? "

« Powell sursauta. " Non ! Non ! Ils n'eurent jamais d'enfants ", et il retomba dans sa rêverie, tout en tirant sur sa courte pipe de bruyère.

« " Où sont-ils maintenant ? " demandai-je ensuite, comme impatient de m'assurer que toutes les craintes de Fyne étaient sans fondement, vaines, comme le sont souvent nos craintes ; que ses chères filles n'avaient pas à redouter d'indésirables cousins, que nul intrus ne menaçait leur foyer immaculé. Powell tourna lentement les yeux vers moi, tenant à la main sa pipe allumée.

« " Vous ne savez donc pas ? fit-il d'une voix grave.

« — Quoi donc ?

« — Que le *Ferndale* s'est perdu il y a quatre ans au moins. Coulé. Une collision. Et le capitaine Anthony a coulé avec lui.

« — Pas possible ! " m'écriai-je, vivement affecté, comme si j'avais personnellement connu le capitaine Anthony. " Et... Et Mme Anthony a-t-elle été perdue, elle aussi ? »

« — Autant me demander si j'ai été perdu moi-même ", répliqua M. Powell sur un ton dont l'acrimonie me surprit. " Vous me voyez devant vous, n'est-ce pas ? "

« Il était tout hérissé, mais, remarquant mon regard surpris, il lissa son plumage. Et, d'un ton rêveur :

« " Oui. Les bons s'en vont, comme s'ils étaient inutiles sur terre. On dirait qu'il y a des choses écrites, comme disent les Turcs. Ou bien, le destin fait une tentative et parfois manque son but. Vous vous rappelez cette collision que nous avons évitée de justesse, la nuit, lors de ma première traversée avec les Anthony, et dont je vous ai parlé. Cette fois-ci, c'était juste à l'aube. Un calme plat et un brouillard à couper au couteau. Seulement, il n'y avait pas d'explosifs à bord. J'étais sur le pont et je vois encore ce maudit assassin surgir le long de notre bord et le capitaine Anthony (nous étions tous les deux sur le pont) qui criait : ‘ Grands Dieux! Qu'est-ce que c'est! Powell, criez à tout le monde de se sauver. Il n'y a pas de dynamite à bord aujourd'hui. Je vais chercher ma femme!... ’ Je hurlai, toute la bordée de quart sur le pont hurla. Bang! ”

« Le souvenir coupait le souffle à M. Powell. “ C'était un paquebot de l'Étoile verte de Belgique, le *Westland*, poursuivit-il, commandé par un type du genre risque-tout. Il s'appelait Flaherty et j'espère qu'il mourra sans absolution. Le *Westland* sectionna à moitié le vieux *Ferndale* et, après le choc, il y eut un silence de mort. Puis, j'entendis le capitaine revenu sur le pont, qui criait : ‘ Faites machine en avant, doucement ’, et un hurlement qui lui répondait du poste d'équipage du vapeur : ‘ Oui, oui ’ et puis, toute une foule de gens, là-haut, se mirent à faire du raffut dans le brouillard. Ils nous lançaient des cordes par douzaines, il faut bien le dire. Le capitaine et moi, nous en attachâmes une sous les bras de Mme Anthony; je me rappelle qu'elle avait sur les lèvres une sorte de pâle sourire.

« “ ‘ Hissez avec précaution ’, criai-je aux gens qui étaient sur le pont du vapeur. ‘ C'est une femme que vous avez au bout de ce filin. ’ ”

« “ Le capitaine s'assura qu'elle était déposée en haut saine et sauve. Puis nous fîmes au galop le tour de nos ponts pour veiller à ce que personne ne fût oublié. Comme nous revenions, le capitaine dit : ‘ Le voilà finalement perdu, ce cher vieux navire, Powell! Abordé et coulé en mer.

« — Pour ça, il est perdu, dis-je. Mais ça aurait pu être pis. Grimpez à cette corde pour l'amour de Dieu, capitaine. Je vais vous la tenir.

« — À quoi pensez-vous donc? dit-il avec colère. Ce n'est pas mon tour. Allez-y, vous. ’

« “ Ce furent sans doute les dernières paroles qu'il prononça ici-bas. Je savais qu'il voulait être le dernier à quitter son navire; aussi grimpai-je des pieds et des mains aussi vite que je pus, et voilà ces cinglés de malheur, là-haut, qui m'empoignent par les épaules, me hissent à bord, me traînent jusqu'à l'arrière, au milieu de l'explosion de vacarme causée par l'agitation la plus stupide que j'aie jamais vue. Quelqu'un crie de la passerelle : ‘ Les avez-vous tous à bord? ’ et une douzaine d'ânes bâtés se mettent à hurler tous ensemble : ‘ Ils sont tous sauvés! Tous! ’; alors, ce maudit Irlandais, sur la passerelle, ordonne de faire machine arrière, tandis que je beugle : ‘ Non! Non! ’ à en avoir l’impression que ma tête allait éclater. Il ordonne de faire machine arrière, et moi je me débats comme un beau diable pour me faire entendre! Et naturellement... ”

« “ Je vis des larmes, un torrent de larmes, ruisseler sur le visage de M. Powell. Sa voix se brisa.

« “ Le *Ferndale* coula comme une pierre et le capitaine Anthony, la plus belle âme humaine qui ait jamais quitté un corps de marin, coula avec lui. Je tempêtais comme un fou, comme un démon, avec un tas d’imbéciles attroupés autour de moi, qui demandaient : ‘ N’êtes-vous pas le capitaine?

« — Je n’étais pas digne de lacer les souliers de l’homme que vous avez noyé ’, leur criai-je. Bah! Bah! Je voyais bien tout seul qu’il était inutile de mettre un canot à la mer. On ne l’aurait pas vu le long du bord. Et, pensez donc, Marlow, ce fut moi qui dus aller apprendre la nouvelle à Mme Anthony. On l’avait fait descendre quelque part, au salon des premières. Je dus aller lui apprendre la nouvelle. Ce Flaherty — que Dieu lui pardonne — vient me trouver, blanc comme un linge : ‘ Je crois que cela vous incombe. ’ Que Dieu lui pardonne. J’aurais préféré mourir cent fois. Une bande de dames bienveillantes, des passagères, caquetaient avec animation autour de Mme Anthony — une vraie cage à perruches. Le médecin du bord me précéda. Oui, j’aurais préféré être mort. Mais Mme Anthony fut épatante. ”

« Ici, M. Powell fondit bel et bien en larmes. “ Personne ne pouvait s’empêcher d’aimer le capitaine Anthony. Je vous donne à penser ce qu’il était pour elle. Pourtant, avant la fin de la semaine, c’était elle qui m’aidait à me ressaisir.

« — Mme Anthony est-elle en Angleterre maintenant? ” demandai-je au bout d’un moment.

« Il s’essuya les yeux sans fausse honte. “ Oh, oui. ” Il se mit à chercher des allumettes et, tout en se baissant sous la table pour prendre la boîte, il ajouta : “ Et pas très loin d’ici, d’ailleurs. Ce petit village en amont... vous savez.

« — Non! Vraiment! Ah! Je vois. ”

« M. Powell fumait, austère, très détaché. Mais je ne pouvais pas le lâcher comme ça. Le cachottier. C’était donc là le secret de sa passion pour la voile sur la Tamise, la raison de son amour pour cette crique.

« “ Et j’imagine, dis-je, que vous êtes toujours aussi ‘ enthousiaste ’. Hein? Si j’étais vous, je ferais tout simplement part de mon enthousiasme à Mme Anthony. Pourquoi pas ? ”

« Il rattrapa adroitement sa pipe, qui lui tombait des lèvres. Mais, si ce que les Français appellent *effarement* fut jamais exprimé par un visage humain, ce fut en cette occasion et cela témoigne de la modestie, de la sensibilité et de l'innocence de Powell. Il semblait craindre qu'on ne surprît mon audacieuse, ma presque sacrilège suggestion, comme s'il n'y avait pas eu un mille et demi de marécages et de digues solitaires entre nous et l'habitation humaine la plus proche. Mais il se rappela peut-être ce détail rassurant, car il laissa une lueur éclairer ses yeux, semblable au reflet de quelque flamme intérieure entretenue dans le sanctuaire de son cœur par une ferveur digne de la plus pure vestale.

« L'éclair jaillit et s'éteignit. Il eut un sourire timide et soupira.

« “ Bah ! C'est absurde. Ne dites pas de sottises ”, fit-il, plus triste que fâché. “ Mais j'oubliais que vous n'avez jamais connu le capitaine Anthony ”, ajouta-t-il avec indulgence.

« Je lui rappelai que je connaissais Mme Anthony ; que je l'avais connue avant même que lui, devenu maintenant un vieil ami, eût jamais posé les yeux sur elle. Et, comme il me disait que Mme Anthony était au courant de nos rencontres, je demandai s'il lui serait agréable de me voir. M. Powell n'exprima alors aucune opinion, mais, à notre rencontre suivante dans la crique, il dit : “ Elle sera ravie. Vous feriez bien d'aller la voir aujourd'hui. ”

« L'après-midi était très avancé quand j'approchai de la maisonnette. La douceur d'une belle journée à son déclin m'enveloppait d'une influence bienfaisante, apaisante ; je la sentais dans le silence du chemin ombreux, dans la pureté de l'air, dans le bleu du ciel. Il est difficile de garder le souvenir des conflits, des peines, des tentations et des crimes de l'égoïste existence humaine, quand on est seul, sous le charme serein de la nature inconsciente. Tandis que je respirais la paix sans rêve répandue autour de la pittoresque maisonnette dont j'approchais, il me semblait qu'elle devait régner partout, sur les eaux et les terres du globe tout entier et dans le cœur de tous les habitants de notre monde.

« Flora vint m'accueillir à la porte du jardin ; ce n'était plus la douloureuse traînée de brume blanche au charme paradoxal, à la dérive dans le cauchemar confus de l'existence. Elle ne ressemblait pas non plus à un elfe abandonné.

Je balbutiai stupidement : “ Vous voilà de nouveau à la campagne, mademoiselle... madame... ” Avec beaucoup de bonne grâce, elle me rendit l'étreinte de ma main, mais nous étions légèrement gênés. Puis nous rîmes un peu, puis nous devînmes graves.

« Je n'aime pas l'aube. Vous connaissez l'équivoque pauvreté de sa lumière. Mais Flora avait désormais trouvé sa vraie personnalité, elle ressemblait à un calme et bel après-midi — encore peu avancé. Une femme n'ayant guère dépassé la trentaine, au teint éclatant, légèrement coloré, à la chevelure abondante, au front lisse, au menton bien dessiné ; seuls, les yeux de la Flora d'autrefois n'avaient pas changé.

« Dans la pièce où elle me précéda, nous trouvâmes une Mlle Une telle — je ne saisis pas son nom — personne d'un certain âge, en noir, effacée et même presque invisible. Une demoiselle de compagnie. Les convenances étaient parfaitement respectées. Elle entrait et sortait et s'asseyait même parfois dans la pièce, mais un peu à l'écart, avec quelque ouvrage de couture. Lorsque vint le moment où elle apporta une lampe allumée, j'avais déjà appris tous les détails vraiment importants de cette histoire. Entre moi et celle qui avait naguère été Flora De Barral, la conversation ne risquait pas de s'en tenir rigoureusement à la pluie et au beau temps.

« La lampe avait un abat-jour rose et son éclat enveloppait Flora de rougeurs perpétuelles, donnait un merveilleux air de jeunesse à cette femme assise devant moi dans un fauteuil profond au dossier élevé. Je demandai :

« “ Dites-moi, quelle était la teneur de cette fameuse lettre qui bouleversa tellement Mme Fyne et causa l'intervention blessante du petit Fyne ?

« — Elle était sans fard, tout simplement ”, fit-elle d'un ton sérieux. “ J'étais d'humeur irresponsable et ma lettre l'était aussi. Je savais que Mme Fyne me désapprouverait et ma lettre était stupide. C'était l'écho de ses propres inepties. Je disais que je n'aimais pas son frère, mais que je n'avais aucun scrupule à l'épouser. ”

« Elle s'arrêta, hésitante, puis, en esquissant un petit rire timide :

« “ Je croyais vraiment me vendre, monsieur Marlow. Et j'en étais fière. Ce que je souffris ensuite, je ne saurais vous le dire, car je ne découvris mon amour pour mon pauvre Roderick qu'à travers les affres de la fureur et de l'humiliation. J'en vins à le soupçonner de me mépriser ; mais je ne pouvais mettre cette opinion à l'épreuve, à cause de mon père. Ah! Je ne me serais pas montrée trop fière. Mais il me fallait ménager mon pauvre papa. Roderick était parfait, mais j'avais l'impression d'être rouée vive sans même avoir la permission de crier. La prévention de papa contre Roderick était mon plus grand chagrin. Elle me rendait folle. Elle m'épouvantait. Ah! Que j'ai été malheureuse! Cette nuit où mon pauvre père mourut subitement, je suis certaine qu'ils avaient eu une sorte de discussion à mon sujet. Mais je me refusais à résister plus longtemps à mon propre cœur. Je ne le pouvais pas. »

« Elle s'arrêta court, puis, impulsivement :

« “ La vérité finit toujours par se savoir, monsieur Marlow.

« – Oui ”, fis-je.

« Elle poursuivit, rêveuse :

« “ Le chagrin et le bonheur furent d'abord mêlés, comme les ténèbres et la lumière. Pendant des mois, je vécus dans une pénombre de sentiments. Mais j'étais au calme, au chaud... ”

« De nouveau, elle s'arrêta, puis, remontant le cours de ses pensées : “ Non! Il n'y avait rien de malfaisant dans cette lettre. Elle n'était que stupide. Que savais-je alors de la vie? Rien. Mais Mme Fyne aurait dû être plus avisée. Elle écrivit à son frère peu de temps après. Des années plus tard, Roderick me permit de jeter un coup d'œil sur sa lettre. J'y trouvai cette phrase : ‘ Pendant des années, j'ai essayé de me faire une amie de cette fille, mais je t'avertis encore une fois qu'elle a l'âme d'une aventurière sans cœur... ’ ‘ Une aventurière! ’ répéta Flora lentement. Soit! J'ai vécu une belle aventure.

« – Elle fut donc belle, fis-je, intéressé.

« – La plus belle du monde! Pensez donc! J'aimais et j'étais aimée, en paix, sans inquiétude, sans remords, sans crainte. Le monde entier, la vie entière étaient transformés pour moi. Et que de choses j'ai vues! Comme on a été bon pour moi! Roderick était tant aimé partout. Oui, j'ai connu la bonté et la sécurité. Les choses les plus familières apparaissaient illuminées d'une lumière nouvelle, revêtues d'une beauté que je n'avais jamais soupçonnée. La mer elle-même!... Vous êtes marin. Vous y avez passé votre vie. Mais connaissez-vous sa beauté, sa force, son charme, son amitié, sa puissance... ”

« J'écoutais, étonné et ému. Elle ne se tut qu'un court moment.

« “ C’était trop beau pour durer. Mais, maintenant, rien ne peut me dérober ce passé... Ne croyez pas que je me plaigne. Je ne suis même pas triste, maintenant. Oui, j’ai été heureuse. Mais je me rappelle aussi le temps où j’étais trop malheureuse pour me résigner, trop malheureuse pour me révolter. Vous vous en souvenez. Et plus tard aussi. Il fut un temps, à bord du *Ferndale*, où les seuls moments de soulagement que je goûtais étaient ceux où j’incitais M. Powell à avoir de petites conversations avec moi sur la dunette. Vous avez de la sympathie pour lui... n’est-ce pas?

« — C’est un excellent garçon, fis-je avec chaleur. Vous le voyez souvent?

« — Bien sûr. Je ne connais guère que lui au monde. Je suis seule. Et il a beaucoup de temps à lui. Sa tante est morte voici quelques années. Je crois qu’il ne fait rien.

« — Il adore la mer, fis-je observer. Il l’adore.

« — Il semble y avoir renoncé, murmura-t-elle.

« — Je me demande pourquoi? ”

« Elle resta silencieuse. “ Peut-être est-ce à cause de quelque chose d’autre qu’il aime davantage, poursuivis-je. Allons, madame Anthony, ne me laissez pas emporter d’ici l’idée que vous êtes une égoïste qui serre contre son cœur le souvenir de son bonheur passé, comme un homme riche son trésor, et oublie les pauvres qui attendent à la porte. ”

« Je me levai pour prendre congé, car il se faisait tard. Elle fit de même, non sans agitation, et pénétra avec moi dans l’ombre parfumée du jardin. Elle retint ma main un instant, puis de la voix même de la Flora d’autrefois, dont l’intonation identique trahissait la vieille méfiance, les vieux doutes sur elle-même, la vieille cicatrice laissée par le coup reçu dans son enfance, pathétique et drôle à la fois, elle murmura : “ Croyez-vous possible qu’il me soit attaché?

« — Demandez-le-lui donc vous-même. Vous êtes brave.

« — Oh, je suis assez brave, dit-elle avec un soupir.

« — Faites-le donc. Sinon, vous ferez un tort cruel à cet homme patient. ”

« Je partis, la laissant muette. Le lendemain, voyant Powell se préparer à descendre à terre, je lui demandai de présenter mes compliments à Mme Anthony. Il me le promit.

« “ Écoutez, Powell, dis-je. Nous avons fait connaissance par hasard?

« — Oh, parfaitement! acquiesça-t-il, en ajustant son chapeau.

« — Et la science de la vie consiste à saisir toutes les chances que le hasard nous présente, poursuivis-je. Le croyez-vous ?

« — Comme parole d'évangile, déclara-t-il ingénument.

« — Eh bien, ne l'oubliez pas.

« — Oh, moi ! Je n'attends plus qu'une chance quelconque se présente ", dit-il en sautant à terre.

« Il ne reparut pas à marée haute. J'établis ma voile, et, au moment précis où je débordais, passé le coin de la grange noire, dans le crépuscule, apparurent deux silhouettes vagues et silencieuses qui s'immobilisèrent.

« " Est-ce vous, Powell ? " fis-je, le hélant.

« — Avec Mme Anthony ". Sa voix me parvint, impressionnante, à travers le silence du vaste marais. " Je ne repars pas ce soir. Il faut que je reconduise Mme Anthony chez elle.

« — Alors, il me faut bien partir seul ", criai-je.

« La voix de Flora, très cordiale, mais tremblante, me souhaita *bon voyage*.

« " Vous aurez bientôt de mes nouvelles ", cria soudain Powell juste au moment où mon bateau venait de franchir l'entrée de la crique.

« C'était hier », ajouta Marlow, en se prélassant paresseusement dans le fauteuil. « Je n'ai pas encore eu de nouvelles, mais j'en attends d'un moment à l'autre... Que diantre avez-vous à ricaner de cette façon sarcastique ? Accompagner un ami à l'église ne me fait pas peur. Que diable ! Malgré toute ma croyance au Hasard, je ne suis pas précisément païen... »

— Il a sous-estimé [illegible] toutes [illegible] [illegible] [illegible]

Comme [illegible] de l'Ange [illegible] [illegible]

— Oh [illegible] [illegible] [illegible]

[illegible]

— Mes [illegible] Powell [illegible]

— Sur [illegible] Anthony [illegible]

[illegible] Anthony [illegible]

— [illegible]

[illegible]

[illegible]

[illegible] dans le journal [illegible]

[illegible]

DU MÊME AUTEUR

Aux Éditions Gallimard

TYPHON

LA FOLIE-ALMAYER

SOUS LES YEUX D'OCCIDENT

EN MARGE DES MARÉES

LORD JIM

UNE VICTOIRE

LE NÈGRE DU « NARCISSE »

DES SOUVENIRS

JEUNESSE *suivi de* CŒUR DES TÉNÈBRES

NOSTROMO

GASPAR RUIZ

LE FRÈRE-DE-LA-CÔTE

LA FLÈCHE D'OR

ENTRE TERRE ET MER

LA LIGNE D'OMBRE

LETTRES FRANÇAISES

AU BOUT DU ROULEAU, *Traduction révisée par Jean-Pierre Vernier* (L'Imaginaire).

HISTOIRES INQUIÈTES

FALK

LA RESCOUSSE

UN PARIA DES ÎLES

DERNIERS CONTES *suivi de* NOTES SUR LES LETTRES

LE MIROIR DE LA MER

SAGESSE DE CONRAD (textes choisis par G. Jean-Aubry)

ANGOISSE

Bibliothèque de la Pléiade

ŒUVRES, I, II, III.

Dans la collection 1000 Soleils

TYPHON. *Illustrations de Marc Berthier.*

LORD JIM. *Illustrations d'Étienne Delessert.*

Dans la collection Voiles/Gallimard « Écrits sur la mer »

LE NÈGRE DU NARCISSE. *Illustrations de Jean Olivier Héron.*

Composé par l'Imprimerie Darantière
à Quetigny-Dijon
et imprimé par Brodard et Taupin
le 19 octobre 1998.
Dépôt légal : octobre 1998.
1er dépôt légal dans la collection : décembre 1989.
Numéro d'imprimeur : 1341V-5.

ISBN 2-07-038090-4 / Imprimé en France.

89128